U0689433

浙江工业大学
汉语言文学专业（国家特色专业）系列教材

中国文学简史

肖瑞峰　主编　李剑亮　副主编

ZHEJIANG UNIVERSITY PRESS
浙江大学出版社
·杭州·

前　言

肖瑞峰

一

　　在世界文学的历史长廊中,中国文学是居于显赫地位的,这不仅取决于其悠久的历史和深厚的传统,而且有赖于其鲜明的民族特色和千态万状的优秀作品——作品映现出特色,特色凝固成传统,传统又沉淀为历史。美善相兼的本质,传神写意的方法,中和的美学风格,以复古为通变的发展道路,诸如此类的抽象概括未必尽确,但一鳞一爪,不废其真,多少都触摸到中国古代文学的迥不犹人的个性特征,称之为特色或视之为传统,均无不可。

　　中国文学的序幕在先秦时期便已揭开。它滥觞于原始歌谣和远古神话,但蔚为大观,却是在先秦诗歌与散文闪亮登场以后。先秦诗歌有《诗经》与《楚辞》前后踵武,分别奠定了我国诗歌的现实主义和浪漫主义传统,高揭慧火,垂范后世。先秦散文则有历史散文和诸子散文相映生辉。作为历史散文的代表著作,《左传》、《国语》、《战国策》等或以年为序,或以国为别,不仅真实生动地记录了历史的演进历程,而且已程度不同地显示出描状人物与事件的艺术技巧,为后代史传文学的发展"导夫先路"。诸子散文在百家争鸣的政治文化环境中应运而生,因此,它所具有的思致缜密、说理透彻、语言犀利等特点,其实正是染上了时代色彩。但时代共性不掩个性,《论语》的警策,《孟子》的雄畅,《墨子》的谨严,《荀子》的淳厚,《庄子》的汪洋恣肆,无不灵光独运,各擅胜场。

　　汉魏六朝时期,中国文学走向全面成熟。两汉文学呈现出辞赋、诗歌、散文三足鼎立的局面。《子虚》、《上林》、《七发》、《甘泉》等汉代辞赋以"润色鸿业"为宗旨,铺张扬厉,歌颂升平,是名副其实的盛世华章。汉代诗歌以汉乐府民歌和"古诗十九首"为主体。前者与《诗经》一脉相承,但从内容到形式都有所丰富与发展。后者则是文人五言诗成熟的标志,被刘勰《文心雕龙》誉为"五言之冠冕"。汉代散文可析为政论散文和史传散文两大构件。前者指点江山,议论风发。后者的代表作是

《史记》与《汉书》这两部皇皇巨著。它们以纪传体的形式和创造性的笔墨，将叙事散文推进到相对成熟的阶段。鲁迅"史家之绝唱，无韵之离骚"的评价，《史记》实足当之。魏晋以降，文学开始进入"自觉"时代。一方面，原有的各种文学体裁不断成熟、演变与完善；另一方面，新的文学体裁在经历了初始的萌芽阶段后脱颖而出，以《搜神记》为代表的志怪小说和以《世说新语》为代表的志人小说的问世，表明小说一体已具雏形。当然，在魏晋南北朝的诸种文体中，诗歌的发展嬗变轨迹最为夺目。从"建安风骨"到"左思风力"，再到"齐梁诗风"，它一路走来，并非尽履康庄，风光无限，但路转峰回，终无阻其跨越步伐。从"三曹"、"七子"以五言诗写胸襟，中经阮籍以五言诗"咏怀"、左思以五言诗"咏史"，到陶渊明以五言诗写田园，谢灵运以五言诗写山水，五言诗一直保有蝉蜕后的快速成长势态。而"永明体"（即新体诗）的形成，则充分显示了诗歌声律学的进步，让人开始感觉到唐代近体诗的胎动。

唐宋时期，不仅是古代诗词的黄金时代，其他各种文学体裁也氤氲着高度繁荣的气象。唐代国力强盛，政治亦相对清明，诗论家所津津乐道的"盛唐气象"无疑植根于此。鸟瞰唐代诗坛，不仅流派众多、风格繁富、体制完备，而且初、盛、中、晚各个发展阶段都是名家辈出，星月交辉，中国诗歌史上的双子星座——李白、杜甫的万丈光焰，遮盖不了夜空中的群星璀璨。宋代诗歌在唐诗盛极难继的情况下，另辟蹊径，多方开拓，亦呈现出自己的独特风貌。唐音宋韵，各臻绝唱，乃致"唐宋诗之争"也成为文学史上的一桩公案。唐宋词的发展轮廓较为清晰，对这一轮廓的一般描述是兴于唐、衍于五代、盛于宋，但其间风云卷舒、波浪腾涌的景象却又殆难言传。唐宋散文的发展历程同样是九曲回环。唐宋古文运动绵延两代，前有韩、柳振羽高蹈，后有欧、王、曾、苏奋鬐相继，终于冲破了骈文的桎梏，恢复了散文的主导地位，而"唐宋八大家"在散文史上的不朽地位也因此得以确立。至于小说，从文言体的唐传奇到白话体的宋话本，这一演变过程，昭示了相对较晚发足的小说艺术的渐趋成熟，而《霍小玉传》、《李娃传》、《碾玉观音》等代表作品则以其鲜明的人物形象、曲折的故事情节和富于表现力的语言，佐证了后起的小说文体的完全独立。

中国文学的浪潮沿着历史的河床流入元明清时期以后，开始谋求新的航道和新的载体，以免陷入盛极而衰的境地。散曲、戏剧和长篇小说的崛起，为元明清文学的发展注入了蓬勃的生机与充沛的活力。王国维《宋元戏曲考》将元曲与唐诗、宋词作为"一代之文学"相提并论。所谓"元曲"，包含元代散曲与杂剧两个层面。元代散曲，尤其是其中的套数往往染有浓厚的通俗文学色彩，但命意深刻，俗中见雅，如《般涉调·哨遍·高祖还乡》即然。元代杂剧则以其独特的形式、体制及表现手段，谱写了我国戏曲文学史上的光辉篇章，而《窦娥冤》、《西厢记》等作品无疑是挥洒于其间的最精彩的笔墨。元代另有南戏兴起，代表作为《琵琶记》。到了明清时期，南戏衍生为传奇，又产生了《牡丹亭》、《桃花扇》、《长生殿》等登峰造极的作品。长篇章回小说以明初罗贯中的《三国志通俗演义》为开山之作,到明中叶以后形成高潮,涌现了《水浒传》《西游记》《金瓶梅》等传世名著,它们不仅与同一时期的戏曲作品彼此依托、同生共长,而且大多属于"世代累积型"的创作。至清代中叶,《红楼梦》的翩然问世,将古典小说艺术推向巅峰。相形之下,诗词散文在元明清时期虽也不甘平庸,力图振起,清词甚至有"复盛"之势,但对比唐宋时期如日中天的情形,终不免令人产生"式微"之叹。

至若中国近代、现代及当代文学,虽然不断高张"变革"与"创新"的大旗,在新的历史条件下,呈现出色彩斑斓的时代风貌,其间亦不免风起云涌,涛飞浪卷,展示盛衰起伏的轨迹,但始终未隳感应时代潮汐、折射时代精神的文学传统。从"诗界革命",到"新文学运动",再到"延安文学"、"伤痕文学"、"先锋小说"、"新诗潮",尽管在百转千回中一次次经历血与火的洗礼,却不仅继续验证了"文变染乎世情,兴废系乎时序"(刘勰《文心雕龙·时序》)的著名论断,而且也再度显示了中国文学与时俱进、百折不挠的生命力。

中国文学的历史流程大致如此。这种挂一漏万的描述,只能粗线条式地展示山脉的走势与河床的流向,而不可能精确地显现山上的每一片树叶与河中的每一朵浪花。不过,由此溯流而上,或可贴近中国文学史的脉搏,并进而把握其生命的律动。

二

追溯中国文学史的编写工作,早在 20 世纪初,林传甲先生的《中国文学史》已肇其端。至 20 世纪 50 年代,随着游国恩先生等联袂主编的《中国文学史》、中国社会科学院文学研究所集体编写的同名著作以及刘大杰先生独力撰著的《中国文学发展史》的相继出版,高校中文专业的莘莘学子拥有了可供参酌取用的规范化教材,一时亦有"彬彬乎其盛"之感。进入历史新时期以后,文学史研究更是突飞猛进:原先罕见有人道及的文学史观和文学史学,差不多已成为一个热门的话题,虽然没有、也不可能"火爆"到街谈巷议的地步,却为越来越多的学人津津乐道,并且时有一新天下人耳目的精到之论见诸报刊。这犹为次,更重要的是,数十部在一定程度上融合了新观念、新思维、新方法、新体系的断代或分体文学史已翩然问世,从而表明文学史观的阐扬和文学史学的建构,已脱离了纯学术探讨的形态,而生动地体现在卓有成效的编写实践中。就中,章培恒、骆玉明先生主编的三卷本《中国文学史》(复旦大学出版社 1997 年版)与袁行霈先生主编的四卷本《中国文学史》(高等教育出版社 1999 年版)分别因视角独特、新见迭出和体系严密、胜义纷呈而代表了当今文学史研究的最高水准,备承学界赞誉。尽管人们一直期待的"大文学史"迄今尚不见分娩的迹象,以至很难断言它已指日可待,但完全可以说,它不仅早已进入了漫长而又艰难的孕育过程,而且已能实实在在地触摸到其胎动。

唯其如此,当我们审视文学史研究的现状时,有理由感到欣慰。但与此同时,我们却又抑制不住向学界叩问的冲动:文学史研究在由微观走向宏观、单一走向多元以后,是否还有必要从域内走向海外呢?

随着长期封闭的国门的"訇然中开",我们在责无旁贷地肩负起与世界经济、文化接轨的时代使命的同时,不能不痛苦地反思以往闭关自守的文化政策所带来的后果,那便是既有效地遏止了海外文化向中国的渗透,也有力地钳制了中国文化向海外的传播。意识到这一点,我们当然有必要全方位地走出国门、走向世界,在域内和海外之间编织起一条联系的纽带。而从历史渊源看,文学史研究完全有条件"导夫先路"。

无须讳言,时至今日,人们对"大文学史"的期待依然如故。在我看来,所谓"大文学史"绝不仅仅意味着卷帙的浩繁和论述的详密。它除了应当兼有独立的学术品格、独特的学术构想和独到的学术视野外,还应当具备涵盖面更广、包容性更强的全新体系。这就必须从纵横两方面加以拓展——

"纵"能思贯古今,勾勒出文学兴衰因革的轨迹;
"横"能视通中外,映现出文学源流正变的脉络。

前者,意味着所谓"大文学史"不应当是微观研究的累积,不应当是彼此割裂的作家作品论的简单连缀、生硬拼合与机械叠加,而应当以其紧密的内在联系,构成一个有机的整体,呈现出"史"的继承性与发展性。换言之,对文学发展链条上的每一细微环节,它都不能作孤立的静态描述,而必须在有机的动态考察中进行宏观把握,抽绎出其"发展"、"演变"的线索,显示出"史"的过程与趋向。这也就意味着,所谓"大文学史",应当是一部能够从总体上把握各体文学体裁、文学思潮、文学流派的发展演变历程的宏观文学史。

后者则意味着必须站在历史与现实的交汇处,将视野拓展到曾经覆盖东亚地区的汉字文化圈,将衍生与演变于其中的海外汉文学,尤其是蔚然可观的海外汉诗视为中国文学的重要分支,纳入文学史研究的范畴——这正是我们在此所要着重讨论的话题。

窃以为,我们现在惯常使用的"中国文学史"这一概念,虽然很少有人质疑,但其内涵与外延似乎并不十分明确。所谓"中国文学史",按照时下对"中国"的界定,应当理解为包括汉族及回族、满族、藏族、维吾尔族等少数民族在内的整个中华民族文学史。但流行的几十种《中国文学史》著作,对汉民族以外的少数民族的文学形式大多并未涉及,有的甚至不置一词。因此,严格地说,它们实际上相当于汉民族的文学史。不过,称之为汉民族的文学史或者汉文学史,似乎仍有不妥,因为其中述及的辽代的萧观音、金代的完颜璹、元代的耶律楚材、萨都剌、清代的纳兰性德等人,就其民族属性而言,都是少数民族的作家。想来之所以将他们收录其中,有的还不惜使用较多的篇幅对他们进行以褒扬为主的评说,大概是因为他们也用汉语写作,也能熟练地驾驭汉文学的形式,并且成就卓著。而这又意味着什么呢? 在我看来,这意味着我们今天所使用的各种《中国文学史》、包括教育部所重点推荐的作为“面向 21 世纪教材”使用的《中国文学史》,对它们的准确称呼,或许应当是“汉语文学史”。

然而,如果称之为“汉语文学史”,新的问题又产生了:它们并没有把海外汉文学包容在内,对海外汉文学几乎只字未及。

需要声明的是,我们并不想在这里玩弄概念游戏,也无意改变“中国文学史”这一大家都已经接受与认同的名称。我们只是想强调研究海外汉文学的重要性与必要性——其实,所有文学史的研究者对下列史实并不陌生:包括今天的日本、韩国、朝鲜、越南在内的汉字文化圈各国,在摄取和消化中国文化的过程中,创作了大量的包括小说、诗歌、散文等各种体裁的汉文学作品;这些汉文学作品,不仅具有与中国古典文学相同的语言形式和体裁格律,而且具有与中国古典文学相类似的历史、文化内涵。我认为,应当把这部分汉文学作品视为中国古典文学在海外的有机延伸,并进而作为文学史研究的对象,使之最终成为文学史著作的不可或缺的内容。

诚然,这部分汉文学作品究竟能否划入中国文学的范畴,学术界难免仁智相左、歧见纷出。以日本汉文学而言,有人便认为:所谓“日本汉文学”,其本质是“日本文学”,“汉”只不过是外在形式。但在现、当代日本学界,传统的汉学研究者却大多把日本汉文学划归中国文学的范畴。如著名汉学家神田喜一郎曾特意将他誉满学林的传世之著《日本填词史话》的正标题,拟作《在日本的中国文学》;他在该书的序言中还声称:本书所写的是“在日本的中国文学,换言之,是作为中国文学一条支流的日本汉文学”。日本汉学界的权威刊物《日本中国学报》,也同样发表关于日本汉文学的研究论文,并编制论著目录索引。正因为在许多日本学者心目中,日本汉文学是发源于中国文学的一条支流,所以有的日本文学史干脆将日本汉文学完全排斥在外,以至读者根本无法从中觅得日本汉文学的历史踪迹。既然如此,假使我们今天撰写的中国文学史著作也把海外汉文学,包括日本汉文学排斥在外的话,那么,海外汉文学便会因为它处于边缘地带、居于夹缝地位,而沦落为“爹不疼、娘不爱”的弃儿。这该是怎样一种让人无法释怀的尴尬景象!

我觉得,无论海外汉文学是“嫡裔”还是“庶出”,它总是分娩自中国文学的母体。仅凭这一点,我们也不应该忽略它,或者故意漠视它的存在。事实上,海外汉文学尽管至今"妾身未分明",但国内一些学者及论著却并没有完全忽略它为我们提供的材料。如《中国大百科全书·中国文学卷》便将日本诗僧空海(遍照金刚)的《文镜秘府论》列入其中。陈尚君教授编撰的《全唐诗续拾》第10卷也收录了日本诗僧道慈和辨正的3首"唐诗"。此外,陈编《全唐诗续拾》第23卷、26卷还分别收录了新罗无名诗僧作品1首和日本诗僧空海作品4首。显然,这些汉诗作品得入编者法眼,亦因诞生于中国本土故也。但能否以作品产生的地域来确定它的归属,似乎还值得进一步讨论。如果我们侧重从语言属性、体裁属性及历史、文化内涵来审视海外汉文学的话,也许还是把它看作中国文学衍生于海外的一个重要分支更为合适。从这一意义上说,开展对海外汉文学的研究,岂不正是文学史研究的"题中应有之义"?

退一步说,即使把海外汉文学视之为严格意义上的中国文学多有未妥,因而不应该将它们纳入中国文学的范畴,但至少我们也应该把它们纳入中国文学史研究的范畴,因为只有努力开拓海外汉文学这一新的研究领域,才有可能扩大既有的研究半径,在更广阔的范围内对中国文学包括中国古典诗歌进行总体把握和全面观照,最终撰写出一部能横贯与涵盖整个汉字文化圈的"汉文学史"。

研究海外汉诗的意义还在于:随着这一新的研究畛域的拓展,对产生于华夏本土的中国古典诗歌的认知将可得到进一步的深化。这就是说,研究海外汉诗,不仅可以张大文学史研究的"广度",而且可以拓进文学史研究的"深度"。比如,过去我们在考察作家作品及思潮流派的影响时,往往只作纵向的追踪,即仅仅从时间(历史)的角度探讨它们对后世的影响,致力于辨析前后代之间的传承关系,而很少作横向的扫描,即从空间(地理)的探讨它们对邻国的影响,致力于辨析左右邻之间的借鉴关系。由这种非立体化的研究方式所得出的结论,纵然有可能是精粹的,却无论如何不可能是全面的 。而如果我们把海外汉诗作为接受影响的对象加以观照,我们的探讨则也许可以时空合一,纵横交错,而避免线性研究所容易导致的片面、粗疏和肤浅。

谨以杜甫对《松江汉诗》的影响为例稍作说明。

翻检朝鲜诗人郑彻(1536—1593)的汉诗作品集《松江汉诗》,我们可以清楚地看到杜甫的潜影。郑彻,字季涵,号松江,谥文清。明宗十七年状元,历任成均馆典籍、礼曹判书、大司谏、右议政等职,颇有政声,兼擅汉诗。在兵连祸结、时局动荡之际,《松江汉诗》的作者虽然遭谪去国,僵卧孤村,却始终心系国事,渴望有朝一日能戮力王室,澄清天下。在诗中,松江一再以"孤臣"自称,以"去国"自伤,以"直捣扶桑穴"自勉,以"坐使妖氛清"自期,无论处境穷达,都以"兼济天下"为念。可以说,忧国、思君、伤时、悯乱,是《松江汉诗》中循环往复的主旋律。这与杜甫的创作情形十分相似。而松江也经常以"老杜"自比,如《题万寿洞邻家壁》:"清愁同老杜";《次老杜韵》:"如何老杜句,一咏一回哀";《读老杜杜鹃诗》:"清晨咏罢杜鹃诗,白发三千丈更垂"。杜甫"白头搔更短,浑欲不胜簪"的"春望"形象,曾无数次再现于《松江汉诗》的字里行间。据不完全统计,《松江汉诗》中用到"白头"、"白发"、"白首"等意象的诗句多达55首。而"白头"、"白发"、"白首",毫无疑问,都是忧国、思君、伤时、悯乱的结果。

不仅如此,从艺术上看,《松江汉诗》瓣香杜甫的痕迹也十分明显。其表现之一是屡屡化用杜甫诗意或诗句。杜甫《月夜忆舍弟》有句:"露从今夜白,月是故乡明。"而松江既云:"露从今夜白,月向故国明"(《追次洪大谷韵》),复云:"月应今夜白,魂是帝乡游"(《赠赵彦明》)。杜甫在《登岳阳楼》中自叹:"老病有孤舟。"松江便以此为题,演绎成洋洋洒洒的七言古诗,备述生平抱负与遭际。这犹为次,更引人注目的是,在谋篇、布局、设景、造境、状物、抒情等具体技巧或手法上,《松江汉诗》亦多借鉴与模仿杜诗。至于艺术风格,《松江汉诗》虽呈现出多样化的倾向,但主导风格却只能以"沉郁顿挫"来概括。这与杜甫亦相仿佛。

在数量众多的海外汉诗中,《松江汉诗》只是沧海一粟。但由此"一粟",我们却不难观照出杜甫对海外汉诗的影响是何等深远!遗憾的是,对如此珍贵的文学史料,我们过去却或者一无所知,或者未加重视。今天,似乎再也不能与它们失之交臂了。

同样,在考察白居易诗的影响时,如果我们对日本汉诗已经获得比较充分的了解的话,那么,在考察白居易诗的影响时,就不会仅仅着眼于簇拥在他周围的"元白诗派"的成员,也不会仅仅注目于宋初以徐铉、李昉、王禹偁为代表的白体诗人,而还会高度重视日本平安朝诗人奉白居易为偶像、奉白居易诗为楷模的一系列实例,并从中抽绎出其不同凡响的意义。

例1　醍醐天皇在《见右丞相献家集》一诗中自注道:"平生所爱,《白氏文集》七十五卷是也。"

例2　具平亲王(村上天皇第六子)在《和高礼部再梦唐故白太保之作》一诗中自注道:"我朝词人才子以《白氏文集》为规摹,故承和以来言诗者,皆不失体裁矣。"

例3　藤原为时亦在同题之作中自注道:"我朝慕居易风迹者,多图屏风。"

例4　因为天皇和太子都耽读《白氏文集》,以至出现了侍读《白氏文集》的专业户。大江匡衡《江吏部集》卷中有云:"近日蒙伦命,点文集七十卷。夫江家之为江家,白乐天之恩也。故何者? 延喜圣主,千古、维时,父子共为文集之侍读;天历圣代,维时、齐光,父子共为文集之侍读;天禄御宇,齐光、定基,父子共为文集之侍读。爰当今盛兴延喜、天历之故事,而匡衡独为文集之侍读。"玩其语意,颇以大江家独占侍读《白氏文集》之专利而自豪。

显然,坊间已有的几种《白居易评传》,如果加上这四条材料,肯定比泛言"白居易集在作者生前已传入日本"要深刻、切实得多,何况具有同等价值的材料稍觅即得。再如,在中国,唐末五代以还,"词为艳科"、"诗庄词媚"的观念曾经支配着封建士大夫的创作,使他们视写诗为"正道"、填词为"薄伎"。于是,在诗中他们不敢稍露的东西,在词中却可以发泄无余,以致后人在阅读欧阳修词时深感"殊不类其为人",而怀疑是"仇家子"所嫁名。与此相仿佛,在日本平安朝时代的贵族阶层中,则似乎存在着"歌为艳科"、"诗庄歌媚"的意识。大江千里的《句题和歌·序》透露了这一消息:

> 臣千里谨言,去二年十月,参议朝臣传敕曰:古今和歌,多少献上。臣奉命以后,魂神不安,遂卧薪以至今。臣儒门余孽,侧听言诗,未习艳辞,不知所为。今臣仅枝古句,构成新歌,别令加自咏古今物百余首。悚恐震慑,谨以举进,岂求骇目,只欲解颐。千里诚恐诚惧,谨言。

这段文字,不止一次被日本的汉学家所引用,但他们的注意力几乎都集中在大江千里奉敕撰进《句题和歌集》这一点上,而我所着眼的则是"臣儒门余孽,侧听言诗,未习艳辞,不知所为"云云。窃以为这寥寥数语颇堪玩味:把和歌称作"艳辞",且强调自己是儒门之后,汉诗得自家传,于和歌则向未染指。这番似谦恭而实倨傲的表白,多少流露出作者所代表的缙绅阶层对和歌所固有的轻视态度。当我们评议唐末五代以还的正统诗学观念时,以此作为印证,也许可以挖掘出一些深层的东西。而这岂不是又说明,拓展海外汉诗这一研究畛域,可以为文学史研究提供新的材料和新的视野,从而丰富我们既有的研究成果,提高我们既有的研究水准,推动文学史研究在更浩瀚的空间内实现新的跃迁。

三

当然,这暂时还只是一种有待实施、且未必成熟的学术构想或曰学术展望。不厌其烦地阐述这一构想的目的,既是为了引发文学史研究者的共同关注与思考,更是为了激发青年学子求索与开拓的热情。尽管这一构想尚不可能体现在本书的编写中,但作为一种全新的文学史观,对初涉学海的年轻朋友或许会有所启发。

本书的编写,是为适应理工财经政法科院校新闻传播类专业教材建设的需要。在学科、专业的综合化已成为一种不可逆转的趋势的情况下,各地的理工财经政法院校纷纷开办新闻传播类专业,以图在充分满足社会的快速发展对此类人才的迫切需求的同时,推进整体的人文素质教育,实现文理渗透、学科交叉的宗旨。按照"厚基础、宽口径"的要求,这类专业都有必要开设中国文学史课程,但由于培养目标、培养规格以及与此相应的培养方案的差异,显然不能简单化地沿用现有的中文专业的文学史教材,而坊间已见的几种可供非中文专业使用的文学史教材,或存在体例、容量未尽切合的缺憾,或有待吸纳学术界的最新研究成果。这正是我们致力编写本书的起因与动因。

本书既然以"简史"为名,自必试图采取"纳须弥于芥子"的做法,浓缩中国文学的精华,在有限的空间中,嵌入最大容量的文学珠玑。基于这一写作意图,行文必然追求简明扼要。我们的设想是,从"通古今之变"的角度,考察并梳理中国文学的历史流程,用尽可能明晰的线索和尽可能晓畅的语言加以显现,并结合对代表作家的评析和典型作品的解读,描述其发展的阶段性特征,使得教材使用者一卷在手,不仅能获得对中国文学发展历程的基本认知,丰富自己的文学史知识,而且对文学史学和文学史观也能形成一定的概念,从而完善自己的知识结构,充实自己的文化底蕴,提升自己的综合素质。

浙江工业大学的汉语言文学专业创建时间不长,但起点较高,发展较快,后劲较足,近年来取得了一系列标志性成果。继申报成功浙江省重点学科、浙江省高校人文社科重点研究基地后,又获得一级学科硕士学位授予权,并荣膺"国家精品课程"和"国家特色专业"的命名。而本书的编写人员,也以"国家级教学名师"领衔的"国家级教学团队"为主体。唯其如此,我们不敢妄言本书饶有特色,但自信尚合规范,亦切实用。

目　录

CONTENTS

第一章　先秦文学 ………………………………………………………… 001

　　第一节　上古文学 …………………………………………………… 001

　　第二节　《诗经》 …………………………………………………… 004

　　第三节　先秦历史散文 ……………………………………………… 009

　　第四节　先秦说理散文 ……………………………………………… 015

　　第五节　屈原与楚辞 ………………………………………………… 022

第二章　秦汉文学 ………………………………………………………… 027

　　第一节　秦及两汉散文 ……………………………………………… 027

　　第二节　两汉辞赋 …………………………………………………… 031

　　第三节　《史记》与《汉书》 ……………………………………… 037

　　第四节　汉代乐府诗 ………………………………………………… 043

　　第五节　东汉文人诗 ………………………………………………… 046

第三章　魏晋南北朝文学 ………………………………………………… 050

　　第一节　三国文学——从建安风骨到正始之音 …………………… 053

　　第二节　两晋诗坛 …………………………………………………… 060

　　第三节　南北朝诗歌流变 …………………………………………… 069

　　第四节　魏晋南北朝的辞赋、骈文、散文、小说及民歌 ………… 079

第四章　隋唐五代文学 ·· 089

　　第一节　隋代文学与初唐诗歌 ·· 093

　　第二节　盛唐诗歌 ··· 095

　　第三节　李白 ·· 102

　　第四节　杜甫 ·· 107

　　第五节　中唐诗坛 ··· 111

　　第六节　晚唐诗坛 ··· 123

　　第七节　古文运动与唐代散文 ·· 127

　　第八节　唐五代词 ··· 131

第五章　宋代文学 ·· 140

　　第一节　北宋前期的词 ··· 140

　　第二节　北宋诗文革新运动 ·· 144

　　第三节　苏轼与苏门 ··· 156

　　第四节　北宋后期的词 ··· 164

　　第五节　南宋诗坛 ··· 171

　　第六节　南宋的散文及话本小说 ··· 176

　　第七节　南宋词 ·· 178

第六章　金元文学 ·· 194

　　第一节　金代诗歌 ··· 194

　　第二节　元代诗文 ··· 197

　　第三节　元曲 ··· 200

第七章　明代文学 ·· 209

　　第一节　明代诗文 ··· 209

　　第二节　《三国演义》 ··· 215

　　第三节　《水浒传》 ·· 219

第四节　《西游记》···································· 223

第五节　三言二拍与《金瓶梅》···················· 226

第六节　明代戏曲···································· 232

第八章　清代文学 ···································· 239

第一节　清代文坛···································· 240

第二节　清代的诗歌·································· 244

第三节　清代的词···································· 253

第四节　清代小说···································· 258

第五节　清代戏曲···································· 275

第九章　二十世纪文学 ······························ 284

第一节　中华民国与新文学·························· 284

第二节　民国时期诗歌······························ 289

第三节　民国时期小说······························ 298

第四节　民国时期戏剧文学·························· 304

第五节　民国时期散文······························ 309

第六节　中华人民共和国以来的中国文学············ 314

第七节　大陆诗歌与散文···························· 318

第八节　大陆小说与戏剧文学························ 324

第九节　台、港地区文学与海外华语文学·············· 329

后　记 ·· 335

第一章　先秦文学

先秦，是指中国历史上第一个统一的封建王朝秦朝建立之前的整个上古时代，这整个时代的文学也就被统称为"先秦文学"。

先秦文学是中国文学发展长河的源头，是古代文学发展的第一个阶段，诗歌、散文是这一时期的主要文学样式。

第一节　上古文学

一、文学的起源

关于文学艺术的起源有很多种说法，有游戏说、心灵表现说、巫术说、模仿说等。而马克思主义认为文学艺术起源于人类的生产劳动，最早的文艺作品产生于人类生产劳动过程中，它是根据生产劳动的实际需要产生出来的。鲁迅在《且介亭杂文·门外文谈》中亦持劳动说。古代一些歌谣表明文学的起源与生产劳动有直接关系，例如《吕氏春秋·古乐篇》就是在宗教祭祀和生产劳动的基础上产生的乐曲。

二、原始歌谣

远古口头文学，主要指文字产生以前的原始歌谣和上古神话。它们以口耳相传的方式流传，容易引起变异，又加上年代久远，后世所载的文字很难说是其原貌。

诗歌是最早产生的文学样式。上古歌谣虽存者寥寥，然其内容甚广，包括劳动、祭祀、婚姻、战争诸多方面。

再现劳动过程的，有东汉赵晔《吴越春秋》卷九《勾践阴谋外传》载《弹歌》："断竹，续竹，飞土，逐宍（宍，古肉字）。"这是一首反映原始社会狩猎生活的二言诗，全诗 8 个字，却写出了从制作工具到进行狩猎的全过程。

征服自然愿望的,有《礼记·郊特牲》中《蜡辞》:"土反其宅,水归其壑,昆虫毋作,草木归其泽!"这是一首在腊月里祭祀百神祈求来年丰收的祭辞。这首短歌用命令的口吻,以有韵律的语言念出对自然的"咒语",希望大自然不要危害人类的农作物。

思恋之歌,有仅一句之歌,曰"候人兮猗",后人称之为《候人歌》。出自《吕氏春秋》卷六《音初篇》,大禹省视南土,涂山女久候不归,乃唱此歌。《吕氏春秋》说"实始作为南音"。它既是产生于我国南方的最古老的情诗,为《诗经》的《周南》、《召南》取风,同时也开启了诗歌以抒情为传统的先河。

古籍《周易》中也保存有不少古老歌谣。

反映上古婚姻制度的,有《周易》中《屯·六二》:"屯如,邅如;乘马,班如;匪寇,婚媾。"这是一首抢婚的诗,一群男子骑在马上,迂回绕道而来,原以为是敌寇,等到闯进门来把姑娘抢走,才知道是为了婚事,反映了古代真实存在的抢婚制度。

与战争相关的,有《中孚·六三》:"得敌,或鼓,或罢,或泣,或歌。"

写愉快的劳动生活,有周易《归妹·上六》的一首牧歌:"女承筐,无实;士刲羊,无血。"写牧场上男女在剪羊毛。男的看起来在割羊,但不见有血。女的用筐承装羊毛,但却没有重量。

原始歌谣具有的文学特征是:口语化、集体性和综合性显著;诗乐舞三位一体;语言简明,二言为主,单音词多;开治注意节奏韵律,并有了句式变化;篇幅短小,风格淳朴。

三、上古神话

上古神话并不就是文学,但含有文学的成分,并对后世的文学产生了很大影响。

马克思认为,神话是"通过人民的幻想用一种不自觉的艺术方式加工过的自然和社会形式本身"(马克思《政治经济学批判·导言》)。神话不管如何神奇,实质上都是对现实生活的直接或间接的反映。

上古神话从内容上说大致可分为三类:

第一类,世界和人类起源。

创世神话中最著名的是盘古神话,《艺文类聚》卷一引三国吴徐整《三五历纪》载:"天地混沌如鸡子,盘古生其中。"这种卵生神话具有世界性的普遍意义,反映了原始思维的基本特征,在汉语文化中有着古老的渊源。与此相关的还有清马骕《绎史》卷一引自《五运历年记》的一段记载,称盘古死后,化身为万物。

始祖神话中最具魅力的是女娲造人的神话。在屈原之时已流传着女娲造人之说,可见此神话渊源之久远。女娲造人的详细过程见于《太平御览》卷七八引《风俗通》。

　　与女娲相关的还有伏羲神话，据说二人本是兄妹，宇宙开辟之时，于昆仑山中结为夫妻，繁衍了人类。

　　第二类，人类与自然的抗争。

　　华夏神话中的洪水故事，主要是表现英雄和洪水作斗争的主题。

　　在《淮南子·览冥训》中，女娲不仅是造人的始祖神，同时也是补天、治水的神灵。中国古代神话学家袁珂认为女娲是第一个治水英雄。

　　鲧禹治水则更为著名。《山海经·海内经》载《鲧禹治水》："洪水滔天。鲧窃帝之息壤以埋洪水，不待帝命。帝令祝融杀鲧于羽郊。鲧复（腹）生禹，帝乃命禹卒布土以定九州。"鲧死不瞑目，破腹生禹，乃悲剧英雄。大禹与涂山氏的故事也是鲧禹治水神话的重要组成部分。

　　同时，出现了不少具有反抗精神的英雄。

　　其一，夸父逐日。

　　事载《山海经·海外北经》，又见《山海经·大荒北经》。中国古代素有太阳神崇拜。夸父为一探太阳的奥妙，不惜以身为殉，他所遗弃的手杖化成"邓林"（后印证为桃林）为后继者乘凉解渴，使之得以完成自己未竟的事业。

　　其二，精卫填海。

　　事载《山海经·北山经》。东晋陶渊明高度赞扬精卫的反抗精神："精卫衔微木，将以填沧海。"（《读山海经》第十首）

　　其三，共工触不周之山。

　　事载《淮南子·天文训》。共工怒而触不周之山，欲淹没颛顼之都，哪知却造成了"天柱折，地维绝"（《淮南子·天文训》）的局面。这个神话反映了共工族和颛顼族之间激烈的斗争，使苍天大地发生了巨变。

　　其四，刑天以乳为目。

　　《山海经·海外西经》记载："刑天与帝至此争神，帝断其首，葬之常羊之山。乃以乳为目，以脐为口，操干戚以舞。"刑天常被后人称颂为不屈的英雄。东晋陶渊明《读山海经》第十首诗云："刑天舞干戚，猛志固常在。"即咏此事，借寓抱负。

　　此外，还出现了著名的文化英雄，形成了发明创造神话。

　　其一，羿射十日。

　　善射的羿，属先民心中了不起的英雄神。为了拯救下民，为了抗旱，奉帝尧之命，羿先后完成了为民除害的七件大事，其中以射落九日的功绩最为杰出，形成了"羿射十日"的著名神话。

　　其二，仓颉造字。

　　仓颉，又称苍颉，姓侯刚，号史皇氏，黄帝时史官。传说中仓颉生有"双瞳四目"。"仓颉造字"的传说在战国时期已经广泛流传。《淮南子·本经训》中记载：
"昔者仓颉作书而天雨粟，鬼夜哭。"

第三类，人类社会之间的斗争神话。

据先秦文献一记载，炎、黄二族曾联合在涿鹿打败东夷族的蚩尤，奠定了黄河
中下游部落大联盟的基础。其后，三大集团在斗争中相互交融，逐步形成了我们今
天的中华民族。

其一，黄帝、蚩尤之战。

《太平御览》卷十五引《志林》："黄帝与蚩尤战于涿鹿之野。蚩尤作大雾弥三
日，军人皆惑，黄帝乃令风后法斗机作指南车，以别四方，遂擒蚩尤。"

其二，炎、黄之战。

《史记·五帝本纪》："炎帝欲侵陵诸侯，诸侯咸归轩辕。轩猿乃修德振兵，治五
气，艺五种，抚万民，度四方。教熊、罴、貔、貅、貙、虎，以与炎帝战于阪泉之野，三战
然后得其志。"

炎帝、黄帝的斗争在其后裔中仍有继续，《淮南子·天文训》的"共工怒触不周
之山"这个神话，反映了共工族（属炎帝后裔）和颛顼族（属黄帝后裔）之间的激烈
斗争。

古代神话大量散亡，但有零星的保存。《山海经》、《淮南子》保存较多。《山海
经》的神话学价值最高，是我国古代保存神话资料最多的著作，对我国神话的传播
和研究有着极其重要的意义。

第二节 《诗经》

《诗经》是我国第一部诗歌总集。先秦时期一般称为"诗"或"诗三百"。《史
记·孔子世家》云："三百五篇，孔子皆弦歌之。"说明《诗经》为配乐歌唱的乐歌总
集。由于儒家的推崇，到了汉代，诗被尊为"经"，于是，后世便都称之为《诗经》。

一、《诗经》的概貌

《诗经》存目 311 篇，其中有 6 篇"笙诗"有目而无辞，故实有 305 篇。全书主要
收集了周初至春秋中叶 500 多年间的作品。最后编定成书，大约在公元前 6 世纪。
产生的地域为黄河、长江、汉水、渭水流域的广大地区。作者包括了从贵族到平民
的社会各个阶层人士，绝大部分已不可考。

《诗经》的编集，先秦古籍无明确记载，历来有三种说法：采诗说、献诗说、删
诗说。

删诗说影响很大,最早提出孔子删诗说的是司马迁,至今有人坚持,但大多数学者认为此说不确。学者普遍认为,孔子对"诗"可能作过"正乐"的工作,甚至也可能对"诗"的内容和文字有些加工整理,但他未曾删诗。

"六义"指"风、雅、颂,赋、比、兴"。"风、雅、颂"是按音乐性质的不同对《诗经》的分类,"赋、比、兴"是《诗经》的表现手法。

《诗经》中的诗歌均为曾经入乐的歌曲,但是由于古乐失传,后人已无法了解风、雅、颂各自在音乐上的特色了。

"风"即音乐曲调,国风即各地区的乐调。国是地区、方域之意。十五国风即这些地区的地方土乐,共160篇。国风中,豳风全部是西周作品,其他除少数产生于西周外,大部分是东周作品。

《雅》诗共105篇,大雅31篇,小雅74篇。"雅"即正,指朝廷正乐,西周王畿的乐调。又一说认为雅是夏的借字,因王畿附近曾是夏人居住的地方,故云夏。雅分为大雅和小雅。大雅的作者,主要是上层贵族;小雅的作者,既有上层贵族,也有下层贵族和地位低微者。

《颂》包括《周颂》31篇,《鲁颂》4篇,《商颂》5篇,共40篇。《毛诗序》云:"颂者,美盛德之形容,以其成功告于神明者也。"就是说,颂有二义:一是赞颂,夸祖颂德,二是配合舞蹈的诗。周颂是周王朝的颂诗,鲁颂是鲁国的颂诗,产生于春秋中叶鲁僖公时,都是颂美鲁僖公之作。商颂并非商朝的颂诗,而是商的后裔宋国的颂诗。

秦火以后,《诗经》以其口耳相传、易于记诵的特点,得以保存,在汉代流传甚广,出现了鲁、齐、韩三家诗,三家诗是用当时通行的隶书写的,叫今文诗。鲁诗出自鲁人申培,齐诗出齐人辕固,韩诗出自燕人韩婴,三家诗兴盛一时。鲁人毛亨和赵人毛苌的"毛诗"晚出,毛诗是用大篆书写的,称之为古文诗。毛诗在西汉虽未被立为学官,但在民间广泛传授,并最终压倒了三家诗,盛行于世。至东汉时,郑玄在毛亨《毛诗诂训传》的基础上作笺,读毛诗的人渐多,三家诗先后亡佚,今本《诗经》,就是"毛诗"。

汉儒传《诗》,使《诗》经学化,自汉代形成的诗教传统和说诗体系,对《诗经》研究和整个古代文学的发展,都产生了深远的影响。"诗经学"传统,大致说来,汉学重"美、刺",宋学重"义理",清代朴学重"考据"。

二、《诗经》的内容

《诗经》内容广泛,形象深刻地反映了西周至春秋中叶政治、经济、军事、文化以及世态人情、民俗风习等社会生活的各个方面,是研究我国古代社会情况的珍贵资料。

其一,祭祖颂歌和周族的史诗。

《诗经·大雅》保存了5首古老的周族史诗《生民》、《公刘》、《绵》、《皇矣》、《大明》，记述了从周始祖后稷诞生到武王灭商的一些传说和英雄史迹，这些作品也有其历史和文学价值。

《生民》描绘和赞美周人始祖后稷的传奇经历。该诗充满了传奇色彩："履帝迹而怀孕，生而如肉团，剖之不开，弃之见异。及弃出生后，天生知农，天降嘉种。"履帝迹生子的神话，是只知有母而不知有父的母系社会的折射。

其二，农事诗。

《诗经》中的《臣工》、《噫嘻》、《丰年》、《载芟》、《良耜》等作品，是农业祭祀乐歌，反映了周代统治者对农业生产劳动的重视。

《周南·芣苢》是一首典型的连章体民歌，全诗用了六个含义相近而稍有变化的动词，内容单纯而不单调，格调明快而不浮华，形式整齐而不板滞。这首诗其实并非仅仅是一首"劳者歌其事"、"直赋其事"的作品，它描写了一种古老的采芣苢的习俗。古籍中凡是提到芣苢的，都说它有"宜子"的功用，即食之能受胎生子。

《豳风·七月》是一首农事诗，是风诗中最长的一篇，是一曲饱含血泪的奴隶之歌。该诗用赋的手法，朴实、生动地描摹了西周农人的生活状况。研究古代农业发展状况、古代气候的学者都必须参考此诗，此诗具有极高的史料价值和认识价值。

其三，燕飨颂歌。

周代是礼乐文化发达的社会，整部《诗经》在很大程度上是周代礼乐文化的载体。燕飨诗以文学的形式，表现了周代礼乐文化的一些侧面。《小雅·鹿鸣》一诗原是天子宴群臣嘉宾之诗（据《毛诗序》）。宴饮中的仪式，体现了礼的规则和人的内在道德风范。当时诗皆入乐，后来将《鹿鸣》等篇的乐调在举行乡饮酒礼、燕礼等宴会上歌唱。

其四，怨刺诗。

在《雅》诗和《国风》中，与颂歌异调的，是怨刺诗，亦即前人所谓"变风"、"变雅"。

《汉书·礼乐志》说："周道始缺，怨刺之诗起。"《诗经》确有不少含蓄蕴藉的作品，但也有一些直吐怒骂之作。这些作品被后人称为"变风"、"变雅"。怨刺诗的特点是"多具忧世之怀"，"有忧生之意"（刘熙载《艺概》）。

怨刺诗主要保存在"二雅"和《国风》中。"二雅"中的怨刺诗多出自贵族文人之手，《国风》中的怨刺诗则多出自民间，因而更直接地反映了下层民众的思想、感情和愿望。其内容更深广，怨愤更强烈，讽刺也更尖刻，具有更激烈的批判精神，如《魏风·伐檀》、《魏风·硕鼠》。

《国风》中的怨刺诗更多的是对统治阶级种种无耻丑行的揭露和讥嘲。揭露统治阶级暴行的诗，如《秦风·黄鸟》愤怒控诉了统治者以活人殉葬（殉177人）的血腥罪行。

揭露统治者秽行的诗更多一些。如《陈·株林》、《齐风·南山》、《邶风·新台》等。人民痛恨无耻淫乱的统治阶级，诟骂其何以厚颜无耻地活着，诅咒其快死。《墉风·相鼠》云："相鼠有皮，人而无仪！人而无仪，不死何为？"

也有比较含蓄哀婉的作品，如《王风·黍离》。人们往往把亡国之痛、兴亡之感，称作"黍离之悲"。

《国风》中的怨刺诗无不在有力的讽刺中蕴含深刻的怨愤，反映了广大下层民众正直的人格和高尚的情操，吐露了他们不平的心声。这些怨刺诗在文学史上闪耀着特殊的思想光辉。

其五，战争徭役诗。

战争与徭役为主要题材的叙事和抒情诗称为战争徭役诗，这类诗大概有 30 首。战争与徭役在作品中一般被称为"王事"。"王事靡盬，不能艺稷黍。"（《唐风·鸨羽》）

《小雅·采薇》是出征猃狁的士兵在归途中所赋。末章云："昔我往矣，杨柳依依。今我来思，雨雪霏霏。行道迟迟，载渴载饥。我心伤悲，莫知我哀。"千百年来一直被认为是《诗经》乃至整个古典诗歌中最优美的诗句。

《豳风·东山》是一首征人解甲还乡途中抒发思乡之情的诗。

从思妇的角度反映征役不息给民众带来的无限痛苦也是诗经中的常用手法，其代表作有《魏风·伯兮》、《王风·君子于役》，表达了思妇深切怀念久役不归的丈夫，渴望过和平劳动生活的美好愿望。二诗为闺怨思妇诗之祖。

其六，婚恋诗。

反映婚姻爱情生活的诗作，在《诗经》中占有很大比重，主要集中在《国风》之中，不仅数量众多，而且内容十分丰富。

描述美丽的幽会和邂逅的诗。《邶风·静女》以男子口吻写幽期密约的乐趣。这首诗写得饶有趣味，捕捉住男子幽期密约过程中的心情变化，先是兴奋，继而失望，最后欣喜若狂。

表现相思和爱情受阻的诗。一些恋歌表现了青年男女对礼法压迫的反抗及其内心创伤。如《鄘风·柏舟》写一位未嫁少女爱上了一位心仪男孩，却遭到了母亲的反对，只有呼天唤地以示抗争。《郑风·将仲子》写女子与心上人倾心相爱，但是又惧怕父兄的反对和旁人的风言风语，婉曲之中不乏怨尤。这类诗歌反映的社会问题，是爱情同礼教、社会舆论的矛盾。

描写美满婚姻生活的诗。如《周南·桃夭》，这是一首祝贺新婚的短诗。以艳丽的桃花起兴，祝福新娘家庭和睦，生活幸福。《齐风·东方之日》写一位男子得到意中人的那种令人震撼的喜悦。《齐风·鸡鸣》则以夫妇对话的形式，写清晨小两口赖床的片段，饶有风趣，表现了夫妇缠绵恩爱的情意。这首展现夫妻情话的诗，生活气息浓烈,是现实生活的白描。

在婚恋诗中最能反映社会问题的是"弃妇诗"。以《邶风·谷风》和《卫风·氓》为代表的"弃妇诗",以浓郁的哀伤情调,描述了沉痛的婚恋悲剧。

三、《诗经》的艺术特点

《诗经》关注现实,抒发现实生活触发的真情实感,这种创作态度,使其具有强烈深厚的艺术魅力。《诗经》是中国现实主义文学的第一座里程碑。其艺术特点主要表现在以下几点:

其一,赋、比、兴的手法。

赋、比、兴的运用,既是《诗经》艺术特征的重要标志,也开启了我国古代诗歌创作的基本手法。关于赋、比、兴的意义,历来说法众多。南宋朱熹从"诗言志"的观念出发,认为"兴者,先言他物以引起所咏之词也","赋者,敷陈其事而直言之者也","比者,以彼物比此物也"(《诗集传》卷一)。简而言之,比即比喻,兴即起兴,赋即铺陈直叙。

《诗经》中用赋的地方很多,最典型的例子是《七月》和《郑风·溱洧》。《七月》铺陈叙述了农夫一年的劳动生活。《溱洧》客观地叙述了青年男女游春之乐。

用比的例子也很多,《卫风·氓》以"桑之未落,其叶沃若"比女子的貌美,以"桑之落矣,其黄而陨"比其色衰,最是贴切不过。又如《卫风·硕人》:"手如柔荑,肤如凝脂,领如蝤蛴,齿如瓠犀,螓首蛾眉,巧笑倩兮,美目盼兮。"还有一种全用比体的,如《小雅·鹤鸣》、《豳风·鸱鸮》、《周南·螽斯》、《魏风·硕鼠》。

兴分两种情况,一种是兴而兼比,既有发端的作用,又有比喻的作用。如《关雎》的开头:"关关雎鸠",既是起兴,又以雎鸠鸟的雌雄的和鸣比喻君子求偶。又如《周南·桃夭》:"桃之夭夭,灼灼其华。"既是起兴,又以绚丽的桃花比喻新娘子的美艳。后来"比兴"二字常联用,专用以指诗有寄托之意。第二种的兴与正文的内容没有什么必然的联系,只有发端的作用。

《诗经》中赋、比、兴手法运用得最为圆熟的作品,已达到了情景交融、物我相谐的艺术境界,对后世诗歌意境的创造,有直接的启发,如《秦风·蒹葭》。一般认为这是一首抒写思慕、追求意中人而不得的情诗。此诗意境飘逸,神韵悠长,乃不可多得的佳作。

总之,赋比兴手法的运用,大大丰富了诗的表现力,特别是比兴的运用,往往能收到言近旨远,含蓄有效的艺术效果。

其二,句式和章法。

《诗经》的句型以四言为主,节奏为每句二拍。这种四言两折的形式,也是适应当时入乐的节奏。为适应内容表达和感情抒发的需要,有时也变换句型。

《诗经》联章复沓、回环往复的特点,也同《诗》皆入乐有关。复沓的章法正是围绕同一旋律反复咏唱的形式。一首诗分为若干章,各章字、句大体整齐划一,仅换其中少数词语,以适应反复咏唱的需要。

其三,语言风格。

《诗》三百篇都是入乐之作。其用语特点,多与入乐有关。

一是"重言"(叠字)层出不穷,形成了修辞手段的一大特征。"'灼灼'状桃花之鲜,'依依'尽杨柳之貌,'杲杲'为出日之容,'瀌瀌'拟雨雪之状,'喈喈'逐黄鸟之声,'喓喓'学草虫之韵。"(刘勰《文心雕龙·物色》)

二是"双声"、"叠韵"的运用,在《诗经》中也很出色。清洪亮吉说:"《三百篇》无一篇非双声、叠韵。"(《北江诗话》)

《诗经》用韵的特点,是"从容"、"宛转",出于自然。顾炎武《日知录》卷二一谓"汉以下诗及唐人律诗"的用韵皆"源于此"。

四、《诗经》在文学史上的地位和影响

《诗经》是我国文学的光辉起点,奠定了我国诗歌的优良传统,影响了后世文学的创作,在中国文学史上具有重要的意义:

第一,《诗经》中多数篇章是抒情言志之作,只有少数叙事的史诗,这开辟了中国诗歌的抒情传统,抒情诗成为我国诗歌的主要形式。

第二,在思想上开创了我国诗歌的现实主义传统。《诗经》的风雅精神,直接影响了后世文学的发展。

第三,在表现手法上奠定了我国诗歌以比兴为主要内容的艺术传统,启迪了历代作家向民间文学学习,汲取永不枯竭的创作源泉。

第四,在体裁上为后代诗歌的拓展提供了众多的创作样式。

第三节　先秦历史散文

先秦散文,包括叙事性的历史散文和说理性的诸子散文。其时限,包括从春秋末至战国末,约当公元前 5 世纪中叶至前 3 世纪中叶。从殷商到战国时期,我国散文由萌芽而至成熟。

一、甲骨卜辞、《周易》卦爻辞和商周铜器铭文

殷墟卜辞可以说是先秦散文的萌芽,它在兽骨龟甲上简略地记录了殷商王朝的占卜言辞,是我国现存最早的记言、记事文字,也是书面文学的萌芽。

《周易》是用蓍草的茎占卜的一部记录卦辞的书。其卦爻辞在叙述卦体吉凶时,反映出了当时的社会背景,具体内容也有语言比较生动的地方。

商周时期,在铸造青铜器时,将当时发生的认为值得永久记载的事件直接刻写在模具中,连同铜器一起铸就的文字叫铜器铭文。著名而较完整的铜器铭文有《毛公鼎》等,其性质、篇幅与《尚书》已相当接近。

二、《尚书》、《春秋》、《逸周书》

史官之设始于殷,"左史记言,右史记事"(《汉书·艺文志》)。《尚书》、《春秋》乃记言叙事文之祖。

尚书即上书,意即"上古帝王之书"(《论衡·正说篇》)。《尚书》是我国第一部散文集,它是上古历史文献集。

从文学的角度说,《尚书》是中国古代散文已经形成的标志。书中的文诰皆单独成篇,有完整的结构和布局,命意谋篇颇用心思,有一定的层次。部分篇章有一定的文采,善用比喻,留下了"若网在纲"、"有条不紊"、"星火燎原"等成语,还有的善用对偶、排比句。还有些作品富于传奇色彩,如以记事为主的《周书》的《金縢》。

对于《尚书》的语言,韩愈有"周诰殷盘,佶屈聱牙"(《进学解》)之评。但是总体来看,《尚书》的文风质直古朴,不事藻饰,历代散文家都从中取得了一定借鉴。

秦汉以后,各个朝代的制诰、诏令、章奏之文,都明显地受它的影响。

《春秋》是我国现存的第一部编年体断代简史,属于纪事体。

关于《春秋》的作者,《左传》等书中有孔子修《春秋》的话,但后世学者颇有异议。一般认为,孔子对《春秋》做过删改和修订。

《春秋》全书 16572 字。《春秋》按时间顺序编排历史事件,记事方式是以年为经,以事为纬,记载了共 242 年的史实。但《春秋》记史叙事往往过于简略,就像一则则标题新闻,前人有"断烂朝报"(《宋史·王安石传》)之讥。

由《春秋》一书形成了影响深远的"春秋笔法"。一般认为"《春秋》采善贬恶"(《史记·太史公自序》)是表现了孔子的政治主张的,即尊王攘夷、正名定分。后来,人们把文笔蕴藉含蓄,带有所谓"微言大义"并暗寓褒贬的文字也称之为春秋笔法。

《春秋》的文学特点如下:

其一,叙事简明严谨,"简而有法"(欧阳修《论尹师鲁墓志》),文约事丰,达到"笔则笔,削则削,子夏之徒不能措一辞,不能改一字"(《史记·孔子世家》)的境地。

其二,《春秋》记事极其简括而有序。如《僖公十六年(前 644)》:"十有六年春,王正月,陨石于宋五;是月鶂退飞,过宋都(今商丘)。"记叙以人视觉感受的先后为序,写得简要清楚,错落有致。"五石六鶂"后用以比喻记述准确或为学缜密有序。

其三,语言凝练含蓄,"一字寓褒贬"。春秋的大义由"微言"体现,故而遣词命意极为讲究。同是记叙杀人,无罪者称"杀",有罪者称"诛",下杀上称"弑"。对战争的记载,用词也很准确。尤注重正名定分,反对僭越。

《春秋》在史著中倾注鲜明的感情色彩的做法,为后代史传文学所继承,但刻意"为尊者讳,为亲者讳,为贤者讳"(参见《春秋·公羊传·闵公元年》)的曲笔,有违秉笔直书的"实录"精神,对后世撰史亦有不良影响。

还有一本《逸周书》,也值得关注。《逸周书》原名《周书》《周史记》,又称《汲冢周书》,是一部与《尚书》略相类似的书籍,内容驳杂,可谓杂史。其说理文章,颇有战国时代的风气;叙事之文,富有生气。《太子晋》篇,记述颇为怪诞,有如传说故事。

三、《左传》

《左传》是我国第一部记事详赡完整的编年史,也是优秀散文的典范。

《左传》,西汉人称其《左氏春秋》。这说明它不是一部官修的史书,而是一个姓左的人私修的。到了东汉,刘歆认为这本书是为了"传"(阐释)孔子所编纂的《春秋》一书而写的,所以改称为《春秋左氏传》,后来一直简称为《左传》。

《左传》的作者和写作时代,历史上说法不一。司马迁的《史记》和班固的《汉书》都明确记载《左传》的作者是春秋末叶鲁国人左丘明。无论如何,就《左氏春秋》的书名来看,该书与"左氏"必有某种联系,不少史料可能出于左氏的传诵和编订。

后代阐述《春秋》的有"春秋三传"。"传",是阐释的意思。"春秋三传"是阐释《春秋》的三部编年体著作,指《春秋左氏传》、齐人公羊高所作《春秋公羊传》、鲁谷梁赤所作《春秋谷梁传》。

《左传》摒弃了一字寓褒贬的"春秋笔法",在生动记叙史事的基础上显示各种人物的形象、心态,并表达作者观点立场,取得了极高的文学成就。其文学特点表现在以下方面:

首先,是长于叙事。

广收博取,剪裁得法。《左传》用如椽巨笔将整个春秋时期的历史画卷展现在我们的面前,各种事件和材料无不搜罗殆尽,将各种文字的、口头的资料进行编排,将之予以精心的组织编排,运用其史识文心驱使材料,从而深刻、形象、生动地反映了当时的社会生活。

其叙事详密完整,戏剧性、故事性强。《左传》通过文学性剪裁,把历史事件情节化、故事化,善于把头绪纷繁的人物、事件,构成情节生动、结构完整的故事情节,使不少故事富于戏剧性。例如《僖公二十三、二十四年》写晋文公重耳流亡在外19

年的经历,其中许多情节如别隗、过卫、醉遣、窥浴等都极富有戏剧性。

善于写战事。《左传》之写战争,有完整的结构、精彩的情节、独到的视角,引人入胜。其特色主要表现在两方面:其一,并不局限于正面的战斗场面描写,而能着眼于战争的前后左右。重在描述战争的来龙去脉和胜败的内外因素,以历史家的卓越识见,揭示其前因后果、经验教训,因而波澜起伏、跌宕多姿。其二,善于写战斗经过。例如齐晋鞌之战,情节曲折,生动逼真,颇能扣人心弦。

以虚取胜。想象与虚构是贯彻《左传》写作始终的一种重要艺术思维形式。有的叙事记言,出于臆测或虚构,如僖公二十四年介之推和母亲的对话。这种特色使不少学者从史学的角度加以非难,钱钟书先则生认为,"《左传》记言而实乃拟言、代言,谓是后世小说、院本中对话、宾白之椎轮草创,未过也"(《管锥编》第一册,中华书局1979年版,第164—166页)。

《左传》还记述了大量的占卜释梦和神异传闻,这些内容就像志怪小说一样,如《左传·成公十年》所载晋侯梦大厉之事。先秦史传中的神异梦卜,在题材上直接孕育了后世的志怪小说。

叙事手法多样。灵活运用了顺叙、倒叙、插叙、补叙与预叙等手法。倒叙、插叙和补叙常用一个"初"字领起。还经常运用预叙的手法。而第三人称的全知叙事角度广泛灵活,几乎不受任何限制,屈伸如意。

其次,是善于写人。

《左传》刻画了一批个性鲜明、血肉丰满的人物形象。书中人物有名有姓者达3000人,数以百计的人有一定个性,几十人的形象相当鲜明。人物类型有累积型和闪现型两种。由于《左传》是编年体,很少对某一人物集中描写,只能将同一人物的不同年代的事迹联系起来,才能得到一个完整的人物形象。累积型的,有郑子产、晋文公、齐晏婴等。闪现型的指仅在某一时或某一事中出现,有晋灵公不君的鉏麑、齐晋鞌之战的逢丑父等,还有一些女性形象(孙绿怡:《〈左传〉与中国古典小说·上编〈左传〉的文学价值》,北京大学出版社1992年版,第33页)。

《左传》叙事中以人物的行动、对话构成了表现人物的主要手段,而绝少对人物进行外貌、心理等主观静态描写。此亦与西方小说大异。如成公二年(前589)的齐晋鞌之战,在激烈的战争中,郤克、解张、郑丘缓三人的对话和行动,既表现了其各自的个性,也表现了同仇敌忾、视死如归的气概。

大量描写琐事细节,也是左传重要的叙事特色。作者在叙述晋文公重耳19年流亡的故事的同时,恰当地穿插了一些细节描写,如五鹿乞食、桑下之谋、薄观裸浴、馈飧置璧、沃盥挥匜、降服谢罪等。这些细节描写生动形象,读之趣味盎然,又不失历史的真实性,既强化了主人公重耳的性格,也在叙述过程中呈现了众多的人物形象。

其三,工于记言,尤长于出色的外交辞令。

《左传》语言简洁含蓄、富于文采。《左传》记言文字,主要是行人应答和大夫辞令。这些行人和大夫,凭借十分讲究的言辞折服对方,推行自己的一定主张,委婉而有力。如《烛之武退秦师》、《齐伐楚鉴于召陵》(末段)、《齐晋鞍之战》,皆外交辞令之名篇。

总之,《左传》是我国古代优秀历史散文的开端,在叙事、写人及语言方面为后世提供了丰富的经验。其注重对历史材料的剪裁与安排,为后世纪传体史书(如《史记》、《汉书》等)的写作奠定了基础。《左传》所记录的历史事件、历史人物,为后世小说、戏剧等文学创作提供了丰富的素材。

四、《国语》

《国语》是我国第一部国别体史书。又被称为"春秋外传",分别记载周、鲁、齐、晋、郑、楚、吴、越八国的史事,是各国史料的汇编,因以记言为主,故名《国语》。

关于《国语》的作者,司马迁有"左丘失明,厥有国语"(《报任安书》)之说。后人多不信其说,一般认为是战国初年之作,来源于各国史官的记录,非一人一时一地之作。(参见谭家健《先秦散文艺术新探》,首都师范大学出版社 1995 年版,第 179 页。)

《国语》以记言为主的体制,使其文学成就总体上不及《左传》,其主要文学特点表现在以下三点:

其一,叙事艺术。

《国语》在记言结束以后,往往缀上几句事情的发展或结果。如《鲁语下》记叔孙穆子论楚公子围,记事言语不多,但构成了完整的史实记叙,比《尚书》富于故事性。有些章节则宛然小说写法。

其二,人物形象刻画。

《国语》塑造了有一批带着个性色彩的人物,如姜荀息、丕郑父、里克等,但仅是材料的集编和小故事的组合,而非独立的人物传记。

此外,《国语》还有意识地增加了一些虚构、想象的情节,如骊姬夜半而泣(《晋语一》),谮太子申生,这些都是非第三者能知的记叙,显然是作者有意增补虚构,通过文学创作的手法,塑造出一个口蜜腹剑、阴险狠毒的人物形象。

其三,语言艺术。

《国语》长于对话,有自己的特色。有些人物的对话生动风趣,可补《左传》之不足。如《晋语四第十》记重耳逐子犯:"姜与子犯谋,醉而载之以行。醒,以戈逐子犯,曰:'若无所济,吾含舅氏之肉,其知餍乎!'舅犯走,且对曰:'若无所济,余未知死所,谁能与豺狼争食？若克有成,公子无亦晋之柔嘉(脆嫩,美味),是以甘食。偃之肉腥臊,将焉用之?'遂行。"(〔春秋〕左丘明撰、徐元诰集解《国语集解》,中华书局1930年版,第326页。)较《左传·僖公二十三、二十四》"晋公子重耳之亡"细致而生动幽默,把两人的神态风貌描述得生动传神。

《国语》八国记言的风格颇有差异,各具特色。《国语》中的一些长篇议论,章法谨严而说理细密,素来为古文家称道。

五、《战国策》

《战国策》分国记录了战国时期策士游说各国诸侯时陈谋献策或互相辩论的言辞。这些资料大部分是战国时期各国史官和策士所记,来源不一,作者的姓名亦已不可考。西汉刘向整理古籍时,共收33篇,定名《战国策》。1973年长沙马王堆三号汉墓中出土的大量帛书,内有战国纵横家著述27章,11000字,后定名为《战国纵横家书》,可补充《战国策》。

《战国策》所反映的思想内容较为复杂,儒、墨、道、法、兵各家的思想都有反映。而真正有代表性的还是战国时代纵横家的思想。《战国策》还塑造了大量鲜明生动的人物形象,尤其是"士"的形象,被写得栩栩如生,全面地反映了战国时期士的不同类型。其文学特点有以下几方面:

其一,善于选取典型而生动的故事情节,具有颇为浓厚的小说色彩。

《庄辛说楚襄王》、《冯谖客孟尝君》、《邹忌讽齐王纳谏》诸篇叙述故事都有一定的完整性。《荆轲刺秦王》基本具备了后世小说的格局,而人物形象无不鲜明生动。《秦策一》中《苏秦始将连横》运用了多种艺术手法塑造了苏秦这个著名的人物形象,以富于戏剧性的情节,在前后对比之中,将亲人的势利嘴脸、苏秦的名利追求和庸俗的世态人情描绘了出来。

其二,善于运用比喻和寓言。

战国策士为达游说目的,善以生动形象的语言表述抽象道理,其主要手法是巧于比喻、善用寓言和博引史事。《战国策》载有近70则寓言故事,散见于各策之中。寓言的巧妙运用,成为《战国策》文章的一大特点。

其三,语言艺术上取得空前成功,被称之为"文辞之胜"。

《战国策》语言风格敷张扬厉,善用铺陈,长于夸张渲染,在散文体中包容着大量的骈辞俪句,形成"辩丽恣肆"的艺术风格。这也是战国时期一代文风的重要标志之一。

《战国策》是先秦历史散文的一个里程碑。其纵横恣肆的文风、富丽华赡的文采,对后世作家如贾谊、司马迁以及苏洵、苏轼等,都有重大影响。《战国策》将一个人物的事迹有机集中在一篇文章中,为以人物为中心的纪传体的成立开创了先例,为《史记》纪传体的形成提供了借鉴。同时,《战国策》给司马迁创作《史记》提供了大量的史料,不少文字被基本不加改动地移入《史记》。

第四节　先秦说理散文

春秋战国时期,是中国文化史上最灿烂的时代。这是一个社会大转型、社会剧激变化的时代。先秦诸子散文就是在这一社会背景下孕育出来的产物。文化史家借用德国学者雅斯贝尔斯的概念,将春秋战国称为中国文化的"轴心时代"。

先秦说理散文即通常所说的诸子散文。

一、《老子》

关于老子的生平和《老子》的作者,成书时间,历来说法不一,据《史记·老子列传》记载,老子(约前600—前500),楚国苦县(今河南鹿邑东)厉乡曲仁里人,姓李名耳字聃,曾任周洛阳守藏室之史。据《礼记·曾子问》所载,孔子还曾问礼于老子,故约与孔子同时。后见周衰,遂去周而行,过函谷关,应关令尹喜之请,著《道德经》5000言,后莫知所终。

1973年马王堆出土两种帛书写本和据称是"战国时代中期偏晚"下葬的郭店楚墓出土的郭店《老子》,不仅攻破了20世纪二三十年代疑古派认为《老子》出于战国末秦汉间的说法,而且证明《老子》一书在春秋末战国前期已形成。

今存《老子》共81章,上篇37章,称《道经》;下篇44章,称《德经》,故《老子》又称《道德经》。但1973年马王堆汉墓帛书《老子》却是《德经》在前,《道经》在后,不分章,文字与今本大体相同。

《老子》5000言,文约而意丰。其文谈玄论道,意蕴深邃,具有较为完整的思想体系。(本书所用《老子》版本为[魏]王弼注、楼宇烈校释《老子道德经注校释》,中华书局2008年版。)

首先是关于"道"的学说。"道"是老子哲学思想的核心。"道"在老子中出现70多次。首章、第十六章、第二十一章、第二十五章,皆著名的论道之语。"道"的提出,标志着先秦时代先哲的抽象思维能力已达到一个很高的层次。

其次是辩证法思想。

　　祸兮福之所倚,福兮祸之所伏……正复为奇,善复为妖。(第五十八章)

　　天下皆知美之为美,斯恶已;皆知善之为善,斯不善已。故有无相生,难易相成,长短相形,高下相倾,音声相和,前后相随。是以圣人处无为之

事,行不言之教。万物作焉而不辞,生而不有,为而不恃,功成而弗居。夫
唯不居,是以不去。(第二章)

老子观察天地万物的发展变化,发现了对立统一的辩证规律。在深观乎自然现象、
历史演变之后提出了其独特的"柔弱胜刚强"的哲学。

另外还有自然无为的政治主张和小国寡民的社会理想。老子并非忘怀世事,
而是想以"无为"的手段,达到"无不为"的目的。"为无为,则无不治。"(第三章)他
有不少批判现实政治的激烈言论,表现出强烈的批判精神。老子对统治者"食税之
多"的抨击和"民不畏死"的揭露,对后世影响深远。与此同时,老子还描绘了一个
乌托邦的社会理想,即"小国寡民"的主张。此外,老子还提出"绝圣弃智"、"绝仁弃
义"、"绝巧弃利"的主张,不加区别地否定一切文化,亦成为历代封建统治者的愚民
政策依据。

《老子》之文在先秦诸子中独标一格,其艺术成就有以下几个方面:

其一,自我形象的塑造。从《老子》我们可以看到他独特的、睿智的形象,常自
称愚人,如第二十章颇有尼采的那种愤世嫉俗的风格。

其二,韵散结合的文体。句多排偶、文多用韵,用韵散结合的形式说理,酷似散
文诗。也有整章用韵的,如第六章、二十一章、三十九章等。也有字句整齐如《诗》
者,如"知不知,上;不知知,病。夫惟病病,是以不病。圣人不病,以其病病,是以不
病"(第七十一章)纯为四言,而且有韵。还有遣词用语与"楚辞"相似者,如第二
十章。

其三,善于运用具体形象表现抽象哲理。如第六十四章:"合抱之木,生于毫
末;九层之台,起于累土;千里之行,始于足下。"善用比喻,如第十一章、五章、七十
七章以车和制陶、以风箱、以开弓为喻,这些比喻新颖,富于形象性,都蕴含着深刻
的哲理,不同于一般的简单比喻。

其四,语言凝练精妙,言简意深,多用格言、警句。这些格言、警句精警凝练,富
于哲理,形象而深刻地浓缩了历史和现实生活的经验教训。《老子》也被誉为"五千
精妙"(《文心雕龙·情采》),字字句句如精金美玉。

二、《论语》

孔子(前551—前479),字仲尼,名丘,春秋时期鲁国陬邑(今山东曲阜)人。孔
子是中国古代伟大的思想家,他创立的儒家学说(仁和礼)继承周文化的传统,富有
人道主义精神。

司马迁说孔子"序《诗》,传《易》,正《礼》、《乐》,作《春秋》",未必完全可信,但六
家典籍都经过孔子整理和编订是可以肯定的。在文化典籍整理方面,孔子有过重
大的贡献。

教育方面,孔子首创私学,打破了学在官府的垄断局面,为文化教育的普及开创了道路,在中国教育史上是一个划时代的创举。思想成就方面,孔子思想被汉以后的历代统治者尊奉为统治思想,并成为传统文化的主干。孔子被列为世界十大文化巨人之首。

《论语》是一部记述孔子及其弟子言行的语录体散文集,《论语》的原意即论次编纂孔子及其弟子的言语,取得了很高的文学成就:

其一,善于用形象的语言表达深邃的哲理。如《述而》:"饭蔬食,饮水,曲肱而枕之,乐亦在其中矣。不义而富且贵,于我如浮云。"《子罕》:"岁寒,然后知松柏之后凋也。"《子罕》:"子在川上曰:'逝者如斯夫,不舍昼夜。'"

其二,言简意赅、深入浅出、朴素无华、隽永有味。《论语》一书虽多为口语,通俗易晓,但同时又吸收了书面语之长。许多话具格言味道,为后人传诵,且有许多已成为成语、格言,长期活在人们口头或笔下。

其三,部分叙事片段为人物形象传神写照。《先进》篇"侍坐"一节,在简单的对话中,写出了子路的直率,急躁,冉有、公西华的谦逊、谨慎,曾皙的洒脱、豁达,孔子平易近人、循循善诱的性格特征。此篇被后人认为是最富文学色彩的一章。

其四,《论语》多用语气词,含蓄蕴藉,形成迂徐婉转的语言风格。

孔子对文学、文化的见解有垂范的作用。《阳货第十一》:"诗,可以兴,可以观,可以群,可以怨",对诗歌的抒情功能、教育功能作出规定;《雍也第六》:"质胜文则野,文胜质则史,文质彬彬,然后君子",对文学作品的内容和形式作出阐释;还有"兴于诗,立于礼,成于乐"(《泰伯第八》)、"志于道,据于德,依于仁,游于艺"(《述而第七》)、"君子以文会友,以友辅仁"等说法,都对后世的文学、文化活动产生深远的影响。

三、《孟子》

孟子(约前372—前289),名轲,或说字子舆、子车,盖出附会。战国时邹(今山东邹里)人,鲁国贵族孟孙氏后裔。《孟子》其书是孟子及其门人万章、公孙丑之徒记述孟子及其学生言论的书。

孟子对于孔子的学说,又有明显的发展。性善论是孟子对儒家学说的第一个贡献,所谓性善论即人皆有天赋的善性。重民思想是孟子对儒家学说的重大贡献,孟子强调百姓在封建政治统治中的重要地位。他说:"诸侯之宝有三:土地、人民、政事。"(《尽心下》)又说:"民为贵,社稷次之,君为轻。"并斥责桀纣为一夫,可以诛之:"贼仁者谓之贼,贼义者谓之残,残贼之人,谓之一夫,闻诛一夫纣矣,未闻弑君也"(《孟子·梁惠王下》),此战国新观念堪称惊世之论,并影响深远。

从体制上说,《孟子》基本上仍属于语录体,但较《论语》已有很大发展。多数篇章只要添上题目,就可以单独成篇。《孟子》具有很高的文学价值:

其一，善于论辩，灵活运用各种论辩技巧。孟子曾说："予岂好辩哉？予不得已也。"（《滕文公下》）孟子得心应手地运用类比推理，往往是欲擒故纵，反复诘难，迂回曲折把对方引入自己预设的埋伏圈中。

其二，善用比喻和寓言故事说理，深入浅出，精彩传神。《孟子》的突出特点是善用比喻，有时是短小的比喻，有时是完整的小故事、寓言。孟子书中的比喻，有推理，如"折枝"（《梁惠王上》）、"攘鸡"（《滕文公下》）。有寓言比兴，如"揠苗"（公孙丑上）、"乞墦"（《离娄下》）。赵岐评孟子："长于譬喻，辞不迫切，而意已独至。"（《孟子题辞》）这些譬喻运用自如，旨意明白，妙趣横生。

其三，气势浩然的文风和孟子的人格形象塑造。《孟子》散文富有气势。大量运用排偶句、叠句等修辞手法，感情充沛，气盛强劲，个性鲜明。孟子曾说："我善养吾浩然之气。"（《公孙丑上》）其所养之气也在文章中表现出来。

《孟子》一书以孟轲为中心，通过对他的言行举止、神情语态的生动描述，鲜明地展示了孟子的个性、情感和精神。《孟子》中的孟轲，是个性鲜明的大儒。

其四，语言通俗自然、明快畅达，而又精练准确。《孟子》很少有艰深、生涩的语句，语言简约浅近。《孟子》共7题14篇，有人统计说共261章34685字，实词不占5%，"之"用1902次，"也"用1214次，"不"用1066次，仅此三词即占全书12%左右。

四、《墨子》

《韩非子·显学》说："世之显学儒、墨也。"墨家学派在先秦时期一度和儒家学派一样，被称为"显学"，影响很大。

墨子（前480—前410），名翟，鲁国（一说宋国）人。生平事迹不详，约生于孔子后，活动于战国之初。在《史记》中也只有寥寥24字："墨子名翟，或曰并孔子时，或曰并孟子时。曾任宋大夫，后被囚。"一说墨非其姓，因日夜勤劳面目黧黑得号。先习儒，后自创墨家学派。

墨家组织严密，近似于宗教集团，有严明的纪律，其首领叫"钜子"。墨者多来自社会下层，其信徒不畏劳苦艰险，不务空谈，注重社会实践，以"兴天下之利，除天下之害"为目的。《淮南子·泰族训》说："墨子服役者百八十人，皆可使赴火蹈刃，死不还踵，化之所致也。"

秦汉以后，墨学终为统治者所不容，日渐衰微，竟至后继无人。至民国时期墨学才重新兴起。孙诒让的《墨学闲诂》奠定了墨学研究的基础。辩学是墨子的独特贡献，也是墨学研究的重点。墨子被视为"古代的大马克思"。

《墨子》哲理散文主要指《墨子十论》。这十篇是墨子"十诫"。墨子"十诫"的核心思想是兼爱、非攻。"爱"是墨子学说的根本出发点。在人与人的关系上，主张兼爱;在国与国的关系上,主张非攻。墨子的兼爱是建立在人们现实物质利益基础上的互爱互利的关系,反映了小生产者在战国社会巨变中的理想。《墨子十论》每篇均有明确的论题、充实的内容和清晰的层次,是中国论辩文的雏形。

《墨子》文章的最大特点是尚实尚质,言之无文。墨子"言多而不辩",唯恐以文害用。刘勰《文心雕龙·诸子》:"《墨子》意显豁而语质。"因其"言而不文",故对后世散文影响不大。

《墨子》文章的另一特点是讲究逻辑,明辨是非。《非命上》提出著名的"三表法",它标志着人类逻辑思维的发展。墨子在讲学中自觉运用"察类明故"的逻辑方法。"察类"就是在论辩中遵守一般制约个别的逻辑法则,"明故"就是考察因果关系。以《非攻上》为例,《非攻》在论证时,由小及大,由此及彼,由表及里,用三个方面的事例分三个层次进行推论,论证了诸侯发动战争有大不义罪行。

《墨子》行文逻辑严密,对荀子、韩非子之文有所影响。《墨子》还在文体因革方面,具有承前启后的作用。它的文体已呈现出由"对话体"向"专论体"过渡的趋势,对先秦论辩文形式有奠定之功。

五、《庄子》

郭沫若在《庄子与鲁迅》一文中说《庄子》"不仅'晚周诸子之作莫能先',秦汉以来的一部中国文学史差不多大半在他的影响之下发展"(《郭沫若全集》第 19 卷,人民文学出版社 1992 年版,第 53 页),足见《庄子》的影响深远。

庄子(约前 369—前 286),名周,战国时宋蒙(今河南高丘东部)人。其准确的生卒年不可考,尝为蒙漆园吏。庄子继承并发展老子的思想,是道家著名代表人物。

庄子虽然才华出众,却厌惧仕途。楚威王曾派两位大夫请为相国,但庄子婉拒之,不肯出仕:"我宁游戏污渎之中自快,无为有国者所羁,终身不仕,以快吾志焉。"(《史记·老子韩非列传》)可见庄子以远离宦途、逍遥避世为人生之旨。

《庄子》是庄子及其弟子后学们的哲学著作。《汉书·艺文志》说有 52 篇,现存 33 篇(为晋郭象所编排),其中内篇 7,外篇 15,杂篇 11。学术界一般认为,内篇为庄子本人所作,外、杂篇为庄子后学或道家其他派别的著作。

庄子的思想的核心是齐物、逍遥之旨。内篇的《齐物论》、《逍遥游》和《大宗师》集中反映了庄子的哲学思想。《齐物论》以齐是非、齐彼此、齐物我、齐寿夭为主要内容。《逍遥游》旨在倡导一种精神上的超现实境界。《大宗师》则以论道和论修道为主要内容。外篇《秋水》篇亦被认为最能体现庄子思想,该篇认为万物都是相对的,因而主张一切任其自然,反对人为。但其实庄子并未真正忘怀政治,而是心系天下,对现实黑暗和仁义礼乐予以猛烈抨击。

鲁迅在《汉文学史纲要》中说"其文则汪洋辟阖,仪态万方,晚周诸子之作,莫能先也。"其文"意出尘外,怪生笔端"(《艺概·文概》),极富浪漫色彩。

《庄子》的主要文学特色有:

其一,用艺术形象来阐明哲学道理,是《庄子》的一大特色。

庄子在文章中大量运用寓言,全书"寓言十九",说明寓言是其最主要的表现方式。庄子说理,不以逻辑推理为主,而是常以寓言代替哲学观点的阐述,用比喻、象征的手法代替逻辑性论述。

如《逍遥游》、《人间世》、《德充符》、《秋水》,几乎都是用一连串的寓言、神话、虚构的人物故事连缀而成,把作者的思想融化在这些故事和其中人物、动物的对话中,超出了以故事为例证的意义。

庄子还塑造了大批畸人的形象。"畸人者,畸于人而侔于天者。"(《庄子·大宗师》)其实庄子自身也是这样一位畸人。《人间世》和《德充符》中写了一大批残缺、畸形、外貌丑陋的畸人。畸人形象扩展了古代美学的范畴,具有较高的美学意义和价值。

其二,富于抒情性,是《庄子》的另一特色。

庄子并没有完全逃离现实,他的许多作品对现实社会充满着批判精神。在体物入微的描写中,带有强烈的主观性和抒情性,达到了哲理和诗意的交融。《列御寇》里有一个庄子虚构的曹商使秦的事,这个舐痔破痈的故事极大地讽刺了自我炫耀、逢迎拍马之徒。《至乐》写庄子对骷髅的一连串发问,充满了人生的伤感。在楚狂接舆歌中,表达了出生于乱世的绝望和悲哀。著名的庄周梦蝶寓言,在齐物的妙思中散发着人生的惆怅。匠石运斤的寓言表达了其失去诤友惠施之后的孤独和寂寞。《逍遥游》的最后一段,作者情感浓郁地描述他所追求的心灵自由,精神无待的至人境界,充满了诗情画意。

其三,章法和结构亦极富特色。

庄子文章汪洋恣肆,行文跌宕开阖,变化多端。将深邃的思想和浓郁的情感融入行文之中,把每一个故事环环相套,连缀成一个整体,形成独具特色的连环式结构。《养生主》一篇即是如此。

其四,语言具有诗化风格。

《庄子》语言奇峭富丽,生动泼辣,节奏鲜明,音调和谐,具有诗歌语言的特点。清人方东树说:"大约太白诗与庄子文同妙,意接而词不接,发想无端,如天上白云卷舒灭现,无有定形。"(《昭昧詹言》卷十二)

庄子对后世特别是魏晋以后的文人影响极大。李白、柳宗元、苏轼等大作家无不受庄子之影响。宋苏轼自谓:"昔有见于中,口未能言,今见《庄子》,得吾心矣。"(苏辙《亡兄子瞻端明墓志铭》)鲁迅也承认他自己"就是思想上,何尝不中些庄周韩非的毒"(《写在〈坟〉后面》)。

《庄子》还是中国小说之祖。不少学者认为《庄子》是小说的源头。"小说"二字的连用,最早就是见于《庄子·外物》:"饰小说以干县令,其于大达亦远矣。"庄子散文确实有不少写得故事曲折,个性鲜明的,如《盗跖》篇写孔子劝盗跖改恶从善,写得一波三折。

六、《荀子》

荀子(约前 298—前 238 年),名况,时人尊称荀卿,汉人为避汉宣帝讳有称其为孙卿者。战国末期人,生于赵,游于齐、秦,仕于楚,为兰陵令。

荀子讲学论道,融百家之长,曾在齐国稷下学宫"三为祭酒"(当时的祭酒并非官名,而是德高望重者),"最为老师",备受尊崇。荀子是战国后期著名的儒学大师,也是我国先秦时期集大成的思想家。

思想方面,荀子针对孟子提出了著名的"性恶论",宣称"人之性恶,其善者伪也",特别强调后天的学习,还提出了"制天命而用之"的天道观,并主张人定胜天。

个人影响方面,李斯、韩非都出自他的门下,荀子思想也是法家思想的源头之一。

诸子说理散文到了《荀子》,已是自成体系的专题论文。《荀子》书中的文章多为关于社会政治、伦理、教育等方面的长篇专题学术论文。其文学特点有:

其一,论点明确,论断缜密,结构谨严,风格朴实、深厚。荀子宣称:"君子必辩",其分析辩证的手法更为高超。

其二,善于运用自然界和日常生活中的事例作为论据,巧譬博喻,反复论证。《荀子》之文,多用比喻而少用寓言故事,《劝学》一篇最为突出。

其三,造语简练,多用铺陈手法和排比句式,整齐流畅,适于诵读。

《荀子》中还有一组称为《赋篇》的文章,荀子是以"赋"名篇的第一人,因而历来被认为是赋体的创始者(水天生、孙安邦《荀子译注·代序》,张觉撰《荀子译注》,上海古籍出版社 1995 年版)。另外又有《成相篇》,以民间歌谣形式表达他的政治思想。其形式如后世大鼓、弹词之类的曲艺作品,在当时诚属新创。

七、《韩非子》

韩非(约前 280—前 233),韩国公子(庶出)。

韩非的著作收集在《韩非子》一书中,共 55 篇。

韩非的思想渊源不一而自成体系,他的政治学说基本上是前期法家"法"、"术"、"势"思想的结合。他将商鞅的"明法",申不害强调的"任术",慎到宣扬的"乘势"融为一体,并且吸取了荀子和道家的某些理论,提出"执法、用术、抱势"(《定法》)的主张。法就是法纪律令;术是君主考查和驾驭臣下的方法,近似于今天所说的权术;势是统治者的威势。

韩非不仅是战国时期法家的集大成者,也是战国末期集诸子学说之大成的思想家。汉代以后,韩非学说虽失去其显赫地位,然而历代统治者大多实行"阳儒阴法"的治国策略。

《韩非子》的文学特点主要表现在:

其一,集论辩艺术之大成。韩非虽口吃而善著书。其文章具有高度的总结性和非凡的深刻性,风格峻刻峭拔。其文长于说理,笔锋犀利,论证精密透辟,判断准确简洁,"如老吏断狱,咄咄逼人"。

其二,植根现实的寓言。《韩非子》寓言故事的数量居先秦散文之首位,书中共有寓言故事 300 多则。韩非使寓言作为一种独立的文体,首创了独立的"寓言群"这一结构形式。《储说》六篇便是包括 204 则故事的一个巨大的寓言群。题材主要采用历史事迹和现实生活,很少拟人化、虚幻化。

第五节　屈原与楚辞

伟大的屈原和他的《楚辞》,是中国诗歌的不朽的灵魂。他所开创的浪漫主义创作手法,影响后世极为深远。

一、楚辞产生的社会文化背景

楚辞作为一种诗体,又称为"骚体",因楚辞体的诗以屈原的《离骚》最有名、最具代表性。楚辞在汉代又称作"赋"。

绚丽丰赡的楚文化,是楚辞产生的母体。楚国民歌和地方音乐是"楚辞"产生的直接源头。

早在周初,江、汉、汝水之间的民歌如《诗经》中的《汉广》(周南)、《江有汜》(召南)等都产生于楚国,其他一些文献也保留了不少楚国的民歌,如《论语·微子》中的"接舆歌"和《孟子·离娄上》的"沧浪歌"。还有一首著名的《越人歌》。根据西汉刘向《说苑·善说》庄辛口述,《越人歌》是一位懂得楚语的越人给子皙翻译成楚语的越歌,可谓是我国历史上现存的第一首译诗,缠绵悱恻,一如楚辞。

春秋时期,乐歌已有"南风"、"北风"之称。战国时,楚国地方音乐仍极发达。《楚辞》不必全能歌唱,但其中许多篇章中存在有属乐曲组成部分的"乱"、"倡"和"少歌",这说明《楚辞》与楚地音乐关系十分亲近。

楚辞还受到楚国民间巫风的影响。战国时代的楚国盛行巫风,"信巫鬼,重淫祀",这使得楚文化和楚辞作品深深印上了"巫迹"。《楚辞》中的《九歌》,就是根据楚国各地民间祭神的歌曲加工创作的。

二、屈原的生平、作品

屈原(约前340—约前278),战国时楚国政治家、诗人。名平,字原,又名正则,字灵均。屈原是与楚王同姓(芈姓)的贵族。屈原的先人屈瑕是楚武王(熊通)的儿子,封于屈地,因以为氏。

据《史记·屈原贾生列传》记载,起初,楚怀王曾让屈原起草宪令,上官大夫探听宪令内容未遂,便进谗怀王,怀王降左徒屈原为三闾大夫,从此疏远屈原,不加重用。楚怀王听从其怀王幼弟的主意而不听屈原的劝告,于三十年(前299)至秦,一入武关,秦伏兵便绝其后,将其扣留。三年,死于秦。怀王长子熊横继位,即顷襄王。顷襄王上台后,任子兰为令尹。子兰是楚保守派贵族的代表,他十分嫉恨屈原,昏庸的顷襄王听信其谗言,将屈原流放江南。屈原被放逐后,眼见国势已经一蹶不振,迫近危亡,他忧心如焚,最后满怀悲愤,怀石投汨罗江自杀(今湖南湘阴境内)。

屈原先后有两次去郢都飘荡在外的经历,一次是在汉北,当楚怀王疏远之时,另一次是在江南,乃被楚顷襄王放逐之地。屈原的一生,是坚贞不屈的悲剧性的一生。

王逸把刘向编的《楚辞》作了注,叫《楚辞章句》,是现存最早的编集屈原作品的本子。收入《离骚》、《九歌》、《天问》、《九章》、《橘颂》、《远游》、《卜居》、《渔父》共25篇。现在可以肯定的是,《大招》、《渔父》皆非屈原所作。《远游》有浓重的求仙色彩,作者问题争议较大。其他如《卜居》、《九章》中的《惜往日》、《悲回风》显然是后人伪作,但尚需拿出过硬的证据。

三、《离骚》

《离骚》是屈原的代表作,是我国古代文学史上第一首由诗人自觉创作、独立完成的带有自传性质的长篇抒情诗,也是中国古代文学史上最长的一篇抒情诗。全诗370多句,近2500字。

"离骚"二字,历来有不同解释。班固《离骚赞序》:"离,犹遭也;骚,忧也,谓已遭忧作辞也。"(按,离同罹。)这个解释比较切合该诗的内容。近世学者有推论《离骚》本为楚国古乐曲名。

《离骚》的写作时间,至今争论纷纭。两汉诸家多认为在屈原壮年时期,即楚怀王时期。司马迁《史记·屈原贾生列传》、刘向《新序·节士》、班固《离骚赞序》、王逸《楚辞章句》、宋洪兴祖均持此说。但具体年代也有不同说法,一般认为是作于屈原离开郢都往汉北之时。

《离骚》的前半部分(从篇首到"岂余心之可惩")用自传体形式叙述自己的身

世,接着叙述自己的才能、德行、抱负和不幸遭遇,充分表现了抒情主人公与楚国黑暗现实的冲突。

《离骚》的后半部分(从"女嬃之婵媛兮"到篇末)写主人公遭谗被疏之后,继续求索和内心的冲突,以及最后的抉择,穿插了女嬃劝告、南华陈辞、上叩天阍、追求上女、追求下女、灵氛占卜、巫咸降神、远游西海8个叙事性故事情节,把诗人长期的斗争经历和复杂的心灵历程及强烈的感情波澜表达得淋漓尽致。

《离骚》的主旨是爱国和忠君。即使被疏远、流放,也始终不渝地"眷顾楚国,系心怀王",表达诗人热爱祖国眷恋故土的深厚感情。在这里,忠君与爱国是统一的。支持着屈原奋斗终生并以死为殉的是他的美政思想。其一生的全部政治活动是为了实现美政思想,而《离骚》则是美政思想的投射。

《离骚》取得了极高的艺术成就。

其一,塑造了高洁坚贞的人格形象。

在《离骚》中,诗人以自我为原型,塑造了一位光彩照人的抒情主人公的高大形象。主人公还具有独立不迁的峻洁人格和超群意识,在楚国贵族集团围攻下,更加坚持其精神的高贵、思想的超群,"鸷鸟之不群兮,自前世而固然"。

其二,宏伟结构的设置和思想感情线索的贯穿。

以思想感情发展变化为线索,使《离骚》的结构设置显得复杂、层深,却章法井然,波澜起伏。在行文的过程中抒情与叙事紧密结合,以情感线索贯串故事情节,把诗人长期的斗争经历和复杂的心灵历程及强烈的感情波澜表达得淋漓尽致。

其三,创作方法的突破:浪漫主义特色。

《离骚》的现实主义基调,表现在真实而深刻地揭示了战国后期楚国社会的黑暗和混浊,而更引人注目的是其浪漫主义文学成就。特别在诗的后半部分,把现实跟曲折奇丽的神话境界和神话人物融为一体,构成恍惚迷离、变幻多姿的画面以及宏伟壮观的场景,表现了诗人的内心世界和理想追求。

其四,继承、发展了《诗经》的比兴手法,形成了"香草美人"的文学传统。

继《诗经》之后,《离骚》中大量地运用多种多样的比喻象征手法,来表现作品的主题。《诗经》中的比兴,主要是以彼喻此、借彼咏此,且多为诗中片断,大都比较单纯。而《离骚》中的比兴运用有较大变化、发展,创造出了富有象征意味的具有审美价值的艺术形象。

美人和香草意象系列是屈原的首创。美人的意象或是比喻君王,或是自喻。香草意象一方面指品德和人格的高洁,另一方面和恶草相对,象征着政治斗争的双方。香草美人意象构成了一个复杂而巧妙的象征比喻系统,司马迁评云:"其称文小而其指极大,举类迩而见义远。"(《史记·屈原列传》)屈原的这种比兴手法,在文学史上形成了绵延不绝、影响深远的以香草美人寄情言志、托物以讽的传统。

其五,形式和语言的突破创新。

《离骚》打破了《诗经》的四言格式,吸收楚地民歌的营养,创造了一种句法参差、韵散结合的新形式,后人称之为"骚体"。这种新诗体,句式自由灵活,声律宛转活脱,形成了容量较大的思想感情的载体,对后世诗歌的发展和创新,影响深远。

总之,《离骚》是屈原的代表作,是我国古典文学中最长的浪漫主义政治抒情诗,是文学史上光照千秋的伟大作品。

三、《九歌》、《九章》、《橘颂》、《天问》等

屈原的《九歌》是袭用这一古乐曲名而根据楚地民间神话,利用民间祭歌的形式经加工、润色、提高而写成的一组风格清新优美的抒情诗。《九歌》是巫祭文化的产物。

《九歌》的"九"非实指,乃表多数,所谓"九歌"即指由多篇乐章组成的歌。是一组祭神的乐歌,共 11 篇,分别为《东皇太一》、《云中君》、《湘君》、《湘夫人》、《河伯》、《山鬼》、《大司命》、《少司命》、《东君》、《国殇》、《礼魂》。从《九歌》内容看,11 篇不可能作于一时一地,是屈原长期搜集,最后写定应在晚年放逐江南沅、湘之时。

《九歌》与屈原其他作品的幽愤风格不同,清新凄艳,幽渺情深,具有缠绵哀婉的风格。

其一,浓郁的浪漫主义色彩。诗人根据对自然环境的细致观察,借助丰富奇特的想象,把人的生活与理想中神的特点相结合,通过对神的思想感情及其性格的刻画,表达了自己的理想愿望。

其二,寓情于景,情景交融的意境和心理描写。在《九歌》中,屈原善于把景物的描绘、环境的烘托、气氛的渲染和抒情主人公的情感有机地融合起来,创造出优美的意境,产生感人的艺术魅力。如《湘夫人》的开头:"帝子降兮北渚,目眇眇兮愁予。嫋嫋兮秋风,洞庭波兮木叶下。"孤寂冷落的哀怨之情和凄迷苍茫的悲凉之景互相融合,格调清丽,形成了优美的意境。《九歌》还善于用景物来衬托人物心理状态,描写人物心理细腻深入。其典型者有《山鬼》、《湘君》、《湘夫人》,写尽了恋爱中的男女的心理。

其三,语言单纯自然、优美含蓄而情味悠长。

其四,对唱的形式与戏曲的因素。从《九歌》的内容和形式看,可谓已具雏形的赛神歌舞剧。《九歌》具有很强的表演性,首先是歌、乐、舞合一,诗中有不少对舞的场面;其次是既有独唱,又有对唱和合唱;最后是巫觋与神分角色演唱,已具有一定的戏曲因素,是后世戏曲艺术的萌芽。

《九章》是屈原所作的一组抒情诗歌的总称,据王逸《楚辞章句》中排列的次序,依次是《惜诵》、《涉江》、《哀郢》、《抽思》、《怀沙》、《思美人》、《惜往日》、《橘颂》、《悲回风》。

朱熹《楚辞集注》说："后人辑之,得其九章,合为一卷,非必出于一时之言也。"

《九章》大都是屈原被疏远或流放在外时创作的,在思想内容上与《离骚》大体相近。《九章》不像《离骚》是抒情主人公灵均生平和心路历程的完整反映,而是侧重于对某一方面的片段抒写,多直抒胸臆,文笔比较朴素,想象夸饰成分极少。

《橘颂》是一首托物咏志的咏物诗,其风格比较特殊,学术界多认为它是诗人早期的作品。通过赞美橘树表达自己的人生理想,充满了乐观向上的情调。形式上基本是四言,"兮"字置于字末,当为诗人早期进行艺术实践的产物。

《天问》是屈原的第 2 首长诗,是楚辞中一首奇特的诗歌。所谓"天问"就是列举出历史和自然界一系列不可理解的现象,对天发问,探讨宇宙万事万物变化发展的道理。诗中共提出了 172 个问题。《天问》的奇特之处在于它基本由四字句构成,间以少量的五言、六言、七言;四句为一组,每组一韵,也有几少数两句一韵。全诗显得整齐而不呆板,参差错落,奇崛生动。

《天问》对当时一些关于自然现象的臆说提出了怀疑,也对于一些古史传说中的问题提出怀疑,与当时的普遍思想观念不同。鲁迅在《摩罗诗力说》中写道:"怀疑自遂古之初,直至百物之琐末,放言无惮,为前人所不敢言。"

近人大都认为《招魂》是屈原招楚怀王之魂。诗人采用民间招魂的形式,极力描写天地四方的阴森恐怖,描绘故乡居室、饮食、音乐之美,以此来招怀王的亡魂。诗中显示了丰富的想象力采取了铺陈的手法,辞藻缤纷富丽,颇有汉代大赋的气象。

五、屈原和楚辞的影响

《史记·屈原贾生列传》:"屈原既死之后,楚有宋玉、唐勒、景差之徒者,皆好辞而以赋见称。"辞指楚辞。赋,主要由楚辞发展而来。屈原之后的辞赋作者作品多佚,仅有宋玉的作品传世。

《九辩》是宋玉的代表作。《九辩》的内容主旨,王逸认为是"闵师"之作,是同情老师屈原遭遇所写。全诗将个人身世之悲和对国家命运的关怀联系在一起,具有悲愤深沉的风格特征。对秋景的描绘和情感的抒发完美地结合在一起,为后世树立了"悲秋"的主题。

屈原是中国文学史上第一个伟大诗人。他和他的作品的出现,开创了我国诗歌从集体歌唱到个人独立创作的新时代。屈原创造了崭新的诗歌样式楚辞体,扩充了诗歌的表现力。

鲁迅在《汉文学史纲要》中说屈原作品"逸响伟辞,卓绝一世","其影响于后世之文章,乃甚或在三百篇以上"。与《诗经》相比,楚辞在艺术上达到了一个新的境界,哺育了一代又一代的作家,对中国文学史产生了极其深远而广泛的影响。后世文人无不对屈原推崇备至,正如刘勰所说:"其衣被词人,非一代也。"(《文心雕龙·辨骚》)

第二章　秦汉文学

秦代由于实行文化专制政策,加之统治时间短暂,流传下来的作品屈指可数,形成了"秦世不文"的局面。

汉代则是我国历史上最强大的封建王朝之一,国势强大,对我国以及世界的历史都有深刻的影响。文学至汉代始大放异彩,于散文、赋、诗歌方面均取得重大成就,产生深远影响。

第一节　秦及两汉散文

一、《吕氏春秋》

《吕氏春秋》是秦相吕不韦(?—前235)招集门客辑百家九流之说而编写的一部杂家著作,成书大约在公元前239年左右。

《吕氏春秋》有严密的体系,全书分十二纪、八览、六论,再加一篇序文,共161篇(今存160篇)。

《吕氏春秋》是一部理论著作,由于出自多人之手,所以其中很多文章风格不一。但亦有不少短小精悍的作品,文风平实畅达,用事实来说理。其行文常常先提出论点,而后运用寓言来设喻说理。书中有寓言280多则,既易于读者理解,又意趣横生,如《荡兵》、《顺说》、《察今》等篇就是如此。

二、李斯的散文

李斯(约前280—前208),字通古,战国末年楚国上蔡(今河南上蔡西南)人。李斯是秦代唯一可称为作家的人物。鲁迅说:"秦之文章,李斯一人而已。"(《汉文学史纲要》)

《谏逐客书》是秦相李斯的代表作,又名《上秦王书》。这是李斯于秦王十年

(前 237)任客卿时写给秦王(统一六国后称始皇)的一篇奏议书。

这是一封打动秦王的谏书。首句开宗明义,提出"臣闻吏议逐客,窃以为过矣"的论点。下文就围绕这一论点,摆事实、讲道理,从正反两方面展开论述,且往往详于正面论述,略于反面推理。此文气势奔放,极富文采,颇有战国纵横说辞之风。清代李兆洛视此文为"骈体初祖",并收入《骈体文抄》一书之中。

秦始皇统一中国之后,曾多次巡游各地并刻石表功。这些大多出自李斯之手的现存刻石共有 7 篇。这些刻石总体风格是"质而能壮"(鲁迅《汉文学史纲要》)。秦刻石文为后世碑文之祖,汉魏碑铭,受其影响很大。

三、贾谊和晁错的政论文

贾谊(前 200—前 168),洛阳人。贾谊是汉初的代表作家。他的政论散文代表了汉初政论散文的最高成就。

《过秦论》是贾谊专题政论文的代表作,分上、中、下三篇,最早见于《史记·秦始皇本纪》后。"过秦论",即论说秦朝的过失。"过",用作动词,指责过失的意思。

《过秦论》中心是总结秦代兴亡的历史原因,重点是指斥秦始皇、秦二世和子婴"三主失道"、"仁义不施",目的是让汉文帝以史为鉴而改革政治。上篇分析秦亡的原因,传播最广,艺术特色鲜明。既有战国纵横家议论的余风,又有汉代散文句式趋向骈偶、文辞富丽等新的特征。

贾谊针对具体问题而写的疏牍文代表作是《陈政事疏》、《论积贮疏》,皆为行文感情深厚,言辞激切之作。

晁错(约前 200—前 154),颍川(今河南省禹县)人。《史记》卷一〇一、《汉书》卷四九有传。

《论贵粟疏》是晁错于大约汉文帝十一年(前 169)上给文帝的一封奏疏。文章善于从正反对照论述,立论深刻,逻辑严密,说服力强,具有先秦法家的余风。文风朴素无华,但质实恳切,故多被后人所称道。

鲁迅先生评贾谊、晁错二人异同非常精到,特录如下:"晁贾性行,其初盖颇同……为文皆疏直激切,尽所欲言,司马迁亦云:'贾生晁错明申商。'惟谊尤有文采,而沉实则稍逊,如其《治安策》、《过秦论》,与晁错之《贤良对策》、《言兵事疏》、《守边劝农疏》,皆为西汉鸿文,沾溉后人,其泽甚远,然以二人之论匈奴者相较,则可见贾生之言,乃颇疏阔,不能与晁错之深识为伦比矣。"(《汉文学史纲要》)

四、《淮南子》

刘安(约前 179—前 122)。《史记》卷一一八有传。

《淮南子》由淮南王刘安群臣或门客集体编成。内篇论道,有 21 篇,10 余万字,今存;外篇杂说,有 33 篇,今已失传。书名原为《鸿烈》,又名《鸿烈解》。班固《汉书·艺文志》将其列入"杂家"。《淮南子》虽然兼采各家,思想非常庞杂,实际上仍是以道家思想为主体,可视为汉初黄老思想的延续。

《淮南子》一书不但在哲学史上地位昭著,在神话史和文学史上也颇有成就。它辑录了宏富的上古神话,并由此对后世文学创作产生了积极的影响。

《淮南子》具有较强的文学性,这主要表现在两个方面:一是多用神话、传说、历史、故事来说理,文风新奇瑰丽。如卷六《览冥训》一篇,就用了"师旷奏白雪之音"、"庶女叫天"、"武王伐纣"、"鲁阳挥戈止日"、"雍门子见孟尝君"、"黄帝治天下"、"女娲补天"、"羿请不死之药"等十几个神话、传说、历史、故事,来说明览观幽冥变化的道理。二是行文多铺叙张扬,语言重修饰整饬。文中排比、对偶句比比皆是,这显然是受了辞赋的影响。它与陆贾、贾谊等人的文章一样,对后世骈体文的产生起到了催化作用。

五、董仲舒、刘向的策对、书录等(经学文风)

董仲舒(前 179—前 104),广川(今河北省枣强)人,西汉大儒。董仲舒平生讲学著述,推尊儒术,抑黜百家,开以后 2000 多年封建社会以儒学为正统的局面。著有《春秋繁露》等书。《史记》卷一二一、《汉书》卷五六有传。

《贤良对策》3 篇,是董仲舒写给武帝的 3 篇对策,提出了推尊儒术、抑黜百家的学说和春秋大一统的理论。这 3 篇文章,从政治与思想上看,对中国后世封建社会产生了深远的影响。

刘熙载说:"汉家制度,王霸杂用;汉家文章,周、秦并法,唯董仲舒一路无秦气。"(《艺概·文概》)"汉代文章从纵横驰骋变为坐而论道,可以说是由董仲舒开其端。"(郭预衡主编:《中国古代文学史》,上海古籍出版社 1998 年版,第 187 页)

刘向(前 77—前 6),原名更生,字子政,沛(今江苏省沛县)人,汉高祖弟楚元王刘交的玄孙。西汉后期重要的经学家、目录学家、散文家,一生有著作多种。《汉书》卷三六有传。

刘向的政论散文《谏营昌陵疏》反对成帝大营昌陵,历述古代帝王薄葬之益、厚葬之害的历史事实。此文虽有一些神学成分,但仍能依据事实进行深入细致的辨析,有很强的说服力,是一篇极富教益的文章。

刘向还著有《说苑》、《新序》、《列女传》三本历史故事集,其中许多篇目富有小说意味。这三本故事集上承《韩非子》的《内储说》、《外储说》、《说林》之体,下开六朝《世说新语》类小说之先河。

六、西汉书信体散文及赋家之文

西汉散文以政论文为主,成就也最高,而以剖白个人思想心迹为主的书信体散文独具一格。如邹阳的《狱中上梁王书》、枚乘的《谏吴王书》、司马迁的《报任安书》、杨恽的《报孙会宗书》等。

赋家司马相如的《难蜀父老》与《谏猎疏》等数篇也是佳作。其散文语言朴实，多用排比，因而很有气势，有明显的辞赋化倾向。

赋家扬雄摹拟《周易》而作的《太玄》，因其内容艰深，读者不能解意，他又作《解难》一文以解之。他摹拟《论语》而作《法言》，受东方朔《答客难》影响而作《解嘲》，其散文与他的辞赋一样擅长摹拟。

七、西汉后期政论散文：《盐铁论》

公元前81年，汉昭帝召集全国文学（读书人）、贤良（读书人已被选为"贤良方正"的）60余人与御史大夫桑弘羊、丞相田千秋讨论盐铁国营和酒类专卖等问题，反映了儒、法两家的思想分歧。《盐铁论》便是桓宽根据会议记录的"推衍"整理而成的一部著作。该文与同时代的经学文风大异其趣，多引史鉴，以言时事，语言简明直率，与汉初政论散文相似。篇中有些段落运用排比铺陈手法，富有文采。

八、东汉政论散文三大家

王充、王符及后来的仲长统并称东汉政论散文三大家。刘熙载《艺概》卷一说："王充、王符、仲长统三家文，皆东京之矫矫者，分按之：大抵《论衡》奇创，略近《淮南子》；《潜夫论》醇厚，略近董广川；《昌言》俊发，略近贾长沙。"

王充（27—约97），字仲任，会稽上虞（今属浙江）人，东汉杰出的唯物主义思想家。《后汉书》卷四九有传。

《论衡》全书85篇，现存84篇。该书是王充的发愤之作，针对当时"俗儒守文，多失其真"（《后汉书》卷四九《王充列传》）而作。其目的是"诠轻重之言，立真伪之平"（《论衡·对作》），以轻重得体的语言诠释事物，树立辨别真伪的标准。其宗旨是"疾虚妄"。

《论衡》是一本从内容到形式都别具一格的书。《论衡》多选取当时理论界的热点问题分别加以阐述，体现了王充积极参与现实的精神。文章风格质朴无华，不加雕饰，其主要特点有：

其一，批判广泛、深刻。王充一生志在纠正世俗的虚妄。针对当时今文派经学和谶纬神学大行于世，愚妄与迷信充斥的现实，他志在澄清历史和现实、哲学和政治的各种问题，其批判广泛而又深入。尤其是"九虚"（《书虚》、《变虚》、《异虚》、《感虚》、《福虚》、《祸虚》、《龙虚》、《雷虚》、《道虚》）、"三增"（《语增》、《儒增》、《艺增》）、《论死》、《订鬼》各篇，代表了王充"疾虚妄"的写作宗旨。

其二，注重为文的实用性。王充主张为文要实用，反对浮夸因袭，文章要负起劝善惩恶的教育责任。但他并不废弃文采,对汉代赋家的艺术成就也能作出中肯的评价。

其三,紧扣事理的论辩性。王充在批驳各种"虚妄"之说时,重在用事实说话,旁征博引历史与现实中的事例进行条分缕析,多方求证,于质朴无华中显出雄辩的气度。

王符(约85—163),字节信,安定临泾(今甘肃镇原东南)人,性耿介,终身隐居不仕。王符仕途不得志,"志意蕴愤,乃隐居著书三十余篇,以讥当时失得,不欲章显其名,故号曰《潜夫论》。其指讦时短,讨谪物情,足以观见当时风政"(《后汉书》卷四九《王符列传》)。《潜夫论》共 10 卷 35 篇,另有叙录 1 篇。

《潜夫论》一书对当时社会的各种丑恶现象和不合理制度进行了辛辣的讥讽与深刻的揭批,文风朴实、温雅。在议论政治上的得失时,往往采用正反对照和排比的笔法,有很强的说服力和感染力。引经据典,言之有理,论证透辟。

仲长统(约179—220),字公理,山阳高平(今山东省邹县)人。《后汉书·仲长统列传》说其"每论说古今及时俗行事,恒发愤叹息,因著论名曰《昌言》,凡三十四篇"。著《昌言》一书,文辞流畅,条理分明,感情激愤。

此外还有桓谭(前 23—56)的《新论》、崔寔(生卒年不详)的《政论》等,对当时社会的弊端揭露都很深刻,提出了许多有价值的观点。

第二节　两汉辞赋

王国维说:"凡一代有一代之文学,楚之骚、汉之赋、六代之骈语、唐之诗、宋之词、元之曲,皆所谓一代之文学,而后世莫能继焉者也。"(《宋元戏曲史序》)赋,是汉代文学的代表,是汉代最流行的文体。

以赋名篇,始于荀子。至汉代赋发展成为一种新兴文体,成为汉代文学的代表样式之一。《文心雕龙·诠赋》云:"赋者,铺也;铺采摛文,体物写志也。"赋,就是铺叙,通过铺陈辞采写成文章,通过描绘物象来抒发情志。"铺采摛文"是赋的形式,而"体物写志"则是赋的内容。

赋在形式上介于诗歌和散文之间,但诗的成分少而散文的成分多,不能入乐歌唱,只适宜于朗读。《汉书·艺文志》说:"不歌而颂谓之赋,登高能赋·可以为大夫。"赋是一种脱离音乐的诵读方式。

汉赋分为骚体赋、散体赋(汉大赋)和抒情小赋三类。汉赋的发展,按时间先后,大致可分三个时期。汉初(高祖至武帝初年)骚体赋时期、西汉中后期散体赋(汉大赋)全盛时期、东汉抒情小赋时期。汉赋的发展变化是和当时的社会发展变化密切相关的。

一、从贾谊赋到枚乘《七发》

贾谊是汉初一位年轻的政治家、思想家,是汉初骚体赋最有代表性的作家。《汉书·艺文志》说贾谊有赋7篇,今存5篇,以《吊屈原赋》、《鹏鸟赋》为代表。

《鹏鸟赋》是作者谪居长沙时所作。《史记·屈原贾生列传》说:"读《鹏鸟赋》,同死生,轻去就,又爽然自是失矣。"该赋逻辑严密,层层推进,感情由忧惧到矛盾到旷达,逐渐明朗。而在貌似明朗之时,又予人以"爽然自是失矣"的怅惘。它是赋史上第一篇成熟的哲理赋,用骚体写成。后世如宋代苏轼的《前赤壁赋》亦当以此为先声。

枚乘(?—前140),字叔,淮阴(今江苏省淮阴县)人。文帝时,为吴王刘濞郎中。吴王图谋叛汉,枚乘写了《谏吴王书》,劝阻无效,遂投奔梁孝王刘武。梁孝王本人爱好文学,又以重金高官相延请,所以枚乘、公孙诡、邹阳、严忌、羊胜等从梁孝王游于梁苑,枚乘成为梁苑作家群体的杰出代表。《汉书》卷五一有传。《汉书·艺文志》说枚乘有赋9篇,今传《七发》、《梁王菟园赋》、《忘忧馆柳赋》,以《七发》为代表。

《七发》见于南朝梁萧统《文选》,是一篇讽喻性作品。赋中假托楚太子有病,吴客前去探望,以互相问答的形式构成8段文字。写吴客以7种办法启发太子,为他去病。该赋的主旨是揭露贵族腐朽生活不值得贪恋,提出了应进用文学方术之士解决思想问题的主张。

《七发》在创作艺术上取得了重大突破,主要表现在以下方面:

其一,铺陈夸张,体物细致,辞采富丽。最精彩的是观涛一节,用一系列比喻、侧面烘托等手法,形象描写了江涛由初起到极盛再逐渐平缓的过程,使人感到奇观满目,宏声动耳,如临其境。

其二,虚拟人物,主客对答,结构宏伟。赋中的所谓"楚太子"、"吴客"都是虚拟的,全篇由二者以对答的形式展开。

其三,全篇用韵灵活,韵文与散文夹杂。

其四,劝百讽一。这篇赋写作的主旨是进行讽喻,以劝百而讽一为目的。前6段为陪衬,第7段点明主旨,是谓"始邪末正"。其主旨在于规谏,即以"要言妙道"为祛病的良药。

《七发》的出现,标志着汉代散体大赋的正式形成,并影响到后人的创作,由于模仿者众,在赋中形成了一种主客问答形式的文体——"七体"。其特点是通过虚设的主客反复问答,按"始邪末正"的顺序铺陈七事。

二、司马相如与其他西汉赋家

东方朔(前161或162—前93),字曼倩,平原厌次县(今山东省陵县神头镇,一说山东省惠民县何坊乡钦风街)人。西汉辞赋家。《史记·滑稽列传》卷一二六、《汉书》卷六五有传。

东方朔的代表作是《答客难》。当时汉武帝征召天下贤良文学之士，但东方朔却始终被武帝当作俳优看待，得不到重用，于是作《答客难》，感叹自己生不逢时。《答客难》是一篇散体赋，设客主问答，深刻地反映了集权专制时代士人难以以道抗势的悲剧。后世扬雄的《解嘲》、班固的《答宾戏》、张衡的《应闲》等，都与东方朔的《答客难》一脉相承。

枚皋(前154—?)，字少孺，枚乘庶子。枚皋以文思敏捷而著称，时有"枚速马迟"之说，而枚皋常说己作不如司马相如。枚皋是汉代文坛成果最多的作家。枚皋是典型的文学弄臣。他的作品绝大多数是应诏而写，不以讽喻谏说为意旨。其作多为急就而成，缺少锤炼，今多不传。

司马相如(前179—前118)，字长卿，蜀郡成都人。《史记》、《汉书》均有传。是汉代最著名的辞赋家，《汉书·艺文志》著录其赋29篇，今存《司马文园集》仅得《子虚赋》、《上林赋》等6篇。

司马相如曾说："赋家之心，苞括宇宙，总览人物。"(葛洪《西京杂记》卷二)这既是其赋体创作特征的写照，也是其对西汉中期文学创作特征的精辟总结。

《子虚赋》和《上林赋》这两篇赋不写于同时，《子虚赋》写于汉景帝时期，相如为梁孝王宾客时，《上林赋》写于武帝召见之时，前后相去大约10年。司马迁《史记·司马相如列传》、《汉书·司马相如传》都作1篇，即《天子游猎赋》。萧统《文选》始离为2篇。

司马迁《史记·司马相如列传》对两赋的结构和主旨作了说明，两赋是虚设子虚、乌有先生、亡(通"无")是公三人，并以他们分别讲述楚、齐和天子游猎的情景，对此事所持的态度作为基本框架，最后向天子提出应当节俭的谏言。

《子虚赋》与《上林赋》是汉赋的典范之作，也是后世赋体作品的楷模。其艺术成就主要表现在：

其一，结构宏伟，富丽堂皇。《子虚赋》、《上林赋》结构和语言上受《高唐赋》、《神女赋》的影响，讲究场面的开阔，层次分明和多层次的描写，构成了广阔复杂而又统一和谐的艺术画面。其尊崇朝廷的思想与以巨丽为美的美学特征则完全是大汉王朝时代精神的反映。

其二，铺张扬厉，绘形绘声，穷形尽相，辞采富丽。此二赋对事物的描写，极尽铺张排比、夸张之能事，并且选择特别富丽的辞藻。如《子虚赋》对云梦的描写，先分类描写其山、其土、其石，接着按东南西北方位，描写其中风景和水陆物产，对每类事物的描写，也尽量罗列。还运用了大量的华辞丽句，构成对偶、排比等，使句子有散有骈，富于变化。

其三,韵散结合。此二赋在结构上都是篇首几段用散文领起,中间若干段用韵文结尾。韵与不韵相间,叙述人物之间的对话用散文,描写事物部分用韵文,充分体现赋介于诗歌与散文之间的文体特征。

其四,充分利用方块字的特点。汉字有形声字,一边表音,一边表意,相如赋正是利用这一特点堆砌辞藻,使用奇词偏字。几十个山字头、鱼字旁、草字头等字的连用,增强文章视觉上的气势。但是,这种用字造异的怪异、重沓,令人读之生厌,以至后人讥之"字林"、"字窟"。

其五,确立了一个"劝百讽一"的赋颂传统。两篇赋在铺陈汉天子上林苑之"巨美"和校猎之壮观之后,指出沉溺于畋猎的不当,淫乐侈靡的生活应予以否定,用以讽谏。不过,汉赋自司马相如开始以歌颂王朝声威和气魄为其主要内容,后世赋家便相沿不改,成为一种定势。

《子虚赋》、《上林赋》标志着汉大赋的体制已臻于成熟。司马相如使汉赋成为一代鸿文。后来的一些描写帝都、宫苑、田猎、巡游的大赋,无不受影响,而论规模、气魄,则难与相如之作齐肩。

除大赋外,司马相如的抒情赋也写得不错。《长门赋》是一篇别具风格的抒情小赋,对后代宫怨一类题材的诗歌有很大影响。但后世的研究者对作者和本事都提出过怀疑。另有《大人赋》、《哀二世赋》等。

以司马相如为代表的一批作家相继去世后,赋体创作于武帝后期至昭帝时一度低落。到了宣、成二帝之时,西汉后期赋体创作又一次焕发出生机。受经学重因承的影响,这一时期的赋体创作出现了摹拟的倾向。西汉后期能为赋体的作家不少,其代表人物是王褒与扬雄。

王褒(约前88—约前55),字子渊,蜀资中(今四川省资阳)人。王褒的《洞箫赋》是中国文学史上第一篇以赋体专篇写一种乐器的作品。它直接导致了东汉一些以乐器、音乐为题材的作品的产生。《洞箫赋》是西汉文坛具有"辩丽可喜"、"虞说(娱悦)耳目"(《汉书·王褒传》载汉宣帝语)特征的代表作。《僮约》是王褒另一篇颇有特色的赋体俳谐文,是后世俳谐体俗赋的先声。

扬雄(前53—18),字子云,蜀郡成都(今四川成都市)人。扬雄是学者兼赋家的杰出代表,与司马相如并称为"扬马"。《艺文志》载"扬雄赋十二篇",今存《杨侍郎集》得赋9篇。《汉书》卷五七有传。

扬雄首开辞赋的摹拟风气,摹仿司马相如作赋。后来悔悟,他认为赋应是用以讽谏的,但当时的赋体创作对当时统治者往往欲讽反劝、"讽一劝百",起相反的作用,认为辞赋乃"雕虫篆刻、壮夫不为",因而放弃了辞赋的写作,转而从事哲学思想著作。

扬雄的赋以《甘泉赋》、《河东赋》、《羽猎赋》、《长杨赋》4篇最为著名。"四赋"都是针对成帝奢侈生活、好慕心态进行讽谏的。其讽劝的意义,较司马相如更进一步。"欲谏则非时,欲默则不能已,故遂推而隆之。"(《汉书》卷八七上《扬雄传》)四赋驰骋想象,铺排夸饰,表现出汉赋的基本特点,同时又有典丽深湛,词语蕴藉的特点,但模拟习气也更加严重。

扬雄大赋里面有一篇较有特色的赋,即《逐贫赋》,此赋对四言诗体赋的发展颇有影响。

三、东汉辞赋

东汉的社会经济、政治氛围不如西汉,进入衰落时期,在这种背景下,东汉的赋体风格开始嬗变为谨收慎缩、深邃冷峻、平正典雅的风格。而赋体创作语言也由西汉那种以散句为主、偶句为辅的语言形式,逐渐向以骈偶为主、散句为辅的语言形式演变。

首先是京都赋的崛起。

东汉光武帝刘秀建都洛阳而不回长安,引起朝野上下的震动和争议,成为当时全社会关注的中心问题,也成为赋家长期讨论的热门话题。

杜笃(?—78)作《论都赋》,主张迁都长安。班固的《两都赋》、张衡的《二京赋》则与杜笃的《论都赋》大异其旨,认为建都洛阳才是礼乐文明的体现。

班固(32—92),字孟坚,扶风安陵(今陕西省咸阳市)人。东汉初期著名的史学家、经学家、赋家。《后汉书》卷四十上有传。

《两都赋》作于永平、永元年间。东汉光武帝刘秀建都洛阳以降至明帝刘庄时,关中耆老还在希望复都长安,所以班固"作《两都赋》,以极众人之所炫耀,折以今之法度"(《两都赋序》),欲讽谏之,为东汉建都洛阳造舆论。

《两都赋》是京都赋的范例,其主要文学特点为:

其一,先劝后讽,劝讽均衡,宾主之分,即见取舍。《两都赋》不仅在"劝"与"讽"的文字比数上作了均衡,其下篇通篇是讽喻、诱导,而且还在"西都宾"与"东都主人"二人的名分之上直接表达了其京都理念,即都洛阳而舍长安的新京都观。

其二,视野开阔,以大量史料作支撑。其描写的笔触范围由天子、三侯的苑猎扩大到了两个都邑的格局和文化。还注重运用长安、洛阳的实际史地材料,反映了汉代社会政治经济等方面的真实状况。

其三,风格与内容合一。《西都赋》铺张扬厉、汪洋恣肆,体现的是旧的京都人物的观念。《东都赋》平正典雅、富有理性,体现的是新的京都人物的观念。

其四,还大量使用了排比、对偶句式,增强了作品的说服力和语言的表达效果。

张衡(79—139),东汉中后期文学家、科学家,字平子,南阳西鄂人(今河南省南阳县)。《后汉书》卷五九有传。今存《张河间集》。

《二京赋》是张衡赋体创作的代表作,分《西京赋》与《东京赋》上下两篇。张衡作赋欲凌越前人,"出于其上",不但搜罗尽可能多的材料,篇幅也不得不加长,还"逐句琢磨,逐节锻炼"(《评注昭明文选》引孙月峰语),使之成为京都赋的"长篇之极轨"。赋中增加了不少新的内容,如商贾、游侠、辩士、杂技、角抵百戏、嫔妃邀宠等活动情况。这是此前的都城赋所不及的。

《二京赋》继班固《两都赋》之后,推动了以京都、都会为题材的文学创作的发展。

王延寿(生卒年不详),顺帝、桓帝间人。字文考,一字子山。南郡宜城(今湖北宜城县)人。传见《后汉书》卷八十上《文苑列传》。

王延寿的《鲁灵光殿赋》也是一篇有特色的以京都、都会为题材的作品。鲁灵光殿是景帝子恭王余所建,"自西京未央建章之殿,皆见隳坏,而灵光岿然独存",王延寿游鲁时作《鲁灵光殿赋》加以记颂。这是一篇富有艺术创新性的作品。全文叙述的线索清晰明了,以写实的手法对宫殿的栋宇结构、彩绘雕刻、雄伟气势,作了细致而生动的描写,并流露出感时伤今之情。刘勰称其"含飞动之势"(《文心雕龙·诠赋》)。据说当时蔡邕亦作此赋未成,及见延寿所作,甚为赞赏,于是辍笔不再作。这篇赋为作者赢得了"辞赋英杰"的声誉。

其次是抒情赋的勃兴。

东汉中叶以后,政治日趋腐败,文人的理想、抱负、才能不得施展,便借赋体创作以抒写愤懑抑郁,于是抒情赋大兴。

与散体赋比较,抒情赋从形式上来看,趋向短小,不用问答体、也不从事于铺排堆砌。就内容来说,多是讥时讽世、抒情咏物的写作,甚至谩骂讪笑、发泄心中的愤懑。

东汉的抒情赋主要有纪行赋和述志赋两种,其代表作家是张衡、蔡邕和赵壹等人。

纪行赋,就是通过记叙旅途见闻来抒写感慨。它以纪行为线索,常常以抒情为主,兼有述志、写景、叙事,一般篇幅不长。刘歆的《遂初赋》当是纪行赋的开门之作。此后有班彪的《北征赋》、班彪之女班昭的《东征赋》、蔡邕的《述行赋》。

蔡邕(132—192)的《述行赋》是东汉抒情纪行赋中的名篇。该赋作于桓帝延熹二年(159),蔡邕当时27岁,因能鼓琴,被作为统治者取乐的工具征召入京,至偃师生病而归,有感于时政,遂作《述行赋》以抒愤。其主旨是愤于宦官弄权致使民不聊生。全篇又以秋天的淫雨为大背景,气氛悲凉深沉,感情格外强烈。

述志赋,是指赋家在社会动乱、宦海沉浮中寄托情志的作品。

张衡的《归田赋》约作于顺帝永和三年(138),时在河间任上。《文选》李善注说:"《归田赋》者,张衡仕不得志,欲归于田,因作此赋。"这篇赋反映了作者欲归田隐居的宗旨。全赋紧扣"归田",表达了对仕途污垢的厌恶和对恬淡生活的追求。作者善于捕捉自然界中具有典型意义的优美景象,以景寄情,情景交融。此赋一扫汉大赋那种铺采摛文、夸张堆砌的手法,用短小精悍的篇制和优美朴素的语言,集中抒写自己的怀抱。

《归田赋》在文学史上占有重要的地位。它是我国赋史上第一篇以描写田园生活和乐趣为主题的抒情小赋。它的出现,也标志着我国辞赋由事类大赋向抒情小赋的转变。同时,它也是汉代第一篇比较成熟的骈体赋。自张衡之后,东汉抒情小赋不断出现,对魏晋抒情赋的发展有重大影响。

赵壹(生卒年不详),字元叔,汉阳西县人,恒、灵之世名士、辞赋家。传见《后汉书》卷八〇下《文苑列传》。

赵壹的《刺世疾邪赋》是他的代表作,也是东汉后期抒情小赋的名篇。"刺世疾邪",即讽刺和憎恨当时黑暗的社会现实与邪恶的社会风气。这篇赋对当代社会乃至整个历史都提出了无情的批判。作者愤怒地宣称:"宁饥寒于尧舜之荒岁兮,不饱暖于当今之丰年!"这种强烈的批判精神,是此前汉代辞赋中未曾出现过的。

《刺世疾邪赋》全文不事雕琢,词气峻急,其思想和艺术都已超过了以往的贤人失志之作,而更接近于"诗人的愤怒",其措辞之激烈,抨击之猛烈,情绪之愤懑,乃汉赋中绝无仅有者。

另外,抒情赋中还有言情赋,专写情爱。如张衡的《定情赋》,蔡邕的《检逸赋》、《协和婚赋》、《青衣赋》。蔡邕的《青衣赋》还是打破门第观念而与婢妾言情的赋。

汉赋是楚辞之后由文人创造的一种新的文学体裁,一向与《诗经》、楚辞、唐诗、宋词、元曲等并称,是我国古代韵文创作四大样式之一。

汉赋铺陈夸张的艺术手法、宏大的结构、流畅华美的语言,为文学创作积累了丰富的经验。建安以后的诗文,在语言、叙事、状物的技巧等方面,受益匪浅。

东汉以后,出现了"文章"的概念,开始把文学与经学史学区分开来,这得力于汉赋的发展和促进作用。

第三节　《史记》与《汉书》

汉武帝时代是中国封建社会的第一个盛世。时代的召唤与需要,出现了伟大史学家司马迁的《史记》,把春秋、战国以来的史传文学推向了高峰。

一、司马迁的生平和创作

司马迁(前145—前87),字子长,生于龙门(陕西韩城县)芝川镇。他的一生均与汉武帝相始终。

司马迁的生平经历对《史记》创作有重大的影响。

其一,家庭的影响。

司马迁在学术思想、事业理想方面受家庭环境和父亲的影响。

司马迁出身于世代史官之家。其父司马谈在汉武帝时曾做太史令,曾著《论六家要旨》(《太史公自序》)。司马谈在学术观点上的兼容并包而又崇尚道家的思想,对司马迁有直接影响。

司马谈曾想修著一部记述史书,但未能如愿。元封元年(前110),司马谈临终时,嘱咐司马迁:"余死,汝必为太史;为太史,无忘吾所欲论著矣。"司马迁俯首流涕说:"小子不敏,请悉论先人所次旧闻,弗敢阙!"(《太史公自序》)

太初元年(前104),他主持改秦汉以来的颛顼历为夏历的工作后,正式写作《史记》,这年他42岁。司马迁代父职为太史令后,更阅读了大量的"金匮石室之书"。由于他秉承家学,又师承名家,博览群书,后来成为一位博学多识的历史学家。

其二,三次漫游的经历。

司马迁青年时代有过三次较大的出游。第一次是他20岁时,到了长江中下游和山东、河南等广大地区。第二次是他35岁时,奉武帝之命,去巡视今四川和云南边境一带。第三次是在汉武帝元封元年(前110),他36岁时,随武帝到泰山封禅,之后,又侍从武帝东到海上,北出长城巡边。这三次漫游使他扩大了眼界,丰富了对历史与现实的认识,为后来写作《史记》奠定了思想和资料。

其三,遭李陵之祸。

天汉二年(前99),李陵抗击匈奴,兵败投降,朝野震惊。天汉三年(前98),司马迁48岁,司马迁认为李陵并非真心投降,在汉武帝面前为李陵辩解而被捕入狱,最后处以"宫刑",在形体和精神上受到极大创伤。出狱后,司马迁任中书令(皇帝身边的秘书),这个职位比太史令高,通常由宦者担任,使司马迁倍感耻辱。但他不得不忍辱含垢,继续发愤著书,大约在太始四年(前93);一说征和二年(前91),司马迁写《报任安书》时,《史记》基本完成。这部皇皇巨著,历时十四五年。此后情况不明,不知所终。

除《史记》外,司马迁还作有著名的《报任安书》、《悲士不遇赋》。

二、《史记》的名称、体例、宗旨与思想内容

《史记》本是史书的专称,司马迁自称其书为《太史公书》,汉世习称之,有的称《太史公记》,或《太史公百三篇》。《史记》之称,始见于东汉末,自此才成为专称。

《史记》是我国第一部以写人物为中心的纪传体通史,它记载了从黄帝到汉武

帝太初年间约 3000 年的历史,共 52 万字,130 篇,由十二本纪、十表、八书、三十世家、七十列传五个部分组成。

"本纪"是记载历代最高统治者的政迹的;"表"是各个历史时期的大事记;"书"是关于天文、历法、水利、经济、文化等方面的专史;"世家"是先秦各诸侯国和汉代有功之臣的传记;"列传"是历代有影响的人物的传记(少数列传是外国史和少数民族史)。

司马迁在《太史公自序》和《报任安书》中都提出其撰述《史记》的目的和宗旨是:"究天人之际,通古今之变,成一家之言。"意为不仅要探究天道和人事的关系,还要说明历史的发展演变,寻找出历代王朝兴衰成败的规律。并且借历史著作,提出自己对历史兴衰变化的独到见解,表达自己的政治理想和社会理想。

司马迁的思想受先秦儒家思想影响较深,但又不受各家思想限制。《史记》的思想内容是博大精深的,尤其是其史学精神,对后世史学影响深远。鲁迅先生称道《史记》是"史家之绝唱"(《汉文学史纲要》)。

《史记》的史学精神就是一种实录精神。《汉书·司马迁传》说"自刘向扬雄博极群书,皆称迁有良史之才,服其善序(叙)事理,辨而不华,质而不俚,其文直,其事核,不虚美,不隐恶,故谓之实录"。其中最重要的是"不虚美,不隐恶"。这成了后代一些正直的史官秉笔直书必须遵循的原则。

三、《史记》人物形象塑造的艺术

司马迁以其史心、史识驾驭各种材料,塑造了一系列栩栩如生、个性鲜明的人物,其采用的主要手法有:

其一,善于抓住人物一生中具有典型意义的事件和行动,突出人物的主要性格。

司马迁对历史材料的取舍,是有一定的标准的,就是对能够表现人物主要特征的事件进行详细的记述和描写,将不能表现主要特征的事件摈弃或简单带过,从而凸显出人物的思想和性格特征。

《项羽本纪》是《史记》人物传记名篇之一,司马迁成功地塑造了性格复杂的项羽形象。《项羽本纪》之所以能成功地塑造项羽的形象,首先得力于精心选材。作者从项羽一生中着重选取了巨鹿之战、鸿门宴、垓下之围三件大事来表现项羽的性格:巨鹿之战着重表现其叱咤风云,所向无敌的盖世英雄气概;鸿门宴上则表现了项羽坦率、直爽,然长于斗力,短于斗智的特点;垓下之围显示了项羽虽身处末路,仍不失英雄本色和迷信武力至死不悟的思想性格。

同时,《史记》善于多角度、深层次、立体化地塑造人物形象,避免了单一化、平面化。

其二,在矛盾冲突中刻画和塑造历史人物,具有传奇色彩和戏剧性。

司马迁有意识地把历史过程的叙述情节化,在被故事化、戏剧化了的矛盾冲突中刻画和塑造历史人物的形象。《史记》人物传记因其强烈的传奇色彩而极具戏剧性。这是司马迁爱奇尚奇个性的产物。杨雄在《法言》:"子长多爱,爱奇也。"例如《项羽本纪》中"鸿门宴"的故事,简直就是一场精彩的独幕剧。通过这个戏剧性的情节,成功地展示了项羽和刘邦两个历史人物的个性:一个豪爽、无谋和轻敌;一个机智、老练和精细。

其三,运用"互见法"。

为突出某一历史人物的基本倾向和主要性格特征,《史记》常用"互见法"。所谓"互见法",即"本传晦之而他传发之",也就是把关于某一历史人物的部分材料不放在本传写,而移植到其他历史人物的传记中去写,其主要目的是从对某一历史人物的基本认识出发,有意识地对材料进行安排和剪裁,以使它们服从于对某一人物形象的塑造。

如《项羽本纪》,为不损害项羽的英雄性格,把他许多政治、军事上的错误放在《淮阴侯列传》中去写。又如《魏公子列传》要突出写一位谦虚下士的贵公子形象,于是将信陵君魏公子无忌害怕秦国,不肯容纳魏齐,以至引起魏齐"怒而自刎"之事,放在《范雎列传》中去写。

司马迁在很多地方都采用了"互见法",有的注明"其事在《商君》语中"、"语在《晋》事中"、"语在《淮阴侯》中"、"语在《田完世家》中",不胜枚举。这样做既可避免重复,也可以更好地描写人物。

其四,善于捕捉最足以显示人物性格内在本质的典型化细节。

《史记》善于通过一些细节琐事展示人物性格,看似闲笔,但却起着重要作用。《史记》所选择之细节,往往能透露出人物整个性格之本质,起到画龙点睛的作用。如《李斯列传》:

> 年少时,为郡小吏,见吏舍厕中鼠食不絜,近人犬,数惊恐之。斯入仓,观仓中鼠,食积粟,居大庑之下,不见人犬之忧。於是李斯乃叹曰:"人之贤不肖譬如鼠矣,在所自处耳!"

只此一细事就写出了李斯的整个人生观,暴露出造成其一生悲剧命运的性格核心——贪恋爵禄,热衷势力,最终导致其杀身灭族。又如《酷吏列传》载张汤儿时审鼠之事,这或者出于传说,但仅此一节,亦足见张汤性格之酷烈苛深。

其五,在刻画人物形象时,广泛运用了对比、映衬、烘托等多种多样的手法。

在《廉颇蔺相如列传》中以廉蔺二人作比,《项羽本纪》中以刘项对比。正是在对比中,使人物各自的性格显得更为鲜明。又如《李将军列传》中,多处运用对比手法,使李广这一人物形象展现出独具风采的个性。通过对比,人物才能的大小、品格的高低、作者的褒贬不言而喻。

其六，人物语言个性化。

《史记》善于锤炼个性化语言来突出人物形象。如项羽见秦始皇南巡渡江时脱口而出"彼可取而代也"（《项羽本纪》），而刘邦见此景，则说："嗟乎，大丈夫当如是也！"清代王鸣盛说："项之言，悍而戾，刘之言，津津不胜其歆羡矣。"（《十七史商榷》卷二《史记二》）《陈涉世家》中记载陈涉当了王后，他以前的农民朋友云谒见，"入宫，见殿屋帷帐，客曰：'夥颐，涉之为王沉沉者！'""夥颐"（陈设丰富）、"沉沉"（宫室深邃），为楚地方言，符合那位农民的身份，语言质朴而生动。《汉书》采录此书，但删去了方言成分，文章的神气顿减。

《史记》里面的对话语言都力求表现人物的性格，每个人物所说的话都是和其性格、身份及心理状态相一致的。《张丞相列传》中记周昌谏废太子事："昌为人（口）吃，又盛怒，曰：'臣口不能言，然臣期期知其不可，陛下虽欲废太子，臣期期不奉诏。'"两个"期期"，将直臣周昌口吃与发怒时的神态惟妙惟肖地表现出来，给读者留下深刻的印象。

其七，强烈的抒情性和人物形象的感染力。

刘熙载在《艺概·文概》中说："学《离骚》得其情者为太史公。"鲁迅先生称之为"无韵之《离骚》"，这是因为，《史记》的文学价值、艺术成就堪与《离骚》媲美，跟《离骚》一样也是一部抒情作品，而所抒之情和屈原一样，是一种牢骚激愤之情。这种强烈的抒情性，使得《史记》成为一部闪烁着文学魅力的文学名著。

《史记》成功地塑造了一大批悲剧人物形象，并在叙述这些人物的事迹中寄寓了司马迁的同情和不幸遭遇，使全书具有浓郁的悲剧气氛。例如李广、项羽、贾谊、屈原、韩信、季布、伍子胥等人物形象之中，无不可见司马迁自身的影子。

明茅坤评云："读游侠传即欲轻生，读屈原、贾谊传即欲流涕，读庄周、鲁仲连传即欲遗世，读李广传即欲立斗，读石建传即欲俯躬，读信陵、平原君传即欲养士。"（《茅鹿门先生文集》卷一《与蔡白石太守论文书》）

四、《史记》的地位和影响

《史记》是我国纪传体史学的奠基之作，也是我国传记文学的开端，它的出现标志着中国古代史传文学的发展已经达到高峰，它也代表了古代历史散文的最高成就。

其于史学之影响，有两个方面：其一，《史记》开创了纪传体，成为后世正史之祖。自司马迁著《史记》以后，由《汉书》以至《清史稿》的25种断代史，皆模仿《史记》体例，虽有增损，但都未能超出其范围。其二，该著作的考信求实精神，确立了史学的优良传统。

至于文学之影响，亦是极为深远。其一，其写作技巧、平易简洁的语言特点，影响了后世的散文创作；其写人叙事、情节结构等方面的经验，为后世传记文学、小说提供了借鉴。其二，其丰富的历史故事，成为后代小说、戏曲、曲艺题材的来源。

五、班固的《汉书》

班固编撰的《汉书》是我国第一部纪传体断代史。

班固前后历时 20 余年完成了《汉书》的写作。班固死时尚有一部分"志"、"表"没有杀青，由他的妹妹班昭补写，同郡人马续协助最终完成。

班固撰写《汉书》，曾经受到官方的干预与限制，对《汉书》的思想倾向影响极大。

《汉书》全书记事起于汉高祖，止于王莽末年，计十二本纪、八表、十志、七十列传，共 100 篇，120 卷，80 余万字。其体例基本承袭《史记》，然改书为志，去掉世家并入列传。

《史记》和《汉书》是汉代史学上的双子星座，也是中国史学上的两个高峰。它们对后世的影响都很大，故而或"马、班"并列，或"《史》、《汉》"齐举，几乎已成常例。但《史记》、《汉书》有许多不同之处。

首先，表现在史观上。

在思想上，《汉书》是官修的史书，班固又以儒家道统为指导思想，因而在材料的选择处理上，往往表现出适应封建统治者的正统思想。而《史记》是私人著述，思想不主一家，富于批判和创造精神。因此，《汉书》的史学见解和史学精神不如《史记》。

《汉书》沿袭《史记》的体例而又有所改易，多用《史记》文字而又有所删省。其体例之改易，得失互见；其文字之删省，则往往失却司马迁的微旨与叙事的生动。

其次，表现在笔法上。

章学诚说《史记》的特点是"体圆用神"，《汉书》的特点是"体方用智"（《文史通义·书教下》）。所谓"体圆用神"，是指司马迁虽然发凡起例，创设了纪传体，但在具体的写作中，在细部上，并不受体例的约束；所谓"体方用智"，是指班固处处讲究规矩准绳，追求形式上和表达上的"详整"。

刘熙载云："苏子由称太史公'疏荡有奇气'；刘彦和称班孟坚'裁密而思靡'。'疏'、'密'二字，其用不可胜穷。"（《艺概·文概》）《汉书》有精细的笔法，有自己固定的叙事规则，以谨严取胜，从而形成和《史记》迥然有别的风格。

六、《吴越春秋》和《越绝书》

杂史杂传乃史的变种与旁支，多记民间轶闻琐事，往往具有小说的色彩。鲁迅的《中国小说史略》第二篇《神话与传说》有言："虽本史实，并含异闻。"

杂史杂传最具有代表性的作品是赵晔的《吴越春秋》和袁康的《越绝书》。

《吴越春秋》与《越绝书》的内容都是叙述春秋末年吴越争霸的史实,材料主要来源于《国语》,以及《左传》和《史记》,又都有许多虚构的故事,所以这两部著作在内容上可以互证。文学成就上则《越绝书》不如《吴越春秋》。

第四节　汉代乐府诗

乐府原是官府(署)名,秦与汉初就有了这一机构,后来演变为一种诗体名,它包括乐府民歌与文人乐府诗两部分。

宋人郭茂倩所编《乐府诗集》是采收乐府诗最完备的诗歌总集。该书将从汉至唐的乐府诗按所用音乐的不同,分为 12 类加以著录,其中两汉乐府诗主要保存在《乐府诗集》的《郊庙歌辞》、《相和歌辞》、《鼓吹曲辞》和《杂歌谣辞》中,而以《相和歌辞》数量最多。

一、两汉乐府诗的思想内容

《汉书·艺文志》:"自孝武立乐府而采歌谣,于是有代、赵之讴,秦、楚之风。皆感于哀乐,缘事而发"。"感于哀乐,缘事而发"是西汉乐府歌诗的精髓与灵魂。

首先,是对社会各种问题和弊端的反映。

其一,反映社会底层平民百姓的痛苦与挣扎。平民百姓悲惨的生活景象,在乐府诗中有直接的反映。

《平陵东》写义公遭劫而被勒索。官吏贪暴,压榨良民,甚至用绑架劫持的手段残害人民。

《妇病行》叙述妻死儿幼,丈夫和儿子饥寒交迫的悲惨情况。

《孤儿行》写一个孤苦伶仃的孤儿在父母死后,遭受着兄、嫂的虐待。

《东门行》叙述的就是一个城市平民不甘忍受剥削与压迫,不得不铤而走险,进行抗争的故事:

> 出东门,不顾归。来入门,怅欲悲。盎中无斗米储,还视架上无悬衣。拔剑东门去,舍中儿母牵衣啼。他家但愿富贵,贱妾与君共餔糜。上用仓浪天故,下当用此黄口儿。今非,咄!行!吾去为迟,白发时下难久居。

这首诗将当时反抗者的被逼无奈和下决心把剑反抗的场景记了下来,显得难能可贵。

其二,反映权贵势要的骄奢。

《鸡鸣》、《相逢行》、《长安有狭斜行》三诗,同是收录在相和歌辞中,都是以富贵之家为表现对象,反映了汉代统治者极端荒淫奢侈的生活。

《相逢行》三妇织绵鼓瑟的情景后被名为"三妇艳",成为富贵之家的象征。

其三,反映士卒役人的控诉与哀歌。

汉代自武帝起,长期对外用兵。穷兵黩武,徭役和兵役,给人民带来了无尽的伤害。

《战城南》是一首悼念阵亡将士的诗,全诗笼罩着悲壮的气氛,控诉了战争的罪恶。

《十五从军征》就揭露了汉代兵役制度的不合理,写一个老兵回乡后无家可归的悲惨情景。

征卒戍夫离乡背井,远在异地,只能唱着凄凉的怀乡曲,《古歌》云:

秋风萧萧愁杀人,出亦愁,入亦愁。座中何人,谁不怀忧?令我白头!
胡地多飙风,树木何修修。离家日趋远,衣带日趋缓。心思不能言,肠中
车轮转。

《东光》中有"诸军游荡子,早行多悲伤"之句。《悲歌》中说"欲归家无人",所以只能"悲歌可以当泣,远望可以当归"。这些发自心底的悲愤的呼喊,无不使读者动容。

其次,是对男女两性的感情世界——爱恨情仇的反映。

婚恋题材的作品在汉代乐府诗中占有较大的比重,其中的不少诗作堪称精品。女性们有敢于追求婚姻自由者,也不乏怨女、弃妇,她们的悲诉、抗议被大量保留在乐府诗中。

汉代乐府诗中有一首歌比较特殊,既是一首劳动之歌,也是一首情歌,情调清新活泼,是少见的欢快之歌。此歌即《江南》。这是一首采莲歌,又名《江南曲》、《江南可采莲》。

《饮马长城窟行》写一种相思而两地哀愁。

《上邪》写一位痴情女子的自誓之词。

上邪!我欲与君相知,长命无绝衰。山无陵,江水为竭,冬雷震震,夏
雨雪,天地合,乃敢与君绝!

假设列举5种千载难逢、极度反常的自然现象,表白自己对爱情矢志不移的决心。此诗堪称情歌中神品。

《有所思》写一位女子因恋情受挫而由爱到恨的感受。诗中女子精心准备了珍贵的礼品欲送给"大海南"的恋人,却在听闻对方有二心时,折碎、烧毁了礼品,并表示决绝之意:"从今以往,勿复相思!相思与君绝!"

《白头吟》写一位女子遭到遗弃而毅然决绝的感受。诗中女子光明皎洁,"皑如山上雪,皎若云间月",一旦"闻君有两意,故来相决绝",并提出"愿得一心人,白头

不相离"的爱情理想。

《上山采蘼芜》通篇问答成章,写一位弃妇与故夫的邂逅相遇,弃妇仍留恋旧情。这位弃妇被弃的原因与此诗创作的意图,历来有争议。有一种说法认为弃妇被弃是因为无子,弃妇和故夫都留恋旧情。故夫念念不忘的是弃妇的"手爪",她的劳动生产能力。

另外,《陌上桑》与《孔雀东南飞》是汉乐府诗中写男女两性情感的代表作,也是汉乐府诗的代表作。

最后,是对乐生恶死的生命观的反映。

恶死的篇章,有汉代流行的两首丧歌:《薤露》和《蒿里》。诗中对人命危脆的感慨何其悲凉。

乐生的篇章,则以神灵和仙人为主体。如郊祀歌《日出入》、《练时日》、《华烨烨》,杂曲歌辞中的《艳歌》等都表达了与神仙同生的意愿。

汉代乐府诗中也有一些篇章具有明显的劝诫倾向。如《长歌行》是一首励志诗,勉励人们要惜时奋起。又如《猛虎行》警示游子不要跟随恶人干非法无礼的事情。

汉代以前,只有《诗经·豳风·鸱鸮》是严格意义上的寓言诗。汉代乐府诗中却有多首寓言诗,大多数写世路崎岖、明哲保身之意。如《乌生》、《枯鱼过河泣》、《雉子班》、《豫章行》等,这些寓言诗想象奇特,寓意深刻,耐人寻味,是汉末乱世在人们心灵中投射的阴影。

三、汉代乐府诗的艺术特征

在我国文学史上,两汉乐府叙事诗标志着中国古代叙事诗的成熟。中国古代的叙事诗,可以说完全是在汉乐府民歌的基础上发展起来的。它的艺术特征主要表现在:

其一,详于叙事而略于抒情,这是汉乐府诗最突出的特征。汉代乐庄叙事诗的出现,标志着中国古代叙事诗的成熟。

其二,众多人物形象的塑造。汉乐府诗塑造的众多个性鲜明的人物形象,为后代叙事诗的人物形象塑造提供了借鉴。长篇叙事诗《孔雀东南飞》艺术成就很高,塑造了数个鲜活的典型人物。《汉魏乐府风笺》评《孔雀东南飞》云:"历数十许人口中语,各各有其声情,神化之笔也。"

其三,语言朴实自然,清新活泼。汉乐府诗的语言一般都是口语化的,朴实无华、不加雕饰,又极富生活气息、世事情趣。胡应麟《诗薮》卷一评云:"汉乐府歌谣,采摭闾阎,非由润色;然而质而不俚,浅而能深,近而能远,天下至文,靡以过之!"

其四,体制多样,形式自由。汉乐府诗的体裁以五言为主,兼有七言和杂言等,句式多样,在于灵活,有助于表达复杂的思想感情,对五言诗的最后定型起了重要的作用。一般说，西汉乐府诗多杂言，东汉乐府诗多五言，总的趋势是由杂言向五言发展。

其五，浪漫主义和现实主义的色彩。汉代乐府诗的不少篇章都带有不同程度的浪漫主义色彩。《孔雀东南飞》和《陌上桑》都体现出浪漫主义和现实主义的结合。

另一方面，现实主义仍旧是汉代乐府民歌的基调。由于汉乐府具有深刻的现实主义精神和高超的艺术成就，在中国文学史上占有重要的地位，出现了以乐府为系统的现实主义创作体系。这个体系的发展链条是："缘事而发"（汉乐府）→"借古题写时事"（建安曹操等人的古题乐府）→"即事名篇，无复依傍"（杜甫创作的新题乐府）→"歌诗合为事而作"（白居易所倡导的新乐府运动）。

第五节　东汉文人诗

汉代诗歌大致经历了从民间歌谣到文人创作、从乐府歌辞到文人徒诗（即"古诗"，不入乐，讽诵吟咏），从四言体到五言体、从骚体到七言体，从叙事诗到抒情诗的发展过程。其中以两汉乐府诗和东汉文人诗歌《古诗十九首》的成就最高、影响最大。

一、班固、张衡、秦嘉等人的诗

五言诗是中国古典诗歌的主要形式，它产生于民间。五言民间歌谣与乐府民歌是五言诗的初期形式。文人五言诗主要是在五言民间歌谣与乐府民歌的影响下产生和发展起来的，这中间经历了一个长期的过程。

先秦西汉已经有了七言的民间谣谚。赋末附诗始于东汉，班固、张衡等人在这样的赋末附诗中，就有七言诗。

班固的《咏史》是现存东汉文人最早的完整五言诗，其内容是西汉缇萦救父一事。该诗按时间先后依次道来，以叙事为主，是班固以写纪传体史书的手法创作的。"有感叹之词"，但"质木无文"，渲染修饰成分很少，体现了史家的用词质朴。

班固的《竹扇赋》是一首完整的的七言诗，今存残篇（见严可均辑《全上古三代秦汉三国六朝文·全后汉文》卷二四）。原应是系于赋尾。

张衡是继班固之后继续创作五、七言诗的文人，并且取得重要成就。五言诗《同声歌》、七言诗《四愁诗》皆为其著名作品。

《同声歌》在东汉文人五言诗中是别具一格的。全诗用新婚女子自述的口吻。感情真挚、辞采华美，可能有所寄托。

《四愁诗》是骚体整齐化之后形成的七言诗。全诗都是七言,共4章,每章首句第4字为"兮",其余都是标准的七言诗句。这首诗有政治上的寄托。它是中国诗史上七言诗较早的诗作,对后来七言歌行有一定的影响。仿者甚众而皆不及之。

秦嘉(生卒年不详),字士会。陇西(今属甘肃)人。秦嘉和徐淑夫妻间有多篇赠答的诗文,描述了他们所经历的缠绵悱恻、生离死别的爱情故事,在中国文坛上传为佳话。秦嘉的《赠妇诗三首》是早期成功的五言抒情诗之一,也是东汉文人五言抒情诗成熟的标志。

辛延年是东汉诗人,生卒年无可考。《羽林郎》是他仅存的一篇作品,写一个卖酒的胡女拒绝西汉大将军霍光的家奴冯子都调笑的故事。此诗叙事很有条理,具有鲜明而突出的民歌情调。

蔡邕作《翠鸟》,赵壹作《疾邪诗》,郦炎作《见志诗》二首,这些五言诗具有典型的乱世文学的特征,揭露社会的黑暗和腐朽,表现出沉重的压抑感和强烈的抗争意识,锋芒毕露,开创了诗坛的新风气。

二、《古诗十九首》

《古诗十九首》,最早见于萧统编的《文选》卷二九。因为作者姓名失传,时代不能确定,故《文选》的编者题为"古诗"。近代学者认为《古诗十九首》非一人一时一地之作,它们产生于东汉顺帝至献帝之间,作者是中下层失意的知识分子。古诗十九首代表了汉代文人五言诗的最高成就。

清人沈德潜概括《古诗十九首》的内容说:"大率逐臣弃妻、朋友阔绝、游子他乡、死生新故之感。"(《说诗晬语》)这组古诗反映的多是中下层文人的思想感情。抒发游子的羁旅情怀和思妇的闺愁是《古诗十九首》的基本内容。(本文所选《古诗十九首》版本依据[梁]萧统编、[唐]李善注:《文选》卷二九,上海古籍出版社,1986年版。)

游子的歌吟,有以下几类内容:

其一,浓厚的思乡情结。

"客行虽云乐,不如早旋归。"(《明月何皎皎》)心怀故土、情系家园,成为士子的共同的情结。《涉江采芙蓉》写了一位漂泊异地的失意者怀念妻子的愁苦之情。《古诗十九首》中的游子思乡将思乡的焦点集中在妻子身上,思乡与怀内、乡情与恋情交织在一起。

其二,对功名事业的追求。

游子漂泊在外,大多怀着功名事业的追求。

人生寄一世,奄忽若飙尘。何不策高足,先居要路津?无为守穷贱,轗轲常苦辛。(《今日良宴会》)

盛衰各有时,立身苦不早。人生非金石,岂能长寿考? 奄忽随物化,荣名以为宝。(《回车驾言迈》)

其三,对世态炎凉,知音难遇的感慨。

汉末乱世,政治黑暗,社会动乱,游宦的士子立功扬名的机会很少。而浇薄的世情却让他们感受很深刻。有感于去者日以疏与来者日以亲,有《去者日以疏》、《西北有高楼》、《明月皎夜光》等。

其四,人生如寄,及时行乐的心绪。

感叹于外物的永恒而人生的短暂,有《回车驾言迈》、《青青陵上柏》、《驱车上东门》等。由于世态炎凉、人情淡薄、仕途坎坷,功名既然难以成就,不免心态颓唐,放荡情志,及时行乐。

总之,游子之作再现了汉末文人追求的幻灭和沉沦、心灵的觉醒和痛苦,是汉末文人的心灵史。

思妇的愁思是《古诗十九首》的第二大主题。思妇词几乎占到《古诗十九首》的半数。其实这些作品的作者未必是女性,不少是游子揣摩思妇心理写成的。他们抒写女性的不幸,不仅有真诚的理解与同情,也融入了自己饱经忧患与痛苦的人生体验。故而,此等"代言体"诗作,获得了普遍而久远的艺术价值。其主要表现以下几方面内容:

其一,夫妻情深,珍惜婚姻之情。

如《客从远方来》写故人有心,赠以花绫,我亦有意,绣为合欢被。虽身隔万里,而爱如胶漆。这是一首极具民歌韵味的爱情诗。

又如《孟冬寒气至》诗写思妇对三年前的来信备加爱护,"置于怀袖中,三岁字不灭。"其挚爱之情何其真切。

其二,别后相思,自我宽慰之情。

如《行行重行行》:

行行重行行,与君生别离。相去万余里,各在天一涯。道路阻且长,会面安可知? 胡马依北风,越鸟巢南枝。相去日已远,衣带日已缓。浮云蔽白日,游子不顾反。思君令人老,岁月忽已晚。弃捐勿复道,努力加餐饭。

此诗四句一层,先叙初别,次说路远难会,再写相思之苦,后以勉强宽慰之词作结。

又如《冉冉孤生竹》,是写女子新婚久别后有感于"思君令人老"的闺怨情愫。

其三,相隔愁苦,怨慕哀伤之情。

如《迢迢牵牛星》借咏牵牛织女之事,抒发世间女子思慕如意郎君不得相会的烦恼和痛苦。

《青青河畔草》写在春光明媚的季节里,思妇心有所感,发出"空床难独守"的感叹。

《古诗十九首》取得了极高的艺术成就。

《古诗十九首》的作者，多是中下层文人，对民间文学有所接触和了解，从五言民间歌谣和乐府民歌中汲取养料。他们的创作，大抵有感而发，绝无造作和虚情，形成了浑然天成的艺术风格，古人评之为："情真、景真、事真、意真，澄至清，发至情"（〔元〕陈绎曾《诗谱》），"随语成韵，随韵成趣，辞藻骨气，略无可寻"，"结构天然，绝无痕迹"（〔明〕胡应麟《诗薮》内编卷二）。

《古诗十九首》标志着文人五言诗的趋向成熟，艺术成就很高。

其一，长于抒情，善于起兴发端。《古诗十九首》是古代抒情诗的典范，它长于抒情，却不是径直言之，而是委曲婉转、反复低徊，许多诗篇都能巧妙的起兴发端。

其二，情景交融的艺术境界。《古诗十九首》许多诗篇以其情景交融、物我互化的笔法，构成浑然圆融的艺术境界。如《明月何皎皎》写明月皎然之夜，客愁思不寐之感。从诗经的比兴，到楚辞的象征，再到古诗十九首的意象相生，中国古典诗歌的艺术取得了重大突破。

其三，抓取典型活动、典型细节以表现人物的思想感情。如"凛凛岁云暮"一首写一个思妇怀念良人，梦醒后惆怅感伤的情绪。《西北有高楼》通过高楼听曲这一具体事件的描绘，表达知音难遇的惆怅、失意的心态。《行行重行行》最后一句"弃捐勿复道，努力加餐饭"，言思妇愿将自己的愁思杂念收拾起，希望良人保养好身体，表现出真挚体贴的爱。

其四，质朴自然，深衷浅貌的语言艺术风格。《古诗十九首》绝少刻意雕琢的痕迹，一切平平道来，自然天成。以明白晓畅的语言道出真情至理，无论言情、写景、状物均出自天然，几臻化境。

不过作为文人诗歌，也极善于锤炼语言，熔铸典故。如《东城高且长》"晨风怀苦心，蟋蟀伤局促"二句，即化用《诗经》之《晨风》、《蟋蟀》二诗中的句子，深入揭示了汉末文人的处境和心态。又如《行行重行行》里面的句子，几乎都是在化用典故和浓缩前人语言或俗语的基础上写成的。如"与君生别离"，乃是化自《楚辞·九歌·少司命》"乐莫乐兮新相知，悲莫悲兮生别离"两句。"道路阻且长，会面安可知"，乃是化自《诗经·秦风·蒹葭》"溯洄从之，道阻且长"两句。（参见鲁洪生、赵敏俐主编《中国古代文学名篇导读》，中华书局 2003 年版，第 296 页。）

《古诗十九首》是五言诗成熟的标志，在我国文学史上占有相当重要的地位，实无愧于"五言之冠冕"（《文心雕龙·明诗》）、"千古五言之祖"（王世贞《艺苑卮言》）的评价。

第三章　魏晋南北朝文学

　　魏晋南北朝文学是中国文学中古期的第一段,这一时期的文学在观念、题材、体裁和整体风貌等方面都出现了新的变化,而这些变化又与本时期的政治状况、哲学思想及士人心态息息相关。

　　这一时期是中国历史上第二个民族大融合时期,近 400 年间,在全国范围内没有一个强有力的中央政府。西晋在平吴(公元 280 年)后虽然实现了全国的统一,但相对稳定的局势只持续了不到 30 年,至晋惠帝时便因为宫廷政变而引起八王之乱,继而五胡侵华,西晋灭亡,中原一带被少数民族占领。公元 317 年,皇室远支司马睿在渡江南下的中原冠带及本地土著士族的支持下建立了东晋王朝,百年之后又为刘裕所篡。南北对峙的局面进一步延续。这时北方是十六国的混乱局面,南方则是宋、齐、梁、陈四个朝代的频繁更迭,直到隋文帝于公元 589 年灭陈而统一中国。分裂、动荡与战乱使很多人失去了生命,也带来了饥馑、瘟疫及大规模的人口迁徙,这些都对文人的心态与精神风貌产生了深刻的影响,进而影响到这一时期文学创作的主题、题材。

　　另外,这一时期盛行的门阀制度也对文人心态与文学创作产生了直接影响。士族形成于东汉中后期,因曹丕实行"九品中正制",出现"上品无寒门,下品无士族"的局面。这种制度强化了士族的地位,加深了士庶之间的矛盾。庶族文人既入仕无门,满腔的愤懑便发之于诗文,这一时期,寒士不平成为文学中的重要主题,左思的《咏史》、鲍照的《拟行路难》18 首便是其中杰出代表。另外,门阀士族注重家族的文化传承,这一时期出现的以世家大族为中心的文学家族或文学集团即与此有关,而他们独特的社会地位与艺术素养对文学创作的主题与艺术趣味也有影响。

　　社会的剧变还导致了思想领域的变化。随着汉代中央集权的衰败与瓦解,与之相适应的占主导地位的儒家经术也随之衰落,社会中没有了占统治地位的思想影响,思想界呈现出开放、兼融的活跃状态:汉末,名、法、兵、纵横等诸家重新抬头;魏晋后,以道家为核心的玄学成为思想学术界的主流;同时,佛教亦传入中国并开始盛行,道教也在上层知识分子中广泛传播,成为许多门阀世族的家传信仰,这些多元并兴的哲学思潮既丰富了文学创作的主题,又使作品呈现出别样的风貌。

1925年,日本的铃木虎雄先生在《中国诗论史》(旧译《支那诗论史》)中第一次提出了"魏晋时代是中国文学的自觉时代"的观点,鲁迅先生1927年9月在广州所作的《魏晋风度及文章与药及酒之关系》中又一次说:"用近代的文学眼光看来,曹丕的时代可说是'文学的自觉时代',或如近代所说是为艺术(Are for Art's Sake)的一派。"自此,这一说法在中国学术界产生了广泛影响。具体而言,"文学的自觉"指文学创作的自觉和文学观念的自觉。文学创作的自觉"是指文学创作主体可以相对自由地表达自己的思想感情,注重文学抒情性特点,并注意到文学的形式美",而文学观念的自觉"指对文学本身的特征和文学创作规律有了相当深刻的认识,并在理论上加以总结来指导创作"(袁行霈《中国文学史》)。具体而言有以下几个特点:

首先,在文学观念方面,由于思想统治的松动、文士地位的提高,人们对于文学表现出更高的自觉性,不但创作数量大增,而且文坛上开始致力于对文学创作规律的探讨,出现了一系列文学批评和文学理论著作,如曹丕的《典论·论文》、陆机的《文赋》、刘勰的《文心雕龙》、钟嵘的《诗品》等,亦出现了数部体现文学观念的文章选本,如挚虞的《文章流别论》、李充的《翰林论》、萧统的《文选》等,这些理论著作与文章选本的观点已基本摆脱了汉儒所主张文学是"经夫妇、成孝敬、厚人伦、美教化、移风俗"的政教工具的"诗教观",开始探讨文学发展的内部规律及文学与时代的关系等问题,在文学本体论、文体论、文学创作论、文学发展观及鉴赏批评论方面都有系统的论述,尤其是创作论方面的缘情说、物感论、神思说、声律说更是为后世古代文论的发展奠定了坚实的基础。而这一时期出现的诸如"风骨"、"风韵"、"形象"、"意象"、"兴会"、"兴象"等术语也逐步形成中国文学批评中特定的范畴,大大丰富了中国文学理论的内容。

文学观念的发展使文学的独立价值与地位被充分认识与肯定,这一时期文学走向个性化,抒情性大大加强,创新成为时代的主题,文学的题材、体裁相较于前代都有了很大的发展。在题材方面,山水诗、田园诗、玄言诗、游仙诗、宫廷诗、边塞诗等都出现在文人的笔下,这些诗中的常见意象成为后世同类诗作的固定化意象,如盛唐边塞诗中常有的奇丽风光、征夫思妇、报国豪情及英雄主义精神等主题及意象都已出现,这些都奠定了后世诗歌进一步发展的基础。诗文风貌也有或梗概多气、或隐约曲折、或绮丽华靡的特点,这些与特定的时代背景息息相关。就诗歌的体裁而言,五言诗自两汉之际出现之后,在魏晋文人的手中逐渐兴盛并走向成熟,成为中国诗歌史影响最大、创作量最多的一种诗体。而七言诗也创作日多,在形制上逐步完善。除诗歌外,小说这一文体有了一定基础与规模,出现了志人、志怪两大类。

辞赋、骈文及骈赋也进一步发展,这些都为中国文学进一步发展与繁荣奠了坚实的基础。

具体而言,魏晋南北朝文学大致经历了建安、正始文学、两晋文学及南北朝文学。

建安、正始文学自建安元年(196)起至魏咸熙二年(265,也即晋武帝泰始元年)。建安文学以"三曹"为中心,包括"建安七子"、蔡琰等作家,他们大都具有建功立业、实现自我社会价值的理想与抱负,对辗转于动荡中的底层民众抱有深切同情之意,作品大都充满个性,或高扬理想,或忧时伤世,或慷慨悲凉,这些特点也即后世所说的"建安风骨"。刘勰曾以"梗概而多气"来概括。文学史上的正始文学除正始时期(240—248)外还包括魏末时期的文学,"竹林七贤"(七贤指阮籍、嵇康、阮咸、山涛、向秀、刘伶、王戎)是这一时期的文人代表。面对魏晋易代之际政治上的高压与污浊,他们以老庄的"自然"为武器,纵情越礼,揭露司马氏所提倡的名教的虚伪与黑暗。就诗文风貌而言,忧时闵乱、言近旨远的隐晦风格代替了建安文学慷慨悲凉的声音。

两晋文学有西晋与东晋两个阶段。西晋文学以太康时期为主,太康(280—289)是武帝年号,这一时期国家统一,政治稳定,文人生活逐渐安逸,"三张、二陆、两潘、一左"是当时作家的代表。太康文学追求对仗、炼字等诗歌形式美,由此呈现的繁缛诗文风貌与建安、正始文学大异其趣。左思作为寒族诗人对门阀制度的抗议及寒士不平而鸣的诗歌成为这一时期文学富有光彩的亮点。

东晋文学起自晋室南渡(公元 317 年),终于刘裕篡晋(公元 420 年),因为玄学、及佛教、道教等发展流行,使整个文坛都笼罩着玄言风气,流风所及,玄言诗也盛行了百年之久。而晋末陶渊明的出现为当时的文坛带来清新的气息。

南北朝时期朝代更迭频繁,南北政治对峙。刘宋时期山水诗在玄言诗的母胎中孕育成熟,诗文题材也由玄言向山水演变,在这一过程中,谢灵运山水自然美的表现以及对艺术形式华美精工的追求,带来中国诗歌的又一新变。同时的鲍照则以乐府诗创作为主,高唱对门阀制度的抗议与不满,成为这一时期又一有突出贡献的诗人。

萧齐政权虽历时不长,但诗歌却有新发展,值得注意者,一是沈约、周颙、王融、谢朓等在诗歌声律、用事、对偶等方面的探讨,共同创立"永明体",成为中国古典诗歌向近体律诗发展的过渡;其次是谢朓等山水诗人在形式上变革谢灵运之"大谢体",为山水诗的发展作出了新的贡献;三是由于这一时期帝王对诗歌创作的倡导参与,诗歌创作上出现浮艳轻靡的倾向。梁陈两代发展了齐诗中的浮艳倾向,演变为宫体诗风。梁陈宫体诗多表现宫廷生活,成为轻艳诗风的典型代表,也多为后代诗论家所诟病。

在南北朝时期,南北方的文学发展不平衡,北方士子文人以模仿南方文人而为荣,如"北地三才子"之邢邵、魏收、温子升莫不如此。这一时期之末,滞留北方的庾信与王褒带来了南北文学合流的讯息。而北方文学中的民歌与散文著作如《颜氏家训》、《洛阳伽蓝记》、《水经注》等都取得不俗成就。南北方文学虽然呈现不同风貌,但在对峙中交流,在交流中渐渐融合,终于南北合流,至唐而形成了各去所短合其所长的文质彬彬的理想文学风貌。

在整个中国文学发展史上,魏晋南北朝文学以新变为特色,充满了开拓与创新精神,恰如宗白华先生所说:"汉末魏晋六朝是中国政治上最混乱、社会上最苦痛的时代,然而却是精神史上极自由、极解放,最富于智慧、最浓于热情的一个时代。因此也就是最富有艺术精神的一个时代。"(《论〈世说新语〉和晋人的美》)张扬的个性精神带来了文学观念、文学思想、文学题材、文学体裁、文学风格及文学表现方式等诸方面的创新,在中国文学发展史上有着承前启后的重要地位与作用。

就本章结构而言,按时序及文体分为四节,前三节重点在于诗歌流变,后一节为小说、辞赋、骈文、散文及民歌的发展概况。

第一节　三国文学——从建安风骨到正始之音

从文学史的角度而言,三国文学以太和六年(232)曹植去世分为前后两期,即习称的建安文学与正始文学,共计 70 年(196—265)。

一、建安文学

建安文学(三国前期文学)又分为三个小的阶段:第一阶段为建安十三年(208)之前,此时的建安文士经历了由分散到聚合的过程,他们大都经历过汉末战乱,忧时悯乱的作品呈现出慷慨悲凉的风格;第二阶段为建安十三年至建安二十四年(208—219),此时以三曹为首、七子为核心的"邺下文人集团"形成;第三阶段为黄初元年至太和六年(220—232),以曹植与曹丕为代表作家。

作为文学自觉时代的开端,建安文学在创作与风格上呈现出一些新的面貌。就诗歌体式而言,五言诗创作开始盛行,成为中国古代诗歌的一种重要体裁形式。另一方面,建安诗歌在继承汉乐府民歌传统的基础之上又对乐府诗加以发展、改造,使诗歌具有鲜明的个性,曹植的诗歌创作逐渐完成了从乐府诗向文人诗的转变。而这一时期文学最重要的特点是"建安风骨"的形成。

"建安风骨"是人们对建安时期美学风范的概括。"风骨"一词最初则源于魏晋南北朝时期的人物品评。《世说新语》中经常出现以"风神"、"风气"、"风骨"来品评人物的术语,后来"风骨"概念运用到了书法、绘画领域,文学批评中运用"风骨"概念始自刘勰。《文心雕龙》中有《风骨》篇:"是以怊怅述情,必始乎风;沉吟铺辞,莫先乎骨。故辞之待骨,如体之树骸;情之含风,犹形之包气。结言端直,则文骨成焉;意气骏爽,则文风清焉。若丰藻克赡,风骨不飞,则振采失鲜,负声无力。"他所说的风骨是既有感染力,又具有正直、高尚的思想感情,同时又通过明晰简练的言辞表现出来刚健有力的美学特征。虽没有直接与建安文学相联系,但文中多举建安作者为例。而钟嵘则提出"建安风力"(《诗品序》)作为品评诗歌的标准。唐代陈子昂在《修竹篇序》中所提到的"汉魏风骨"实指建安风骨。

　　建安风骨是如何形成,又具有怎样的内涵呢?"观其时文,雅好慷慨;良由世积乱离,风衰俗怨,并志深而笔长,故梗概而多气也。"(《文心雕龙·时序》)这句话精确地概括了建安风骨的成因及内涵。建安时期,社会动荡不宁,经历了汉末战乱的文人普遍具有忧时伤势的政治情怀,他们的诗文作品大都内容充实,感情充沛,具有雅好慷慨,梗概多气的特点,同时又表现出明朗刚健、骨力遒劲的艺术风格。这种充实的思想内容,富有感染力的情感以及语言表现上的刚健清新完美结合,就是建安风骨的基本内涵。曹氏父子、建安七子、蔡琰等是建安文学的代表人物。建安时期的曹氏家族堪称文学世家,曹操及其子曹丕、曹植、曹彪,曹丕的妻子甄后和曹丕子魏明帝曹睿等都能诗能文。其中成就最高者为有"魏氏三祖"之称的曹操、曹丕和曹植。

　　曹操(155—220)字孟德,沛国谯(今安徽亳州)人,他出身于具有宦官背景的家庭,家族社会地位不高。曹操在东汉末年的军阀混战中脱颖而出,"挟天子以令诸侯",统一了北方中原的广大地区。他生性机警,简易通脱,思想上很少受传统儒家伦理道德标准的束缚,崇尚刑名之学,这种个性及思想也影响了其文学创作。

　　曹操是政治家兼文学家,具有深厚的文化艺术修养,对建安文学的兴盛起了决定性作用。汉末文士在社会动乱中颠沛流离,散居各地,是曹操将他们汲引罗纳到自己身边,从而形成了"邺下文人集团"彬彬之盛的局面,如徐干、刘桢、阮瑀、杨修、邯郸淳、吴质、陈琳、应玚、王粲等都是在他的感召延揽下来到邺城的。他在鼓励这些文人为他效力的同时还勉励他们从事文学创作活动。另外,曹操以自己的文学创作推动了当时文学创作的兴盛。《三国志·魏书》说他"御军三十余年,手不舍书。……登高必赋,及造新诗,被之管弦,皆成乐章"。兴之所至,他往往也要他人参与其事,形成集体性文学创作活动。这些都促进了建安时期文学的繁荣局面。

　　曹操的文学成就主要表现在诗歌上,他的诗歌今存有 22 首(包括有疑问的 3 首),全部是乐府诗。从内容上来看,大致分为纪事、述志、游仙、咏史。纪事作品主要有《蒿里行》、《薤露行》、《步出夏门行》、《却东西门行》、《苦寒行》等,反映了汉末动荡的社会现实与人民的苦难生活。述志诗主要表现自己的政治理想与政治主张,以《度关山》《对酒》为代表。如《对酒》:"对酒歌,太平时,吏不呼门。王者贤且明,宰相股肱皆忠良。咸礼让,民无所争讼。……"对君、臣、民各方面都作出规范,颇具理想主义色彩。《短歌行》和《步出夏门行》中的《观沧海》《龟虽寿》等都表现了统一天下的雄心壮志。游仙诗则有《气出唱》三首、《精列》《陌上桑》《秋胡行》等,这一类作品上承汉乐府中的游仙之作,描写神仙生活,服食养生,期待高蹈轻举。《咏史》有《善哉行》三首其一、《短歌行》其二等,以歌咏古人的方式抒写己意。

曹操的诗歌在艺术方面主要有几个特点:

第一,从诗题看其诗大部分沿用汉乐府旧题,但在继承汉乐府的传统时又有所创新,如汉乐府民歌虽然是"感于哀乐,缘事而发",但反映现实较为狭小,而他则在乐府诗直接反映汉末重大历史事件,有"诗史"之称。这就对民歌的传统有所突破。另外,他虽沿用乐府古题,却又以古题写时事,如《短歌行》,崔豹《古今注》曰:"长歌、短歌,言人寿命长短,各有定分,不可妄求。"但他的《短歌行》却加入了渴求贤才的内容。《蒿里行》《薤露行》,原是丧歌,但曹操却用来写汉末时事。这些革新都给乐府文学注入了新的活力。

第二,其诗风以慷慨悲凉为基调。建安时期社会动荡,民生凋敝,作为政治家的曹操面对残破艰难的社会现实,其诗中所抒发之情感往往慷慨悲凉,这不仅是曹操诗歌风格的基本特征,也是建安文学共同的特征。故钟嵘评云:"曹公古直,甚有悲凉之句。"

第三,在体裁上,其诗有四言、五言和杂言三大类,成就皆不凡。比较而言,其四言诗更为出色,四言诗自《诗经》之后鲜有佳作,曹操不是机械地摹拟《诗经》,而是在内容与情调、句法、词法方面均有创新,如抒情、述志与写景结合,多用比兴,节奏强烈等,从而使四言诗在《诗经》之后又大放异彩。

曹丕字子桓,是曹操次子,建安二十二年(217)立为魏王太子,建安二十五年(220)代汉自立。曹丕博学多识,勤于著述,今存辞赋约30篇,诗约40首,另《典论》一书中存《自序》与《论文》2篇。曹丕的诗歌就题材而言可分为三类,一是公宴诗,游赏宴乐,摹写山水,往往诸子同题共作;二是抒情言志之作;三是男女爱情及游子思妇题材。第三类内容他写得最有特色。另外,他的诗歌体裁有四、五、六、七言和杂言等。其在文学史上占有重要地位的是《燕歌行》二首(其一)。

> 秋风萧瑟天气凉,草木摇落露为霜,群燕辞归雁南翔。
> 念君客游思断肠,慊慊思归恋故乡,何为淹留寄他方?
> 贱妾茕茕守空房,忧来思君不敢忘,不觉泪下沾衣裳。
> 援琴鸣弦发清商,短歌微吟不能长。明月皎皎照我床,
> 星汉西流夜未央。牵牛织女遥相望,尔独何辜限河梁。

这是我国文学史上现存最早且最完整的一首文人七言诗。另外,这首诗歌凄婉动

人,细腻缠绵,很能体现曹丕诗的艺术风格,与曹操的古直苍凉不同。

曹植字子建,曾封陈王,死后谥曰"思",后世称陈思王。他少年之时以才思敏捷而深受曹操宠爱,但他缺乏政治家的胸怀与手段,最终在与曹丕的明争暗斗中失败。这一段经历决定了他后半生的悲剧命运。曹丕继位后,曹植颇受猜忌,屡徙封地,名为侯王,行同囚徒。魏明帝即位后依旧不得信任,最终郁郁而终,年仅41岁。

曹植在建安时期文学成就最高。他的诗歌今存80余首,辞赋、散文40余篇,其创作以建安二十五年(220)曹丕即位为界分为前后两个时期。前期志满意得,昂扬乐观,充满自信,富于浪漫情调。《白马篇》中慷慨赴国难的游侠少年实际上是自我的化身。后期作品内容与风格都发生了很大的变化,集中抒写对个人命运、前途的失望和在碌碌无为中空耗生命的哀伤以及对自由生活的向往,深沉的愤激与悲凉成为作品的基调,《赠白马王彪》可说是其后期作品的代表。

曹植诗歌体现出了气骨与丹彩的完美结合,艺术特点主要体现在以下几方面:

第一,诗歌个性鲜明,抒情性增强。如曹植诗中有不少乐府诗,但他运用乐府体裁中更多地注入了个人的感情,将乐府诗改变为以抒情为主。如《美女篇》从形式上看是模仿《陌上桑》,但内容上表现美女盛年未嫁的苦闷,实际是以美人迟暮寄托自己怀才不遇的感慨,这样就使诗歌具有明显的个性特征。

第二,结构精巧,发端精警。曹植常以带有强烈的主观感情色彩的景物描写开头,先声夺人,渲染气氛。如《野田黄雀行》:"高树多悲风,海水扬其波。"以激烈动荡宏阔的景象来暗示作者跌宕起伏的心情和处境的险恶,所以沈德潜说他"极工于起调"(《说诗晬语》)。

第三,注重对偶及锤炼字句。曹植诗歌体现了魏晋诗歌骈偶化的趋势,如"秋兰被长坂,朱华冒绿池"。而炼字如"清风飘飞阁"(《赠丁仪》),"明月澄清影"(《公宴》),都具有警醒的效果。另外,曹植诗中的自然景物描写也对后世文人产生了很大的影响。

在建安作家中,曹植留存作品最多,成就最高,对后世的影响也最大,被钟嵘称为"建安之杰"。"建安七子"与蔡琰也是这一时期的代表性文人。

"建安七子"的名号最早出自曹丕的《典论·论文》:"今之文人鲁国孔融文举,广陵陈琳孔璋,山阳王粲仲宣,北海徐干伟长,陈留阮瑀元瑜,汝南应玚德琏,东平刘桢公干。斯七子者于学无所遗,于辞无所假,咸以自骋于千里,仰齐足而并驰。"

孔融字文举,为人机辩,又自恃高门,对曹操多所讥讽,最后被曹操以"乱伦败德"的罪名杀害。其诗有《六言诗》、《杂诗》、《临终诗》等。其散文以气运词,体现了建安时期文学的新变化。代表作为《论盛孝章书》和《荐祢衡表》。

王粲字仲宣。刘勰《文心雕龙·才略》称他为"七子之冠冕"。王粲家世显赫,曾避难荆州依刘表,未得重用,后依附曹操。他为人聪慧,才思敏捷,以诗赋知名,诗以

《七哀诗》最有名,写军阀混战的混乱惨痛的社会场景,触目惊心。其《登楼赋》是魏晋时期抒情小赋的名篇,将写景和抒情完美结合,显示了抒情小赋在艺术上的成熟。

陈琳字孔璋,广陵射阳(今属江苏)人,所长在书檄,以《移豫州檄》为代表,诗以《饮马长城窟行》最有名。阮瑀字元瑜,《七哀》、《咏史》、《驾出北郭门行》等诗作都具有现实批判意义。

徐干字伟长,他少有才气,不耽世荣,唯读书著文自娱。其诗作以《室思》、《情诗》、《为挽船士志新娶妻别》等写妇女苦闷的作品影响最大,另著有《中论》一书。

刘桢字公干,作品多朋友同僚赠答及歌咏友情之作。

应玚字德琏,汝南(今属河南)人,诗多公宴、斗鸡等应酬之作。

蔡琰字文姬,蔡邕之女,陈留圉(今河南杞县南)人。她自幼受到很好的文化教育,博学有才辩,妙于音律,但在汉末动荡中遭遇不幸,流落匈奴12年,后被曹操赎回。这种文化教养及人生遭遇,使她写下了流传千古的《悲愤诗》。全诗长达540字。诗歌通过社会动荡中的个人遭遇反映了广大人民特别是妇女的共同命运,控诉了军阀混战的罪恶。全诗脉络清晰,详略得当,直赋其事,间用比兴,在我国文学史上有着重要地位。

二、正始文学

正始是魏齐王曹芳的年号(240—249),在其末年发生了司马氏篡改的高平陵事件,所以文学史上常以"正始文学"指代三国后期文学。这一时期的文人群体比建安时期规模略小,主要有"正始名士"和"竹林名士"两批人物,正始名士有傅嘏、荀粲、裴徽、何晏、夏侯玄、王弼、钟会等,竹林名士包括阮籍、嵇康、向秀、刘伶、山涛、王戎、阮咸等。这一时期思想自由,文人注重玄学清谈,校练名理,文学成就以嵇康、阮籍为最高,其次是应璩、刘劭、何晏、向秀和刘伶等。

就文学整体风貌而言,建安文学中那种积极用世、忧国忧民的精神已基本消失,而对社会人生的理性思索及忧生之嗟成为正始文学的主调。艺术方面,正始作家将抨击时事与抒写感愤融为一体,大大加强了新兴五言诗的抒情性,使诗歌艺术进一步文人化。另外,正始诗人创造了曲折隐晦、清隽艰深的风格,并开创了五言咏怀组诗的体例,对后世诗歌产生了极为深刻的影响。从建安风骨到王始之音这一文学风尚的变化,主要原因在于玄学思潮的影响与政局的变动。

玄学是以老庄思想为骨架,又融合了儒家思想精义而形成的一种哲学思潮。作为一种哲学思潮,其渊源可追溯至汉末,但谈玄成为一种社会风气则出现在正始年间。"正始名士"与"竹林七贤"是正始前中期有代表性的谈玄群体。他们服膺"以无为本"(王弼《老子》第四十章注),强调"越名教而任自然"(嵇康《释私论》),在人生价值取向上,蔑视传统的儒家伦理道德观念,注重自由自在、心与道冥的理想人生境界的追求。这种人生态度的转变对文学创作也产生了明显的影响。

首先,正始文士立足玄学,对代表政权主流的"礼法之士"展开攻击,揭露其虚伪丑陋的真实面目,具有尖锐的批判意识;其次,玄学名士盛谈老庄玄理,竞相撰写玄学论文,使文章的思辨之风大盛;再次,玄学潮的盛行使文人在诗歌方面追求清虚高旷、自然悠远的诗歌境界,后世文学理论中谈到的冲淡、自然、飘逸、旷达等诗歌风格无不与此有关。更有甚者,诗歌成为敷衍玄学理趣的工具,理过其辞的"玄言诗"得以产生,并在东晋时期成为诗坛的主流。

除玄学思潮的影响之外,政局变迁也对正始文学风貌的变化产生了深刻影响。明帝景初三年(239),明帝去世,临终前命曹爽与司马懿辅佐曹芳即帝位,而曹爽与司马懿为争取主动权展开激烈的斗争,生活于这一政治背景下的诗人深感苦闷。正始十年(249)司马懿趁曹爽扫祭高平陵时发动政变,诛杀曹爽,而依附于曹爽的名士如何晏、邓飏、丁谧等随之被害,史称当时"天下名士去其大半"。司马懿死后,其子司马师、司马昭掌权,又铲除异己,相继杀害了夏侯玄、毋丘俭、诸葛诞等人,这一系列的杀戮造成政治上的高压局面,使文人们普遍感受到了政治上的幻灭感与危机感,他们在诗文创作时便不得不以曲折隐晦的形式来抒写忧愤之意与人生之嗟,这种情形自然影响了该时期的文学风格。

总之,政治因素与玄学影响纠葛一起,共同作用,促成了正始文学特征的形成。正始文学的代表人物是阮籍和嵇康。

阮籍(210—263),字嗣宗,陈留尉氏(今属河南)人,父亲阮瑀为建安七子之一,11岁时,曹丕代汉即帝位,身处曹魏盛世的阮籍具有奋发进取的时代精神,颇怀功业志尚。少年时他曾登广武城,面对楚汉古战场时感慨:"时无英雄,使竖子成名!"(《晋书》本传)表现出目空一切的少年英雄之志。但随着政局的变化,曹魏国运转衰,曹爽与司马懿明争暗斗,政局险恶,社会士风也普遍由积极而转向消极,阮籍的人生态度也发生了根本的转变,他33岁时做过很短时间的尚书郎,38岁曹爽召他为参军,他又托病没有应召,两年后曹爽被诛杀。

高平陵事件之后,司马氏父子在政治上实行高压策略,残杀异己,阮籍作为一正直文士,对司马氏的行径心怀不满,但他在当时盛名已具,司马氏集团对其倍加注意,使其处境更为艰难。出于"保身"之考虑,他不得不与司马氏虚于周旋:43岁时作了司马师的从事郎中,被封为关内侯,其间又做过10年的东平相。司马师死后又继任司马昭的从事郎中,晚年(53岁)求为步兵校尉,后世称其阮步兵。后又在景元四年(263)被迫乘醉挥毫,写下"劝进文",劝司马昭封晋公,加九锡,这使他内心极为痛苦,数月之后便郁郁而亡,两年后魏主正式禅位于晋。

至慎与至狂是阮籍最为显著的性格特点。一方面,他对于时事政治问题十分谨慎,口不臧否人物,但另一方面,他对虚伪的礼法之士极为蔑视,生活方式上常常表现为放浪形骸,遗落世事,如母亲去世时他正与人围棋,对者求止,他留与决赌,葬母时弃丧礼规矩于不顾,食酒肉不辍,临决又举声一号,吐血数升。还善为青白眼,见礼俗之士,以白眼相对,对志同道合之人则青目有加。这种看似矛盾的行径恰体现了其内心的痛苦。而之所以能为司马昭所容,实在是因为他的狂傲不羁多属伦理道德范畴,于现实政治无害。这种隐忍与矛盾使阮籍一生思想上极其苦闷,他徘徊于高洁与世俗之间,依违于政局内外,希望能在混乱残酷的政治环境中全身远祸。

这样的性格特点直接影响了阮籍的诗文风格。《咏怀诗》82首是其诗歌的代表之作,内容广泛,涉及时势与人生的诸多方面。具体而言,主要有以下几方面:第一,忧生之嗟。《咏怀诗》中约半数之上皆是阮籍关于人生的感慨,他感慨时光飞逝,人生的短促,以及由此而来的深深的忧伤。《咏怀诗》其一为组诗之总纲:"夜中不能寐,起坐弹鸣琴。薄帷鉴明月,清风吹我襟。孤鸿号外野,翔鸟鸣北林。徘徊将何见?忧思独伤心。"描写自己在夜深人静时难以排解的苦闷心情。这样的心绪源于他对社会的不满但又无力抗争的现实。第二,对世俗礼法之士的厌恶,这与他越名教而任自然的态度有关,如《洪生资制度》。第三,对理想的人生境界的追求,这实际上是他在现实中苦闷而不可解脱的另类表现形式,即通过幻想境界来摆脱世俗的污浊,如《咏怀诗》之十九"西方有佳人"、四十三"鸿鹄相随飞"和七十九"林中有奇鸟"莫不如此。总之,82首《咏怀诗》表现了阮籍苦闷的心灵世界,它非一时一地所作,抒感慨,发议论,写理想,开创了中国文学史上政治抒怀诗的先河。

就艺术特色而言,其诗蕴藉含蓄,自然飘逸,风格隐约曲折,"厥旨渊放,归趣难求"(钟嵘《诗品》),另外,常借比兴与象征的手法来表达感情,寄托怀抱,或借古讽今,或借香草美人以抒写情怀。其精神实质与建安风骨一脉相承,严羽《沧浪诗话》:"黄初之后,惟阮籍《咏怀》之作,极为高古,有建安风骨。"除诗歌之外,阮籍尚有文、赋、传、论等10篇,《大人先生传》体现了其文的最高成就。

嵇康(223—263),字叔夜,祖先为会稽人,后移居谯国铚地(今安徽宿州西)。曾任中散大夫,后世因称嵇中散。嵇康是中国文学史上最具魅力的人物之一,其魅力首先因为他是一位多才多艺的才能之士,其次在于其风姿特秀、爽朗清举的风神外貌。当然,最重要的魅力来源于其人格:高洁、正直、孤傲、特立独行。嵇康幼年失怙,在母、兄抚育下形成任性不羁的性格。与阮籍"口不臧否人物"不同,他"刚肠疾恶,轻肆直言,遇事便发"(《与山巨源绝交书》),而《晋书·本传》记载他"恬静寡欲,含垢匿瑕,宽简有大量",他的《家诫》也告诫儿子"宏行寡言,慎备自守",但这些只是他的玄学修养对自我性情的一种约束,现实他是非之心非常明确,对丑恶现象也往往愤激斥责,不肯与当政者虚与委蛇,如他本无荣进仕宦之意,当山涛荐其自代,希望他放弃与司马氏对抗的立场时,他撰《与山巨源绝交书》断然拒绝,文中提出自己不能就职的原因即"七不堪"与"二不可",讥讽依附于司马氏集团的无操守文人,并"非汤、武而薄周、孔",直击司马氏借名教以篡权之事实,使其被杀成为必然。而京师三千太学生为之上书请命之举则加速了他的悲剧结局。

嵇康本时期最有成就的文章家,现存文 14 篇。其文包括书、论、传、箴、诫、楚辞等多种文体,其玄学论文体现了很高的理论思维能力,如《答向子期难养生论》、《声无哀乐论》等皆任心而论,见解独到。嵇康现存诗 50 余首,有四言、五言和六言等不同诗体。以四言诗《赠秀才入军》、《杂诗》、《秋胡行》、《幽愤诗》为代表。《幽愤诗》为其蒙冤入狱之时的作品,可以说是嵇康的绝笔之作,诗中对自己一生的思想与行为作了回顾及反省,结构完整,朴实真率,具有很强的艺术感染力。作为一个理想主义者,嵇康把庄子理想人格境界从哲学境界变为诗的境界,《回会赠兄秀才入军诗》十八首其十四中"手挥五弦,目送归鸿。俯仰自得,游心太玄"便体现了这种优游容与的诗歌境界。嵇康由于个性刚烈,诗风以峻切为特征,此外,其诗亦有高古与劲健的风格特点。

阮籍与嵇康同为"竹林名士",是正始文学中成就最高者,也是魏晋玄学的主要代表人物,因个性差异而有了不同的命运:阮籍以至慎得以善终,嵇康则因龙性难训而惨遭杀害,个性形成与生平经历有关,对他们各自文学风格的形成也起到了决定性作用。

第二节　两晋诗坛

以典午南渡为界,晋室分为西晋与东晋,两晋诗坛上承建安、正始,下启南朝,前后相续 150 余年,由于两晋政治环境与文化背景的差异,其文学风貌亦颇有不同。西晋历武、惠、怀、愍四帝共 50 年,文学的繁荣是在武帝太康和惠帝元康时期,其中以太康文学为代表,作家则以"三张、二陆、两潘、一左"最著名。另外,晋初的傅玄、张华,晋末刘琨、郭璞亦以文学知名,刘勰在《文心雕龙·时序》中曾说:"晋虽不文,人才实盛。"东晋诗坛上"理过其辞,淡乎寡味"(钟嵘《诗品》)的玄言诗盛行,晋末陶渊明开创了田园诗风,是魏晋古朴诗风的集大成者。

一、西晋诗坛

西晋文学更加注重形式与技巧方面的研讨与创新,文学发展主要有以下几个特点:一是拟古之风盛行。西晋时期的重要作家如傅玄、张华、陆机、陆云等都注重摹拟前人的作品,其中以陆机最为著名。拟古是文人创作追求技巧化的表现方式。二是追求辞藻的华丽与对仗的工整,以潘、陆二人最具有典型性。三是总体风格而言,繁缛成为其基本特点。繁缛本指繁密而华茂,后比喻文采过人,分而言之,繁指繁复详尽,不避繁琐;缛指色彩华丽。刘勰在《文心雕龙·明诗》曾言:"晋世群才,稍入轻绮。……采缛于正始,力柔于建安,或析文以为妙,或流靡以自妍。"言与建安正始相比,西晋文学辞采藻饰的修养更高,但文学内容的劲健方面有所不足。

　　西晋一代追求形式技巧的繁缛文风,常为过去的文学史家诟病。客观而言,追求文学的技巧与形式美是整个文学发展中的一个链环,但前后比较,会发现西晋文学的确缺乏一种力度和生气。这种文学风格与文学现象的形成与西晋士风有关。罗宗强先生曾以"士无特操"来概括这一时期士风的特点。西晋以强取豪夺的手段取得政权,"政无准的",传统道德的崇高性在社会中处于缺失状态,于是影响了文士的人格建构与理想追求。西晋文士普遍缺乏一种崇高精神,他们常以自我得失为中心,热衷于功名利禄,缺乏高远的理想与境界,这使西晋文人作风浮华,思想平庸,耽于逸乐,肆于物欲。在这种情况下,其作品自然丧失了崇高的精神与激荡人心的风力,转而更加追求文学形式的绮丽与繁缛。西晋的主要作家有潘岳、陆机、左思、刘琨、郭璞等。

　　潘岳与陆机是西晋太康文学最具有代表性的作家,也是西晋繁缛诗风的代表。潘岳(247—300),字安仁,荥阳中牟(今河南开封附近)人。弱冠之年走上仕途,先后任河阳令等官,最后官至给事黄门郎,其作品集即称《潘黄门集》。潘岳美貌,"貌比潘安"成为人们形容男子貌美的套语。

　　金人元好问《论诗绝句三十首》中写道:"心画心声总失真,文章宁复见为人。高情千古《闲居赋》,争信安仁拜路尘。"即谈到了潘岳人品与文品的对立。作为一名文士,潘岳确实德行有亏。他谄事贾谧,趋炎附势,直接参与政治阴谋,为贾谧写诬构太子司马遹之文,为了谋取个人的权位与前程,不顾传统道德与个人尊严,政治品格上缺乏节操。但他重视家庭生活与亲情,这些作品往往有真挚的情感,极富感染力,如《内顾诗》是任河阳令时思念妻子杨氏之作,诗中写其对久别妻子的日夕怀念,感情之专注,令人惊叹。而《悼亡诗》写其赴任前对亡妻的悼念怀想,正由于他的影响,"悼亡"成为后代诗人追念亡妻的专属题目。其诗由于铺叙过多,往往显得平缓而缺乏含蓄,有的还枯燥乏味。除诗之外,潘岳亦是西晋著名的辞赋作家。其赋今存20余篇,以《西征赋》《闲居赋》《怀旧赋》《寡妇赋》为代表,诗文皆以写哀情见长。

　　陆机(261—303),字士衡,吴郡华亭(今上海松江)人。他出身于东吴世家大族,祖陆逊,父抗为吴大司马,弱冠而吴亡。陆机的家世出身对陆机个性及人生追求有很大影响,陆机的父祖为东吴名臣,他有一种强烈的家族自豪感,希望通过自己的努力重新光耀门楣,西晋作家中,他是功名欲念最为强烈的人物之一,缺乏政治上的道义与节操。入洛初曾为太傅杨骏的祭酒,贾谧当权后又依附贾谧,参与贾谥"二十四友"活动,赵王伦辅政时又为伦的参军。赵王伦败亡后他转投成都王颖,参与了成都王颖与河间王颙讨伐长沙王乂的争斗,战败被成都王所杀。

政治品格上的缺陷导致思想上的浅薄,陆机诗内容肤浅,感情浮泛,但在艺术上却体现了太康文学的特点。具体而言有以下几方面:第一,语言由朴素古直趋向华丽藻饰。比较《古诗·西北有高楼》与陆机的拟作便可以看到风格及遣词都有朴素与华丽之别。第二,描写由简单趋向繁富。以《猛虎行》为例,古辞只有"饥不从猛虎食,暮不从野雀栖。野雀安无巢,游子为谁骄"4句,而陆机拟作却扩为20句,委婉曲折,以繁复取胜。第三,句式也由单行转向对偶。如陆机的《赴洛中道》二首,除首尾外几乎都是工整的对仗句式了。

诗歌之外,陆机的文在文学史上更有特色,著名者有《辩亡论》、《叹逝文》、《哀武帝文》等。《文赋》是一篇文艺理论专论,对文学创作的过程作了细致深入的论析,在文学批评史上影响颇大。

左思、刘琨、郭璞都是西晋诗坛上成就突出的作家,左思发扬"建安风骨"的传统,作品内容充实,富于力度,刘琨在晋末动乱中抒英雄失路之悲,清刚悲壮,郭璞偃蹇傲世,开游仙诗之先河,三者皆为西晋文坛之英。

左思(250—305),字太冲,临淄(今山东临淄)人,出身寒族而有才华,"貌寝口讷",性格内向,在注重门第阀阅的社会政治环境中一生郁郁,其诗文充满了寒士不平的抗争以及对门阀制度的抨击与蔑视。左思诗今存14首,以《咏史》八首为代表,赋以《三都赋》为代表。刘勰在《文心雕龙》中说:"左思奇才,业深覃思,尽锐于《三都》,拔萃于《咏史》,无遗力矣。"

《咏史》八首主题深刻,多写左思自己在门阀士族制度下所受到的压抑、抗争与不平,但这一主题却具有典型性,反映了整个寒族出身的知识分子的共同心声。现实中壮志难酬的悲愤抗争和强烈的批判精神使作品在对抗与冲突中呈现出激情与力度,成为建安风骨嗣响。另外,以咏史的方式借古讽今,抒写怀抱,开创了咏史诗创作的新路子。左思的诗歌思致深刻,形象鲜明,有对句而不刻意工巧,运用典故恰当贴切,恰如钟嵘所评:"文典以怨,颇为精切,得讽喻之致。"(《诗品》)

《三都赋》是左思精心结撰的心血之作。据史书所载他创作此赋时"门庭藩溷,皆著笔纸,遇得一句,即便流之"(臧荣绪《晋书》卷十六),十年之后终于写成了这篇汉魏的第一长赋(全文长10013字)。赋成后初始并不为人所重,后左思请皇甫谧作序,刘逵、张载、卫权等人作注,张华赞其班、张之流,于是声名鹊起,豪贵之家竞相传写,洛阳为之纸贵。《三都赋》的始被忽视终被推重的过程,表明汉魏以来人物品评之风在当时社会中的流行及影响。

刘琨(270—318),字越石,中山魏昌(今河北无极附近)人。是汉朝中山靖王刘胜的后裔。刘琨一生经历了由贵游子弟到军阀混乱工具再到救国志士三个历程。

早年他生活豪奢,嗜好声色,曾事贾谧并参与"二十四友"活动。八王之乱兴起后又介入了诸王之间的争斗杀伐。但在晋室危亡之际他意识到个人对于国家社会的责任感,一改过去之放旷而成为爱国志士。37 岁后出任并州刺史,与各路军阀及各少数民族武装集团转战多年,但由于长于怀抚而短于控御,最终被幽州刺史段匹磾杀害,时年 48 岁。

刘琨的诗歌现存 3 首,分别是 1 首四言《答卢谌》,2 首五言《重赠卢谌》和《扶风歌》,数量虽然不多,但以刚劲清拔之气抒写英雄失路之悲,在西晋诗坛上独树一帜。金人元好问《论诗绝句三十首》云:"曹刘坐啸虎生风,四海无人角两雄。可惜并州刘越石,不教横槊建安中。"将其诗与曹操并论,肯定其诗风与建安的慷慨悲音是一脉相承。

郭璞(276—324),字景纯,河东闻喜(今山西绛县附近)人,博学有高才,通经术、通古文奇字,善于天文卜筮之术。曾注释过《尔雅》、《方言》、《穆天子传》、《山海经》、《楚辞》等。西晋灭亡后,他过江避乱,因为反对王敦谋反而被杀害。

郭璞在西晋时与温峤、庾亮等曾是布衣之交,在东晋时温、庾位列公卿,他却才高位卑,为人所笑,曾著有《客傲》以抒发自己偃塞傲世之志。其游仙诗在文学史上最为有名,今存游仙诗 19 首,其中 9 首为残篇。

游仙诗起源很早,秦博士便有《仙真人诗》,后代代有继作者。大致而言可分为两类,一类是"正宗"的游仙诗,以描写轻举高蹈神仙生活为主,表达对于成仙的向往追求。另一种则借游仙以抒怀。郭璞的游仙诗正是第二种情形。钟嵘在《诗品》中评价郭璞的游仙诗"辞多慷慨,乖远玄宗"、"坎壈咏怀,非列仙之趣也"。如《游仙诗》其一"京华游侠窟"集中写隐逸之情,其五"逸翮思拂霄"最能体现其"坎壈"之怀。在诗歌史上,郭璞的游仙诗对唐代诗人李贺、李商隐,元代的杨维桢,清代的龚自珍等皆有影响。

二、东晋诗坛

西晋覆灭后,公元 318 年,镇守建业(今江苏南京)的琅邪王司马睿称帝,史称东晋。东晋王朝建立之初,也曾数次北伐,失败后开始安居在南方的名山秀水之间。西晋永嘉之时,思想界的玄学清谈便十分盛行,南渡后,文人士子普遍将热情贯注于玄理哲思方面,这些都对文学产生了影响。

玄学对文学的影响始于正始,直到多以散文的形式来探讨哲理,在诗中所表现的"理"还是通过形象与抒情来传达,但东晋之时的诗歌创作却普遍使用抽象语言来谈论哲理,如沈约在《宋书·谢灵运传论》说:"有晋中兴,玄风独振。为学穷于柱下,博物止乎七篇,驰骋文词,义单乎此。自建武暨乎义熙,历载将百,虽缀响联词,波属云委,莫不寄言上德,托意玄珠,遒丽之词,无闻焉耳。"便对这种淡乎寡味,专述老庄哲理的玄言诗提出了批评。东晋百年,玄言诗人最重要的代表是孙绰、许询和支遁。以孙绰的《答许询》为例:"仰观大造,俯览时物。机过患生,吉凶相拂。智以利昏,识由情屈。野有寒枯,朝有炎郁。失则震惊,得必充诎。"这种诗已经完全失去文学趣味,几乎不成其为诗了。支遁的《咏怀诗》五首也是典型的玄言诗作,第一、二首直叙老庄哲理,语言枯燥,后三首有游仙诗的意味,但形象与玄理亦未能统一。

东晋的玄言诗的母体中蕴育了山水诗的萌芽。在玄学家眼里,山水成为道的化身与载体。玄言诗人则远离尘俗,将自然当作悟及玄理的媒介。如王羲之《兰亭诗》:"仰望碧天际,俯磐绿水滨。寥朗无厓观,寓目理自陈。"仰望春日湛然清新的天空,俯察曲水流芳碧草青青的河岸,悠然忘我而与物冥合,胸中玄思与山水所蕴之理遥相呼应,主体由此而获得精神愉悦。这便是孙绰所说"方寸湛然,固以玄对山水"。另一方面,山水的怡情功效使其也可以作为转移情感的手段或散怀避世的场所。王徽之云:"散怀山水,萧然忘羁";王肃之《兰亭诗》亦云:"今我斯游,神怡心静",在优美的自然山水中感受到内心与外物相处和谐的欢乐,心神畅悦,一切人世中的羁绊与不如意都荡然无存。在这种情境之下,玄言诗中也出现了一些形象性较强的作品,如孙绰的《秋日诗》便是借山水以抒情。

玄言诗本身的艺术价值不高,但对谢灵运的山水诗、白居易诸人的说理诗和宋明理学家之诗都产生了深刻的影响。东晋文坛上成就最高的是陶渊明。

陶渊明(365—427),字元亮,或云名潜,字渊明,浔阳柴桑(今江西九江)人。东晋时期最为杰出的文学家。他的曾祖陶侃是东晋名将,封长沙郡公,死后追赠东晋大司马。祖父陶茂官至太守一职,父亲亦曾出仕,任地方小吏,但在陶渊明幼年已经去世,其母为东晋名士孟嘉之女。陶渊明这一支族在父亲去世后家境便日渐败落。

陶渊明的一生大致可以分为隐居、时仕时隐、彻底隐居三个阶段。陶渊明少年时隐居家乡,并无出仕之意,29岁时第一次出去做官,任江州祭酒,但不堪吏职,不久即归隐。后陆续做过镇军参军、建威参军等地位不高的官职,过着时隐时仕的生活。义熙元年(405)陶渊明41岁时出为彭泽县令,不过80多天后便挂冠弃职而去,从此彻底脱离了官场,终老田园。陶渊明隐居前期有自己的田庄和僮仆,生活较为闲适自足,后来由于天灾人祸等种种原因,生活境况不断恶化,但他始终不曾为官求禄。陶渊明的现实选择与其思想息息相关。

处于喜玄理、好思辨的社会风潮中,陶渊明以诗文的形式表述自己对于宇宙、人生的种种思考。出身于世代官宦家族,陶渊明最初也希望在政治上有所作为,从而实现自我的社会价值,《杂诗》说:"忆我少壮时,无乐自欣豫,猛志逸四海,骞翮思远翥。"可见其胸怀。同时,东晋时期玄学思潮的流行使士族知识分了与现实有一种普遍的疏离心态,企羡隐逸、追求精神自由成为一代风气,这一点也在陶渊明的思想上留下了印迹。"质性自然,非矫励所得"(《归去来兮辞》),"少无适俗韵,性本爱丘山"(《归园田居》)等亦是其心态的真实反映,正是在这样矛盾的心态之下,陶渊明在隐居29年后踏上时仕时隐的人生道路。这时的他还是希望能够在现实中有所作为的,如他第三次出仕为刘裕镇军参军之时颇有附义旗的雄心,"时来苟冥会,宛辔憩通衢"(《始作镇军参军经曲阿作》),认为是时机运数冥冥而来,正可驰骋于仕途。联系同一时期所作的《荣木》、《停云》、《时运》、《连雨独饮》等诗歌,可以看出诗人对于"八表同昏,平路伊阻"(《停云》)的社会状况极为不满,表示自己愿意驰骋仕途,有所作为。然而在官场流连日久就越能看到当时政治上混乱黑暗的真实面目:宗室内部斗争,地方军阀的政治野心,血腥的杀戮乃至激烈的火并,以及打着道义旗号的虚伪阴谋。这些都使质性自然的陶渊明更加怀念田园生活的真淳美好。

个人思想总是到晚年而趋于成熟,陶渊明也不例外,委运任化、安贫乐道是陶渊明晚年思想的主要内涵。委运任化思想主要体现在其《形影神》组诗之中。组诗小序中:"贵贱贤愚,莫不营营以惜生,斯甚惑焉;故极陈形影之苦言,神辨自然以释之。"认为世俗中人往往力图通过修炼保持有形之生命,或顾惜身前身后之名,皆极尽苦厄而违反自然,所以以富有理性之"神"从真正自然之道的角度来辨析。其思想内核便是委运任化,随顺自然。这一思想明显来源于道家随顺自然,与化同迁之意。归隐园田后,陶渊明更深入地走入自我内在的精神世界,在不断思索中思想趋于成熟,委运任化思想时时流露于诗文:"若不委穷达,素抱深可惜"(《饮酒》十五)、"运生会归尽,终古谓之然。……形骸久已化,心在复何言"(《连雨独饮》)、"乐天委分,以至百年"(《自祭文》)、"穷通靡攸虑,憔悴由化迁"(《岁暮和张常侍》),委运任化已成为他晚年思想的重要部分。上文曾述及陶渊明少年时期所受的儒家思想影响。这一影响不仅使他形成兼济天下的政治理想,也使其一生都以儒家的伦理道德标准来规范自身行事。尤其归隐后期,早年便有的"先师有遗训,忧道不忧贫"(《癸卯岁始春怀古田舍二首》其二)思想便发展为安贫乐道,守节固穷,成为他调整心态、安顿自我的精神力量。委运任化、安贫乐道是陶渊明晚年思想的两个重要组成部分。二者的来源虽然有儒道思想之不同,但它们和谐地融合于诗人的生活与思想观念之中,有着息息相关的联系。正是躬耕自守的田园生活,使诗人能够在精神上保持任真之质性、委运任化之精神自由,而固穷守节、安贫乐道的操守又是诗人选择寂寞躬耕、隐居田园生活的基石。精神上的委运任化与生活中的固穷守节,终于使陶渊明脱离了人生的种种困惑与矛盾,身心安顿于宁静平和的止泊之所。

陶渊明现存诗125首,题材主要有田园诗、咏怀诗、咏史诗、行役诗、赠答诗和哲理诗等。但对后代影响最大的是其田园诗作。陶渊明田园诗的艺术魅力不在于是田园生活的真实写照,而是因为作者在其中寄托了自我的人生理想,现实的田园成为安放理想之境的精神家园。陶渊明大量的田园诗中,既有纪实的成分,真实地反映了他在家乡的生活状况,也有一些内容是按照某种理念对现实素材加以处理的结果。

回归之初,陶渊明的确是将现实的田园家居生活作为理想的人生境界来描绘体验,他的心中常常有理想之境界得以实现的欣悦。《归园田居》、《和郭主簿》与《读山海经十三首》等皆是抒写田园环境之美与幽居自得之乐的作品。这里没有世俗应酬之累,只有发自内心的欣豫自得。绕屋树木扶疏,鸟儿鸣声清脆,诗人便在这样美好的环境中生活,心中满是愉悦与满足:"孟夏草木长,绕屋树扶疏。众鸟欣有托,吾亦爱吾庐"(《读山海经十三首》其一);"方宅十余亩,草屋八九间,榆柳荫后檐,桃李罗堂前。暧暧远人村,依依墟里烟"(《归园田居》其一)。诗人便是在这现实的生活情境中体会着理想之境的美好。在《归鸟》组诗中,陶渊明则以归鸟自喻,反复抒写回归田园的喜悦:"翼翼归鸟,相林徘徊;岂思天路,欣及旧栖。虽无昔侣,众声每谐。日夕气清,悠然其怀。"田园之中精神自由,人际关系也变得亲切自然:"虽无昔侣,众声每谐"、"时复墟曲中,披草共来往"(《归园田居》其三)。这时,田园对于陶渊明来说已经由原来暂时寄居之处而变为永久停留之所,他全身心地融入其中,体会田园自然内在的韵律。

这里有赏心悦目的田园景物,宁静平和的生活环境,充足优裕的物质条件,诗人自然之本性得以充分舒展。然而,事实上据史书所载,陶渊明生活的江州地处军事要冲,这一时期经历了桓玄叛乱及卢循为寇的战争后,已经林园凋敝,民不聊生,但陶渊明沉浸在夙愿已偿的喜悦中来观照时便为真实的田园场景蒙上了一层理想化的色彩。然而,随着时间的推移,陶渊明在乡村中生活日久,出现在其笔下的田园生活便具有了更多的现实意义,呈现出与前期不同的风貌:"贫居乏人工,灌木荒余宅"(《饮酒》十五);"弊庐交悲风,荒草没前庭"(《饮酒》十六),没有了孟夏清荫,草木扶疏的环境,也没有了群鸟和鸣,相偕而归的欣悦,有的只是一片贫苦的生活与荒凉的场景。"南圃无遗秀,枯条盈北园。倾壶绝余沥,窥灶不见烟。"(《咏贫士》其二)这才是当时农村真实的生活,也是陶渊明真实的家居生活。所谓境由心造,前期优美的田园诗作与这一时期的荒芜之景都是大致相同的物质自然,但有截然不同的风貌,这一变化来源于陶渊明心境的改变。此时,现实的田园已不能再成为其理想之境的载体,于是他便在《桃花源记并诗》这一艺术世界中又建构了自己的理想之境。

作为农村生活的一部分,陶渊明的田园诗还多处写到了农业劳动,这种农业劳作对陶渊明来讲表明他的一种生活理念。《庚戌岁九月中于西田获早稻》开头就是:"人生归有道,衣食固其端。孰是都不营,而以求自安!"耕而后食是理想的社会生活方式和个人生活方式。"田家岂不苦?弗获辞此难。四体诚乃疲,庶无异患干。盥濯息檐下,斗酒散襟颜。"写尽了由体力劳动的艰苦而带来的心理上的宁静安乐,这是一种理想得以实现的发自内心的愉悦。

除田园诗之外,咏怀与咏史是陶渊明的诗作的重要题材。从风格内容而言,咏史即以历史人物为媒介的咏怀。陶诗中的咏怀咏史多以组诗的形式来表达,如《饮酒》、《拟古》、《杂诗》、《读史述》、《咏三良》、《咏二疏》等,这些作品明显继承了阮籍与左思的传统,又带有陶渊明自己的特色:围绕仕与隐的中心表现自己不愿和光同尘的高洁品格。陶渊明的行役诗大都作于时仕时隐时期,其基调都是悲叹行役生活的苦辛,同时追念田园生活的自由真淳。如《始作镇军参军经曲阿作》、《庚子岁五月中从都还阻风于规林二首》等。赠答诗则体现了陶渊明与友人之间深厚的友情,《与殷晋安别》、《答庞参军》、《停云》等为其代表之作。《形影神》组诗、《拟挽歌辞》则是明显的玄言诗,以发挥哲理为主,从形而上的角度分析了生死问题及人生的价值与意义问题,这些作品与东晋流行的玄言之作不同,他是把生活经验提升到哲理的层面,对这些问题的阐释体现了道家顺其自然的思想底色。

冲淡自然是陶渊明诗作总体的艺术风貌。苏轼首次以"淡"来评价陶诗风格"所贵乎枯淡者,谓其外枯而中膏,似淡而实美,渊明、子厚之流也"(《评韩柳诗》);"渊明作诗不多,然其诗质而实绮,癯而实腴"(《与子由书》),从这里可以看出其所谓"淡"的含义,即枯淡质直之诗歌表象实蕴膏美绮腴之内涵。诗歌创作是陶渊明隐居生活的组成部分,"自然"是其思想底色,不矫情不矫饰,有感而发,其诗作的感染力量与高远境界来源于其淡于名利、达观生死的自然之性。南宋陆模《怀古录》云:"渊明人品素高,胸次洒落,信笔而成,不过写胸中之妙尔,未尝以为诗,亦未尝求人称其好,故其好者皆出于自然,此其所以不可及。"朱熹也说:"渊明诗平淡出于自然。"(《朱子语类》)

具体而言,陶诗的艺术特色主要有以下几方面:

第一,情景事理的浑融无间。陶渊明的山水田园之作不注重模山范水,也不注重曲折叙事,只注重描写自己在平凡人生中了悟明彻的一种心境,这便使其诗作中的事、景、情、理都浑融一体,互相渗透,难以条分缕析,如《饮酒》:"结庐在人境,而无车马喧。问君何能尔? 心远地自偏。采菊东篱下,悠然见南山。山气日夕佳,飞鸟相与还。此中有真意,欲辨已忘言。"这首诗兴会独绝,所描绘的只是一个场景、一种意境,但通篇流动的却是难以言传的哲理意趣。前四句言只要心远意静,自可超越纷扰世事。后四句则是在心不滞物的基础上进入物我两忘之境界,在山气日佳,飞鸟相与而还的景物中偶有会心,自然得意。诗作最终以"欲辨已忘言"作结,所悟之理则蕴而未发。读者自可体会诗人从鸟儿日出而出,日落而归这一真趣盎然的生活中悟及纵浪大化,委运自然之意。

第二,平淡中见警策,朴素中见绮丽。陶诗所描写的对象只是农村生活中最为常见的新苗、穷巷、柴扉、村舍、桑麻等,但经过诗人笔触的点染,往往能于平淡中见警策，朴素中见绮丽，原因在于作者并非信手拈来，而是经过着意融炼后更接近生活的本色，与原色不同之处除"真"外尚有"厚"，如《归园田居》第一首写乡村暮色，其中"暖暖远人村，依依墟里烟"一联是千古传颂的名句。其中并没有炫人耳目的新词丽句，初读时不觉其奇，但细细咀嚼诗意，境界浑融，所状之景如在目前；又如《杂诗》其二"遥遥万里辉，荡荡空中景"，"遥遥"、"荡荡"写素月东升，光华满天之夜景真是美妙至极；"重云蔽白日，闲雨微纷纷"，一"闲"字传达出暮春雨丝绵绵，不疾不徐从空中洒落之情态，极具表现力。惠洪在《冷斋夜话》引东坡之语说"渊明诗初看若散缓，熟看有奇句"，当是指这种情况。

除诗歌成就之外，陶渊明在散文、辞赋诸方面也有很高成就。他现存文7篇，赋2篇，《五柳先生传》、《桃花源记》和《归云来兮辞》3篇最为著名。

《五柳先生传》是作者自传，全篇只120余字的正文及40多字的赞语，以一"不"字贯通始终。采取自传的形式，却不注重叙述生平，而注重表达情怀意趣，以简洁的笔墨勾勒出无所执著，任情率真、安贫乐道的隐士形象。自此后，五柳先生成为中国古代士大夫的理想形象，用语浅而含蕴深是这篇短文的显著特点。

《归去来兮辞》为陶渊明彻底归隐之初的作品，细腻的描写、跌宕的节奏、舒畅的口吻将作者束缚乍除后的欣喜若狂表达出来：在晨曦初露时分回到久违的田园，远远地看到了自家的茅屋与园林，不禁载欣载奔。僮仆们围了上来，孩子们也早已在门口引颈眺望，合家团聚，其乐融融，平日里有亲情慰怀，浊酒盈樽。可以"登东皋以舒啸，临清流而赋诗"，也可以"策扶老以流憩，时矫首而遐观"，自己便如同无心出岫的云与倦飞知还的鸟儿一样，充分享受合于自然自由自在的情趣。这些都是归途之中的想象之辞，由此可见诗人对于自由的向往之情。这种回归与解放的主题与心境使文章有了永恒的生命力。

《桃花源记》虽名散文，实近于小说，所以又被收录在据传是陶渊明著的志怪小说集《搜神后记》中。"世外桃源"既有儒家上古之世想象，又有道家"小国寡民"社会模式的影子。其乡村景象的描绘与作者前期田园诗的风神意蕴颇为相似。可以说，它是作者理想之境的载体。那里优美、和平、宁静、幸福，代表了动乱时代民众对太平社会的向往。文章的语言优美而朴素。如写桃源风光："土地平旷，屋舍俨然，有良田、美池、桑竹之属。阡陌交通，鸡犬相闻。"这种文笔使语言、意境、主题达到高度的统一。

上述几篇情调都比较平和，《感士不遇赋》抒发怀才不遇、政治理想无法实现的苦闷，风格激烈；《祭程氏妹文》则真情流泻，凄恻感人。而陶文中的《闲情赋》是最为独特的一篇。其题旨标榜为"闲情"，即约束感情，实际却以热烈的笔调渲染男女之情，十悲十愿，穷形尽态，极力铺排，而且文辞流宕，色彩丰艳，可见陶渊明思想情趣的另一方面及文学才能的多样性。

南朝时陶渊明还主要被当作一个品行高洁的隐士来看待,他朴素平淡的诗文创作在当时很难为一般作者所接受,梁昭明太子萧统是第一个发现并推崇陶渊明人格与文学的人。到了宋代,经过苏轼、朱熹、汤汉对其人其作品的解读诠释,陶渊明开始受到普遍的推崇,不仅确立了中国文学史上第一流诗人的地位,更成为士大夫精神上的归宿,酒与菊也成为他的象征。

第三节　南北朝诗歌流变

从刘裕代晋至隋文帝灭陈这 170 多年的时间是我国历史上的南北朝时期。这一时期南北对峙,政权更迭频繁,南方经历了宋、齐、梁、陈(宋 39 年,齐 23 年,梁 55 年,陈 33 年)4 个朝代,北方则处于少数民族建立的政权北魏和东、西魏及北周的更迭中。

南朝是中国诗歌史上发展的关键时期,沈德潜曾说"诗至于宋,性情渐隐,声色大开,诗运一转关也"(《说诗晬语》卷上)。与魏晋诗人相比,南朝诗人更崇尚声色,追求艺术形式的完善与华美。梁萧子显所说"若无新变,不能代雄"(《南齐书·文学传论》)便是这种追求新变趋势的理论总结。此时新题材与新风格不断出现:谢灵运的山水审美;鲍照的寒士心声;齐代永明体对声律理论的探讨与实践;梁陈宫体对题材的创新;阴铿、何逊及庾信的边塞之作等皆是这种新变特色的反映。同时,因为南朝帝王多喜文学,且具有一定的文学艺术修养,所以形成了许多以宫廷为中心的诗人集团,如刘临川王刘义庆、齐竟陵王萧子良、梁昭明太子萧统、简文帝萧纲、元帝萧绎、陈后主叔宝等都在府邸招集文士,对形成吟咏之盛的文学创作局面产生了很大的影响,但总体而言,这一时期诗歌总体风貌却有"气格卑弱"之弊。

一、谢灵运、鲍照与元嘉诗风的转变

刘勰在《文心雕龙·明诗》云:"宋初文咏,体有因革。庄老告退,而山水方滋。俪采百句之偶,争价一字之奇。情必极貌以写物,辞必穷力而追新。"这段话指出宋初诗风由玄言到山水的转变,而且说明转变后的诗歌特点。然而,这段话亦有不精确之处,因为山水诗不是在玄言消歇的基础之上出现的,而是直接蕴育于玄言的母体之中。

从山水诗的发展来看,《诗经》和《楚辞》中就有了作为比兴媒介的山水景物描写,汉末曹操的《观沧海》可以算作是一首完整的山水诗。时至西晋,左思的《招隐诗》和郭璞的游仙诗都写到山水清音。晋室南渡之后,明山秀水成为知识分子的生活环境,"名教"与"自然"的结合引导士大夫从山水中寻求人生的哲理与趣味。而

"玄对山水"的思维方式又使山水成为他们谈玄悟理的媒介。晋宋之际,自然山水审美意识的不断发展,山水绘画及理论也应运而生,对山水诗的出现起到了促进作用。东晋以来的杨方、李颙、庾阐、殷仲文和谢混等都曾创制过山水诗作,但真正大力创作山水诗并产生巨大影响的则是谢灵运。

谢灵运(385—433),陈郡阳夏人。淝水之战后,陈郡谢氏家族成为东晋最具影响力的侨姓士族之一,具有崇高的社会地位,在政治、经济和文化方面都享有盛誉。作为文学世家,谢道韫、谢混、谢灵运、谢惠连、谢庄等都以文学才能见誉当时,而谢灵运无疑是家族中最为杰出的文学家。其祖父是晋车骑大将军谢玄,父谢瑍生而不惠,早卒,谢灵运幼时即寄养于钱塘杜明师的道馆之中,15岁时才回到建康,小名客儿,后人称谢客,18岁时袭爵康乐公,又称为谢康乐。

作为一个颇具悲剧色彩的人物,谢灵运的命运与易代之际的政治背景及其性格特征密切相关的。谢灵运生活的东晋之末与刘宋之初,谢氏家族在谢安与谢玄卒后已走过煊赫繁华的鼎盛时期,延续家门、重振风流一直是谢灵运及其家族子侄的愿望。谢灵运一生的悲剧命运与他在现实政治上的两次错误选择有关。东晋之末,东晋政坛上兴起了几派政治力量,主要是同样是北府兵将领的刘裕和刘毅两派,谢灵运选择的是刘毅,后刘毅被刘裕击败,谢灵运归顺刘裕后虽被优礼,但并不被刘裕信任重用。刘宋之初,谢灵运又在刘裕三子中选择了志大空疏的次子庐陵王刘义真为辅佐对象,于是在少帝朝与文帝朝都受到猜忌,连续出任地方官职,而谢灵运自认为是颇具才能的名门之后,应参机要,面对文学侍从之臣的现状常怀愤愤不平之意,常借肆无忌惮的山水游赏与怠于吏职来表达自己的不满,《宋书·谢灵运传》云其在永嘉是"肆意遨游,遍历诸县,动逾旬月。民间听讼,不复关怀。所至辄为诗咏,以致其意",后终于被宋文帝借故杀死于广州,终年49岁。

性格决定命运,谢灵运性格坦率任性、狂傲不羁,具有极强的门第优越感,他不肯屈己事人,乏于变通,同时也缺乏经世纬国的实干精神,但又从骨子里看不起行伍出身的刘氏皇族,于是表现出"为性偏激,多愆礼度"的特点。现实中既自恃高才,不肯低就,但又不甘寂寞,隐于山水田园,进退失据间便以游赏山水来消解内心的郁结之情,成为第一个大力创作山水诗的诗人。他在《游名山志序》中曾说"夫衣食,生之所资;山水,性分之所适。今滞所资之累,拥其所适之性耳……岂以名利之场,贤于清旷之域耶",这种思想对其山水诗亦有影响。

谢灵运现在存诗97首(存目4首),就内容而言大致可分4类:酬答唱和之作;直抒胸臆之篇;乐府诗类;山水诗篇。其中第4类山水之作占十分之八九也。这些山水诗绝大部分作于其永初三年(422)出守永嘉至元嘉十年(433)去世这10年间。诗中所描绘的大都是永嘉、会稽、彭蠡等地的自然景色。其山水之作主要有以下几个特点:

第一,记游—写景—悟理或抒情,这是谢诗的基本结构。即先言题、中言景、后言意的写作顺序。所谓"言题",便是叙述出游的机缘,即诗人是在什么样的心情、什么样的状态之下步入山水自然之中,面对洁净清丽的自然风物,诗人暂时忘怀了固有的情绪,渐渐陶醉其中,以精雕细刻、穷形尽相的笔触在作品中再现寓目之景;接着,诗人在此基础之上直抒胸臆,悟理兴情。以《石壁精舍还湖中作》为例:

> 昏旦变气候,山水含清晖。清晖能娱人,游子憺忘归。
> 出谷日尚早,入舟阳已微。林壑敛暝色,云霞收夕霏。
> 芰荷叠映蔚,蒲稗相因依。披拂趋南径,愉悦偃东扉。
> 虑澹物自轻,意惬理无违。寄言摄生客,试用此道推。

全诗分为三个层次,前六句为记游之笔,诗人被山水美景所吸引而陶醉其中,流连忘返,及至走到湖边小舟处时已经薄暮四合;次四句为客观之景语,再现彼时彼地林壑云霞的宏阔画面与芰荷蒲稗的特写镜头;末六句为抒情悟理之言,明白地陈述诗人所悟之理与悟理后内心的愉悦之情。最后的悟理之语就是常说的谢诗玄言的尾巴,谢诗在山水描写之后兴情悟理,于全诗一般没有做到情、景、理三者的完美融合,形成完整浑然的意境。而所悟之理既有道家之玄言,亦有道教、佛教之哲理,这与其复杂的思想密切相关。

第二,精雕细刻,穷形尽相的景物描写。谢诗颇能体现南朝时期诗歌极物写貌、穷力追新的特点。如《于南山往北山经湖中瞻眺》,前两句交代游程:舍舟登岸后在山脚下倚松而立,回眸瞻眺。这时已是傍晚,丛林掩映的山径显得狭窄深邃,在落日的余晖里,江中洲渚给人以空灵透明的感觉,远山林木葱茏,刚刚过去的几场雷雨催发了它们的无限生机。山中远景是"石横水分流,林密蹊绝踪"。眼前近景是"初篁苞绿箨,新蒲含紫茸"。再一次回眸湖岸,恰见海鸥逍遥惬意地飞翔于空中,几只天鸡也在温暖和煦的晚风里翩翩起舞。"戏"、"弄"以拟人化的手法活画出海鸥、天鸡怡然自得之态,为湖光山色平添了几分生命的活力。

诗中所描绘的景物清新自然,像是把景物分解成一个个镜头,细致地展示于读者眼前,可见精心锤炼的刻画描摹之功。另外,谢诗中有一些名句如"白云抱幽石,绿筱媚清涟"(《过始宁墅》);"晓霜枫叶丹,夕曛岚气阴"(《晚出西射堂》);"云日相辉映,空水共澄鲜"(《登江中孤屿》);"林壑敛暝色,云霞收夕霏"(《石壁精舍还湖中作》);"池塘生春草,园柳变鸣禽"(《登池上楼》);"残红被径隧,初绿杂浅深"(《读书斋》);"野旷沙岸净,天高秋月明"(《初去郡》);"密林含余清,远峰隐半规"(《游南亭》)等都能体现这种高超的描摹技巧。

另外,谢诗因意象密集,对偶句多,语言深奥典雅,形成了富艳精工的风格。这种风格与他"寓目辄书"的表现方式有关。自谢灵运后,山水诗成为独立的诗歌题材,南朝的谢惠连、鲍照、谢朓及唐代的王维、李白、杜甫等诗人都明显受到他的影响。

鲍照(约 415—470),字明远,出身寒微,自称"孤门贱生"(《解褐谢侍郎表》)、"身地孤贱"(《拜侍郎上疏》),但极有抱负,希望通过自己的才干来改变命运。约20 岁时曾向临川王刘义庆"贡诗言志",受到刘义庆的赏识,后明帝初年死于乱军之中。鲍照一生才秀人微,沉顿下僚,终生奔波为衣食,过着寄人篱下的生活,诗文中有着强烈的抑郁不平之意,不幸的身世遭际成就了他的文学大家地位,后世将其与颜延之、谢灵运合称"元嘉三杰"。

鲍照的诗歌、辞赋、骈文都不乏名篇佳构,尤以诗歌成就最高。他的诗今存约200 余首,从题材内容来看主要有以下几个方面:

一是表现个人仕途失意的愤懑和对门阀制度的不满与反抗。这类诗往往写得慷慨悲凉,炽烈奔放,流露出作者在门阀制度压抑下的强烈的愤慨,以《拟行路难》十八首为代表。如其六:"对案不能食,拔剑击柱长叹息。丈夫生世会几时,安能蹀躞垂羽翼?弃置罢官去,还家自休息。朝出与亲辞,暮还在亲侧。弄儿床前戏,看妇机中织。自古圣贤尽贫贱,何况我辈孤且直!"首四句情绪慷慨,激愤难抑。中六句以轻松的口吻表现罢官后的天伦之乐,轻松背后隐含着失志后无可奈何的悲哀。末二句故作旷达之语,既有孤寒之士的人生隐痛,也有讽刺权贵及对门阀制度的反抗意味。另《代放歌行》、《山行见孤桐》、《卖玉器者诗》、《咏史》、《学刘公干体》其五、《拟古》其二等,都抨击了门阀制度的不合理,表现了诗人怀才不遇的情怀。

二是描写边塞战争、反映征夫戍卒生活的作品,如《代出自蓟北门行》和《代东武吟》等作品。《代出自蓟北门行》是其代表之作:"羽檄起边亭,烽火入咸阳。征骑屯广武,分兵救朔方。严秋筋竿劲,房阵精且强。天子按剑怒,使者遥相望。雁行缘石径,鱼贯度飞梁。箫鼓流汉思,旌甲被胡霜。疾风冲塞起,沙砾自飘扬。马毛缩如猬,角弓不可张。时危见忠臣,世乱识忠良。投躯报明主,身死为国殇。"诗中用新奇的想象和瑰丽独特的文辞创造了别开生面的意境,着重表现将士们誓死报国的决心和诗人建功立业的愿望,与"梗概多气"的建安诗风颇为接近,对唐代的边塞之作影响很大。

三是大量描写了游子思妇的思想感情及生活。如《拟行路难》其十三描写游子思念家人故乡的情怀:"流浪渐冉经三龄,忽有白发素髭生。今暮临水拔已尽,明日对镜复已盈。但恐羁死为鬼客,客思寄灭生空精。"其十二则描写了思妇对游子的思念:"朝悲惨惨遂成滴,暮思迢迢最伤心。膏沐芳余久不御,蓬首乱鬓不设簪。徒飞轻埃舞空帷,粉筐黛器靡复遗。"这些诗反映了普通百姓的悲哀,哀婉感人,颇有汉代乐府民歌的韵味。

鲍照的山水诗以深秀幽奇、严整厚重为主要特点,如《行京口至竹里诗》:"高柯危且竦,锋石横复仄。复涧隐松声,重崖伏云色。"情调沉郁,呈现了山川自然险峻与萧条的风貌,风格意蕴与谢灵运的山水诗大异其趣。《登庐山》、《登庐山望石门》、《从庾郎中游园山石室》等诗作都能体现其山水诗的特点。

另外,鲍照诗还有反抗统治者横征暴敛,反映百姓疾苦之作,如《拟古》其六:"岁暮井赋讫,程课相追寻。田租送函谷,兽藁输上林。"表达了下层知识分子对现实的抨击与反抗。总之,鲍照的诗歌题材多样,与当时上层文人的歌功颂德的庙堂诗及游山玩水,谈玄理、慕神仙之作有显著不同。

鲍照在当时影响最大的是其诗歌风格,文学史上多以"险俗"与"发唱惊挺,操调险急,雕藻淫艳,倾炫心魂"(萧子显《南齐书·文学传论》)来概括其诗风。其诗歌体裁有古诗、乐府、五言、杂言、七言等,尤其是他的七言诗作,自创格调,以七言为主而杂以其他各种句式,变魏晋以来七言诗句句押韵而为隔句押韵,音节错综变化,形成七言歌行体,为七言诗的发展拓展了广阔的道路。总之,鲍照是过渡时期的人物,诗风兼有古朴和华美。他的不少诗歌学习民歌的作品刚健清新,少用典故,语言华美流畅,体现了从元嘉典雅厚重到永明清新流畅的诗风转变。

鲍照的创作除诗歌外,赋与文也有佳作,赋的代表是《芜城赋》,文的代表是《登大雷岸与妹书》,骈体文而有古朴高拔之气,尤为难得,详见下节。

二、永明体与沈约、谢朓

永明体又称新体诗,是齐梁时出现的讲究声律与对偶的一种诗体。魏晋之前,诗歌入乐,宫商变化亦是一种音的变化,有铿锵顿挫的美感,后发展到徒歌便开始注重字本身之声音。魏晋以来,音韵学在佛经翻译与唱诵的影响下有了进一步发展,陆机《文赋》"暨音声之迭代,若五色之相宣",便是谈到音韵的重要作用。刘宋的范晔《狱中与诸甥书》:"性别宫商,识清浊,斯自然也。观古今文人,多不全了此处,纵有会此者,不必从根本中来"。《宋书·范晔传》到了齐代,周颙发现汉字有平上去入四种声调,始创《四声切韵》(已佚),同时文人沈约又根据四声和双声叠韵创《四声谱》,研究诗句中声、韵、调的配合,指出平头、上尾、蜂腰、鹤膝、大韵、小韵、旁纽、正纽是作诗时要注意避免的八种弊病病,称为"八病"。将"四声八病"运用于诗歌创作,可以使"一简之内,音韵尽殊。两句之中,轻重悉异"(《宋书·谢灵运传》)。

由于这种新体诗产生于齐武帝萧赜的永明年间(483—493),故称永明体,《南史·陆厥传》云:"吴兴沈约、陈郡谢朓、琅邪王融以气类相推毂,汝南周颙善识声韵。约等文皆用宫商,将平上去入四声,以此制韵,有平头、上尾、蜂腰、鹤膝。五字之中,音韵悉异,两句之内,角徵不同,不可增减。世呼为'永明体'。"唐代格律诗的成熟便是以此为基础发展而来的。永明体产生的过程中,沈约、谢朓、王融、周颙、范晔等都起到了重要的作用,这里就沈约与谢朓作一介绍。

沈约(441—513)和谢朓(464—499)都是以萧子良为核心的"竟陵八友"之一。沈约字休文,吴兴武康(今属浙江)人,少年流寓孤贫,中年生活顺遂,仕途闻达,仕历宋、齐、梁三代,在齐梁之时是文坛上公认的领袖人物。他在政治上平庸无所建树,但笃于友情,奖掖后进。王融和谢朓被杀之时他正受排挤,但不计个人安危,写了《怀旧赋》以寄托哀思,任昉出为义兴太守时廉洁自守,入京时竟然没有像样的衣服,他派人送衣服迎候;齐梁文人如何逊、吴均、王筠等都曾受其推崇,这种行为对当时文坛的繁荣起到很大的作用。

沈约是当时永明体的倡导者之一,他的文学主张与创作实践在当时具有一定的影响,除上文所说的倡导永明体外,还提出了著名的"三易"说。颜之推《颜氏家训·文章》篇云:"沈隐侯曰:'文章当以三易:易见事,一也;易识字,二也;易读诵,三也。'"所谓"易见事",就是指隶事用典要明白晓畅,"易识字"是反对用生涩僻奥的字词,而"易诵读",则主要指声律的和谐。他称赞谢朓"好诗圆美流传如弹丸",是因为体现了他所提出的"三易"主张。这对革除宋诗排偶板滞、僻涩晦奥的诗风而形成齐诗清省之风有一定意义。

实际创作中,沈约基本体现其理论主张。从诗歌形制而言,注重格律,逐渐走向近体,诗风也以自然清丽为主。钟嵘谓其风格是"长于清怨",在反映对现实不满、抒写友谊和描摹山水的诗作中基本都体现了这一特色。如《别范安成》、《伤谢朓》、《登玄畅楼》诸诗。前者曰:"生平少年日,分手易前期。及尔同衰暮,非复别离时。勿言一樽酒,明日难重持。梦中不识路,何以慰相思。"描写了少年和老年不同时期在离别时的不同心境,语言浅显平易,情感表达得真挚、深沉而又委婉,"一片真气流出,句句转,字字厚,去'十九首'不远"([清]沈德潜:《古诗源》卷十二)。而《伤谢朓》哀伤谢朓含冤而死,对谢朓的文才、人品都有很高的评价。《登玄畅楼》是其山水之作的代表,以登高临眺所见烘托"离群客"的孤独形象,将眼前之景同"归心"融为一处。"落晖映长浦,焕景烛中浔。云生岭乍黑,日下溪半阴。"数句写景清新而又自然流畅,对于景物变化的捕捉与描摹使诗歌境界具有一种动态之势。

谢朓字玄晖,陈郡阳夏(今河南太康)人,是谢灵运的族侄,他和谢灵运都以山水诗见长,世称"大小谢"。因曾任宣城太守、尚书吏部郎,是以又习称谢宣城、谢吏部。谢朓也是一个带有悲剧性的人物,他出生时家族已经衰落,婚媾失类,早年凭借家世与才华,深受帝王宗室的喜爱,为"竟陵八友"之一,也因此而卷入到皇族内部的权力之争。在宣城王萧鸾(明帝)辅政时颇受重用,终其一生,都对萧鸾有知遇之恩,后当他的岳父王敬则密谋起兵造反时,他因告发有功,被萧鸾升任尚书吏部郎。萧鸾死后,在齐东昏侯废立之际他又一次因为告密得罪了辅政的萧遥光,最后被害死于狱中,卒年36岁。就谢朓而言,对禄位的留恋、仕途的忧惧及对萧鸾的感激之情是其思想的主导部分,也决定了他的人生悲剧。

谢朓的诗歌创作今存170余首,以山水诗为主,在建康和出任宣城太守时为其创作鼎盛时期,代表作主要有《暂使下都夜发新林至京邑赠西府同僚》、《之宣城郡出新林浦向板桥》《晚登三山还望京邑》等。其诗从结构上大体上承大谢,写景加抒情与说理,与大谢不同的是玄言说理成分基本消失。他的诗每篇以十二句至十六句为基本格局,前四句或六句写景,中二句由景过渡到言情,后半篇抒情。如《之宣城郡出新林浦向板桥》便是十二句格局,前四句写景,后八句抒怀,表达了恋禄之意与纵情山水的矛盾。

谢朓最突出的贡献是不仅继承了谢灵运山水诗细致与清新的特点,而且改变了大谢寓目辄书、繁富典重的弊端,通过山水景物的描写来抒发情感意趣,情景交融,风清新流丽,格调明净潇散。清人沈德潜云:"玄晖灵心秀口,每诵名句,渊然泠然,觉笔墨之中,笔墨之外,另有一段深情妙理。"如《晚登三山还望京邑》:"灞涘望长安,河阳视京县。白日丽飞甍,参差皆可见。余霞散成绮,澄江静如练。喧鸟覆春洲,杂英满芳甸。去矣方滞淫,怀哉罢欢宴。佳期怅何许,泪下如流霰。有情知望乡,谁能鬒不变?"以自然流畅的语言勾勒出暮春时分色彩鲜明而又和谐完美的画面,而明媚秀丽的景物描写又与诗人的思乡情思无间融合,显得深婉含蓄,具有很强的艺术感染力。《新亭渚别范零陵云》《游敬亭山》《直中书省》和《观朝雨》等都是情景交融的佳作。

作为永明体的代表诗人,谢朓的诗善于熔裁警句,对仗工整,和谐流畅,如"大江流日夜,客心悲未央"(《暂使下都夜发新林至京邑赠西府同僚》);"天际识归舟,云中辨江树"(《之宣城郡出新林浦向板桥》);"朔风吹飞雨,萧条江上来"(《观朝雨》);"寒城一以眺,平楚正苍然"(《宣城郡内登望》);"苍翠望寒山,峥嵘瞰平陆"(《冬日晚郡事隙》)等,皆高雅闲淡而又富于思致。谢朓诗的特色还体现在语言上音律谐适,流畅自然,读来琅琅上口。如《游东田》:"远树暖阡阡,生烟纷漠漠。鱼戏新荷动,鸟散余花落。不对芳春酒,还望青山郭。"情景相生,错落有致,音韵铿锵而又富于变化,"阡阡"、"漠漠"等双音词的运用,富于形象性和音韵美。

谢朓的诗歌与谢灵运一样,也存在着"有句无篇"的缺点,有一些诗中有警绝之句而无相应的意境,钟嵘评他说:"善自发端,而篇末多踬,此意锐而才弱也。"确为知言。另外,谢朓的一些短诗如《玉阶怨》《王孙游》《金谷聚》等音调和谐,情致含蓄,颇有南朝民歌的风韵,对后世五言绝句的形成与发展有一定的影响。

南朝作家中,范云、江淹、吴均、何逊、阴铿等都深受永明体的影响。江淹(444—505)与沈约一样历仕宋、齐、梁三朝,早年诗极精工,以对仗精切、诗思生新著称,最擅长拟古之作,以《杂体诗三十首》为代表。吴均(469—520)出身寒贱却好学有才,其诗清拔有古气,时人仿效他的文体,称为"吴均体"。《赠王桂阳》以松自比,借松明志,表达壮志凌云之意,风格刚健,是其代表之作。诗歌成就最为突出的是梁朝的何逊与陈朝的阴铿。何逊善于用平易晓畅的语言写景抒情,辞意隽美,意境清幽,风格上与谢朓比较接近,酬答、伤别之作写得最好,《临行与故游夜别》是其代表之作。阴铿诗风清丽,以写景见长,尤善于描写江上景色,将自然景物与浓郁的离愁别绪或羁旅思乡之情相交融。阴、何诗作皆对仗工整,讲究声律,是唐代五律的滥觞。总之,永明体诗歌在创作方面积累了丰富的艺术经验,为后来律诗的成熟及唐诗的繁荣奠定了基础。

三、宫体诗

宫体诗是继永明体之后诗坛上出现的一种新的创作倾向,以萧纲文学集团为核心,创作趋于艳情化、娱乐化,这种诗风在梁陈发展到极致。宫体诗的出现与命名,与梁简文帝萧纲有关。《梁书·简文帝纪》云:"'余七岁有诗癖,长而不倦。'然伤于轻艳。当时号曰'宫体'。"宫体诗真正的开创者是萧纲的文学侍从之臣徐摛、张率和庾肩吾等人。除此外,萧纲文学集团还有王规、刘孝仪、刘孝威、陆罘、刘遵等人。萧纲入主东宫后,"伤于轻艳"的宫体之作更逾往时,"梁简文之在东宫,亦好篇什,清辞巧制,止乎衽席之间;雕琢蔓藻,思极闺闱之内。后生好事,递相放习,朝野纷纷,号为宫体。"《隋书·经籍者》可见宫体的题材主要是写艳情的内容,是在永明体的基础之上进一步发展的新诗体,主要有以下几方面特点:第一,宫体诗在声韵、格律方面在永明体的基础上踵事增华,更为精致。第二,风格由永明体的轻浅绮丽而变为秾丽,甚至淫靡。第三,因作者生活范围不出皇宫苑囿、诸王府第,所以内容题材比永明体时期更加狭窄,以艳情、咏物居多。梁普通(520—526)以后的诗符合这些特点的,都可以归入宫体诗的范围。

具体而言,宫体诗有歌咏女性美的作品,如萧纲的《咏舞二首》其二:"入行看履进,转面望鬟空。腕动苕华玉,衫随如意风。"描摹女性局限于容貌、体态与服饰、动作等,却不见其情感心理,她们在宫体诗里不是有血有肉有情感的人,而仅仅是作者的欣赏对象,与器物相同。庾肩吾《南苑看人还》、萧绎《夕出通波阁下观妓》、陈叔宝《玉树后庭花》等皆属此类。还有一些作品甚至是明显的艳情诗了,如《咏内人昼眠》、《娈童》等。

宫体诗中也有模仿南朝民歌,清新可读的作品,如《采莲曲》、《夜望草飞燕》等,后者是模仿民歌中的游子思妇之作:"天霜河白夜星稀,一雁声嘶何处归? 早知半路应相失,不如从来本独飞。"以孤雁比思妇,想象新颖,格调凄苦。

宫体诗中最有有特色的当属咏物诗,数量也很多,但内容贫乏,毫无寄托,只是讲究辞藻与对偶等艺术上的精雕细刻,诗歌风貌显琐碎而无生气。

从艺术方面而言,宫体诗继续永明体,更趋格律化,普遍重视辞藻、对偶与声律。《梁书·庾肩吾传》云:"齐永明中,文士王融、谢朓、沈约文章始用四声,以为新变,至是转拘声韵,弥尚丽靡,复逾于往时。"如徐摛《咏笔》:"本自灵山出,名因瑞草传。纤端奉积润,弱质散芳烟。直写飞蓬牒,横承落絮篇。一逢提握重,宁忆仲升捐。"已基本合律。而这类诗在宫体诗中所占的比例很大。第二,语言风华流丽、对仗工稳精巧、用典隶事,这些方面都为唐代诗人提供了难得的艺术经验。

自梁武帝普通年间算起,宫体诗影响于诗坛 70 余年,其产生与兴盛的大致有以下几方面的原因:第一,与诗人追求新变的意识有关。前文已述,这一时期的文学观念注重创新,不拘常格,宫体诗在题材与声律在永明体的基础之上精益求精,不断创新,恰如《梁书·庾肩吾传》所说"转拘声韵,弥尚丽靡,复逾往时"。第二,帝王与统治阶层的提倡与社会风习的影响。梁陈两代的宫体诗都是以宫廷为中心,帝王皇子等是组织者与倡导者,他们的审美趣味对宫体诗的形成发展起到了决定性的作用。而主要参与者大都为贵族知识分子,他们生活范围不广,且习于逸乐,思想狭窄浅薄,这些都对宫体诗的风貌有直接影响。第三,民间歌谣的影响。南朝民歌十之八九皆是情歌,而自东晋以来,贵族知识分子喜欢欣赏唱诵这些民歌,而且多有摹拟之作,这些对宫体诗描写艳情也不无影响。

四、庾信与南北文风的融合

文化的地域性差异是每个时代都存在的客观现实,魏晋南北朝时期政治上的分裂与对峙更加大了南朝与北朝文化发展的不平衡性。表现于文学,南朝文学以清绮取胜,北朝文风以质朴见长,而庾信因为特殊的人生遭际,其后期的诗文创作呈现出南北文风融合的风貌。

文学发展过程中,地域特点对文化有决定性影响,刘师培《中古文学史》中的《南北学派不同论》从诸子学不同论、经学不同论、南北理学不同论、南北考证学不同论、南北文学不同论五方面探讨南北地域特点对文化的影响。具体到文学,他认为:"声音既殊,故南方之文亦与北方迥别。大抵北方之地土厚水深,民生其间,多尚实际,南文之地水势浩洋,民生其间,多尚虚无。民尚实际,故所著之文不外记事析理二端;民尚虚无,故所作之文或为言志抒情之体。"南北朝时期,南北方政治上的对峙与分裂使文学的差异性更为明显。

相对而言,南方文学比北方文学繁荣,清绮文风也是北人企慕的对象,北方文人的创作以学习南方为荣。《北齐书·魏收传》载:"收每议陋邢邵文,邵又云:'江南任昉,文体本疏,魏收非直模拟,亦大偷窃'。收闻乃曰:'伊常于《沈约集》中作贼,何意道我偷任昉。'"但北方文学中质朴、刚健的特色也是南方文学所缺少的,南北文风在政治对峙的同时,也有各去所短,合其所长的相互交融的趋势。大体而言,虽然南北朝政治上处于分裂对峙局面,但南北文化交流却一直通过书籍流通、使者互聘和南北文人辗转迁徙等方式进行着。但南朝后期,庾信、王褒等南朝作家入北,他们因文才卓越,影响力超出其他的北迁作家,后期的创作基本形成了兼具南北之长的新风貌,不仅对南北文风的交流和融合作出了重大的贡献,也对唐诗美学风貌的形成产生了直接影响。

庾信(513—581),字子山,祖籍南阳新野(今属河南)人。与其父庾肩吾同样因诗文才受到梁简文帝萧纲的倚重,与徐摛、徐陵父子一样为宫体诗的代表诗人,他们因诗文风格绮艳,号称为"徐庾体"。庾信生平大致以梁元帝承圣三年(554)42岁时奉命出使西魏为界,分成前后两个时期。早年以聪敏博学著称,他容仪过人,接对有才辩,深受帝王欣赏。后在梁武帝太清二年(547)十月的侯景之乱中逃奔江陵,辅佐梁元帝萧绎。在承圣三年(554)出使西魏时,西魏就已派兵攻陷江陵,他自此被迫留在北方,屈仕敌国。西魏为北周代替后他又出仕北周,曾官至骠骑大将军,开府仪同三司。但晚年屈仕敌国的羞愧以及对故乡故国的思念却使其内心极为痛苦,这种情感际遇使他晚年诗风发生了巨大的变化,所以杜甫说"庾信平生最萧瑟,暮年诗赋动江关"(《论诗六绝句》)。

当时流落北地的文人除庾信外,王褒(约513—576)也是比较重要的一位。王褒字子渊,琅邪临沂(今属山东)人。他和庾信一样,在北方因门第和才华受到重视,与庾信同为北方文坛的宗匠。王褒在北地以撰写应用性的骈体文为人所知,其后期诗风也有深重的羁旅之悲和乡关之思。如《渡河北》:"愁风吹木叶,还似洞庭波。常山临代郡,亭障绕黄河。心悲异方乐,肠断陇头歌。薄暮临征马,失道北山河。"境界廓大,情调沉郁,是其代表性作品。

庾信现存诗320首左右,大部分为后期作品,前期作品基本体现了宫体诗风的一些特点,内容多为奉和应景,诗风绮丽轻冶。真正能够代表庾信文学成就的是其后期作品,"庾信文章老更成,凌云健笔意纵横"(杜甫《论诗六绝句》)。这一时期,"乡关之思"成为最突出的内容。具体而言,"乡关之思"大致包含了两个方面内涵:第一,感伤时变、魂牵故国。亡国之变带来心中的巨大震撼。"正是古来歌舞处,今日看时无地行"(《代人伤往》其二),这种沧桑之感,使他更深刻地意识到个人命运与国家命运之间,如同"一马之奔,无一毛而不动;一舟之覆,无一物而不沉"(《拟连珠》其十九)。抒发个人亡国之痛时,以悲悯笔触,反映人民苦难,归咎于当权者倾轧与荒嬉,这就使他的作品具有反思的深度与力度。久居北方渴望南归,魂牵梦绕于故国山河。看到渭水,眼前便幻化出江南风景:"树似新亭岸,沙如龙尾湾,犹言吟溟浦,应有落帆还。"(《望渭水》)忽见槟榔,也会勾起思乡的惆怅:"绿房千子熟,紫穗百花开。莫言行万里,曾经相识来。"(《忽见槟榔》)接到南方故人的来信,更禁不住悲慨万端:"玉关道路远,金陵信使疏。独下千行泪,开君万里书。"(《寄王琳》)第二,叹恨羁旅、忧嗟身世。虽然他在北国的实际境遇是高官美宦,但内心的感觉却是"倡家遭强聘,质子值仍留"(《拟咏怀》其三),常常痛苦地责备自己的羁留为"遂令忘楚操,何但食周薇"(《谨赠司寇淮南公》)。所以倪璠注《哀江赋时》曾言:"子山入关而后,其文篇篇有哀,凄怨之流,不独此赋而已。"可谓深契庾信后期文学的精神特质。最能体现其后期精神物质与思想感情的诗歌是《拟咏怀》二十七首。这 27 首诗的主旨基本围绕自伤身世,思念和哀悼梁代亡国的内容来展开。艺术风格上俊逸劲健,浑成苍凉,是其晚年诗风成熟的标志。

庾信后期诗文将南朝讲究声色、长于骈偶用典的技巧和深沉真切的感情相结合,用来描写雄壮肃杀的战争气氛,萧疏开阔的北方景色,浑朴质实的边地生活,从而将南北文风融合起来,形成了刚健豪放、苍凉悲壮的风格。另外,庾信的一些小诗如《寄王琳》、《重别周尚书》等风致已接近唐人的五言绝句,而他前期的作品如《乌夜啼》、《秋夜望单飞雁》、《代人伤往二首》等,从句法、章法、对仗等看可以算是唐人七律、七绝的先驱。所以明人杨慎《升庵诗话》评云:"庾子山之诗,为梁之冠冕,启唐之先鞭"。清人刘熙载《艺概·诗概》也说:"庾子山《燕行歌》开唐初七古,《乌夜啼》开唐七律,其他体为唐五绝、五律、五排所本者,尤不可胜举。"说明了庾信在文学史上的重要地位。

第四节　魏晋南北朝的辞赋、骈文、散文、小说及民歌

一、辞赋、骈文、散文

魏晋南北朝时期是文学的自觉时代,这一时期文学观念发生了很大的变化,文学本身的特征逐渐被时人所了解和认识,人们开始关注文体的分类和各类文体的特征等。如曹丕《典论·论文》中把文分成四科八体;西晋陆机在《文赋》又论述了 10 种文体及其风格特征;萧统《文选》把文体分成 38 类,南朝刘勰《文心雕龙》中把文体分成 33 类近 80 种,并详细探讨了每种文体的基本风格。

这些都意味着关于文学本身特征认识的深化,文学不再是儒学与史学的附庸而开始独立成科。南朝刘宋文帝时期设四馆,文学与儒、史、玄并列,在此基础之上,他们开始探讨文学(文)与非文学(笔)的区别。最初以形式上的有韵与无韵来区分文学与应用性文字,恰如刘勰在《文心雕龙·总术》里所言:"今之常言,有文有笔,以为无韵者笔也,有韵者文也。"后来又认识到这种方法过于机械,并不能说明文学本身的特征,于是梁元帝萧绎便从辞藻、情感和声律三方面总结文学的特征,至此,文学的观念已趋于完善。魏晋南北朝时期的文坛突出个性与情感特征,主要有辞赋、骈体文和散文三种文体样式,这一点前三节的叙述中有所涉及,下文再论之。

魏晋南北朝时期的辞赋以抒情小赋为主,不仅数量可观,而且在题材、内容与风格上相较于汉赋都有了一些新变化。这一时期的赋作者一般都是诗人,所以辞赋大都具有明显的个性特征与情感色彩,而且赋作的题材有了很大的扩展,诸如抒

情、说理、叙事、登临、伤别等内容皆可入赋,魏晋之时出现了一批体物写志的辞赋佳作,如王粲的《登楼赋》,曹植的《洛神赋》,向秀的《思旧赋》,阮籍的《猕猴赋》,刘伶的《酒德颂》,陶潜的《归去来兮辞》,鲍照的《芜城赋》,江淹的《别赋》、《恨赋》和庾信的《小园赋》、《哀江南赋》等。这些赋作都具有鲜明的个性特征与情感色彩。

《登楼赋》是号称"七子之冠冕"的王粲流寓荆州时所作,王粲避乱依附刘表,在不受重用的情形之下郁郁寡欢,登临远眺对荆州产生"虽信美而非吾土"的离异之感,其实是与现实中壮志难酬的悲愤之情融为一体,即景抒情,情境交融,更易感人。《洛神赋》通过对洛神的追求与幻灭过程,抒发曹植政治上失意之情和理想破灭之意。阮籍的《猕猴赋》嬉笑讥讽,刻画贪求利欲者"人面兽心"的丑态,刘伶《酒德颂》在赋中寻求超脱放达,表达对名教礼法的蔑视。陶潜《归去来兮辞》则展现了作者辞官归隐的意志和纯洁高旷的品性。

江淹的《别赋》与《恨赋》构思新颖,以情感主线贯穿全篇,气势纵横排宕,藻饰恰到好处,如《别赋》中写恋人之别:"下有芍药之诗,佳人之歌,桑中卫女,上宫陈娥。春草碧色,春水绿波,送君南浦,伤如之何! 至乃秋露如珠,秋月如珪,明月白露,光阴往来。与子之别,思心徘徊。"文字清浅婉丽,颇具《诗经》风诗情韵。江淹赋中亦有修辞奇警之处,如《恨赋》之"孤臣危涕,孽子坠心"一联,《文选》李善注曰:"心当云危,涕当云坠,江氏爱奇,故互文以见义。"鲍照的《芜城赋》通过对广陵城今昔盛衰的强烈对比,表达了对战乱的厌弃及下层民众苦难命运的哀悯,抒情性极强。

汉代流行的散体大赋在魏晋南北朝时期亦有佳作,但内容上已经由描写国家政治大事转到个人之生活思想,潘岳的《西征赋》、谢灵运的《山居赋》、梁武帝的《净业赋》、梁元帝的《玄览赋》和颜之推的《观我生赋》等莫不如此。

值得一提的是这一时期出现了新的赋体:诗体赋和骈赋。诗体赋是诗与赋两种文体在发展过程中的交叉,五言、七言句式交错于赋作之中,辞赋进一步抒情化与诗化。如沈约《愍衰草赋》中有一半五言诗的句式,萧悫《春赋》中也杂有七言:"二月莺声才欲断,三月春风已复流",而庾信《春赋》首段曰:"宜春苑中春已归,披香殿里作春衣。新年鸟声千种啭,二月杨花满路飞。河阳一县并是花,金谷从来满园树。一丛香草足碍人,数尺游丝即横路。开上林而竞入,拥河桥而争渡。"赋与七言诗的文体界限趋于消融。在诗赋交融的过程中,梁陈流行的宫体诗风也影响了辞赋的题材与风格,如萧纲有《咏舞》诗,同时亦有《舞赋》,颇有宫体诗的情韵。而骈赋是指辞赋受骈体文影响,在句式上逐渐骈化,从而形成了另一种新的赋体。诗体赋与骈赋都体现了文体在发展过程中的交融。

王国维在《宋元戏曲史·序》中曾将"六朝之骈语"作为一代文学代表,在讲究对偶、声律和藻饰之美的社会风气之下,散文的句式结构逐渐发生变化,于是骈体文出现并走向成熟,成为南北朝时期最具有代表性的一种文体。骈文的兴盛与这一时期文学观念的变化密切相关,如上文所述,时人关于声律理论的探讨和诗歌创作中对偶对仗的运用都促进了骈文的发展。

就文体特征而言,骈文讲究对偶,并且多用四六相对句式,正因为如此,骈文又称"四六文"。另外,骈文最讲究平仄对偶。平仄对仗,韵律和谐是永明新体诗的追求,这种追求也影响了文的创作,骈文在声律方面虽没有像诗歌那样"四声八病"的严格限制,但追求平仄配合,造成辘轳交往的美感效果也是骈文文体的特点之一。另外,注意征事用典和辞藻华丽也是骈文的重要特征。从这一角度而言,骈文可以说是一种诗化的散文。

作为六朝美文的代表,六朝骈文出现了许多优秀之作,最有代表性的是颜延之的《三月三日曲水诗序》、《陶征士诔》,鲍照的《登大雷岸与妹书》,孔稚珪的《北山移文》、丘迟的《与陈伯之书》、吴均的《与宋元思书》、陶弘景的《答谢中书书》以及庾信的《哀江南赋序》等,大都情景交融,传诵不衰,受到人们的欣赏与喜爱。当然,客观而言,骈文因为注重形式,所以也有一些内容浮泛、风格萎弱的作品。

魏晋南北朝时期,文章的骈化成为总体趋势,诸种文体中都出现骈化的特点,如出现骈赋。另外,以散文为主的史传文学也沾染了骈体的色彩,这一时期史传文学以陈寿的《三国志》和范晔的《后汉书》为代表,史书正文以散体为主,但论赞部分却对偶工整,声律和谐,体现了以骈文论史的水平。这一时期的说理文字有些是优美的骈体文,最具代表性的便是刘勰的《文心雕龙》,这样一部结构严谨,篇幅浩繁,有着严密结构体系的理论著作,采用的便是骈文体裁,使骈体文的说理艺术得到了淋漓尽致的发挥。

总体而言,魏晋南北朝时期散文并不发达,但魏晋时期书札等多用此文体,时有佳作。如曹操的诏令文及曹植和曹丕的书信等。代表南北朝时期散文成就的是上文所述的史传文学及一些地志等学术著作,成就较为突出的是北朝的两部著作,一是郦道元的《水经注》,一是杨衒之的《洛阳伽蓝记》。

曹操的散文多是政治应用文,如表、疏、教、令、书等,文风清峻通脱,颇有特色,鲁迅称他为"改造文章的祖师"。他的文章不受任何陈规的约束,言辞锋利,平易畅快,用简洁的形式与朴素的文笔,淋漓尽致且非常自信地坦露自己的心境,表现自己的性格。最著名的有《让县自明本志令》、《祭故尉侨玄文》、《遗令》等。诏令本来是庙堂之制,风格应该庄重典雅,但曹操诸令,因思想无所顾忌,是以行文风格不拘常例,饶有通脱之风。《让县自明本志令》自述身世志愿,恳切坦率,其中并不讳言自己功高盖世:"今孤言此,若为自大,欲人言尽,故无讳耳。设使国家无有孤,不知当几人称帝,几人称王。"又说到自己不愿放弃兵权,以博谦退的美名,原因就在于"诚恐己离兵为人所祸也,既为子孙计,又己败则国家倾危,是以不得慕虚名而处实祸"。《求贤令》中标举"唯才是举",《举贤勿拘品行令》甚至提出对"不仁不孝而有治国用兵之术"的人也"勿有所遗"。这些文字中流动着一股率真之气,具有极其鲜明的个人色彩。曹丕、曹植的书札也大多抒发当下的悲欢契阔之情,生动有趣,摇曳多姿。曹丕的散文以《与吴质书》与《又与吴质书》这两篇极富感情色彩的书信体散文为代表,悲伤亡友,浓郁感人,开启了魏晋南北朝时文人间以书信写景抒情的风气。而竹林名士则继承了建安文人尚情任气、自然真挚的书体,如嵇康的《与山巨源绝交书》,说自己不堪礼法的约束,有"必不堪者七,甚不可者二",轻肆直言,充满自由的气息。另外,陆云、刘琨、王羲之、王献之等人的书札短章也大都有感而发,清新自然。

北朝散文以《水经注》与《洛阳伽蓝记》为代表。郦道元(约 470—527)字善长,范阳涿鹿(今河北涿县)人。他在北魏时先后担任过尚书主客郎、治书御史中尉、鲁阳太守等职。《水经注》是他现存的唯一著作。《水经注》传说是汉代桑钦所著,但现在多认为是魏晋时无名氏作,《水经注》原书共记录了我国 137 条河流,而郦道元作《水经注》40 卷,将其所记河流增至 1250 条,注文字数超出原书 20 倍,因此成为我国地理学著作中的名著。从著述源流来讲,晋宋地志中的山水描写与语言风格是其先导,这部作品在文学上也取得了突出成就,具有很高的艺术价值,主要表现在作者对山水景物的生动描绘上,其中《江水注》对"巫峡"一节的描绘最为著名:

> 自三峡七百里中,两岸连山,略无阙处,重岩叠嶂,隐天蔽日,自非停午夜分,不见曦月。至于夏水襄陵,沿溯阻绝,或王命急宣,有时朝发白帝,暮到江陵,其间千二百里,虽乘奔御风,不以疾也。春冬之时,则素湍渌潭,回清倒影。绝巘多生怪柏,悬泉瀑布,飞漱其间。清荣峻茂,良多趣味。每至晴初霜旦,林寒涧肃,常有高猿长啸,属引凄异,空谷传响,哀转久绝。故渔歌曰:"巴东三峡巫峡长,猿鸣三声泪沾裳!"

这段文字既有巫峡一天之间的光影变化,又有不同季节之间的自然山水呈现的不同风貌,还有行人经过时的感受,最后以渔人之歌作结,风物清峻,余韵悠长,这种文风对后代作家山水游记的创作产生了深远的影响。

杨衒之也是北魏人,他的生平事迹不详,只知道他在北魏永安(528—530)中在朝为官。他在东魏武定五年(547)因公务重经洛阳,时值北魏分裂为东西二魏,洛阳不复为京城已 13 年。面对"城郭崩毁,宫室倾覆,寺观灰烬,庙塔丘墟。墙被蒿艾,巷罗荆棘。野兽穴于荒阶,山鸟巢于庭树。游儿牧竖,踯躅于九逵;农夫耕老,艺黍于双阙。麦秀之感,非独殷墟;黍离之悲,信哉周室"的凄凉景象,感慨伤怀而作《洛阳伽蓝记》。全书分 5 卷,依次写城内和城东、南、西、北 5 个区域,记录了 42 座寺庙。作者在这里流露出浓烈的北魏旧臣的意识,故都伽蓝不仅是北魏佛教隆盛的象征,还是北魏国运的象征。书中对洛阳佛寺的记载都为实录,可以作为了解南北朝时期佛寺建筑与佛教发展状况的史料。另外,在记录佛寺与僧侣生活的同时也从多方面反映了北魏时期洛阳的民众生活状况,洛阳城 40 年间的政治大事、中外交通、市井景象与民间习俗等皆可补史书之缺。此书结构上采用合本子注(是僧徒因佛经传译过程中,出现同本异译等新问题,于是便以某一译文为本,以他文为子,合于一起,使案此读彼,巧而不烦),即正文与子注相配的方式,把博洽的内容组织得井井有条。出于个人内心的沧桑之感、兴亡之念,笔端或隐或显地带着感情。在艺术上,本书用语骈散相间,描写生动,风格典丽而清拔,是北朝散文的代表之作。

二、魏晋南北朝小说

"小说"一词最早见于《庄子·外物篇》:"饰小说以干县令,其于大达亦远矣。""县"通"悬","令"即"美",意谓修饰琐屑浅薄之言论以求取声望美誉,是不可能达于至境的。庄子在这里想要说明的是凡事任其自然才能获得成功。这里"小说"与"大达"相对,意谓"乃谓琐屑之言,非道术所在"(鲁迅《中国小说史略》),贬"小说"而扬"大达"。自此,"小说"一词不断发展演化,作为一种文学体裁的小说与《庄子》所说的"小说"含义不同,但小说始终被视为不登大雅之堂。

东汉桓谭作《新论》,称小说是"合丛残小语,近取譬论,以作短书,治身理家,有可观之辞"。认为从内容上讲,"小说"是连缀零碎、琐细的语言而成的杂记,不同于官方的正式典策;从形式上讲,"小说"采取了"譬论"的表现方法;从功能上讲,"小说"为人们提供了可资借鉴的经验与教益,有助于治身理家。这里的"小说"已经初步具有了文体学的意义。而班固作《汉书·艺文志》时则将小说家列为一家:"小说家者流,盖出于稗官。街谈巷语,道听途说者之所造也。孔子曰:'虽小道,必有可观焉,致远恐泥,是以君子弗为也。'然亦弗灭也。"班固在《艺文志》中著录小说家书15 种,1380 篇,均已亡佚。今存题为汉人所著的小说,其实都是魏晋南北朝时期伪托汉人的作品,如托名东方朔的《神异经》和《十洲记》,托名班固的《汉武帝故事》。从这些残存的遗文中我们可以大致知道汉人的小说观念,是指一些篇幅比较短小,而意旨无关宏大,并且带有传闻性质的记载。

中国小说的源头有神话传说、寓言故事、史传记录等。一些神话传说中已经具有了故事情节和人物性格这两种重要的小说因素。如《穆天子传》对周穆王周行天下之事多有细节描写,其中的西王母与《山海经》中的记叙相比,减少了神性增加了人性。其次是寓言故事,先秦典籍如《孟子》、《庄子》、《韩非子》、《战国策》等书中都有不少人物性格鲜明的寓言故事,它们已经带有小说的意味。《韩非子》中保存寓言故事最多的《内储说》、《外储说》、《说林》,明白地用"说"来标目,也透露出两者之间的关系。第三是史传记录,如《左传》、《战国策》、《史记》、《三国志》这些历史散文描写人物性格,叙述故事情节,或为小说提供了素材,或为小说积累了叙事的经验。唐代传奇小说多取人物传记的形式,《三国志演义》径直标明是史传的演义,这些都证明了史传是小说的一个源头,在传统的目录学著作中,有些书或归入子部小说家类或归入史部杂传类,可见影响。

魏晋南北朝时期,小说创作进入了一个重要阶段。创作小说似乎成为一种风气,作家增多,作品的数量也大大增加,现知此时期的小说大约有 50 余种,分志怪小说与志人小说两大类别,下文分而述之。

魏晋南北朝时期志怪小说大多数已经散佚,现存完整与不完整者约有 30 余种,其中干宝的《搜神记》是比较重要的一部。除此之外,还有托名汉东方朔的《神异经》、《十洲记》,托名汉班固的《汉武帝故事》、《汉武帝内传》,题为张华《博物志》,托名陶潜的《搜神后记》,王嘉的《拾遗记》,王琰的《冥祥记》,吴均的《续齐谐记》和颜之推的《冤魂志》等。

鲁迅在《中国小说史略》中分析了这一时期志怪小说兴盛的原因:"中国本信巫,秦汉以来,神仙之说盛行,汉末又大畅巫风,而鬼道愈炽;会小乘佛教亦入中土,渐见流传。凡此,皆张皇鬼神,称道灵异,故自晋讫隋,特多鬼神志怪之书。"认为民间巫风与道教及佛教流行的文化背景是志怪小说产生的根源。这些志怪小说的作者大都是宗教信徒,借小说中的故事来自神其教,或宣扬某种思想,如干宝在《搜神记》便说他辑录自古代至当时的神祇灵异和人物变化等种种怪奇之事,目的是为了"发明神道之不诬"。这些志怪小说的内容包括神仙方术、鬼魅妖怪、殊方异物、佛法灵异以及宗教迷信思想,还保存了一些具有积极意义的民间故事和传说。具体而言内容主要有以下几个方面:

一是反映社会现实、表达民众的爱憎之情。如《搜神记》中《干将莫邪》、《韩凭夫妇》等都是这方面的代表。前者记述楚国巧匠干将为楚王铸剑,被楚王杀害,他的儿子长大后为父报仇的故事。后者记述宋康王霸占韩凭的妻子何氏,韩凭被囚自杀,"其妻阴腐其衣,王与之登台,妻遂自投台,左右揽之,衣不中手而死"。分葬后的韩凭夫妇墓间生出相思树,一对鸳鸯恒栖于树上,交颈悲鸣,赞扬了被压迫者不慕富贵,不畏强暴的崇高品质。《冤魂志》中的《弘氏》写地方官迎合朝廷旨意,抢掠弘氏材木,并将他处死,弘氏的鬼魂报仇,使诬害他的官吏死去,而用他的材木所建的寺庙也被天火烧毁。这些都表现了人民对暴政的反抗。

二是表达民众对美好生活及爱情的向往与追求。《搜神记》中的《董永》写董永的孝心感动了天帝,天帝派织女下凡与他结婚,帮他偿债,从此过上了幸福的生活。《搜神后记》中的《白水素女》写天河里的白水素女下凡帮助贫穷而善良的青年农民谢端成家立业,是后世田螺姑娘故事的原型。《幽明录》中的《刘晨阮肇》写刘阮二人入天台山,与二女子结为夫妇,半年后出山,却已是物是人非。《搜神记》中的《紫玉》写吴王夫差的小女紫玉与韩重相爱,吴王不许,紫玉气结而死。后来韩重与紫玉之魂相会,尽夫妇之礼。《列异传》中的《谈生》写人鬼恋爱,《续齐谐记》中的《青溪庙神》写人神恋爱,都曲折地反映了封建社会中女子对爱情生活的向往。

三是对大自然的探索。如《博物志》中八月浮槎的故事,表达民众对天文星象的探索与想象。另外,志怪小说中还有一些如《宋定伯捉鬼》等很有意思的故事,把鬼的世界当作真实的世界来体验和描写,并没有神秘化。

这一时期的志人小说以《世说新语》最具代表性,主要记载历史人物的传闻佚事,有邯郸淳的《笑林》、葛洪的《西杂记》、裴启的《语林》、郭澄之的《郭子》、沈约的《俗说》和殷芸的《小说》等,但大部分都已经散佚,完整保存下来的只有《西京杂记》与《世说新语》。

志人小说的产生与东汉以来盛行的人物品评风气密切相关,鲁迅在《中国小说史略》指出:"汉末士流,已重品目,声名成毁,决于片言,魏晋以来,乃弥以标格语言相尚,惟吐属则流于玄虚,举止则故为疏放,……渡江以后,此风弥甚,……世之所尚,因有撰集,或者掇拾旧闻,或者记述近事,虽不过丛残小语,而俱为人间言动,遂脱志怪之牢笼也。"可见志人小说的产生与清谈之风有直接的关系,而记载名士清谈言论的志人小说便有名士教科书的意味,名士言行成为士族子侄的学习效仿对象。

《世说新语》是刘宋时期刘义庆所编,全书按类编排,以价值递减的规律分为36门,共计1130条,记述的是东汉至东晋、刘宋时期文人名士的言行,收录年代最晚的文人是刘宋时期的谢灵运。梁时刘孝标为之作注,引用了400多种书籍,为今天的我们保存了许多珍贵史料。其上卷为"德行"、"言语"、"政事"、"文学"四门,这正是孔门四科(见《论语·先进》),说明此书的思想倾向有崇儒的一面。但综观全书多有谈玄论佛以及蔑视礼教的内容,其思想倾向并不那么单纯。

《世说新语》作为一部名士教科书,其内容涉及贵族知识分子生活的方方面面。记载当时政治、思想、文化、社会风尚及名士们的举止行为与玄学清谈,既是研究中古社会文化生活的基本材料,又展现了名士知识分子玄心、洞见、妙赏、深情的精神面貌。如《巧艺》篇论绘画的资料,《任诞》里的"刘伶病酒"、"饮酒读骚可称名士",《雅量》篇的"东床坦腹婿"、"谢公围棋"等,《言语》篇的"王子敬山阴道上行"等。还有一些内容暴露和讽刺了其中某些人物的贪残、酷虐、奢侈、吝啬、虚伪等行为故事,如《汰奢》篇里的"石崇饮酒斩美"、"王武子盛馔",《俭啬》篇里的"王戎俭吝"、"王戎钻李核",《尤悔》篇的"魏文帝毒弟"和"明帝听前世事"等。

《世说新语》艺术上的特色恰如鲁迅所概括:"记言则玄远冷隽,记行则高简瑰奇。"《世说新语》中的语言精练含蓄,隽永传神,明胡应麟在《少室山房笔丛》中说:"读其语言,晋人面目气韵恍惚生动,而简约玄澹,真致不穷。"另外,《世说新语》中通过简练的笔触塑造了一系列栩栩如生的人物形象。文中常常通过典型性的细节来勾勒人物性格和精神面貌,如《忿狷》篇中的"王蓝田性急",便通过其食鸡蛋这一细节来传达:"尝食鸡子,以箸刺之,不得,便大怒,举以掷地。鸡子于地圆转未止,仍下地以屐齿碾之,又不得,瞋甚,复于地取内口中,啮破即吐之。"几个动词连用便传达出王述性急的特征。另外,常用对比的手法突出人物性格。如《雅量》篇"桓公伏甲设馔"条:"相与俱前。王之恐状,转见于色。谢之宽容,愈表于貌。望阶趋席,方作洛生咏,讽'浩浩洪流'。桓惮其旷远,乃趣解兵。"通过谢安与王坦之面对桓温盛陈甲兵的情况时的不同表现来表现二人的性格。

总体而言,魏晋南北朝的小说创作从时人观念来讲出于实录,缺乏后世小说中的想象力,另外,篇幅短小,情节简单,具有鲜明的时代特色。

三、南北朝乐府民歌

南北朝民歌与汉乐府民歌一样,是出自民众的口头创作,由政府音乐机关乐府采集并配乐演唱的作品。它篇幅短小,抒情多于叙事,南北朝因为政治、经济、文化以及民族风尚、自然环境等不同,民歌也呈现出不同的风格与情调。

现存的南朝民歌主要保存在宋郭茂倩所编《乐府诗集·清商曲辞》里,共约500首,大部分属于清商曲辞,分吴声与西曲两大类,其中吴(声)歌326首,西曲(歌)142首,神弦曲18首。清商曲辞以外,在杂曲歌辞和杂歌谣辞中也有少量南朝民歌。

《乐府诗集》卷四四引《晋书·乐志》说:"吴歌杂曲,并出江南,东晋以来,稍有增广。其始皆徒歌,既而被之管弦。盖自永嘉渡江之后,下及梁、陈,咸都建业,吴声歌曲起于此也。"可见吴歌产生于江浙一带,是政府音乐机构从民间采集来的不入乐的徒歌,后由乐府机构配乐演唱。从时间上来看,吴歌产生于东晋及刘宋的居多。就题材而言,吴歌以爱情为主,风格艳丽柔弱,多表现主人公羞涩缠绵的情态。其中以《子夜》、《读曲》数量最多。《子夜歌》共42首,《读曲》今存89首。又有《子夜四时歌》75首。这些民歌以情歌为主,表达了女子在爱情生活中的方方面面的情感。"夜长不得眠,明月何灼灼。想闻散唤声,虚应空中诺"(《子夜歌》)借出现幻听的情形表达相思之深;"始欲识郎时,两心望如一。理丝入残机,何悟不成匹"(《子夜歌》)亦表达对爱情的渴望;"打杀长鸣鸡,弹去乌臼鸟,愿得连冥不复曙,一年都一晓"(《读曲歌》)表达既得爱情的欢乐,想象天真;"渊冰厚三尺,素雪覆千里。我心如松柏,君情复何似?"(《子夜四时歌·冬歌》)和"华山畿,君既为侬死,独生为谁施。欢若见怜时,棺木为侬开"(《华山畿》)表达对爱情的忠贞;"侬作北辰星,千年无转移,欢行白日心,朝东暮还西"表现对负心男子的哀怨,都是感情细腻,语言清新流丽。除情歌之外,吴歌亦有别的题材,如《懊侬歌》:"江陵去扬州,三千三百里。已行一千三,所有二千在。"写归人急切的心情,亦质朴可读。

《乐府诗集》卷四七引《古今乐录》说:"西曲歌出于荆(今湖北省江陵县)、郢(今江陵县附近)、樊(今湖北省襄樊市)、邓(今河南邓县)之间,而其声节送和与吴歌亦异,故依其方俗而谓之西曲云。"可知西曲产生于荆楚一带,从时间而言比吴歌稍晚,产生于宋、齐、梁、陈的居多。

从题材内容而言,西曲的内容比吴歌更为广泛。多写船户、贾客生活,表达水边旅人思归的情怀,风格比吴歌真率。如《石城乐》曰:"布帆百余幅,环环在江津,执手双泪落,何时见欢还?"《拔蒲》:"朝发桂兰渚,昼息桑榆下。与君同拔蒲,竟日不盈把。"亦清新可读。

"神弦曲"有 18 首,也属于"清商曲辞"。是江南(建业附近)民间弦歌以娱神的祭歌。《楚辞·九歌》相似,神弦曲也具有人神恋爱的特色。如曲词中有的赞叹男神的美貌,"女悦男神"如《白石郎曲》:"积石如玉,列松如翠。郎艳独绝,世无其二。"有的写女神的私生活,如《青溪小姑》:"开门白水,侧近桥梁。小姑所居,独处无郎。"表达了"男悦女神"的情怀,这些诗歌从风神气韵而言与情歌无异。

南朝民歌除以上几类外,还有一首长篇抒情诗《西洲曲》,属《杂曲歌辞》,这首民歌可能经过文人的加工,内容是写一个青年女子的相思。中间穿插着从春到秋不同季节的景物描写,四句一换韵,运用连珠格修辞法,从而形成了回环婉转的旋律,特殊的声韵之美造成似断似续的效果,同诗中续续相生的情景结合在一起,声情摇曳,余味无穷。

从内容来看,南朝民歌大都是作女子口吻的哀怨、缠绵的情歌,这种风格客观上对宫体诗的发展起到了推波助澜的作用。

从形式上来看,南朝民歌一是体裁短小,多是五言四句;二是语言清新自然。恰如《大子夜歌》所言:"歌谣数百种,子夜最堪怜,慷慨吐清音,明转出天然。"三是双关语的广泛运用。双关语在运用时分为两类,一类是同音同字,如用药名"散"双关聚散的"散",用黄连的"苦"双关相思之"苦"。另一类是同音异字,如"莲"与"怜"、"莲子"与"怜子"、"丝"与"思"、"篱"与"离"等,这些巧妙的双关语使民歌的语言生动而活泼。

北朝民歌主要见于《乐府诗集·梁鼓角横吹曲》中,在《杂曲歌辞》、《杂歌谣辞》中也有一小部分,共 60 多首。所谓《横吹曲》是在马上演奏的一种军乐,因为乐器有鼓有角,所以称"鼓角横吹曲"。北朝民歌大部分是这种军乐歌词,由梁代乐府机关保存下来,所以称"梁鼓角横吹曲"。

北朝民歌虽然在数量上不及南朝民歌多,但内容却比南朝民歌丰富得多,全面反映了北朝 200 多年间的社会状况和时代特征,具体而言,主要有以下几方面内容:

第一，反映本民族逐水草而居的游牧生活。如史载北齐时代斛律金（488—567）所唱的《敕勒歌》，反映北方的游牧生活，出色地描绘了北国草原的辽阔壮美："敕勒川，阴山下，天似穹庐，笼盖四野。天苍苍，野茫茫，风吹草低见牛羊。"另如《企喻歌辞》："放马大泽中，草好马著膘"；"孟阳三四月，移铺逐阴凉"（《琅邪王歌辞》），民歌中有辽阔的原野和丰泽的水草，牧民们赶着马群，过着迁徙不定而又悠游自足的生活。

第二，反映北方民族精犷豪放的个性与尚武精神。"男儿欲作健，结伴不须多。鹞子经天飞，群雀两向波。"（《企喻歌辞》）"新买五尺刀，悬著中梁柱，一日三摩娑，剧于十五女。"（《琅邪王歌辞》）

第三，反映战争给下层民众带来的灾难。如《企喻歌》："男儿可怜虫，出门怀死忧。尸丧狭谷口，白骨无人收。"又如《隔谷歌》："兄在城中弟在外，弓无弦，箭无括。食粮乏尽若为活？救我来！救我来！"内战给民众带来的惨痛的生活，令人不忍卒读。

第四，反映爱情生活的情歌。因民族性格不同，北朝情歌与南朝情歌的风格大不相同。南歌说"感郎千金意，惭无倾城色"，北歌却说"女儿自言好，故入郎君怀"。其大胆泼辣，开朗直率，与南朝情歌的委婉含蓄大异其趣。"腹中愁不乐，愿作郎马鞭。出入环郎臂，蹀坐郎膝边。"（《折杨柳歌辞》）"天生男女共一处，愿得两个成翁妪。"（《捉搦歌》）这些歌谣都直率而朴素，毫无忸怩羞涩之态，与南朝民歌相比有直与曲、刚与柔之别。

北朝民歌中最杰出的作品是《木兰诗》，是歌颂女英雄花木兰乔装代父从军的叙事诗，和《西洲曲》相辉映，称为南北朝民歌"双璧"。

就艺术风格而言，北朝民歌语言质朴无华，表达爽直坦率，风格豪放刚健，体裁上虽以五言四句为主，但同时还创造了七言四句的七绝体，并发展了七言与古体和杂言体，对唐诗体式的形成起到了积极的作用。

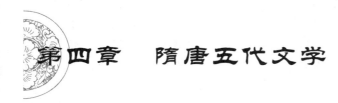

第四章　隋唐五代文学

一、唐诗的繁荣

唐代文学得到了全面的繁荣。除唐诗获得高度繁荣之外,唐代散文由于韩愈、柳宗元倡导古文运动而得到长足的发展,扭转了骈文泛滥的局面,发展了秦汉古文,推进了中国散文的发展,对后代散文产生了深远影响。同时,在唐代还出现了传奇、词这两种新兴文学样式。传奇成为我国古典小说发展史上重要的里程碑,它标志着中国小说创作进入了成熟的阶段。词是一种新诗体,在唐代产生、发展、成熟定型,为宋词繁荣奠定了基础。此外,变文等讲唱文学也有广泛的群众基础,对后代讲唱文学产生很大影响。

唐代诗歌的繁荣标志,主要表现在以下几个方面:

首先表现在作家、作品数量多。清康熙年间所编纂的《全唐诗》,收录诗人2200余人,诗48900余首,共900卷。其中有别集者691家,这个收录并不完备,尚有不少遗逸。陈尚君《全唐诗补编》在吸收近现代唐诗辑佚成果的基础上,续收唐五代逸诗6300多首。徐俊的《敦煌诗集残卷辑校》又新辑唐人逸诗近千首。在不到300年的时间中,遗留下来的诗歌就有55000多首,比自西周到南北朝一千六七百年中遗留下的诗篇数目多出两三倍以上。唐诗是靠手抄的方式流传的,在这种条件下,流传下来的数字只能是实际创作数字的一小部分。明末胡震亨根据其《唐音统签·艺文志》中所载的唐人文集卷数,推想唐诗的实际卷数约2000卷,等于现有数字的2倍,这是很保守的估计。

从作家的数量看,上述55000多首诗包括了3000多作者,这确实是相当庞大的一支创作队伍。唐诗作者除封建知识分子、官吏外,上自皇帝,下至商人、和尚、道士、尼姑、妓女(如薛涛)都有作品流传,甚至有几岁小孩作的诗,可见当时作诗者的广泛普遍,在作者队伍中,还有少数民族和外籍人士。任何事物的质都表现为一定的量,没有这么多人广泛地进行诗歌创作,就不可能保证诗歌较高的艺术质量。

其次,唐诗内容丰富多彩,反映了广阔的社会生活和丰富深远的内心世界,极大地拓宽深化了诗歌的反映领域。唐诗对唐代社会生活的各个侧面都作了鲜明而深刻的反映,触角伸展到社会生活的每一个角落,无论是大地山河、农村都市、上层下层,还是重大的现实政治斗争、历史题材,无不加以描写。不但表现新的题材(如边塞),而且在许多传统题材中也发现了前人没有发现的生活美。比以往任何时代的诗人都更深刻而具体地写生民疾苦、战乱兴叹与现实矛盾的黑暗。在整个中国古代诗歌史上,对社会生活反映得这样广泛而深刻的只有唐诗。实际上,由55000多首诗篇组成的"全唐诗",也不妨看作是一部大规模的反映唐代几百年历史的史诗,看作反映唐代社会生活的风俗画长卷。另一方面,唐诗又对人们丰富深隐的内心世界作了前所未有的表现,特别是知识分子的理想抱负、喜怒哀乐、哲理思索、爱情友谊,乃至一些心灵深处隐约朦胧的情思,都无不见之于诗,可以说它又是一部唐代知识分子的心灵史。

第三,唐诗体裁完备,艺术完美。我国古代诗歌的各种体裁(除了词、曲这两种特殊的形式外)到了唐代都已经定型、成熟。古体诗(包括五古、七古)在从汉代到魏晋南北朝的长时期发展过程中,已先后成熟,到了唐人手里,这种篇幅不限,格律比较自由,便于叙事、议论的诗体,和他们丰富深刻的生活体验结合起来,创造出许多气势磅礴的长篇巨制,成为诗歌形式中的重武器。另一类近体诗(包括五律、七律、五绝、七绝、五言排律、七言排律,还有少量的六言绝句)是在齐梁以来讲究声病对偶的新体诗基础上逐渐发展起来的,是诗歌形式中的新品种,以抒情写景见长。此外,还有长短参差不齐的近乎自由的杂言诗(习惯上纳入七古)。每一种诗体,唐代都有好作品,而且有擅长某一体的作家,其中像七绝,因为最接近民歌,与音乐的关系又十分密切,在唐代成为最富于群众性的诗体,名篇佳作更是多不胜数。

唐诗中许多诗篇,达到了内容与形式的高度统一。"盛唐气象"、"唐音",为历代许多诗评家奉为诗歌的范本。唐诗融风骨与神韵为一体,兼有情思、意象、辞采之美,特别是创造了十分完美的诗歌意境,写出了意境的氛围与画意,许多诗尽管时隔1000多年,今天读来还十分新鲜。打开诗卷,就会感到一股浓郁的生活气息扑面而来。它们的艺术魅力,并不随着它们所反映的生活的消逝而消逝,而往往会唤起我们对唐人所经历过的生活的了解欲望。古典诗歌理论中许多美学范畴,如意境、气象、神韵、格调,等等,多数是对唐人诗歌创作经验的总结。

第四,出现了李白、杜甫这样辉映千古的伟大诗人和一大批杰出的优秀的诗人。在世界文学史上,同时出现两个代表着不同流派,甚至是代表着两个不同诗歌时代的伟大诗人的现象,似乎还不曾有过。如拜伦和雪莱,虽然是同时代的,却同属浪漫主义流派。郭沫若称并世而出的李、杜为"双子星座",这确是世界文学史上少见的奇观。除李、杜之外,还有孟浩然、王维、高适、岑参、王昌龄、韦应物、李贺、白居易、韩愈、柳宗元、刘禹锡、杜牧、李商隐等一批有独特艺术成就的杰出诗人。

在这个圈子之外,还有一大批有独特风格的优秀诗人,总数不下五六十个,形成了众星拱月的局面。李白、杜甫,不但是中国文学史上第一流的伟大作家,就是在世界文学史上,也是处于最伟大的古典作家之列的。次于李、杜的白居易,在世界特别是在日本、朝鲜等国,也有巨大影响。

第五,出现了众多影响深远、有明确艺术追求的诗歌流派和流传广远的名篇佳作。举其荦荦大者,就有初唐四杰、沈宋、以王孟为代表的山水田园诗派、以高岑为代表的边塞诗派、大历十才子、韩孟诗派、元白诗派、温李,等等。这些诗派,有的是自然形成的,有的则有一定自觉性(特别是中唐以来)。不同创作倾向和艺术风格的诗派间,彼此争奇斗艳,进一步丰富了唐代诗坛的色彩,提供了诗歌创作的各种艺术经验。另一方面,又产生了数以千计的流传千古的名篇,这一点也是诗歌繁荣在质的方面的突出标志。实际上可称佳作的,在 2000 首以上。清沈德潜的《唐诗别裁集》收诗 1928 首。论诗歌数量,宋、明、清各代比唐多得多,尤其是清代,但名篇流传得却少得多。

二、唐诗发展分期

关于唐诗的分期,研究者站在不同的角度,有不同的分法。学界比较公认的是"初、盛、中、晚"四分法。

(一)初唐诗 高祖武德元年(618)——玄宗开元初(713)

初唐约百年,其中心任务是要批判地继承六朝文学,融合南北文风,为诗歌发展开辟一条健康的发展道路。初唐诗歌的演进,可分为前后两个时期:

初唐的前 50 年,是宫廷诗的时代。从作家来讲,初唐前 50 年主要是以李世民为代表,包括李百药、虞世南、马周、许敬宗、杨师道、长孙无忌、魏征、上官仪、褚亮等人在内的宫廷作家群,而"以绮错婉媚为本"(《旧唐书·上官仪传》)的"上官体"为这一时期的诗风代表。在野诗人王绩"以真率浅疏之格"(翁方纲《石洲诗话》卷一)特立于初唐诗坛,惠及初唐四杰。

初唐的后 50 年是逐步突破旧的诗风,建立唐诗风范的时期。这一时期,文坛上比较热闹,改革诗风的呼声与创作实践同样强烈,先是高宗武后时期,"以文章名天下"的初唐四杰登上诗坛,把诗歌的题材从宫廷移到市井,从台阁移到江山与塞漠,感情基调也清新健康起来,继之有沈佺期、宋之问确立了律诗这种新形式。最后是陈子昂登高一呼,痛斥齐梁,高倡风骨,为唐诗开展了健康的发展道路。

总之,初唐诗歌虽未完全摆脱六朝的浮华和纤弱,诗歌的现实性和思想性尚有待进一步提高,但已透露了新的气息。

(二)盛唐诗 玄宗开元元年(713)——代宗大历元年(766)

盛唐,是唐代诗歌达到繁荣的顶点时期,在短短的 53 年里,涌现出了十几位大诗人,他们以互不相同的风格,加入到了盛唐之音的大合唱之中。正如李白《古风》其一所说:"群才属休明,乘运共跃鳞。文质相炳焕,众星罗秋旻。"在盛唐诗坛上,李白、杜甫无疑是两位最伟大的时代歌手。而以王维、孟浩然为首的一批诗人和以高适、岑参为首的另一批诗人分别以或宁静优美、或豪迈奔放的音符,弹奏出盛唐之音的不同音部。

天宝十二年(753),盛唐人殷璠在《河岳英灵集序》中说"开元十五年后,声律风骨始备矣"。这种既讲究声律,又兼有气骨,文质结合、元气淋漓、真力弥漫的诗歌美学品格,正是盛唐诗歌的艺术风貌。

总的说来,这一代诗人大都具有宏伟的理想和抱负、蓬勃热烈的感情,他们的诗歌大都充满了积极向上的青春活力,这也就是后人所称道的盛唐之音。李白诗歌则是盛唐之音的典型代表。"安史之乱"是唐帝国由盛转衰的转折点,也是整个中国封建社会由盛转衰的转折点。伟大的诗人杜甫,以他如椽巨笔,在诗中真实而又生动地反映了这一时代巨变。他既是盛唐之音的结束者,又是中唐诗歌新变的开启者,在整个唐代诗歌史上起着继往开来的作用,也成为整个中国古代诗歌史上最杰出的诗人。

(三) 中唐诗 代宗大历元年(766)——文宗开成元年(836)

中唐诗人大约 570 人,诗歌数量最多,有 19000 余首,诗歌流派也最多,所以高棅称之为"中唐之再盛"(《唐诗品汇·总叙》)。

与安史之乱期间相比,虽然时局得到相对的稳定,但藩镇割据,宦官专权,朋党之争,以及日益尖锐的阶级矛盾,使社会陷于严重的无法摆脱的危机之中。盛唐时期那积极浪漫的热情和理想退潮了,严峻、冷酷的现实使诗人们不得不倾向于冷静的观察与思考,所以诗歌表现的内容转向了现实和社会。而盛唐诗歌在艺术上所达到的成熟完美的境界,也为中唐诗人在诗歌艺术的创新与开拓上提出了新的挑战。

因此,中唐诗歌无论在内容还是艺术上,都出现了竞相创新的局面,诗人及流派的创作"如危峰绝壑,深涧流泉,并自成趣,不相沿袭"(胡应麟《诗薮》外编卷四),市民化、通俗化倾向也明显加强。

(四) 晚唐诗 文宗开成元年(836)——哀帝天祐四年(907)

晚唐 70 年,是唐诗的晚秋时节,但并非一片萧瑟。总的看来,由于晚唐政治形势的恶化,人民生活更加贫困,所以反映现实的诗歌在晚唐继续得到发展。李商隐、杜牧两位诗人为晚唐之翘楚。他们都有过济世报国之志,诗中也或显或隐地陈世事、刺时弊,表达他们伤世之情。但时乱世衰,他们不复有元白韩柳当年的改革锐气和信心,所以在仕途偃蹇后,都不同程度地追求声色感官的刺激。他们的诗歌,渐从江山社稷移到歌楼舞榭,写男女之情乃至狎妓游冶者增多,追求感情表达的深细幽曲、意境的朦胧凄迷,无论在内容还是艺术都具有杰出的成就。

许浑、温庭筠、韦庄、司空图、韩偓、郑谷等诗人,也都各有特色。而皮日休、杜荀鹤、聂夷中等人,继承了中唐元白新乐府的传统,在反映民生疾苦方面也取得了一定的成绩。

由于晚唐时局如西风残照,士人深感回天乏力,他们在反映政局动乱、民生凋敝的同时,或隐逸山林,或寄情声色,以寻找慰藉解脱。因而他们的诗中都笼罩着衰飒悲凉凄冷的情调和气氛,这是晚唐诗风委靡,以纤巧为美的主要原因。

第一节　隋代文学与初唐诗歌

初唐仍然延续六朝、隋浮艳的诗风,其原因一方面在于文学有其自身的发展惯性,另一方面新朝乍立也需要歌颂和粉饰。《新唐书·文苑传》说:"唐兴,诗人承陈隋风流,浮靡相矜。"最有代表性的诗人是上官仪(约 608—644),他提出"六对"、"八对"之说,重视诗的形式技巧,追求诗的声辞之美,成为代表当时宫廷诗人创作最高水平的典型范式。稍后的杜审言、沈佺期、宋之问在律诗的规范性方面作出过很大的贡献。如杜审言《和晋陵陆丞早春游望》:

> 独有宦游人,偏惊物候新。云霞出海曙,梅柳渡江春。淑气催黄鸟,晴光转绿蘋。忽闻歌古调,归思欲沾巾。

把江南早春清新秀美的景色及由此引起的浓厚的思乡之情,写得极为真切。被明代的胡应麟誉为"初唐五言律第一"(《诗薮》)。

又如沈佺期的《杂诗》其三:

> 闻道黄龙戍,频年不解兵。可怜闺里月,长在汉家营。少妇今春意,良人昨夜情。谁能将旗鼓,一为取龙城。

宋之问的《题大庾岭北驿》:

> 阳月南飞雁,传闻至此回。我行殊未已,何日复归来。江静潮初落,林昏瘴不开。明朝望乡处,应见陇头梅。

尤其是沈、宋二人,在总结前人和当代人应用声律的实践经验的基础上,完成了"回忌声病,约句准篇"(《新唐书·宋之问传》)的工作,为律诗在平仄粘对、句数用韵方面的定型作出了重要的贡献。"神龙以还,卓然成调"(《诗薮》)。自齐永明以来 200 多年,中国古典诗歌的格律化过程终于完成。

在初唐诗风革新方面走在前面的是初唐四杰(王勃、杨炯、卢照邻、骆宾王)。他们扩大了诗歌创作的题材,"宫体诗在卢、骆手里是从宫廷走到市井,五律到王、杨时代是从台阁移至江山与塞漠"(闻一多《唐诗杂论》)。"四杰"官小而才大,名高而位卑,心中充满匡时济世、建功立业的人生理想和热情,怀着变革文风的自觉意识。他们的诗篇变齐梁余风的柔靡纤弱为刚健清新,变感情的空虚苍白为浓烈昂扬,变齐梁余风的雕琢华艳为质朴厚实,而且出现了一种对历史、宇宙、人生的思索,流动着一种开阔的胸襟、气魄。如杨炯的《从军行》:

> 烽火照西京,心中自不平。牙璋辞凤阙,铁骑绕龙城。雪暗凋旗画,
> 风多杂鼓声。宁为百夫长,胜作一书生。

杨炯在《王勃集序》中批评当时诗坛风气是"骨气都尽,刚健不闻"。这种激扬文字的书生意气,是构成其诗歌"骨气"的重要因素。骆宾王的《在狱咏蝉》更为人所熟知:

> 西陆蝉声唱,南冠客思深。那堪玄鬓影,来对白头吟。露重飞难进,
> 风多响易沉。无人信高洁,谁为表予心?

咏蝉明志,寓身世之感于其中,适逢峻洁,情思悲慨。王勃的《送杜少府之任蜀川》尤为脍炙人口:

> 城阙辅三秦,风烟望五津。与君离别意,同是宦游人。海内存知己,
> 天涯若比邻。无为在歧路,儿女共沾巾。

一改前人送别诗的悲凉情调,心境开朗,境界壮阔,表现了作者不凡的抱负。胡应麟评论此诗说"终篇不著景物,而兴象宛然,气骨苍然"(《诗薮》)。这里所说的"兴象"和"气骨",正是四杰对唐诗最重要的贡献所在。

从理论上和创作实践上扫荡六朝积弊、呼唤盛唐之音到来的是陈子昂(659—700)。他在著名的《修竹篇序》里正面地提出了诗歌革新的主张:

> 文章道弊五百年矣。汉魏风骨,晋宋莫传,然而文献有可征者。仆尝
> 暇时观齐梁间诗,彩丽竞繁,而兴寄都绝,每以永叹,思古人,常恐逶迤颓
> 靡,风雅不作,以耿耿也。

陈子昂反对齐梁以来堆砌辞藻的浮艳诗风,明确地倡导风雅兴寄,要继承汉魏风骨。"兴寄",实质上要求诗歌发扬批判现实的传统,要求诗歌有鲜明的政治倾向。"风骨"的实质是要求诗歌有高尚充沛的思想感情,有刚健遒劲的风格。这种革新主张虽然是在复古的旗号下提出的,但确实抓住了前朝之弊并指明了唐诗发展的方向。

陈子昂最负盛名的是《盛遇诗》38首,代表他创作实践的成绩。其基本内容,就是带有强烈自我意识的、充满进取精神的对政治、道德、命运等一系列根本问题的观照与思考。还有人所皆知的《登幽州台歌》:

> 前不见古人,后不见来者。念天地之悠悠,独怆然而涕下。

表现了"开创者的高蹈胸怀,一种积极进取、得风气先的伟大的孤独感"(李泽厚《美的历程》),以深邃的历史目光和高亢的歌喉,开启了盛唐之音。

在初唐诗坛后期,张若虚、刘希夷的诗代表了对宇宙人生的探索,对生命的热爱,充满动人的情思,兴象鲜明而韵味无穷。刘希夷的代表作是《代悲白头翁》:

> 洛阳城东桃李花,飞来飞去落谁家?洛阳女儿好颜色,坐见落花常叹息。今年花落颜色改,明年花开复谁在?已见松柏摧为薪,更闻桑田变成海。古人无复洛城东,今人还对落花风,年年岁岁花相似,岁岁年年人不同。

一方面是韶华易逝,青春不永,另一方面是万物生生不息,衰而又新。所以在伤感之中,又透露出对大自然的永恒生命力的向往。这种青春情调,到了张若虚笔下,又由惜春而一变而为对春天的更为炽热的正面讴歌,并融合着对宇宙、对美好人生的热情礼赞。他的《春江花月夜》咏唱着:

> 春江潮水连海平,海上明月共潮生。滟滟随波千万里,何处春江无月明!江流宛转绕芳甸,月照花林皆似霰;空里流霜不觉飞,汀上白沙看不见。江天一色无纤尘,皎皎空中孤月轮。江畔何人初见月?江月何年初照人?人生代代无穷已,江月年年只相似;不知江月待何人,但见长江送流水。白云一片去悠悠,青枫浦上不胜愁。谁家今夜扁舟子?何处相思明月楼?可怜楼上月徘徊,应照离人妆镜台。玉户帘中卷不去,捣衣砧上拂还来。此时相望不相闻,愿逐月华流照君。鸿雁长飞光不度,鱼龙潜跃水成文。昨夜闲潭梦落花,可怜春半不还家。江水流春去欲尽,江潭落月复西斜。斜月沉沉藏海雾,碣石潇湘无限路。不知乘月几人归,落月摇情满江树。

全诗语言既清新明朗又婉丽华美,展现的是一种少年时代的憧憬和悲伤,"尽管悲伤,仍然轻快;虽然叹息,总是轻盈"(李泽厚《美的历程》)。这些作品的出现,标志着一个具有兴象玲珑的意境美的诗歌时代的到来。

第二节　盛唐诗歌

盛唐诗歌意境及其艺术风貌,最为突出的特点就是阔大、外展,具有雄浑与明朗之美。笔力雄壮、气象浑厚、格高气畅,乃是"盛唐气象"的风骨所在。其中所蕴含的,乃是盛唐人昂扬奋发、健康向上的风采,具有恢弘豪宕的气质和雄浑外展的境界。另外一个方面,"盛唐气象"还表现为一种兴象玲珑的境界与清水出芙蓉的自然之美。

一、孟浩然与王维

孟浩然与王维是盛唐时期山水田园诗的代表诗人。

孟浩然（689—740）是唐代第一个倾大力写作山水田园诗的诗人。其中有境界阔大、气势雄浑的作品，如其《临洞庭湖赠张丞相》：

> 八月湖水平，涵虚混太清。气蒸云梦泽，波撼岳阳城。欲济无舟楫，端居耻圣明。坐观垂钓者，徒有羡鱼情。

但更多是自然平淡的风格，偏重于写山水田园中幽静闲淡的境界，甚至一种悠远的神韵。如：

> 移舟泊烟渚，日暮客愁新。野旷天低树，江清月近人。（《宿建德江》）
> 春眠不觉晓，处处闻啼鸟。夜来风雨声，花落知多少。（《春晓》）
> 山寺钟鸣昼已昏，渔梁渡头争渡喧。人随沙岸向江村，余亦乘舟归鹿门。鹿门月照开烟树，忽到庞公栖隐处。岩扉松径长寂寥，唯有幽人夜来去。（《夜归鹿门歌》）

这些诗篇清空雅洁，别具一种超然的远韵，与其说是写山水景物，不如说是写诗人对自然的兴会。

孟浩然诗歌的语言，不钩奇抉异而又洗脱凡近，"语淡而味终不薄"（沈德潜《唐诗别裁集》）。如他的名篇《过故人庄》：

> 故人具鸡黍，邀我至田家。绿树村边合，青山郭外斜。开轩面场圃，把酒话桑麻。待到重阳日，还来就菊花。

平淡而浑融，正如闻一多《唐诗杂论》所评："淡到看不见诗了，才是真正孟浩然的诗。"

王维（701—761）字摩诘，太原祁（今山西省祁县）人，他精通音乐，擅长书画，且精通禅理，是全面高涨的盛唐时代文化所孕育出来的一个多才多艺的作家。开元二十五年（737），张九龄罢相，权奸李林甫当政，遂成为王维一生的分界线。在前期，他怀有积极进取的人生态度，写出了不少意气风发、充满豪情的诗篇。如《少年行》：

> 新丰美酒斗十千，咸阳游侠多少年。相逢意气为君饮，系马高楼垂柳边。
> 出身仕汉羽林郎，初随骠骑战渔阳。孰知不向边庭苦，纵死犹闻侠骨香。

对游侠少年的豪纵意气进行了热烈的礼赞，带有浓厚的青春浪漫气息。《使至塞上》更以描写边塞风光的奇异而被人们广为传诵：

> 单车欲问边，属国过居延。征蓬出汉塞，归雁入胡天。大漠孤烟直，长河落日圆。萧关逢候骑，都护在燕然。

全篇气势流畅,"大漠"两句写景尤为壮丽。另外,王维一些广为传诵的诗篇多写于前期。如"独在异乡为异客,每逢佳节倍思亲。遥知兄弟登高处,遍插茱萸少一人"(《九月九日忆山东兄弟》)。"红豆生南国,春来发几枝。愿君多采撷,此物最相思"(《相思》)。在这类诗中,最著名的是《送元二使安西》:

　　渭城朝雨浥轻尘,客舍青青柳色新。劝君更尽一杯酒,西出阳关无故人。

此诗又名《渭城曲》,被谱成《阳关三叠》的送行乐曲,自古及今,传唱不衰。

　　后期亦官亦隐,主要是写隐居终南、辋川的闲情逸致的生活。后期的诗,在他诗集里占有大半数的篇幅。《终南山》、《山居秋暝》、《辋川集》20首、《过香积寺》、《积雨辋川庄》等都是名篇。

　　王维对后世影响最大的是山水田园诗,讲究构图布局、设辞着色,常以彩绘的笔触传达出清丽丰润的美感。其中一类以《终南山》、《汉江临泛》为代表,用雄壮有力的诗笔,写出开阔宏远的境界。如《终南山》:

　　太乙近天都,连山到海隅。白云回望合,青霭入看无。分野中峰变,
阴晴众壑殊。欲投人处宿,隔水问樵夫。

类似中国传统绘画的散点透视法,采取流动观照的视点,将静止的终南山从不同角度展示出来,非常具有纵深感和立体感。另一类以《辋川集》、《皇甫岳云溪杂题五首》为代表,以短小的篇幅、精炼的文字写山水,格局一般不大,但每一篇都能写出一个天地。后一类诗在王维山水诗中占多数,最见艺术个性,对后世诗人的影响也最大。以《山居秋暝》这首名作为例:

　　空山新雨后,天气晚来秋。明月松间照,清泉石上流。竹喧归浣女,
莲动下渔舟。随意春芳歇,王孙自可留。

　　王维的山水田园诗融合了陶诗的意境浑融和谢诗的精工刻画,善于从容地创造气氛,烘托点染,用优美新鲜的语言,匀称的色彩,根据自己对自然景物的细腻感受,描绘出山林静态之美,同时又动中有静,富有生机和意趣。苏轼在《书摩诘蓝田烟雨图》中说:"味摩诘之诗,诗中有画;观摩诘之画,画中有诗。"的确说出了王维山水诗最突出的艺术特色。

　　他的一部分山水诗,虽然闲适中带有禅意,但多数并不流于死寂。如:

　　空山不见人,但闻人语响。返景入深林,复照青苔上。《鹿柴》
　　独坐幽篁里,弹琴复长啸。深林人不知,明月来相照。《竹里馆》
　　木末芙蓉花,山中发红萼。涧户寂无人,纷纷开且落。《辛夷坞》

对于一般的读者,这些诗往往提供一个摆脱一切尘嚣,而并非走向真空、死灭的临界点。其特点是安宁、静谧,可以让人感到内心清静、和谐,获得精神的调节,乃至

进而体悟宇宙的本质、生命的真谛。

当时和王、孟风格比较接近的,还有綦毋潜、祖咏、储光羲、裴迪、常建等人。常建的山水诗艺术上比较完整,如其名作《题破山寺后禅院》:

> 清晨入古寺,初日照高林。曲径通幽处,禅房花木深。山光悦鸟性,潭影空人心。万籁此都寂,但余钟磬音。

写诗人在山光潭影构成的清幽环境中聆听古寺悠扬洪亮的钟磬之声,从而进入一种纯净恬悦的精神境界,十分出神入化。

二、高适、岑参

高适与岑参,是盛唐时期边塞诗歌最突出的代表诗人。他们都有过边塞生活的体验,对边塞和战争生活的反映更为深入,描写更为鲜明突出,也最能体现盛唐边塞诗歌的特色。

高适(700—765)字达夫,渤海蓨县(今河北景县)人。早岁生活困顿,客游梁宋,落拓失意。天宝八载,举有道科中第,任封丘尉,因不愿过"拜迎长官心欲碎,鞭挞黎庶令人悲"(《封丘县》)的生活而弃官客河西,充河西节度使哥舒翰幕府掌书记。安史之乱后,职位一再升迁,官至淮南、剑南西川节度使,最后任散骑常侍。

高适是一个"喜言王霸大略,务功名,尚节义"的诗人。他更多地以一个政治家、军事家的眼光去观察边塞生活,他的边塞诗也就往往着眼于反映边塞生活中的各种矛盾、危机。如他边塞诗中最杰出的代表作《燕歌行》:

> 汉家烟尘在东北,汉将辞家破残贼。男儿本自重横行,天子非常赐颜色。摐金伐鼓下榆关,旌旆逶迤碣石间。校尉羽书飞瀚海,单于猎火照狼山。山川萧条极边土,胡骑凭陵杂风雨。战士军前半死生,美人帐下犹歌舞。大漠穷秋塞草腓,孤城落日斗兵稀。身当恩遇常轻敌,力尽关山未解围。铁衣远戍辛勤久,玉箸应啼别离后。少妇城南欲断肠,征人蓟北空回首。边风飘飖那可度,绝域苍茫更何有?杀气三时作阵云,寒声一夜传刁斗。相看白刃血纷纷,死节从来岂顾勋。君不见沙场征战苦,至今犹忆李将军。

诗人在丰富、深刻的边塞生活体验的基础上,对当时的"征戍之事"作了高度的典型化和艺术概括。诗中通过慷慨出征、沙场激战和长期戍守等一系列描写,深刻而广泛地反映了边塞多方面的矛盾,并且在此基础上着重抒发了广大战士崇高的爱国精神和英雄气概,也抒发了他们对腐败无能、不恤士卒的将帅的不满和怨愤,既错综交织又宾主分明,在环境气氛的渲染、对比手法的运用以及语言的整饬、韵律的和谐等方面也极其出色,形成了全诗雄厚深广、悲壮淋漓的审美风格。

高适在梁宋时期,赠别朋友的一些诗也写得豪迈动人。如《别韦参军》:"丈夫不作儿女别,临歧涕泪沾衣巾。"又如《别董大》:"莫愁前路无知己,天下谁人不识君。"这类诗,和他的边塞诗一样,也为当时和后代人所传诵。

岑参(715—770),江陵(今属湖北)人。他 20 岁后有 10 年时间,出入于京洛求仕,30 岁应举及第,授右内率府兵曹参军,以后又任右补阙、虢州长史等官,后转嘉州刺史,秩满罢官后卒于蜀中。天宝八载,充安西四镇节度使高仙芝幕府书记,赴安西,天宝十载回长安。天宝十三载又作安西北庭节度使封常清的判官,再度出塞。安史之乱后,至德二载才回朝。前后两次在边塞共 6 年。"功名只向马上取,真是英雄一丈夫。"(《送李副使赴碛西官军》)他对边疆生活、风光怀着深深的爱,既长期生活在边疆,又深深地爱边疆,所以他的边塞诗,生活气息特别浓,感情特别炽热,这正是岑参边塞诗艺术魅力的奥秘。

殷璠《河岳英灵集》称岑诗"诗奇体峻,意亦造奇"。他的边塞诗充溢着浪漫主义的奇情壮采,着意表现边塞奇特瑰丽的自然风光,不仅是行军、战斗、火山、热海等事物被表现得十分雄奇瑰丽,就连边塞的日常生活也被描绘得新奇浪漫而富于诗意。如他的名作《凉州馆中与诸判官夜集》:

> 弯弯月出挂城头,城头月出照凉州。凉州七里十万家,胡人半解弹琵琶。琵琶一曲肠堪断,风萧萧兮夜漫漫。河曲幕中多故人,故人别来三五春。花门楼前见秋草,岂能贫贱相看老。一生大笑能几回,斗酒相逢须醉倒。

非常豪爽、浪漫而潇洒,一点颓唐之感也没有。

《白雪歌送武判官归京》是岑参边塞诗中杰出代表作之一:

> 北风卷地白草折,胡天八月即飞雪。忽如一夜春风来,千树万树梨花开。散入珠帘湿罗幕,狐裘不暖锦衾薄;将军角弓不得控,都护铁衣冷难着。瀚海阑干百丈冰,愁云惨淡万里凝。中军置酒饮归客,胡琴琵琶与羌笛。纷纷暮雪下辕门,风掣红旗冻不翻。轮台东门送君去,去时雪满天山路。山回路转不见君,雪上空留马行处。

通过咏雪与送别,表现了诗人对祖国西北奇异壮丽风光的热爱,以及诗人豪迈、乐观的胸襟。全诗在粗犷豪放的基调中适当地融入细腻明丽的风调,尤其是如"忽如"二句,诗人以大胆的想象、新奇的比喻,把漫天飞雪比作春日遍地盛开的梨花,使严寒的冬天充满浓郁的春意,把雪景写得奇丽可爱。而"纷纷"二句,用鲜红的军旗点缀于万里银装的大地上,不仅使色彩对比鲜明夺目,而且表现了一种昂扬奋发的精神风貌。

又如《走马川行奉送出师西征》:

君不见,走马川行雪海边,平沙莽莽黄入天。轮台九月风夜吼,一川碎石大如斗,随风满地石乱走。匈奴草黄马正肥,金山西见烟尘飞,汉家大将西出师。将军金甲夜不脱,半夜军行戈相拨,风头如刀面如割。马毛带雪汗气蒸,五花连钱旋作冰,幕中草檄砚水凝。虏骑闻之应胆慑,料知短兵不敢接,车师西门伫献捷。

用艰险的自然环境衬托豪壮的行军场面,衬托唐军昂扬的士气,诗里虽然没有写战斗,但是上面这些描写烘托却已饱满有力地显出胜利的必然之势。全诗每三句为一用韵单位,句句用韵,三句一转韵,且平、上、入三声互换,节短而势险,造成一种突兀雄奇的风格,适合于表现诗的声情。

高适与岑参的边塞诗同样具有"悲壮"的情感与风貌,但高适更偏重于社会写实,而岑参更多地富有浪漫的气质。二人同样擅长七言歌行,而岑参雄奇奔放、奔腾跳跃、变化多端,高适则比较整饬,风格雄直苍凉。

高适、岑参之外,以边塞诗闻名的还有王昌龄、李颀、王之涣等人。

王昌龄(约698—756),字少伯,长安人。进士及第,初补秘书郎,曾谪岭南。后任江宁丞,又因事贬龙标尉,世称王江宁、王龙标。王昌龄被称为"七绝圣手",其边塞诗多用乐府旧题来表现广大士卒的共同感情,是"战士之歌",而非如高、岑那样的"军幕文士之歌"。最著名的是其《从军行》:

青海长云暗雪山,孤城遥望玉门关。黄沙百战穿金甲,不破楼兰终不还。
大漠风尘日色昏,红旗半卷出辕门。前军夜战洮河北,已报生擒吐谷浑。
烽火城西百尺楼,黄昏独坐海风秋。更吹羌笛关山月,无那金闺万里愁。
琵琶起舞换新声,总是关山旧别情。撩乱边愁听不尽,高高秋月照长城。

王昌龄七绝高度凝练、概括,短篇而具有长篇的容量。如他的杰作《出塞》:

秦时明月汉时关,万里长征人未还。但使龙城飞将在,不教胡马度阴山。

诗中囊括了悠长的历史时代、辽远的广阔空间,既有"不教胡马度阴山"的报国壮志,又有"万里长征人未还"的千秋遗恨;既暗寓了征人思妇的愁情,又饱含思念良将、渴望和平生活的愿望。28字中融入了对历史的总结、现实的批判与未来的憧憬,内涵容量可以和高适长篇七古《燕歌行》媲美,后来被推为唐人七绝的压卷之作,当之无愧。

另外,王昌龄的闺(宫)怨和送别题材也极为出色。如

闺中少妇不知愁,春日凝妆上翠楼。忽见陌头杨柳色,悔教夫婿觅封侯。(《闺怨》)
奉帚平明金殿开,且将团扇共徘徊。玉颜不及寒鸦色,犹带昭阳日影来。(《长信秋词》)

　　　　寒雨连江夜入吴,平明送客楚山孤。洛阳亲友如相问,一片冰心在玉
　　壶。(《芙蓉楼送辛渐》)

擅长渲染环境气氛和刻画人物心理,善于捕捉典型的情景,构思细密,艺术上均
极锤炼精工。故而,后人将他与李白的七绝并列为"神品"(见胡震亨《唐音
癸签》)。

　　李颀(690—751)以七古擅长。他今存的边塞诗数量不多,但境界高远,格调悲
壮。如名作《古从军行》:

　　　　白日登山望烽火,黄昏饮马傍交河。行人刁斗风沙暗,公主琵琶幽怨
　　多。野云万里无城郭,雨雪纷纷连大漠。胡雁哀鸣夜夜飞,胡儿眼泪双双
　　落。闻道玉门犹被遮,应将性命逐轻车。年年战骨埋荒外,空见蒲桃入
　　汉家。

诗中不仅对胡汉双方士兵怨恨战争的心情有真切的描绘,而且还尖锐地提出了统
治阶级争权夺利的战争对谁有利的问题,广大士卒用鲜血和生命换来的只不过是
统治者的一己私利。结尾两句,以无数战士的生命和几颗小小的葡萄对比,尤其写
得警辟深刻,动人心弦,可说是把边塞诗的思想境界提到了新的高度。

　　王之涣(688—742)是一个年辈较老的盛唐边塞诗人,其吟咏从军出塞之作,
"传乎乐章,布在人口"。由著名的"旗亭画壁"故事(事见薛用弱《集异记》)即可见
其影响之一斑。今存诗仅 6 首,均是绝句精品,如《登鹳雀楼》:

　　　　白日依山尽,黄河入海流。欲穷千里目,更上一层楼。

既展现了诗人登高望远时所激起的对祖国辽阔壮美山河的热爱与向往,又将那种
永不满足于现有境界,永远积极向上的精神风貌完美地表现了出来。

　　他的《凉州词》是唐代边塞诗的名作:

　　　　黄河远上白云间,一片孤城万仞山。羌笛何须怨杨柳,春风不度玉门关。

开元时期另一诗人王翰也有《凉州词》,与此篇可谓异曲同工。诗云:

　　　　葡萄美酒夜光杯,欲饮琵琶马上催。醉卧沙场君莫笑,古来征战几人回。

可以看出,盛唐诗人不但把荒寒而壮阔的边塞诗化了,而且把战争、牺牲也都诗
化了。

　　崔颢(704—754),"少年为诗,属意浮艳,多陷轻薄,晚节忽变常体,风骨凛然。
一窥塞垣,说尽戎旅"(殷璠《河岳英灵集》评语)。但他最有名的诗篇还是《黄
鹤楼》:

　　　　昔人已乘黄鹤去,此地空余黄鹤楼。黄鹤一去不复返,白云千载空悠

悠。晴川历历汉阳树,芳草萋萋鹦鹉洲。日暮乡关何处是? 烟波江上使
人愁。

此诗被后人推为古今七律第一(严羽《沧浪诗话》),据说李白游黄鹤楼时,读到此
诗,说:"眼前有景道不得,崔颢题诗在上头。"后另作《凤凰台》诗以较胜负(见《唐诗
纪事》)。

第三节　李　白

一、李白的生平与思想

李白(701—762)字太白,原籍陇西成纪(今甘肃秦安),出生于中亚西域的碎叶
城(在今吉尔吉斯斯坦境内),约 5 岁时,其家迁居绵州昌隆(今四川江油),自号青
莲居士。

李白一生大体经历了蜀中时期(705—725),以安陆、任城为中心的漫游时期
(725—742),长安任官时期(742—744),以东鲁、梁园为中心的漫游时期(744—
755),安史之乱时期(755—762)5 个时期。如果更明显地说明他所处的时代与其
生活、创作的联系,则可以分为前后两大时期。

前期(即前 3 个时期),李白前期的 40 年,基本上是在治世,特别是在"开元全
盛日"中度过的。这个时期,他的诗歌创作的主要方向,是描绘那个恢宏开阔的时
代的生活美。他在艺术上已经建立了独特的风格,写出了不少成熟的作品,但就思
想内容而论,还没有表现出超越同时代其他优秀诗人的特有的深刻性。

后期(即后 2 个时期),李白后期的 20 年,基本上是和安史之乱从酝酿到结束
相终始的。长安任职 2 年的政治实践,是李白思想与创作的一个重要转折点,一次
重大飞跃。从此之后,他的诗歌,主要倾向就转为对腐朽的上层统治集团的尖锐批
判,对封建权贵的蔑视与反抗,对封建束缚的强烈不满,呈现出一般盛唐诗人所缺
乏的创作内容与创作特色。李白作为一个伟大诗人的地位,主要是由这一时期的
诗歌创作奠定的,特别是离开长安后、安史之乱以前的这 11 年,更是他诗歌创作的
最高峰,他的一些最有分量,思想深刻、艺术完美的作品大都创作于这个时期(如
《行路难》、《梁甫吟》、《梁园吟》、《梦游天姥吟留别》、《答王十二寒夜独酌有怀》、《将
进酒》、《远别离》、《宣州谢朓楼饯别校书叔云》等)。安史之乱时期,他虽然也写了
不少富于爱国主义精神的诗篇,但总的来说,创作成就不如乱前的 10 多年,无论在
思想上、艺术上都没有出现别的诗人不能代替的具有独特艺术成就的作品。

李白的思想主要体现为儒、道、侠三者兼综的特点。儒家的忧患精神与用世济

时的思想及其人生价值观,始终影响着李白,而道家超尘出世、追求精神自由的人格精神及道教的神仙世界,又始终沾溉着李白的思想与性格。此外,李白的思想与人格中还渗透了游侠和纵横家的侠义精神和人格理想。总观李白一生的活动与全部创作,可以看出他思想性格中有两个最突出的贯穿始终的方面:一是极为强烈的用世要求和建功立业的理想抱负;二是"不屈己,不干人",蔑视权贵、蔑视礼法,不受封建礼教束缚的强烈反抗精神。这两方面,是李白全部思想性格的核心,而且构成了李白思想性格的基本矛盾。

二、李白诗歌的思想内容

李白诗歌的题材非常广泛,几乎包括当时知识分子所能涉及的社会生活、日常生活的各个方面,其中比较重要的有下列几个方面:

其一,对腐朽的封建统治集团的猛烈抨击。李白在天宝年间写的许多政治诗和政治抒情诗,对当时在贵族大地主集团把持下的腐朽黑暗政局进行了猛烈的抨击与批判,特别是《古风》中的一系列政治诗,像"大车扬飞尘"、"一百四十年","殷后乱天纪"、"羽檄如流星"等,对当时上自唐玄宗、杨贵妃,下至斗鸡走狗之徒的整个腐朽势力都痛加批判。《梁甫吟》、《远别离》等七言歌行,更深刻地揭示出当时朝政的黑暗、君权的削弱等一系列深重的危机。透过这些诗,可以让我们清楚地看到,当时的唐王朝尽管表面上还披着一层繁荣的外衣,骨子里却已腐朽不堪。他的这类诗,不仅大胆,富于战斗精神,而且内容相当深刻,远远超过同时代诗人的水平。他对黑暗与腐朽的抨击,激昂慷慨,酣畅淋漓,如火山爆发一样喷涌而出,带着盛唐社会特有的色彩,写的是黑暗,但其精神风貌仍然是昂扬向上,朝气蓬勃的盛唐精神。

其二,抒写高昂热烈的爱国感情。李白是一个关心国家命运、热爱祖国的诗人。他热情维护国家统一,坚决反对外族的侵扰和地方军阀的分裂割据。在战争问题上,他既反对少数民族侵扰,又反对唐王朝的黩武战争(前者如《塞下曲》,后者如《古风·羽檄如流星》)。特别可贵的是,他在安史之乱爆发后写的一系列爱国诗篇,不但对安史叛军进行义正词严的声讨,而且往往能把这和揭露唐王朝腐朽统治、抒写个人抱负、反映人民疾苦结合起来,而且在诗中往往贯串着一种强烈的报国行动要求,不是陷于低沉无力的悲叹。

其三,表现自己远大政治抱负与黑暗现实不可调和的矛盾,蔑视封建权贵,反对封建束缚。这类诗在他全部诗作中占了相当大的比重。其中有很多是他的代表作。如《行路难三首》、《梁园吟》、《梁甫吟》、《将进酒》、《宣州谢朓楼饯别校书叔云》、《答王十二寒夜独酌有怀》、《天姥吟留别》,等等。在艺术上也最能显示李白独特的个性与风格。它们的一个明显特点,是诗中始终渗透着强烈的理想色彩,很少有阴暗绝望的色彩和沉闷窒息之感。即使忧愤再深广,风格仍然豪放。在揭示理想与现实的尖锐矛盾的同时,对黑暗现实,对封建权贵往往发出强烈抗议,投以高度蔑视。在这一点上,在中国文学史上,很少有人可以和李白相比。

其四,描绘祖国壮丽河山,表现盛唐时代的自然美和生活美。李白并不是一个山水诗人,但他的山水诗却比那些山水诗人的山水诗境界更为开阔壮伟。他一生漫游南北各地,遍历名山大川,生活非常丰富,再加上他那远大的抱负、开阔的胸襟、不受封建礼教束缚的性格,使他对自然界中壮美奇特的景色有着特殊的爱好与感受。像《天姥吟》、《西岳云台歌》、《庐山谣》、《望庐山瀑布》、《蜀道难》这类诗篇,都能充分表现自然本身的性格和世人独特的个性,具有雄伟磅礴、飞动腾跃的气势和阳刚之美。他也写自然界秀丽明净的景色,但主要是前面讲的那一类描绘壮美奇特自然美的诗词。除了表现自然美以外,李白许多抒写日常生活感情的诗还成功地表现了生活美,诸如思乡、怀友、相思、离别等各方面的日常生活,李白都留下了脍炙人口的作品。这些作品,都充满了对生活的热爱,都洋溢着浓郁的时代气息,体现出盛唐时代特有的风貌。李白的诗歌在群众流传最广的,其实是描绘自然美与生活美的诗。

其五,反映妇女生活和命运。这类诗数量不少,在盛唐诗人中是引人注目的。有两点值得注意:一是用充满同情的笔触描写妇女在爱情生活中的不幸。这在以男性为中心的封建社会里,是一种突破封建传统观念的进步思想。二是他所描写的妇女,往往是市民阶层的女子,有的只是商人妇,而不是封建士大夫的名门闺秀。如著名的《长干行》、《江夏行》就是其中的代表。

李白所处的时代主要是唐玄宗开元、天宝时代,这是唐朝由极盛走向大动乱的时代,是盛衰的转折期。在某种意义上说,也是整个封建社会由极盛转向衰败的时期,李白诗歌的深刻性就在于它表现出了这个转折时期的时代面貌和特点。例如《宣州谢朓楼饯别校书叔云》云:

> 弃我去者,昨日之日不可留;乱我心者,今日之日多烦忧。长风万里送秋雁,对此可以酣高楼。蓬莱文章建安骨,中间小谢又清发,俱怀逸兴壮思飞,欲上青天揽明月。抽刀断水水更流,举杯消愁愁更愁,人生在世不称意,明朝散发弄扁舟。

又如《行路难》三首之一:

> 金樽美酒斗十千,玉盘珍羞直万钱。停杯投箸不能食,拔剑四顾心茫然。欲渡黄河冰塞川,将登太行雪满山。闲来垂钓碧溪上,忽复乘舟梦日边。行路难,行路难,多歧路,今安在。长风破浪会有时,直挂云帆济沧海!

李白的诗一方面最充分地表现了宏大的理想和昂扬奋发的情绪。"长风破浪会有时,直挂云帆济沧海",这正反映了唐代在盛世时的那样一种强大的精神力量,和它所带给人们的对前途的无限展望。这一点,盛唐一般诗人的作品也有表现,但没有一个像李白那样表现得集中而突出。这不是盲目乐观,而是一个伟大国家、伟大民族的创造力得到充分发挥的时代所显示出来的一种强大的精神力量在艺术中的反映。正是这个意义上,我们说李白的诗歌深刻地反映了盛唐的时代精神。可以说,要了解盛唐,离不开对李白的了解;了解了李白,也在一定程度上了解了盛唐。

李白诗的另一方面,是表现理想与现实的尖锐冲突,抨击幸臣权贵腐朽统治,揭露深重的社会危机。他所生活的那个急剧转折的时代,先是激发了他的理想,然后又毁灭了他的理想。通过理想的毁灭,他看到了种种昏暗腐败的政治现实和天宝后期那种无法挽救的颓势,他的诗歌深刻揭露了天宝时期在繁荣外衣掩盖下腐朽的实质。

极盛的时代孕育了李白的宏大抱负和对理想的执著追求的精神,而急剧转折的时代又一下子毁灭了他的理想,因此矛盾便特别尖锐,反抗也就特别强烈。从诗人方面说,李白带着浓厚的理想主义走上仕途,而经历了仕途失意后,面对的已是由盛而衰的现实,所以失望不满与牢骚特别强烈。他对黑暗的抨击,与其说是认识到的,不如说是感觉到的;与其说是理智判断,不如说是感情体验,更多带有感性评价的特点。虽抨击黑暗,却不是冷眼旁观、悲观失望,依然感情昂扬,情绪非常强烈。

以上的内容特征,李白同辈的盛唐作家,是根本不能与他相比的,李白离不开盛唐,代表盛唐,而又超出盛唐者在此,他的伟大之处也在此。

三、李白诗歌的艺术成就

李白是中国诗歌史上一颗璀璨的明珠,在诗歌上具有极高的艺术成就,具体表现在:

(一)创造性地发展了古典诗歌的浪漫主义传统,达到了浪漫主义精神和浪漫主义手法的高度统一。

从浪漫主义精神看,李白诗歌的浪漫主义比起屈原来有更广阔的社会内容。他的理想具有更浓厚的理想主义色彩与积极乐观主义精神,反抗的精神也更强烈。不像屈原那样缠绵悱恻,甚至有时流于低沉哀伤。因而他的浪漫主义也更具有鼓舞力量。李白的浪漫主义,根源于一个高度繁荣昌盛的封建大一统帝国的现实生活土壤。这是屈原所处的时代所不曾梦见的,所以他的浪漫主义精神也就自然具有屈原的浪漫主义所不曾具有的某些性质、特点,充满昂扬奋发的精神力量,充满理想主义,有一种巨大壮伟的气势,具有豪放的美学特征。

从浪漫主义手法看,运用的范围更广,不仅用于游仙、梦幻一类易于施展浪漫主义手法的题材,而且连描绘日常生活、自然景色也常常采取浪漫主义手法。同时往往将各种浪漫主义手法熔为一炉,丰富奇特的想象,高度的夸张,生动的比喻,神话传说,比兴象征等在他的诗里往往共同交替使用,造成"笔落惊风雨,诗成泣鬼神"的艺术效果。他的诗想象瞬息万变,不可用常理测度,奇特、跳跃大,随主观情绪流动,变幻莫测,形成豪放飘逸的风格。如他的杰作《蜀道难》:

> 噫,吁嚱,危乎高哉! 蜀道之难难于上青天! 蚕丛及鱼凫,开国何茫然。尔来西万八千岁,不与秦塞通人烟。西当太白有鸟道,可以横绝峨眉巅。地崩山摧壮士死,然后天梯石栈相钩连。上有六龙回日之高标,下有冲波逆折之回川。黄鹤之飞尚不得过,猿猱欲度愁攀援。青泥何盘盘,百步九折萦岩峦。扪参历井仰胁息,以手抚膺坐长叹。问君西游何时还,畏途谗岩不可攀,但见悲鸟号古木,雄飞雌从绕林间。又闻子规啼夜月,愁空山。蜀道之难难于上青天,使人听此凋朱颜! ……

殷璠《河岳英灵集》说这首诗"可谓奇之又奇,自骚人以还,鲜有此体",正反映了同时代人对这首诗的惊奇赞叹。

(二)创造了极富个性特征的诗人典型形象。

李白的诗,塑造了非常富于个性特点的自我形象,他的诗很少展示具体详尽的生活过程,但他在生活中的感受,他的追求和希望,他的爱憎与悲欢,他跟环境的冲突,都非常鲜明地展示在读者面前。他那种追求理想、蔑视权贵、狂放不羁的性格,那种奔放的热情、坦荡的胸襟、率直的性格、豪侠式的行为,既有突出的个性特点和时代特点,又概括了封建社会中许多有理想抱负、具有叛逆精神、正直狂放的知识分子的共同特点,不妨说,李白诗中的自我形象,是封建社会中"狂士"兼"豪士"的典型,他的进步性、局限性,优点与弱点,在这个典型身上都得到充分的表现。他要入京待诏,就宣称:"仰天大笑出门去,我辈岂是蓬蒿人!"政治失意了,就大呼:"大道如青天,我独不得出!"他要控诉自己的冤屈,就说:"我欲攀龙见明主,雷公砰訇震天鼓。"他想念长安,就是:"狂风吹我心,西挂咸阳树。"他登上太白峰,就让"太白与我语,为我开天关"。他要求仙,就有"仙人抚我顶,结发受长生"。他要饮酒,就有洛阳董糟丘"为余天津桥南造酒楼"。他悼念宣城善酿纪叟,就问:"夜台无李白,沽酒与何人为?"这种强烈的自我表现的主观色彩,从艺术效果来说,有的地方使诗歌增加了一种排山倒海而来的气势,先声夺人的力量;有的地方又让人读来感到热情亲切。

(三)创造了极为明净自然、深入浅出的诗歌语言。

李白的诗题材广泛,风格多样,但无论是七言长篇歌行还是短小的绝句,无论是豪放还是飘逸的风格,无论是夸张还是朴素,都具有语言明净自然、深入浅出的特色。

"清水出芙蓉,天然去雕饰",是他语言风格的根本特色。他的很多诗句我们现在读起来还跟白话差不多。但这种明净自然、通俗易懂的诗歌语言是和丰富深刻的内容、强烈深厚的感情、浓郁隽永的诗情结合在一起的,是浅和深的统一。在古代诗歌中,晋陶渊明的诗歌语言能达到这个境界,但陶诗由于反映的生活相对狭窄,继承前人的艺术特色也不很丰富,只能达到比较单纯的明净自然,不像李白的诗歌语言能既自然又华美,既纯净又丰富。我们可以从他的七绝名篇中去体会,如:

峨眉山月半轮秋,影入平羌江水流。夜发清溪向三峡,思君不见下渝州。(《峨眉山月歌》)

朝辞白帝彩云间,千里江陵一日还。两岸猿声啼不住,轻舟已过万重山。(《早发白帝城》)

故人西辞黄鹤楼,烟花三月下扬州。孤帆远影碧空尽,惟见长江天际流。(《黄鹤楼送孟浩然之广陵》)

李白乘舟将欲行,忽闻岸上踏歌声。桃花潭水深千尺,不及汪伦送我情。(《赠汪伦》)

沈德潜在《唐诗别裁》中说:"七言绝句以语近情遥,含吐不露为贵。只眼前景,口头语,而有弦外音,使人神远,太白有焉。"他说的这些特点,实际上也就是说李白诗歌语言等于天真自然的风致。

第四节　杜　甫

一、杜甫的生平和思想

杜甫(712—770),字子美,原籍襄阳(今湖北省襄樊市),生于河南巩县。祖父杜审言是武后时期的著名诗人。"奉儒守官"的家风和诗艺的熏陶,对杜甫的思想和创作都有一定影响。促使他逐步走向人民的重要影响,是他所生活的时代以及他的生平遭遇。他的一生可分为四个时期:

(一)读书和壮游时期(712—745)

杜甫从小受到传统儒家文化的熏陶,怀抱"致君尧舜上,再使风俗淳"(《奉赠韦左丞丈》)的政治理想。20岁开始漫游,先后游历过吴越、燕赵、梁宋、齐鲁等地。漫游生活丰富了阅历,开阔了视野。这是他创作的准备时期,代表作有《望岳》、《房兵曹胡马》、《画鹰》等,诗风浪漫豪放,与盛唐气象合拍。

(二)困守长安时期(746—755)

天宝五载(746)杜甫入长安求仕,次年,玄宗诏令天下"通一艺以上者"到京城应试,结果李林甫搞了一个"野无遗贤"的骗局,使应试者全部落选。这是杜甫人生道路的一个转折,也是他创作的一个转机。"朝扣富儿门,暮随肥马尘。残杯与冷炙,到处潜悲辛"(《奉赠韦左丞丈》)的屈辱生活,使他开始透过社会表面的繁荣认识到朝廷的黑暗腐朽。在屡遭挫折之后,直到天宝十四载(755)他才得到一个右卫率府胄曹参军的职位。这一时期杜甫开始用诗歌反映现实,开始了富有特色的现实主义创作。代表作有《兵车行》、《丽人行》、《自京赴奉先县咏怀五百字》等。

(三)陷贼与为官时期(756—759)

安史之乱爆发,杜甫携家与百姓一道流亡。寄家鄜州,只身投奔朝廷,中途被叛军掳入长安,写下《月夜》、《哀王孙》、《悲陈陶》、《悲青坂》、《春望》、《哀江头》等,留下了反映"安史之乱"的第一手最珍贵的资料,进入他一生中创作最活跃的时期,密切注视时局发展,及时反映重大事件。次年冒险逃出长安,到陕西凤翔"麻鞋见天子,衣袖露两肘"(《述怀》),任左拾遗(从八品上),为营救房琯,触怒肃宗,后终因房琯事件牵累,被贬华州司功参军。《北征》、《羌村三首》、"三吏"、"三别"等作品,标志着他现实主义创作的高峰。

(四)漂泊西南时期(759—770)

乾元二年(759)杜甫弃官去秦州,从此远离朝廷,走上与人民接近的路。是年末,入蜀,于成都市郊筑草堂定居,过了几年相对安定的生活。其间因军阀混战避难至梓州、阆州等地。大历三年(768)携家出蜀,沿途漂泊转徙,最后病死在长沙到岳阳的舟中。这一时期,他寄身田园而心忧天下,忧国忧民的思想更加深邃,艺术上也更为成熟。《春夜喜雨》、《茅屋为秋风所破歌》、《闻官军收河南河北》、《登高》、《登岳阳楼》、《秋兴八首》等是这一时期的代表作。

"以饥寒之身而怀济世之心,处穷迫之境而无厌世之想。"这是杜甫有别于其他许多中国古代诗人的地方。用杜甫自己的话来说,"穷年忧黎元",是他的中心思想;"济时肯杀身",是他的一贯精神;"致君尧舜上,再使风俗淳",是他的最高理想和主要手段。

二、杜甫诗歌的思想内容

杜甫的诗现存1400多首,这些诗具有广泛而深刻的社会内容,鲜明的时代色彩和强烈的政治倾向,充溢着诗人饱满的始终如一的爱国爱民的激情。从晚唐以来,杜诗即被誉为"诗史"。杜诗的思想内容突出表现在以下几方面:

其一,反映民生疾苦,表现对人民的深切同情。在安史之乱前,就有揭露不义战争带给人民灾难的《兵车行》:

车辚辚,马萧萧,行人弓箭各在腰。爷娘妻子走相送,尘埃不见咸阳

桥。牵衣顿足拦道哭,哭声直上干云霄。道旁过者问行人,行人但云点行
频。或从十五北防河,便至四十西营田。去时里正与裹头,归来头白还戍
边。边庭流血成海水,武皇开边意未已。君不闻汉家山东二百州,千村万
落生荆杞。纵有健妇把锄犁,禾生陇亩无东西。况复秦兵耐苦战,被驱不
异犬与鸡。长者虽有问,役夫敢伸恨?且如今年冬,未休关西卒。县官急
索租,租税从何出?信知生男恶,反是生女好:生女犹得嫁比邻,生男埋
没随百草。君不见,青海头,古来白骨无人收。新鬼烦冤旧鬼哭,天阴雨
湿声啾啾!

在安史之乱中,他的诗歌集中揭露了叛乱带给人民和国事的灾难,反映了人民
反对叛乱、保卫国家和统一的愿望。如著名的"三吏""三别",通过新婚的丈夫、"子
孙阵亡尽"的老翁、不成年的"中男"和"二男新战死"的老妇这几种人被强征、强抓
去打仗的几个情景凄惨的画面,高度概括地反映出战乱和兵役的极端残酷,反映出
人民的苦难达到了无比深重的程度。

在漂泊西南期间,杜甫同情人民疾苦,关注国家危难的感情有增无减,这在《茅
屋为秋风所破歌》、《又呈吴郎》、《岁晏行》等诗篇中都有充分的反映。

其三,揭露统治阶级荒淫腐朽,表现强烈的憎恨感情。如《丽人行》揭露并嘲讽
了杨国忠兄妹的荒淫奢侈、骄纵跋扈的丑态,从一个侧面反映了统治集团的腐朽和
政治的昏暗。在《赴奉先咏怀》中,他更把讽刺的矛头指向在骊山避寒、寻欢作乐、
挥霍无度的唐玄宗,诗中愤怒地说:"彤庭所分帛,本自寒女出;鞭挞其夫家,聚敛贡
城阙。"并一针见血地揭露了封建社会剥削者与被剥削者之间的阶级对立这一根本
矛盾:"朱门酒肉臭,路有冻死骨!"《三绝句》暴露四川地方军阀相互争权夺利,纵兵
行凶:"群盗相随剧虎狼,食人更肯留妻子!""闻道杀人汉水上,妇女多在官军中!"
"必若救疮痍,先应去蟊贼"(《送韦讽上阆州录事参军》)表现出诗人卓越的胆识。

其三,抒发关心国家命运、忧国忧民的深挚情感。如作于陷贼时期的名篇《春
望》:

> 国破山河在,城春草木深。感时花溅泪,恨别鸟惊心。烽火连三月,
> 家书抵万金。白头搔更短,浑欲不胜簪。

当国家危难时,他对着三春的花鸟会心痛得流泪。一旦大乱初定,消息忽传,
他又会狂喜得流泪。如《闻官军收河南河北》:

> 剑外忽传收蓟北,初闻涕泪满衣裳。却看妻子愁何在,漫卷诗书喜欲
> 狂。白日放歌须纵酒,青春作伴好还乡。即从巴峡穿巫峡,便下襄阳向
> 洛阳。

其四,歌咏自然景物,抒写亲友之间的深情厚谊。如《望岳》诗抒写"会当凌绝

顶,一览众山小"的雄伟壮观;《春夜喜雨》诗"好雨知时节,当春乃发生。随风潜入夜,润物细无声";《月夜》诗"遥怜小儿女,未解忆长安",困乱中表达对妻子的怀念;《春日忆李白》诗"渭北天边树,江东日暮云。何时一樽酒,重与细论文",倾诉对李白的深厚情谊;等等,无不体现出诗人率真质朴、高尚无私的性情。

三、杜甫诗歌的艺术成就

杜甫的诗歌最基本的艺术特征就是高度的现实主义精神。其中最突出的表现就是"以时事入诗",也就是用诗歌反映当前的现实,特别是国家政治生活中的重要事情。他发扬汉乐府民歌的"缘事而发"的精神,取材于现实,特别是有关国家政治的大事,径直描写,或褒或贬,并不讳饰,摆脱以往"沿袭古题"的路子,"即事名篇,无复依傍",创作出《兵车行》、《丽人行》、《悲陈陶》,以及"三吏"、"三别"一类全新的诗篇,直接影响到中唐白居易、元稹等的新题乐府诗的创作。从广阔性、深刻性与严谨性等方面将中国将古典诗歌的现实主义推向一个更高的阶段。

其一,在诗歌中,真实地再现现实生活,真切地描摹人物的形态、心理,是杜甫诗歌创作中的一个突出特征。这方面最典型的例子是《石壕吏》:

> 暮投石壕村,有吏夜捉人。老翁逾墙走,老妇出门看。吏呼一何怒!妇啼一何苦! 听妇前致词:"三男邺城戍,一男附书至,二男新战死。存者且偷生,死者长已矣。室中更无人,惟有乳下孙。孙有母未去,出入无完裙。老妪力虽衰,请从吏夜归。急应河阳役,犹得备晨炊。"夜久语声绝,如闻泣幽咽。天明登前途,独与老翁别。

用近乎白描的手法,写出了一幕老妇被抓兵的悲剧,诗人把自己的主观感受和评价融化在客观的叙述中,让诗的思想倾向和艺术感染力,从所描写的人物动态、语言和心理中自然流露出来。

其二,杜甫的诗歌诸体皆备,而且各体都有名篇,在诗歌体裁方面,"尽得古今之体势,而兼人人之所独专"(元稹),可谓集前人之大成。尤其是在七律这一体裁的建设上成就极高,不但在声律上把七律推向成熟,更重要的是赋予它以重大的社会内容,使之成为具有独特的艺术表现力的诗型。如名作《登高》:

> 风急天高猿啸哀,渚清沙白鸟飞回。无边落木萧萧下,不尽长江滚滚来。万里悲秋常作客,百年多病独登台。艰难苦恨繁霜鬓,潦倒新停浊酒杯。

全诗情景交融,浑然一体,语言精练,对仗自然。故明胡应麟在《诗薮》里说:"通章章法,句法字法,前无古人,后无来学,此当为古今七律第一。"

其三,杜诗的风格,多种多样。但最具有特征性、为杜甫所自道且为历来所公认的风格,是"沉郁顿挫"。所谓"沉郁",主要表现为思想的深厚博大,感情的深沉凝重;所谓"顿挫",主要表现为表现手法的沉着曲折、结构的波澜起伏。

其四,杜甫还创造了极其锤炼精工的诗歌语言。"为人性僻耽佳句,语不惊人死不休"(《江上值水如海势聊短述》),是他自述的对诗歌语言的极力追求。如《旅夜抒怀》中"星垂平野阔,月涌大江流"句,非"垂"字不足以显示平野之广阔,非"涌"字不足以突出大江奔流之势。《水槛遣心》中的"细雨鱼儿出,微风燕子斜",诗人以"出"字写鱼儿浮出水面的欢欣之态,以"斜"字状燕子迎风翻飞时的轻盈身姿,都十分准确传神。又如《登高》诗"万里悲秋"一联包蕴着极其丰富的内容,宋人罗大经说:"盖'万里',地之远也;'秋',时之惨凄也;'作客'羁旅也;'常作客',久旅也;'百年',暮齿也;'多病',衰疾也;'台',高迥处也;'独登台',无亲朋友也。十四字之间含八意,而对偶又精确。"(《鹤林玉露》乙编卷十五)

第五节　中唐诗坛

中唐约 70 年,分为两个时期。代宗大历中到德宗贞元中为转折时期,此后直到穆宗长庆末为唐诗继续兴盛的时期,也是唐诗的第二次繁荣。诗歌数量丰富,风格流派繁多,个性得到发展。韩愈、孟郊为代表的韩孟诗派,艺术上追求新奇险怪;李贺以绚丽的色彩、奇特的想象、感伤的情调独树一帜;元稹、白居易为代表的元白诗派,以平易通俗的语言为其艺术特征;刘长卿、韦应物、刘禹锡、柳宗元等风格各异,都有独到的成就。众多诗人立足新变,大胆探索,共同创造出虽不如盛唐诗坛那么光芒耀眼,却更加色彩纷呈的局面。

一、中唐前期的诗歌

(一) 元结、顾况

元结(719—772),字次山,号漫叟,河南鲁山人。曾任道州刺史。元结论诗在内容上强调文学的美刺教化作用,形式上反对雕琢,崇尚古朴。其诗多针砭时弊之作,代表作《舂陵行》《贼退示官吏》,入木三分地揭露了统治者的横征暴敛,对陷于苦难的百姓寄予深切的同情。两诗直抒胸臆,讽刺辛辣,跌宕起伏,感人至深。杜甫高度评价这两首诗说:"道州忧黎庶,词气浩纵横。两章对秋月,一字偕华星。"(《同元使君舂陵行》)

顾况(约 727—约 815),字逋翁,苏州人。曾任著作郎,因得罪权贵,贬饶州司户。晚年隐居茅山,自号华阳山人。顾况的文学主张与元结相近,认为诗乃"理乱之所经,王化之所兴"(《悲歌序》),反对徒求文采之丽。所作《上古之什补亡训传十三章》开元稹、白居易新乐府运动的先声。其中第十一章《囡》用白描手法,深刻揭露了闽吏取幼童作阉奴的惨无人道的罪行,揭示了奴隶身心的深重痛苦,有强烈的感染力。

另外,戎昱和戴叔伦也写过一些乐府诗,前者如《苦哉行》,后者如《女耕田行》。从中可以看出在白居易以前已经形成了一个创作新乐府的良好环境。

(二)刘长卿、韦应物

刘长卿(709—约780),字文房,河间(今河北河间)人。开元二十一年(733)进士,大历中,官至鄂岳转运留后,为观察使诬奏,系姑苏狱,后贬南巴尉。终随州刺史。

刘长卿"以诗驰名上元、宝应间"(《唐诗纪事》)。诗多写贬谪的感慨和山水隐逸之情,擅长近体,尤工五律,曾自诩"五言长城"。风格冲淡含蓄,清雅洗练,接近王孟一派。代表作《逢雪宿芙蓉山主人》:

> 日暮苍山远,天寒白屋贫。柴门闻犬吠,风雪夜归人。

他还写过一些怀古伤今的作品。这些诗往往和他自己受贬谪的失意心情融合在一起。如《长沙过贾谊宅》:

> 三年谪宦此栖迟,万古惟留楚客悲。秋草独寻人去后,寒林空见日斜时。汉文有道恩犹薄,湘水无情吊岂知。寂寂江山摇落处,怜君何事到天涯。

托古喻今,寓情于景,写得很浑成深厚。三、四两句,于写景中融入贾谊《鹏鸟赋》的词语和意境,尤见艺术功力。

韦应物(约737—约792),京兆万年(今陕西西安)人,曾任左司郎中、江州刺史、苏州刺史。

韦应物是中唐时期山水田园诗的杰出代表,"高雅闲淡,自成一家之体"(白居易《与元九书》),后世批评家把他和陶渊明并称为"陶韦",或有"王孟韦柳"的排名。由于"身多疾病思田里,邑有流亡愧俸钱"(《寄李儋元锡》)的生活体验,他的田园诗并不仅仅是寄托洁身自好、乐天知命的思想,而且还流露对农民劳苦的关怀。如他的名作:

> 今朝郡斋冷,忽念山中客。涧底束荆薪,归来煮白石。欲持一瓢酒,远慰风雨夕。落叶满空山,何处寻行迹。(《寄全椒山中道士》)
>
> 江汉曾为客,相逢每醉还。浮云一别后,流水十年间。双笑情如旧,萧疏鬓已斑。何因不归去,淮上对秋山。(《淮上喜会梁州故人》)
>
> 独怜幽草涧边生,上有黄鹂深树鸣。春潮带雨晚来急,野渡无人舟自横。(《滁州西涧》)

用简淡自然却又是精细锤炼过的语言,来表述或是孤高峻洁或是清幽空寂的人生情怀,表现出韦应物的独特的风格。司空图所谓的"澄淡精致"(《与李生论诗书》),是对韦氏诗比较准确的评价。

(三)大历十才子和李益

"大历十才子"根据《新唐书·卢纶传》包括:卢纶、吉中孚、韩翃、钱起、司空曙、苗发、崔峒、耿讳、夏侯审、李端。他们的诗歌主要写日常生活细事、山水风物和羁旅愁思,抒发寂寞清冷或超然世外的情怀。创作上多为近体,五律成就尤高。其中,以卢纶(约737—约799)的诗风较为雄壮。《和张仆射塞下曲》两首最有名:

> 林暗草惊风,将军夜引弓。平明寻白羽,没在石棱中。(其二)
> 月黑雁飞高,单于夜遁逃。欲将轻骑逐,大雪满弓刀。(其三)

两首诗都是歌颂将士英勇的,第一首暗用李广故事,写出边塞射猎生活的片断。第二首写轻骑雪夜追击敌人,更充满战争生活的气息。他还有一首《逢病军人》:

> 行多有病住无粮,万里还乡未到乡。蓬鬓哀吟古城下,不堪秋气入金疮。

也是边塞绝句中具有现实主义精神的作品。

李益(748—约829)是中唐著名的边塞诗人,比十才子时代略晚。他的边塞诗多写于建中、贞元时期。他的诗以七绝见长,后人往往把他和王昌龄相提并论。李益的边塞诗,主要抒写战士们久戍思归的怨望心情。例如:

> 回乐烽前沙似雪,受降城外月如霜。不知何处吹芦管,一夜征人尽望乡。(《夜上受降城闻笛》)
> 天山雪后海风寒,横笛偏吹行路难。碛里征人三十万,一时回首月中看。(《从军北征》)

均用浓重的笔墨勾勒出边塞的典型环境,淋漓尽致地抒发了征人不尽的乡愁。悲壮婉转,意境浑成。此外,他的五律《喜见外弟又言别》,虽非边塞诗,也颇为人所传诵:

> 十年离乱后,长大一相逢。同姓惊初见,称名忆旧客。别来沧海事,语罢暮天钟。明日巴陵道,秋山又几重。

这首诗语简情深,非经历离乱生活的人写不出。

二、韩、孟诗派

韩、孟诗派是中唐诗坛上的重要代表诗人群体之一。他们有意打破传统的表现手法,避熟就生,标新立异,戛戛独造。发掘新的形式、语言、意境,创立自己的新风格,诗风可以用"奇崛险怪"来概括。除韩愈、孟郊外,这一派诗人还有李贺、卢仝、刘叉、贾岛、姚合等。

韩愈(768—824),字退之,河阳(今河南孟县)人,郡望昌黎,自称昌黎韩愈,所以后人又称他为韩昌黎。贞元八年(792)中进士后,过了4年才被宣武节度使任命为观察推官,贞元十八年(802)授四门博士,历迁监察御史,因上书言关中灾情被贬为阳山(今属广东)县令,元和初任江陵府法曹参军、国子监博士,后随宰相裴度平淮西之乱,迁刑部侍郎,又因上表谏宪宗迎佛骨被贬潮州刺史,穆宗时,任国子监祭酒,兵部、吏部侍郎等。

韩愈是在中唐诗坛上能够别开生面、勇于独创的诗人。他在倡导古文运动的同时,也曾致力于诗歌的革新,以纠正大历十才子的平庸诗风。韩愈作诗力大思雄,"驱驾气势,若掀雷挟电,奋腾于天地之间"(司空图《题柳柳州集后》)。如《南山诗》扫描终南山的全貌,春夏秋冬、外势内景,连用51个"或"字,把终南山写得奇伟雄壮,气象万千。在境界上追求奇崛险怪,喜欢用一些狠重的动词、奇特的字眼、拗口的句法,故意押险韵,或破坏诗的对仗,搞得佶屈聱牙,以造成一种强劲坚硬的笔力。另外,韩愈诗歌在语言和章法结构上追求散文化、议论化,以文为诗,像《调张籍》《荐士》《石鼓歌》等,从内容到表现手段,都是学术文章所有的,可以说把学术引进了诗,是学者之诗。韩愈为探索诗歌的新形式、新风格,对后来的宋诗产生了深远的影响,成为从唐诗到宋诗过渡中的一个关键的人物。

应该承认,韩愈的确是为诗歌开拓了一条和李杜不完全相同的道路,创造了一些独具风格的优秀诗篇。例如代表作《山石》:

> 山石荦确行径微,黄昏到寺蝙蝠飞。升堂坐阶新雨足。芭蕉叶大栀子肥。僧言古壁佛画好,以火来照所见稀。铺床拂席置羹饭,粗粝亦足饱我饥。夜深静卧百虫绝,清月出岭光入扉。天明独去无道路,出入高下穷烟霏。山红涧碧纷烂漫,时见松枥皆十围。当流赤足踏涧石,水声激激风吹衣。人生如此自可乐,岂必局束为人靰。嗟哉吾党二三子,安得至老不更归!

全诗用素描式的散文笔调,描写了从黄昏、深夜到天明的寺里山间的景色。写得既层次井然,又清新流畅,一句一景,如展画图。这似乎可以说明,只要诗人对生活有诗意的感受,即使运用散文化的笔调和句法,也照样可以渲染出一片诗的意趣。

他的近体诗中也有一些佳作。如:

> 天街小雨润如酥,草色遥看近却无。最是一年春好处,绝胜烟柳满皇都。(《早春呈水部张十八员外》)
> 草木知春不久归,百般红紫斗芳菲。杨花榆荚无才思,惟解漫天作雪飞。(《晚春》)

最著名的还是他元和十四年(819)被贬潮州途中写的《左迁至蓝关示侄孙湘》：

一封朝奏九重天，夕贬潮阳路八千。欲为圣明除弊事，肯将衰朽惜残年。

云横秦岭家何在；雪拥蓝关马不前。知汝远来应有意，好收吾骨瘴江边。

该诗在无辜放逐的悲愤中，交织着正言直谏的勇气和衰朽残年的哀伤。吴汝纶说它"大气盘旋，以文章之法行之"（《唐宋诗举要》引）。

孟郊(751—814)，字东野，湖州武康(今浙江武康县)人。早年屡试不第，46岁才成进士，50岁始作溧阳尉。后来辞官，到56岁才作河南水陆转运从事，试协律郎等小官，贫寒至死。

孟郊的诗很受韩愈的推崇，当时的人已有"孟诗韩笔"的称誉。他在诗中较多地描写了自己以及其他不幸者的穷苦生活，更重要的是倾吐了一个不合于世的正直知识分子对人生的痛苦认识和孤寂感受。如"食荠肠亦苦，强歌声无欢。出门即有碍，谁谓天地宽"（《赠别崔纯亮》），"太行耸巍峨，是天产不平。黄河生洇浪，是天生不清"（《自汉》），"借车载家具，家具少于车"（《借车》），"吹霞弄日光不定，暖得曲身成直身"（《答友人赠炭》），都能用片言只语写出他难以想象的愁苦心情和贫困生活。

孟郊作诗思奇意奇，刻意追求生新瘦硬，韩愈称他是"钩章棘句，摧擢胃肾"（《贞曜先生墓志铭》），是"横空盘硬语，妥帖力排奡"（《荐士》）。他自述作诗的情景是："夜学晓不休，苦吟鬼神愁。如何不自闲，心与身为仇"（《夜感自遣》），"天地入胸臆，吁嗟生风雷。文章得其微，物象由我裁"（《赠郑夫子鲂》）。崇尚古体，尤其是短篇五古，艺术上戛戛独造，在当时就产生了很大影响，如李肇《唐国史补》说，元和以后，"学矫激于孟郊"。唐末张为作《诗人主客图》，以孟郊为"清奇僻苦主"。

孟郊也有平易朴素、自然流畅的诗作，例如著名的《游子吟》：

慈母手中线，游子身上衣。临行密密缝，意恐迟迟归。谁言寸草心，
报得三春晖。

在韩愈周围诗人中，对后世有较大影响的诗人之一是贾岛。

贾岛(779—843)，字浪仙，范阳(今河北涿县)人，早年为僧，法名无本，后还俗应进士试，但一直未中。做过长江主簿、普州司仓参军等低级官职。

他和孟郊同以"苦吟"著名，他自己曾说《送无可上人》中的两句诗"独行潭底影，数息树边身"是"两句三年得，一吟双泪流"。

贾岛诗多表现贫穷愁苦之态、孤寂索寞之情。体裁上多半是五律，专以铸字炼句取胜。如《暮过山村》一首中"怪禽啼旷野，落日恐行人"两句，写道路辛苦，羁旅愁思，见于言外。又如以"推敲"闻名的《题李凝幽居》：

闲居少邻并，草径入荒园。鸟宿池边树，僧敲月下门。过桥分野色，

移石动云根。暂去还来此,幽期不负言。

相传他曾在京城骑驴苦吟,为琢磨"鸟宿池边树,僧敲月下门"中"敲"字是用"推"好还是用"敲"好,不觉冲撞了韩愈的节仗队伍。这"敲"字就很有味道,比起"推"字来,不仅突出了夜深人静时清脆的叩门声,还暗示了对前句出现的宿鸟的惊动,更增添夜的静谧感。

在他集里,也有个别的好诗。如:

> 松下问童子,言师采药去。只在此山中,云深不知处。(《寻隐者不遇》)
> 十年磨一剑,霜刃未曾试。今日把示君,谁有不平事?(《剑客》)

苏轼《祭柳子玉文》说孟郊、贾岛诗风特点是"郊寒岛瘦",指出二人都有清寒瘦硬之境。清代许印芳《诗法萃编》卷六说:"两人生李杜之后,避于千门万户之广衢,走羊肠小道之仄径,志在独开生面,遂成僻涩一体。"揭示了他们在唐诗发展中的作用及位置。

与贾岛诗风接近的还有姚合,当时有"姚贾"之称,他们都是中唐诗风向晚唐诗风转化中的枢纽人物。《唐才子传》说他的诗善写"下邑官况,萧条山县,荒凉风景"。如《武功县中作三十首》是他的代表作,他的诗也多用五律,但风格较贾岛为平易。

在韩愈周围的诗人中,艺术成就最高的是李贺。

李贺(790—816),字长吉,河南昌谷(今宜阳)人。出身于一个没落的皇室后裔家庭,是个早熟的天才,也是个不幸的诗人。他父亲当过县令,而他却由于父名"晋肃",与"进士"谐音,不能参加进士考试,只当上个从九品的奉礼郎,死时才 27 岁。

李贺仕途不顺,但很早便在诗坛扬名。传说宪宗元和二年(807),18 岁的李贺以一首《雁门太守行》使大诗人韩愈刮目相看(见张固《幽闲鼓吹》),诗如下:

> 黑云压城城欲摧,甲光向日金鳞开。角声满天秋色里,塞上燕脂凝夜紫。半卷红旗临易水,霜重鼓寒声不起。报君黄金台上意,提携玉龙为君死。

全诗充满着浓墨重彩、硬语奇字,无怪乎能得到韩愈的激赏。

由于在政治上找不到出路,李贺便把全部精力用在诗歌创作方面,诗歌创作是他困顿失意遭遇和极端苦闷心情的一种宣泄与补偿。他说:"我当二十不得意,一心愁谢如枯兰。衣如飞鹑马如狗,临歧击剑生铜吼。"(《开愁歌》)又说:"不须浪饮丁都护,世上英雄本无主。买丝绣作平原君,有酒唯浇赵州土。"(《浩歌》)在《致酒行》里,他说:"我有迷魂招不得,雄鸡一声天下白。少年心事当拿云,谁念幽寒坐呜呃。"又在《秋来》诗中说:"秋坟鬼唱鲍家诗,恨血千年土中碧。"在他诗中,我们看到的是一个青年诗人在命运面前的痛苦心灵。

李贺在文学上的想象力,可以和李白相比,尽管没有李白那样阔大、壮美,但在奇特、怪诞这一点上却超过了李白,因此有诗评家说太白仙才,长吉鬼才,"鬼才"是以更怪诞为特征的。正如杜牧所说,"鲸吸鳌掷,牛鬼蛇神,不足为其虚荒诞幻也"(《李长吉歌诗叙》)。如《梦天》里我们看到这样的境界:

> 老兔寒蟾泣天色,云楼半开壁斜白。玉轮轧露湿团光,鸾佩相逢桂香陌。黄尘清水三山下,更变千年如走马。遥望齐州九点烟,一泓海水杯中泻。

这是他梦里在天上所见的尘世渺小以及沧海桑田迅速变换的情景。

又如《苏小小墓》:

> 幽兰露,如啼眼。无物结同心,烟花不堪剪。草如茵,松如盖,风为裳,水为佩。油壁车,夕相待。冷翠烛,劳光彩。西陵下,风吹雨。

他把楚辞《山鬼》的意境和南齐苏小小的传说结合起来,创造了这个荒诞迷离、艳丽凄清的幽灵世界。

与此相连的是李贺的诗歌语言奇峭秾丽,富于创造性。在他的作品里,像"酒酣喝月使倒行"、"天若有情天亦老"、"石破天惊逗秋雨"、"踏天磨刀割紫云"、"雄鸡一唱天下白"、"羲和敲日玻璃声"、"银浦流云作水声",等等,这类以丰富奇特的想象、新颖奇丽的语言为特色的警句俯拾皆是。即使是说一个平常的事物,他也要力求出奇制胜,说得不同凡响。据说他作诗呕心沥血,他母亲因此而叹息说:"是儿要当呕出心乃已尔!"(李商隐《李长吉小传》)李贺的诗有时不免有生硬、晦涩之病,但绝对没有平庸浅率、粗制滥造之作。

李贺诗歌创作,经常是极力展现形象,而压缩舍弃叙述。如他的名作《金铜仙人辞汉歌》:

> 茂陵刘郎秋风客,夜闻马嘶晓无为。画栏桂树悬秋香,三十六宫土花碧。魏官牵车走千里,东关酸风射眸子。空将汉月出宫门,忆君清泪如铅水。衰兰送客咸阳道,天若有情天亦老。携盘独出月荒凉,渭城已远波声小。

此诗借金铜仙人辞汉来表达诗人对唐王朝衰落局势的感伤和对大唐盛世的追恋,即抒发诗人作为"唐诸王孙"的易代沧桑之感,盛衰荣枯之慨。李贺用最大的努力,力求在每一句中都创造出生动具体而奇特新颖的形象,而各句之间,这个形象和那个形象之间的联系、过渡,往往被省略,需要经过读者的想象去链接。

李贺创造了一种新的以奇峭冷艳为基本特征的诗歌风格,他在短促的生命中,为诗歌开辟了一个新的天地。在中唐诗坛、乃至整个诗歌史上,他都可以说是异军突起、独树一帜的天才诗人。

三、白居易与元白诗派

与韩孟诗派同时稍后,中唐诗坛又崛起了以白居易、元稹为代表的元白诗派。这派诗人的显著特点,是以乐府诗,尤其是新题乐府的形式,来反映社会问题,针砭政治弊端,以期达到实际的社会效果。同时在艺术表现上,这群诗人也大多努力以平易浅切的语言、自然流畅的意脉来增加诗歌的可读性。

白居易(772—846),字乐天,晚居香山,自号香山居士,又曾官太子少傅,后人因称白香山、白傅或白太傅。原籍太原,后迁下邽(今陕西渭南市)。

白居易的思想带有浓厚的儒、释、道三家杂糅的色彩,但主导思想则是儒家的"穷则独善其身,达则兼善天下"。他的生活、思想和创作,以44岁贬江州司马为界,分为前后两期。

前期,即从入仕到贬江州司马以前。这是白居易"志在兼济"的时期。29岁考中进士,以后又接连考上"书判拔萃"、"才识兼茂明于体用"科,"十年之间,三登科第",可以说是一帆风顺。在元和三年至元和五年做左拾遗期间,他除了大胆地给皇帝提意见外,还利用诗歌这种形式给皇帝反映问题。这其中最著名的就是《秦中吟》十首,《新乐府》五十首两组讽喻诗。这些诗像连弩箭似的射向黑暗的现实,几乎刺痛了所有权豪们的心,使得他们"变色"、"扼腕"、"切齿"。然而诗人却是"不惧权豪怒"!

后期,自元和十年外贬江州司马到死。这是他"独善其身"的时期。元和十年(815)六月,因上书论奏宰相武元衡被藩镇派刺客刺死,权贵们怒其越职奏事(白居易时为赞善大夫),造谣中伤,遂被贬为江州司马。实际上得罪的原因还是在于那些讽喻诗。贬官后,他从消极方面接受教训,佛道思想抬头,从兼济转向独善。后任忠州、杭州、苏州等地刺史,55岁后,历任秘书监、河南尹、太子太傅等职。晚年闲居洛阳履道里,75岁卒。乐天知命,知足不辱。诗歌创作,大多为独善之义的体现,闲适、感伤成为主调。

白居易的诗歌理论特别强调诗歌的政治与社会功能,《与元九书》、《新乐府序》都是表达这类观点的重要文章。其中最有意义和价值的观点,首先是提出"文章合为时而著,歌诗合为事而作"的主张,也就是说,诗歌应该密切结合时事,为现实政治服务,起到"补察时政"、"泄导人情"的作用。其次,在"为时为事而作"的前提下,他提出"惟歌生民病""但伤民病痛"的主张。这一点很了不起,一般地说,儒家文艺观大都重视文艺的教化作用,主张文艺必须为教化服务,但把"歌生民病""伤民病痛"作为"补察时政"的手段、途径,作为诗歌内容方面的一项主要要求提出来,则不能不说是白居易的一个独特贡献,在文学史和文学批评史上都有重要意义。不管作者主观意图如何,至少在客观上它对文学更接近人民,更能反映人民的生活疾苦、愿望是有积极作用的,对提高文学的认识作用也是有益的。

当然,白居易的诗歌理论也有片面性。它片面地强调"易谕",对诗歌的艺术性重视不够。并且对诗歌内容、作用上的要求,有时不免流于褊狭。强调诗歌密切结合时事,为政治服务,有它的积极意义,但如果把这一点绝对化,过于功利主义,近乎工具论,诗歌内容的天地就不免狭窄。在他看来,连杜甫的作品,反映现实、讽刺时政之作,"亦不过三四十首"。对屈原、李白这些伟大的浪漫主义诗人及其传统也未予足够重视。

白居易现存诗 3000 多首,是唐代诗人存诗最多的一位。他曾把自己的诗分为讽喻、闲适、感伤、杂律四类。从奠定白居易在文学史上的地位这方面来看,他的诗歌创作中最重要的是两类,一是有比较明确的政治目的、社会功利目的的讽喻诗,一类是以《长恨歌》、《琵琶行》为杰出代表的叙事诗。

讽喻诗最为人称道的是主要创作于元和初至元和七年的《秦中吟》十首及《新乐府》五十首。其特点是:

其一,取材广泛,如广泛反映民间疾苦,揭露统治阶级的各项弊政和骄奢淫逸的生活,反映各种社会问题(民族问题、边防问题、道德问题、妇女问题,等等)。从揭露的大胆、尖锐,反映问题的广泛上看,有它突出的优点。在写作上,这些诗篇"一吟悲一事",主题非常集中专一,而且"首句标其目,卒章显其志",表达的思想非常明确。如名篇《卖炭翁》,题下即标明:"苦宫市也!"

> 卖炭翁,伐薪烧炭南山中。满面尘灰烟火色,两鬓苍苍十指黑。卖炭
> 得钱何所营?身上衣裳口中食。可怜身上衣正单,心忧炭贱愿天寒。夜
> 来城外一尺雪,晓驾炭车辗冰辙。牛困人饥日已高,市南门外泥中歇。翩
> 翩两骑来是谁?黄衣使者白衫儿。手把文书口称敕,回车叱牛牵向北。
> 一车炭,千余斤,宫使驱将惜不得。半匹红纱一丈绫,系向牛头充炭直!

诗人选取一个极端贫困的老翁赖以活命的一车炭被宦官掠夺的事件,题材有强烈的典型意义。而叙事于平易畅达中见曲折波澜,描写出人物的悲剧命运,宫市制度的罪恶也得到了有力的揭露。其他如《杜陵叟》:"剥我身上帛,夺我口中粟。虐人害物即豺狼,何必狗爪锯牙食人肉!"《红线毯》:"地不知寒人要暖,少夺人衣作地衣!"《买花》:"一丛深色花,十户中人赋!"《轻肥》:"是岁江南旱,衢州人食人!"都是"卒章显其志"的典型例子。

其二,从艺术上看,有主题明确集中,对比鲜明,语言通俗平易,叙事与议论结合等优点,特别是有意到笔随,用常得奇的优点。所以刘熙载说:"香山用常得奇,此境良非易到。"(《艺概》二)袁枚也说白诗"意深词浅,思苦言甘。寥寥千载,此妙谁探为"(《续诗品》)。

当然,白居易的讽喻诗也有缺陷。主要是太尽太露,语虽激切而缺少血肉,有

时流于苍白的说教。宋张舜民说"乐天新乐府几乎骂"(《浔南诗话》卷三),是有一定的根据的。这已不是一个单纯的艺术技巧问题了。

讽喻诗外,值得着重提出的是其感伤诗中的两篇为事长诗:《长恨歌》和《琵琶行》,他们代表了白居易诗歌的最高艺术成就。

《长恨歌》是白居易 35 岁时作的,写唐明皇和杨贵妃的爱情悲剧。这是一篇具有高超艺术表现力的诗篇。全诗以"汉皇重色思倾国"开端,首先写了杨妃的入宫、专宠;接着写了事变的发生,杨妃的惨死;然后写唐明皇的幸蜀以及回宫后对杨妃的笃诚思念;最后则以丰富的想象,构思了在蓬莱仙岛上杨妃亦不忘旧情的情景,完成了整个故事。正由于它刻画了人物,具有较完整的故事性,因而具有小说,特别是传奇小说的色彩,给人以特殊的吸引力。但作为一篇诗来说,它又始终没有离开诗歌的素质,它语言精醇简练,感情浓郁,以情叙事,借景托情;诗中故事情节的每一发展,作者无不以情语出之,诗中对景物的每一描写,作者也无不以情来渲染。总之,生动、完整的故事性与浓烈的写情、抒情相结合,构成了这首诗的主要特色,也是它在艺术上最成功的地方。其与《琵琶行》一起代表了中国文人叙事诗的最高成就。

写于元和十一年(816)的《琵琶行》,则是一首感伤自己生平坎坷的抒情叙事诗。写琵琶女飘零憔悴沦落天涯的生平遭遇,并以此引发出自己遭谗受贬,政治失意的满腹怨愤,表现了对琵琶女不幸命运的深切同情,抒写了自己的天涯沦落之恨。较之《长恨歌》更富有现实意义。全诗情节曲折,描写细致,人物刻画生动,气氛渲染浓郁。其中对琵琶女的演奏技艺作了出色的描摹,运用多种多样的比喻,把抽象的乐声转化为生动可感的艺术形象,从而以音乐形象为媒介,把艺人沦落之叹和文人失意之慨,自然地糅合在一起,产生了极佳的艺术效果。

白居易的闲适诗也有一些较好的篇章。如:

离离原上草,一岁一枯荣。野火烧不尽,春风吹又生。远芳侵古道,晴翠接荒城。又送王孙去,萋萋满别情。(《赋得古原草送别》)

孤山寺北贾亭西,水面初平云脚低。几处早莺争暖树,谁家新燕啄春泥。乱花渐欲迷人眼,浅草才能没马蹄。最爱湖东行不足,绿杨阴里白沙堤。(《钱塘湖春行》)

人间四月芳菲尽,山寺桃花始盛开。长恨春归无觅处,不知转入此中来。(《大林寺桃花》)

绿蚁新醅酒,红泥小火炉。晚来天欲雪,能饮一杯无?(《问刘十九》)

白居易的诗歌,当时即广为流传,甚至远播国外,产生广泛影响,在朝鲜、日本也有一定影响。

元稹(779—831)是白居易的挚友,善于创作新题乐府。他写的《连昌宫词》当时曾与《长恨歌》并称。小诗《行宫》也很著名:"寥落古行宫,宫花寂寞红。白头宫女在,闲坐说玄宗。"意蕴深远,前人说读《长恨歌》不觉其长,读《行宫》不觉其短,确实各有千秋。而元稹最为人称道的是悼亡诗,写得情深思远、哀婉动人。如《遣悲怀》三首之一:

> 谢公最小偏怜女,自嫁黔娄百事乖。顾我无衣搜荩箧,泥他沽酒拔金钗。野蔬充膳甘长藿,落叶添薪仰古槐。今日俸钱过十万,与君营奠复营斋。

张籍(约767—约830)"尤工乐府诗,举代少其伦"(白居易《读张籍古乐府》)。如《野老歌》写贫困老翁所种的粮食"输入官仓化为土",揭露贫富悬殊;《征夫怨》写"夫死战场子在腹,妾身虽存如昼烛"的悲惨现实。而他的《秋思》诗:"洛阳城里见秋风,欲作家书意万重。复恐匆匆说不尽,行人临发又开封。"写思念故乡亲人的深挚情意,语浅情深,更为人所传诵。

王建(约767—831)与张籍并称"张王"。新体乐府《水夫谣》是其代表作,描写了纤夫的悲惨生活。另外,王建还以写宫女生活的《宫词一百首》著名。他的《新嫁娘词》:"三日入厨下,洗手作羹汤。未谙姑食性,先遣小姑尝。"深得民间歌谣之趣。

李绅(772—846)在元白提倡"新乐府"之前就写有《新题乐府》二十首(已失传),是创作新题乐府诗的先驱人物。他早年的两首《悯农》诗传诵千古:

> 锄禾日当午,汗滴禾下土。谁知盘中餐,粒粒皆辛苦。(其一)
> 春种一粒粟,秋收万颗子。四海无闲田,农夫犹饿死。(其二)

总之,以张籍、王建、李绅、元稹、白居易等人的乐府诗创作为核心的一股新诗潮,以其对社会政治问题的强烈关注,和与此相关的平易通俗的语言,突破了过去一段时期内狭隘的诗歌内容,改变了过分雕琢的诗歌语言习惯,恢复了中国古典诗歌关心社会现实和民生疾苦的优良传统,既开拓了诗歌的表现领域,也发展了新的诗歌语言。

四、刘禹锡、柳宗元

在元白和韩孟两派诗人之外,刘禹锡和柳宗元也是中唐时代优秀的诗人。他们的诗对后代也有不小的影响。

刘禹锡(772—842),字梦得,洛阳(今河南洛阳)人。贞元九年(793)进士,因参加王叔文集团的进步政治改革遭到失败,被贬朗州司马等官职,在外地20多年。以后入朝作主客郎中,晚年迁太子宾客。刘禹锡生活态度很积极,在被贬时所作的《秋词》中写道:"自古逢秋悲寂寥,我言秋日胜春朝。晴空一鹤排云上,便引诗情到碧霄。"贬官10年后被回到京城,在游玄都观后,写了《戏赠看花诸君子》一诗:"紫陌红尘拂面来,无人不道看花回。玄都观里桃千树,尽是刘郎去后栽。"因以桃树影射了新得势的权贵,再度遭到贬谪。但 14 年以后他再回到京师,又写了一首《再游玄都观》:"百亩庭中半是苔,桃花开尽菜花开。种桃道士归何处,前度刘郎今又来。"对新贵的讽刺比前首更辛辣,可见其不屈不挠的性格。在这方面最著名的还是《酬乐天扬州初逢席上见赠》:

> 巴山楚水凄凉地,二十三年弃置身。怀旧空吟闻笛赋,到乡翻作烂柯人。沉舟侧畔千帆过,病树前头万木春。今日听君歌一曲,暂凭杯酒长精神。

沉舟侧畔,千帆竞发;病树前头,万木争荣。自然界的平凡现象中,暗示着社会人事新陈代谢的哲理。更可贵的是诗人并没有因长期贬谪而感到衰老颓唐。

刘禹锡最为人称道的是怀古之作。多数是集中表达"兴废由人事,山川空地形"(《金陵怀古》)的沧桑兴亡之感。如《西塞山怀古》、《乌衣巷》、《石头城》、《蜀先主庙》等都是名篇。

> 王濬楼船下益州,金陵王气黯然收。千寻铁锁沉江底,一片降幡出石头。人世几回伤往事,山形依旧枕寒流。今逢四海为家日,故垒萧萧芦荻秋。(《西塞山怀古》)
> 朱雀桥边野草花,乌衣巷口夕阳斜。旧时王谢堂前燕,飞入寻常百姓家。(《乌衣巷》)
> 山围故国周遭在,潮打空城寂寞回。淮水东边旧时月,夜深还过女墙来。(《石头城》)

在长期的谪居生涯中,刘禹锡受巴渝一带民间俚歌俗调的浸染,创作了不少富有民歌情调、亦雅亦俗的优秀诗作。如《竹枝词》、《杨柳枝词》等,清新质朴,真率自然,既有民歌般浓郁的生活气息,又有很高的艺术品位。以下一首尤为传神:

> 杨柳青青江水平,闻郎岸上唱歌声。东边日出西边雨,道是无晴还有晴。(《竹枝词》二首之一)

柳宗元(773—819),字子厚,河东(今山西永济县)人。贞元九年(793),登进士第,贞元十九年(803),为监察御史里行。顺宗即位,王叔文等执政,他参加了王叔文的集团,被任命为礼部员外郎。和王叔文、刘禹锡等积极进行朝政改革。革新失败后。柳宗元被贬为永州司马。元和十年(815),改为柳州刺史。元和十四年(819),死于柳州,终年 47 岁。

柳宗元是唐代大散文家,也是一位优秀的诗人。他的诗和散文一样,大部分都是贬官永州、柳州时期写的。内容多抒发自己悲愤抑郁和离乡去国的情思。如著名的《登柳州城楼寄漳汀封连四州》:

城上高楼接大荒，海天愁思正茫茫。惊风乱飐芙蓉水，密雨斜侵薜荔墙。岭树重遮千里目，江流曲似九回肠。共来百越文身地，犹自音书滞一乡。

柳宗元的山水诗，情致深沉委婉，描绘细致简洁，艺术成就很高。苏轼说柳宗元、韦应物的诗是"发纤秾于简古，寄至味于淡泊"(《书黄子思诗集后》)。如《渔翁》：

渔翁夜傍西岩宿，晓汲清湘燃楚竹。烟销日出不见人，欸乃一声山水绿。回看天际下中流，岩上无心云相逐。

通过渔夫生活的描绘，表现出作者所向往的"云无心以出岫"的自由生活的境界。又如著名的《江雪》：

千山鸟飞绝，万径人踪灭。孤舟蓑笠翁，独钓寒江雪。

这位寒江独钓的老翁，俨然是诗人高怀绝世的人格风貌的象征。他的山水诗，尽管情景各有不同，但处处都显示出他清峻高洁的性格，同时也往往流露出被贬远荒的幽愤。沈德潜说"柳州诗长于哀怨，得骚之余意"(《唐诗别裁》)，正是对这一特征的总结。

第六节　晚唐诗坛

晚唐社会矛盾复杂尖锐，李唐王朝的统治更加软弱无力，虽然如杜牧、李商隐等人也都具有深沉的忧患意识，在现实面前，他们毕竟不能有丝毫作为，而只能反复咏叹着时代的悲哀与绝望。因而这种感伤情绪成为晚唐诗歌的情感基调。但另一个方面，晚唐还有一批诗人，如皮日休、陆龟蒙、杜荀鹤等人，却继承了中唐元白"新乐府"的传统，对于社会现实有着较为深刻的认识。从晚唐诗歌的总体发展来看，颇有向齐梁回归的趋势，浮艳之风又再度充斥唐末五代诗坛。

一、杜牧与许浑

杜牧(803—约853)，字牧之，京兆万年(今陕西西安)人，大和二年(828)进士，后来长期在各方镇为幕僚，武宗会昌以后，曾任黄州、池州、睦州刺史，大中年间回长安任职，官至中书舍人。

杜牧是一位才华纵横，具有远大抱负的诗人。他在《郡斋独酌》诗中表示了自己的理想和抱负："岂为妻子计，未去山林藏。平生五色线，愿补舜衣裳。弦歌教燕赵，兰芷浴河湟。腥膻一扫洒，凶狠皆披攘。生人但眠食，寿域富农桑。"他的诗歌创作追求一种情致高远、笔力劲拔,于俊爽峭健之中时带风华流美的艺术风格。在杜牧各类题材的诗歌中,以怀古咏史诗数量最多,也最能体现杜牧诗歌的主体风貌。如最著名的《过华清宫三绝句》其一:

> 长安回望绣成堆,山顶千门次第开。一骑红尘妃子笑,无人知是荔枝来。

诗人紧紧抓住"荔枝来"这一具体而又典型事件来概括历史,内涵十分丰富。在描写上,写红尘,写妃子笑,十分形象地写出了贵妃恃宠致乱,不加任何议论而褒贬自明。又如《赤壁》:

> 折戟沉沙铁未销,自将磨洗认前朝。东风不与周郎便,铜雀春深锁二乔。

通过对赤壁战场遗迹的描绘,抒发了自己郁郁不得志的感慨,结束二句,对周瑜的嘲讽,即阮籍所慨叹的"时无英雄,使竖子成名"之意。该诗言短意长,含蕴无尽。

这些诗歌以深邃的目光、劲健而又流畅的笔调,将写景、抒情同怀古咏史紧密结合在一起,突出表现一种深沉的、盛衰兴亡的历史感慨。

杜牧抒情写景的七言绝句,艺术上有很高的成就。例如:

> 千里莺啼绿映红,水村山郭酒旗风。南朝四百八十寺,多少楼台烟雨中。(《江南春》)
> 烟笼寒水月笼沙,夜泊秦淮近酒家。商女不知亡国恨,隔江犹唱后庭花。(《泊秦淮》)
> 远上寒山石径斜,白云生处有人家。停车坐爱枫林晚,霜叶红于二月花。(《山行》)
> 银烛秋光冷画屏,轻罗小扇扑流萤。天街夜色凉如水,坐看牵牛织女星。(《秋夕》)

这些诗辞采清丽,画面鲜明,风调悠扬,可以看出他才气的俊爽与思致的活泼。

许浑(约791—约858)字用晦,丹阳(今属江苏)人,大和六年(832)进士,当过睦州、郢州刺史。他与杜牧是朋友,亦擅长七律与七绝,格律圆熟,布局谨严,用字精工,诗意警拔。诗作以怀古咏史最为出色,如下面两首,是为人熟悉的名作:

> 玉树歌残王气终,景阳合兵戍楼空。松楸远近千官冢,禾黍高低六代宫。石燕拂云晴亦雨,江豚吹浪夜还风。英雄一去豪华尽,惟有青山似洛中。(《金陵怀古》)
> 一上高城万里愁,蒹葭杨柳似汀州。溪云初起日沉阁,山雨欲来风满楼。鸟下绿芜秦苑夕,蝉鸣黄叶汉宫秋。行人莫问当年事,故国东来渭水流。(《咸阳城东楼》)

诗中那种纵观历史、吊古伤今的感慨,带有更多的衰飒之气与空漠之感。另外,许浑诗喜用水或带有水的意象,后人有所谓"许浑千首湿"(《苕溪渔隐丛话》引《桐江诗话》)的说法。

二、李商隐

李商隐(813—858)字义山,号玉谿生,怀州河内(今河南泌阳)人,唐文宗开成二年(837)进士。少年得志,却长期沉沦下僚,一生为寄人篱下的文墨小吏。他在《安定城楼》诗说自己的抱负是:"永忆江湖归白发,欲回天地入扁舟。"但最终却是"虚负凌云万丈才,一生襟抱未曾开"(崔珏《哭李商隐》)。

李商隐是晚唐时期最为杰出的诗人。他现存的600首诗中,政治诗(包括咏史诗)占了三分之一左右,这些政治诗的一个突出特点是对上层统治集团的抨击、揭露和批判,在这方面,其深刻、尖锐、大胆的程度都超过了同时代的诗人。如《有感》和《重有感》,猛烈抨击宦官专权以及他们的残暴行为,表达了早日诛杀宦官的殷切期望。他常常在诗中借古讽今,抨击君主的荒唐误国,如《北齐》诗:"小怜玉体横陈夜,已报周师入晋阳。"《隋宫》诗:"春风举国裁宫锦,半作障泥半作帆。"讽意极为鲜明强烈。《富平少侯》诗:"当关不报侵晨客,新得佳人字莫愁。"则用咏史含蓄地讽刺了耽于女色不视朝政的唐敬宗。而《贾生》诗:"宣室求贤访逐臣,贾生才调更无伦。可怜夜半虚前席,不问苍生问鬼神。"则是借咏史寄托自己怀才不遇的感慨。

李商隐的悲剧命运铸成了他悲剧的性格与心态,进而也成为其创作的一种基调。比如:"秋阴不散霜飞晚,留得枯荷听雨声"(《宿骆氏亭寄怀崔雍崔衮》),"客散酒醒深夜后,更持红烛赏残花"(《花下醉》),"嫦娥应悔偷灵药,碧海青天夜夜心"(《嫦娥》),"春心莫共花争发,一寸相思一寸灰"(《无题》"飒飒东南细雨来"),"向晚意不适,驱车登古原。夕阳无限好,只是近黄昏"(《登乐游原》),等等,都表现了他的这种情绪。可以说,李商隐诗创造了一种悲剧性的诗美。

李商隐诗还创造了一种象征朦胧的诗境。如著名的七律《锦瑟》:

> 锦瑟无端五十弦,一弦一柱思华年。庄生晓梦迷蝴蝶,望帝春心托杜鹃。沧海月明珠有泪,蓝田日暖玉生烟。此情可待成追忆,只是当时已惘然。

诗人将自己的悲剧身世和悲剧心理幻化为一幅幅各自独立的含意朦胧的象征性图景,能引起读者多方面的联想,故而元好问说:"诗家总爱西昆好,独恨无人作郑笺"(《论诗绝句》)。将复杂矛盾甚至惘然莫名的情绪借助于诗心的巧妙生发,铸成如雾里繁花的朦胧凄艳的诗境,是李商隐在诗歌创作中毕生追求的目标。

李商隐独创了"无题诗"这种新的抒情诗体。他以"无题"标题的诗约20首,均以男女相思离别为题材。其中一部分确有寄托,如"何处哀筝随急管"、"八岁偷照镜"、"重帏深下莫愁堂"等,借女子爱情失意的幽怨不平,寓托自己政治失意的怨愤。而如"长眉画了绣帘开"、"寿阳公主嫁时妆"等,则明显抒写艳情。其他,如"相见时难别亦难"、"昨夜星辰昨夜风"、"飒飒东南细雨来"等等,则是寄托似有若无。

> 相见时难别亦难,东风无力百花残。春蚕到死丝方尽,蜡炬成灰泪始干。晓镜但愁云鬓改,夜吟应觉月光寒。蓬山此去无多路,青鸟殷勤为探看。(《无题》)
>
> 昨夜星辰昨夜风,画楼西畔桂堂东。身无彩凤双飞翼,心有灵犀一点通。隔座送钩春酒暖,分曹射覆蜡灯红。嗟余听鼓应官去,走马兰台类转蓬。(《无题》)

这些诗作多数与纯粹的爱情诗非常相似,它们在抒写爱情生活中离别与间阻、期待与失望、执著与缠绵、苦闷与悲愤等方面,达到了很高的艺术水平。而这种悲剧性的爱情和爱情心理,又总是隐隐约约地和诗人的悲剧身世及人生体验有着某种关联。

李商隐各种诗体都有佳作,但最能体现他独创风格的是近体律绝,尤其是七律和七绝。如:

> 紫泉宫殿锁烟霞,欲取芜城作帝家。玉玺不缘归日角,锦帆应是到天涯。于今腐草无萤火,终古垂杨有暮鸦。地下若逢陈后主,岂宜重问《后庭花》。(《隋宫》)
>
> 君问归期未有期,巴山夜雨涨秋池。何当共剪西窗烛,却话巴山夜雨时。(《夜雨寄北》)

这类诗作都体现了前人所评的"深情绵邈"、"包蕴密致"、"寄托深而措辞婉"等特征。

如果说晚唐诗在盛唐诗、中唐诗之后开创了新天地,那有深情绵邈、绮丽精工独特风格的李商隐诗即是杰出代表。

三、晚唐其他诗人诗篇

晚唐时期除了杜牧、李商隐这样著名的诗人外,还有一类诗篇值得介绍,即在唐王朝风雨飘摇之际,用诗歌对社会危机进行揭露与讽刺的。如曹邺《官仓鼠》:

> 官仓老鼠大如斗,见人开仓亦不走。健儿无粮百姓饥,谁遣朝朝入君口?

聂夷中《咏田家》:

> 二月卖新丝,五月粜新谷。医得眼前疮,剜却心头肉。我愿君王心,化作光明烛。不照绮罗筵,只照逃亡屋。

杜荀鹤《再经胡城县》：

> 去岁曾经此县城，县民无口不冤声。今来县宰加朱绂，便是生灵血染成。

杜荀鹤《山中寡妇》：

> 夫因兵死守蓬茅，麻苎衣衫鬓发焦。桑柘废来犹纳税，田园荒后尚征苗。时挑野菜和根煮，旋斫生柴带叶烧。任是深山更深处，也应无计避征徭。

罗隐《西施》：

> 家国兴亡自有时，吴人何苦怨西施。西施若解倾吴国，越国亡来又是谁？

陆龟蒙《新沙》：

> 渤澥声中涨小堤，官家知后海鸥知。蓬莱有路教人到，亦应年年税紫芝。

上述作品虽然并不是晚唐诗歌的主流，但它们在揭露社会黑暗、反映下层百姓的艰辛苦难方面，具有以前很少见的尖锐、大胆，这确实为晚唐文学带来了一股生气。

第七节　古文运动与唐代散文

唐以前，在文学上无所谓古文。古文概念的提出，始于韩愈。指的是与六朝骈体文（唐代称今体文）相对的奇句单行、上承先秦两汉文体的散体文。六朝时代，骈体文发展到鼎盛时期，占据文坛统治地位。骈文在文章的辞采、声律、技巧方面有自觉的追求，是一种充满文学意味的美文，而且产生过不少精美的作品。但这种文体一般不便于叙事、说理，有它自身的局限。加上六朝士人不注重骈文的现实内容，片面追求琐细的技巧，使其形式趋于僵化。对这种文体的流弊，早在北朝西魏时期，宇文泰、苏绰便有意倡导古文，苏绰更仿《尚书》作《大诰》。隋代李谔曾上书隋文帝，要求用行政命令禁止浮华不实的骈文。他们的目的都在于恢复先秦两汉散文经世致用、为政治教化服务的传统，但都未产生影响。进入初唐，陈子昂在倡导诗歌革新的同时，其文章也"疏朴近古"，表现出对文体与文风的革新。此后，散体文的写作逐渐增多。天宝以后，萧颖士、李华、元结、独孤及、梁肃、柳冕等人也倡导文章的复古，逐渐形成一种思潮与风气。从写作实践看，在韩愈、柳宗元登上文坛前夕，文体上有骈转散，文风上由华返朴可以说已成事实。但到贞元、元和年间，韩、柳相继提倡古文,这场文体的革新运动——古文运动才真正取得了引人注目的成就,开创了古代散文史上继先秦两汉以后第二个光辉的发展阶段。

韩愈、柳宗元在兴复儒学,提倡恢复古道为号召的前提下倡导古文,适应了中唐时期加强政治主权,挽救社会政治危机的需要,特别是韩、柳所提倡的文以"明道",有许多是密切联系现实,辅时及物之道。韩、柳古文最大的成就就是从空言明道走向参与政治、参与现实生活,从单纯形式上的复古走向真正的创新。

韩、柳宗元关于文体革新的理论,是古文理论的精华。以韩愈为例。韩愈首先强调作家的修养对文章写作的重要作用,重视"养气"。他说:"根之茂者其实遂","气盛则言之短长与声之高下者皆宜"(《答李翊书》)。所谓根或气,都是指作家的人格修养。对于文学语言,韩愈重视在继承散文传统的基础上有所革新和创造,坚决反对模拟抄袭的不良文风。他主张学古文应"师其意不师其辞","唯陈言之务去",指出"惟古于词必己出,降而不能乃剽贼"(《樊绍述墓志铭》)。他还认为运用语言,必须"文从字顺",即合乎自然语气。韩愈继承发展了"发愤抒情"的理论,提出"不平则鸣"的思想。尽管他所说的"不平"兼包"喜怒"、"悲愉"两个方面,但无论如何肯定了"鸣其不幸"的合理性。在一定程度上突破了温柔敦厚的传统诗教。在《荆潭唱和诗序》中进一步说:"和平之音淡薄,而愁思之声要妙;欢愉之辞难工,而穷苦之言易好。"从社会根源上肯定了文学(包括散文)的表情功能,如柳宗元被贬后在作品中"嬉笑之怒,甚于裂眦;长歌之哀,过于恸哭"(《对贺者》)。从一定意义上说,"不平则鸣"比"文以明道"的口号更能揭示文学的审美特性,也更有现实意义。

韩愈是司马迁以后最大的散文家,他在散文写作上有几点是别人难以达到的。首先是各体兼长,无论说理、叙事、抒情,还是政论、杂说、书(赠)序、碑志、祭文,都有优秀的名篇流传。韩愈的议论文,既有以"明道"为宗旨的严肃庄重的政治思想论文,如《谏佛骨表》、《原道》、《师说》;也有托物寓意、生动活泼的文学性杂文,如《杂说》、《进学解》、《送穷文》等。如《杂说四》,以"千里马常有,而伯乐不常有"比喻贤才难遇知己,"只辱于奴隶人之手",寄寓了他对自己遭遇的深深不平:

世有伯乐,然后有千里马。千里马常有,而伯乐不常有。故虽有名马,只辱于奴隶人之手,骈死于槽枥之间,不以千里称也。马之千里者,一食或尽粟一石,食马者不知其能千里而食也。是马也,虽有千里之能,食不饱、力不足、才美不见外,且欲与常马等不可得,安求其能千里也?策之不以其道,食之不能尽其材,鸣之而不能通其意,执策而临之曰:"天下无马!"呜呼!其真无马邪!其真不知马也!

文章简短明快,而多转折变化,十分饱满地表达了一腔的委屈。这类文章大都雄奇奔放,气势磅礴,论证雄辩有力,纵横开阖,善于通过对比、排比、比喻、反讽等手法增强文章的论辩力量。

记叙文继承和发展了《史记》、《汉书》记事写人的传统,善于选择典型的真实事件和细节来突出人物的主要性格,在客观的叙述中寄寓作者强烈的爱憎感情。如《张中丞传后叙》记述许远、张巡、南霁云等死守睢阳英勇抗敌的事迹,绘声绘色,可歌可泣。文章前半夹叙夹议,证明许远"城陷而虏,与巡死先后异耳",实不畏死,层层驳诘,笔端带有感情。后半根据自己所得民间的传闻,写张巡、南霁云事,而特别写了南霁云乞师贺兰的片段情景,突出了生动饱满的英雄形象。文章只写张巡等三人死守睢阳的逸闻轶事,叙事和运用语言极曲折变化之能事,足令三人的性格特征,跃然纸上。这是司马迁传记文的一个发展。著名的《柳子厚墓志铭》有重点地选取事件,通过富于感情的语言,满怀深情地赞美了柳宗元的高尚品德、杰出才干和文学成就,创造性地用墓志铭这种文体生动地刻画出柳宗元的光辉形象。

韩愈的抒情文也具有很强的艺术感染力。如《祭十二郎文》是前人誉为"祭文中千年绝调"的名篇。文章结合家庭、身世和生活琐事,反复抒写他悼念亡侄的悲痛,感情真实,抒写委曲,恰如满纸血泪,悱恻无极。

其次,是韩愈的散文气势充沛,纵横捭阖,曲折多变,流畅明快,极富阳刚之美。所以皇甫湜称其文"如长江秋清,千里一道,冲飚激浪,瀚流不滞"(《谕业》),苏洵也说:"韩子之文,如长江大河,浑浩流转,鱼鼋蛟龙,万怪惶惑。"(《上欧阳内翰书》)这些话,形象而极为恰当地概括了韩愈散文的风格特色。

第三,韩愈的散文语言极其简练、准确、鲜明、生动,富于独创性。他善于创造性地使用古代词语,又善于吸收当代口语创造出新的文学语言,是我国古代运用语言的巨匠之一。韩愈新创的许多精炼的语句,有不少已经成为成语,至今还在人们的口头流传。如"细大不捐"、"佶屈聱牙"、"动辄得咎"(《进学解》),"俯首帖耳,摇尾乞怜"(《应科目时与人书》),"不平则鸣"、"杂乱无章"(《送孟东野序》),"落井下石"(《柳子厚墓志铭》),等等。

二、柳宗元的散文

在中国文学史上,柳宗元是杰出的散文家之一。他从创作实践上发展了古文运动。他的散文具有鲜明的文学特征,其中尤以杂文、寓言和山水游记三类文体成就突出。

他的杂文内容丰富、形式多样。善于以小见大,就本论理,借题发挥,从平常的生活事件中揭示出各种尖锐的现实矛盾,在简洁的叙事框架中包含着深厚的思想内蕴。如《捕蛇者说》写永州人民不顾生命危险争捕毒蛇以逃避赋税的事实,文章主要通过蒋氏的遭遇和自白,形象地展示了"蛇毒"与"赋敛之毒"的悲惨对照,以及人民在苛政下的恐惧和痛苦心理,从而得出"赋敛之毒有甚于蛇者"的结论,比"苛政猛于虎"的传统命题具有更强烈的控诉力量和现实针对性。

柳宗元的寓言散文也取得很高的成就。在此之前,如先秦寓言,往往只是某种文章的一部分,而不是以一种独立的文学形式出现的。柳宗元创造性地继承前人的成就,大量地创作寓言,使寓言成为一种独立的、完整的文学作品。《三戒》是著名的讽刺小品。《临江之麋》,写麋得主人的宠爱,"犬畏主人,与之俯仰甚善",不敢吃它。三年以后,麋离开了主人外出,外犬"见而喜且怒,共杀食之"。它尖锐地讽刺了那些依仗权贵而得意忘形的小人物。《黔之驴》是外强中干的小人的写照,嘲讽他们"形之庞也类有德,声之宏也类有能",而其实是无德无能。《永某氏之鼠》比喻那些自以为"饱食而无祸"的人作老鼠,指出他们"为态如故",以"饱食无祸为可恒",那他们一定会遭到彻底被消灭的惨祸。这三篇寓言,深刻有力地讽刺了封建剥削阶级丑恶的人情世态。柳宗元善于体情察物,抓住平凡事物的特征,加以想象和夸张,创造生动的形象。这些讽刺寓言语言锋利简洁,风格严峻沉郁。

柳宗元散文更著名的是他的山水游记。他是唐代第一个大量写作山水记特别是游记的作家,代表作是《永州八记》。一方面,他用精确的语言、细腻的描写,展示了形神兼备的景物图画;另一方面,又通过主观感受的强烈介入和鲜明表现,创造出情景交融的艺术境界,风格幽深峻洁,把山水散文创作提高到了一个新的水平,从而确立了山水散文在文学史上的独立地位。如名作《至小丘西小石潭记》:

> 从小丘西行百二十步,隔篁竹,闻水声,如鸣佩环。心乐之,伐竹取道,下见小潭,水尤清洌。全石以为底,近岸,卷石底以出,为坻、为屿、为嵁、为岩。青树翠蔓,蒙络摇缀,参差披拂。潭中鱼可百许头,皆若空游无所依;日光下澈,影布石上,怡然不动;俶尔远逝,往来翕忽,似与游者相乐。潭西南而望,斗折蛇行,明灭可见,其岸势犬牙差互,不可知其源。坐潭上,四面竹树环合,寂寥无人,凄神寒骨,悄怆幽邃。以其境过清,不可久居,乃记之而去……

从"如鸣佩环"的水声引出潭水,写水底巨石,写周围树木,写水中游鱼,写水势水源,从各个方面烘托出"水尤清洌"的特征和小石潭的幽深之美。文中写鱼游于清水之中的情态,仅 40 字,写了水的空明和鱼的自在,写了光和影,写了静态和动态,还巧妙地写出游者的陶醉忘情,尤为精彩,使作品更增加了神韵色泽。

三、晚唐小品文

鲁迅说"唐末诗风衰落,而小品放了光辉。"(《南腔北调集·小品文的危机》)这里说的小品,主要是指讽刺小品及杂文和寓言。晚唐小品文的兴盛和成就,是古文运动,特别是韩柳杂文的影响,也是晚唐尖锐的社会危机对散文创作刺激和推动的结果。

晚唐小品文的代表作家是罗隐、皮日休和陆龟蒙三人。

罗隐(833—909)著有《谗书》五卷。尖锐抨击了帝王的骄奢淫逸,以及宦官擅权,藩镇跋扈,官僚尸位素餐,社会风气腐败等种种时弊,抒发了贤才遭嫉的牢骚怨愤。如在《英雄之言》中,他一针见血地揭露打着救民涂炭的旗号追求个人私欲的野心家,实际上是一伙"视国家而取之"的"盗"。这是对晚唐军阀割据的严厉批判。罗隐的文章语言锋利,立论深刻。鲁迅评价说:"罗隐的《谗书》,几乎全部都是抗争和愤激之谈。"(《小品文的危机》)

皮日休(约834至839—902)散文的代表作有《鹿门隐书》。他善于运用小品文的形式,以古喻今,借此论彼,其思想锋芒表现出明显的叛逆色彩。在在《读司马法》中,他指出:"古之取天下也,以民心;今之取天下也,以民命。"在《鹿门隐书》中,他说:"古之置吏也,将以逐盗;今之置吏也,将以为盗。"这样光辉的思想,很鲜明地反映了晚唐黄巢大起义前夕人民激烈的反抗情绪。

陆龟蒙有散文集《笠泽丛书》。他的作品或用譬喻、寓言,借物寄讽,或用历史故事,托古刺今,都有较强的讽刺力量。其代表作为《野庙碑》,辛辣讽刺了那些身居高位,享受富贵却祸国殃民的封建官僚,极尽嬉笑怒骂之能事。

第八节　唐五代词

词是唐代兴起的一种新的音乐文艺。它最早是在民间流行的。后来,少数诗人也开始写词了。到了晚唐,作为诗人的温庭筠,也开始大量写词,并以词著称。五代时,中原地区战乱频仍,西蜀、南唐是两个相对比较安定的割据地区。两地在唐词的基础上相继出现了一批词人,形成了两个词的创作中心,对词的发展起到了很大的作用。这里,为叙述方便,将其分为唐代民间词、唐代文人词、温庭筠和花间词人、李煜和南唐词四个部分。

一、唐代民间词

谈唐代词,首先要谈的是唐代的民间词。

清朝光绪年间,敦煌发现的曲子词,绝大部分是唐代的民间词。王重民将这些从敦煌莫高窟藏经洞中发现的词,辑为《敦煌曲子词集》3卷,所收共161首。除少数著名的作者如温庭筠、欧阳炯、李杰(共四首)外,大多数为民间无名氏作者。这是现存最早的唐五代民间词,大多作于唐玄宗时至五代。其中的主要抄卷是《云谣集杂曲子》,共30首。它的结集较《花间集》要早30年左右(《花间集》结集于后蜀广政三年,即940年;《云谣集杂曲子》结集于唐哀帝天祐二年,即905年)。

敦煌词题材十分广泛,王重民在该集《叙录》中云:"今兹所获,有边客游子之呻吟,忠臣义士之壮语,隐君子之怡情悦态,少年学子之热望与失望,以及佛子之赞颂,医生之歌诀,莫不入调。"概括说来,主要表现了下面几个方面的内容:

其一,表现男女恋情及女子不幸命运。这类作品所占比重较大,艺术水平也较高。如《菩萨蛮》:

> 枕前发尽千般愿:要休且待青山烂,水面上秤锤浮,直待黄河彻底枯。　　白日参辰现,北斗回南面。休即未能休,且待三更见日头。

全词以自然界不可能发生的六件事作比喻,表现青年男女永不分离、誓死相恋的真挚感情。海枯石烂的誓言,与汉乐府《上邪》可谓异曲同工。

又如《鹊踏枝》运用拟人化手法,通过妇女与灵鹊的对话表现了女子思念丈夫的深切感情,充满相象。词曰:

> 叵耐灵鹊多满语,送喜何曾有凭据。几度飞来活捉取,锁上金笼休共语。　　比拟好心来送喜,谁知锁我在金笼里。欲他征夫早归来,腾身却放我向青云里。

更多的是反映当时妇女的不幸命运和内心悲怨的曲子词,如《望江南》:

> 莫攀我,攀我太心偏。我是曲江临池柳,这人折了那人攀,恩爱一时间。

女子以悲愤怨恨的口吻,将自己比作江边的柳树,痛诉被人任意攀折而得不到真正爱情的痛苦命运。

其二,反映战争问题和征夫思妇思想感情。这类作品有《风归云》"征夫数载"、《洞仙歌》"悲雁随阳"、《破陈子》"风送征轩迢递"等。或以征夫之词诉说征战之苦,或借思妇之口表示对战争不满。

其三,记载民间传说和重大历史事件。敦煌曲子词有五首《捣练子》,组成联章体形式,歌颂孟姜女故事,反映了人民对暴政的憎恶。另一首《酒泉子》"每见惶惶"描绘黄巢起义浩大声势,很有史料价值。

其四,描写商人、书生、船夫等民间人物的生活状况与精神面貌。如《长相思》三首:

> 作客在江西,富贵世间稀。终日红楼上,口口舞着词。频频满酌醉如泥,轻轻更换金卮。尽日贪欢逐乐,此是富不归。

> 作客在江西,寂寞自家知。尘土满面上,终日被人欺。朝朝立在市门西,风吹泪点双垂。遥望家乡长短,此是贫不归。

> 作客在江西,得病卧毫厘。还望观消息,看看似别离。村人曳在道傍西,耶娘父母不知。身上缀牌书字,此是死不归。

这三首词,有人认为是联章体。概括地描写了商人的不同遭遇。第一首写在外经商致富,整天寻欢作乐,不想回家。第二首写在外经商失败,想回家而不能。第三首写在外经商,得病身亡,死而不得回家。三首词,从一个侧面反映了都市商业以及对商人生活的影响。

又如《菩萨蛮》慨叹"淼淼三江水,半是儒生泪",写知识分子的辛酸。《浣溪纱》"五两竿头风欲平"则写船夫行船的情形,又显示出轻快洒脱的情调。

敦煌曲子词风格自然朴素,感情真挚明快,洋溢着浓郁的生气息。在形式上有衬字、有和声,字数不定,平仄不拘,叶韵不严,咏调名本意者多,等等,说明处在初他阶段的早期词尚未定型,格律上还较粗糙,也表现了民间词清新质朴甚至俚俗的风格。

二、唐代文人词

词在民间流传的同时,一些文人也开始词的创作,但流传下来的作品不多。其中,最为人传诵的是李白的《菩萨蛮》和《忆秦娥》。

《菩萨蛮》词曰:

> 平林漠漠烟如织,寒山一带伤心碧。暝色入高楼,有人楼上愁。
> 玉阶空伫立,宿鸟归飞急。何处是回程,长亭更短亭。

《忆秦娥》词曰:

> 箫声咽,秦娥梦断秦楼月。秦楼月,年年柳色,灞陵伤别。　　　乐游
> 原上清秋节,咸阳古道音尘绝。音尘绝,西风残照,汉家陵阙。

这两首词,最早见于两宋之交邵博的《邵氏闻见后录》卷一九。南宋黄昇《唐宋诸贤绝妙词选》收录这两首词,题李白作,并说"二词为百代词曲之祖"。明人胡应麟《少室山房笔丛》开始质疑:"二词虽工丽,而气亦衰飒,于太白超然之致,不啻穹壤,借令真出青莲,必不作如是语。详其语调,绝类温方城辈。盖晚唐人词,嫁名太白。"从词本身而言,《菩萨蛮》写旅人在傍晚看到暮色而引起思乡之情。全词情景交融,字句精练,朴素自然。《忆秦娥》则通过秦娥的忆旧,感慨时光易逝、帝业空虚与人生事功渺小,以及由此而产生的悲壮情绪,显得气象阔大而萧飒,情怀深沉而孤独,语调哀婉而凄迷。王国维《人间词话》评价该词曰:"太白纯以气象胜,'西风残照,汉家陵阙'寥寥八字,关尽千古登临之口。"然这首词,是否为李白所作,学界至今尚未定论。

李白之后,写词的文人逐渐多起来。中唐前后,写词的有张志和、韦应物、戴叔伦、王建、白居易、刘禹锡等。传世作品不多,且限于小令,但佳作不少。

张志和(约730—约810),字子同,号玄真子。肃宗时,待诏翰林,因事遭贬,赦

还,后退隐江湖间,自号烟波钓徒。他的词现存《渔父》5首,描写水乡风光以及渔父的自由生活。如第一首:

> 西塞山前白鹭飞,桃花流水鳜鱼肥。青箬笠,绿蓑衣,斜风细雨不
> 须归。

词中的渔父形象,既清高脱俗,又自得其乐,可视作词人隐居后的自我写照。这首词对后世影响很大。宋代苏轼、黄庭坚曾先后用该词原句增写为《浣溪沙》、《鹧鸪天》。张词流传到日本后,日本嵯峨天皇亦曾依调和作5首。

和张志和同时代的诗人戴叔伦(732—789)、韦应物的两首《调笑令》,也颇为流传。戴叔伦词曰:

> 边草,边草,边草尽来兵老。山南山北雪晴,千里万里月明。明月,明
> 月,胡笳一声愁绝。

韦应物词曰:

> 胡马,胡马,远放燕支山下。跑沙跑雪独嘶,东望西望路迷。迷路,迷
> 路,边草无穷日暮。

韦应物的"胡马,胡马"和戴叔伦的"边草,边草",或通过跑沙跑雪的胡马象征远戍绝塞的士卒,或通过雪月交映的边塞风光衬托征人久戍不归的愁恨,是最早描写边塞景象的文人词,与中唐边塞诗有相通之处。

在戴叔伦、韦应物稍后的王建(767—830),有词十余首,其《调笑令》曰:

> 团扇,团扇,美人并来遮面。玉颜憔悴三年,谁复商量管弦。弦管,弦
> 管,春草昭阳路断。

以秋扇见捐比喻宫人被弃。陈廷焯《白雨斋词话》卷五评此词曰:"王仲初《调笑令》云:'弦管,弦管,春草昭阳路断。'结语凄怨,胜似宫词百首。"

中唐时期写词较多的诗人有刘禹锡和白居易。

刘禹锡(772—842)在参加王叔文领导的"永贞革新"失败后,被贬为朗州(常德)司马,以后又多年在夔州(奉节)等地任地方官。在此期间,他学习巴楚民歌,写下了11首《竹枝词》,虽用句式整齐的五七言绝句体,但内容情调和民间曲词十分吻合。被人传称的有《忆江南》和《潇湘神》。《忆江南》词曰:

> 春去也! 多谢洛城人。弱柳从风疑举袂,丛兰浥露似沾巾。独坐亦
> 含嚬。

写洛城少女惜春之情,不落俗套。不直接写人惜春,而通过拟人手法写春意恋人,风中弱柳似离人挥手告别,丛兰露珠像别时的眼泪。末句则将少女和春天两情相

依的意境生动地表现了出来。构思新巧,笔触婉妙,清人况周颐《蕙风词话》评价为"流丽之笔,下开北宋子野、少游一派"。

白居易也注意学习民间词,创作了不少格调清新的小词。他的词现存 37 首。《忆江南》三首是其中的代表作。词曰:

> 江南好,风景旧曾谙。日出江花红胜火,春来江水绿如蓝。能不忆江南。
>
> 江南忆,最忆是杭州。山寺月中寻桂子,郡亭枕上看潮头。何日更重游。
>
> 江南忆,其次忆吴宫。吴酒一杯春竹叶,吴娃双舞醉芙蓉。早晚复相逢?

第一首写江南的春景,第二首写江南的秋色,表达了词人对江南的深深怀念。他的《长相思》也是一首脍炙人口的作品,曰:

> 汴水流,泗水流,流到瓜州古渡头,吴山点点愁。　　　思悠悠、恨悠悠,恨到归时方始休,月明人倚楼。

作者用象征、反复、蝉联、重叠、对比等手法,巧妙地以恨写爱,刻画出一个女子月下倚楼怀人的情状。全词用浅显清丽之语,抒婉曲幽深之情,既有民间词的清醇,又有文人词的典雅,艺术造诣很高。

三、温庭筠和花间词人

温庭筠(约 812—866)是晚唐诗人中写词最多、影响最大的作家。本名歧,字飞卿,太原祁(山西祁县)人。出身于一个没落的贵族家庭,虽然潦倒一生,但一向依靠贵族过活,长期出入歌楼妓馆,"能逐弦吹之音,为侧艳之词"。传说他"才思艳丽,每入试,押官韵作赋,凡八叉手而八韵成,时号温八叉"(全唐诗话)。他的诗与李商隐齐名,时号"温李",多感伤之作。他精通音律、熟悉词调,在词的创作上,成就在其他晚唐词人之上。他的词,较之于他的诗,题材更窄,大多写妇女的容貌、服饰、情感,写妓女生活和男女间离愁别恨,也有一些为宫廷、豪门娱乐而作,写给宫廷、豪门里的歌妓唱的。为了适合于这些唱歌者和听歌者的身份,词的风格自然就倾向于婉转、隐约。他的词中号也偶尔反映个人情感,但也不敢明白写出自己的哀怨和隐衷,只用婉转、隐约的手法来表达。孙光宪《北梦琐言》说温词是"香而软",比较准确地概括了温词的特点。如《菩萨蛮》:

> 小山重叠金明灭,鬓云欲度香腮雪。懒起画蛾眉,弄妆梳洗迟。
> 照花前后镜,花面交相映。新帖绣罗襦,双双金鹧鸪。

这是一首闺怨词。词人以艳丽的彩笔,上片四句细腻地描绘了醒来许久才起床梳

135

洗打扮的女主人公的神态。下片"花面交相映"衬托女主人公的美貌如花,也暗示了她的命薄如花。结句的"双双金鹧鸪"进一步暗示她的孤独,照应了上片"懒起"、"梳洗迟",透露了她的怨恨。这些作品,大都外表色彩绮靡华丽,表情隐约细致,上继南朝宫体的传统,下开花间风气。因此,被奉为婉约正宗,花间鼻祖。

不过,温庭筠也有一些清新之作,如《梦江南》:

> 梳洗罢,独倚望江楼。过尽千帆皆不是,斜晖脉脉水悠悠,肠断白蘋洲。

虽然全词也是以思妇为表现题材,但与他的那些色彩华丽之作明显不同,意境开阔,耐人寻味。

温庭筠的词后来被编入《花间集》。被编入《花间集》中的词人,还有皇甫松、韦庄、薛昭蕴、牛峤、张泌、和凝、孙光宪等 18 家。这些词人大都是五代时期西蜀的词人。

有关《花间集》的艺术特点,欧阳炯在《花间集序》中作这样的描述:"绮筵公子,绣幌佳人,递叶叶之花笺,文抽丽锦;举纤纤之玉指,拍按香檀。不无清绝之辞,用助娇娆之态。自南朝之宫体,扇北里之倡风。何止言之不文,所谓秀而不实。"

作为最早的文人词总集,《花间集》中的绝大部分作品,继承了温庭筠"香而软"的词风,但其中也有内容充实、感情真挚的作品。这些作品,集中代表了词在格律方面的规范化,标志着在文辞、风格、意境上词性特征的进一步确立,为词体的发展奠定了基础。下面就几个比较有代表性的花间词人作些介绍。

韦庄(836—910),字端己,长安杜陵(今陕西西安东南)人。出生在一个没落贵族家庭,59 岁才中进士。生活在唐帝国由衰弱到灭亡,五代十国分裂混乱的时代。一生饱受离乱漂泊之苦。生活贫困。直到 66 岁始仕西蜀,为蜀主王建倚重,71 岁为安抚使,72 岁助王建称帝,后做到吏部侍郎兼平章事,不过一两年罢了,75 岁去世。穷苦漂泊的生活占了他一生的四分之三强。"晚达"并不长。他 45 岁入长安应举时,值黄巢攻破长安,写有著名现实主义名篇《秦妇吟》,时人号为"秦妇吟秀才"。他足迹遍至金陵、苏州、扬州、浙西、湖北、湖南、江西、安徽等地。正是这种漂泊的生活,使他能与民间接触,能接受民间作品的影响,也使他的词独具"疏而显"的风格。这一风格,开李煜、苏轼、辛弃疾先河。在晚唐五代文人词浮艳虚华的气氛里,韦庄的词风,确实给人耳目一新的感觉。如他的《菩萨蛮》,追忆昔日在江南、洛阳的经历,表达了内心的漂泊之感与怀旧之情。词曰:

> 人人尽说江南好,游人只合江南老。春水碧于天,画船听雨眠。
> 垆边人似月,皓腕凝霜雪。未老莫还乡,还乡须断肠。
>
> 洛阳城里春光好,洛阳才子他乡老。柳暗魏王堤,此时心转迷。
> 桃花春水绿,水上鸳鸯浴。凝恨对残晖,忆君君不知。

又如,《浣溪沙》词:

> 夜夜相思更漏残,伤心明月凭栏杆。想君思我锦衾寒。　　　　咫尺画
> 堂深似海,忆来唯把旧书看。几时携手入长安?

比较而言,韦庄的词在风格上也不像温词那样华丽浓艳,而是写得比较清新明朗。例如《思帝乡》词写道:

> 春日游,杏花吹满头,陌上谁家年少,足风流。妾拟将身嫁与,一生
> 休。纵被无情弃,不能休。

全词用白描的手法,写出了少女生动活泼的形象、天真坦率的情怀,这和温词中的妇女形象不一样。而和北朝民歌《折杨柳枝歌》中的"阿婆许嫁女,今年无消息"很相近。

又如他的《女冠子》二首,也是用明白如话的语言,直抒缠绵的相思之情。词曰:

> 四月十七,正是去年今日,别君时。忍泪佯低面,含羞半敛眉。不知
> 魂已断,空有梦相随。除却天边月,没人知。

> 昨夜夜半,枕上分明梦见,语多时。依旧桃花面,频低柳叶眉。半羞
> 还半喜,欲去又依依。觉来知是梦,不胜悲。

词中写少女对爱人的追忆和别后的心情。先是追忆去年今日离别时节黯然魂销之情,接下去描叙自己在别后魂牵梦萦,无人得知而又无法抑制的相思之情。在篇章结构方面,由于词意连贯、上下一气,显得脉络分明,层次清楚。这也是韦庄胜过花间词的地方。

温庭筠、韦庄是花间派的两位重要词人。人们常把两人相提并论,世称"温韦"。

四、李煜和南唐词人

南唐的重要词人有冯延巳和南唐中主李璟、后主李煜。

冯延巳(903—960),一名延嗣,字正中。官至宰相。在唐五代词人中,他是现存作品最多的一个。他的词虽然也以女人、相思为题材,但已逐渐摆脱了温庭筠那种重在描绘妇女容貌、服饰的特点,而是着重刻画人物内心的哀怨。如《采桑子》词:

> 花前失却游春侣,独自寻芳。满目悲凉,纵有笙歌亦断肠。　　　　林间
> 戏蝶帘间燕,各自双双。忍更思量,绿树青苔半夕阳。

又如,《谒金门》词:

> 风乍起,吹绉一池春水。闲引鸳鸯香径里,手挼红杏蕊。　　　　斗鸭阑
> 干独倚,碧玉搔头斜坠。终日望君君不至,举头闻鹊喜。

这些词,不像某些花间词人那样追求雕琢,而是追求清新。艺术构思也比较复杂,能给读者提供许多思索的余地。如《归自谣》词:

> 寒山碧,江上何人吹玉笛。扁舟远送潇湘客。　　芦花千里霜月白。伤行色,来朝便是关山隔。

历代对冯延巳词的评价很高。冯煦《唐五代词选叙》说:"吾家正中翁,鼓吹南唐,上翼二主,下启欧晏,实正变之枢纽,短长之流别。"王国维《人间词话》也说:"正中词虽不少五代风格,而堂庑特大,开北宋一代风气。"

李璟(916—961)字伯玉,保大元年(943)嗣位称帝,在位19年,史称南唐中主。他的词现存5首。最有代表性的是《摊破浣溪沙》:

> 菡萏香销翠叶残,西风愁起绿波间。还与韶光共憔悴,不堪看。细雨梦回鸡塞远,小楼吹彻玉笙寒。多少泪珠何限恨,倚阑干。

全词借美好之物的凋残和环境的森寒,来表现一种忧患之感。语言优美,特别是下片开头两句,颇有诗意,为人称颂。王国维《人间词话》说此词有"众芳芜秽,美人迟暮"之感。

李煜(937—978),字重光,李璟第六子。建隆二年(961)六月,中主李璟逝世。七月,李煜继位,史称南唐后主。这时,赵宋已代周建国,作为后周的属国,南唐形势岌岌可危,赵太祖时存取代之心。李煜性格懦弱,既不能甘心臣附北宋,又不能与之抗衡,对宋王朝委曲求全过了十几年苟且偷安的生活。开宝七年(974),宋太祖终于派兵灭了南唐,李煜被俘虏到汴京(今河南开封)。李煜在汴京过了两年多的屈辱生活。他在给故宫人的信中说:"此中日夕只以泪洗面耳。"终于在太平兴国三年(978)的七夕,被宋太宗赵光义派人毒死。

李煜在政治上是一个失败的君主。但在文学上,却才华横溢。他"善属文,工书画,明音律",尤以词的成就被人肯定。他的词,受他生活变化的影响,明显地分为前后两期。

前期是南面之君,所写一部分直接写帝王宫廷生活,如《浣溪沙》:

> 红日已高三丈透,金炉次第添香兽,红锦地衣随步绉。　　佳人舞点金钗溜,酒恶时拈花蕊嗅,别殿遥闻箫鼓奏。

彻夜不废的宫廷歌舞,有如此疯狂。日高三丈了,舞兴却还正浓。如此帝王生活,让人难以想象。又如《一斛珠》:

> 晓妆初过,沉檀轻注些儿个。向人微露丁香颗,一曲清歌,暂引樱桃破。　　罗袖裛残殷色可,杯深旋被香醪涴。绣床斜凭娇无那,烂嚼红茸,笑向檀郎唾。

这类词实际上是南朝宫体诗的继续。

前期词的一部分,也表达了他对自己所处时代的深深忧虑与哀愁。如《乌夜啼》:

> 昨夜风兼雨,帘帏飒飒秋声。烛残漏断频欹枕,起坐不能平。　　世事漫随流水,算来一梦浮生。醉乡路稳宜频到,此处不堪行。

又如《清平乐》:

> 别来春半,触目愁肠断。砌下落梅如雪乱,拂了一身还满。　　雁来音信无凭,路遥归梦难成。离恨恰如春草,更行更远还生。

这些词,在内容的表现上,浸透着沉重的悲伤与愁苦。语言风格上,也改变了早期的华艳而趋向暗淡。

后期的李煜是一位阶下囚,因此,所作之词,大都倾泻他"日夕以泪洗面"的深哀沉痛。如《乌夜啼》:

> 林花谢了春红,太匆匆!无奈朝来寒雨晚来风。　　胭脂泪,相留醉,几时重。自是人生长恨水长东。

又如《虞美人》:

> 春花秋月何时了,往事知多少。小楼昨夜又东风,故国不堪回首月明中。　　雕栏玉砌应犹在,只是朱颜改。问君能有几多愁,恰似一江春水向东流。

又如《浪淘沙》:

> 帘外雨潺潺,春意阑珊,罗衾不耐五更寒。梦里不知身是客,一晌贪欢。　　独自莫凭栏,无限江山,别时容易见时难。流水落花春去也,天上人间。

这三首词基调相同,全都充满悲恨激楚的感情色彩。这是亡国之君的哀歌,也是受辱囚徒的激诉。同时,这三首作品善于用白描手法描写自己的感情,善于用贴切的比喻将抽象的感情形象化。

李煜在我国词史上的地位,更多地决定于他的艺术成就。这首先表现在他直接倾泻自己的深哀与剧痛。这就使词摆脱了长期在花间樽前曼声吟唱中所形成的传统风格。其次,和李煜词的直接抒情的特点相联系,他善于用白描的手法抒写他的生活感受,如上举"小楼昨夜又东风,故国不堪回首月明中"、"梦里不知身是客,一晌贪欢",都构成了画笔所不能到的意境,写出他国破家亡后的生活感受。他还善于用贴切的比喻将抽象的感情形象化,如"恰似一江春水向东流"、"流水落花春去也"等句都是。再次,语言也更明净、优美,接近口语,从而摆脱了花间词人"镂金刻翠"的作风。

第五章　宋代文学

第一节　北宋前期的词

宋代立国之初的半个世纪，词并没有随着新王朝的建立而兴盛，基本上是处于停滞状态。其间，词作者不过 10 人，词作仅存 33 首。尚未形成一种独特的时代风貌，缺乏开拓性和独创性。直到 11 世纪上半叶柳永等词人先后登上词坛之后，宋词才开始步入迅速发展的轨道。

与柳永同时的著名词人有范仲淹、张先、晏殊和欧阳修等人。他们的词作代表着 11 世纪上半叶（主要是宋真宗、仁宗两朝）词坛的最高成就和发展趋势。此期词坛的发展趋势是，既有因袭继承晚唐五代词风的一面，也有开拓革新的一面。其中柳永的词最富有开创性。

一、晏殊、欧阳修及其他词人

晏殊（991—1055）是北宋前期较早的词家，在当时的影响也较大。晏殊字同叔，江西临川人，少年时以"神童"被荐入朝，后屡历显要，官至仁宗朝宰相，生平爱好文学，又喜荐拔人才。叶梦得《避暑录话》说他爱好宾客，"每有佳客必留"，"亦必以歌乐相佐"。他的《珠玉词》大部分是在这种富贵优游的生活中产生的，因此流连诗酒、歌舞升平就成了这些词的共同内容。另一部分写离愁别恨的作品，是受了晚唐五代以来传统词风的影响，也是适应樽前花下歌妓们传唱的需要的。他的国家重臣地位和爱好文酒宴会的生活情趣都和南唐冯延巳相近，词风上也受他的影响。但由于他还处在表面承平的时期，他的词在雍容华贵之中，虽也不免流露寂寞衰迟之感，却没有像冯词里所透露的亡国前夕的忧伤。下面这首《浣溪沙》可略见他的成就：

　　　　一曲新词酒一杯，去年天气旧亭台，夕阳西下几时回？　　　无可奈何花落去，似曾相识燕归来，小园香径独徘徊。

全词在亭台如旧、香径依然的情境之中,流露春归花落、好景不长的轻愁。词句也轻清宛转,玉润珠圆。它是比较投合那些承平时期士大夫的胃口的。

和晏殊同时的张先(990—1078),字子野,乌程(浙江吴兴县)人。晏殊任开封府尹时曾辟为通判,历官至都官郎中。他的词主要也是抒写当时文人诗酒交欢的生活情趣,但已较多采用慢词形式,这对后来豪放派词家在用调上有一定的影响。他曾以"云破月来花弄影"、"帘压卷花影"、"柳径无人,堕风絮无影"及"不如桃杏,犹解嫁东风"等词句,被传为"三影郎中"或"桃杏嫁东风郎中"。这些清新明丽的词句,捕捉一时景物,表现了一定的艺术技巧,但从全词内容看,还是相当单薄的。

晏殊的幼子晏几道(约1030—约1106),字叔原,向来和晏殊合称二晏。晏几道的《小山词》写男女的悲欢离合,并没有超越前人的题材范围;但由于他经历过一段由富贵到贫穷的生活,他对于那些聪明而不幸的歌女,像他在词里所描写的莲、鸿、苹、云等,怀有同情,因此流露在这些词里的思想感情也比较深沉、真挚。又由于他生活在走向没落的官僚家族里,他的词就经常以感伤的笔调描写他过去的生活,词风更近于李煜。下面两首是较有代表性的作品。

> 梦后楼台高锁,酒醒帘幕低垂,去年春恨却来时;落花人独立,微雨燕双飞。　记得小苹初见,两重心字罗衣,琵琶弦上说相思,当时明月在,曾照彩云归。(《临江仙》)

> 彩袖殷勤捧玉钟,当年拼却醉颜红。舞低杨柳楼心月,歌尽桃花扇底风。　从别后,忆相逢,几回魂梦与君同。今宵剩把银釭照,犹恐相逢是梦中。(《鹧鸪天》)

前词写别后的凄凉,后词写重逢的惊喜。作者从生活里选择比较动人的场景,前后对照,来衬托出他的触景伤情和惊喜交集,在抒情小词里达到较高的艺术境界。

较早为宋词开辟新意境的是范仲淹和欧阳修。

范仲淹(989—1052)是怀有远大抱负的政治家,他并不以词知名,流传的词也只寥寥几首,但大都即景抒怀,表现了开阔而深沉的意境。像下面这首《苏幕遮》:

> 碧云天,黄叶地,秋色连波,波上寒烟翠。山映斜阳天接水,芳草无情,更在斜阳外。　黯乡魂,追旅思,夜夜除非,好梦留人睡。明月楼高休独倚,酒入愁肠,化作相思泪。

词上片所描绘的秋色,下片所抒发的乡愁,是向来词家多次重复过的内容,却依然能给人比较新鲜的感受。由于作者胸襟的开朗和感情的真挚,可以直书所见,直写所感,而不像有些婉约派词家的忸怩作态。他的《渔家傲》通过边塞的凄清景象表现边防将士忧国的深心,更上承唐人的边塞诗,为宋词开拓新的领域。

> 塞下秋来风景异,衡阳雁去无留意。四面边声连角起,千嶂里,长烟

落日孤城闭。　　　浊酒一杯家万里，燕然未勒归无计。羌管悠悠霜满地，人不寐，将军白发征夫泪。

欧阳修词收在《六一词》和《醉翁琴趣外编》中的有 200 多首，是当时写词较多的作家。欧词大部分是描写爱情的作品，同他在诗文里所表现的庄重严肃的儒家面目大不相同。这部分词受冯延巳影响较深，同时也受当时民间俚曲的影响。词家向来以欧、晏并称，主要就这一方面说。试看这首《踏莎行》：

候馆梅残，溪桥柳细，草熏风暖摇征辔。离愁渐远渐无穷，迢迢不断如春水。　　　寸寸柔肠，盈盈粉泪，楼高莫近危栏倚。平芜尽处是春山，行人更在春山外。

词在抒发游子思家之情的同时，联想到闺中人的登高怀远，并致其劝慰之意，流露了词人对思妇心情的体贴。又通过离愁不断如春水的妙喻和行人更在春山外的设想，构成了清丽而芊绵的意境。此外如《蝶恋花》"庭院深深深几许"，《临江仙》"柳外轻雷池上雨"等首，也都色调鲜明，情思深远，成就在晏殊、张先之上。

欧词里还有部分直接表现个人抱负的作品。这些词大多数写在后期。如他题咏颖州西湖的 10 首《采桑子》，表现了作者啸傲湖山、流连风月的洒脱情怀。又如《朝中措》（平山堂）：

平山栏槛倚晴空，山色有无中。手种堂前垂柳，别来几度春风。
文章太守，挥毫万字，一饮千钟。行乐直须年少，尊前看取衰翁。

出现在这首诗词里的形象，很像是《醉翁亭记》里"苍颜白发"的滁州太守。在这类词里，他还感慨宦途的风波，叹息年华的消逝，如《圣无忧》"世路风波险"、《采桑子》"十年前是樽前客"等首，流露了他在政治上多次遭到挫折的生活感受。但欧阳修毕竟是在北宋前期的政治斗争和诗文革新运动中都起了积极作用的人物，因而在词中偶尔也有"便须豪饮敌青春，莫对新花羞白发"（《玉楼春》），"白首相逢，莫话衰翁，但斗樽前笑语同"（《采桑子》）的自我宽慰的词句，并不全是悲观消极的呻吟。

欧阳修在部分即景抒怀的词里洗刷了晚唐、五代以来的脂粉气味和婉约情调，使词格向清疏峻洁方面发展。如写颖州西湖的"无风水面琉璃滑，不觉船移，微动涟漪，惊起沙禽掠岸飞"（《采桑子》），写亭林的"一派潺缓流碧涨，新亭四面山相向，翠竹岭头明月上，迷俯仰，月轮正在泉中漾"（《渔家傲》），写围场的"霜重鼓声寒不起，千人指，马前一雁寒空坠"（《渔家傲》）。出现在这些词里的景物，不是一幅幅静止的画面，而像是在我们面前展开的一幕幕场景，作者的胸怀也就在这些明快的境界里袒露无遗。这说明作者已突破了词的传统题材和表现手法，跟当时诗文革新运动的精神取得某种程度的联系，为后来苏轼一派豪放词开先路。

二、柳永

差不多和欧阳修在词里流连湖光山色、表现洒脱情怀的同时,柳永却更多地从都市生活摄取题材,表现他生活在市民中间的感受,这是文人创作中一种新的现象,对后来通俗文学的发展有一定的影响。

柳永(约987—约1053),原名三变,字耆卿,崇安(福建崇安)人,是工部侍郎柳宜的少子。他少年时到汴京应试,由于擅长词曲,熟悉了许多歌妓,并替她们填词作曲,表现了一种浪子作风。当时有人在仁宗面前举荐他,仁宗批了四个字说:"且去填词"。柳永在受了这种打击之后,别无出路,就只好以开玩笑的态度,自称"奉旨填词柳三变",在汴京、苏州、杭州等都市过着一种流浪的生活。大约在他饱经封建统治阶级的白眼,少年时的"怪胆狂情"逐渐消退时,才改名柳永,考取进士,在浙江的桐庐、定海等处做过几任小官。晚年死于润州(江苏镇江县)。

柳永是北宋第一个专力写词的作家,他的《乐章集》传词将近200首。其中部分歌词写出北宋汴京的繁荣,有元宵的千门灯火、九陌香风,有清明前后的斗草踏青、斗鸡走马(可参看他的《迎新春》、《抛球乐》及《木兰花慢》(拆桐花烂漫)等词),场景都十分热闹。他在杭州写的《望海潮》词尤其著名。

> 东南形胜,三吴都会,钱塘自古繁华。烟柳画桥,风帘翠幕,参差十万人家。云树绕堤沙,怒涛卷霜雪,天堑无涯。市列珠玑,户盈罗绮,竞豪奢。　　重湖叠巘清嘉,有三秋桂子,十里荷花。羌管弄晴,菱歌泛夜,嬉嬉钓叟莲娃。千骑拥高牙,乘醉听箫鼓,吟赏烟霞。异日图将好景,归去凤池夸。

该词是为歌颂杭州州将的政绩写的,因此未免把当时都市的繁华和人民的和平生活过分美化了。相传金主完颜亮因此词"起投鞭渡江之志"(见《鹤林玉露》),虽不可靠,却可以想见它的社会影响。

《乐章集》里有大量描写妓女的词,比较集中地表现了柳永的狂荡生活和浪子作风。但由于柳永在封建统治阶级里曾长期被看作有才无行的文人,受到种种歧视和排挤,因此他对那些聪明而不幸的歌妓往往怀有同情。他在《迷仙引》、《集贤宾》里写她们怎样热切地盼望过正常的夫妇生活,在《斗百花》、《雨中花慢》、《定风波》里又曲折细致地传达出她们被一些轻薄少年欺骗时的痛苦心情。这部分歌词特别赢得宋元时期歌妓们的喜爱。

江湖流落的感受也是柳词的重要内容。他的《雨霖铃》词是这方面的代表作。

> 寒蝉凄切,对长亭晚,骤雨初歇。都门帐饮无绪,方留恋处,兰舟催发。执手相看泪眼,竟无语凝咽。念去去千里烟波,暮霭沉沉楚天阔。
> 多情自古伤离别,更那堪冷落清秋节。今宵酒醒何处?杨柳岸晓风残

月。此去经年,应是良辰好景虚设。便纵有千种风情,更与何人说!

这首词写离情别绪,达到了情景交融的艺术境界。"念去去千里烟波,暮霭沉沉楚天阔",词中主人公的黯淡心情给天容水色涂上了阴影;"今宵酒醒何处?杨柳岸晓风残月",写出他漂泊江湖的感受;"此去经年"以下,又传达出彼此关切的心情。此外如《八声甘州》、《夜半乐》等,也是这方面的成功之作。

从敦煌曲子词看,慢词早就在民间流行,但词家仿作的一直很少。柳永长期生活在市民阶层之中,接受了当时歌妓、乐工们的影响,大量创制慢词,这就为词家在小令之外提供了可以容纳更多内容的新形式。柳词在艺术表现上也自成风格,大部分作品都以白描见长;凡铺叙景物,倾吐心情,大都层次分明,语意刻露,绝少掩饰假借之处;又大量吸收口语入词,一扫晚唐五代词人的雕琢习气。下面这首《忆帝京》,就全用当时口语写成。

> 薄衾小枕凉天气,乍觉别离滋味。展转数寒更,起了还重睡。毕竟不成眠,一夜长如岁。 也拟把却回征辔,又争奈已成行计。万种思量,多方开解,只恁寂寞厌厌地。系我一生心,负你千行泪。

词的长短句形式本来比五七言诗更适合通过缓急轻重的语气表达人物内心情绪的起伏变化,柳永由于多用口语,就更显出了词调在这方面的优越性,而且对后来说唱文学和戏曲作家在曲辞的创作上有影响。柳词在宋元时期流传最广,相传当时"凡有井水饮处,即能歌柳词"(见叶梦得《避暑录话》),这不仅决定于内容,还由于这种表现形式更适合市民阶层的要求。

柳词里还有部分庆赏节令或称颂朝廷功德的作品,主要在为宋王朝点缀升平,同时也想借此博得功名,甚至"打抽丰"。许多为妓女写的词,还沾染了青楼调笑的作风。从柳永身上,可以看到一个缺乏理想的诗人,即使接触的生活面较广,艺术表现的手法较高明,也掩盖不了他思想本质上的缺陷。

第二节　北宋诗文革新运动

一、宋初三体

北宋太祖、太宗、真宗三朝诗坛,基本上还是沿袭晚唐五代的风格,以白体、晚唐体、西昆体为主。所谓"白体",是指模仿、效法白居易的诗歌风格,代表作家有李昉、徐铉等人。他们主要学习白居易的杂律诗和闲适诗,包括白居易与元稹、刘禹锡等人的唱和之作。内容多写官僚士大夫们的闲适生活,流连光景,风格平易浅显。如李昉和徐铉的《二李唱和集》、徐铉等人的《翰林唱和集》等。

白体诗人中成就最高的是王禹偁(954—1001)。王禹偁,字元之,济州巨野(今在山东省)人,有《小畜集》。他秉性刚正,直言敢谏,屡遭贬黜。他早年写过许多闲适诗,诗风朴素简淡。贬谪之后,开始自觉学习白居易的讽喻诗,创作了很多反映社会现实、同情人民困苦的诗篇。如《感流亡》诗描写因大旱而流离漂泊的灾民,对其悲惨遭遇深表同情:

> 老翁与病妪,头鬓皆皤然。呱呱三儿泣,茕茕一夫鳏。道粮无斗粟,路费无百钱。聚头未有食,颜色颇饥寒。……我闻斯人语,倚户独长叹。尔为流亡客,我为冗散官。(《小畜集》卷三)

除了白居易外,王禹偁还推崇杜甫。他称赞"子美集开新世界"(《小畜集》卷九《日长简仲咸》),并写有"本与乐天为后进,敢期子美是前身"之句。由于学习杜甫,王禹偁的诗歌成就在宋初白体诗中独树一帜。其代表作如《村行》:"马穿山径菊初黄,信马悠悠野兴长。万壑有声含晚籁,数峰无语立斜阳。棠梨叶落燕脂色,荞麦花开白雪香。何事吟余忽惆怅,村桥原树似吾乡。"(《小畜集》卷九)诗歌生动地描绘了山村秋日黄昏时的瑰丽景色,语言自然流畅,情感深沉含蓄,体现出对白体诗风的超越。

"晚唐体"诗人是指宋初诗坛上继承唐代贾岛、姚合苦吟诗风的一群诗人。由于贾岛、姚合的诗歌在晚唐五代相当流行,所以人们将称这种诗风称为"晚唐体"。代表作家有潘阆、魏野、林逋、九僧和寇准等人。

九僧是指希昼、保暹、文兆、行肇、简长、惟凤、宇昭、怀古、惠崇九位僧人。他们的诗歌继承了贾岛、姚合反复推敲的苦吟精神,善于以五言律诗来描绘清幽的山林景色和枯寂的隐逸生活,尤重炼句。如"虫迹穿幽穴,苔痕接断楼"(保暹《秋径》)、"磬断危杉月,灯残古塔霜"(惟凤《与行肇师宿庐山栖贤寺》)。缺点是内容贫乏,有句无篇。

林逋(967—1028),字君复,钱塘(今杭州)人。早岁漫游江淮间,"久之,归杭州,结庐西湖之孤山,二十年足不及城市"(《宋史》卷四百五十七《隐逸上》)。他终身不仕不娶,以植梅、养鹤为乐,有"梅妻鹤子"之称。其诗主要吟咏湖山胜景,抒写一种隐居自乐的情怀。风格清淡,意趣高远。如《秋日西湖闲泛》:"水气并山影,苍茫已作秋。林深喜见寺,岸静惜移舟。疏苇先寒折,残虹带夕收。吾庐在何处?归兴起渔讴?"(《林和靖先生诗集》卷一)他的咏梅诗尤其著名,如《山园小梅》:"众芳摇落独暄妍,占尽风情向小园。疏影横斜水清浅,暗香浮动月黄昏。霜禽欲下先偷眼,粉蝶如知合断魂。幸有微吟可相狎,不须檀板共金尊。"(《林和靖先生诗集》卷二)其中"疏影"一联借清溪、夜月来映衬梅花的骨秀神清,脍炙人口,受到后人激赏。

"西昆体"因杨亿所编《西昆酬唱集》一书而得名。它是宋初诗坛上声势最大的一派,风行北宋达五六十年之久,代表人物为杨亿、刘筠和钱惟演等。《西昆酬唱集》共收录了杨亿、刘筠、钱惟演、丁谓、张咏等 17 位作者相互唱酬的 247 首诗。这些人大多为馆阁文士,诗歌仿效李商隐,兼重唐彦谦。一些优秀之作往往对仗工稳,用事深密,文字华美。相对于宋初白体、晚唐体而言,这种华丽深密的诗风意味着诗歌艺术的进步,并且初步反映出北宋王朝的堂皇气象。不过,杨亿等西昆诗人往往只追求李商隐诗歌中的华丽辞藻和对仗工整的形式美,缺乏李诗的真挚情感和人生感喟,模仿有余而创意不足,缺少内在的气韵。

西昆体直到仁宗一朝也未完全衰落。晏殊、宋祁、文彦博等诗人时有清新之作,虽出自昆体却不为所囿。如晏殊《寓意》一诗写邂逅之情,属对精切,真挚动人,堪称昆体别调。

二、北宋前期的古文

在中国文学史上,宋代散文占有重要地位。有宋三百多年间,散文名家辈出,佳作如林,不仅作家阵容比唐代更为壮大,而且作品的内容、形式和语言、风格,也都比唐代散文有新的开拓。明代茅坤《唐宋八大家文钞》标举韩愈、柳宗元、欧阳修、苏洵、苏轼、苏辙、王安石、曾巩为古文八大家,其中宋代占了六位,由此可见宋代古文成就之高,影响之大。

中唐时韩愈、柳宗元所倡导的古文运动,到唐末已经式微,而自六朝以迄中唐始终受到崇尚的骈文,又重新弥漫文坛。北宋结束了晚唐五代长期分裂割据的局面,但文学创作仍然延续了晚唐五代绮靡浮艳的文风。一些著名文人如李昉、陶谷、徐铉、刁衎、陈彭年、句中正等,均为后周、南唐词臣,他们的文章多为骈体,风格浮艳。

柳开等人首先旗帜鲜明地提出复古主张,反对五代余风。《宋史·梁周翰传》载:"五代以来,文体卑弱,周翰与高锡、柳开、范杲飞尚淳古,齐名友善,当时有高、梁、柳、范之称。"

柳开(947—1000),字仲涂,大名人,有《河东先生集》。他仰慕韩愈和柳宗元,自名为肩愈,字绍元,后来又改名开,字仲涂,表示要肩负韩、柳的古文事业,"开古圣贤之道于时也"(《补亡先生传》)。柳开强调道统和文统的合一,自称:"吾之道,孔子、孟轲、扬雄、韩愈之道。吾之文,孔子、孟轲、扬雄、韩愈之文也。"(《应责》)他把文看作是明道的工具,并因此而反对文体华艳:"文章为道之筌也,筌可妄作乎?筌之不良,获斯失矣。女恶容之厚于德,不恶德之厚于容也。文恶辞之华于理,不恶理之华于辞也。"(《上王学士第三书》)这种理论对于矫正五代宋初的浮华文风起到了一定作用。不过,由于柳开过分强调儒道的重要性而忽视文采,而他所谓的"道"又仅仅指儒家"圣贤之道",因而极易使文学沦为道统的附庸。再兼以柳开为人粗豪狂诞,文章又写得艰涩难读,所以尽管他大声疾呼,却应者寥寥,对文坛的影响有限。《四库全书总目·河东集提要》谓:"宋朝变偶俪为古文,实自开始。惟体近艰涩,是其所短耳。"这比较准确地指出了柳开在宋代古文运动中的先驱地位及其不足之处。

继柳开之后,穆修(979—1032)等人继续倡导韩、柳古文。当时西昆派的骈体已风行一时,穆修便刊刻韩、柳文集与之对抗,并亲自在东京大相国寺出售。姚铉(968—1020)则编选《唐文粹》,其文章部分摒弃骈体,专录古文。穆修还成功地培养了一些写作古文的弟子,如祖无择、尹洙、苏舜钦等,他们后来都成了古文运动的中坚人物。

与柳开同时从理论和创作实践上反对骈体文风,而成就、影响远远超过柳开的是王禹偁。早在宋太宗淳化年间,王禹偁就提出了改革文风的意见,认为"咸通以来,斯文不竞,革弊复古,宜其有闻。"后来,在《答张扶书》、《再答张扶书》中,他又系统地阐述了自己的革新目标是"远师六经,近师吏部,使句之易道,义之易晓";指出文章的功用在于"传道而明心",表达道理和个人见解,不应该"语皆迂而艰也,义皆昧而奥也"。在创作方面,他比柳开更加强调文风的平易。文章言之有物,清丽疏朗,在宋初文坛上独树一帜。其代表作如《黄州新建小竹楼记》:

> 远吞山光,平挹江濑,幽阒辽夐,不可具状。夏宜急雨,有瀑布声;冬宜密雪,有碎玉声;宜鼓琴,琴调虚畅;宜咏诗,诗韵清绝;宜围棋,子声丁丁然;宜投壶,矢声铮铮然,皆竹楼之所助也。公退之暇,披鹤氅衣,戴华阳巾,手执《周易》一卷,焚香默坐,销遣世虑。江山之外,第见风帆、沙鸟、烟云、竹树而已。待其酒力醒,茶烟歇,送夕阳,迎素月,亦谪居之胜概也。
> (《小畜集》卷十七)

这一节以简洁而富有情趣的文笔,描绘了寓居竹楼所领略到的独特风光和琴棋雅趣,既有古文的疏朗流畅,也不废骈体文字对称、音调铿锵的优点,堪称宋初古文的精品。此外,其议论文如《待漏院记》,叙事文如《唐河店妪传》等,继承了韩、柳的传统而文字平易,显示出一种新文风的端倪。

三、欧阳修与诗文革新

欧阳修(1007—1072),字永叔,号醉翁,晚年又号六一居士,庐陵(今江西吉安)人,著有《欧阳文忠公集》。他是北宋诗文革新运动的领袖,其诗歌创作成就虽不及散文,但也颇具个性,开始形成了与唐诗不同的独特风格。今存古近体诗 800 佘首。他重视诗歌的讽喻劝诫作用,认为"诗之作也,触事感物,文之以言,善者美之,恶者刺之。"(《诗本义》卷十四)他的《边户》、《食糟民》等作品便是这种理论的实践。

欧阳修的诗歌中写得最为出色的,还是那些表现个人的生活经历、抒发个体情怀,以及描写山水景物的作品。例如《戏答元珍》:"春风疑不到天涯,二月山城未见花。残雪压枝犹有橘,冻雷惊笋欲抽芽。夜闻归雁生乡思,病入新年感物华。曾是洛阳花下客,野芳虽晚不须嗟。"(《欧阳文忠公集》卷十一)这首诗是欧阳修被贬为峡州夷陵(今湖北宜昌)令时作。前四句描写荒远山城的凄凉春景,后四句抒发了自己贬谪后的落寞情怀,篇末故作宽慰之语,委婉感人。

欧阳修的诗在艺术上受韩愈的影响较大,主要体现在散文手法和以议论入诗,同时却着意避免韩愈的险怪艰涩之弊。如《再和明妃曲》:

> 汉宫有佳人,天子初未识。一朝随汉使,远嫁单于国。绝色天下无,一失难再得。虽能杀画工,于事竟何益?耳目所及尚如此,万里安能制夷狄?汉计诚已拙,女色难自夸。明妃去时泪,洒向枝上花。狂风日暮起,飘泊落谁家?红颜胜人多薄命,莫怨春风当自嗟。(《欧阳文忠公集》卷八)

诗中夹叙夹议,议论精警,开宋诗以文为诗之风。

他同时又深受李白的影响,语言清新流畅,并与自己特有的委婉平易的章法融合,形成了一种流丽婉转的风格。如《春日西湖寄谢法曹歌》:"西湖春色归,春水绿于染。群芳烂不收,东风落如糁。参军春思乱如云,白发题诗愁送春。遥知湖上一樽酒,能忆天涯万里人。万里思春尚有情,忽逢春至客心惊。雪消门外千山绿,花发江边二月晴。少年把酒逢春色,今日逢春头已白。异乡物态与人殊,惟有东风旧相识。"(《欧阳文忠公集》卷二)全诗情感跌宕起伏,文气宛转自如。其他如《庐山高赠同年刘中允归南康》、《太白戏圣俞》等作品,均是步趋李白之作。叶梦得认为,"欧阳文忠公诗始矫昆体,专以气格为主,故其言多平易疏畅。"(《石林诗话》)这是很中肯的评价。

与欧阳修一起为宋诗开拓出新路的,还有梅尧臣和苏舜钦。

梅尧臣(1002—1060),字圣俞,宣州宣城(今安徽宣城)人。宣城旧名"宛陵",故世人尊其为"宛陵先生",有《宛陵先生集》。梅尧臣的诗歌现存2800多首,题材广泛,其中有很多反映社会弊端、同情民生疾苦的作品。例如《小村》:"淮阔洲多忽有村,棘篱疏败漫为门。寒鸡得食自呼伴,老叟无衣犹抱孙。野艇鸟翘唯断缆,枯桑水啮只危根。嗟哉生计一如此,谬入王民版籍论。"(《宛陵先生集》卷十四)诗中描写了农村的残破荒凉,对苦难的民众充满了同情。他还写有很多政治时事诗。或以寓言形式来讽刺邪恶势力,如《猛虎行》、《啄木》;或者直书其事,抨击权贵,如《书窜》、《送苏子美》等。

不过,最能体现梅诗开拓精神的是那些以日常生活琐事为题材的作品。他的很多诗歌成功地实现了对唐诗题材的拓展,把笔触伸向生活中的一草一木,一边一角。如《食荠》、《扪虱得蚤》等。与题材趋向平凡化相应,梅诗在艺术风格上以"平淡"为最高美学目标,认为"作诗无古今,唯造平淡难"(《宛陵先生集》卷四六《读邵不疑学士诗卷,杜挺之忽来,因出示之,且伏高致,辄书一时之语以奉呈》)。这种"平淡",是指一种超越雕润绮丽的老成风格。例如《东溪》:"行到东溪看水时,坐临孤屿发船迟。野凫眠岸有闲意,老树着花无丑枝。短短蒲茸齐似剪,平平沙石净于筛。情虽不厌住不得,薄暮归来车马疲。"(《宛陵先生集》卷四三)诗歌语言看似平淡枯涩,却细致真实地表现出非同寻常的景物,化丑为美,化俗为雅,并以哲理性的思考贯穿其中,别有一股老健之气。另一首《鲁山山行》也是名作:"适与野情惬,千山高复低。好峰随处改,幽径独行迷。霜落熊升树,林空鹿饮溪。人家在何处?云外一声鸡。"(《宛陵先生集》卷七)诗人对暮秋山间萧瑟景色描写入微,结句尤为蕴藉,情趣隽永。

梅尧臣诗歌的题材与风格都开一代风气之先,"去浮靡之习,超然于昆体极弊之际;存古淡之道,卓然于诸大家未起之先。"(《宛陵先生集》附录)后人甚至推为宋诗开山之祖:"本朝诗惟宛陵为开山祖师。宛陵出,然后桑濮之哇淫稍息,风雅之气脉复续,其功不在欧、尹下。"(刘克庄《后村诗话》卷二)

苏舜钦(1008—1048),字子美,开封(今属河南)人,与梅尧臣齐名,时称"苏梅",有《苏学士文集》。他性格豪迈,胸怀大志,诗风也雄豪奔放,颇受时人推重。如《中秋夜吴江亭上对月怀前宰张子野及寄君谟蔡大》:

> 独坐对月心悠悠,故人不见使我愁。古今共传惜今夕,况在松江亭上头。可怜节物会人意,十日阴雨此夜收。不惟人间重此月,天亦有意于中秋。长空无瑕露表里,拂拂渐渐寒光流。江平万顷正碧色,上下清澈双璧浮。自视直欲见筋脉,无所逃遁鱼龙忧。不疑身世在地上,只恐槎去触斗牛。景清境胜返不足,叹息此际无交游。心魂冷烈晓不寝,勉为笔此传中州。(《苏学士文集》卷二)

全诗想象奇特,笔力酣畅,赋予宁静柔和的月夜以雄阔的意境。另一首小诗《淮中晚泊犊头》写舟行淮河、晚泊犊头的景色,寓情于景,颇富理趣:"春阴垂野草青青,时有幽花一树明。晚泊孤舟古祠下,满川风雨看潮生。"(《苏学士文集》卷七)

与诗歌的创新几乎同步,在文体的革新方面,欧阳修也作出了巨大努力。经过柳开、王禹偁、穆修、尹洙等古文家的努力,针对骈俪文风进行革新的思潮逐渐形成。宋仁宗庆历(1041—1048)前后,由于范仲淹等人领导的庆历革新运动急需儒学理论的指导,以及更切于实用的文学形式,一度受到冷落的古文传统重新得到了继承和发扬。欧阳修当仁不让地担负起诗文革新的历史重任,开创了有宋一代文风。

在欧阳修主持文坛以前,以西昆体为代表的骈俪文风已经受到了古文家们的严厉批评。如石介曾著《怪说》三篇,猛烈攻击杨亿之文"穷妍极态,缀风月,弄花草,淫巧侈丽,浮华纂组。刓镂圣人之经,破碎圣人之言,离析圣人之意。"在他的影响下,风靡一时的西昆体一度消歇。可是,石介在抨击西昆体的过程中矫枉过正,在抛弃西昆体华美密丽文风同时,重新走上了宋初柳开等古文家险怪艰涩的老路,形成了影响颇大的怪僻生涩的"太学体"。这样,欧阳修在反对西昆体的同时,还必须反对古文内部的不良倾向——生涩怪僻的"太学体"。宋仁宗嘉祐二年(1057),欧阳修知贡举,对文风险怪的士子痛加排抑,拨正了古文运动前进的方向。

在文学理论方面,柳开、穆修、石介等古文家都不同程度上存有重道轻文,甚至完全把文学看作道统附庸的倾向。欧阳修则与之不同。首先,他认为儒家之道与现实生活密切相关,而非深奥艰僻:"六经之所载,皆人事之切于世者。"(《答李诩第二书》)其次,他强调文道并重,认为"道纯则充于中者实,中充实则发为文者辉光"(《答祖择之书》),又认为"其言之所载者大且文,则其传也彰;言之所载者不文而又小,则其传也不彰"(《代人上王枢密求先集序书》),进而提出文具有独立的性质,并非道之附属品:"古人之学者非一家,其为道虽同,言语文章,未尝相似。"(《与乐秀才书》)这无疑大大地提高了文的地位,与柳开等人将文单纯视为传道的工具有所不同。

对于韩、柳古文,欧阳修也并不盲目崇古,而是有所选择。他取法的是韩愈文从字顺的一面,对韩文中奇险深奥的倾向则弃而不取。同时,欧阳修对骈体文的艺术成就也并未一概否定,对杨亿等人"雄文博学,笔力有余(《六一诗话》)"也颇为赞赏。这样,欧阳修在理论上既纠正了柳开、石介的偏颇,又矫正了韩、柳古文的某些缺点,并且吸取骈体文的优点,为北宋的诗文革新建立了正确的指导思想,为宋代古文的发展开辟了广阔的前景。

欧阳修的散文题材丰富,形式多变。无论是议论,还是叙事,都是有为而作,有感而发。他的政论文内容以国事民生为主,剖析时弊,析理透彻,议论剀切。如《本论》针对朝政弊端,标举治国的根本方略;《原弊》反映农民所承受的惨重剥削,指出政府不知节用爱民;《与高司谏书》揭露、批评高若讷在政治上见风使舵的卑劣行为;《朋党论》针对保守势力诬蔑范仲淹等人结为朋党的言论,旗帜鲜明地提出"小人无朋,唯君子则有之"的论点,有力地驳斥了政敌的谬论,显示了革新者的凛然正气。他的史论文通过评论历史事件,总结教训经验,表达了作者鲜明的褒贬,在为统治者提出警鉴的同时,还掺入了自己强烈的历史兴亡盛衰之感,具有强烈的艺术感染力,如《明宗纪论》等。

欧阳修的记叙文言之有物,写法多变,描写细腻,叙事流畅。如《泷冈阡表》,追忆父母的嘉言懿行,娓娓道来,不假藻饰,真诚细腻,相当感人。《尹师鲁墓志铭》称述古文家尹洙的文章风节,悼惜他困顿不遇,叙述得体,评价适当。《六一居士传》则以疏宕的文笔抒写自己晚年的爱好和志趣,足以媲美陶渊明的《五柳先生传》。

不管是政论文、史论文,还是记叙文,欧阳修都擅长把自己强烈的主观感情投射其中。他的政论文慷慨陈词,感情激越;史论文则低回往复,感慨淋漓;记叙文则融抒情、描写、叙述于一体,情文并至。在他的笔下,古文的实用性和审美性得到了完美融合。如《释秘演诗集序》:

> 浮屠秘演者,与曼卿交最久,亦能遗外世俗,以气节自高,二人欢然无所间。曼卿隐于酒,秘演隐于浮屠,皆奇男子也。然喜为歌诗以自娱,当其极饮大醉,歌吟笑呼,以适天下之乐,何其壮也! 一时贤士,皆愿从之游,予亦时至其室。十年之间,秘演北渡河,东之济、郓,无所合,困而归。曼卿已死,秘演亦老病。嗟夫! 二人者,予乃见其盛衰,则予亦将老矣夫!
>
> (《欧阳文忠公文集》卷四一)

文章寥寥数笔,便写出了释秘演、石曼卿两位奇士豪宕磊落的性情和落拓不偶的遭际,而作者对两人的敬重惋惜之情以及对时光流逝、人事变迁的感慨也洋溢于字里行间,感人至深。

欧阳修的散文语言简洁流畅,文气纡徐委婉,创造了一种平易自然的新风格,在韩文的雄肆、柳文的峻切之外别开生面。后人称之为"六一风神"。如《醉翁亭记》:

> 环滁皆山也。其西南诸峰,林壑尤美。望之蔚然而深秀者,琅琊也。山行六七里,渐闻水声潺潺而泻出于两峰之间者,酿泉也。峰回路转,有亭翼然临于泉上者,醉翁亭也。作亭者谁? 山之僧智仙也。名之者谁? 太守自谓也。太守与客来饮于此,饮少辄醉,而年又最高,故自号曰醉翁也。醉翁之意不在酒,在乎山水之间也。山水之乐,得之心而寓之酒也。
>
> 若夫日出而林霏开,云归而岩穴暝,晦明变化者,山间之朝暮也。野芳发而幽香,佳木秀而繁阴,风霜高洁,水清而石出者,山间之四时也。朝而往,暮而归,四时之景不同,而乐亦无穷也。至于负者歌于途,行者休于树,前者呼,后者应,伛偻提携,往来而不绝者,滁人游也。临溪而渔,溪深而鱼肥;酿泉为酒,泉香而酒洌。山肴野蔌,杂然而前陈者,太守宴也。宴酣之乐,非丝非竹,射者中,弈者胜,觥筹交错,起坐而諠哗者,众宾欢也。苍颜白发,颓然乎其间者,太守醉也。
>
> 已而夕阳在山,人影散乱,太守归而宾客从也。树林阴翳,鸣声上下,游人去而禽鸟乐也。然而禽鸟知山林之乐而不知人之乐,人知从太守游而乐,不知太守之乐其乐也。醉能同其乐,醒能述以文者,太守也。太守谓谁? 庐陵欧阳修也。(《欧阳文忠公文集》卷三九)

文章写景层次分明,由远而近,由面到点。在句法上则先描叙后说明,每个分句以"也"字作结,文气疏缓跌宕,音调谐美。语言则平易晓畅,简洁凝练,圆融轻快,毫无滞涩窘迫之感。作者深沉的感慨、疏放的情怀,都以委婉含蓄的语气娓娓道来,纡徐有致。

欧阳修还创造性地发展了文赋和四六。他改造了前代的骈赋和律赋,去除了排偶、限韵的规定,改以单笔散体作赋,创造了文赋。其名作如《秋声赋》:

> 欧阳子方夜读书,闻有声自西南来者,悚然而听之,曰:"异哉!初淅沥以萧飒,忽奔腾而砰湃,如波涛夜惊,风雨骤至。至其触于物也,鏦鏦铮铮,金铁皆鸣;又如赴敌之兵,衔枚疾走,不闻号令,但闻人马之行声。"余谓童子:"此何声也?汝出视之。"童子曰:"星月皎洁,明河在天,四无人声,声在树间。"
>
> 余曰:"噫嘻悲哉!此秋声也,胡为乎来哉?盖夫秋之为状也,其色惨淡,烟霏云敛;其容清明,天高日晶;其气栗冽,砭人肌骨;其意萧条,山川寂寥。故其为声也,凄凄切切,呼号愤发,丰草绿缛而争茂,佳木葱茏而可悦。草拂之而色变,木遭之而叶脱。其所以摧败零落者,乃其一气之余烈。夫秋,刑官也,于时为阴。又兵象也,于行为金。是谓天地之义气,常以肃杀而为心。天之于物,春生秋实,故其在乐也,商声主西方之音,夷则为七月之律。商,伤也,物既老而悲伤。夷,戮也,物过盛而当杀。嗟乎!草木无情,有时飘零,人为动物,惟物之灵。百忧感其心,万事劳其形。有动乎中,必摇其精,而况思其力之所不及,忧其智之所不能?宜其渥然丹者为槁木,黟然黑者为星星。奈何以非金石之质,欲与草木而争荣?念谁为之戕贼,亦何恨乎秋声?"
>
> 童子莫对,垂头而睡,但闻四壁虫声唧唧,如助余之叹息。(《欧阳文忠公文集》卷十五)

这篇赋从多方面描绘了秋夜的物态,以巧妙的比喻把不可捉摸的秋声写得生动具体。文中一方面既保留了骈赋、律赋的铺陈排比、骈词俪句及设为问答的形式特征,另一方面却大胆地打破了传统的骈赋、律的格律模式,呈现出活泼流动的散体倾向。这一成功尝试,确立了文赋的地位,对后世影响深远

在四六体方面,欧阳修也进行了有力的革新。《四六丛话》卷三三谓:"宋初诸公,骈体精敏工切,不失唐人矩镬。至欧公创为古文,而骈体一变其格,始以排戛古雅争胜古人。"宋初四六未脱唐人旧制。欧阳修虽然也遵守旧制用四六体来写公牍文书,但他常参用散体之法,运以古文的单行笔法,少用故事成语,不求对偶工切,给这种骈四俪六的文体注入了新的活力。如《蔡州乞致仕第二表》:

> 伏念臣世惟寒陋,少苦奇屯,识不达于古今,学仅知于章句。名浮于实,用之始见于无能;器小易盈,过则不胜于几覆。徒以早遭千龄之亨会,误蒙三圣之奖知。宠荣既溢其涯,忧患亦随而至。禀生素弱,顾身未老而先衰;大道甚夷,嗟力不前而难强。每念恩私之莫报,兼之疾病以交攻。

爰于守亳之初,遂决窜漳之计。逮此三迁于岁律,又更两易于州符。而犬马已疲,理无复壮;田庐甚迩,今也其时。是敢更殚蝼蚁之诚,仰冀乾坤之造。况今时不乏士,物咸遂生,兔雁去来,固不为于多少;鸢鱼上下,皆自适于飞潜。苟遂乞于残骸,庶少偿其夙志。(《欧阳文忠公文集》卷九〇)

作为一代文坛盟主,欧阳修团结同道,汲引后进,引荐识拔了苏洵、王安石、苏轼、苏辙、曾巩等大批后起之秀,从而不负众望地完成了宋代诗文革新的历史使命。

四、王安石与王令

王安石(1021—1086),字介甫,晚号半山。曾封荆国公,世称王荆公;卒谥文,故又称王文公,著有《临川先生文集》。他是抚州临川(今江西临川)人,宋仁宗庆历二年(1042)进士,此后在鄞县、舒州、常州等任地方官。宋神宗熙宁二年(1069),王安石任参知政事,次年拜相,主持变法,希望通过新法来富国强兵,由此引起了司马光等人的反对,并导致了北宋后期长达数十年的新旧党争。熙宁九年(1076),王安石罢相退居江宁,宋哲宗元祐元年(1086)卒。

王安石早期的诗歌或议论时政,或咏物咏史,直抒抱负,风格遒劲,锋芒毕露。如《河北民》描写边界人民在大灾之年的悲惨生活,《兼并》、《发廪》等诗批判社会中的兼并现象,都极具现实批判性。一些抒怀之作,“诗语惟其所向,不复更为涵蓄。如‘天下苍生待霖雨,不知龙向此中蟠’,又‘万绿丛中红一点,动人春色不须多’,‘平治险秽非无力,润泽焦枯是有材’之类,皆直道其胸中事”(叶梦得《石林诗话》)。

他的咏史诗写得尤其出色。这些作品大都寄托着他卓越的政治见解和学术思想,并蕴含着强烈的个人情感,体现出对晚唐咏史诗的新发展。如《贾生》:“一时谋议略施行,谁道君王薄贾生? 爵位自高言尽废,古来何啻万公卿?”前人咏贾谊,多着眼于其才高位下的悲剧命运,王安石却独排众议,认为贾谊的政治主张多被汉廷采纳,作为政治家而言,其命运远胜于那些徒得高官厚禄却一事无成者。又如作于宋仁宗嘉祐四年的《明妃曲》二首:

明妃初出汉宫时,泪湿春风鬓脚垂。低个顾影无颜色,尚得君王不自持。归来却怪丹青手,入眼平生未曾有。意态由来画不成,当时枉杀毛延寿。一去心知更不归,可怜着尽汉宫衣。寄声欲问塞南事,只有年年鸿雁飞。家人万里传消息,好在毡城莫相忆。君不见咫尺长门闭阿娇,人生失意无南北。

明妃初嫁与胡儿,毡车百辆皆胡姬。含情欲说独无处,传与琵琶心自知。黄金捍拨春风手,弹看飞鸿劝胡酒。汉宫侍女暗垂泪,沙上行人却回首。汉恩自浅胡自深,人生乐在相知心。可怜青冢已芜没,尚有哀弦留至今。(《临川先生文集》卷四)

153

前人咏王昭君,或描述其流落胡地的悲惨命运,或骂毛延寿,或写昭君之眷恋君恩,而此诗却说昭君之美本非画像所能传达,她流落异域的命运也未必比终老汉宫更为不幸,体现了一种求新求变的精神。而结尾"人生失意无南北"、"人生乐在相知心"的议论,更是精警深刻,充分体现了宋诗长于议论的特征。

晚年退居江宁后,王安石流连山水,咏诗学佛,写了大量的写景抒情小诗。这些作品语言技巧的运用更加精湛圆熟,精深华妙,在诗坛上享有盛誉。叶梦得《石林诗话》谓:"王荆公晚年诗律尤精严,造语用字,间不容发。然意与言会,言随意遣,浑然天成,殆不见有牵率排比处。"如《北山》:"北山输绿涨横陂,直堑回塘滟滟时。细数落花因坐久,缓寻芳草得归迟。"《书湖阴先生壁》:"茅檐长扫静无苔,花木成畦手自栽。一水护田将绿绕,两山排闼送青来。"《岁晚》:"月映林塘澹,风含笑语凉。俯窥怜绿净,小立伫幽香。携幼寻新的,扶衰坐野航。延缘久未已,岁晚惜流光。"这些诗歌描写细致,修辞巧妙,韵味深永,深具丰神远韵,体现出向唐诗的复归。

王令(1032—1059),字逢原,王安石的好友,著有《广陵集》。他才高命蹇,英年早逝,但其诗歌创作却风格雄伟奔放,语言奇崛有力,充满着浪漫色彩。《四库全书总目》卷一四三《广陵集》提要谓:"令才思奇轶,所为诗磅礴奥衍,大率以韩愈为宗,而出入于卢仝、李贺、孟郊之间,虽得年不永,未能锻炼以老其材,或不免纵横太过,而视局促剽窃者流则固侃侃乎远矣。"如长篇五古《梦蝗》借蝗虫申辩来揭露人间的种种不平等现象,痛斥贪官污吏等寄生虫对人民造成的灾难烈于蝗虫,构思奇特,笔锋犀利。另一首《暑旱苦热》也具有开阔雄大的意境,其想象之丰富、气魄之雄伟在宋诗中罕见:

> 清风无力屠得热,落日着翅飞上山。人固已惧江海竭,天岂不惜河汉干?昆仑之高有积雪,蓬莱之远常遗寒。不能手提天下往,何忍身去游其间!(《广陵集》卷九)

王安石也是北宋古文运动的重要推动者。他的文学观点以重道崇经为指导思想,主张文章要"务为有补于世"和"以适用为本",强调文章应有补于政教,甚至提出:"治教政令,圣人之所谓文也。"(《与祖择之书》)他的散文创作基本上贯彻了这种文学主张,许多是直接为其政治观点服务的。他的政论文富有强烈的现实针对性,论点鲜明,逻辑严密,说服力很强。例如《上仁宗皇帝言事书》、《本朝百年无事札子》等,对宋王朝的现实形势作了深刻的分析,从而证明实行变法的必要性和可能性。篇幅宏伟,脉络井然,条分缕析,"如大将将数十万兵而不乱,中间丝联绳牵,提掣起伏,照应收缴,动娴法则,极长篇之能事"(沈德潜《唐宋八大家文读本》),堪称古代政论中的一流之作。

王安石的一些短文往往更能体现其古文风格,那就是直陈己见,不枝不蔓,简洁峻切,短小精悍。如变法其间,司马光写了 3000 多字的书信来指责新法,王安石的回信《答司马谏议书》则只以 380 字作答。文章集中笔墨对司马光信中关于"侵官"、"生事"、"征利"、"拒谏"、"招怨"五点指责逐条批驳,语意廉悍,文笔犀利。极度简洁的语言,相当严谨的逻辑,再加上咄咄逼人的气势,便形成了清人刘熙载所谓"瘦硬通神"(《艺概》)的独特风貌。如史论《读孟尝君传》:

> 世皆称孟尝君能得士,士以故以归之,而卒赖其力,以脱于虎豹之秦。嗟乎! 孟尝君特鸡鸣狗盗之雄耳,岂足以言得士? 不然,擅齐之强,得一士焉,宜可以南面而制秦,尚何取于鸡鸣狗盗之力哉? 夫鸡鸣狗盗之出其门,此士之所以不至也。(《临川先生文集》卷七一)

孟尝君是战国时期四公子之一,素以养士著称。此文却一反常见,指出孟尝君只是一鸡鸣狗盗之徒,不足以言得士。全文只有 90 个字,共分四层。第一层提出世俗之见作为论题;第二层以一针见血的断语予以反驳;第三层摆出论据,谓孟尝君有强大的齐国作为后盾,若真能得士,定可制服强秦,决胜千里;第四层翻转定案,归结全文。文章表现出王安石作为一名政治家的非凡识度和宏大气魄,其论证逻辑的出发点,在于他对"士"的认识与世俗的"游士"、"策士"迥然有异。故文章篇幅虽短,但词气凌厉而贯注,势如破竹,横扫群议,尺幅之中,寓有千里之势。他的另外一些小品文,如《读柳宗元传》、《知人》、《太古》等,都只是一二百字的短文,但言简意深,别具真知灼见。

王安石充分发挥了古文的实际功用,大大提高了这种文体的实用价值,这对古文的发展是很有裨益的。不足之处在于,他对古文的艺术形象重视不够,规模稍狭。

曾巩(1019—1083),字子固,江西南丰人,仁宗嘉祐二年(1057)进士,曾任越州通判,知齐州、洪州、福州等,官至中书舍人。著有《元丰类稿》、《续元丰类稿》等。曾巩是欧阳修的高足,文章风格也和欧阳修接近,同时更趋简古谨严。在结构方面,曾文谨于布置,富有法度,讲究文势曲折,抑扬开合;语言则峻洁有力,简奥不晦。前人谓其风格"纡徐曲折,说尽事情"(吕本中《童蒙诗训》),"节奏从容和缓"(吕祖谦《古文关键》),"其气味尔雅深厚"(刘熙载《艺概》),等等,颇中其的。如《墨池记》:

> 临川之城东,有地隐然而高,以临于溪,曰新城。新城之上,有池洼然而方以长,曰王羲之之墨池者,荀伯子《临川记》云也。羲之尝慕张芝临池学书,池水尽黑,此为其故迹,岂信然邪?
>
> 方羲之之不可强以仕,而尝极东方,出沧海,以娱其意于山水之间。岂有徜徉肆恣,而又尝自休于此邪? 羲之之书晚乃善,则其所能盖亦以精力自致者,非天成也。然后世未有能及者,岂其学不如彼邪? 则学固岂可以少哉! 况欲深造道德者邪?

墨池之上，今为州学舍。教授王君盛恐其不章也，书"晋王右军墨池"
之六字于楹间以揭之，又告于巩曰："愿有记。"推王君之心，岂爱人之善，
虽一能不以废，而因以及乎其迹邪？其亦欲推其事以勉其学者邪？夫人
之有一能，而使后人尚之如此，况仁人庄士之遗风余思，被于来世者如何
哉！（《元丰类稿》卷十七）

文章的主要内容是借王羲之苦练书法的故事，引出深造学业、道德必赖后天学养的
深刻议论。除此之外，曾文中的描写、议论和叙事常常能够有机地融合，如《拟岘台
记》在叙述过程中插以鲜丽的辞藻，描绘抚州的山川美景，相当出色：

山之苍颜秀壁，巅崖拔出，挟光景而薄星辰。至于平冈长陆，虎豹踞
而龙蛇走，与夫荒蹊聚落，树阴晻暧，游人行旅，隐见而继续者，皆出乎衽
席之内。若夫云烟开敛，日光出没，四时朝暮，雨旸明晦，变化不同，则虽
览之不厌，而虽有智者亦不能穷其状也。

他还有一些序文，不局限于对典籍本身的考辨，而是选择中心开拓生发，阐扬儒
家义理，议论醇正，委曲周详，文字简练平正，结构严谨而舒缓，最能体现其文章风格。

曾文在当时享有盛名。南宋的吕祖谦、朱熹等理学大家，也因曾文平正古雅的
文风符合理学家的文章标准，而对他评价特高。明代唐宋文派的作家王慎中、茅
坤、归有光，清代桐城派的方苞等人，都对曾巩推崇备至，奉为楷模。

第三节　苏轼与苏门

苏轼（1037—1101），字子瞻，号东坡居士，眉州眉山（今属四川）人。父亲苏洵
是古文名家，母亲程氏知书达理，深明大义，曾为十岁的苏轼讲述《后汉书·范滂
传》，以古代仁人志士的事迹勉励儿子砥砺名节。

苏轼学识渊博，思想通达，"初好贾谊、陆贽书，论古今治乱，不为空言。既而读
《庄子》，喟然叹息曰：'吾昔有见于中，口未能言。今见《庄子》，得吾心矣！'……后
读释氏书，深悟实相，参之孔、老，博辩无碍，浩然不见其涯也"（苏辙《亡兄子瞻端明
墓志铭》）。这种以儒学体系为根本而浸染释、道的思想是苏轼人生观的哲学基础。

嘉祐二年（1057），苏轼考中进士。四年后，又中制科优入三等（宋代的最高
等），随后任凤翔府签判。王安石变法时，苏轼极力反对，先后在杭州、密州、徐州、
湖州等地任通判、知州，灭蝗救灾，抗洪筑堤，勤于政事，政绩卓著。然而苏轼一生
仕途坎坷，屡遭贬谪，未能充分施展他的政治才干。元丰二年（1079）七月，他因为
写诗讽刺新法，遭遇"乌台诗案"，被贬至黄州。晚年更被一贬再贬，直到荒远的海
南。对于这些接踵而至的苦难，苏轼以一种全新的人生态度来对待，把儒家固穷的

坚毅精神、老庄"齐物我"的超越态度以及禅宗以平常心对待一切的观念有机地结合起来,从而做到了蔑视丑恶,消解痛苦。这种执著于人生而又超然物外的生命范式蕴含着坚定、沉着、乐观、旷达的精神,因而苏轼在逆境中依旧能保持浓郁的生活情趣和旺盛的创作活力。

元符三年(1100),苏轼遇赦北还。建中靖国元年(1101)七月,病逝常州。"吴越之民相与哭于市,其君子相吊于家,讣闻四方,无贤愚皆咨嗟出涕。太学之士数百人,相率饭僧惠林佛舍。"(苏辙《东坡先生墓志铭》)

苏轼是另辟宋诗新路的代表诗人。他的诗歌现存 2700 多首,题材广泛,内容博大,主要包括以下几个方面:

其一,政治时事诗。

这类诗包括同情民生疾苦,反映时政得失,揭露政治弊端的作品。例如《吴中田妇叹》写谷贱伤农,《山村五绝》"杖藜裹饭去匆匆"揭露青苗法的流弊,针对性很强。代表作如晚年所写《荔枝叹》:

> 十里一置飞尘灰,五里一堠兵火催。颠坑仆谷相枕藉,知是荔支龙眼来。飞车跨山鹘横海,风枝露叶如新采。宫中美人一破颜,惊尘溅血流千载。永元荔支来交州,天宝岁贡取之涪。至今欲食林甫肉,无人举觞酹伯游。我愿天公怜赤子,莫生尤物为疮痏。雨顺风调百谷登,民不饥寒为上瑞。君不见武夷溪边粟粒芽,前丁后蔡相笼加。争新买宠各出意,今年斗品充官茶。吾君所乏岂此物?致养口体何陋耶!洛阳相君忠孝家,可怜亦进姚黄花!(《东坡全集》卷二三)

诗歌从唐代的进贡荔枝写到宋代的贡茶献花,对官吏的媚上取宠、宫廷的穷奢极欲予以尖锐的讥刺。

其二,写景抒怀遣兴诗。

苏轼一生热爱生活,钟情自然,"身行万里半天下"(《龟山》),"行遍天涯意未阑"(《赠惠山僧惠表》)。他写了大量的景物诗,既描绘了雄奇壮美的大好河山,也通过对自然风光的观赏流连,排遣自己的壮志情怀。他的写景诗,善于把握捕捉稍纵即逝的动景,或写急雨掠过,湖天一碧,如《望湖楼醉书》:"黑云翻墨未遮山,白雨跳珠乱入船。卷地风来忽吹散望,望湖楼下水如天。"或写雨过潮平,电光时掣,如《望海楼晚景》:"横风吹雨入楼斜,壮观应须好句夸。雨过潮平江海碧,电光时掣紫金蛇。"这些景物都充满了力感和动感。

苏轼的写景诗往往物我交融,写景与抒怀密不可分,在客体的景物中熔铸着作者强烈的主观情感。如《游金山寺》:

> 我家江水初发源,宦游直送江入海。闻道潮头一丈高,天寒尚有沙痕在。中泠南畔石盘陀,古来出没随涛波。试登绝顶望乡国,江南江北青山

多。羁愁畏晚寻归楫,山僧苦留看落日。微风万顷靴文细,断霞半空鱼尾赤。是时江月初生魄,二更月落天深黑。江心似有炬火明,飞焰照山栖鸟惊。怅然归卧心莫识,非鬼非人竟何物。江山如此不归山,江神见怪惊我顽。我谢江神岂得已,有田不归如江水。(《东坡全集》卷三)

诗歌先由万里征程、半生宦游导入写景,中间写江景之旷,晚景之丽,夜景之奇,最后以故园之思缩结全诗。惆怅的心情与景物的细致描写融于一体,兴象超妙,时露豪迈之气,是苏诗的代表作。其他一些流徙途中所写的景物诗,在描写各地名山胜水、妙景奇观的同时,常常寄寓了随遇而安、超然物外的旷达。"日啖荔枝三百颗,不辞长作岭南人"(《食荔枝》);"九死南方吾不恨,兹游奇绝冠平生"(《六月二十夜渡海》)。

其三,理趣诗。

苏轼很多诗歌在写景抒怀的同时,进而升华到对人生社会的深沉反思,从而使诗歌呈现出普遍性的理趣和思致,《和子由渑池怀旧》是这方面的代表作:"人生到处知何似?应似飞鸿踏雪泥。泥上偶然留指爪,鸿飞那复计东西?老僧已死成新塔,坏壁无由见旧题。往日崎岖还记否?路长人困蹇驴嘶。"诗人将日常生活中的忆旧感怀、抚今追昔升华到人生哲理的高度,并借助于"飞鸿踏雪"等一系列意象生动贴切地呈现出来。其他如《题西林壁》、《琴诗》等,均是在极为平常的生活内容和自然景物中,凭借着灵心慧眼,发掘出其中蕴含的深刻道理。更重要的是,这些道理不是经过逻辑推导或议论分析所得,而是通过生动、鲜明的艺术意象自然而然地表达出来,情、景、理三者水乳交融。这样,诗歌既优美动人,又饶有趣味,如《慈湖夹阻风》其五:"卧看落月横千丈,起唤清风得半帆。且并水村欹侧过,人间何处不巉岩。"

其四,谈艺诗。

苏轼还有一些论诗诗、题画诗、论乐诗等等,无论是质量还是数量,都引人注目。例如他的题画诗,不仅能使人见诗如见画,准确地传达出画面韵、画中神,而且往往借题画自由生发,信笔挥洒,或者讽喻现实,或者评画论艺,无入而不可,变幻而不穷。如《惠崇春江晚景》:"竹外桃花三两枝,春江水暖鸭先知。蒌蒿满地芦芽短,正是河豚欲上时。"《春江晚景》是北宋诗僧画家惠崇所作。这首题画诗不仅写出了桃花初开、春水荡漾、蒌蒿丛生、芦苇吐芽等视觉画面,而且根据画面上的野鸭,推测河豚的动向,使得画中的景象更加生气蓬勃,创造了画面之外的新的艺术境界。

苏轼诗歌的艺术特色大致可归纳为三个方面:

其一,以文为诗,以议论为诗,以才学为诗。

其二,高超的艺术表现力。苏轼"天生健笔一枝,爽如哀梨,快如并剪,有必达之隐,无难显之情,此所以继李、杜后为一大家也"(赵翼《瓯北诗话》)。在题材方面,苏诗几乎无所不入。如写临流照影,"忽然生鳞甲,乱我须与眉。散为百东坡,顷刻复在兹"(《泛颍》);写汲水煎茶,"大瓢贮月归春瓮,小杓分江入夜瓶"(《汲江煎茶》),等等。日常生活中的一些琐碎细节,在他的笔下往往能化俗为雅,妙趣横生,真正做到了日常生活的艺术化。

苏轼对诗歌艺术技巧的掌握更是得心应手,纵意所如,无施不可。他诗中的比喻生动新奇,层出不穷。例如,他写自己待罪狱中时的心情:"悍然悸寤心不舒,坐起有如挂钩鱼"(《夜梦》);写客居中的感伤落寞:"光阴等敲石,过眼不容玩。亲友如抟沙,放手还复散"(《二公再和亦再答之》);写守岁:"欲知垂尽岁,有似赴壑蛇。修鳞半已没,去意谁能遮"(《守岁》),等等。又如《百步洪》中连用七个比喻来描摹奔水:"有如兔走鹰隼落,骏马下注千丈坡。断弦离柱箭脱手,飞电过隙珠翻荷。"可谓妙喻迭生,备受后人激赏。在用典方面,稳妥精当,浑然天成,妙契无间。例如他作主考官时,写诗安慰落第的李廌:"平生谩说古战场,过眼终迷日五色。"这堪称用典精妙的范例。其他在对仗、押韵等技巧掌握方面,也臻化境,丝毫不见锻炼之痕。

其三,苏轼娴熟古今各体,风格多样。七绝、七律精美明快,洒脱流丽。七古体、五古才气垒涌,酣畅淋漓。

总之,苏轼的诗代表了北宋诗坛的最高成就。而在古文方面,继欧阳修之后,苏轼的创作实践也达到了宋代散文的最高峰。

在文学理论上,苏轼强调文、道并重。他认为,文章的艺术具有独立的价值,如"精金美玉,市有定价"。文不仅仅是载道的工具,其自身的表现功能便是人类精神活动的一种高级形态,它与理性的认知活动有所不同:"物固有是理,患不知之,知之患不能达之于口与手。"(《答虔倅俞括》)他心目中的"道",也不限于儒家的道德伦理,而是泛指事物内在的规律与条理。所以,苏轼主张文章应像客观世界一样,文理自然,姿态横生。这种天然的艺术美,一是来自于深厚的艺术修养,"流于既溢之余,而发于持满之末"(《稼说》);二是来自不可遏抑的创作兴会;同时,还要因表现对象之不同而寻求适宜的形式,"如行云流水,初无定质","因物以赋形,是故千变万化"。他提倡艺术风格的多样化和生动性,反对千篇一律的文风。

在这种文学思想的指导下,苏轼的散文呈现出多姿多彩的艺术风貌。他广泛地汲取了前代作家的艺术营养,如战国策士之文的雄放气势,贾谊、陆贽等政论文的博辩犀利,尤其得益于《庄子》一书的丰富联想和自然恣肆。"初好贾谊、陆贽书,论古今治乱,不为空言。既而读《庄子》,喟然叹息曰:'吾昔有见于中,口未能言,今见《庄子》,得吾心矣。'""后读释氏书,深悟实相,参之孔老,博辨无碍,浩然不见其涯也。"(《亡兄子瞻端明墓志铭》)由此,苏轼的散文具备了极高的表现力,"如万斛泉源,不择地皆可出,在平地滔滔汩汩,虽一日千里无难。及其与山石曲折,随物赋形,而不可知也。所可知者,常行于所当行,常止于不可不止。"(《自评文》)他的文章风格能够随着表现对象的不同而变化自如,如行云流水一样自然、畅达。

议论文在苏文中占有突出的地位,包括奏议、进策、经解、杂说,等等,最重要的是史论和政论。他早年写的史论,有些是为专门应举而作,沾有较浓的纵横家习气,有时故作惊人之论而不合常理。如《贾谊论》、《范增论》、《留侯论》,等等,均能依据常见史料,随机生发,翻空出奇,引出独到见解,立论新颖,表现出高度的论说技巧。这些文章当时成为士子参加科场考试的范文,流传极广,影响极大。

记叙文包括碑传、山水记、亭台记等,艺术成就极高。他的山水游记长于在写景记游、烘染意境中,寄寓妙理。如《石钟山记》先是对郦道元、李渤就石钟山命名缘由所作的解释提出怀疑,而后自然地转入自己的游览探察过程,最后引发出"事不目见耳闻"则不可"臆断其有无"的议论,提出一个有普遍意义的道理。其中描写月夜泛舟察看山形的一段尤其精彩:

> 至暮夜月明,独与迈乘小舟至绝壁下,大石侧立千仞,如猛兽奇鬼,森然欲搏人。而山上栖鹘,闻人声亦惊起,磔磔云霄间。又有若老人咳且笑于山谷中者,或曰,此鹳鹤也。余方心动欲还,而大声发于水上,噌吰如钟鼓不绝,舟人大恐。(《东坡全集》卷三七)

他的亭台楼阁记则往往不为题囿,长于宕开,随机生发,展开议论。如《超然台记》、《凌虚台记》、《放鹤亭记》,等等,都是在叙述兴建过程之外,别出议论,阐述人生哲理,予人以深沉之思。

苏轼的杂说、书札、序跋等小品文也独具风韵。这些文章形式活泼,议论生动,而且往往是夹叙夹议,兼带抒情,更接近于文学美文。例如《记承天寺夜游》:

> 元丰六年十月十二日夜,解衣欲睡,月色入户,欣然起行。念无与为乐者,遂至承天寺,寻张怀民。怀民亦未寝,相与步于中庭。庭下如积水空明,水中藻荇交横,盖竹、柏影也。何夜无月?何处无竹柏?但少闲人如吾两人者耳。(《东坡全集·东坡年谱》)

作者信笔挥洒,不经意间便勾画出一幅鲜明澄澈的月夜图景,表达了一种空渺寂寥的感受,情、景、理融为一片,意境超然,韵味隽永,对明代的小品文影响深远。又如哲宗元符元年初苏轼贬到海南时所写的《在儋耳书》:

> 吾始至海南,环视天水无际,凄然伤之,曰:"何时得出此岛耶?"已而思之:天地在积水中,九州在大瀛海中,中国在少海中,有生孰不在岛者?覆盘水于地,芥浮于水,蚁附于芥,茫然不知所济。少焉,水涸,蚁即径去,见其类出涕曰:"几不复与子相见,岂知俯仰之间,有方轨八达之路乎?"念此可发一笑。

在极度的艰难困苦之中,作者没有颓废绝望,而是能够转换视角,用庄子的齐物论、相对论来观照人生中的挫折磨难,以理性的旷达化解情绪上和悲凉,从而获得了心灵的超越。

在辞赋方面,苏轼继承了欧阳修《秋声赋》等文赋传统,技巧上更进一步,创作了《赤壁赋》和《后赤壁赋》。这两篇文赋沿用了赋体主客问答、抑客伸主的传统手法,描写月夜长江的幽美景色,表现出自己贬谪期间的矛盾心情,最后以老庄哲学进行化解,实现了精神上的解脱。全文骈散结合,情景交融,既富有诗情画意,又予人哲学启迪。如写月夜泛舟:

> 清风徐来,水波不兴。举酒属客,诵明月之诗,歌窈窕之章。少焉,月出于东山之上,徘徊于斗牛之间。白露横江,水光接天。纵一苇之所如,凌万顷之茫然。浩浩乎如凭虚御风,而不知其所止,飘飘乎如遗世独立,羽化而登仙。

后一篇赋写于几月之后旧地重游,意境更为寂寥,而篇末孤鹤的形象,更平添了几分虚无神秘的色彩:

> 于是携酒与鱼,复游于赤壁之下。江流有声,断岸千尺,山高月小,水落石出。曾日月之几何,而江山不可复识矣。予乃摄衣而上,履巉岩,披蒙茸,踞虎豹,登虬龙。攀栖鹘之危巢,俯冯夷之幽宫,盖二客不能从焉。划然长啸,草木震动,山鸣谷应,风起水涌。予亦悄然而悲,肃然而恐,凛乎其不可留也,反而登舟,放乎中流,听其所止而休焉。

> 时夜将半,四顾寂寥,适有孤鹤,横江东来。翅如车轮,玄裳缟衣,戛然长鸣,掠予舟而西也。须臾客去,予亦就睡,梦一道士,羽衣翩跹,过临皋之下,揖予而言曰:"赤壁之游乐乎?"问其姓名,俛而不答。呜呼噫嘻!我知之矣。畴昔之夜,飞鸣而过我者,非子也耶?道士顾笑,予亦惊悟,开户视之,不见其处。(《东坡全集》卷二三)

苏轼的父亲苏洵和弟弟苏辙,也名列"唐宋八大家"。苏洵(1009—1066),字明允,号老泉,人称老苏,眉州眉山(今四川眉山)人。他27岁时才发愤读书,仁宗嘉祐初年,携子苏轼、苏辙赴京,受到欧阳修、韩琦等人的赏识,后曾任文安县主簿等职,著有《嘉祐集》15卷。其为文长于议论,务出己见,笔锋老辣,析理精微,颇有战国策士之风。其名篇如《六国论》、《管仲论》等,均纵横开阖,词锋颖锐。

苏辙(1039—1112),字子由,苏洵幼子,晚号颍滨遗老。嘉祐二年(1057),与兄苏轼同登进士第,后官至尚书右丞。著有《栾城集》、《栾城后集》、《栾城三集》。苏辙的政治思想与苏轼略同。其古文创作虽不及父兄的宏博雄辩,才思横溢,但文风平畅疏宕,在纡徐之中时露骨力,于平直之外颇寓灵动活泼之致,也足以卓然成家。

苏轼评其文曰："其文如其人,故汪洋淡泊,有一唱三叹之声,而其秀杰之气,终不可没。"(《答张文潜书》)其代表作如《上枢密韩太尉书》:

> 且夫人之学也,不志其大,虽多而何为? 辙之来也,于山见终南、嵩、华之高,于水见黄河之大且深,于人见欧阳公,而犹以为未见太尉也。故愿得观贤人之光耀,闻一言以自壮,然后可以尽天下之大观而无憾者矣。

文章措辞得体,词沛气充,文势跌宕而不乏奇气。

苏门之中,张耒(1054—1114)论文与苏轼相近,创作成就也颇高。其议论文见解鲜明,语言条畅,如《本治论》、《论法》等。记序、题跋等文字则善坦易自然,善于运用多重比喻阐明事理,颇富情采。黄庭坚的诗歌创作则在苏轼之外,别开生面,开宗立派,影响深远。

黄庭坚(1045—1105),字鲁直,号山谷道人,又号涪翁,洪州分宁(今江西修水)人。宋英宗治平四年(1067)进士,此后历任各地小官。宋神宗元丰八年(1085),司马光等旧党上台,黄庭坚赴京参加编写《神宗实录》,成为苏轼的密友。哲宗绍圣元年(1094),旧党失势,黄庭坚也与苏轼一起受到迫害,先后被贬谪到黔州(今四川彭水)、戎州(今四川宜宾),最后卒于宜州(今属广西)贬所。黄庭坚与秦观、晁补之、张耒并称为"苏门四学士"。他的诗歌与苏轼齐名,世称"苏黄",为江西诗派的创始人。其书法也纵横奇崛,兼擅行草,与苏轼、米芾、蔡襄并称"宋四家"。有《山谷集》。

黄庭坚的诗歌现存 1900 多首诗,其中约有三分之二是思亲怀友、感时抒怀、描摹山水、题咏书画。黄诗中的文人气和书卷气特别浓厚,诗中的人文意象格外密集。至于其他题材,黄庭坚也努力将其雅化、人文化,赋予浓厚的文化内涵。例如《双井茶送子瞻》:"人间风日不到处,天上玉堂森宝书。想见东坡旧居士,挥毫百斛泻明珠。我家江南摘云腴,落硙霏霏雪不如。为公唤起黄州梦,独载扁舟向五湖。"

黄庭坚的诗歌具备鲜明的艺术个性。首先,在诗歌的章法结构上,往往回旋曲折,绝不平铺直叙。如《过平舆怀李子先时在并州》:"前日幽人佐吏曹,我行堤草认青袍。心随汝水春波动,兴与并门夜月高。世上岂无千里马? 人中难得九方皋。酒船鱼网归来是,花落故溪深一篙。"(《山谷外集诗注》卷十一)首联顺序点题,写对方作吏并州,自己沿汝水赴叶县,因眼前青翠的堤草联想到友人的官服颜色,隐含了怀友之情。颔联两面着笔,以景会情,透露出双方的心潮激荡。颈联别开思路,忽发议论,全用理语,看似与上下文互不联属,但其实这正是诗人心绪不平的原因,也正是尾联判断句"归去是"的根据。正因为难遇到九方皋这样的"伯乐",所以回首前尘,心情悲愤,生出结网放舟、归隐江湖之念。最后忽而又生出景语,将故乡溪水激滟落英缤纷的美景展现在眼前,以落实"归来是"。

其次,讲究句法字法,长于点化锻造,下语奇警。黄诗的句法笔力挺健,意象瑰奇,严整中寓流动之势。如"家徒四壁书侵坐,马瘦三山叶拥门"、"桃李春风一杯酒,江湖夜雨十年灯"、"舞阳去叶才百里,贱子与公俱少年",等等。在用字方面,力求做到"用一事如军中之令,置一字如关门之键"(《跋高子勉诗》),故诗中所下之字千锤百炼,一丝不苟。如"心犹未死杯中物,春不能朱镜里颜","诗人昼吟山入座,醉客夜愕江憾床",陈师道谓"诗中有眼黄别驾",便指此等极能增强句式的警拔力和生动性的字眼。

黄诗中的比喻往往能出奇制胜。如用"煎成车声绕羊肠"来形容煎茶的声音;如"程婴杵臼立孤难,伯夷叔齐采薇瘦",以古代的志士仁人来比喻竹子的高风亮节;如"露湿何郎试汤饼,日烘荀令炷炉香"以美男子喻花;"公诗如美色,未嫁已倾城",以美女喻诗。以上等等,均想象奇特,新奇警省。黄诗还有声律奇峭的特点,律诗中多用拗句,以避免平仄和谐以至圆熟的声调,如《题落星寺》等。

在文学理论上,黄庭坚强调"文章最忌随人后","自成一家始逼真"。他主张"点铁成金"、"夺胎换骨",重视诗歌的炼字、造句、谋篇、创律等。这些理论为后学展示出写诗的具体门径,在北宋后期影响巨大。洪氏兄弟、李彭、潘大临等青年诗人都曾直接或间接地受其指点,在他周围逐渐形成了一个艺术趣味相同、创作倾向基本一致的诗歌流派。宋徽宗初年,吕本中作《江西诗社宗派图》,首推黄庭坚为诗派之祖,成员包括陈师道、潘大临、谢逸、洪朋、洪刍、饶节、祖可、徐俯、林敏修、洪炎等25人。由于诗派中很多成员都是江西人(宋江南西路),江西诗派之名遂由此确立。由于黄庭坚的深远影响,这个流派一直沿续到南宋。宋末元初,方回又提出"一祖三宗"之说,遥尊唐代杜甫为远祖,以黄庭坚、陈师道、陈与义三人为宗师。

江西诗派中,成就较高的是与黄庭坚并称"黄陈"的陈师道。陈师道(1053—1102),字履常,一字无己,号后山居士,彭城(今江苏徐州)人。他家境贫寒,性格狷介,不应科举,直到48岁时才任秘书省正字。次年冬天,因冒寒参加郊祀,受冻得病而卒。他的生活圈子比较狭小,创作上提倡"闭门觅句"式的苦吟,并且刻意追求一种朴拙之美,提出"宁拙毋巧,宁朴毋弱,宁僻毋俗"的美学主张(《后山诗话》)。他诗歌的题材内容也比较单薄,主要抒写个人的生活经历和人生感慨,但写得真挚诚恳,颇为感人。如《示三子》:"去远即相忘,归近不可忍。儿女已在眼,眉目略不省。喜极不得语,泪尽方一哂。了知不是梦,忽忽心未稳。"(《后山诗注》卷二)诗歌简洁精练,质朴无华,然而情真意切,意味深长。另一首《绝句》:"书当快意读易尽,客有可人期不来。世事相违每如此,好怀百岁几回开。"(《后山诗注》卷九)由日常读书、会客等小事,引申出人生世事往往难以圆满的感喟,也耐人寻味。

南渡以后,江西诗派的艺术风格上发生了深刻的变化。作为后期江西诗派最重要的诗论家,吕本中(1084—1145)提出了"活法"说,强调出乎规矩之外的自得精神。他的诗歌也呈现出一种轻快圆美的新风格。另一位代表诗人陈与义(1090—

1138)则在山河破碎的形势和颠沛流离的经历中,领悟到杜甫诗歌的精髓,创造出一种雄浑深沉的诗风。如《登岳阳楼二首》其一:"洞庭之东江水西,帘旌不动夕阳迟。登临吴蜀横分地,徙倚湖山欲暮时。万里来游还望远,三年多难更凭危。白头吊古风霜里,老木沧波无限悲。"(《简斋集》卷十一)

第四节　北宋后期的词

北宋后期的词,在内容和风格上都开始发生变化。领导和促进这些变化的是当时词坛上成就卓越的词人苏轼。秦观、贺铸的词也在不同程度上受到苏轼的影响,而在艺术上又别具风格。到了北宋末期,以周邦彦为代表的"大晟词人",又把词带上了"为文造情"的道路,开南宋姜夔、吴文英一派的先河。

一、苏轼

苏轼的词有更大的艺术创造性,它进一步冲破了晚唐五代以来专写男女恋情、离愁别绪的旧框子,扩大词的题材,提高词的意境,把诗文革新运动扩展到词的领域里去,举凡怀古、感旧、记游、说理等向来诗人所惯用的题材,他都可以用词来表达,这就使词摆脱了仅仅作为乐曲的歌词而存在的状态,成为可以独立发展的新诗体。如《江城子·密州出猎》,写他在射猎中所激发的要为国杀敌立功的壮志。

　　　老夫聊发少年狂,左牵黄,右擎苍,锦帽貂裘,千骑卷平冈。为报倾城随太守,亲射虎,看孙郎。　　酒酣胸胆尚开张,鬓微霜,又何妨。持节云中,何日遣冯唐?会挽雕弓如满月,西北望,射天狼。

又如《浣溪沙·徐州石潭谢雨道上作》,写出了一幅充满浪漫气氛的农村生活的图景,都是他以前词家的作品里所少见的。

下面二首词是向来认为最能表现他的风格的作品。一为《水调歌头·明月几时有》,词曰:

　　　(丙辰中秋,欢饮达旦,大醉作此篇,兼怀子由)
　　　明月几时有,把酒问青天。不知天上宫阙,今夕是何年?我欲乘风归去,又恐琼楼玉宇,高处不胜寒。起舞弄清影,何似在人间?　　转朱阁,低绮户,照无眠。不应有恨,何事长向别时圆?人有悲欢离合,月有阴晴圆缺,此事古难全。但愿人长久,千里共婵娟。

词的上片,写望月奇思,幻想游仙于月宫。下片,写赏月后的体味与希望。词人视月为有生命、有情感之友伴,既可感客观存在自然之美,亦可领略人情之爱,达到物我交感,人月融一的境界,体现了极富人情味的美好愿望。从月亮的转移变化,盈亏圆缺,联想到人生的悲欢离合,从而得出不应事事都求完美无缺的结论。全词构思奇幻,豪放隽秀,以咏月为中心表达了游仙"归去"与直舞"人间"、离欲与入世的矛盾和困惑,以及旷达自适、人生长久的乐观态度和美好愿望,极富哲理与人情。立意高远,构思新颖,意境清新如画。最后以旷达情怀收束,是词人情怀的自然流露。情韵兼胜,境界壮美,具有很高的审美价值。

二为《念奴娇·赤壁怀古》,词曰:

> 大江东去,浪淘尽,千古风流人物。故垒西边,人道是,三国周郎赤壁。乱石穿空,惊涛拍岸,卷起千堆雪。江山如画,一时多少豪杰。
>
> 遥想公瑾当年,小乔初嫁了,雄姿英发。羽扇纶巾,谈笑间,樯橹灰飞烟灭。故国神游,多情应笑我,早生华发。人生如梦,一尊还酹江月。

这首词是词人元丰五年(1082)七月谪居黄州时所作。上片咏赤壁,下片怀周瑜,最后以自身感慨作结。这一年,苏轼47岁,不但功业未成,反而待罪黄州,同30左右就功成名就的周瑜相比,不禁深自感愧。壮丽江山,英雄业绩,激起苏轼爽迈奋发的感情,也加深了他的内心苦闷和思想矛盾。《东坡题跋》卷一记李邦语:"周瑜二十四经略中原,今吾四十,但多睡善饭,贤愚相远如此。"苏轼对此颇有同感。故从怀古归到伤己,自叹"人生如梦",举杯同江上清风、山间明月一醉销愁了。这首怀古词兼有感奋和感伤两重色彩,但篇末的感伤色彩掩盖不了全词的豪迈气派。词中写江山形胜和英雄伟业,在苏轼之前从未成功地出现过,确实是个重大突破。

当然,苏轼对词的创新,并不完全抛弃对传统词风的继承。他也曾创作了为数不少的婉约风格的词。但苏轼的这类作品,与传统词相比,在格调上确实有高下之别。如《蝶恋花》:

> 花褪残红青杏小,燕子飞时,绿水人家绕。枝上柳绵吹又少,天涯何处无芳草。　　墙里秋千墙外道,墙外行人,墙里佳人笑。笑渐不闻声渐悄,多情却被无情恼。

词写初夏时节发生于一墙之隔的一次极为平常的遭遇,在略表惆怅与嘲讽之余,却引出妙理,发人深省。《诗人玉屑》卷二一引《古今词话》说此词写行人多情与佳人无情,"极有理趣"。苏轼说自己作文"如万斛泉源,不择地而能出"。这固然因为他天分高,同时也由于他学养湛深,所以能随处触发,皆成妙谛。这首词写景、记事、说理均极自然,佳人行人的插曲全如信手拈来,但一经慧光所照,寓庄于谐,就顿成妙解,发掘出其间的哲理内涵。

苏轼改变了晚唐五代词家婉约的作风,成为后来豪放词派的开创者。这首先决定于宋代文人政治地位的改变和诗文革新运动的影响。北宋一些著名文人在政治上都有比较远大的抱负,他们不满晚唐五代以来卑靡的文风,掀起了诗文革新运动,余波所及,不能不在词坛上起影响。在范仲淹、欧阳修的词里已有一些风格豪放的作品,王安石更明白反对依声填词的作法。苏轼继承他们的作风,加以恢宏变化,从而开创了词坛上一个重要流派。其次,决定于苏轼一生丰富的经历,他在当时文坛上的领袖地位和他在诗文方面的杰出成就,使他不能满足于前代词人的成就,也反对曾经风靡一时的柳永词风。相传苏轼官翰林学士时,曾问幕下士说:"我词何如柳七?"幕下士答道:"柳郎中词只合十八七女郎,执红牙板,歌'杨柳岸晓风残月'。学士词须关西大汉,铜琵琶、铁绰板,唱'大江东去'。"(见俞文豹《吹剑录》)词在当时不是由关西大汉来唱的,这话显然是对苏轼的一种讽刺,然而它却生动地说明了柳词和苏词的不同风格。

二、秦观与其他词人

在苏轼周围有一批著名词人,这就是"苏门四学士"中的黄庭坚、秦观和晁无咎等人。

在苏门文人中,黄庭坚不仅以诗名,词也写得颇为出色,他的词大都收录于《山谷琴趣外篇》。他早年的词风很像柳永,爱写艳词;同时,也受苏轼的影响,像《念奴娇》:

> 断红霁雨,净秋空、山染修眉新绿。桂影扶疏,谁便道、今夕清辉不足。万里青天,姮娥何处。驾此一轮玉。寒光零落,为谁偏照醽醁。
> 年少随我追凉,晚寻幽径,绕张园森木。共倒金荷,家万里、难得尊前相属。老子平生,江南江北,最爱临风笛。孙郎微笑,坐来声喷霜竹。

又如《水调歌头》:

> 瑶草一何碧,春入武陵溪。溪上桃花无数,花上有黄鹂。我欲穿花寻路,直入白云深处,浩气展虹霓。只恐花深里,红露湿人衣。　　坐玉石,欹玉枕,拂金徽。谪仙何处?无人伴我白螺杯。我为灵芝仙草,不为朱唇丹脸,长啸亦何为。醉舞下山去,明月逐人归。

两首词在表现手法上,都试图勾勒一个清幽开朗的境界,表现一种宕放旷达的情怀,并牵用些历史故实,构成时间上的纵深感。他的一些小词,则更接近欧、晏的清隽委婉,如《清平乐》:

> 春归何处?寂寞无行路。若有人知春去处,唤取归来同住。　　春无踪迹谁知,除非问取黄鹂。百啭无人能解,因风飞过蔷薇。

上片以发问起调,由问春而至寻春,其徘徊寂寞之情态,希冀驻日回景之衷肠已跃然纸上。下片以反诘句承接,而将惜春寻春之情,引入更奇妙的境界。

　　同为"苏门四学士"之一的晁补之（1053—1110），字无咎，有词集《晁氏琴趣外篇》。他的词坚守苏轼的风格。他曾驳斥别人对苏轼词不合声律的指责，说苏词"横放杰出，自是曲子中缚不住者"（见《苕溪渔隐丛话》）。他自己的词也近似苏轼，爱写人生感受之类，常化用典故与历史人物故事，境界较开阔，意脉较流畅，像《摸鱼儿·东皋寓居》：

　　　　买陂塘、旋栽杨柳，依稀淮岸江浦。东皋嘉雨新痕涨，沙嘴鹭来鸥聚。堪爱处，最好是、一川夜月光流渚，无人独舞。任翠幄张天，柔茵藉地，酒尽未能去。　　青绫被，莫忆金闺故步。儒冠曾把身误，弓刀千骑成何事，荒了邵平瓜圃。君试觑，满青镜、星星鬓影今如许。功名浪语，便似得班超，封侯万里，归计恐迟暮。

词中感叹自己误了隐居生活，实际表达的是对自己遭受贬谪的一种愤慨。其情调，下开辛弃疾词的先声。他的其他一些词，也较少有绮丽尖新的语言、柔媚委婉的风格。只是他的语言技巧比较粗糙，成就不高。

　　在苏门文士中，秦观是最为出色的词人。

　　秦观（1049—1100），字少游，号淮海居士，高邮（今江苏高邮）人。哲宗元祐初，因苏轼推荐，除太学博士，兼国史院编修官。绍圣初，新党执政，他连遭贬斥，死于藤州。

　　秦观诗、词、文皆工，而以词著称。他与苏轼关系密切，但词风却大为不同。秦观词远绍五代，近学柳永，笔法细腻，意蕴含蓄，音调和谐，语言清新。他的词有两个主要内容，一是写男女之情。如《满庭芳》是在这方面较有代表性的作品：

　　　　山抹微云，天粘衰草，画角声断谯门。暂停征棹，聊共引离尊。多少蓬莱旧事，空回首烟霭纷纷。斜阳外，寒鸦数点，流水绕孤村。　　销魂当此际，香囊暗解，罗带轻分，漫赢得青楼薄幸名存。此去何时见也？襟袖上空惹啼痕。伤情处，高城望断，灯火已黄昏。

　　作者把他离别时的感伤情绪和寒鸦流水、灯火黄昏等凄清景象融成一片，在意境上和柳永的《雨霖铃》相近，可以看出柳词对他的影响。黄升《花庵词选》卷二苏轼《永遇乐》附注云："秦少游自会稽入京，见东坡。坡曰：久别当作文甚胜，都下盛唱公'山抹微云'之词。秦逊谢。坡遽云；不意别后，公却学柳七作词。秦答曰：某虽无识，亦不至是。先生之言，无乃过乎？坡云：'销魂当此际'非柳词句法乎？秦惭服。然已流传，不复可改矣。"可见，秦观词风格近似柳永词。

　　不过，秦观也写有十分纯真的爱情词，如《鹊桥仙》词：

　　　　纤云弄巧，飞星传恨，银汉迢迢暗度。金风玉露一相逢，便胜却人间无数。　　柔情似水，佳期如梦，忍顾鹊桥归路？两情若是久长时，又岂在朝朝暮暮。

词借牛郎织女的悲欢离合的神话故事来歌颂坚贞的爱情。在表现手法上,有抒情,亦有议论,哀乐交织,天上人间融为一体。尤其是末二句,充满了理想的色彩,使词的思想境界升华到一个崭新的高度,成为词中警句。

秦观词的另一个主要内容,是写他被贬官后的经历,表现他在政治上遇到挫折时的绝望心情,风格接近李煜。如《踏莎行》:

> 雾失楼台,月迷津渡,桃源望断无寻处。可堪孤馆闭春寒,杜鹃声里斜阳暮。 驿寄梅花,鱼传尺素,砌成此恨无重数。郴江幸自绕郴山,为谁流下潇湘去。

楼台在茫茫大雾中消失,渡口在朦朦月色中隐没。此刻,词人因受党争牵连而流放,被幽闭在郴州的一所旅舍内。斜阳下,杜鹃声声,"不如归去"的啼鸣,凄厉辛酸,令人倍增伤感。词人想起了两句唐诗,那迢迢不尽的郴江,原本绕着郴山,却为何偏偏向北流入潇湘?而我为何不能呢?全词写得凄婉低沉。

《千秋岁》一词,同样也是诉说词人遭贬生活的苦闷:

> 水边沙外,城郭春寒退,花影乱,莺声碎。飘零疏酒盏,离别宽衣带。人不见,碧云暮合空相对。 忆昔西池会,宛鹭同飞盖,携手处,今谁在?日边清梦断,镜里朱颜改。春去也,飞红万点愁如海。

秦观词还善于将男女之间的悲欢离合之情,与自己的坎坷遭遇结合在一起。如《八六子》:

> 倚危亭、恨如芳草,萋萋划尽还生。念柳外青骢别后,水边红袂分时,怆然暗惊。 无端天与娉婷,夜月一帘幽梦,春风十里柔情。怎奈向、欢娱渐随流水,素弦声断,翠绡香减。那堪片片飞花弄晚,蒙蒙残雨笼晴。正销凝,黄鹂又啼数声。

词以离别相思之情为表现题材,但同时又融入了自己不幸遭遇的主题,两者有机地结合在一起,从而使词的内涵更加丰富。黄蓼园《蓼园词选》评价这首词时说:"寄托耶?怀人耶?词旨缠绵,音调凄婉如此。"对于秦观的这种表现手法,另一位清人周密也作了评论。他在《宋四家词选》中认为秦观词"将身世之感打入艳情,又是一法"。

善于通过凄迷的景色、宛转的语调表达感伤的情绪,是秦观词的艺术特征。秦观词的感伤情调既容易引起封建社会一些怀才不遇的文士的共鸣,词的艺术成就又较高,因此他向来被认为是婉约派的代表作家,对后来词家,从周邦彦、李清照直到清代的纳兰容若等,都有显著的影响。

"苏门四学士"之外,受苏词影响较深的词人还有贺铸。

贺铸(1052—1125),字方回,原籍山阴(浙江绍兴),生长卫州(河南汲县)。他出身贵族,少时意气豪侠,喜谈当世事,不肯为权贵屈节,因此沉顿下僚,郁郁不得志。晚年退居苏州。

贺铸的小词情思缠绵,组织工丽,风格和晏几道、秦观相近。他的《青玉案》词画出了江南凄迷的烟景,表现他的"闲愁",是当时传诵的名篇。

> 凌波不过横塘路,但目送、芳尘去。锦瑟华年谁与度?月台花榭,琐窗朱户,只有春知处。　碧云冉冉蘅皋暮,彩笔新题断肠句。试问闲愁都几许?一川烟草,满城风絮,梅子黄时雨。

在秦观死后,黄庭坚写诗寄给贺铸说:"解道江南肠断句,只今惟有贺方回。"正好说明他词里的感伤情调同秦观十分接近。

贺铸在词的题材、风格上曾作过多方面的探索,他写思妇的五首《捣练子》,写贾妇的《生查子》,格调颇近张籍、王建的乐府;长调《小梅花》三首,更吸收李贺、卢仝的歌行入词。下面这首《六州歌头》,用边塞激越苍凉的歌曲,表现他有心报国而无路请缨的悁悁不平之气,南宋张孝祥、辛弃疾、刘过等都有继作,可以想见它对这些爱国词人的影响。

> 少年侠气,交结五都雄。肝胆洞,毛发耸。立谈中,死生同,一诺千金重。推翘勇,矜豪纵,轻盖拥,联飞鞚,斗城东。轰饮酒垆,春色浮寒瓮,吸海垂虹。闲呼鹰嗾犬,白羽摘雕弓,狡穴俄空,乐匆匆。　似黄粱梦,辞丹凤;明月共,漾孤蓬。官冗从,怀倥偬,落尘笼,簿书丛。鹖弁如云众,供粗用,忽奇功。笳鼓动,渔阳弄,思悲翁。不请长缨,系取天骄种,剑吼西风。恨登山临水,手寄七弦桐,目送归鸿。

三、周邦彦

北宋后期最重要的词人是周邦彦。

周邦彦(1056—1121),字美成,号清真居士,浙江钱塘人。少年时落魄不羁,曾沿江西上,客游荆州。后来在太学读书,因献《汴京赋》得官。徽宗时他先后在议礼局、大晟府任官,为王朝制礼作乐。又献诗蔡京,说他"化行禹贡山川内,人在周官礼乐中"。那正是北宋王朝临近覆亡的前夕。

周邦彦早年有过与柳永类似的生活经历,词作上受柳词影响颇深。后期进入宫廷,为朝廷制礼作乐,仍然与歌妓舞女来往甚密,过着偎绿倚红的生活。因此,他的词内容比较狭窄,玉艳珠鲜的艳情和羁旅离愁几乎占了其《清真词》的大部分内容。不过,周邦彦虽然没有遭受苏门词人那样沉重的打击迫害,但仕途并不得意,几度浮沉奔波于地方州县,深切地感受到漂泊流落的辛酸。"冷落词赋客,萧索水云乡"(《红林檎近》),正是他生活处境和心境的自白。而"飘零不偶"、羁旅行役之

169

感也成为他词作的重要主题。如《西河·金陵怀古》：

> 佳丽地，南朝盛事谁记。山围故国绕清江，髻鬟对起。怒涛寂寞打孤城，风樯遥度天际。断崖树、犹倒倚，莫愁艇子谁系。空余旧踪郁苍苍，雾沉半垒。夜深月过女墙来，赏月东望淮水。酒旗戏鼓甚处市，想依稀、王谢邻里。燕子不知何世，入寻常、巷陌人家。相对如说兴亡，斜阳里。

有些则以写景小词来表达这一主题，如《苏幕遮》：

> 燎沉香，消溽暑。鸟雀呼晴，侵晓窥檐语。叶上初阳干宿雨，水面清圆，一一风荷举。　　故乡遥，何日去？家住吴门，久作长安旅。五月渔郎相忆否？小楫轻舟，梦入芙蓉浦。

即使身在京城，内心却向往着家乡的生活。

周邦彦的词作，内容不外乎男女恋情、离愁别恨、人生哀怨等传统题材，反映的社会生活面不够广阔。他的成就主要在于融合诸家之长，使词这一体裁更加精致。具体表现在：

其一，周邦彦的词极端重视与音乐的配合，使词的声律模式进一步规范化、精致化。周邦彦善于创调，广泛采摘"新声"，使之规范化。所创词调，音韵清蔚，与柳永的市井新声有雅俗之殊。周邦彦还是第一个以"四声"入词的大家，填词不仅分平、仄，而且注意分平、上、去、入，使语言字音的高低与曲调旋律的变化密切配合。所以，他的词格律十分严谨，读起来抑扬变化而和谐婉转，绝无吐音不顺而显得拗口的地方，本身即富有音乐美，同乐曲能够完美地结合，因而当时上至贵族、文士，下及乐工、歌女，都爱唱周邦彦的词。邵瑞彭说："尝谓词家有美成，犹诗家有少陵。诗律莫细乎杜，词律亦莫细乎周。"（邵瑞彭《周词订律序》）王国维也说："读先生（即周邦彦）之词，犹觉拗怒之中，自饶和婉，曼声促节，繁会相宜，清浊抑扬，辘轳交往。两宋之间，一人而已。"（王国维《人间词话》）后世格律派词人都瓣香于周邦彦，就是这个原因。

其二，周邦彦极讲究词的章法结构。他在继承柳永词善于铺叙的基础上，进一步将柳词的直叙变为曲叙，善于将顺序、倒叙和插叙错综结合，时空结构上体现为跳跃性的回环往复，过去、现在、将来及我方、他方的时空场景交错叠映，章法严密而结构繁复多变。如他的名作《兰陵王·柳》：

> 柳阴直，烟里丝丝弄碧。隋堤上、曾见几番，拂水飘绵送行色。登临望故国，谁识京华倦客？长亭路，年去岁来，应折柔条过千尺。　　闲寻旧踪迹，又酒趁哀弦，灯照离席。梨花榆火催寒食。愁一箭风快，半篙波暖，回头迢递便数驿，望人在天北。　　凄恻。恨堆积！渐别浦萦回，津堠岑寂，斜阳冉冉春无极。念月榭携手，露桥闻笛。沉思前事，似梦里，泪暗滴。

上片由柳色引发别恨,得在突出"京华倦客"的愁苦心情;中片追忆别情,写词人离别时的惆怅感受;下片继续写对旧时情人的思恋,但感情更为凄恻愁苦,似有吐不尽的心事流荡其间。上片开头五句写隋堤柳之可爱,并点出此处为送别之所。中片前四句是回忆往年与情人相聚欢乐的情景,有人说是别时之情景,非也。下片写隋堤黄昏之伤感。因此这首咏柳伤别之词,不在咏物,而在伤情,引人同情与理解,充分体现了词人在章法结构上的严密安排。

其三,周邦彦善于化用前人诗句,浑然天成,如同己出,既显博学,又见工巧,深受后人推崇。如"一夕东风,海棠花谢,楼上卷帘看"(《少年游》),用韩偓《懒起》诗,"凭阑久,黄芦苦竹,拟泛九江船"(《满庭芳》)用白居易《琵琶行》诗句。他还善于炼字,重在骨力,注意在关节眼上下工夫。在运用典雅语言的同时,也善于运用浅俗的口语与民间的俚语。而且,无论是用雅语还是俗语,他都能够化雅为俗,化俗为雅,使它们在一首词中融为一个整体,不显得突出碍眼。他对事物的观察十分细致,对意象的选择很讲究,所以语言的表现力很强。王国维说他在这方面"不失为第一流之作者"(《人间词话》)。

总之,周邦彦的词虽然在题材与情感内涵方面没有提供更多的新东西,但在艺术形式、技巧等方面都堪称北宋词的又一个集大成者。

第五节　南宋诗坛

一、中兴四大诗人

宋室南渡后,民族矛盾尖锐,出现了不少意气昂扬的爱国主义诗篇。在众多诗人中,陆游、杨万里、范成大、尤袤四人最为著名,被称为"中兴四大诗人"。

陆游(1125—1210),字务观,号放翁,越州山阴(今浙江绍兴)人。他出生于靖康之难前夕,幼年深受爱国精神的影响。29岁时,陆游参加进士考试,因名列秦桧孙子之前,触怒秦桧,复试时被黜落。直到秦桧死后,陆游才出任福州宁德县主簿。孝宗即位后,陆游受到召见,赐进士出身。他积极协助张浚策划北伐,不幸失败而被罢官闲居。乾道六年(1179),陆游出任夔州通判。乾道八年(1181)又应四川宣抚使王炎之请,入幕襄理军务,此后又在四川各地任职。由于他不拘礼法、豪放不羁,有人笑他放浪,他便索性自号"放翁"。淳熙五年(1178),陆游奉诏回朝,先后在福建、江西等地任地方官,65岁时再次被劾罢官。

陆游的诗歌现存9000多首,内容十分丰富,几乎涵盖了南宋社会生活的各个方面。其中,成就最突出的是爱国主题的诗歌和有关日常生活情景的吟咏之作,

"其感激悲愤、忠君爱国之诚,一寓于诗,酒酣耳热,跌宕淋漓。至于渔舟樵径,茶碗炉熏,或雨或晴,一草一本,莫不著为歌咏,以寄其意"(《唐宋诗醇》卷四二)。

抗敌复国是陆游诗中最重要的主题。他或是表达为国献身的豪情,抒发壮志难酬的悲愤,如《书愤》:"早岁哪知世事艰,中原北望气如山。楼船夜雪瓜州渡,铁马秋风大散关。塞上长城空自许,镜中衰鬓已先斑。出师一表真名世,千载谁堪伯仲间。"(《剑南诗稿》卷十七)或是抨击那些腐败无能、苟且偷安的投降派,对南宋朝廷文恬武嬉、贪图享乐的行径作出深刻的批判,如《关山月》:"和戎诏下十五年,将军不战空临边。朱门沉沉按歌舞,厩马肥死弓断弦。戍楼刁斗催落月,三十从军今白发。笛里谁知壮士心,沙头空照征人骨。中原干戈古亦闻,岂有逆胡传子孙?遗民忍死望恢复,几处今宵垂泪痕!"(《剑南诗稿》卷八)或者描述沦陷区的人民对故国之师的期待,如《秋夜将晓出篱门迎凉有感》:"三万里河东入海,五千仞岳上摩天。遗民泪尽胡尘里,南望王师又一年!"(《剑南诗稿》卷二五)甚至直到临终前仍在绝笔诗《示儿》中谆谆嘱咐儿孙:"死去元知万事空,但悲不见九州同。王师北定中原日,家祭无忘告乃翁!"(《剑南诗稿》卷八五)梁启超说:"诗界千年靡靡风,兵魂销尽国魂空。集中十九从军乐,亘古男儿一放翁!"(《读陆放翁集》之二)这是对陆游诗中爱国主题的准确把握。

除了苍凉悲壮的爱国诗篇外,陆游还写了很多清新俊逸的写景、咏物诗。无论是高山大川还是草木虫鱼,无论是农村的平凡生活还是书斋的闲情逸趣,他都有细致入微的描绘,如《游山西村》和《临安春雨初霁》:

> 莫笑农家腊酒浑,丰年留客足鸡豚。山重水复疑无路,柳暗花明又一村。萧鼓追随春社近,衣冠简朴古风存。从今若许闲乘月,拄杖无时夜叩门。(《剑南诗稿》卷一)
>
> 世味年来薄似纱,谁令骑马客京华?小楼一夜听春雨,深巷明朝卖杏花。矮纸斜行闲作草,晴窗细乳戏分茶。素衣莫起风尘叹,犹及清明可到家。(《剑南诗稿》卷十七)

前一首诗将自然景色、民风民情以及诗人热爱乡土的心情融为一体,创造出一种祥和优美的艺术意境。"山重水复疑无路,柳暗花明又一村",向来是脍炙人口的名句,富有哲理。后一首则抒写了对京华红尘的厌倦,以及对江南春雨和书斋闲适生活的热爱。

陆游年青时期,曾师从江西派诗人曾几,并曾私淑吕本中。此后他又兼采屈原、陶渊明、李白、杜甫、白居易、苏轼等各家之长,终于突破江西诗派的藩篱,自成一家。他的诗歌风格多样,以雄浑豪放为主,气势恢宏,语言明朗晓畅,结构波澜迭起。如《长歌行》:

> 人生不作安期生,醉入东海骑长鲸。犹当出作李西平,手枭逆贼清旧

京。金印煌煌未入手,白发种种来无情。成都古寺卧秋晚,落日偏傍僧窗明。岂其马上破贼手,哦诗长作寒螀鸣?兴来买尽市桥酒,大车磊落堆长瓶。豪竹哀丝助剧饮,如巨野受黄河倾。平时一滴不入口,意气顿使千人惊。国仇未报壮士老,匣中宝剑空有声。何当凯旋宴将士,三更雪压飞狐城。(《剑南诗稿》卷五)

陆游还有一部分诗歌写得清丽流转,耐人寻味,表现出清新婉丽的风格。如《剑门道中遇微雨》和《小舟游近村舍舟步归》之四:"衣上征尘杂酒痕,远游无处不销魂。此身合是诗人未?细雨骑驴入剑门。"(《剑南诗稿》卷三)"斜阳古柳赵家庄,负鼓盲翁正作场。死后是非谁管得?满村听说蔡中郎。"(《剑南诗稿》卷三三)

杨万里(1127—1206),字廷秀,号诚斋,吉州吉水(今江西吉水)人。高宗绍兴二十四年(1154)进士,历任太常博士、知漳州、知常州。晚年罢官家居,因闻韩侂胄草草北伐,忧愤而死。有《诚斋集》,现存诗约4000多首。他早年学诗是从江西诗派入手,此后转而学习王安石和晚唐诗人,最后终于摆脱前人的藩篱而自成一家,形成了独具面目的"诚斋体"。

"诚斋体"的基本创作精神是回归自然。与江西诗派侧重于书本和内省不同,杨万里强调感物,重新确立起了自然在诗歌创作中的重要地位。所谓"春花秋月冬冰雪,不听陈言只听天。""山思江情不负伊,雨姿晴态总成奇。闭门觅句非诗法,只是征行自有诗。"它的艺术特点表现在以下几个方面:

首先,对自然的表现极富个性,尤其善于写生。杨万里写景时往往直接摄取自然景物在瞬间的动静,直接勾画山水的具体姿态。如《舟过谢潭》:"碧酒衬倾家一两杯,船门才闭又还开。好山万皱无人见,都被斜阳拈出来。"(《诚斋集》卷十五)一个"皱"字,一个"拈"字,既真切又富有动感。又如《正月二十八日峡外见燕子》描述燕子贴水而飞的姿态,也相当形象:"社日今年定几时,元宵过了燕先归。一双贴水娇无奈,不肯平飞故仄飞。"(《诚斋集》卷十八)《小池》则摄取一个极富动感的瞬间镜头:"泉眼无声惜细流,树荫照水爱晴柔。小荷才露尖尖角,早有蜻蜓立上头。"(《诚斋集》卷七)

其次,"诚斋体"富于想象,奇异独特,语带夸张。如《重九后二日同徐克章登万花川谷月下传觞》:"老夫渴急月更急,酒落杯中月先入。领取青天并入来,和月和天都蘸湿。天既爱酒自古传,月不解饮真浪言。举杯将月一口吞,举头见月犹在天。老夫大笑问客道:月是一团还两团?酒入诗肠风火发,月入诗肠冰雪泼。一杯未尽诗已成,诵诗向天天亦惊。焉知万古一骸骨,酌酒更吞一团月。"(《诚斋集》卷三六)这首诗写诗人在月下饮酒时产生的奇思妙想,语言浅近,章法流畅,与李白的《月下独酌》等名作相比,少了一份清雅孤傲,多了一份奇情逸致。又如《戏笔》:"野菊荒苔各铸钱,金黄铜绿两争妍。天公支与穷诗客,只买清愁不买田。"(《诚斋集》卷十四)诗人由野菊荒苔的形态联想到金钱,然后借此感叹造化开工只能触发诗人的清愁,略带戏谑。

再次,"诚斋体"长于活处见理,幽默诙谐,能够在日常生活中人们所不经意处获得灵感,抉发诗意,予人以深远的启迪。如《泉石轩初秋乘凉小荷池上》从凋落的荷叶漂泊离不定的动态中,领略出一种人生无凭而又执著难舍的况味:"芙渠落片自成船,吹泊高荷伞柄边。泊了又离离又泊,看他走遍水中天。"(《诚斋集》卷三六)又如《过松源晨饮漆公店》以平易的语言写行人下岭这一日常小事,在轻松流动的描写中寄寓一种人生前路多艰而又未有尽头的深沉感喟:"莫言下岭便无难,赚得行人错喜欢。正入万山圈子里,一山放出一山拦。"(《诚斋集》卷三五)另一首《题桂源铺》也令人寻味无穷:"万山不许一溪奔,拦得溪声日夜喧。待到前面山头尽,堂堂正正出前村。"(《诚斋集》卷十五)

在语言方面,"诚斋体"通俗流畅,明白如话,雅俗共赏,极富表现力。如《闲居初夏午睡起》、《宿新市徐公店》:"梅子留酸软齿牙,芭蕉分绿与窗纱。日长睡起无情思,闲看儿童捉柳花。"(《诚斋集》卷三)"篱落疏疏一径深,树头新绿未成阴。儿童急走追黄蝶,飞入菜花无处寻。"(《诚斋集》卷三四)

范成大(1126—1193),字致能,号石湖居士,平江昆山(今江苏昆山人。绍兴二十四年(1154)中进士,官至参知政事。有《石湖居士诗集》,存诗1900余首。乾道六年(1170),他出使金国,在出使来往途中,写下了72首纪行诗,描写了沦陷区山河破碎的景象,和中原人民饱受蹂躏、盼望光复的情形,抒发自己自己誓死报国的决心。如《州桥》、《宜春苑》:"州桥南北是天街,父老年年等驾回。忍泪失声问使者,几时真有六军来?"(《石湖居士诗集》卷十二)由于曾亲临其境,这些诗歌写得格外深刻,格外真切。

范成大的诗歌中,《四时田园杂兴》最负盛名。这是他退居石湖时写下的一组田园诗,原分"春日"、"晚春"、"夏日"、"秋日"、"冬日"5组,每组12首,共60首,分咏四季中的田园生活。在古代诗歌史上,田园诗大多是士大夫自抒隐逸情怀的抒情诗,田园风光也都是诗人静谧心境的一种理想外化。至于农民们的劳作生活及其种种疾苦,在田园诗中反而极少描写。范成大则全面、真切地描写了农村生活的各种细节,反映了农民们的劳作疾苦,描绘出一幅幅洋溢着浓烈的乡土气息、形象生动的农村风俗画。例如《四时田园杂兴》的三十、三十五、四十四诸首:"昼出耕田夜绩麻,村庄儿女各当家。童孙未解供耕织,也傍桑阴学种瓜。""采菱辛苦废犁锄,血指流丹鬼质枯。无力买田聊种水,近来湖面亦收租。""新筑场泥镜面平,家家打稻趁霜晴。笑歌声里轻雷动,一夜连枷响到明。"(《石湖居士诗集》卷二七)这些诗歌清新流畅,语言明快朴实,由此,范成大成功地实现了对传统题材的改造,使田园诗成为名副其实的农村生活之诗。

"中兴四大诗人"中最后一位是尤袤（1127—1194），字延之，无锡（今属江苏）人。他的作品大多已经散佚，成就也远不及陆游、杨万里、范成大。

二、南宋后期诗坛

南宋后期，由于偏安已久，恢复无望，诗坛上激昂悲壮的爱国之声已经逐渐减弱，而吟咏风月、应酬赠答、啸傲湖山之作则日渐流行。当时诗坛的代表，是"永嘉四灵"和江湖诗派。

"永嘉四灵"是指南宋光宗绍熙年间永嘉（今浙江温州）地区的四位诗人：徐照、徐玑、赵师秀、翁卷。他们每人的字中都带有一个"灵"字，故并称"四灵"。他们不满江西诗派的诗风，转而推重晚唐贾岛和姚合，提倡苦吟，专以炼字炼句为工，刻意雕琢。诗歌内容方面，由于"四灵"命运落拓，生活面比较狭窄，故以抒发个人情感、吟咏田园生活为主。

现存的"四灵"诗歌中，五律占一半以上，其中不乏字句洗练、清新宜人之作。如徐照的《山中》、赵师秀的《龟峰寺》、徐玑《黄碧》等。这些作品在艺术上精雕细琢，玲珑雅致，对当时的江湖诗人影响很大。他们的一些七绝、七律也偶有出色之作，例如翁卷的《乡村四月》、赵师秀的《约客》、赵师秀《呈蒋韩二友》，等等。这些诗中充溢着浓郁的生活气息，又摆脱了雕琢之习，清丽可诵。

"四灵"诗歌的缺陷表现为题材比较狭窄，有句无篇。

江湖诗人是指南宋后期一批漂泊江湖，以献诗卖文、干谒权贵为生的游士们，因杭州书商陈起刻印《江湖集》诗集而得名。他们并没有公认的诗学宗主，只是具有大致的创作倾向，是一个十分松散的作家群体。他们热衷于交游、结社，互相标榜，写下了许多歌功颂德或叹穷嗟卑的献谒、应酬之作，艺术上比较粗糙。其中，创作成就较为突出的是刘克庄和戴复古。

刘克庄（1187—1269），字潜夫，号后村，莆田（今福建莆田）人，有《后村先生大全集》。其诗初学晚唐，颇受"永嘉四灵"影响，后来转向陆游、杨万里，自成一家，成为南宋后期的文坛领袖。他关心国事，同情民生疾苦，写有不少反映民族矛盾、忧国爱民、抨击时弊的作品，如《国殇行》、《筑城行》、《苦寒行》、《军中乐》等乐府诗。这些作品大都写得慷慨悲壮，沉痛郁结，如《梦丰宅之二首》之一："一别茫茫隔九京，梦中慷慨语如生。老犹奋笔排和议，病尚登陴募救兵。天夺伟人关气数，时无好汉共功名。边尘未靖王师老，宝剑虽埋愤岂平。"（《后山先生大全集》卷三）值得一提的是，他虽属江湖诗派，却能洞察"四灵"与江湖诗人的局限，力矫其弊，对当时的诗坛影响很大。

戴复古（1167—1252），字式之，自号石屏，天台黄岩（今浙江）人，有《石屏诗集》传世，现存诗900多首。他是江湖诗派的代表，终生布衣，为了生计不得不四处漫游、干谒。其诗歌崇尚晚唐,又曾向陆游请教诗艺,故颇有雄浑之风,在江湖诗派中可谓独树一帜。如《江阴浮远堂》:"横冈下瞰大江流,浮远堂前万里愁。最苦无山遮望眼,淮南极目尽神州!"(《石屏诗集》卷七)另一首五律《春日怀家》则全用白描手法,娓娓叙来,语言朴素平淡,感情真挚:"湖海三年客,妻孥四壁居。饥寒应不免,疾病又何如。日夜思归切,平生作计疏。愁来仍酒醉,不忍读家书。"(《石屏诗集·序》)

南宋末年,蒙古入侵导致了巨大的社会苦难。一批爱国诗人和遗民诗人以自己的血泪编织成一片片悲怆的末世歌吟,民族之忧、身世之悲,以及对历史兴亡的感慨成为他们诗歌中的重要主题。文天祥、谢翱、汪元量是其中的代表。

文天祥(1236—1283),字履善,又字宋瑞,吉州庐陵(今江西吉安)人。理宗宝祐四年(1256)进士,曾任江西安抚使,累官右丞相兼枢密使。元兵入侵,他率领宋军转战各地抗战,兵败被俘,宁死不屈。有《文山先生全集》。他早年的诗歌学习江湖派,乏善可陈。后来间关戎旅,创作得到升华。他用诗歌记录了自己从出使元营直到从容就义的人生遭遇和心路历程,代表作如《过零丁洋》:

> 辛苦遭逢起一经,干戈寥落四周星。山河破碎风飘絮,身世浮沉雨打萍。惶恐滩头说惶恐,零丁洋里叹零丁。人生自古谁无死,留取丹心照汗青。(《文山先生文集》卷十四)

这首诗写得悲怆激奋,大义凛然。尤其是最后两句,成为鼓舞后代仁人志士舍生取义的格言。他还有一首《正气歌》,更加全面地表现了他的忠义情怀和英雄气概,震撼人心。

谢翱(1249—1295)是宋末遗民诗人的代表。他的《西台哭所思》、《效孟郊体七首》等诗歌沉痛悲凉,意旨深密,深刻地反映出在异族统治下人们的哀痛心情。

汪元量(1241—1317),字大有,钱塘(今浙江杭州)人。宋室亡后,他被掳至燕京,把沿途的所见所闻一一书之于诗,表达了对故国河山的不胜眷恋。诗风沉郁悲壮,有"诗史"之称。

此外,谢枋得(1226—1289)、林景熙(1242—1310)、郑思肖(1239—1316)等一大批遗民诗人,也都留下了名传千古的爱国诗篇。

第六节 南宋的散文及话本小说

一、南宋的政论文、笔记散文

与北宋相比,南宋散文的整体成就稍为逊色,没有产生像欧阳修、王安石、苏轼那样的散文大家。但在当时偏安江南、民族矛盾激烈的局面下,抗敌御侮的政论文登上舞台,焕发出绚丽的光彩。这些文章的政治功利目的十分明确,内容多是吁请抗敌、谋划复国。它们不很注重文学技巧,然而往往秉笔直书,义正词严,气势磅礴,在欧、苏、曾、王之外别辟新境。如宗泽的《乞毋割地与金人疏》、《请驾还汴疏》,李纲的《论天下强弱之势》、《请立志以成中兴疏》,张浚的《论恢复事宜疏》,陈东的《上高宗第一书》,等等。其中最著名的是名将岳飞的《五岳盟誓记》和胡铨的《戊午上高宗封事》。

岳飞(1103—1142),字鹏举,相州汤阴(今河南汤阴)人,南宋抗金名将,被高宗、秦桧以"莫须有"罪陷害至死。其《五岳祠盟记》:

> 自中原板荡,夷狄交侵,余发愤河朔,起自相台,总发从军,历二百余战。虽未能远入荒夷,洗荡巢穴,亦且快国仇之万一。今又提一旅孤军,振起宜兴。建康之役,一鼓败虏,恨未能使匹马不回耳。(《岳武穆遗文》)

这是岳飞在戎马倥偬中题在五岳祠墙壁上的誓词,慷慨激昂,气壮山河。

胡铨(1102—1180),字邦衡,号澹庵,庐陵(今江西吉安)人,高宗建炎二年(1128)进士。一生力主抗金,曾上疏乞斩王伦、秦桧、孙近三人而被贬。《戊午上高宗封事》措辞尖锐,慷慨激昂,直言无畏:

> 夫三尺童子至无知也,指犬豕而使之拜,则怫然怒。今丑虏,则犬豕也。堂堂天朝,相率而拜犬豕,曾童稚之所羞,而陛下忍为之耶?……臣备员枢属,义不与桧等共戴天。区区之心,愿斩三人头,竿之藁街,然后羁留虏使,责以无礼,徐兴问罪之师,则三军之士不战而气自倍。不然,臣有赴东海而死耳,宁能处小朝廷求活耶?(《澹庵文集》卷二)

文章措辞尖锐,气势凌厉,锋芒不但直指奸相秦桧,而且指向宋高宗。此文轰动一时,据说金主以千金购得此文,也为之变色。

南宋中期政论文的代表作家是辛弃疾和陈亮。辛弃疾写有《美芹十论》和《九议》,全面、精辟地分析了当时的敌我形势,提出了进取的方略,文笔酣畅,虎虎有生气。

陈亮自负有济世之才,多次伏阙上书,勇于言事。这些奏章见解深刻,笔锋犀利。

南宋的笔记散文成就很高。其内容丰富复杂,举凡史事杂录、考据辩证、诗文评论、小说故事等,应有尽有。陆游的《老学庵笔记》、洪迈的《容斋随笔》、罗大经的《鹤林玉露》、周密的《武林旧事》等,都有不少文学性很强的小品文。

理学兴起于北宋中期,南宋孝宗淳熙以后逐渐兴盛,成为最有影响的一个学术流派。朱熹是理学的集大成者。

朱熹(1130—1200),字元晦,号晦庵,婺源(今属江西)人,寓居建阳(今属福建),著有《晦庵集》。他继承了北宋理学家周敦颐"文以载道"的观点,更加强调道的重要性,认为道为根本,而文不过是辅助手段而已,道与文是一种本末关系。这样,古文创作就被置于理学的道德规范之下。他的文集中除了奏状、论学等大量说理文以外,也有许多记、序、碑、铭之类文字,其中不乏文学性较强的佳篇。例如《云谷记》《百丈山记》等文,或写山水风景,或叙游览见闻,都是情韵深永之作。朱熹死后不久,他的学说被朝廷采纳,成为占统治地位的官方思想,直到清末。由此,他的文论和创作都对后世产生了极其深远的影响。

二、话本小说

话本,是"说话"的底本,一称"话文"。"说话"就是讲故事,与后代的说书很接近。它是在志怪、传奇等文言小说之外,在都市民间艺人中产生的白话小说。"说话"这种艺术形式在唐代已经有了。到了宋代,随着城市经济的繁荣、手工业和商业的发展,市民阶层不断壮大,一种叫作"瓦舍"或"瓦子"的公共娱乐场所出现并迅速发展起来。各种民间艺人在勾栏里各显其能,其中最受欢迎的技艺之一就是"说话"。专业的说话人之间分工较细,主要有四家:一是小说,专门讲唱短篇故事;二是讲史,专讲前代史书文传、兴废战争之事,故事一般较长,需分若干次讲完;三是说经,专讲佛经宗教故事;四是合生,由两人演出,一人指物为题,另一人应命成咏,以演出者的敏捷见长。在这四家中,以小说和讲史两家最受欢迎,也最具有文学价值。

在体制上,话本一般由入话(头回)、正话、结尾几个部分构成。入话也叫"笑耍头回"、"得胜头回",是小说话本的开端部分。它有时以一首或若干首诗词"起兴",说风景,道名胜,往往与故事的发生地点相联系,或与故事的主人公相关联;有时先以一首诗点出故事题旨,然后叙述一个与题旨相关的小故事,其行话是"权做个'得胜头回'",实则这个小故事与将要细述的故事有着某种类比关系。显然,入话的设置,乃是说话人为安稳入座听众、等候迟到者的一种特意安排,也含有引导听众领会"话意"的动机。正话,则是话本的主体,情节曲折,细节丰富,人物形象鲜明突出。正话之后,往往以一首诗总结故事主题,或以"话本说彻,权做散场"之类套话作结。

根据罗烨《醉翁谈录》记载,宋代话本小说的名目有 100 多种。保存至今的,主要散见在《清平山堂话本》、《京本通俗小说》和《喻世明言》、《警世通言》、《醒世恒言》等书中,代表作品有《碾玉观音》、《错斩崔宁》、《五代史平话》等。

第六节　南宋词

南宋词的发展也可分为前后两期,可以宁宗开禧三年(1207)辛弃疾逝世为分界线。

"靖康之难"结束了北宋166年的统治。偏安江南的南宋,在相当长的时间里继续受到金的威胁。面对深重的民族灾难,既有主张抗金、收复失地的呼声,也有主张屈膝求和、以图苟延残喘的声音。和与战成了南宋前期政治上最主要,也是最尖锐的矛盾。

从南宋初年开始,词的创作就与上述政治主题紧密结合在一起。它不再只是相思离别、花前月下的喁喁细语,更多的是忠义奋发、金戈铁马的大声呐喊。苏轼倡导的豪放词,在此时得到了进一步发展。

一、南宋前期的爱国词

南宋初期,有的词人积极投身于要求反抗民族压迫、恢复北方疆土的政治斗争,他们的词也突破了北宋末年平庸浮靡的作风,上承苏轼的思想、艺术传统,下开辛弃疾爱国词派的先河。这些词人中较为突出的是张元干。

张元干(1091—约1170),字仲宗,好芦川居士,长乐(福建闽侯)人。绍兴八年(1138),宋高宗要向金拜表称臣,李纲上书反对无效,张元干写了一首《贺新郎》寄给他,支持他的抗金主张。后来胡铨上书请斩秦桧,除名编管新州,他又写了一首《贺新郎·送胡邦衡待制赴新州》送他。词曰:

> 梦绕神州路,怅秋风、连营画角,故宫离黍。底事昆仑倾砥柱,九地黄流乱注,聚万落千村狐兔?天意从来高难问,况人情易老悲难诉;更南浦,送君去。　　凉生岸柳催残暑,耿斜河,疏星淡月,断云微度。万里江山知何处,回首对床夜语。雁不到书成谁与?目尽青天怀今古,肯儿曹恩怨相尔汝?举大白,听金缕。

词的上片写出了北方在金兵占领下的荒凉混乱情景,表现他对民族压迫者的仇恨和对南宋投降派的愤慨。下片表示他对胡铨的同情与支持,要他以豪迈乐观的态度答复投降派的打击,而不要因一时的挫折消沉下去。当时投降派正当权,张元干就因这首词得罪除名。

和张元干同时的主战派士大夫或将领,如李纲、岳飞、胡铨等,都不是以词知名,但由于他们主张抗金的态度最坚决,他们词里所表现的爱国思想为一般词家所不及。

李纲(1083—1140),徽宗政和二年(1112)进士。官至兵部侍郎、尚书右臣。靖康元年(1126),金兵围攻汴京,他亲自登城督战,击退金兵。但不久就受到投降派的陷害而被贬职。他的《苏武令》词,表现了他强烈的爱国思想和豪迈的英雄气概:

> 塞上风高,渔阳秋早,惆怅翠华音杳。驿使空驰,征鸿归尽,不寄双龙消耗。念白衣、金殿除恩,归黄阁、未成图报。　　谁信我、致主丹衷,伤时多故,未作救民方召。调鼎为霖,登坛作将,燕然即须平扫。拥精兵十

万,横行沙漠,奉迎天表。

岳飞（1103—1141），字鹏举，因力主抗金，反对和议，被秦桧以"莫须有"之罪诬陷杀害。岳飞最著名的作品是《满江红》词：

> 怒发冲冠，凭阑处潇潇雨歇。抬望眼，仰天长啸，壮怀激烈。三十功名尘与土，八千里路云和月。莫等闲白了少年头，空悲切！　靖康耻，犹未雪；臣子恨，何时灭？驾长车踏破贺兰山缺。壮志饥餐胡虏肉，笑谈渴饮匈奴血。待从头收拾旧山河，朝天阙。

词里所表现的对个人功名富贵的轻视、对抗战胜利的信心，以及发愤自强的精神。全词慷慨激昂，音调铿锵。

比张元干稍后的张孝祥是前期爱国词人里影响较大的作家。

张孝祥（1132—1169），字安国，历阳乌江（安徽和县）人。高宗时举进士第一，曾因事忤秦桧下狱。后历任建康留守等官。绍兴三十一年（1161），金主完颜亮领兵南侵，被宋将虞允文击溃。张孝祥听到这消息，写了一首热情横溢的《水调歌头》，并表示自己也要誓师北伐。到了隆兴元年（1163），张浚的北伐军在符离溃败，南宋统治集团又重新走向妥协投降的道路，他在建康写了首《六州歌头》词：

> 长淮望断，关塞莽然平。征尘暗，霜风劲，悄边声，黯销凝。追想当年事，殆天数，非人力。洙泗上，弦歌地，亦膻腥。隔水毡乡，落日牛羊下，区脱纵横。看名王宵猎，骑火一川明。　笳鼓悲鸣，遣人惊。念腰间箭，匣中剑，空埃蠹，竟何成。时易失，心徒壮，岁将零，渺神京。干羽方怀远，静烽燧，且休兵。冠盖使，纷驰骛，若为情。闻道中原遗老，常南望、翠葆霓旌。使行人到此，忠愤气填膺，有泪如倾。

全词在急促的节拍中传达出奔进的激情，并通过关塞苍茫、名王宵猎、壮士抚剑悲慨、中原遗老南望等一幕幕鲜明的场景，反映出时代的特征，具有强烈的艺术感染力量。

张孝祥词学苏轼，部分即景抒怀的作品，意境和苏词更近。像他的《念奴娇·过洞庭》，俨然是一篇小型的《赤壁赋》。

> 洞庭青草，近中秋、更无一点风色。玉鉴琼田三万顷，着我扁舟一叶。素月分辉，明河共影，表里俱澄澈。悠然心会，妙处难与君说。　应念岭表经年，孤光自照，肝胆皆冰雪。短发萧骚襟袖冷，稳泛沧溟空阔。尽挹西江，细斟北斗，万象为宾客。扣舷独啸，不知今夕何夕。

词写于乾道二年（1166）。那时，词人正从广西罢官北归，中秋前夕船过洞庭湖。因此，全词以月光水色的交相辉映为背景，抒写了自己坦荡高洁的胸怀。词人要以江水当美酒,以北斗为酒杯,以宇宙万物为宾客,用北斗满斟美酒一样的江水,来款待宾客,以此将遭遇贬谪的得失置之度外。与词人的那些激昂慷慨之词相比,这首词更多的是转而在山水中寄托自己的精神生活,表现的是一种萧然自得的态度。这样的作品,在南渡词人如朱敦儒等人的作品中表现得更为明显。

二、李清照与南渡词人

在南宋初期,还有一群北宋末年已经登上词坛的词人,如朱敦儒、叶梦得、李清照、陈与义等。他们身经"靖康之难",从北来南,遭受了国破家亡、流离失所的痛苦。他们的词,从内容到风格也都发生了变化。如叶梦得的词,在"靖康之难"以后,由写个人闲愁转为写国家之感,风格也由原来的婉丽变为简淡雄壮。如《点绛唇·绍兴乙卯登绝顶小亭》词:

> 缥缈危亭,笑谈独在千峰上。与谁同赏,万里横烟浪。　　老去情怀,犹作天涯想。空惆怅,少年豪放,莫学衰翁样。

词中诉说自己虽想跃马横戈,驰骋天下,但毕竟年岁已大,已不再可能。因此希望年轻人努力报国。

与叶梦得词相比,陈与义的词,在风格上要显得清婉、悲凉。如他的《临江仙·夜登小阁忆洛中旧游》词:

> 忆昔午桥桥上饮,坐中多是豪英。长沟流月去无声,杏花疏影里,吹笛到天明。　　二十余年成一梦,此身虽在堪惊。闲登小阁看新晴,古今多少事,渔唱起三更。

词中追忆当年的游赏聚会和今日的无奈。上片开头写在午桥豪饮,尽是英杰,表现出当年是位血气方刚,立志报国的志士。"杏花疏影里,吹笛到天明",是传诵之名句,情境俱现,风格俊朗。尾二句宕开,故作旷达语,尤觉叹惋之意袅袅不绝。全词在豪放中见深婉,情真意切,空灵超旷。

在南渡词人中,最重要的是朱敦儒和李清照。

朱敦儒(1081—1159),字希真,洛阳人。南渡后避乱到岭南。绍兴二年(1132),被召入朝,以好立异论,与主战派大臣李光交通,被劾罢官。后来又一度被秦桧笼络,任鸿胪少卿,为时论所不满。他少年时在洛阳过着"换酒春壶碧,脱帽醉青楼"的生活,词也沾染了流连光景的习气。到南渡初期,国破家亡的现实教训,使他一度唱出了苍凉激越的悲歌,像下面这首《相见欢》:

> 金陵城上西楼,倚清秋,万里夕阳垂地、大江流。　　中原乱,冠缨散,几时收。试倩悲风吹泪、过扬州。

在一个萧瑟的清秋,词人登上金陵城西的高楼,但见夕阳染遍天空,浩浩长江在一派暮色中默默东流。面对此景,词人不由得为中原板荡、朝迁溃散而痛心疾首。他急切盼望收复失地,但一介书生的词人,此时唯能将一掬伤时之泪洒向江天,让呜呜的悲风吹过扬州。又如,《临江仙》词:

> 直自凤凰城破后,擘钗破镜分飞。天涯海角信音稀,梦回辽海北,魂断玉关西。　　月解重圆星解聚,如何不见人归。今春还听杜鹃啼,年年看塞雁,一十四番回。

词中寄寓了词人深沉的家国之痛。靖康之难,金人攻破汴京,宋徽宗、宋钦宗都成了阶下囚。本词在议论中极见悲愤之情,虽无奈,却没有陷入绝望的境地,作者仍有无限的期盼,希望看到失散者团圆的那一天。这一焦急等待的情绪使全词的境界有所提高。

可是在宋金对峙局面稳定后,朱敦儒便向往着世外桃源的生活。于是,用词描摹自然景色,表现萧然世外的闲散心情。如《好事近》:

> 摇首出红尘,醒醉更无时节。活计绿蓑青笠,惯披霜冲雪。　　晚来风定钓丝闲,上下是明月。千里水天一色,看孤鸿明灭。

词人成了一名快活的渔父,告别了喧嚣的红尘、摆脱了名缰利锁的束缚,醉醒醒醉,一任神行。

李清照(1084—1155),号易安居士,山东济南人。父亲李格非以文章受知于苏轼。李清照自少便有诗名。她和太学生赵明诚结婚后,双方共同校勘古书,唱和诗词。靖康二年(1127),她和赵明诚相继避兵江南,丧失了向来珍藏的大部分金石书画。后来赵明诚又病死建康,她就辗转漂流于杭州、越州、金华一带,在孤苦生活中度过了晚年。

李清照是诗、词、散文都有成就的作家,但最擅长的还是词。她的词可以南渡为界分为前后二期。前期词描写她在少女、少妇时期的生活,如《如梦令》:

> 常记溪亭日暮,沉醉不知归路。兴尽晚回舟,误入藕花深处。争渡,争渡,惊起一滩鸥鹭。

词里描绘的藕花深处的归舟和滩头惊飞的鸥鹭,活泼而富有生趣。《怨王孙》的"水光山色与人亲,说不尽无穷好",也在轻快的节拍中传达出作者开朗愉快的心情。

李清照前期词中,有一部分即是因思念丈夫赵明诚而创作的。这些词写得缠绵悱恻,委婉动人,成为宋代爱情词中的优秀之作。如《一剪梅》:

> 红藕香残玉簟秋。轻解罗裳,独上兰舟。云中谁寄锦书来?雁字回时,月满西楼。　　花自飘零水自流。一种相思,两处闲愁。此情无计可消除,才下眉头,却上心头。

此词最精彩的是歇拍："此情无计可消除，才下眉头，却上心头。""眉头"、"心头"对举，以"才下"、"却上"相应，形成了一条动荡起伏的感情流波。

又如《醉花阴》：

> 薄雾浓云愁永昼，瑞脑消金兽。佳节又重阳，玉枕纱厨，半夜凉初透。
> 东篱把酒黄昏后，有暗香盈袖。莫道不消魂，帘卷西风，人比黄花瘦。

这首词写词人在重阳佳节独守空闺，思念丈夫的孤寂愁绪。上片由白天写到夜晚，愁苦孤独之情充满其中。下片则倒叙黄昏时独自饮酒的凄苦，末尾三句设想奇妙，比喻精彩，末句"人比黄花瘦"，更成为千古绝唱。据说李清照将这首词寄给在外做官的丈夫赵明诚后，赵明诚赞赏不已，自愧写词不知妻子，却又想要胜过她，于是杜门谢客，苦思冥想，三日三夜，作词50首，并将李清照的这首词夹杂其中，请友人陆德夫评论。陆德夫细加玩味后说："只三句绝佳。"赵明诚问哪三句，陆德夫说："莫道不消魂，帘卷西风，人比黄花瘦。"正是本词的最后三句。

从靖康元年起，李清照连续遭到国破、家亡、夫死的苦难，过着长期的流亡生活，写出了更其动人的词篇，如《声声慢》：

> 寻寻觅觅，冷冷清清，凄凄惨惨戚戚。乍暖还寒时候，最难将息。三杯两盏淡酒，怎敌他、晚来风急。雁过也，正伤心，却是旧时相识。　　满地黄花堆积。憔悴损，如今有谁堪摘。守着窗儿，独自怎生得黑。梧桐更兼细雨，到黄昏、点点滴滴。这次第，怎一个愁字了得。

全词抒写了词人在失去家国后，孤苦无依的生活境况和极度的精神痛苦。在写作手法上，开篇连用7个叠字，在感情上层层递进，有统摄全篇之效，且毫无斧凿堆砌之感。全词以暮秋景色为衬托，通过一些生活细节来表现孤独痛苦的心境：往日大雁带来的是丈夫的温情与慰藉，如今见到大雁，引发的是绝望与伤心；从前见菊花，虽人比花瘦，但不失孤芳自赏的潇洒，而今黄花憔悴凋零，则隐含着生命将逝的悲哀。从前轻盈妙丽的望夫词如今变成了沉重哀伤的生死恋歌，词境由明亮轻快变成了灰冷凝重。这是词人情感历程的真实写照，也是时代苦难的象征。

《永遇乐》更含蓄而深沉地表现她对现实的不满和关心。

> 落日熔金，暮云合璧，人在何处？染柳烟浓，吹梅笛怨，春意知几许。元宵佳节，融和天气，次弟岂无风雨？来相召，香车宝马，谢他酒朋诗侣。
> 中州盛日，闺门多暇，记得偏重三五。铺翠冠儿，捻金雪柳，簇带争济楚。如今憔悴，风鬟雾鬓，怕见夜间出去。不如向帘儿底下，听人笑语。

在元宵佳节的融和天气中，词人想到的却是可能到来的风雨。因为，她既经历了中州的盛日，也尝到了如今的憔悴。全词正是通过这样的今昔对比，抒写今昔苦乐不同的情景，表达词人忧时伤世怀念故国的情思。上片描绘元宵节傍晚时分的景物和自己的感受。下片写闭门幽居,抚今追昔,悲不自胜的感受。结尾两句抒情极为凄楚,令人酸鼻。两种迥然不同的心境,反映出南渡前后词人两种不同的生活境况和精神面貌,抒发了作者对故国的深情思念。这在那个时代里有典型意义。

李清照的词主要继承婉约派词家的道路发展。由于她一生经历比晏几道、秦观等更艰苦曲折,加上她对艺术的力求专精,和在文艺上的多方面才能,词的成就也超过了他们。她后期的词有时还兼有豪放派之长,使她能够在两宋词坛上独树一帜,对后世的影响也较大。

三、辛弃疾与南宋爱国词人

爱国词人辛弃疾和陆游的同时出现,标志着南宋文学爱国主义的主流在诗词创作方面所达到新的高度。

辛弃疾(1140—1207),字幼安,出生在金国建立初期的济南。绍兴三十一年(1161),金主完颜亮南下侵宋,济南农民耿京聚众起义,辛弃疾也组织了 2000 多人参加,劝耿京和南宋王朝联系,并代表起义军到建康去见宋高宗。当他从南宋北归时,叛徒张安国谋害了耿京,并投降金人。辛弃疾和部下 50 人驰骑直入张安国 5 万人的大营,缚张安国置马上,长驱渡淮,奔向南宋。

辛弃疾南归的第二年,南宋王朝又倾向对金和议。辛弃疾写成《美芹十论》献给宋孝宗。前三篇详细分析了北方人民对女真统治者的怨恨,以及女真统治集团内部的尖锐矛盾。后七篇就南宋如何充实国力,及时完成统一大业等都提出一些具体的规划。这些意见虽然未被采纳,但表达了他对形势的清楚认识和对统一大业的关心。这和他词里所表现的爱国主义精神是息息相通的。

由于辛弃疾不与投降派妥协的政治态度,他在政治上屡受打击,因此,在他写的词里常常交织着种种复杂矛盾的心情,形成辛词所特有的豪壮而苍凉、雄奇而沉郁的风格。

淳熙八年(1181),辛弃疾因言官弹劾落职,退居江西上饶的带湖。到宋宁宗开禧年间(1201—1207),又一度出任浙东安抚使、镇江知府等官。这时离他渡江南归已 43 年了,当他北望扬州,想起历史上的英雄人物,也想起自己青年时期的战斗生活时,写下了一首生气勃勃的《永遇乐》词:

> 千古江山,英雄无觅、孙仲谋处。舞榭歌台,风流总被、雨打风吹去。斜阳草树,寻常巷陌,人道寄奴曾住。想当年金戈铁马,气吞万里如虎。
>
> 元嘉草草,封狼居胥,赢得仓皇北顾。四十三年,望中犹记、烽火扬州路。可堪回首、佛狸祠下,一片神鸦社鼓。凭谁问,廉颇老矣,尚能饭否?

上片即景生情,由眼前之主联想到两位著名的历史人物,即孙权与刘裕,对他们的业绩表示无限的向往和怀念。下片用刘义隆草率北伐失败的史实告诫当政者,接下宕开。回忆 43 年前率兵南归时如火如荼的战斗场面。结尾用廉颇自喻,抒发有志报国而不被重用的忧伤与苦闷。全词将多种感受都委婉地抒发出来,慷慨悲歌,千古后读来仍令人回肠荡气,全篇苍劲沉郁,豪壮中有悲凉。杨慎在《词品》中评曰:"辛词当以'京口北固亭怀古'《永遇乐》为第一。"然而,就在这首词写作后的第二年,辛弃疾终于怀抱着他那始终不能实现的政治抱负与世长辞了。

辛词的爱国思想与战斗精神,首先表现在他对被分裂的北方的怀念和对抗金斗争的赞扬上。他词里不但经常出现"西北有神州"、"西北是长安"等句子,还强烈表现他不能忍受南北分裂的局面。他送杜叔高的《贺新郎》词说:"起望衣冠神州路,白日销残战骨,叹夷甫诸人清绝。夜半狂歌悲风起,听铮铮阵马檐间铁,南共北,正分裂。"比较突出地表现了这种思想。上举《永遇乐》更是其中的代表作之一。

其次表现在他对南宋苟安局面的强烈反感上。他讥讽南宋小朝廷是"剩水残山无态度"(《贺新郎》),是"斜阳正在烟柳断肠处"(《摸鱼儿》)。

第三表现在他志业、才能上的自负和怀才不遇、有志无成的不平上。他晚年写的《生查子·题京口郡治尘表亭》词,更羡慕夏禹的"悠悠万世功,兀兀当年苦"。可是由于他的志业、才能在南归后一直不能实现和发挥,这就不能不在词里表现他的愤慨和不平。他和汤朝美的两首《水调歌头》:"笑吾庐,门掩草,径封苔。未应两手无用,要把蟹螯杯。""短灯檠,长剑铗,欲生苔。雕弓挂壁无用,照影落清杯。"正是这种思想感情的表现。

然而,当辛弃疾面对祖国雄伟的江山和历史上英雄人物时,又会激发出豪情壮志。因此,他的登临怀古之作特别擅长,下面的两首《水龙吟》可见他这方面成就的一斑。

楚天千里清秋,水随天去秋无际。遥岑远目,献愁供恨,玉簪螺髻。落日楼头,断鸿声里,江南游子。把吴钩看了,栏干拍遍,无人会、登临意。

休说鲈鱼堪脍,尽西风季鹰归未?求田问舍,怕应羞见、刘郎才气。可惜流年,忧愁风雨,树犹如此!倩何人唤取、红巾翠袖,揾英雄泪?

举头西北浮云,倚天万里须长剑。人言此地,夜深长见、斗牛光焰。我觉山高、潭空水冷、月明星淡。待燃犀下看,凭阑却怕,风雷怒,鱼龙惨。

峡束苍江对起,过危楼、欲飞还敛。元龙老矣,不妨高卧、冰壶凉簟。千古兴亡,百年悲笑,一时登览。问何人又卸、片帆沙岸,系斜阳缆。

前首抒发他的抗金壮志无人理解,不堪大好年华,在国势风雨飘摇中虚度的悲愤心情;同时抨击那些一味"求田问舍",对国事漠不关心的人物。后首借用雷焕的宝剑在双溪落水化龙,光射斗牛的传说,表现他要求统一祖国的壮志;又借用温峤在牛渚燃犀下照,看见水底怪物的传说,表现他对那些在黑暗中活动的人物的顾虑。这些神奇传说的灵活运用,赋予全词以积极浪漫主义的色彩。理想与现实的尖锐矛盾,又形成全词悲壮的基调。

除了上述充满爱国情怀的作品外,别具风格的农村词,也是辛弃疾词创作的重要内容。这些农村词是辛弃疾被罢官后,在江西带湖、瓢泉等地赋闲时所作。著名的作品有《西江月·夜行黄沙道中》:

> 明月别枝惊鹊,清风半夜鸣蝉。稻花香里说丰年,听取蛙声一片。
>
> 七八个星天外,两三点雨山前。旧时茅店社林边,路转溪桥忽见。

全词通过夜行黄沙道中的具体感受,描绘出农村夏夜的幽美景色,形象生动逼真,感受亲切细腻,笔触轻快活泼,使人有身历其境的真实感。

又如《鹧鸪天·代人赋》:

> 陌上柔条初破芽,东邻蚕种已生些。平冈细草鸣黄犊,斜日寒林点暮鸦。　　山远近,路横斜,青旗沽酒有人家。城中桃李愁风雨,春在溪头荠菜花。

在描绘农村如画景色的同时,更以"城中桃李愁风雨,春在溪头荠菜花"为比喻,来暗示词人对现实的看法,颇具深意。

辛词艺术上的独特成就,首先表现在雄奇阔大的意境的创造上。他的词里有"红旗清夜,千骑月临关"(《水调歌头》),有"汉家组练十万,列舰耸层楼"(《水调歌头》)战斗场景,还有不怕霜欺雪压的梅花和磊落的长松、堂堂直节的劲竹等。这取决于辛弃疾战斗的经历和远大的政治抱负。

其次表现在比兴寄托的手法上。有时托儿女之情,写君臣之事;在芬芳悱恻之中,露磊落不平之气。《摸鱼儿》词是其中的代表作之一:

> 更能消几番风雨,匆匆春又归去。惜春长怕花开早,何况落红无数。春且住,见说道天涯芳草无归路。怨春不语,算只有殷勤、画檐蛛网,尽日惹飞絮。　　长门事,准拟佳期又误,蛾眉曾有人妒。千金纵买相如赋,脉脉此情谁诉? 君莫舞,君不见玉环飞燕皆尘土! 闲愁最苦,休去倚危栏,斜阳正在、烟柳断肠处。

词的上片通过主人公的惜春而又怨春,表现他对南宋王朝"爱深恨亦深"的矛盾心情。下片更托为蛾眉遭妒表现他对自身遭遇的不平。"君莫舞,君不见玉环飞燕皆尘土",是对当权的妥协投降派的诅咒,说他们总有一天要断送了国家也葬送了自己。至于斜阳烟柳的讽刺昏暗王朝,就更明显。

上述两方面的艺术成就,表现了作家的爱国热情、政治理想与丑恶现实的尖锐矛盾,同时形成了辛词的浪漫主义的艺术特征。

被称为辛派词人的有陆游、陈亮和刘过等人。

陆游虽比张孝祥年长 7 岁,比辛弃疾年长 15 岁,但词作不多,开创性不大。他未能成为辛派的先驱,而只是辛派的中坚人物。与辛弃疾将平生的创作精力贯注于词相反,陆游"是有意要做诗人"(刘熙载《艺概·诗概》),而对作词心存鄙视,认为词是"其变愈薄"之体,说"少时汩于世俗,颇有所为,晚而悔之"。写了词,仿佛有种负罪感,故自编词集时,特意写上一段自我批评,"以志吾过"。这种陈旧的观念,既限制了词作的数量,更影响了其词的艺术质量和成就。不过,陆毕竟才气超然,漫不经意中,也表现了他独特的精神风貌和人生体验。如《汉宫春》上片:"羽箭雕弓,忆呼鹰古垒,截虎平川。吹笳暮归,野帐雪压青毡。淋漓醉墨,看龙蛇、飞落蛮笺。人误许,诗情将略,一时才气超然。"激情豪气都不让稼轩。由于身历西北前线,陆游也创造出了稼轩词所没有的另一种艺术境界。如《秋波媚·七月十六日晚登高兴亭望长安南山》词曰:

> 秋到边城角声哀。烽火照高台。悲歌击筑,凭高酹酒,此兴悠哉。
>
> 多情谁似南山月,特地暮云开。灞桥烟柳,曲江池馆,应待人来。

边城的角声烽火,沦陷区内的烟柳与池馆,迭映成一幅悲壮的战地景观。终南山的月亮特地冲破暮云,普照长安的城池,也象征着词人收复中原的必胜信念。

陆游词的主要内容是抒发其壮志未酬的幽愤,其词境的特点是将理想化成梦境而与现实的悲凉构成强烈的对比,如《诉衷情》:

> 当年万里觅封侯,匹马戍梁州。关河梦断何处,尘暗旧貂裘。　　胡未灭,鬓先秋,泪空流。此生谁料,心在天山,身老沧洲。

放翁词风格虽多样,但未熔炼成独特的个性,其悲壮似稼轩而无辛词的雄奇,其豪放似东坡而无苏词的飘逸,其闲适疏淡似朱敦儒而缺乏朱词的恬静潇洒,有众家之长,"而皆不能造其极"(《四库全书总目》卷一九八《放翁词提要》)。

陈亮(1143—1194)与辛弃疾志趣相投,交谊很深,词的风格也有近似之处。他的《念奴娇·登多景楼》,批评南朝王谢诸人只争门户私计,不能长驱北上收复中原,借以表示他对南宋王朝的不满,是现传《龙川词》里较有代表性的作品:

> 危楼还望,叹此意,今古几人曾会。鬼设神施,浑认作,天限南疆北界。一水横陈,连冈三面,做出争雄势。六朝何事,只成门户私计?
>
> 因笑王谢诸人,登高怀远,也学英雄涕。凭却江山,管不到河洛腥膻无际。正好长驱,不须反顾,寻取中流誓。小儿破贼,势成宁问强对。

刘过(1154—1206),字改之,号龙洲道人,吉州太和(今江西泰和)人。辛弃疾任浙东安抚使时招他来幕下,他写了一首《沁园春》词寄给辛弃疾。词曰:

> 斗酒彘肩,风雨渡江,岂不快哉!被香山居士,约林和靖,与坡仙老,

驾勒吾回。坡谓"西湖、正如西子,浓抹淡妆临照台。"二公者,皆掉头不顾,只管传杯。　白言"天竺去来,图画里峥嵘楼阁开。爱纵横二涧,东西水绕;两峰南北,高下云堆。"遄曰"不然,暗香浮动,不若孤山先访梅。须晴去,访稼轩未晚,且此徘徊。"

这首词摆脱词的传统手法,用散文笔调自由抒写,而且用三人对话组织成篇,在艺术上有它的特点。不过,刘过以文为词,有时不守音律;造语狂宕,有时不免粗豪,对辛派后劲的粗率不无影响。

四、姜夔与南宋后期词人

姜夔(1154—约1221),字尧章,号白石道人,鄱阳(今江西波阳)人。青年时代,曾北游淮楚,南历潇湘,后客居合肥、湖州和杭州。他一生清贫自守,以文艺创作自娱,诗词散文和书法音乐,无不精善,是继苏轼之后又一难得的艺术全才。

姜夔词的贡献主要在于对传统婉约词的表现艺术上进行改造,建立起新的审美规范。北宋以来的恋情词,情调软媚或失于轻浮,虽经周邦彦雅化却仍然不够。姜夔的恋情词,则往往过滤省略掉缠绵温馨的爱恋细节,只表现离别后的苦恋相思,并用一种独特的冷色调来处理炽热的柔情,从而将恋情雅化,赋予柔思艳情以高雅的情趣和超尘脱俗的韵味。如《踏莎行·自沔东来丁未元日至金陵江上感梦而作》:

燕燕轻盈,莺莺娇软。分明又向华胥见。夜长争得薄情知,春初早被相思染。　别后书辞,别时针线。离魂暗逐郎行远。淮南皓月冷千山,冥冥归去无人管。

此词虽是怀念合肥恋人,但并未写艳遇的旖旎风情,而只有魂牵梦绕的忆恋。其中"淮南皓月冷千山"一句,更创造出词史上少见的冷境。

苏轼首开以诗为词的风气,姜夔也移诗法入词。但姜夔移诗法入词,不是进一步扩大词的表现功能,而是使词的语言风格雅化和刚化。如《浣溪沙·辛亥正月二十四日发合肥》的"杨柳夜寒犹自舞,鸳鸯风急不成眠",把"别离滋味"写得清刚冷峭,韵味醇雅。

姜夔的咏物词,往往别有寄托。他常常将自我的人生失意和对国事的感慨与咏物融为一体。如咏梅名作《暗香》:

旧时月色。算几番照我,梅边吹笛。唤起玉人,不管清寒与攀摘。何逊而今渐老,都忘却、春风词笔。但怪得、竹外疏花,香冷入瑶席。　江国。正寂寂。叹寄与路遥,夜雪初积。翠尊易泣。红萼无言耿相忆。长记曾携手处,千树压、西湖寒碧。又片片、吹尽也,几时见得。

　　姜夔常把梅花作为其恋人的象征，这首咏梅词也当有怀人之意，不过怀人的伤感中包含着自我零落的悲哀。其中也许还寄托着对国事的感愤。

　　姜夔的词境独创一格，艺术思维方式和表现手法也别出心裁。他善于用联觉思维，利用艺术的通感将不同的生理感受连缀在一起，表现某种特定的心理感受；又善于侧向思维，写情状物，不是正面直接刻画，而是侧面着笔，虚处传神。《扬州慢》是这方面的代表作：

> 淮左名都，竹西佳处，解鞍少驻初程。过春风十里，尽荠麦青青。自胡马窥江去后，废池乔木，犹厌言兵。渐黄昏，清角吹寒，都在空城。
> 杜郎俊赏，算而今、重到须尺。纵豆蔻词工，青楼梦好，难赋深清。二十四桥仍在，波心荡、冷月无声。念桥边红药，年年知为谁生。

词中的"吹寒"、"冷月"等都是运用通感。起首二句的句法明显受到柳永《望海潮》的影响，但柳词是正面描绘钱塘的繁华景象，而姜词则是从侧面着笔，从虚处表达对扬州残破的深沉感慨。用笔一下一反，一实一虚，恰好形成鲜明对照。因此，张炎说姜词"清空"，"如野云孤飞，去留无迹"（《词源》卷下）。

　　姜词的另一个显著特色，是词作往往配有精心结撰的小序。这些小序，不仅交代创作缘起，自身也具有独立的艺术价值，与歌词珠联璧合，相映成趣。如《念奴娇》序：

> 予客武陵，湖北宪治在焉。古城野水，乔林参天。予与二三友日荡舟其间，薄荷花而饮。意象幽闲，不类人境。秋水且涸，荷叶出地寻丈，因列坐其下。上不见日，清风徐来，绿云自动。间于疏处窥见游人画船，亦一乐也。揭来吴兴，数得相羊荷花中。又夜泛西湖，光景奇绝。故以此句写之。

　　姜夔的羽翼史达祖（1163—约1220），致力于炼句，张炎最称赏的也是他"挺异"的"句法"（《词源》卷下）。他差不多每一首词都有精警之句，清人李调元爱其"炼句清新，得未曾有"，而录其50条佳句，汇为《史梅溪摘句图》（见《雨村词话》卷三）。如"做冷欺花，将烟困柳"（《绮罗香》）、"断浦沉云，空山挂雨"（《齐天乐》）、"画里移舟，诗边就梦"（《齐天乐》）等，都属对精切巧妙。

　　史达祖也工于咏物，他的《双双燕·咏燕》堪称是咏燕的绝唱：

> 过春社了，度帘幕中间，去年尘冷。差池欲住，试入旧巢相并。还相雕梁藻井。又软语、商量不定。飘然快指花梢，翠尾分开红影。　　　芳径。芹泥雨润。爱贴地争飞，竞夸轻俊。红楼归晚，看足柳昏花暝。应自栖香正稳。便忘了、天涯芳信。愁损翠黛双蛾，日日画阑独凭。

　　高观国与史达祖齐名。其成就虽不及史达祖，但也有值得重视之处。他善于创造名句警语，如"香心静，波心冷，琴心怨，客心惊"（《金人捧露盘·水仙花》）；"新愁万斛,为春瘦、却怕春知"(《金人捧露盘·梅花》);"开遍西湖春意烂,算群花、正作江山梦"(《贺新郎·赋梅》)等,都颇为后人传诵。

吴文英(约1212—约1272),字君特,号梦窗,四明鄞县(今浙江宁波)人。他布衣终老,曾长期充当一些权贵的门客与幕僚,但不为仕进投机钻营,保持着清高独立的人格。

吴文英一生的心力都倾注在词的创作上。首先,他的词改变了传统的艺术思维方式,将常人眼中的实景化为虚幻,将常人心中的虚无化为实有,通过奇特的艺术想象和联想,创造如梦如幻的艺术境界。如游苏州灵岩山时所作的《八声甘州》词:

> 渺空烟四远,是何年、青天坠长星。幻苍崖云树,名娃金屋,残霸宫城。箭径酸风射眼,腻水染花腥。时靸双鸳响,廊叶秋声。　　宫里吴王沉醉,倩五湖倦客,独钓醒醒。问苍波无语,华发奈山青。水涵空、阑干高处,送乱鸦、斜日落渔汀。连呼酒,上琴台去,秋与云平。

词的开篇以出人意表的想象,将灵岩山和馆娃宫等虚幻化,把灵岩山比拟为青天陨落的星辰。这是化实为虚。西施遗迹,本是一片废墟,而作者却以超常的联想,表现出当年采径中残存的脂香腥味,和西施穿着木屐漫步的声响,化虚为实。又如怀念亡姬的名作《风入松》:

> 听风听雨过清明。愁草瘗花铭。楼前绿暗分携路,一丝柳、一寸柔精。料峭春寒中酒,交加晓梦啼莺。　　西园日日扫林亭。依旧赏新晴。黄蜂频扑秋千索,有当时、纤手香凝。惆怅双鸳不到,幽阶一夜苔生。

词的境界似真似梦。"黄蜂"二句,则是亦真亦幻。黄蜂扑秋千,为眼前实景;亡姬生前纤纤玉手在秋千上残留的香泽,本是由于痴迷的忆恋而产生的幻觉,而首一"有"字,便将幻觉写成实有。

其次是在章法结构上,继清真词后进一步打破时空变化的通常次序,把不同时空的情事、场景浓缩统摄于同一画面内;或者将实有的情事与虚幻的情境错综叠映,使意境扑朔迷离。那首长达240字的自度曲,也是词史上最长的词调《莺啼序》,便是最典型地体现出这种结构的特色:

> 残寒正欺病酒,掩沉香绣户。燕来晚、飞入西城,似说春事迟暮。画船载、清时过却,晴烟冉冉吴宫树。念羁情、游荡随风,化为轻絮。　　十载西湖,傍柳系马,趁娇尘软雾。溯红渐、招入仙溪,锦儿偷寄幽素。倚银屏、春宽梦窄,断红湿、歌纨金缕。暝堤空,轻把斜阳,总还鸥鹭。　　幽兰旋老,杜若还生,水乡尚寄旅。别后访、六桥无信,事往花萎,瘗玉埋香,几番风雨。长波妒盼,遥山羞黛,渔灯分影春江宿,记当时、短楫桃根渡。青楼仿佛,临

分败壁题诗,泪墨惨淡尘土。　　　危亭望极,草色天涯,叹鬓侵半苎。暗点检、离痕欢唾,尚染鲛绡,亸凤迷归,破鸾慵舞。殷勤待写,书中长恨,蓝霞辽海沉过雁,漫相思、弹入哀筝柱。伤心千里江南,怨曲重招,断魂在否?

全词分四段,主要写对亡故恋人的思念,相思中又含有羁旅之情。第一段写独居伤春情怀。第二段回忆十年前的艳遇,而"春宽梦窄"又包含着现时的感受。第三段总写别后情事。过片思绪回到现实的水乡寄旅,接着又跳到别后寻访往事和当时分别的情景。第四段总写相思,又穿插着别后的眺望与期待,相聚时的欢情和离别时的泪痕,时间又是几度变化,空间也是从眼前跳到辽海又回复到江南。这种结构方式带有一定的超前性,类似于现代的意识流手法,古人不易理解,因此指斥为"如七宝楼台,眩人眼目,拆碎下来,不成片段"(张炎《词源》卷下)。

吴文英的词作多达 340 首,比姜夔多出 4 倍,其题材内容却与姜夔一样,仍不出恋情、咏物、伤今怀古和酬唱和的范围。从艺术的独创性来看,梦窗足与白石抗衡。《四库全书总目》卷一九九《梦窗稿提要》说"词家之有文英,亦如诗家之有李商隐",为平实公允的评价。

南宋覆亡之后,王沂孙、张炎、周密等词人又结社唱和。

周密(1232—1298)的词作,融汇白石、梦窗两家之长,形成了典雅清丽的词风。与吴文英交往密切,词风也受其影响,因此与之并称"二窗"。他的成名作、描绘西湖十景的组词《木兰花慢》,即以文笔清丽而著称。宋亡后,词风虽然依旧,但内容上流连风月的闲情雅趣已被凄苦幽咽的情思所取代,1276 年临安陷落后他逃到绍兴所作《一萼红·登蓬莱有感》是其代表作。

王沂孙最工于咏物。他现存 64 首词,咏物词即占了 34 首。在宋末词人中,王沂孙的咏物词最多,也最精巧。他的咏物词的特点,一是善于隶事用典,他不是直接描摹物态,而是根据主观的意念巧妙地选取有特定含意的典故与所咏之物有机融合,使客观物象与主观情意相互生发。二是擅长用象征和拟人的手法,使之具有丰富的象征意蕴,也被认为有深远的寄托。如著名的《眉妩·新月》:

渐新痕悬柳,淡彩穿花,依约破初暝。便有团圆意,深深拜,相逢谁在香径。画眉未稳,料素娥、犹带离恨。最堪爱、一曲银钩小,宝帘挂秋冷。
千古盈亏休问。叹慢磨玉斧,难补金镜。太液池犹在,凄凉处,何人重赋清景。故山夜永。试待他、窥户端正。看云外山河、还老尽、桂花影。

词中无法补圆的新月,寄托着词人在宋室倾覆后复国无望的深哀巨痛。而另一首《齐天乐·蝉》所咏的"枯开阅世"而"独抱清高"的蝉,则是遗民身世和心态的写照。

张炎(1248—约 1320)的词集名《山中白云词》,词风清雅疏朗,与白石相近。入元以后,国破家亡,张炎由承平贵公子沦落为无家可归的"可怜人"(《甘州》),词由高雅的摹写风月转变为凄楚地备写身世盛衰之感。凄凉怨慕的《高阳台·西湖

春感》和《解连环·孤雁》最能代表他入元后的心境和词境。后一首更为他赢得"张孤雁"的雅号:

> 楚江空晚。怅离群万里,恍然惊散。自顾影、欲下寒塘,正沙净草枯,水平天远。写不成书,只寄得、相思一点。料因循误了,残毡拥雪,故人心眼。
>
> 谁怜旅愁荏苒。谩长门夜悄,锦筝弹怨。想伴侣、犹宿芦花,也曾念春前,去程应转。暮雨相呼,怕蓦地、玉关重见。未羞他、双燕归来,画帘半卷。

张炎词的总体成就与王沂孙相当,但词境比王词丰富而明畅,对清初浙西词派的创作影响甚大。

在宋末词人中,蒋捷词别开生面,最有特色和个性。兼融豪放词的清奇流畅和婉约词的含蓄蕴藉,如《虞美人·听雨》:

> 少年听雨歌楼上。红烛昏罗帐。壮年听雨客舟中。江阔云低断雁叫西风。　而今听雨僧庐下。鬓已星星也。悲欢离合总无情。一任阶前点滴到天明。

蒋捷词还多角度地表现出亡国后遗民们漂泊流浪的凄凉感受和饥寒交迫的生存困境,如《贺新郎·兵后寓吴》:

> 深阁帘垂绣。记家人、软语灯边,笑涡红透。万叠城头哀怨角,吹落霜花满袖。影厮伴、东奔西走。望断乡关知何处,羡寒鸦、到着黄昏后。一点点,归杨柳。　相看只有山如旧。叹浮云、本是无心,也成苍狗。明日枯荷包冷饭,又过前头小阜。趁未发、且尝村酒。醉探枵囊毛锥在,问邻翁,要写牛经否。翁不应,但摇手。

蒋捷在宋末词坛上独立于时代风气之外,卓然成家,对清初阳羡派词人颇有影响。

如果说宋末姜派词人是以艺术的精湛见长,那么辛派后劲则是以思想内容的深度和力度取胜。其中刘克庄、陈人杰和刘辰翁词的现实性和时代感最强烈。

刘克庄(1187—1269)是辛派后劲中成就最大的词人。他作词,一以国家命运为念,词中充满一股强烈的危机感。如"怎么一年一来一度,欺得南人技短。叹几处、城危如卵"(《贺新郎》);"新来边报犹飞羽,问诸公、可无长策,少宽明主"(《贺新郎》),都表现出对当前蒙古兵马压境的焦虑,富有强烈的现实感。

刘克庄词也富有艺术个性,风格雄肆疏放。如《沁园春·梦孚若》:

> 何处相逢,登宝钗楼,访铜雀台。唤厨人斫就,东溟鲸脍,圉人呈罢,西极龙媒。天下英雄,使君与操,余子谁堪共酒杯。车千辆,载燕南赵北,剑客奇才。　饮酣鼻息如雷。谁信被晨鸡轻唤回。叹年光过尽,功名

未立,书生老去,机会方来,使李将军,遇高皇帝,万户侯何足道哉。披衣
起,但凄凉感旧,慷慨生哀。

情怀怨愤激切,笔势纵横跌宕。但刘词的语言有时锤炼不足,失于粗疏。

陈人杰(1218—1243)是宋代词坛上最短命的人,享年仅 26 岁。他现存词作 31
首,全用《沁园春》调,这是两宋词史上罕见的用调方式。在“东南妩媚,雌了男儿”
和“诸君傅粉涂脂,问南北战争都不知”(《沁园春》)的精神萎靡的社会现实里,陈人
杰用词呼唤富有进取精神的男子汉雄健气概的回归:“扶起仲谋,唤回玄德。”(《沁
园春》)其词纵笔挥洒,语言崭切痛快,政治批判的锋芒尖锐深刻,《沁园春·丁酉岁
感事》是其代表作。

刘辰翁(1232—1297)在总体倾向上也是继承稼轩的遗风。他的独特性在于吸
取了杜甫以韵语纪时事的创作精神,用词表现亡国的血泪史。1275 年 2 月,权相
贾似道率师抵抗元军,结果在鲁港(今安徽芜湖西南)不战自溃。半个月后,刘辰翁
闻报,即赋《六州歌头·向来人道》,强烈谴责了贾似道全军覆没的罪行及其专权误
国的种种罪恶。次年春,临安城陷,国破主俘,刘辰翁又及时地写了《兰陵王·丙子
送春》,用象征的手法表现了国亡“无主”和“人生流落”的悲哀。这种及时展现时代
巨变的“诗史”般的创作精神,在宋末遗民词人群中是自树一帜的。

第六章　金元文学

第一节　金代诗歌

一、金代诗歌的三个阶段

金是女真族完颜部创建的政权(1115—1234),本受辽的控制。后来,在阿骨打的率领下,完颜部逐步统一了邻近的部落,天会三年(1125)灭辽,次年灭北宋,从而形成了与南宋南北对峙的局面。金在政治制度、文化建设等方面广泛地吸收了汉文化的要素,文学创作成就相当可观。其发展过程大致可分为三个阶段。

第一个阶段是所谓的"借才异代",指从金国初建到海陵朝(1115—1161)。此期的主要作家都是一些由辽、宋入金的文士,其中比较重要的有宇文虚中(1079—1146)、吴激(1090—1142)、蔡松年(1107—1159)等。他们本是宋人,仕金后对故土仍然眷恋不忘,内心充满矛盾,作品中经常流露出故国之思。如宇文虚中《重阳旅中偶记二十年前二诗因而有作》:"旧日重阳厌旅装,而今身世更悲凉。愁添白发先春雪,泪著黄花助晚香。客馆病余红日短,家山信断碧云长。故人不恨村醪薄,乘兴能来共一觞?"(《翰苑英华中州集》卷一)吴激《岁暮江南四忆》之三:"吴松潮水平,月上小舟横。旋斫四腮鲈,未输千里羹。捣薤香不厌,照箸雪无声。几见秋风起,空悲白发生!"(《翰苑英华中州集》卷一)两诗或以今昔对比,抒写滞留金国的孤独与凄凉、寂寞难耐;或以回忆故土秋日的美好,渲染有家难归的悲惨,感情真挚,使人深切地感受到时代动乱、民族压迫带给他们心灵的痛苦,感染力很强。他们的诗歌虽然是宋诗的移植,但由于不同的地域背景、文化氛围,已经初具一些北方文学的雄豪特色,表现出由宋到金的过渡特征,从而为日后金诗的发展奠定了基础。

第二个阶段是所谓"国朝文派",即金世宗、金章宗统治时期(1162—1208)。随着金朝文化上的汉化越来越深,金诗也逐渐走向成熟,初步形成了自己的特色。此期的主要诗人有蔡珪（？—1174）、王庭筠（1151—1202）、党怀英（1134—1211）、周昂（？—1211）等。他们的诗作与"借才异代"的诗人已经明显不同。首先，对异族政权的排斥倾向已经转化为一种自觉的认同意识。其次，诗歌的艺术表现方面尽管还没有彻底摆脱宋诗的樊篱，但从总体上看，他们的诗篇已初步形成了雄豪粗犷的北方文学的特质。如蔡珪的《野鹰来》："南山有奇鹰，置穴千仞山。网罗虽欲施，藤石不可攀。鹰朝飞，耸肩下视平芜低，健狐跃兔藏何迟。鹰暮来，腹肉一饱精神开，招呼不上刘表台。锦衣少年莫留意，饥饱不能随尔辈！"（《翰苑英华中州集》卷一）"野鹰"意象散射着一股雄悍朴野之气，与宋代的学人之诗迥然有异。

第三阶段是金朝在蒙古进逼下被迫南渡，直到金亡。此期金朝的国势已经逐渐衰微，诗歌创作却相当活跃，产生了一批关心国计民生的好作品，代表作家有赵秉文、李纯甫。赵秉文（1159—1232），字周臣，号闲闲，滏阳（今河北磁县）人，大定二十五年（1185）进士，主要活动于蒙古崛起、金室衰微的历史时期，著有《闲闲老人滏水文集》。他主张师法古人，强调多样化的风格，诗作也不拘一格。其五古、七绝清远冲和，写景真切，且不乏蕴藉之致，如《暮归》《郎山马耳峰》等。其七古则笔势纵放，气势雄浑高朗，如《游华山寄元裕之》对华山奇险景色的描写："石门划断一峰出，婆娑石上为迟留。上方可望不可到，崖倾路绝令人愁。十盘九折羊角上，青柯平上得少休。三峰壁立五千仞，其下无址傍无俦。巨灵仙掌在霄汉，银河飞下青云头。或云奇胜在高顶，脚力未易供冥搜。苍龙岭瘦苔藓滑，嵌空石磴谁雕镂。每怜风自四山而下不见底，惟闻松声万壑寒飕飕。"（《翰苑英华中州集》卷三）

李纯甫（1177—1223），字之纯，号屏山居士，弘州襄阴县（今张家口阳原县）人。承安二年（1197）进士，仕至尚书右司都事。他工于散文，文风雄奇简古，当时影响很大。论诗则力主自成一家，强调标新立异，诗风奇险雄肆，近于韩愈、卢仝、李贺之风。其《雪后》诗描绘严冬雪天情景："玉环晕月蟠长虹，飞沙卷土号阴风"。《猫饮酒》鞭挞金朝官吏吃喝歪风："枯肠痛饮如犀首，奇骨当封似虎头"。这些作品意象奇崛，光怪陆离，意境奇异凝重，出人意料，引人入胜。

此外，王若虚、李俊民、辛愿、段克己等诗人也有很多优秀诗篇传世，展示出金代文学的繁荣旺盛。

值得一提的是，随着国势日益衰微，社会动荡不安，诗坛上涌现出许多优秀的写实佳作，忧时伤乱的题材渐趋加强。这些作品或反映社会动荡、民生疾苦，或反映战乱后的黍离之悲、家国之痛。如辛愿的《乱后》便是一篇忧时伤乱的代表作："兵去人归日，花开雪霁天。川愿荒宿草，墟落动新烟。困鼠鸣虚壁，饥乌啄废田。似闻人语乱，县吏已催钱。"（《翰苑英华中州集》卷十）又如赵元的《修城去》写金国人民在蒙古侵扰下的灾难，宋九嘉的《途中出事》写兵荒马乱中的流民生涯，都堪称写实的佳作。

二、元好问

集金代诗歌之大成的是杰出诗人元好问。元好问（1190—1257），字裕之，号遗山，忻州秀容（今山西忻州）人。他是北魏鲜卑拓跋氏的后裔，兴定五年（1221）登进士第，曾任南阳县令等，后入朝任右司都事、东曹都事等职。金亡，他被元兵押解到聊城，后回到家乡从事著述。

元好问是金代最重要的诗人，也是杰出的诗论家。他著有《遗山集》40卷，存诗1400余首。无论是作品数量之富，还是艺术水准之高，在金代诗坛上都堪称首屈一指。他本人对此也颇为自负，曾嘱其门人："某身死之日，不愿有碑志也。墓头树三尺石，书曰：'诗人元遗山之墓'，足矣。"（魏初《书元遗山墓后石》）由于生逢乱世，曾亲身经历亡国惨痛，元好问的诗歌生动展示了金、元易代之际的历史画卷。在艺术上，元好问则全面地继承了中国古典诗歌的优秀传统，熟练地掌握了各种诗体的艺术形式，其作品擅美一时，流誉千载。

元好问诗歌中成就最高的是那些写于金亡前后的"纪乱诗"，所谓"国家不幸诗家幸，赋到沧桑句便工"（赵翼《题元遗山集》）。在国破家亡的巨大社会动荡中，诗人以其特有的豪健英杰之气和卓越的艺术禀赋，谱写出了一曲曲雄浑悲壮的乱世交响乐。他的"纪乱诗"继承了杜甫"穷年忧黎元，叹息肠内热"的现实主义精神，在描写国家灭亡、生灵涂炭的社会现实同时，把一腔幽愤化为慷慨悲歌，情感悲壮激昂，意境苍莽雄阔。如写蒙古军队围攻汴京城时《壬辰十二月车驾东狩后即事五首》之二："渗淡龙蛇日斗争，干戈直欲尽生灵。高原水出山河改，战地风来草木腥。精卫有冤填瀚海，包胥无泪哭秦庭。并州豪杰知谁在，莫拟分军下井陉。"（《遗山先生文集》卷八）又如《岐阳三首》之二："百二关河草不横，十年戍马暗秦京。岐阳西望无来信，陇水东流闻哭声。野蔓有情萦战骨，残阳何意照空城。从谁细向苍苍问，争遣蚩尤作五兵。"（《遗山先生文集》卷八）诗中将"野蔓"、"残阳"、"战骨"、"空城"等悲凉凄惨的意象组合在一起，构成了一副凄恻哀婉的乱世画面。其他如"北风猎猎悲笳发，渭水潇潇战骨寒"（《岐阳三首》之三），"紫气已沉牛斗夜，白云空望帝乡秋"（《卫州感事二首》之一），"白骨纵横似乱麻，几年桑梓变龙沙。只知河朔生灵尽，破屋疏烟却数家"（《癸巳五月三日北渡三首》）等，都是以雄劲的笔力抒写深哀巨痛，情感悲凉，骨力苍劲，"感时触事，声泪俱下，千载后犹使读者低徊不能置"（赵翼《瓯北诗话》卷八）。

元好问的诗论也卓然不凡，在中国古代文学批评史上占有一席之地。他自称："至于量体裁，审音节，权利病，证真赝，考古今诗人之变，有憨直而无姑息，虽古人复生，未敢多让。"（《答聪上人书》）其诗论集中在一些论诗绝句和序跋文字中，代表作即《论诗绝句三十首》。这一组诗歌全面评论了自汉魏下迄宋季千余年间的重要诗人及诗派,表达出他重视自然天成的意境和雄放壮伟的风格的诗学主张,历来为后代诗论家所重。而且,这些论诗绝句自身也是优美的诗歌作品,议论与形象、情感交融。如以下几首:

> 曹刘坐啸虎生风,四海无人角两雄。可惜并州刘越石,不教横槊建安中。
>
> 慷慨歌谣绝不传,穹庐一曲本天然。中州万古英雄气,也到阴山敕勒川。
>
> 邺下风流在晋多,壮怀犹见缺壶歌。风云若恨张华少,温李新声耐尔何!
>
> 古雅难将子美亲,精纯全失义山真。论诗宁下涪翁拜,未作江西社里人。(《遗山先生文集》卷十一)

元好问还编成《中州集》10 卷,其中收录了金代的 251 位诗人的 2026 首诗作,为保存金代诗文作出了重要的贡献。

第二节　元代诗文

尽管作家和作品的数量仍然相当多,但与前代相比,元代诗文成就远为逊色。倒是元代出现了一些擅长诗文的少数民族作家,他们给文坛带来了一些崭新的气象。另外,元代诗歌、散文的创作风气也影响到了明代。

元代前期的诗文作家由南方和北方两个群体构成。前者包括由宋入元的方回、戴表元、赵孟𫖯等,后者包括开国功臣耶律楚材、郝经,还有理学家刘因、许衡。此期诗坛的显著特点,是思想倾向和艺术风格的多样化。其中,成就较高的首推方回。

方回(1227—1307)字万里,号虚谷,别号紫阳山人,理宗景定三年(1262)进士,宋亡后降元,著有《桐江诗集》。他是宋代江西诗派的殿军,论诗推崇江西诗风,力倡一祖三宗之说。诗歌创作内容则比较复杂,不时流露出故国之思和对投降行为的懊悔愧疚。艺术上,他大力发挥江西派的创作特点,强调诗眼、句法的熔铸,其诗意象生新,境界老成。

戴表元(1244—1310),字帅初,宋咸淳七年(1271)进士,宋亡后在浙江一带颠沛流离,以授徒卖文为生,著有《剡源集》。他学识渊博,深谙宋代诗风之弊,鼓吹"唐风",力求革除宋诗弊病,创造出一种高朗健拔的诗风。他的创作不回避社会矛盾,同情民生疾苦,常常以犀利的笔锋,揭露了当时的黑暗现实。如《采藤行》、《夜寒行》、《南山下行》等乐府诗,淋漓尽致地表现了下层人民饱受徭役、战乱之苦的悲惨遭遇。另有些作品寓有对南宋的故国之思,如《感旧歌者》:"牡丹红豆艳春天,檀板朱丝锦色笺。头白江南一尊酒,无人知是李龟年。"其他《二歌者传》、《己卯岁初耷剡居》、《读书有感》等亦属此类。他的近体诗格调清新,形象鲜明,句律流畅,颇有韵致,如《西兴马上》:"去时风雨客匆匆,归路霜晴水树红。一抹淡山天上下,马蹄新出浪花中。"(《剡源戴先生文集》卷三十)戴表元也以文章著名。他的记、序一类散文,笔调清新流畅,不乏伤时悯乱之作。有些作品看似和欧阳修等人的风格相近,却没有南宋散文常见的陈熟议论之病。如《寒光亭记》、《清崎轩记》、《秋山记》等。《观渔赋》写捕鱼须到大海始得大鱼,沟渠中只能捉到一些虾蛤,发人深省。《送张叔夏西游序》记述词人张炎少年时代作为贵游公子的翩翩风姿,和中年漂泊潦倒的境遇,以及酒中高歌、忘怀穷达的神态,文辞简洁而传神。

赵孟頫(1254—1322),字子昂,号松雪道人,湖州(今浙江吴兴)人,宋皇室后裔,后仕元至翰林学士承旨,有《松雪斋集》。他的诗以五言古体和七律最为著名。前者颇有汉魏六朝诗之风,如《咏怀六首》之"徘徊白露下,郁邑谁能知",《古风十首》之"顾瞻靡所骋,忧心怒如捣"等,与阮籍相似。另一首《东郊》则模仿陶渊明的《归园田居》等作品,简淡平和,确有陶诗风味:"晨兴理孤榜,薄言东郊游。清风吹我衣,入袂寒飕飕。幽花媚时节,弱蒋依寒流。山开碧云敛,日出白烟收。旷望得所怀,欣然消我忧。中流望城郭,葱葱佳气稠。人生亦已繁,惠养要须周。约身不愿余,尚恐乏所求。且当置勿念,乘化终归休。"(《松雪斋文集》卷二)他的七律以清丽委婉见长,偶尔也有深沉悲凉之作,如著名的《岳鄂王墓》:"鄂王坟上草离离,秋日荒凉石兽危。南渡衣冠轻社稷,中原父老望旌旗。英雄已死嗟何及,天下中分遂不支。莫向西湖歌此曲,水光山色不胜悲。"(《松雪斋文集》卷四)

元初开国功臣中的重要诗人,以契丹皇族后裔耶律楚材最为突出。耶律楚材(1190—1244)字晋卿,号湛然居士,后官至中书令,是元初名相,著有《湛然居士文集》。耶律楚材在戎马倥偬之中,始终不废翰墨,他不少诗歌描写奇瑰壮丽的西域风光,境界开阔,情调苍凉,很有特色。如《阴山》:"八月阴山雪满沙,清光凝目眩生花。插天绝壁喷晴月,擎海层峦吸翠霞。松桧丛中疏畎亩,藤萝深处有人家。横空千里雄西域,江左名山不足夸。"(《湛然居士文集》卷二)他的一些律诗流畅沉稳,风骨遒健,动荡开阖,如《和移剌继先韵》:"旧山盟约已愆期,一梦十年尽觉非。瀚海路难人去少,天山雪重雁飞稀。渐惊白发宁辞老,未济苍生曷敢归。去国迟迟情几许,倚楼空望白云飞。"(《湛然居士文集》卷二)

刘因(1249—1293)字梦吉,号静修,容城(今河北徐水)人。元初著名理学家。他个性豪迈,论诗推崇韩愈,倾慕元好问,诗歌也大都写得高昂自信,议论风生。如《寒食道中》:"簪花楚楚归宁女,荷锸纷纷上冢人。万古人心生意在,又随桃李一番新。"(《静修先生文集》卷十二)其七古气势磅礴,雄杰峭丽,想象奇特,颇有韩诗余韵,如《西山》:"西山龙蟠几千里,力尽西风吹不起。夜来赤脚踏苍鳞,一着神鞭上箕尾。"(《静修先生文集》卷四)他的七律则写得意境高远,沉郁雄浑,深得元好问诗歌风致,如《渡白沟》:"蓟门霜落水天愁,匹马寒渡白沟。燕赵山河分上镇,辽金风物异中州。黄云古戍孤城晚,落日西风一雁秋。四海知名半凋落,天涯孤剑独谁投。"(《静修先生文集》卷四)

元代中期以后,社会逐渐稳定,诗歌创作也繁荣起来。当时诗坛上崇尚"雅正"之风,题材则以歌功颂德、赠答酬唱和题咏书画为主,代表诗人有所谓"元诗四大家",即虞集、杨载、范梈、揭傒斯四人。他们都身处馆阁,长于典册、制诰、碑版等文体,诗歌风格也比较相近:"皆雄浑流丽,步骤中程。然格调音响,人人如一,大概多模往局,少创新规。视宋人藻绘有余,古淡不足。"(胡应麟《诗薮》外编卷六)如虞集的律诗写得深沉浑融,杨载、范梈的歌行劲健雄放、豪放超迈,揭傒斯的诗绝句清婉流丽,均足名家。

元代后期,政治黑暗,社会动荡,民族矛盾激化,诗坛上的写实倾向大大增强,代表作家首推王冕。他是著名画家,题画诗享有盛誉,另外一些作品,如《江南民》、《冀州道中》等,则真切描写了元末战乱频仍的社会惨状,极为感人。

元末成就最高的诗人是杨维桢。杨维桢(1296—1370),字廉夫,号铁崖,会稽(浙江诸暨)人,元代著名文学家、书画家,晚年自号"老铁"、"抱遗老人"等,著有《东维子文集》、《铁崖先生古乐府》等。他个性狂狷,强烈主张艺术创作的个性化。诗歌追求超乎寻常的构思和奇特不凡的意象,自创"铁崖体"。与四大家擅长近体诗不同,"铁崖体"以自由奔放的古乐府为主要体式,多是咏史、拟古之作。他融汇了汉魏乐府以及李白、杜甫、李贺等人的长处,以气势雄健的奇思幻想,予人以石破天惊之感。如《五湖游》为例:

> 鸱夷湖上水仙舟,舟中仙人十二楼。桃花春水连天浮,七十二黛吹落
> 天外如青沤。道人谪世三千秋,手把一枝青玉虬。东扶海日红桑榑,海风
> 约住吴王洲。吴王洲前校水战,水犀十万如浮鸥。水声一夜入台沼,麋鹿
> 已天台上游。歌吴歈,舞吴钩,招鸱夷兮狎阳侯。楼船不须到蓬丘,西施
> 郑旦坐两头。道人卧舟吹铁笛,仰看青天天倒流。商老人,橘几弈;东方
> 生,桃几偷。精卫塞海成瓯窭,海荡邛山漂髑髅,胡为不饮成春愁?(《铁
> 崖古乐府》卷三)

此诗既有李白游仙诗的奇想联翩与奔畅的语势,又不乏李贺式的跳跃的思维与怪诞的词汇,意象奇崛,气势雄放,充满了力度感。

元末诗坛还出现了一批少数民族诗人,成就最高的是回族诗人萨都剌。他的诗歌受温庭筠、李商隐诗风的影响较深,但在秾艳细腻中多出了几份自然生动的清新气息。如《上京即事》描写塞北风光:"牛羊散漫落日下,野草生香乳酪甜。卷地

朔风沙似雪,家家行帐下毡帘。"(《萨天锡诗集》)《过嘉兴》描写江南烟雨:"芦芽短短穿碧沙,船头鲤鱼吹浪花。吴姬荡桨入城去,细雨小寒生绿纱。"(《萨天锡诗集》)

第三节 元 曲

一、元杂剧的成熟与繁荣

元代文学最突出的成就是元曲,元曲是元杂剧和元散曲的合称。元杂剧标志着中国戏曲的成熟。元杂剧的成熟与繁荣和当时政治经济社会等因素相关,也离不开戏曲发展的规律。首先,元代城市经济的繁荣催生出民众娱乐消费的需求,由此刺激了娱乐市场的繁荣,包括剧场在内的各种娱乐场所数量激增,这些为元杂剧的演出提供了物质条件和观众基础。其次,元朝长时间不行科举,致使一些皓首穷经的士人进身无路,于是一部分文人潜身市井,为剧团创作剧本,带来了元杂剧创作的繁荣。再次,从文艺自身发展规律来看,宋末元初的文人和艺人继承了宋杂剧、金院本和诸宫调的特点,并糅合了其他民间技艺的某些成分,再与北方民间流行的曲调相结合,形成新的表演艺术和乐曲体系,从而形成了"合言语、动作、歌唱以演一故事"的元杂剧这一成熟的戏曲形式。

据钟嗣成《录鬼簿》、贾仲明《录鬼簿续编》和朱权《太和正音谱》等记载,元代有姓名可考的杂剧作家将近百人,创作杂剧 500 余种,其中流传至今者也有 160 种左右。

二、元杂剧的体制特征

王国维在《宋元戏曲史》中认为"元杂剧之视前代戏曲之进步"有两点,一为乐曲之进步,二为代言体之形成。具体而言,元杂剧的体制特征表现在如下几个方面:

结构方面,元杂剧剧本由唱词(曲文)、宾白和科范三部分组成。其基本结构形式,是以四折一楔子为一本,表演一种剧目。一"折"即用一个宫调的曲子演唱的一个音乐单元,同时也是故事发展的一个段落。楔子原指插入木器缝隙使之紧固的榫片,元杂剧借以指四折之外的开场戏或过场戏,或置于戏剧的开端,或置于折与折之间。

唱词和宾白方面,杂剧剧本以唱词为主,以宾白为辅。唱词抒情,宾白叙事。曲谱定格之外,可加衬字。有时为了内容的需要,可以增句变格。宾白就是说白,包括人物自白和相互对白。以句式来看,宾白又有韵白和散白之分。

　　科范方面,科范简称"科",在剧本中用以提示舞台效果和演员的动作、表情。如"内做起风科"、"做谢恩科"、"做忖科"等。

　　脚色方面,元杂剧分为末、旦、净、杂四大类。末为男角,犹京剧中的"生",内分正末、副末、冲末、外末、小末等。旦为女角,内分正旦、副旦、贴旦、外旦、搽旦等。正末、正旦为元杂剧中的男女主角,即正色,杂剧只有正色独唱,正末唱即为"末本",如《汉宫秋》;正旦唱为"末本",如《窦娥冤》。

　　音乐体式方面,元杂剧属北曲系统,采用的宫调有 9 个:仙吕宫、中吕宫、南吕宫、黄钟宫、正宫、双调、商调、越调、大石调,称为"北九宫"。元杂剧每折采用一种宫调,不相重复。通例是在一折的第一支曲子上标明宫调,如《窦娥冤》第一折第一支曲子为《仙吕·点绛唇》,《点绛唇》以下诸曲均属仙吕宫。曲子的调名叫做曲牌,如《点绛唇》,等等。据周德清《中原音韵》统计,元曲所用曲牌(含散曲)共计335 支。

三、元杂剧的分期

　　钟嗣成在《录鬼簿》里把元杂剧作家分为三个时期,一是"前辈已死名公才人",二是"方今已亡名公才人",三是"方今知名才人",钟氏的这种划分为以后的杂剧研究者提供了依据,但是他以自己的生活年代为坐标来划分杂剧作家的年代,显然不是很科学。元朝从元世祖至元八年(1271)始定国号大元,史书往往将此作为元朝的起点。但是多数元杂剧的研究者早就注意到元杂剧的起点应该是蒙古帝国和南宋对峙时期。王国维在《宋元戏曲史》将元杂剧分为"蒙古时代"、"一统时代"和"至正时代"三个时期。郑振铎的《插图本中国文学史》以《录鬼簿》成书时间即至顺元年(1330)为界将元杂剧分为前、后期,郑氏以为"钟氏所述之第二、三期,原是同一年代,不宜划分为二"。现代学者李修生的《元杂剧史》将元杂剧分为三期,以蒙古灭金至元世祖忽必烈至元三十一年(1234—1294)年为初期,以元成宗铁穆耳元贞元年(1295)至元文综图帖睦尔至顺三年(1295—1332)为中期,以元顺帝帖睦儿统治时期(1333—1368)为晚期。

　　以李修生的说法为依据,初期是元杂剧兴盛的时期,主要区域在北方,《录鬼簿》著录的 56 位前辈杂剧作家大多活跃在大都、真定、平阳、东平、彰德、汴梁等北方中心城市,他们中有关汉卿、白朴、郑廷玉、高文秀、纪君祥、石君宝、马致远等都是元杂剧的著名作家,留下了《窦娥冤》、《单刀会》、《救风尘》、《拜月亭》、《梧桐雨》、《汉宫秋》、《赵氏孤儿》、《墙头马上》、《看钱奴》、《秋胡戏妻》、《潇湘夜雨》、《李逵负荆》、《陈州粜米》等一大批优秀的作品。中期是元杂剧的过渡时期,元朝社会的渐趋稳定,带来了杂剧思想内容和艺术风格的嬗变,前期的社会问题剧和历史剧退潮,更多的是文人剧、爱情剧等,在艺术风格方面,前期以关汉卿为代表的本色派不再是主流形态，代之以王实甫为代表的文采派。在区域上，元朝南北统一后，大批文人移居或旅居江南，杂剧创作中心逐渐南移。元中期的代表作家有王实甫、郑光祖、宫天挺、乔吉等，这时期的优秀作品有《西厢记》、《王粲登楼》、《范张鸡黍》、《扬州梦》等。到了元杂剧的晚期，杂剧创作中心转移到了杭州，南北统一后南迁的北方文人和在江南成长起来的文人以他们的作品捍卫了杭州作为杂剧中心的地位，今存《元刊杂剧三十种》中标明刊刻地的有11种，其中7种刊刻地是"古杭"。秦简夫、金仁杰、陆登善、范康、施惠、萧德祥等都是优秀杂剧作家，留下了《东堂老》、《剪发待宾》、《杀狗劝夫》、《勘头巾》等作品。较之于早期和中期，晚期的杂剧有一个值得关注的现象，就是一些总结杂剧经验、记录杂剧作家和艺人事迹、研究杂剧曲韵格律的论著相继问世，如钟嗣成的《录鬼簿》、夏庭芝的《青楼集》和周德清的《中原音韵》。

四、关汉卿及其杂剧创作

作为一代伟大的戏剧家，关汉卿的生平资料非常少。钟嗣成的《录鬼簿》称其为大都（今北京市）人，号已斋叟，曾为太医院尹。事实上，关于他的籍贯和仕宦情况尚有不少争论，其生卒年也不详。《录鬼簿》把他归到"前辈已死名公才人"之列，《青楼集序》称他是"金之遗民"，根据现有资料可以推断，关汉卿当生于金末，入元后并未出仕，而以一个文人兼艺人的身份混迹勾栏瓦肆，其主要生活正如他的散曲《南吕一枝花·不伏老》所说的那样："我玩的是梁园月，饮的是东京酒，赏的是洛阳花，攀的是章台柳。我也会围棋、会蹴鞠、会打围、会插科、会歌舞、会吹弹、会咽作、会吟诗、会双陆。"元灭南宋统一全国后，关汉卿曾经到过杭州，并留下了套曲《南吕一枝花·杭州景》。

关汉卿是元杂剧的奠基者，是元代戏曲界的领袖人物，他自称"我是个普天下郎君领袖，盖世界浪子班头"，一生创作了很多优秀作品，见于载录的杂剧共有66种，现存18种：《窦娥冤》、《单刀会》、《哭存孝》、《蝴蝶梦》、《调风月》、《救风尘》、《金线池》、《切脍旦》、《绯衣梦》、《谢天香》、《拜月亭》、《双赴梦》、《玉镜台》、《裴度还带》、《陈母教子》、《单鞭夺槊》、《五侯宴》、《鲁斋郎》，其中少数作品是否为关所作，尚存争议。另外还有若干有残文传世。

关剧中最伟大的作品是《窦娥冤》，其全名为《感天动地窦娥冤》，堪称是中国文学史上最伟大的悲剧作品，王国维说："即列之于世界大悲剧中，亦无愧色。"

《窦娥冤》的故事原型是《汉书·于定国传》及东晋干宝《搜神记》中的"东海孝妇"故事，关汉卿将其移植到吏治黑暗的元朝社会中。《窦娥冤》写窦娥因其父窦天章无力偿还高利贷，把她典押给了蔡婆婆，成为童养媳，婚后不久丈夫去世，又成了寡妇。恶棍张驴儿为了霸占窦娥，企图用毒药害死蔡婆婆，不料反而误毒了自己的父亲。张驴儿恶人先告状，反诬窦娥毒死其父，而昏庸的楚州太守桃杌竟听信张驴儿的一面之词，定了窦娥的杀人之罪并处以斩决。在法场上，窦娥悲愤地声讨了元朝吏治的腐败，指责了不公正的"天"和"地"，并以"血飞白练"、"六月飞雪"和"亢旱三年"三桩誓愿诅咒了这个黑暗的社会。桃杌的判决彻底颠倒了窦娥这样的普通老百姓所信奉的善有善报恶有恶报的法则，窦娥无比愤怒地控诉了天道的不公：

> 有日月朝暮悬、有鬼神掌着生死权。天地也，只合把清浊分辨，可怎生糊突了盗跖、颜渊！为善的，受贫穷更命短；造恶的，享富贵又寿延。天地也，做得个怕硬欺软，却原来也这般顺水推船。地也，你不分好歹何为地？天也，你错勘贤愚枉做天！哎，只落得两泪涟涟。（《滚绣球》）

三年后，窦天章任肃政廉访使，奉命查核楚州积案，窦娥的鬼魂向父亲诉冤，窦天章平反了冤案，伸张了正义，惩治了邪恶。窦娥悲剧的根源是元朝社会的黑暗与吏治的腐败，加之窦娥性格刚烈，不屈从于恶势力，当作为弱女子的窦娥和这个毫无公道和秩序的社会发生冲突时，便犹如以卵击石，以被吞噬而告终。

关汉卿的杂剧，从题材的选择、剧情的安排、人物的塑造到语言的运用，都很重视舞台演出效果。关剧总是站在底层民众的立场上，尖锐地提出社会公平与正义等严峻的问题，表达民众的美好理想；关剧善于在激烈的戏剧冲突中营造戏剧氛围，激发吸引观众的欣赏欲望；关剧塑造了各种各样的人物，或官或民，或奸或忠，或恶或善，或豪门或小贩，或英雄或地痞，或大家闺秀或风尘女子，个个写得真实、丰满、个性鲜明。关汉卿是元杂剧"本色派"的代表，他才华横溢，但不炫耀辞采，剧本的语言质朴浅俗，又委曲细致，王国维谓之"一空倚傍，自铸伟词"（《宋元戏曲史》）。

五、白朴和马致远的杂剧创作

白朴（1226—1306 后），字太素，号兰谷。原名恒，字仁甫，祖籍山西澳州（今曲沃），后迁居河北真定（今正定）。白朴出身于诗书之家，从小受到良好的家教，少年时又跟随著名诗人元好问学诗词古文，因此，他是元代最早以文学世家的名士身份投身于杂剧创作的文人。白朴的杂剧见于著录的有 15 种，完整的今存《墙头马上》与《梧桐雨》两种。另有《东墙记》一种，是否为白朴原作有俟考证。此外，还有两种杂剧仅存有残文。

白朴的杂剧以历史传说和男女情事为主要内容。《梧桐雨》演绎的就是唐玄宗和杨贵妃的故事。而《墙头马上》则是一部爱情喜剧，故事取材于白居易的诗歌《井底引银瓶》，白诗讲述了一个少女与情人私奔而最后被遗弃的故事，白居易称作此诗是为"止淫奔"，即为道德教化、纠正民风而作。白朴《墙头马上》写裴尚书之子裴少俊到洛阳城挑选花卉，骑马经过洛阳总管李世杰家的后花园，与李家女儿李千金一见钟情,李当夜随裴私奔,在裴家后花园躲藏了7年,并育有一儿一女。裴尚书发觉后,便逼儿子休了李千金。后来,裴少俊高中状元,李千金因当年被休之辱,不肯相认。裴少俊赔罪,子女哀求,得到了李千金的原谅,一家团圆。如此以来,虽然《墙头马上》取材于白居易的诗歌《井底引银瓶》,故事情节也大略相同,但主题已经发生了根本性的改变,从"止淫奔"变成了"赞淫奔"。作品通过李千金这一人物形象的塑造肯定和赞美了自由的爱情、非礼的私奔、男女的情欲,李千金比之《西厢记》中崔莺莺更有一种勇敢的气派。在李千金身上,更多地表现出市井女子的性格和市民社会的市俗化的趣味。

马致远(约1250—1321至1324间),号东篱,大都人。在马致远的生活年代,蒙元统治者为了收服人心,开始注意任用汉族文人谋士,这一倾向给汉族文人带来了进取功名的幻想,但由于政策未能普遍实行,因此更多的汉族文人仍然是仕进无望。马致远青年时期曾有仕途上的抱负,但宦途蹭蹬,至多是短时间的屈居下僚。在这样的蹉跎岁月中,他渐渐心灰意懒,看破世俗名利,隐居山林。马致远在元代杂剧圈享有很高的声誉,贾仲明吊词称马致远"战文场,曲状元,姓名香贯满梨园"。马致远作品见于著录的有15种,今存《汉宫秋》、《荐福碑》、《岳阳楼》、《青衫泪》、《陈抟高卧》、《黄粱梦》和《任风子》7种。

《汉宫秋》是马致远杂剧中最著名的一种,是元代著名的悲剧,也是现在最早敷演王昭君出塞和亲故事的剧本。《汉书》记载汉元帝将一名宫女送给南匈奴单于作为笼络手段,记述很简略,《后汉书·南匈奴传》记述相对详细,范晔添加了昭君自请出塞以及临行时元帝惊其美貌、欲留不能的情节。马致远的《汉宫秋》故事源于上述历史记述,但是却跳脱出历史事实的原貌,虚构出一个完全不同的宫廷悲剧。马致远把汉和匈奴的关系写成了衰弱的汉王朝为强大的匈奴所逼迫,把昭君出塞的原因写成画师毛延寿索贿不成,在画像时丑化昭君,事情败露后逃往匈奴,引兵来犯;把汉元帝写成一个昏聩软弱而又多愁善感的皇帝;把王昭君写成了为汉室江山毅然答应出塞和番,而到了汉匈奴交界处则誓不入番,投江而死的烈女。

《汉宫秋》将昭君出塞汉朝受辱的矛头直指画师毛延寿和一群贪图享乐无能之极的文臣武将,从这个意义上说,马致远是假借历史故事宣泄了一定的民族情绪,作品寄寓了马致远对历史上亡国之臣的抨击和对民族存亡的关注,对人生无常的慨叹。

六、王实甫及其《西厢记》

如果以单部作品论,那么元杂剧中影响最大的作品无疑是《西厢记》。《西厢记》为元杂剧中的鸿篇巨制,共有五本之长,关于其作者,也有几种说法,一说王实甫作前四本、关汉卿续作第五本,一说关作王续,一说为王作,一说为关作。较多学者认为前四本为王实甫所作,第五本出现了一折中数人对唱的情况,显然不合元杂剧的体例,且前四本并未出现此种状况,因而关于第五本的作者和年代,尚有待研究。

　　和关汉卿一样,王实甫(1260—1316)的生平资料也很少。《录鬼簿》仅志其为"大都人",天一阁本《录鬼簿》称其"名德信"。学术界一般的看法是,王实甫的创作活动主要在大德年间或稍后。从贾仲明的挽词来看,王实甫是一个活跃于教坊勾栏的文人,贾的挽词还说他"作词章,风韵美,士林中等辈伏低。新杂剧,旧传奇,《西厢记》天下夺魁",可见他在杂剧圈中的地位。《录鬼簿》著录王实甫创作的杂剧14种,现存《西厢记》、《丽春堂》、《破窑记》3种。另外,《贩茶船》和《芙蓉亭》2种各存一折曲文。

　　《西厢记》故事本自唐人元稹的传奇小说《莺莺传》,从金代董解元的《西厢记诸宫调》脱胎而来。从《莺莺传》到《西厢记诸宫调》,故事已经发生了根本的改变,前者肯定张生抛弃莺莺,而后者则是对张生和莺莺追求自由爱情的赞美。但《西厢记诸宫调》仍有不少缺憾,突出表现在情节不够紧凑,有些与主题无关的细枝末节铺衍过甚,人物性格也不是太鲜明集中。王实甫的《西厢记》虽然以《西厢记诸宫调》为基础,但是无论是剧情安排、人物塑造还是文辞都发生了质的飞跃。

　　《西厢记》演绎的是张生和莺莺的爱情故事。剧情写书生张珙(君瑞)与相国小姐崔莺莺在普救寺一见钟情,但碍于传统礼教无法亲近。适逢叛将孙飞虎为强娶莺莺而围困普救寺。相国夫人当面承诺张生,若能退兵,便将女儿许配给他。张生依靠好友白马将军杜确的帮助,解除了危机。未料老夫人食言赖婚,让张生与莺莺认作兄妹,张生遂相思成疾。在红娘的热心帮助下,莺莺经历了艰难的内心挣扎,终于冲破了礼教的束缚,与张生自由结合。可是门第观念深厚的老夫人却以三代不招白衣女婿为由,逼迫张生上京应试,致使一对有情人面临生别离。张生高中状元,两人终成眷属。

　　《西厢记》通过崔莺莺、张生、红娘一方与相国夫人一方的矛盾冲突,抨击了封建礼教和门第观念,描绘了青年男女对自由爱情和婚姻的渴望,肯定了情与欲的不可遏制和正当合理,表达了"愿天下有情的都成了眷属"的美好愿望。

　　作为爱情剧中的杰作,《西厢记》以无法逾越的艺术水准书写了一个美丽绝伦的爱情故事。《西厢记》体制宏伟,长达五本二十一折,加之关目设置巧妙·剧情波澜起伏,矛盾冲突环环相扣,情节引人入胜。

　　《西厢记》塑造了经典的人物形象。相国小姐崔莺莺对幸福爱情有着炽热的追求,可是又深受家庭的严厉压制和名门闺秀身份的约束。她对张生抱有好感,又对张生持有怀疑,并疑惧红娘是被母亲派来监视她的,所以她总是若进若退地试探获得爱情的可能,常常表现出是内冷外热或是彼此矛盾的乖张行为:一会儿眉目传情,一会儿又装腔作势;才寄简相约,转眼就赖个精光。作品把莺莺内心这种对爱情的渴求和礼教的羁绊之间的冲突以及由此导致的一系列行为刻画得淋漓尽致、传神入微。经过反反复复的犹豫,她终于打消一切疑惧和顾虑,以大胆的私奔获得了自由而美好的爱情,最终超越了礼教,也超越了自身,显示人类的天性对封建礼教的胜利。较之元稹的《莺莺传》和董解元的《西厢记诸宫调》中的原型,王实甫笔下的张生更多地表现出反叛礼教、为爱情抛弃功名的品格。他一出场是个饱读诗书、胸怀大志并热心功名的书生,可是自从在普救寺的佛殿上见了莺莺一面,就被莺莺的“千般袅娜,万般旖旎”所倾倒,禁不住“意马心猿”,以至于“风魔”,于是功名被抛却在了脑后。后来老夫人食言赖婚,他断然拒绝“兄妹之礼”,据理力争。莺莺以为礼教的羁绊和疑惧心态出尔反尔,致使他精神崩溃,沉疴不起,表现了对莺莺的痴情和对爱情的执著。张生腹有诗书、诚实厚道,执著痴狂,有时又不免酸腐,有时则不免轻狂,表现出元代落拓文人的特性,是作者按照市民社会的审美趣味精心塑造的一个书生形象。红娘是《西厢记》一个非常重要的角色,她虽然是一个婢女身份,却又是剧中最活跃、最惹人喜爱的人物。她心地善良,明辨是非,机智聪明,热情泼辣,富于同情心和正义感,有乐于成人之美的古道热肠。她代表着正义的一方,所以作者总是把她置于居高临下的地位,无论是张生的酸腐轻狂、莺莺的矫情作态,还是老夫人的固执蛮横,都逃不脱她的讽刺挖苦乃至严词训斥。作者在这个人物身上赋予了市井阶层的美好品质和人生理想。

《西厢记》语言之美历来为曲家所称道。朱权《太和正音谱》评其词“如花间美人”,说《西厢记》“铺叙委婉,深得骚人之趣”。该剧中的宾白,基本上都是鲜活的口语。而曲词则和关汉卿杂剧以本色为主的特点不同,《西厢记》文辞华丽,许多曲词广泛融入唐诗、宋词的语汇、意象,以高超的语言技巧营造出浓郁的抒情气氛。像“长亭送别”一折中莺莺的两段唱词:

> 碧云天,黄花地,西风紧,北雁南飞。晓来谁染霜林醉? 总是离人泪。

(《端正好》)

> 见安排着车儿、马儿,不由人熬熬煎煎的气;有甚么心情花儿、靥儿,打扮得娇娇滴滴的媚;准备着被儿、枕儿,只索昏昏沉沉的睡;从今后衫儿、袖儿,都揾做重重叠叠的泪。兀的不闷杀人也么哥? 兀的不闷杀人也么哥! 久已后书儿、信儿,索与我凄凄惶惶的寄。(《叨叨令》)

融情入景,情景相生,化用古人诗词,毫无痕迹,臻于化境,遂成千古绝唱。

七、元代散曲

散曲,元代称为“乐府”或“今乐府”,是元代的流行歌曲。词发展到元代,由于不适合民间的演唱,基本上脱离了音乐,而变成了单纯的书面文学创作。但是民众对娱乐歌曲的需求是不会因此中断的,宋代就有许多俗谣俚曲在民间流传。金、蒙元先后入主中原,汉族音乐和随之流入的异族音乐发生融合,产生新变,伴生了与这种音乐相适应的新的歌词,这就是"北曲",或称为"元曲"。其后,这种曲子可用于杂剧,称为杂剧中的唱词;亦可作独立的乐歌,即"散曲"。

散曲分为小令和套数两类。小令一般单支曲子写成,调短字少,另外还有"带过曲"、"集曲"、"重头"、"换头"等特殊形式,由数支小令联合而成。套数又称"散套",用同一宫调中两支以上的曲子写成,体制类似于杂剧中的套曲。

散曲与词一样,要遵循一定的格律,也采用长短句句式,但句式更加灵活,富于变化。如,词牌句数的规定是十分严格的,不能随意增损,而散曲则可以根据需要,突破规定曲牌规定的句数,进行增句;词的句式短则一两个字,最长不超过 11 个字,而散曲的句式短则一两个字,长则可达数十字,因为散曲可以"衬字",所谓衬字,指的是曲中句子本格以外的字。如《正宫·塞鸿秋》一曲,最后一句按照格律是7 个字,但贯云石的《塞鸿秋·代人作》最后一句是 14 个字——"今日个病恹恹,刚写下两个相思字",增加了 7 个字,就是衬字。衬字的方式使得散曲的字数可以随着旋律的变化而自由伸缩增减,同时,衬字使得散曲的语言更加口语化、通俗化。上述格律句式上的特点形成了散曲明快显豁、自然酣畅之美,加上元代大量文人对散曲的创作热情,使得散曲成为独领风骚的文学奇葩。

元代散曲作家可考的有 200 多人,另有不少佚名散曲作者。前期的著名散曲作家有关汉卿、白朴、马致远等,他们的作品有较多的社会内容,风格朴素自然。后期散曲主要作家有张可久、乔吉、睢景臣、张养浩等,作品大多内容远离现实,越来越追求语言的典雅华丽,前期散曲的自然质朴之风不复存在。

关汉卿现存小令 57 首,套数 14 套。代表作是《南吕·一枝花·不伏老》:

> 我是个蒸不烂、煮不熟、捶不扁、炒不爆、响珰珰一粒铜豌豆。……我玩的是梁园月,饮的是东京酒,赏的是洛阳花,攀的是章台柳。……你便是落了我牙,歪了我口,瘸了我腿,折了我手,天赐与我这几般儿歹症候,尚兀自不肯休。则除是阎王亲自唤,神鬼自来勾,三魂归地府,七魄丧冥幽。天那,那其间才不向烟花路儿上走。

用了一连串的比喻和排比表述了他作为书会才人的生活,也表达了他对社会和人生的调侃。

马致远现存《东篱乐府》一卷,辑有小令 104 首,套数 17 套,是现存作品最多的元前期散曲作家。他散曲的主要内容是抒发对对英雄不遇的悲哀、对隐逸生活的赞美,尤擅长自然景物描写,《天净沙·秋思》被前人称为"秋思之祖":

> 枯藤、老树、昏鸦,小桥、流水、人家,古道、西风、瘦马。夕阳西下,断肠人在天涯。

用区区 28 个字,描绘出一幅凄凉动人的秋郊夕照图,烘托出萧瑟苍凉的意境,传递出旅人愁苦的心境,王国维评价其"深得唐人绝句妙境"(王国维《人间词话》)。

张可久(约 1270—1348 后),字小山,浙江庆元人,是元代后期最负盛名的散曲作家,其散曲多写景咏物、谈禅怀古之作,注重声韵格律,炼句对仗,朱权《太和正音谱》称张可久的散曲"清而且丽,华而不艳"。其《卖花声·怀古》怀古伤今,慨叹民苦:

> 美人自刎乌江岸,战火曾烧赤壁山,将军空老玉门关。伤心秦汉,生民涂炭,读书人一声长叹。

睢景臣(约 1275—约 1320),字景贤,扬州人。代表作《般涉调·哨遍·高祖还乡》套曲,写的是汉高祖刘邦衣锦还乡的故事,睢景臣别出机杼,以一个乡民的口吻娓娓道来,首先写高祖还乡前乡民们忙乱不堪、胡乱折腾的景象,接着写豪华显赫、威严无比的仪仗排场在乡民眼里却只是荒唐滑稽,最后写不可一世、目中无人的汉高祖原来竟是过去在乡里敲诈勒索、胡作非为的刘三。脱掉了高祖身上华丽高贵的衮衣,还原其流氓无赖的本相,对至高无上的皇权进行了辛辣的讽刺和无情的鞭挞,不愧为讽刺文学的杰作。

张养浩(1269—1329),字孟希,号云庄,山东历城人。张养浩写了不少反映民生疾苦的作品。元文宗天历二年(1329),张养浩从济南奉召远赴关中赈灾,途中路过河南,写下了 9 首怀古作品之一,其中有《中吕·山坡羊·潼关怀古》。

> 峰峦如聚,波涛如怒,山河表里潼关路。望西都,意踌躇,伤心秦汉经行处,宫阙万间都做了土。兴,百姓苦;亡,百姓苦。

写景气势雄浑,怀古寄寓深沉,感情沉郁。最后一句议论更是鞭辟入里,令人警醒,实为怀古之绝唱。

第七章 明代文学

第一节 明代诗文

一、明代前期诗文

明代自洪武(1368—1398)至成化(1465—1487)百余年间,是明代文学的前期。这时期的作家大多生活在元明交替之际,经历了王朝兴替的社会动荡和明朝的高压统治。一方面,不少作品反映了时代的创伤和因政治高压、思想桎梏带来的愤懑愁苦的情感,如高启、宋濂、刘基的诗文都呈现出这样的风貌;另一方面,新王朝的建立使得文人重新找到了归属感,加上明初统治者的提倡,"文道合一"的文学主张重新主导文坛,"台阁体"的创作即为代表。

明前期诗人中,最有成就的当属高启,《四库全书总目提要》更是赞其"天才高逸,实据明一代诗人之上"。高启(1336—1373),字季迪,号青丘子,长洲(今江苏苏州)人。高启大部分文学活动是在元末,许多诗作体现了元末的文学精神,个性张扬,渴望自由。如其名作《青丘子歌》:

> 青丘子,癯而清,本是五云阁下之仙卿。何年降谪到世间,向人不道姓与名。……不肯折腰为五斗米,不肯掉舌下七十城。但好觅诗句,自吟自酬赓。田间曳杖复带索,旁人不识笑且轻。谓是鲁迂儒,楚狂生。青丘子,闻之不介意,吟声出吻不绝咿咿鸣。朝吟忘其饥,暮吟散不平。……

青丘子为高启之"号",因此这首诗是高启的自画像,作者把自己幻想成一个降谪人间的"仙卿",孤傲旷达,不受羁绊,不随世俗,笑傲山林,作品体现了强烈的个人主体意识和个性化要求,带有一种喷薄的张力和活力。

入明以后,高启有诗作《登金陵雨花台望大江》,其中有这样的诗句:"我生幸逢圣人起南国,祸乱初平事休息。从今四海永为家,不用长江限南北。"表达了对新王朝的期待。但新王朝的政治高压又让他感受到了沉重的精神压抑和痛苦,《步至东皋》就表达了他的这种心境:"斜日半川明,幽人每独行。愁怀逢暮惨,诗意入秋清。鸟啄枯杨碎,虫悬落叶轻。如何得归后,犹似客中情?"

明初文学的另一股势力是以宋濂为代表的"道统"文学。宋濂(1310—1381)字景濂,号潜溪,浦江(今属浙江)人,被称为"开国文臣之首"(《明史》本传)。宋濂将韩愈、欧阳修等唐宋古文大家的"文以明道"观点再往前推进了一步,主张"文道合一"、"以道为文",所谓"文外无道,道外无文"(《徐教授文集序》)。在朝廷的正式倡导下,这种理论对明初文学带来了灾难性的打击,将明前期很长时间的文学带入了一个漫长的寒冬期。宋濂的文集中,有大量为新王朝歌功颂德、表彰节妇烈妇、宣扬封建伦理道德的作品,这是他文学观念的集中表现。但是,宋濂作品中也有带有活力和灵气的散文,如《王冕传》写出了一个元末"狂士"的精神面貌,写得颇有情趣。

明初与宋濂文学观念相近的有刘基。刘基(1321—1375),字伯温,青田(今属浙江)人。刘基散文以短篇寓言著称,《卖柑者言》讽刺元末那些"金玉其外,败絮其内"的高官,《郁离子》中提出以"术"欺民而不能以"道"治民者的失败的必然结局。

从永乐(1403—1424)到成化年间,明代文学进入了一个低潮期,文坛上占主导地位的是"台阁体"。台阁体文人继承了明初诗人宋濂等提出的"文以明道"的主张,创作上以宣扬程朱理学、为统治阶级歌功颂德、粉饰太平为能事,艺术上缺乏创造激情和个性,一味追求雅正平和以及所谓的雍容风度,致使作品流于枯燥乏味、萎弱不振。因其核心人物杨士奇、杨荣、杨溥皆系台阁重臣,推举台阁体,终使台阁体成为一种典范,广泛地影响着全国的文坛。

这一时期出现了别标一格的诗人于谦。于谦(1398—1457),字廷益,号节庵,浙江钱塘(今杭州)人。于谦任地方官时间很长,曾巡抚河南、山西18年之久,写下了不少反映下层民众的困苦和各级官吏的腐败的诗歌,如《田舍翁》、《收麦》、《喜雨行》等诗作都体现了他对社会的关注和对百姓的悲悯。于谦还有一些诗作表现了高尚的人格和气节,如早年的《石灰吟》中的"粉身碎骨全不怕,要留清白在人间"和后来的《咏煤炭》中的"但愿苍生俱饱暖,不辞辛苦出山林"等诗句。较之"台阁体"作品的雅正平和、雕饰造作,他的诗歌具有率直天然、清新秀丽的文学意趣。从这个意义上说,于谦诗歌对于明前期了无生机的文学潮流具有一定的反拨意义。

从成化到弘治(1488—1505)年间,台阁体文学创作趋向没落,代之而起茶陵诗派。茶陵诗派因其代表人物李东阳(1447—1516)是茶陵(今属湖南)人而得名。针对台阁体枯燥乏味、萎弱不振的文风,李东阳提出了诗学汉唐的复古主张,当然李东阳关注的是对法度声调的掌握。他的文学主张在当时的诗坛上产生了很大反响,对后来的文学复古运动也产生了一定的影响。

二、明代中期的诗文复古运动

约从弘治至隆庆（1488—1572）年间为明代文学的中期。这一时期诗文的主要特征是文学复古思潮的勃兴。前后七子在复古的旗帜下，主张文学的独立性，重拾文学主情的本质，对明初以来文坛上的理学风气和"台阁体"思潮进行了有力的反拨。但是由于他们过度注重创作规则，因此陷入了拟古的窠臼。介于前后七子之间的唐宋派同样标榜复古，主张学习唐宋古文。他们对文学摆脱宋明理学以及官方政治的约制，回归传统的审美属性起到了积极的作用。

明中期的文学复古思潮发轫于前七子的文学主张与创作。前七子以李梦阳、何景明为核心人物，成员包括康海、王九思、边贡、王廷相、徐祯卿等。他们的主要活动时间是弘治和正德（1506—1521）年间，他们都是弘治间进士，少年新进，颇以才气自负，《明史·文苑传》称李梦阳"与景明、祯卿、贡、海、九思、王廷相号七才子，皆卑视一切，而梦阳尤甚"。他们不满腐败的官场和苟且的士风，对时辈往往"傲然不屑"（何启俊《四友斋丛说》），对弥漫在文坛的萎靡风气深恶痛绝。他们时常聚会，互为唱和，以复古自命，主张恢复文学干预时事、表达真情的使命。

李梦阳（1473—1530），字献吉，号空同子，庆阳（今属甘肃）人。李梦阳等前七子对宋诗主"理"的倾向进行了抨击，强调主情的文学主张。李东阳提出"宋儒兴而古之文废矣"（《论学上篇》），他说："宋人主理，作理语，于是薄风云月露，一切铲去不为。又作诗话教人，人不复知诗矣。"（《缶音序》）他在贬斥文学主理倾向的同时，提出了文学首先应该表现真情的论调，他倡言"真诗在民间"（《诗集自序》），推崇民间真情流露、天然活泼的歌谣，如《琐南枝》这样的当时流行的市井小调。这种声音对当时的文坛具有挑战性，而他倡言的"真诗在民间"，也反映了前七子文学观念由雅趋俗的特征。

前七子的文学复古运动，首先是为了隔断文学中的理学统绪，其次是为了追求所谓"高格"，"格"是对文学的美学特征的要求。在李梦阳看来，各种诗、文体格，最早出现的作品总是最好的，因此他说："夫追古者，未有不先其体者也。"（《徐迪功集序》）在诗文的"格"方面，李梦阳主张古体诗当学汉魏为楷模，近体当学盛唐，而散文当学秦汉。除追求"高格"外，李梦阳还重视"调"，即强调诗歌音调的和谐，此外，他还提出一些创作上的"法"。前七子对文学自身的审美特征和艺术技巧的关注，对于恢复文学应有的地位，促进文学与理学及政治的脱离，起到了重要作用。当然，由于前七子过多地关注格调法度和创作程式，在一定程度上妨碍了作家情感的自由畅达的抒发。

李梦阳的诗歌中有不少感怀时事、揭露现实之作，如《博浪沙》中"赤松子，在何许？君不见朝烹狗，暮缚虎"，《秋望》中的"黄尘古渡迷飞鞚，白月横空冷战场。闻道朔方多勇略,只今谁是郭汾阳?"等诗句沉郁悲壮,雄浑激烈。李梦阳另外有些作品情感真挚动人,如祭悼亡妻的《结肠篇》有云:"言乖意违时反唇,妾匪无许君多嗔。中肠诘曲难为辞,生既难明死讵知?"

前七子中另一代表人物何景明(1483—1521)在文学复古理论上与李梦阳互为唱和,在创作上了也有不少揭露现实、悲悯百姓的作品,如《点兵行》用犀利的文笔揭露朝廷征兵过程中存的"富豪输钱脱籍伍,贫者驱之充介胄"的严重不公现象,严厉指责"肉食者谋无远虑,杀将覆军不知数"。

嘉靖年间(1522—1566),文坛上又出现了唐宋派。唐宋派以反拨李东阳、何景明的文学主张为目标,主要人物有王慎中、唐顺之、茅坤和归有光,主要从事散文创作。当然,把这四位作家都列入"唐宋派",是很含混的说法。严格说来,"唐宋派"的主脑人物王慎中(1509—1559)和唐顺之(1507—1560),实际上是宗宋派。茅坤(1512—1601)在理论上附和唐、王,但不那么偏狭,主张唐宋并举,他辑选了韩愈、柳宗元、欧阳修、苏洵、苏轼、苏辙、曾巩、王安石八家之文,合成《唐宋八大家文钞》,并以此作为散文应该效法的正统。而归有光的情况则有些特别,他同唐、王等人既没有交游,且在一些基本观点上也与之存在歧异,因此,严格意义上说,归有光应该不属于唐宋派。

在文学主张上,唐宋派强调"文以明道","文道合一",王慎中提出"文与道非二也",作文应该"浸涵六经之言,以博其旨趣"(《答廖东雰提学》)。这种文学主张和明初宋濂"以道为文"的文学主张是一脉相承的。唐顺之的论文主张与王慎中稍有差异,他在《答茅鹿门知县二》中论及文章的本色,主张要"直据胸臆,信手写出",不能仅仅着眼于"绳墨布置",他认为文章如果没有"真精神与千古不可磨灭之见",则"文虽工而不免为下格",但是,唐顺之的"直据胸臆,信手写出"的前提是"洗涤心源",就是要求作文首先要修身养德、正心弭欲,依然还是走在"文以明道"的道路上。由于上述文学主张的掣肘,唐顺之、王慎中等人在文学创作方面成就平庸。

唐宋派文人中成就最高的是归有光。归有光(1507—1571),字熙甫,昆山(今属江苏)人,在文坛的活动比唐、王等人稍迟。在散文创作方面,归有光既推崇司马迁的《史记》,"得其神理";又尊崇唐宋各大家。针对当时在文坛声势浩大的以王世贞为代表的"后七子",归有光表达了不满:"今世相尚以琢句为工,自谓欲追秦、汉,然不过剽窃齐、梁之余。"归有光重视文学的抒情作用,曾说:"夫诗者,出于情而已矣。"(《沈次谷先生诗序》)又认为"圣人者,能尽天下之至情者也",而"至情"就是"匹夫匹妇以为当然"(《泰伯至德》)。这和唐、王的观点有差异的。正因为如此,归有光一部分散文如《先妣事略》、《寒花葬志》、《项脊轩志》等,在日常生活中捕捉印象深刻的生活细节和感受,娓娓道来,写得情感真挚,感人至深。

到嘉靖中期,以李攀龙、王世贞为首的后七子重振文学复古的旗鼓。后七子成员除李、王外,还有谢榛、吴国伦、宗臣、徐中行、梁有誉,后七子开始以李攀龙为盟主,王世贞为辅弼。隆庆四年(1570)李攀龙去世后,王世贞"操柄文坛二十年,才最高,地望最显,声华意气笼盖海内。一时士大夫及山人、词客、衲子、羽流,莫不奔走门下"(《明史·王世贞传》)。

从总体上看,后七子基本上承续了前七子的文学复古理论,他们认为"文自西京、诗自天宝而下,俱无足观,与本朝独推李梦阳"(《明史·李攀龙传》)。和前七子相比,他们在对法度格调的追求上更推进一步,王世贞《艺苑卮言》里提出:"首尾开阖,繁简奇正,各极其度,篇法也。抑扬顿挫,长短节奏,各极其致,句法也。点缀关键,金石绮彩,各极其造,字法也。"将诗文创作要遵循的"法度"落实篇法、句法、字法等方面,更趋细致、严密。后七子对唐宋派的"惮于修辞,理胜相淹"(李攀龙《送王元美序》)文学创作提出了强烈的批评,在后七子的攻势下,"唐宋派"在文坛上的势力很快瓦解了。

后七子对于逆转唐宋派"文以明道"的文学倒退潮流、维护文学的独立性起到了很大的作用。但是,后七子太强调效法古人,对于创作的法则又规定得太细致、严密,必然伤害文学的审美特征,妨碍情感的自由表达和艺术的创新。

后七子中文学成就最高的是王世贞。王世贞(1526—1590),字元美,号凤洲、弇州山人,太仓(今属江苏)人。王世贞创作量巨大,留下诗文集近 400 卷。王氏虽有拟古之病,但他的一些拟古之作写得或格调雄浑,或清新隽永,《四库全书提要》称"名村瑰宝,亦未尝不错出其中"。如《战城南》描写古战场"黄尘合匝,日为青,天模糊"的场景,苍劲悲凉。《送内地魏生还里》:"阿姊扶床泣,诸甥绕膝啼。平安只两字,莫惜过江题。"此时寥寥数笔,真实地描绘了亲人离别的伤感情景,写得清新可爱。

三、晚明诗文

自万历初(1573)到明朝灭亡(1628)为明代文学的晚期。这一时期,明代诗文呈现出逐步上扬的势头。李贽对个性解放的倡导以及与此相关的文学观念和创作对晚明文坛产生了启蒙作用。以袁宏道为核心人物的公安派,提出了"性灵说"的文学主张,由此主导的创作成就颇丰。之后,以钟惺、谭元春为代表的竟陵派继承了公安派的某些文学主张。晚明散文的一大特色是小品文的兴盛。明代末年,以陈子龙为代表的反清斗士重新举起复古的旗帜,创作了不少表现国变时艰的作品。

李贽(1527—1602)是晚明激进的思想家,也是一位在文坛上具有启蒙意义的文学家。他的思想极具叛逆性,因而被时人视为"异端",他说:"穿衣吃饭即是人伦物理,除却穿衣吃饭,无伦物矣。"(《答邓石阳》)肯定了人欲的合理性,与程朱理学的"存天理,灭人欲"观念相对抗。李贽的文学观念也有离经叛道的特点,他认为,文学必须真实表露自己的"童心",而文学只有和道学相剥离,摆脱那些所谓"经"的影响,才能表现出"童心",才能成为天下的好文章。李贽的文学作品也常常立意奇特,笔锋犀利,如《赞刘谐》借刘谐之口,嘲弄了戴"纲常之冠"、披"人伦之衣"的道学之徒,并调侃了"圣人"孔仲尼,辛辣犀利。

在晚明诗文领域,"公安派"是一个具有相当影响力的文学流派,因其代表人物袁宗道、袁宏道、袁中道三兄弟为湖广公安(今属湖北)人,故称公安派。公安派三兄弟与李贽有交游,其文学观念也深受李贽影响,其文学理论的核心是"性灵说"。公安派以袁宏道声誉最著。袁宏道(1568—1610)字中郎,号石公。袁宏道在《叙小修诗》中评价其弟袁中道之作时说:"大都独抒性灵,不拘格套。"强调诗歌创作要真实地表现作者自我的情感,反对格套的限制。中国传统诗学强调"诗言志",即便是抒情也要求"诗无邪",不能越出"礼义"半步。而公安派的"性灵说"要求诗歌要抒发真"性灵",正是要挣脱理学强加给文学创作的束缚,将表现真实的情感与欲望作为文学的首要任务。袁宏道赞同前后七子倡导复古、强调文学抒情功能的主张,但是他反对"以剿袭为复古"(《雪涛阁集序》),不主张摹仿古人的"格调"、"法度"。

公安派将"独抒性灵"的理论主张落实到文学创作上,其作品往往直抒胸臆、率真自然。袁宏道《为官苦》一诗称"男儿生当世,行乐苦不早。如何囚一官,万里枯怀抱",以质朴的语言表达了强烈的厌官情绪。袁宏道《初至绍兴》诗:

> 闻说山阴县,今来始一过。船方尖履小,士比鲫鱼多。聚集山如市,交光水似罗。家家开老酒,只少唱吴歌。

描写山阴县(今浙江绍兴)的风土人情,语言通俗活泼,富于情趣。但是,公安派过于强调"信心而出,信口而谈"(《张幼于》),有时不免流于浅俗率直。

继公安派之后,以湖广竟陵(今湖北天门)人钟惺、谭元春为代表的"竟陵派"在文坛崛起。钟惺(1574—1624)字伯敬,号退谷。谭元春(1586—1637)字友夏。在文学主张上,竟陵派接受了公安派的"性灵说",同时又加以修正。钟惺提出"势有穷而必变,物有孤而为奇"(《问山亭诗序》),主张标异立新。首先,竟陵派看到公安派在"独抒性灵"的同时又有俚俗浅露之弊,便主张以"深幽孤峭"之风来矫正。其次,公安派更强调作家自己的创作,而竟陵派则注重向古人学习,钟、谭二人曾经合作编选《诗归》。

由于文学观念的不同,竟陵派在创作上也体现了和公安派相异的审美趣味,钱谦益评价竟陵派的诗"以凄声寒魄为致"、"以噍音促节为能"(《列朝诗集小传》)。他们的诗追求"幽情单绪"、"奇情孤诣"的境界,往往表现一种幽寂、荒寒甚至阴森的意象,如谭元春的《观裂帛湖》:

> 荇藻蕴水天,湖以潭为质。龙雨眠一湫,畏人多自匿。百怪靡不为,喁喁如鱼湿。波眼各自吹,肯同众流急?注目不暂舍,神肤凝为一。森哉发元化,吾见真宰滴。

意境幽深奇僻,语言生涩拗折,体现了竟陵派诗歌的审美情趣。

到了明朝末年,东南地区一些带有政治色彩的文人组织相继崛起。崇祯初(1628),太仓人张溥、张采等组织了复社。与此同时,松江人陈子龙、夏允彝(其子为夏完淳)等创建几社。这两个团体以"复古学"为宗旨,企图从文化和文学上重振传统精神,挽救正走向灭亡的明朝。其中最著名的是陈子龙(1608—1647)与夏完淳(1631—1647)。他们是师生关系,都积极参与抗清斗争,最终都为明朝赴难殉节,作品伤时感事,慷慨悲凉。如陈子龙的《秋日杂感》、夏完淳的《毗陵遇辕文》等都表现了国破家亡的凄凉心境。

晚明文坛上一个值得关注的文学现象是小品文的兴盛。明人所指"小品",体制较为短小精练,形式上不限一体,尺牍、游记、传记、日记、序跋等均可包容在内,语言轻灵、隽永,内容大多表现作家自己的日常生活状态和情趣。晚明小品文大致以公安派三袁的作品为开端。袁宏道、袁中道都写过不少优秀的富于生活情趣的短篇散文,袁宏道的名篇《徐文长传》就通过徐渭坎坷不幸的一生,抒发了这一时代文人思想受到压制后的共同苦闷,其《晚游六桥待月记》是一篇玩赏西湖六桥春景的游记,表现了作者清雅闲适的生活情趣。

晚明散文的最后一位大家是张岱。张岱(1597—1679),字宗子,一字石公,别号陶庵,山阴(今浙江绍兴)人。张岱在创作方面初学徐文长、袁中郎,后学钟惺、谭元春,最终能突破前人所围,形成了自己的风格。张岱的小品文风格清新流畅,时有诙谐之趣。他的《陶庵梦忆》、《西湖梦寻》两书,都是忆旧之文,"因想余生平,繁华靡丽,过眼皆空,五十年来,总成一梦"(《陶庵梦忆》序),不少作品追忆往昔生活的情趣,描摹故国乡土的可爱,洋溢着怀旧的情绪。为人称道的名篇《西湖七月半》就是用白描的文字描绘出了一幅西湖的世俗风情图。

第二节 《三国演义》

一、章回小说的起源以及《三国演义》故事的演变、成书和版本

元末明初,产生了一些长篇章回小说。章回小说是我国古典长篇小说的唯一形式,由宋元讲史话本发展而来。在说话艺术中,"小说"一般是可以一次说完的短篇故事,而"讲史"则讲述要若干次才能说完的长篇历史故事,讲一次,相当于后来的一回。在每次讲之前,要用一句简洁明了的语言告诉听众本次讲说的主要内容,这是章回小说回目的起源。至元明之际,出现了一批长篇章回小说,除《三国志通俗演义》、《水浒传》之外,还有《残唐五代史演绎》、《平妖传》等。这些小说的故事都

是早已经在民间流传,在长期的流传过程中经过不断的加工整理,最后由文人加工而成。上述小说最终得以成书当然离不开文人最后的修改乃至创作,但是更离不开此前世代民间艺人和文人的加工整理。

三国故事很早就在民间流传。杜宝《大业拾遗录》记载,隋炀帝观水上杂戏,其中就有曹操谯水击蛟等杂耍节目。李商隐《骄儿》诗中提到:"或谑张飞胡,或笑邓艾吃。"可见在晚唐时三国故事已经在民间广泛流传。至宋代,说演三国故事更为流行,其时,已有"说三分"的专门科目和专业艺人,同时有皮影戏、傀儡戏、南戏、院本等都有大量搬演三国故事。苏轼《东坡志林》说:"至说三国事,闻刘玄德败,频蹙眉,有出涕者;闻曹操败,即喜即快。"可见,此时三国故事已经有鲜明的尊刘贬曹倾向。现存最早的三国题材的平话小说是元至治年间(1321—1323)刊行的《全相三国志平话》,其故事已经粗具《三国演义》的规模。金元时期戏曲舞台上搬演的三国剧目有40多种,桃园结义、三顾茅庐、赤壁之战、单刀会、白帝城托孤等故事已经具备。到元末明初,罗贯中在长期流传的三国故事的基础上,又运用陈寿《三国志》和裴松之注等正史材料,改编写定成这部《三国志通俗演义》。

《三国志通俗演义》现存最早刊本是嘉靖本,全书24卷,分为240则,每则前有七言一句的小目,题"晋平阳侯陈寿史传,后学罗本贯中编次"。后来的各种版本都是依据嘉靖本,只在细节上有所整理或修改。清康熙年间,毛纶、毛宗岗父子对嘉靖本作了较大的加工修改,主要是修改论赞、增删文字、辨正史实,将回目改为对偶句,将全书分为120回。这种修改提高了书的艺术水平,但是正统道德色彩也更加浓厚。这个简称为《三国演义》的修改本就是后来通行的本子。

二、《三国演义》的作者与《三国演义》的思想内容

《三国演义》的作者是罗贯中。罗贯中,生卒年不详,其他生平资料也很少。天一阁藏本贾仲明《录鬼簿续编》中有他的小传:"罗贯中,太原人,号湖海散人,与人寡合,乐府、隐语,极为清新。与余为忘年交。遭时多故,各天一方。至正甲辰(二十四年1364)复会,别来又六十余年,竟不知所终。"据贾仲明记载的推测,罗贯中大约生活在1310年至1385年之间。明王圻《稗史汇编》说罗贯中是"有意图王者"。清人徐谓仁说罗贯中曾客于元末农民起义领袖张士诚幕中。罗氏还是一位戏曲作家,还写过乐府、隐语,剧作存目三种,今传《赵太祖老虎风云会》,但最主要的成就还是小说创作。他是《三国演义》的作者和《水浒传》的编写者之一,除此之外,传世的《隋唐志传》、《残唐五代史演义传》和《三遂平妖传》也署罗贯中名。

《三国演义》以东汉末年及魏、蜀、吴三国历史为题材,描写了从东汉末年(184)到西晋统一(280)之间近100年的历史风云。全书全景式地描写了三国时代的历史巨变,描绘了当时各个统治集团之间的种种政治、军事斗争以及各种斗争的经验

和智慧,展示了矛盾重重、动乱不安的社会局面,揭露了统治者的残暴和丑恶,反映了动乱年代里人民的苦难,也表现他们对统治集团的向背以及对和平统一的渴望,塑造了一批叱咤风云的英雄人物。

《三国演义》继承了宋元以来三国题材的说话、戏曲作品"尊刘贬曹"的思想基调,将蜀汉作为小说矛盾的主导方面,将蜀汉方面的刘备、关羽、张飞、诸葛亮等作为主要人物。全书 120 回,前 104 回写了桃园三结义到诸葛亮病死五丈原 51 年间的事,诸葛亮死后的 46 年间的事只用了 16 回。在作者看来,汉朝是刘家天下,刘备是帝室之胄,蜀汉统一中国,取得皇权是天经地义的事情,而曹操则是挟天子以令天下,是篡权的行为。当然小说的这种思想倾向并非罗贯中所创。如前所述,苏轼的《东坡志林》就提到当时三国故事的这一倾向,后来三国题材的说话、戏曲作品都沿袭了这种倾向。从史学传统来看,西晋陈寿的《三国志》尊曹魏为正统,到东晋偏安江左,习凿齿的《汉晋春秋》尊蜀汉为正统。北宋司马光的《资治通鉴》则沿袭了陈寿的观点,而到南宋时,朱熹的《通鉴纲目》又尊蜀汉为正统。同时,《三国演义》的成书时间主要在元明之际,汉族备受外族侵略,于是人们在讲述三国故事时,将统一的希望寄托在像刘备这样的皇室之胄上,而将抨击的矛头指向统治北方的曹操,因此"尊刘贬曹"倾向也是顺应了当时的民心。

《三国演义》极力宣扬刘、关、张之间的义气。中国民间所倡导的"义气"特别强调人的救困扶危、见义勇为、一诺千金、知恩图报等品德,这种"义气"会使一个团体的所有成员之间形成强有力的共同利害关系。《三国演义》从小说一开始就写刘、关、张桃园三结义,建立了名为君臣、情同兄弟的生死关系。关羽更是义气的化身,从许田射猎到屯土山约三事、挂印封金、千里走单骑、过五关斩六将,以及斩蔡阳、古城会等一系列行为中,都突出了他的英雄义气。而华容道释曹操虽然是将个人恩怨置于集团利益之上,但也是为了"壮士一死酬知己"之义,是为了知恩图报。关羽死后,刘备、张飞旦夕号泣,誓死报仇的行为,也表现了他们重义气的品质。作为义气化身的关羽的形象后来被封建统治者所利用,并附会种种迷信色彩,成为"伏魔大帝"、"关圣帝君"。而"桃园结义"这种形式在后来也常常被江湖帮会用作凝聚人心的手段。

《三国演义》无论是对朝堂还是市井读者都有强烈的吸引力,有一个重要原因就是它成功地传播了政治军事智慧。诸葛亮简直就是智慧的化身,作者在他身上集中体现在人们在长期的政治、军事斗争和社会生活中积累起来的智慧。诸葛亮的神机妙算主要来源于他过人的智慧、科学的预见性和卓越的军事才能,他不仅让同僚部下佩服,也为盟友和敌人所赞叹,无论在多么复杂的形势下,他都能够审时度势,掌控局面;无论在多么危急的情况下,他都能使出奇策异智,转危为安。如草船借箭、空城计等都体现了诸葛亮过人的智慧。曹操也是一个很有政治和军事智慧的人物,周瑜和司马懿也是以谋略见长的人物。小说这种描写是它长久以来吸引读者的主要原因。古代不少农民起义领袖都将此书作为案头之书,从中汲取智慧。时至今日,仍有不少读者喜欢这本书,以期得到智慧的启迪。

《三国演义》开头就说"话说天下大事,分久必合,合久必分",结尾又说"此所谓天下大事,合久必分,分久必合"。它肯定历史是处于不断变化中的,带有朴素辩证法的因素,但是如果将王朝兴替看做是一种简单的重复,则是一种带有宿命论色彩的"历史循环论"。《三国演义》中关于黄巾起义军的描写也反映了作者对于农民起义的错误态度。此外,如诸葛亮摆八阵图、关羽玉泉山显圣等显然充满了迷信色彩。

三、《三国演义》的艺术成就

《三国演义》结构宏伟,组织严密。小说写的是东汉末年到西晋统一的一段历史,在这一历史舞台上活动着太多的人,发生了太多的事。作者在120回、75万字的鸿篇巨制中描绘了波澜壮阔、风云变幻的历史画面。作者基本上按照历史事件的进程来展开叙述,又根据"尊刘贬曹"的主观倾向,以蜀汉为正义的一方,以曹魏作为主要的对立面,作者以正史作为主要依据,同时又博采野史、杂记、异闻传说,汇集成一个艺术整体,中间穿插了数以百计的大小故事,场面宏大,头绪纷繁,但重点突出,脉络清晰,充分显示了作者在选材取材和谋篇布局上的艺术才能。

《三国演义》以出色的战争描写而在古代小说独擅胜场。小说所反映的三国时代充满了各种错综复杂的社会矛盾,当这些矛盾发展到不可调和时就只能用战争来解决,战争的胜负决定了魏、蜀、吴三国的成败兴衰。据传,罗贯中曾客于元末农民起义领袖张士诚的幕中,参加过起义斗争,丰富的战斗经验和战争知识使得他在描写战争时游刃有余。作者描写了大大小小几百场战争,对重大战役不惜全力进行描写,如赤壁之战的描写长达8回,而对小的战斗则往往以略写的方式带过。在这么多的战争描写中,作者或侧重表述主帅的计谋,或重点渲染紧张的气氛,有时在紧张窒息的刀光剑影中插入从容不迫的叙述,有详有略,有虚有实,有动有静,有张有弛,错落有致,波澜起伏,充分展示了战争的多样性和复杂性。小说所展示的战略战术大体上符合军事科学原则和战争规律,加之小说这种艺术的手法,因而较之一般历史书和兵法书,更能够为读者所接受。后来李自成、张献忠甚至把《三国演义》作为指导作战的"玉帐秘本",也是因为小说战争描写的成功。

《三国演义》在人物形象塑造上具有"类型化"的倾向。作者从尊刘贬曹的思想倾向出发对人物进行了"类型化"的描写,突出体现在刘备、曹操、诸葛亮、关羽、张飞等几个主要人物身上。如曹操这个人物,实事求是地说,作为一个历史人物,其功绩是值得肯定的。他在东汉末年王朝崩溃,兵燹连连的背景下,顺应历史趋势,统一了中原和北方,这对稳定人民的生活、推动历史的前进有巨大的作用。但是在《三国演义》中,作者从尊刘贬曹思想出发,将曹操塑造成了一个奸雄,在他身上集中了阴险毒辣、残忍狡诈、虚伪狂妄、野心勃勃等反面人物的特征。此前的史料和野史笔记对曹操的记载和评价是褒贬参半,但是罗贯中在写作时选择了一些不利于曹操的材料并采用移花接木或虚构的手法强化了曹操作为奸臣的形象,如杀吕伯奢之事,裴松之注只是记载曹操杀吕一家是误杀,且并未说杀了吕伯奢本人。而到《三国演义》中就演绎成曹操杀了吕伯奢一家认识到是误杀,反而错上加错,杀了吕本人,且狂言"宁教我负天下人,休教天下人负我",突出了曹操的残忍毒辣和极端个人主义。其他如刘备的宽厚仁爱、诸葛亮的神机妙算、关羽的忠义勇武、张飞的刚烈勇猛等都有类型化的特征。

《三国演义》的语言文白相杂。作者有时直接引用史书原文,但基本上采用浅近的文字来描绘极其复杂的人物和事件,使小说总体上呈现简洁明快的语言风格,因此,前人评价其语言"文不甚深,白不甚俗"(明蒋大器《三国志通俗演义·序》)。

第三节　《水浒传》

一、《水浒传》的成书、版本和作者

《水浒传》的故事来源是北宋末年以宋江为首的农民起义。《宋史》里涉及宋江的史料有三条,分别见于《徽宗本记》、《侯蒙转》、《张叔夜传》。《徽宗本记》记载:"淮南盗宋江等犯淮阳军,遣将讨捕;又犯东京、江北,入楚海州界,命知州张叔夜招降之。"《张叔夜传》载:"宋江起河朔,转略十郡,官兵莫敢撄其锋。"《侯蒙传》记载:"宋江寇江东,蒙上书言,江以三十六人横行齐魏,官军数万无敢抗者,其才必过人。今清溪盗起,不若赦江,使讨方腊以自赎。"

从宋江起义到《水浒传》成书,正值女真、蒙古族先后南下,广大汉族人民纷纷举起义旗,进行反抗。正是这一背景下,宋江等 36 人的事迹在民间广为流传。宋末元初,画家龚开作《宋江三十六人赞》,首次完整地记了 36 人的姓名和绰号,他在《序》中说:"宋江事见于街谈巷语,不足采者。"可见,关于宋江的传说在民间已经流传很盛。而这个时期,正是说话、杂剧等通俗文艺发展并成熟的阶段。宋末元初,水浒故事已经成为说话和戏曲的主要题材。时人罗烨在《醉翁谈录》中记载,当时的说话名目已有"公案类石头孙立"、"朴刀类青面兽"、"杆帮类花和尚、武行者"等,显然都是相对独立的水浒故事。《大宋宣和遗事》中有部分内容涉及水浒故事,虽然可能只是说话人的提纲,但已经初步展示了水浒故事的系统面貌,有了杨志等押解生辰纲、杨志卖刀、晁盖等劫生辰纲、宋江放晁盖、宋江杀阎婆惜、宋江受天书、三十六将共反、张叔夜招降、宋江收方腊封节度使等情节。元杂剧中有不少的水浒戏，今存目 33 种，剧本全存的 6 种，这些杂剧丰富了水浒故事和人物形象。从南宋到元末 200 多年间，水浒故事经久不衰，并且在流传过程中不断得到丰富和发展，正是在这一基础上，《水浒传》的作者创作出了这样一部优秀的长篇小说。《水浒传》成书大约比《三国演义》迟了二三十年。

　　《水浒传》的版本很复杂。大致分为简本和繁本两个系统，简本的特点是文简而事繁，细节描写较少；繁本细致生动，文学价值较高。繁本系统中，现在看到的最早的版本是明嘉靖年间郭勋所刻行的 100 回本，现存最完整的早期百回本是天都外臣序本。上述百回本在梁山聚义后，只有平辽和平方腊的故事，没有"征田虎"、"征王庆"的故事。繁本中另有 120 回本，较早的是天启、崇祯年间杨定见的增编本，除增加了"征田虎"、"征王庆"的情节，其余都根据郭勋传本。明末金人瑞（圣叹）腰斩《水浒传》，变成了 70 回本，删去了梁山大聚义以后的部分，以 108 将被一网打尽结束，此本号称"第五才子书"，金圣叹诈称为"古本"，成为清代最流行的本子。新中国成立后人民文学出版社出版的《水浒全传》是以天都外臣序本为底本，参校了其他几种较早的传本而成的。

　　《水浒传》的作者问题是文学史上的一场公案。明代起就有多种说法，明嘉靖时人高儒的《百川书志》称该书是钱塘施耐庵的本，罗贯中编次；同时人郎瑛的《七修类稿》称该书乃杭人罗本贯中所编；稍后的田汝成《西湖游览志余》和王圻的《稗史汇编》都记为罗贯中作；明万历时人胡应麟《少室山房笔丛》则称作者是武林（杭州）施耐庵；而金圣叹则说该书是施耐庵作，罗贯中编次。现在，大多数学者认为最早写定《水浒传》的是施耐庵，而罗贯中也参与了加工、编定的过程，因此新中国成立后出版的 70 回本作者署名是施耐庵，120 回本则署名施耐庵、罗贯中。

　　施耐庵，生平事迹不详，仅知他是元末明初时人，曾经在钱塘（杭州）生活过。20 世纪 20 年代以来，在江苏兴化陆续发现了有关施耐庵的材料，但有颇多可疑之处，尚待考证厘清。民间传说他参加过张士诚的农民起义部队，但也未必可信。

二、《水浒传》的思想内容

　　《水浒传》是一部正面反映和歌颂农民起义的长篇小说，它是一部描绘农民起义的历史画卷，反映了农民起义的发生、发展直至失败的全过程，揭示了农民起义的社会根源，塑造了众多的起义英雄形象。小说前 70 回基本上真实地历史地再现了梁山农民起义军从兴起到壮大的历史过程，在文学史上，没有一部作品能够像《水浒传》在如此广阔的画面上展现封建时代的农民起义和斗争。《水浒传》描写了从个人反抗到小规模的联合斗争再到大规模的起义这样一条农民斗争的客观规律。在小说中,北宋末年社会政治的黑暗是梁山好汉揭竿而起的根本原因。

在封建正统观念中,梁山英雄们都是"盗贼流寇",都是"反贼"。而小说却歌颂了梁山好汉的行为,因为梁山上的人们他们是在"替天行道",因此他们的起义是正义的事业。《水浒传》对作为起义英雄对立面的统治阶层有着入木三分的揭露,作者把高俅发迹和徽宗皇帝宠幸他的一段故事作为小说的开端来叙述,表面"乱自上作"。高俅是统治集团的代表人物,是黑暗势力的代表。一个"浮浪破落户子弟",仅仅因为踢得一脚好球就受到皇帝的赏识,于是青云直上,半年之间就升到了"殿帅府太尉职事",从此与蔡京、童贯等把持朝政,狼狈为奸,无恶不作。朝廷之外也是贪官污吏、土豪恶霸横行不法,如蒋门神、西门庆等。正是这些上至朝廷下至地方的众多大大小小的压迫者构成了汹涌的黑暗势力,无时不刻在迫害着人民,使得人民不得不走上反抗的道路。小说不仅写了最底层的受压迫者如李逵、阮氏三雄等人被逼上梁山的过程,也写了柴进、杨志、卢俊义等"帝子神孙,富豪将吏"投奔梁山起义部队的过程,充分证明了当时社会的黑暗和起义的合理性。

作者在小说中大力宣扬了水浒英雄的"忠"和"义"。小说的书名叫《忠义水浒传》,梁山泊原来的聚义厅后来也被改为"忠义堂"。"忠"首先是要求效忠于皇帝和朝廷,即便是梁山义军的反抗也是为了向朝廷效忠——"酷吏赃官都杀尽,忠心报答赵官家"。小说始终让主忠的宋江处于主导地位,他经常说:"今皇上至圣至明,只被奸臣闭塞,暂时昏昧。"正是因为宋江的忠才使得起义大军走到了接受朝廷招安的地步。《水浒传》中的"义"含义很广,如劫富济贫、济困扶危、路见不平拔刀相助、为受迫害者报仇雪恨等等都属于"义"的范畴,这种"义"都是站在被压迫者的立场上的。从大的方面说宋江三打祝家庄以及后来的梁山英雄大聚义都是为了实现"替天行道保境安民"的政治目标,为的是"义"。从小的方面说,智取生辰纲等夺取了贪官的不义之财,鲁智深三拳打死镇关西,行的也是"义"。这种"义"成为水浒英雄建立深厚感情的纽带,他们有福同享有难同当,因此,《水浒传》中的"义"是下层人民在斗争中产生的建立在反抗封建暴行基础上的道德观念。

梁山英雄最后在宋江的带领下被集体招安。《水浒传》的作者对招安的态度是有矛盾的,一方面,他认为接受招安是唯一正确的道路,因此一再称赞宋江此举是"有仁有义"、"忠义报国"。但从小说的具体描写来看,作者对接受招安这条路似乎是有所怀疑的,这不仅表现在作者反复叙述李逵、鲁智深、武松等人对招安的抵制和抗争,更表现在作者描写了受招安后梁山英雄的种种悲惨遭遇。小说在 70 回后充满了悲剧的气氛,即便是力主投降的宋江也落得悲剧的结局,这种描写客观上告诉人们:农民起义如果走投降的路线,那无异于自取灭亡。

三、《水浒传》的艺术成就

《水浒传》的艺术成就突出表现在人物形象的塑造上。《水浒传》中出现的大大小小的人物共有近 700 人,金圣叹称赞《水浒传》中的"一百八人","人有其性情,人有其气质,人有其形状,人有其声口"。108 将中性格鲜明的形象大约有 20 多人。作者善于把人物置于真实的历史环境中,紧扣人物的出身背景和生活经历,刻画出他们不同的性格特征。如杨志、林冲、鲁智深三人都是军官出身,但是由于身份和经历不同,他们走上梁山的道路就不同,表现出来的性格特征也就不同。杨志是三代将门之后,一心想做官;林冲是 80 万禁军教头,满足于现状;只有鲁智深是出身于社会底层,敢作敢为,无所顾忌。三个人中,杨志、林冲是被逼无奈上了梁山,而鲁智深则是自己路见不平拔刀相助才上的梁山。小说中有些人物虽然性格相近,但是作者也写出了他们不同的个性,如李逵、鲁智深都有粗鲁豪放的性格,但是鲁智深却粗中有细,比李逵机敏。《水浒传》描写人物时,一般是简单勾勒外貌,除了宋江出场外,小说很少对人物进行大段的静止的描述,小说中人物性格都是在人物的行动中丰满起来的。

《水浒传》的结构很有特色,有学者认为小说前半部的结构形式是"百川入海",一个一个的英雄,一股一股的力量逐步汇聚到梁山泊,一直到第 70 回梁山泊英雄排座次,小说达到高潮。小说前三分之二的篇幅都在写不同地方不同身份的人物通过各自的方式和道路上梁山的故事,作者往往用集中的文字来介绍这些人物的故事,如此一来,每个情节相对具有独立性,前后情节之间又一环扣一环,过渡衔接自然巧妙。作者对小说的开端、高潮、结局进行精心设计,将高俅发迹作为全书的开端,目的是为了揭示"官逼民反"这一农民起义的根源;从各路英雄好汉的个人反抗到梁山泊英雄排座次,逐步形成了起义的高潮,后来接受朝廷的招安,最终以"魂聚蓼儿洼"结局,正是反映了农民起义的一般过程。

《水浒传》的语言成就也很突出。因为水浒故事曾经长期在民间流传,尤其是经过前代说话和戏曲艺人的不断修改加工,因此《水浒传》的语言先天就有口语化的特点,作者又在北方的口语基础上,进行提炼加工,形成了简洁、明快、生动而富于表现力的文学语言。鲁迅曾经称赞《水浒传》"可以从语言中看出人物"。如鲁智深打店小二时,作者写道:"鲁达大怒,揸开五指,去那店小二脸上只一拳……"一个"揸"字就传神地刻画了鲁智深的性格,鲁智深拳打镇关西一段的语言也很经典,作者用生动幽默的语言逼真地描绘了当时的场面。

第四节 《西游记》

一、取经故事的演变、《西游记》的成书和作者

《西游记》讲述了一个取经故事,到它成书时,这个故事已经经历了700多年的流传积淀,因此它是继《三国演义》和《水浒传》之后出现的又一部世代累积型长篇小说。

唐僧取经是一个真实的历史事件。唐僧,法名玄奘,又称三藏法师,俗名陈祎,河南人。13岁出家,曾博览佛经,遍访高师,感到佛经各有出入。唐太宗贞观三年(629),玄奘不顾朝廷禁令,只身出发,历时17载,途径百余国,终于到达天竺(今印度),取回佛经600多部。回国后,玄奘口述西行见闻,由门徒辩机辑成《大唐西域记》,介绍西域诸国的风土人情、地理资源和宗教信仰等。以后,他的门徒慧立、彦琮又撰写了《大唐大慈恩寺三藏法师传》,长达11万字,对取经故事进行了详细描绘,其中穿插了一些神话色彩的故事。此后,取经故事在民间广泛流传,成为说话和戏曲的重要题材,但是流传越久,想象虚构的成分越来越多,离真实的取经故事也越来越远。

现存《大唐三藏取经诗话》是南宋人说话的底本,书中出现了化身为白衣秀士的猴行者,他神通广大,自动为唐僧取经护驾,一路降妖伏魔,使取经获得了“功德圆满”的结局,这是后来《西游记》中孙悟空的雏形。书中还出现了深沙神,在后来的取经故事中演变为沙僧,但是还没有出现猪八戒。在该书中唐僧已经退于次要地位,猴行者成为重要角色。元代出现了情节完整曲折的话本小说,古代朝鲜的汉语教科书《朴通事谚解》保留了《西游记》的重要情节梗概,注云“详见《西游记》”,从该书可以知道,取经故事已经非常丰富复杂,孙悟空的来历和经历也和后来吴承恩的《西游记》大体相同,深沙神已经演变为沙和尚,有了黑猪精朱八戒这一形象。可见此时,百回本的《西游记》的重要故事情节已经成型。同时,类似题材的戏曲作品也出现了,金院本《唐三藏》、元吴昌龄的《唐三藏西天取经》已散佚,今存元末明初杨讷著《西游记》杂剧。

现存《西游记》最早刊本,是明代万历二十年(1592)前后的《新刻出像官版大字西游记》,共20卷100回,署华阳洞天主人校,金陵世德堂梓行,未署撰者,陈元之序提到不知作者为谁。后来版本,有误署作者为丘处机的,但未有署名吴承恩的。明天启年间(1621—1627)《淮安府志·艺文志》著录吴承恩的著作,其中有《西游记》一书。后清人吴玉搢、阮葵生等据此认为吴承恩就是百回本长篇小说《西游记》的作者,后又经鲁迅、胡适等认可,这一说法便被广为接受。但《淮安府志》所言之

《西游记》是否为现在所见之长篇小说《西游记》尚不确定。

吴承恩(1501—1582),字汝忠,号射阳山人,淮安山阳(今江苏淮安)人。少时即负文名,但屡试不中,直到中年后,才补岁贡生。后因母老家贫,曾出任长兴县丞,但因看不惯官场腐败,不到一年就拂袖而归。生平著作不少,但大多已散佚,后人整理汇编为《射阳先生存稿》4卷。

二、《西游记》的思想内容

《西游记》是一部长篇神话小说,以幻想的故事、离奇的情节曲折反映了现实世界。由于它本身思想的复杂性,关于其主题思想有种种不同的说法,清人所论,"或云劝学、或云谈禅、或云讲道"(鲁迅《中国小说史略》)。建国后,对《西游记》的主题和孙悟空的形象的评价也有不少争论,有人认为孙悟空大闹天宫的失败反映了农民起义的失败,而保护唐僧去西天取经则是农民起义者被招安的结局;有人认为孙悟空从魔到神的转变是堕落为统治者的帮凶,这两种观点可谓异曲同工,都是对《西游记》穿凿附会、有失偏颇的评价。

鲁迅对清人的种种穿凿附会之说早就提出过批评,他说,《西游记》这部小说"实出于游戏"(《中国小说史略》)。《西游记》首先是一部神话故事,而不是政治小说,没有指向明确的政治隐喻。当然,所有的文学作品都是人创作的,因而必然和现实人生相关联,任何一部小说都会体现创作者所处的社会现实以及作者的人生经历、价值判断、审美取向等,《西游记》同样如此。《西游记》是世代累积型作品,经历了数百年的演变积累,取经故事定型于元朝末年,而书的最后定型则是在明嘉靖年间。这两个时期正是社会思想相对开放,市民阶层势力上升的阶段,而《西游记》一书所体现出的思想倾向以及价值取向正和这一语境相关。

《西游记》的思想倾向具有双重性。在前7回中,小说写孙悟空本是破石而生的美猴王,无父无母,在水帘洞中、铁板桥下的"洞天福地"里领着群猴过着"不伏麒麟辖、不伏凤凰管、又不伏人间王位所拘束"的自由生活。后来只身出去访师求道,学得72般变化,一个跟斗能翻10万8千里,便大闹龙宫,索得金盔金箍棒,去冥府勾掉了生死簿上名,从此在花果山过起了无忧无虑、自由自在、无法无天的生活,这种摆脱一切束缚、绝对自由的状态正是人们对自由生活的无限向往。后来,玉皇大帝招孙悟空上天做了弼马温,他本来做得很开心,可是当他知道这是个很小的官时,便打了天宫,回花果山自封一个"齐天大圣"。玉皇大帝认可了这个封号,他又开心地回到天宫。但是,王母娘娘的蟠桃会竟然没有他的位置,他又恼了,搅了蟠桃会,回到了花果山。这段情节反映人们对权力、地位、尊严的追求和渴望。之后为了维护自身的自由,孙悟空一而再地大闹天宫,挑战天宫的统治秩序,虽然以失败告终,但他为自由付出了不懈的努力。这种对自由的渴望、对尊严的期盼是人性中最基本的要求,而《西游记》前 7 回正是满足了人们的这种心理需求。

《西游记》第 13 回起到结束,写孙悟空被迫皈依佛门,在猪八戒和沙僧的协劝下,一路降妖除魔,保护唐僧去西天取经的故事。这部分的内容有着双重的主题,一方面孙悟空仍然念念不忘对自由生活的渴望,他依旧以"齐天大圣"自居,依旧桀骜不驯,蔑视玉皇大帝、太上老君等天宫中至尊无上的人物,但是他无法摆脱佛法、"紧箍咒"的束缚,取经遇到困难时,他也只能求助于如来、观音以及天宫诸将,反映出人性对自由的执著追求以及受到的遏制。另一方面,也是后部分的重点,就是叙述了孙悟空历经九九八十一难,保护唐僧去西天取经的经历,充分展示了孙悟空神勇机智的能力和百折不挠的精神。唐僧师徒西行取经途遇到了形形色色的妖魔鬼怪,他们不仅要吃唐僧肉,阻挠取经事业;更要为非作歹,有的危及人类的生命。同时,这些妖怪和神权世界又都有着千丝万缕的联系,他们有的是从天界逃到下界来作怪的,有的则是天上派下来试探唐僧取经决心的。小说中这些妖怪有的代表阻挠破坏取经事业的邪恶势力,有的则象征恶劣的自然环境和自然灾害。因此小说这一部分的主题则是通过孙悟空在保护唐僧去西天取经的途中征服各种妖魔鬼怪的故事,赞美人类战胜邪恶势力、战胜自然灾害的力量和精神。

小说成书于嘉靖年间,嘉靖皇帝尊崇道教,作者对此显然是深恶痛绝的,因此作品对道教和道士采取了讽刺调侃的态度。同时,作者是基于肯定佛教的立场来展开故事情节的,小说宣扬了佛法无边、因果报应以及宿命论等佛教思想,对西方极乐世界、观世音、如来佛也采取了明显的歌颂态度。因此,在小说中,孙悟空虽然神通广大但是无论如何也翻不出如来佛的掌心,孙悟空在和妖魔斗法的过程中往往要求助天上的神才能取得胜利。

三、《西游记》的艺术成就

《西游记》和《三国演义》、《水浒传》、《金瓶梅》并称为"四大奇书",其中《西游记》是最富于浪漫色彩的作品。《西游记》以深厚的民族文化底蕴和丰富的艺术想象力,创作出了一个光怪陆离的神话世界,讲述了一个又一个的神话故事,塑造了孙悟空、猪八戒、沙和尚等鲜明生动的神话人物。正是基于此,《西游记》得到了上至耄耋老翁下至黄口小儿的各个年龄段读者的青睐。

《西游记》中的艺术形象既以现实世界的人性为基础,又揉进了其原型动物的体态习性。如孙悟空的不受拘束、勇于反抗体现着现实世界人们对自由的渴望,他的神通广大是人类在幻想中期望达到的境界,他的机敏、好动、灵活、淘气又是猴类动物的特征。猪八戒贪恋女色、爱占小便宜、对悟空心怀嫉妒、取经意志不坚定、总惦记着回高老庄当上门女婿等行为和性格体现了现实世界中人类的欲望和弱点。但是猪八戒能吃苦,在妖魔面前从不屈服,说明作者对猪八戒这个有着较强物欲的形象是采取宽容态度的。猪八戒的懒惰、笨拙、莽撞以及贪吃好睡既是人类中某些个体的弱点,又和他是猪投胎有关。《西游记》这样的形象描写手法使得小说既折射出现实世界的影子,又充满了奇幻的神话色彩。

《西游记》的作者精心安排结构。小说分为三部分,第一部分是前 7 回,交代孙悟空的出身;第二部分是第 8 回到 12 回,作为过渡,写唐僧出世等故事,交代取经的缘起;第二部分是第 13 回后的 83 回,写去西天取经的故事。第三部分写唐僧取经路上所经历的千难万险,共九九八十一难,归纳起来 41 个小故事,这些小故事具有相对的独立性,同时又服从于总的主题。41 个故事之间环环相扣,波澜起伏,光怪陆离,使人目不暇接。因此,虽然取经故事由众多小故事构成,但是小说结构完整,脉络清晰。

《西游记》的语言韵散夹杂,通俗流畅,幽默诙谐。小说中人物语言富有个性化,如孙悟空出语幽默风趣、干脆泼辣,唐僧说话迂腐、怯懦,猪八戒一开口就冒傻气。小说恰到好处地引用民间的俚俗语言,增强了小说的生动性、形象性,有时还插入一些苏北淮安的方言俗语,使作品更富于生活气息。小说以白话文为主,间以赞赋诗词,显然带有平话、弹词、戏曲的痕迹,增强了作品的感染力。因此,鲁迅评价《西游记》的语言时说:"虽述变幻恍忽之事,亦每杂解颐之言。"(《中国小说史略》)

第五节　三言二拍与《金瓶梅》

一、冯梦龙和"三言"

由于市民的喜好,印刷业的发达,书商的大量刊行,话本在明代引起了文人的关注,他们从对话本的编辑、修改,进而摹拟话本进行创作,于是出现了大量文人摹拟的话本,主要供人案头阅读,这些作品通常称之为拟话本。其中最能代表明代拟话本成就的作品是冯梦龙编著的"三言"和凌濛初创作的"二拍"。

冯梦龙(1574—1646),字犹龙,别号龙子犹,黑憨斋主人,长洲(今江苏苏州)人。出身书香门第,"才情跌宕,诗文丽藻"(《苏州府志》),与其兄冯梦桂、冯梦熊并称为"吴下三冯"。一生功名蹭蹬,57 岁才补了一名贡生,61 岁任福建寿宁知县。清兵入关后,曾参加抗清活动,最后忧愤而死。

冯梦龙是晚明的通俗文学大家,一生致力于通俗文学的研究、整理、创作与推广,成绩斐然。在小说方面,除编选"三言"外,还改编长篇小说《三遂平妖传》、《新列国志》,鼓动书商购印《金瓶梅词话》,纂辑文言小说及笔记《情史》、《古今谭概》、《智囊》,编辑散曲集《太霞新奏》,改编了《精忠旗》等剧本,创作了《双雄记》、《万事足》两种剧本,合刊为《黑憨斋传奇定本》10 余种,编印民歌集《桂枝儿》《山歌》,等等。

　　冯梦龙最重要的成就是编著"三言"。"三言"是《喻世明言》(原称《古今小说》)、《警世通言》、《醒世恒言》三部小说集的合称,分别刊刻于天启元年(1621)前后、天启四年(1624)和天启七年(1627),每集 40 篇,共 120 篇。"三言"包括旧本的汇辑和新作的创作,120 篇小说中有的是经过修改的宋元话本,有的是直接收录的明代话本,有的改编自文言小说,大多数篇目是根据笔记小说、传奇小说、戏曲、历史故事以及社会传闻创作而成的。"三言"的刊行直接推动了白话短篇小说整理和创作高潮的到来。

　　冯梦龙深受李贽思想的影响,又生活在商业经济活跃的长洲,年轻时生活放荡,流连于青楼酒馆,熟悉市民阶层的生活。这使他成为晚明文学思潮的代表人物之一,他的文学观点带有李贽"童心说"的鲜明烙印,他调侃经书子集为鬼话,诗赋文章为"淡话",蔑视代表封建正统观念的那些典籍。他强调"情"在人类生活的重要意义,以出乎天性的"情"和灭人性的"理"相抗衡。他认为,只有"发乎中情,自然而然"(冯梦龙《太霞新奏序》)的作品才是最好的文学。因此,他编著的"三言""极摹人情世态之歧,备写悲欢离合之致"(笑花主人《古今奇观序》),体现了他的人生思考和文学理想。

　　"三言"的内容很复杂,其中大部分篇章是描摹当时社会的人情百态,诸如市民生活、商业活动、婚姻爱情,等等。恋爱与婚姻题材的作品在其中占了相当的比重,文学成就也最高。通过故事情节和人物形象表达了"礼顺人情"的要求,肯定了情欲的合理性。《卖油郎独占花魁》中"又忠厚,又老实"的"市井之辈"卖油郎秦重通过不懈努力最终获得了"容颜娇丽,体态轻盈"的"花魁娘子"莘瑶琴的爱情,表明婚姻的基础是两情相悦,"知心知意",而不是"高堂大厦"、"锦衣玉食"。《乔太守乱点鸳鸯谱》中的乔太守主张"相悦为婚,礼以义起",认为青年男女的相爱结合是"移干柴近烈火,无怪其燃",是非常合理的。"三言"的这类作品往往表达出尊重女性的意识。《杜十娘怒沉百宝箱》中的杜十娘就是一个维护女性尊严的典型,她是京城的"教坊名妓",但并不以"从良"作为最终目标,而是渴望得到建立在人格平等、互为尊重基础上的爱情,当她最终发现她爱慕的人——"忠厚志诚"的公子李甲竟然以千金的价钱把自己转卖给有钱人孙富的时候,愤然抱着百宝箱跳入江中,用生命维护了自己的人格和对纯洁爱情的坚守。

　　"三言"中还有一部分作品展示了市井人物的凡俗生活,尤其是商业活动和商人生活。经商买卖历来是为正统观念所不齿的职业,但在小说中,成为了正当的职业,商人、小贩、作坊主、工匠等历来是卑贱的身份,但在小说中,成了主人公且经常作为正面人物出现。《杨八老越国奇遇》中的杨八老科举不第,仕途不通,虽然才"年近三旬",但是决定放弃应举入仕这条读书人的传统道路,转而去经商,而杨妻也鼓励他"不必迟疑",此后历经波折,终于到达"安享荣华,寿登耄耋"的人生境界。"三言"中的商人、小贩、作坊主等多数是善良、正直、重义气、有道德、能吃苦的正面形象。《刘小官雌雄兄弟》中的店主刘德"平昔好善",全镇的人都认为他是好人;《卖油郎独占花魁》中的卖油郎秦重做生意"甚是忠厚",很多人就喜欢买他的油;《徐老仆义愤成家》中的阿寄从事长途贩运,吃苦耐劳,终于发家;《吕大郎还金完骨肉》中的布商吕玉、《施润泽滩阙遇友》中的小商人施复等人拾金不昧。

由于素材来源的广泛性,作者本身思想的多样性,"三言"的思想内容也呈现复杂性,甚至有相互矛盾之处。如《蒋兴哥重会珍珠衫》表达了对"失节"女子的宽容,《况太守断死孩儿》称"孤孀不是好守的","到不如明明改嫁个丈夫",可是在《庄子休鼓盆成大道》中作者却丑化了改嫁的寡妇。有不少作品肯定了普通市民吃苦耐劳、发家致富,但《钝秀才一朝交泰》却通过马德称的发迹宣扬了"万般皆是命,半点不由人"的宿命思想。有个别作品的色情描写太露骨。当然,"三言"内容上的这些缺憾是瑕不掩瑜的,丝毫不影响它成为宋元明三代最重要的一部白话短篇小说总集。

"三言"促进了短篇小说在艺术上的进步。笑花主人《今古奇观序》称赞"三言"是"极摹人情世故之歧,备写悲欢离合之致"。较之话本,"三言"中的作品描摹人情世故更为丰富细腻,叙述故事情节更为曲折离奇。在叙述中,"三言"常常利用误会巧合的手法造成故事情节的波澜起伏、腾挪跌宕,《十五贯戏言成巧祸》就是一个连着一个的巧合造成了一桩冤案,而冤案的破解也是由于巧合,这种手法往往使得故事出乎读者的意料,但是又合乎情理。"三言"塑造了很多个性鲜明的人物形象,在刻画人物性格方面,"三言"常常运用细节描写和心理描写。《卖油郎独占花魁》写秦重照顾酒后的莘瑶琴,通过一连串的细节描写,把秦重当时那种又惊又喜、忐忑不安的复杂心情以及对莘瑶琴的爱恋、尊重表现得淋漓尽致。中国古代小说不太擅长人物的心理描写,而"三言"的心理描写则丰富细腻,《蒋兴哥重会珍珠衫》中用了五六百字的篇幅来刻画蒋兴哥见到珍珠衫,确知妻子与别的男人有染后,内心又恼又悔又恨的心理活动过程。"三言"的语言洗练流畅,增强了作品的可读性。

二、凌濛初和"二拍"

凌濛初(1580—1644),字玄房,号初成,别号即空观主人,乌程(今浙江吴兴)人。18岁补廪膳生,和冯梦龙一样科场失意。55岁任上海县丞,后因功擢徐州通判。崇祯十七年(1644),李自成部进逼徐州,忧愤而死。凌濛初一生著述颇丰,有戏曲《虬髯翁》、《红拂》以及其他类型的著作,但尤以《拍案惊奇》和《二刻拍案惊奇》(合称"二拍")最为有名。

《拍案惊奇》（又称《初刻拍案惊奇》）成书于天启七年（1627），40 卷；《二刻拍案惊奇》完成于崇祯五年（1632），据作者书前的《小引》，应为 40 则即 40 篇，但今存明尚友堂刊本实有小说 38 卷，此书 40 卷应为书商凑补而成。因此，"二拍"共有78 篇。

与"三言"不同，"二拍"基本为凌濛初的个人创作，他在《二刻拍案惊奇小引》自称："取古今来杂碎事可新听睹、佐谈谐者，演而畅之。"就是说根据野史笔记、文言小说或当时逸闻创作而成。

"二拍"在思想内容与"三言"有一定的相似性，如对自由爱情的歌颂、对妇女权利的诉求、对商业活动的描写、对追求财富的肯定，等等。"二拍"中有不少爱情故事，和"三言"一样肯定了"情"的合理性，但它更多将"情"和"欲"联系在一起，对女性的情欲给予肯定。《闻人生野战翠浮庵》写尼姑静观爱上了闻人生，假扮和尚与之出走，后主动招惹闻人生，得到了美满婚姻。《通闺闼坚心灯火》写罗惜惜与张幼谦青梅竹马，私订终身，后罗惜惜被父母强许他人，她拼死抗争，每日与张幼谦幽会，张幼谦有些胆怯，但罗惜惜却说："我此身早晚拼是死的，且尽着快活，就败露了，也只是一死，怕他甚么？""二拍"在主张女性的权利方面比"三言"表现得更为明确，《满少卿饥附饱飏》中作者有一段关于两性关系的议论："天下事有好多不平的所在！假如男人死了，女人再嫁，便道是失了节，玷了名，污了身子，是个行不得的事，万口訾议；及至男人家丧了妻子，却又凭他续弦再娶，置妾买婢，做出若干的勾当，把死的丢在脑后，不提起了，并没有人道他薄幸负心，作一场说话。"这是对两性关系平等的迫切呼唤。"二拍"中反映经济活动和追求财富的价值观念更为集中，作者对商人们投机冒险、逐利发财的行为赞扬有加，《乌将军一饭必酬》中的杨氏一再出资帮助侄儿王生，并鼓励他为了发财要不要怕冒险；《转运汉巧遇洞庭红》中的文若虚靠海外冒险而发家；《叠居奇程客得助》中的程宰靠囤积居奇而暴富，作者对上述人物和事件均给予赞美。

但是，"二拍"在思想内容上的缺陷也是比较突出的。有的作品为了迎合"肆中人"的需求，往往有露骨的色情描写，有的作品故事情节庸俗，有的则谈神鬼迷信、轮回报应，还有的宣扬忠孝节义观念。

和"三言"一样，"二拍"也具有情节曲折、语言流畅、心理描写细腻等艺术特点。但在情节设置上，凌濛初追求"无奇之奇"，因此，"二拍"不似"三言"那样运用很多巧合，而是运用巧妙的叙述手法，使得情节具有生动性，这也使得"二拍"更加贴近生活真实。

三、《金瓶梅》

明后期小说创作中最为引人注目的文学现象是《金瓶梅》。《金瓶梅》是我国古代第一部专写世俗人情的长篇小说,书名各取作品中三个主要女性(潘金莲、李瓶儿、庞春梅)的名字中的一个字合成。

关于《金瓶梅》的作者,至今仍是一个谜。据《金瓶梅词话》卷首的欣欣子序说,作者是"兰陵笑笑生"。古称"兰陵"的有两个地方:一是今山东峄县,一是今江苏武进县,究竟以何者为是,尚俟考证,而"笑笑生"究竟为何人,也很难确认。沈德符的《万历野获编》称作者为"嘉靖间大名士",袁中道的《游居柿录》称作者是"绍兴老儒",谢肇浙的《金瓶梅跋》称作者是"金吾戚里"门客,皆语焉不详。后代学者进行了不懈的考证,对《金瓶梅》的作者提出了种种猜测,先后有王世贞、李开先、贾三近、屠隆、徐渭、汤显祖、李渔等多种说法,但都没有成为定论。

万历年间,已经有《金瓶梅》抄本流传。现在看到的最早刻本,是万历四十五年(1617)刊刻的100回本的《金瓶梅词话》,人称"词话本"或"万历本",有人认为这可能就是初刻本。崇祯年间刊行的《新刻绣像批评金瓶梅》,人称"崇祯本",一般认为是前者的评改本。清康熙年间,张竹坡以崇祯本为底本,对文字略加修改,加上评点,以《张竹坡批评金瓶梅第一奇书》为书名刊行,人称"第一奇书本"或"张评本",这个本子在清代流传很广。民国十五年(1926)又有存宝斋刊印出版《真本金瓶梅》(后改称《古本金瓶梅》),此书第一次以"洁本"的面貌问世。目前国内通行的本子是人民文学出版社1985年出版的删节版《金瓶梅》。

《金瓶梅》的开头根据《水浒传》第22回"景阳冈武松打虎"起至25回"供人头武松设祭"的情节衍化开去,讲述武大郎的老婆潘金莲没有被武松杀死,嫁给了西门庆,由此开始描写发生在西门庆家里的一系列事件,西门庆的发迹,西门庆和形形色色人物的来往,西门庆众妻妾间的争宠相残,小说以西门庆纵欲暴毙,众妻妾各自流散,西门庆家"树倒猢狲散"为结局。小说将背景设置为北宋末年,但是它所展示的世俗人情则是带有鲜明的晚明社会的时代特征。

小说以西门庆为线索批判了官商勾结、钱权交易、腐蚀社会的丑行,揭示了朝廷政治的腐败和社会的黑暗。主人公西门庆凭着经济上的暴富,成为当时社会市民阶层中的显赫人物,他凭借金钱的力量勾结衙门,不法经商,积累越来越多的财富;又用金钱贿赂官员,获得官职,并且步步高升。于是,在官商勾结、权钱交易之下,西门庆贪赃枉法,淫人妻女,杀人害命,恣意妄为,纵情享乐。从这里可以看到,一方面,以西门庆为代表的邪恶势力正不断侵蚀着末期封建王朝的肌体,加速着它的灭亡;另一方面,被金钱腐蚀了的封建官僚机构本身也已经彻底腐烂变质了。作者在小说中指出,当时社会"风俗颓败,赃官污吏,遍满天下,役烦赋重,民穷盗起,天下骚然",而这种社会状况的产生是由于国家充斥了像蔡京这样的大大小小的奸官污吏,而皇帝本身也过着"朝欢暮乐"、"爱色贪杯"腐朽生活,为了满足自己的声色享受,搞得"民不聊生"。小说正是通过对西门庆经历的叙述,《金瓶梅》成书时代的明神宗朱翊钧就是一个不理朝政、荒淫无度的皇帝。难怪《金瓶梅》问世后，读者的第一感觉就是小说是在指斥时事。

　　小说反映了社会转型时期传统价值观的解构。中国封建社会长期奉行"重农抑商"的基本政策，由此导致人们在道德观念上对商人的鄙视。但是随着社会生产力的发展，城市经济的繁荣，这种传统道德观念必然要被解构。小说通过西门庆这个人物的发迹，表明中国长期奉行的以农为本的传统正在逐渐消退，"重农贱商"的传统价值观也正在被解构。当然作者的叙述态度是有矛盾的，一方面，小说中西门庆作为一个新兴的商人阶层的代表，蔑视传统道德、破坏统治秩序、无视一切规章、不信因果报应、为非作歹、为所欲为，作者不厌其烦地叙述他的众多恶性，并且安排他的结局是因为纵欲而暴毙，显然是基于传统道德观念对他采取了批判的态度；另一方面，作者又将西门庆刻画成一个非常能干的商人，他有胆有识、精明强干、懂得经营，加上勾结官府，没有几年工夫就变成了一个家资巨万的富商，这里作者又不自觉流露出对这个人的欣赏态度。尤其是在描写西门庆的奢华生活时，作者笔端多少流露出一点欣羡。最后写到西门庆的结局时，作者一会让他转世为孝哥，以示其"豪横难存嗣"；一会让他去到东京"托生富户"，使其来生不离富贵。这些情节都体现了作者对待西门庆这个新兴商人的矛盾态度，而作者的这种矛盾态度正体现了社会转型时期传统价值观被解构，而新的价值观尚未确立的混乱状态。

　　《金瓶梅》在揭示政治腐败、社会黑暗的同时，还以写实主义的笔法反映了当时社会"好货好色"的人性思潮，揭示了金钱、权力对于人性的扭曲。因为有权钱的支撑，西门庆占有了各色女子，纵欲无度，最终断送了自己的生命，表明无限膨胀的占有欲望必将葬送人生，即便像西门庆这样正处于人生的上升时期。在小说中，除西门庆之外，其他人物也都不是传统意义上的好人，人人钩心斗角，尔虞我诈。尤其是金、瓶、梅等诸多女性往往只追求最低层次的感官享受，满足动物本能，而且争宠相妒，互为倾轧，斗得你死我活，最后一个个都因为贪淫断送了年轻的生命。作者通过这些叙述，揭示了在商业经济蓬勃上升时期人性的扭曲，并且通过上述人物的悲剧结局告诫世人：过渡的贪淫必将导致毁灭。

　　《金瓶梅》是中国小说史上具有里程碑意义的一部作品。此前，中国古代长篇小说都是取材于历史故事或者民间传说，而《金瓶梅》则是取材当时的现实社会，这是一个文学上的创举；《金瓶梅》的内容不是朝廷更替、英雄争霸、神仙故事，而是世俗社会中的家庭琐事；《金瓶梅》的人物也非帝王将相、英雄豪杰、神仙怪异，而是平平凡凡的世俗人物。因此，鲁迅在《中国小说史略》中称它为中国古代小说史上第一部"世情"小说，它将我国小说艺术带入了一个关注现实世界、关注世俗生活、关注平凡生活的新阶段。

　　《金瓶梅》不追求情节的曲折离奇、引人入胜，而是将重点放在描写大量的日常生活琐事,以此来真实全面地反映当时社会的特征,刻画人物形象。在小说中,看似"闲笔"的文字很多,无补于故事情节的发展,却有助于人物形象的丰富,这也是小说艺术的进步。

在《金瓶梅》中,人物形象更加真实复杂。此前的长篇章回小说,人物形象往往有简单化、类型化的特征,鲁迅在《中国小说史略》中评价《三国演义》"写好的人,简直一点坏处都没有;写不好的人,又是一点好处都没有",如曹操的"奸诈"、关羽的"忠勇"、刘备的"仁厚"、诸葛亮的"神机妙算"等。而在《金瓶梅》中,往往是同一个人物身上有恶有善,更为真实。

欣欣子的《金瓶梅词话序》称小说语言多为"市井之常谈,闺房之碎语",张竹坡的《金瓶梅》批语中也称其"只是家常口头语,说来偏妙",小说为了更好地描绘俗世中的各种景象,采用了很口语化的语言,同时又大量运用了当时流行的方言、谚语、行话、歇后语等俚俗语言。这种语言特征使得作品染上了浓郁的世俗情趣和明显的时代特征。

《金瓶梅》中有大量的自然主义的性描写,因此小说问世后,一直为人诟病,明清两代,一直因为被视作"淫书"而遭禁。这在相当程度上影响这部小说的传播。同时,小说所体现的色空观念和因果轮回思想也削弱了作品的价值。小说在艺术上也存在一些缺陷,如某些篇章文字粗鄙,情趣粗俗等。

第六节　明代戏曲

一、杂剧在明代的嬗变

明代剧坛堪称南曲传奇称霸天下,杂剧在元代时那种独擅胜场的风光局面已经不复存在。明人在评价当朝的杂剧时基本采取了不屑的态度,如万历时人沈德符在《顾曲杂言》中说:"北杂剧已为金、元大手擅盛场,今人不复能措手。曾见汪太涵四作,为《宋玉高唐梦》、《唐明皇七夕长生殿》、《范少伯西子五湖》、《陈思王遇洛神》,都非当行。惟徐文长渭《四声猿》盛行,然以词家三尺律之,犹河汉也。"同时的《元曲选》编者臧晋叔在评价明人杂剧时说:"按拍者既无绕梁、遏云之才,顾曲者复无辍味忘卷之好,此乃元人所唾弃而庋家蓄之者也。"(《元曲选·序二》)虽然语多偏颇,但是多少反映了明代杂剧的衰落。但是由于杂剧本身作为一种相当成熟的艺术形式在明代剧坛上仍然占有一席之地,明代仍有不少文人投身于杂剧创作,并留下了500多种杂剧剧本。明代杂剧继承了前朝杂剧艺术的很多特质,但是更多的则是由于王朝的更替和社会的变革而带来的嬗变。

杂剧在明代的第一次嬗变是明初从平民化向贵族化的转变。首先是剧场的变化,杂剧从金元时期成熟以来,主要舞台就是民间的勾栏、庙会等,而到了明初,杂剧就完全脱离了民间,进入上层社会。明初,朱元璋为了利用杂剧来加强教化,设置了教坊司和钟鼓司,有专职的创作和演出人员,杂剧剧团由此变成了宫廷的御用戏班和藩府、衙门的专用戏班。洪武初年,每逢亲王前往封地,朱元璋"必以词曲一千七百本赐之"(李开先《张小山乐府后序》),除了剧本外,朱元璋还赐予演员。当时,除朝廷外,燕王朱棣、宁王朱权、周王朱有燉等藩府都是杂剧的创作和演出中心。随着剧场的从民间到上层,观众也发生了变化,平民不再是杂剧的主要观众,而代之以王公贵族为主的上层社会的人士。

作者群体也由此发生了变化。元代尤其元前期,杂剧作家主要是那些仕进无路的文人,他们不得已跌入了社会底层,沦为与乞丐、艺伎为伍的"穷酸饿醋",或者是虽然步入官场,但屈居下僚,郁郁不得志的文人。而到了明朝,一方面,朝廷大开仕进之路,大多数的文人纷纷效忠新王朝,他们得以跻身上流社会,出现了贾仲明、杨景贤、汤舜民这样的御用杂剧作家;另一方面,一些贵族藩王如朱权、朱有燉等也直接从事杂剧的创作甚至研究。作家群体的变化导致了杂剧内容和风格的从世俗化向贵族化的转变。元朝杂剧作家生活熟悉社会底层的社会,对社会的黑暗与政治的黑暗有着切肤之痛,他们对社会政治的这种认识就体现在杂剧作品中,因此元朝的杂剧作品在表现社会政治的深度与广度上有着很高的成就。但是明朝的御用艺人或藩王作家远离底层社会,杂剧自然也就无法表现世俗生活,而贵族作家往往希望杂剧起到道德教化的作用,更使得杂剧远离了生活。

明初杂剧从平民化到贵族化的转变使得杂剧脱离了它赖以生存和发展的民间土壤和草根气息,逐渐将北曲杂剧带入了一个死胡同,杂剧在明代的萎缩乃至最后消亡于此已经埋下了种子。

明前期宫廷派杂剧作家的核心人物是朱权和朱有燉。朱权(1378—1448),所作杂剧现存《冲漠子独步大罗天》、《卓文君私奔相如》两种,另有曲学论著《太和正音谱》传世。朱有燉(1379—1439),是明代杂剧作品较多的作家,有《牡丹仙》、《团圆梦》、《关云长义勇辞金》、《香囊怨》等30余种杂剧,其杂剧《仗义疏财》打破了杂剧四折一楔子的模式,改一人独唱为对唱、轮唱或多人合唱,并采用了南北曲合套的形式等。贾仲明和杨讷也是这一时期著名的杂剧作家。

杂剧在明代的第二次嬗变是明中后期从贵族化到文人化的转变。至明英宗正统年间(1436—1449),随着朱有燉、朱权的先后去世,杂剧也结束了由藩王贵族、御用文人、宫廷艺人独霸剧坛的局面,创作的主体成为文人。从明孝宗弘治年间(1788—1505)开始,王九思、康海、杨慎、李开先、徐渭、汪道昆、梁辰鱼、孟称舜、吕天成、徐复祚等杂剧作家以他们各具特色的创作为明代杂剧创作带来了一段复兴。

与明初不同的是,明中后期杂剧作家大多是官场失意的文人,徐渭、梁辰鱼、孟称舜、吕天成等都是几乎终身布衣,因此抒发自我实现的人生愿望,宣泄英雄不遇的郁闷感伤,成为这一时期杂剧的主要内容。

明代杂剧成就最高者是徐渭。徐渭(1521—1593),山阴(今浙江绍兴)人,初字文清,后改字文长,号天池山人、青藤道人、青藤居士等,诗文、戏曲、书画兼工。虽满腹诗书,但终身不得志,于是愤世嫉俗,遂成"狂人"。有《渔阳弄》、《雌木兰》、《女状元》、《玉禅师》杂剧四种,合称"四声猿"。《渔阳弄》(一折)全名为《狂鼓吏渔阳三弄》,又称《阴骂曹》或《狂鼓吏》,写祢衡在阴司击鼓骂曹的故事。祢衡骂曹的故事来源于《后汉书·祢衡传》,徐渭将其改编为曹操死后,祢衡在阴司对着曹操的亡魂击鼓痛骂,历数曹操一生的罪恶,斥责曹操的凶狠歹毒、阴险狡诈、草菅人命。作者通过祢衡之口,抨击了明朝奸臣当道的社会现实,宣泄了英雄无路的愤懑不平,表现了他桀骜不驯、绝不屈服的个性。因为其强烈的批判性,《渔阳弄》在当时受到不少文人的青睐和好评。

王九思、康海、吕天成等也是明中后期值得注意的杂剧作家,三人分别有杂剧《杜甫游春》、《中山狼》和《齐东绝倒》,都是假借历史故事或传说讽刺当朝政治之作。

二、明代传奇的发展与繁荣

传奇的发展与繁荣开创了明代戏曲的新局面。"传奇"最早指唐代的短篇文言小说,元末明初的学者也有将元杂剧称作"传奇"。后来,随着宋元南戏在明代的创作文人化、声腔系统化,"传奇"一词就用来特指不包括杂剧在内的明清中长篇戏曲。

明代传奇由宋元南戏直接发展而来。南戏,或称为"南曲"、"戏文",它是北宋末年到元末明初,在浙江、福建等东南沿海地区流行的一种戏曲形式。因其最早的流行地在浙江温州(旧称永嘉)一带,又称为"温州杂剧"、"永嘉杂剧",为了有别于北曲杂剧,故称"南戏"。南戏最初为南方民间小曲,因而早期南戏在音乐和表演上随意性较强,结构比较松散,语言也芜杂粗糙。直到元末明初四大南戏(《荆钗记》、《白兔记》、《拜月亭记》和《杀狗记》,合称"荆、刘、拜、杀")出现后,南戏开始走向成熟,无论是演出体制、音乐系统等都趋于规范化,从而为传奇奠定了坚实的基础。此后,一些文人纷纷参与传奇的创作,这使得传奇的文辞开始摆脱南戏的俚俗之风,而走向典雅的风格。同时在音乐方面,产生了海盐、余姚、弋阳、昆山以及闽南等多种南戏唱腔日渐成熟并广为传播。元末浙江温州文人高明(1305—1359),创作了《琵琶记》,这是南戏从内容到形式都走向成熟的重要标志,从此南戏终于压倒了北曲杂剧,并进而发展成传奇,最终带来了明清戏曲的繁盛局面。

明代传奇以音乐体制为标准区分为两类,一类是按照嘉靖年间戏曲音乐家魏良辅革新过的昆山新腔格律创作的剧本,成为昆曲传奇,这是明清传奇戏的主流;一类是昆山新腔之前依循南曲多种声腔格律创作的剧本。

明代传奇的剧本体制有以下特点:第一,篇幅较长,元杂剧通常四折加一楔子,明代传奇剧本动辄四五十出,一二十出者则为短剧,少数作品如分两卷以上;第二,分出标目,元杂剧分折不标目,宋元南戏也不标目,明清传奇分出标目,如《牡丹亭》第二出"言怀",第三出"训女"等;第三,一生一旦,昆腔传奇戏有一生一旦贯穿全场;第四,开篇无题,下场有诗。

明代传奇在音乐体制上的特点是:以南曲为基础,兼用北曲;曲牌连套方式相对灵活,不局限于同一种宫调,在使用南曲曲牌的基础上,还穿插使用北曲,不似杂剧那样严谨。较之杂剧和宋元南戏,明清传奇的脚色行当类型更多,分工更加细致具体。

明代成化(1465—1487)之前的百年间为明代传奇创作的初期,这是南戏向传奇过渡转型的时期。这时期的传奇剧本流传下来的大多为无名氏作,这些作品继承了宋元南戏的传统,风格质朴无华,内容也反映底层民众的生活,如写吕蒙正和刘小姐爱情故事的《破窑记》,写三国故事的《草庐记》《古城记》,写岳飞故事的《精忠记》,写梁祝爱情故事的《同窗记》,写董永和七仙女相爱故事的《织锦记》等都带有浓郁的草根气息。由于明初统治者尤其是朱元璋、朱棣父子倡导理学和礼教,明前期出现了一些宣传封建礼教的传奇作品,如丘濬(1418—1495)的《伍伦全备记》和邵灿(生卒年不详)的《香囊记》,两者都是宣传封建伦理道德的作品,说教意味太浓,令人生厌。

经过前期的酝酿和铺垫,明传奇到弘治(1488—1505)至嘉靖(1522—1566)前后,进入了成熟阶段。这时期,大批文人投身传奇创作,从而直接推动了传奇的成熟。首先是音乐体制的规范化,嘉靖年间,江西新建(今南昌)人魏良辅(1489—1566),吸取南戏其他声腔之优点,从唱法、结构以及乐器等各方面对昆山腔进行一系列的规范和革新,使昆山腔成为一种"流丽悠远,出乎三腔(海盐、余姚、弋阳)之上,听之最足动人"(徐渭《南词叙录》)的新腔,昆腔从此成为传奇的"正声"。其次是文辞的典雅化,文辞愈来愈趋于典雅富丽,增强了传奇剧本的文学性和可读性,但同时也削弱了剧本的舞台性和可表演性,这也是后来传奇作品越来越离开舞台走向案头的原因所在。这时期传奇剧坛出现了三部著名作品:李开先的《宝剑记》、梁辰鱼的《浣纱记》、无名氏的《鸣凤记》,论者常称为"明中期三大传奇"。此外,沈璟的传奇研究和创作颇有成就。

《宝剑记》作者李开先(1502—1568),章丘(今属山东)人。《宝剑记》共52出,演《水浒传》中林冲的故事,以林冲携宝剑误入白虎堂命名。剧本塑造了"主动反权奸,自觉上梁山"的林冲形象。此剧正是抨击嘉靖时期权奸当道的黑暗政治。《浣纱记》作者梁辰鱼(约1521—1594),昆山(今属江苏)人。此剧为历史剧,写春秋时期吴王兴兵伐越,越王勾践战败后卧薪尝胆,励精图治,最终在范蠡及其未婚妻浣纱女西施的帮助下打败吴国。《浣纱记》是第一部使用魏良辅革新后的昆山腔来演唱的传奇,它的问世促进了昆山腔的传播。《鸣凤记》写明嘉靖朝奸相严嵩与其子严世蕃总揽朝政,结党营私,残害忠良,而忠良之士前赴后继,不断抗争,终于击败了严嵩父子及其党羽。《鸣凤记》是中国戏曲史第一部当时人写当时事的"时事剧",从这个意义上说,它具有开创性的意义。

沈璟(1553—1610),江苏吴江人。著有《南九宫十三调曲谱》、《南词韵选》等多部曲论著作。创作了传奇17种,合称《属玉堂传奇》,今存《红蕖记》、《博笑记》等7种,这些作品的内容大多是劝诫世人依循传统伦理道德。

三、汤显祖及其"临川四梦"

汤显祖(1550—1616),字义仍,号海若、若士、海若士,别署清远道人、玉茗堂主人,晚年自号茧翁,江西临川(今属江西抚州)人。万历十一年(1583)进士。出身书香门第,少有文名,21岁中举,因为两次拒绝当朝首辅张居正请他为儿子陪考的要求,会试屡考不中,直至张居正死后次年,汤显祖才中进士。由于为人正直,不附权贵,汤显祖很难官居要津,只能赴南京,先后任太常寺博士、礼部主事等职。万历十九年(1591),汤显祖因上《论辅臣科臣疏》,得罪嘉靖和权臣,被贬为徐闻典史(位于雷州半岛),两年后迁遂昌知县。万历二十六年(1598),深感官场腐败的汤显祖毅然辞官,归隐临川,致力于文学创作。

汤显祖一生著述很多,现存诗歌2000多首,辞、赋、文约600篇,传奇作品则有《紫箫记》、《紫钗记》、《牡丹亭》、《南柯记》、《邯郸记》。其中《牡丹亭》、《南柯记》、《邯郸记》创作于归隐临川之后,加上此前的《紫钗记》共4部,因它们都有神灵感梦的情节,故合称"临川四梦"或"玉茗堂四梦"。

汤显祖曾说:"一生四梦,得意处惟在《牡丹亭》。"(王思任《批点玉茗堂牡丹亭序》)《牡丹亭》是汤显祖的代表作,也是中国戏曲史上的杰作。此剧的创作时间为万历二十四年(1596)至万历二十五年(1597)前后。

《牡丹亭》故事取材于话本小说《杜丽娘慕色还魂记》,写南宋朝太守杜宝的女儿杜丽娘才貌端妍,从师陈最良读书,因读《诗经·关雎》而伤春,于是私自游园,从花园回来后,在昏昏睡梦中与素不相识的书生柳梦梅幽会,尽男女之欢。从此愁闷消瘦,难遣幽怀,抑郁而死,葬于花园的梅树下。后来,柳梦梅上京赶考,路过这里,在花园内拾得杜丽娘的自画像,发现杜丽娘就是他梦中见到的佳人。于是杜丽娘魂游后园,和柳梦梅再度幽会。柳梦梅掘墓开棺,杜丽娘起死回生,两人结为夫妇,前往临安。后柳梦梅虽考上状元,但杜宝拒不承认两人的婚事,强迫杜丽娘离开柳梦梅,最终由皇帝出面解决纠纷,故事在全家大团圆中结束。

《牡丹亭》问世后,盛行一时,"家传户诵,几令《西厢》减价"(沈德符《顾曲杂言》),许多人为之倾倒。焦循《据说》记载了与之相关的两个事件。一是杭州女艺人商小玲因不能与意中人结合而郁郁得病,演《牡丹亭》时悲恸难禁,哀伤至极,猝死在舞台上。二是一名内江女子,因读《牡丹亭》而仰慕作者才华,一心要嫁给他,后来发现汤显祖已经是一位拄杖老人,便发誓不再嫁人,后来竟然忧伤而死。这些记载都充分体现了《牡丹亭》震撼人心的艺术魅力。

在中国戏曲史上,《牡丹亭》和《西厢记》是两部最杰出的爱情剧,两者根本差异在于,《西厢记》中的崔莺莺对张生是先情后欲,而杜丽娘则是先欲后情;《西厢记》描述的是年轻人相爱的自然过程,更多的是表达"愿普天下有情的都成了眷属"的美好愿望,而《牡丹亭》突出的是情(欲)与理(礼)的冲突,强调情和欲的客观性与合理性。杜丽娘长期深居闺阁,接受封建伦理道德的熏陶,但仍难耐青春寂寞,因生命的自然冲动而在梦中与书生柳梦梅幽会,尽享男女之欢,由此才对柳梦梅产生刻骨铭心的爱情。在《惊梦》、《寻梦》两出曲辞集中唱出了杜丽娘被封建礼教禁锢的生命冲动,如《惊梦·皂罗袍》:"原来姹紫嫣红开遍,似这般都付与断井颓垣。良辰美景奈何天,赏心乐事谁家院?朝飞暮卷,云霞翠轩,雨丝风片,烟波画船,锦屏人忒看的这韶光贱。"梦中与柳梦梅幽会醒来后,她觉得"美满幽香不可言"。临死前,她希望死后能够葬在象征柳梦梅的梅树旁,以便常温美梦:"这般花花草草由人恋,生生死死随人愿,便酸酸楚楚无人怨。"在古代社会,在封建传统礼教的束缚下,即便是男性也是羞于谈性爱欲望的,女性倘若表现出这种人生欲求,会被认为是"淫妇"、"荡妇",而汤显祖却第一次在文学作品中肯定这种"欲"的合理性,把它作为"情"的前提和基础,并杰出的艺术形式将这种生命冲动表现得无比美好动人。《牡丹亭》用这种方式所表达的人性解放思想对封建礼教和宋明理学的冲击无疑要甚于此前包括《西厢记》在内的一切爱情题材作品。

《牡丹亭》用优美的文笔描绘了杜丽娘美好的情感世界和细腻的感情活动,反映了她对"情"和"欲"的不可抑制的追求。这是过去的爱情剧中从来没有出现过的女性形象,汤显祖为中国文学长廊乃至世界文学长廊提供了一个光辉的女性形象。

《牡丹亭》浓郁的浪漫色彩和浓厚的抒情气氛使得它更像是一部美丽的诗剧。作品的浪漫色彩表现在它超现实的情节设置和梦幻般的戏曲场景,作品在现实与梦境之间、在生与死之间穿梭,杜丽娘在梦中与陌生书生幽会,由梦生情,因情而死,死后和情人结合,三年后还魂复生,经历了现实、梦幻、幽冥三个境界。作品的抒情气氛主要表现优美动人的文辞,如《惊梦》、《寻梦》两出,用华丽典雅的语言描绘春日的明媚风光,表达杜丽娘的伤春情怀和内心深处的生命渴望,美妙绝伦,动人心弦。《闹殇·鹊桥仙》:"拜月堂空,行云径拥,骨冷怕成秋梦。世间何物似情浓? 整一片断魂心痛。"写丽娘临终之际凄凉的景象和伤感的情怀,令人读之不禁潸然。

第八章 清代文学

　　清朝是由女真族建立起来的封建王朝,1636年皇太极改国号为清,1644年清朝定都北京。清一统天下后,一方面继承明代的政治和文化专制政策,对汉人采取镇压和怀柔并举的策略。由满族亲王组成的议政王大臣会议,凌驾于内阁之上,把汉族大臣排斥在最高决策机构之外。为了维护和稳固政权,又大兴文字狱,案件之多,株连之广,惩治之酷,超迈以往。文人们惴惴不安,形成为稻粱谋的著述心态及见风使舵的处事方法。清政府又通过编纂大型图书的方式,改纂、禁毁汉族文化典籍,消弭反清思想。如此一来,文人创作时小心谨慎,多假托前朝或干脆宣称无朝代纪年可考,以隐晦曲折的方式表达自己的思想。另一方面,清廷又开设博学鸿词科,笼络明朝遗民。定鼎伊始即宣布尊孔崇儒,提高朱熹的地位,重用理学家,恢复八股取士制,程朱理学继续成为官方哲学。

　　明王朝近300年基业迅速崩塌的残酷现实,使许多文人士大夫对社会、历史进行反省和检讨。在经济方面,针对土地过分集中的问题,王夫之提出耕者有其田,顾炎武要求限田;在政治上,顾炎武建议恢复封建,削弱中央集权,黄宗羲反对家天下、私天下,提出由学校议政;在哲学上,许多文人士大夫反对封建理学,提出行止有耻,抨击八股取士制;在学术上,他们批评明人束书不观,游谈无根的空疏学风,"天崩地解,落然无与吾事",强调经世致用。但随着清政权的日益巩固,经世致用又最终背离了它的初衷,演变为考据之学,从而对清代的文学产生了深远的影响。

　　清代的文学呈现出异常繁荣的局面。首先,前代的文学样式得到了进一步的发展;其次,宋元以来某些已经衰微的文学样式开始中兴;复次,清代又发展出一些新的文学样式。总之,千红万紫,琳琅满目。

第一节　清代文坛

一、散文

（一）清初散文

鉴于明代八股无益于政事和明末士人空谈误国，清初以顾炎武、黄宗羲、王夫之为代表的遗民散文家，主张"文须有益于天下"。他们的散文直抒胸臆，不事藻饰，反对摹拟。由于他们既是文学家，又是学问家和思想家，从而使其议论文具有重要的学术和思想价值，如黄宗羲的《明夷待访录》、王夫之的《黄书》等。

侯方域、魏禧、汪琬被称为散文"清初三大家"，皆学唐宋之矩镬，乃桐城派之先驱。魏禧（1624—1680）字冰叔、叔子，宁都人。明亡教授山中，为易堂诸子领袖。他主张为文要有益于世，古文家的主要弊病在于优孟衣冠，欲救其弊，应积理练识。文章之能卓然自立，不在貌似古人，而在以理趣胜；欲以理趣胜，则须先锻炼见识。以深广之识，精密之理，驾驭纷繁复杂的现象。他以遗民杰士为题材的叙事文，慷慨激昂，描摹淋漓尽致，但又低回往复，顿宕纡徐，兼有欧苏之长，如《许秀才传》、《哭莱阳姜公昆山归君文》等。其论文长于议论，谈锋凌厉，见识独特，如《蔡京论》、《续朋党论》等。故清末尚铭在《书魏叔子文集后》中，称其文为"经济有用之文学"。其文缺点在于慕于速成，诱于势利，多谀墓酬应之作，往往流于庸滥。

侯方域（1618—1654）字朝宗，商丘人。早年为文流于华藻，功力不深。他曾坦承："仆少年溺于声伎，未尝刻意读书，以此文章浅薄，不能发明古人之旨。……然皆从嬉游之余，纵笔出之，以博称誉，塞之诋让，间有合作，亦不过春花烂漫，柔脆飘扬，转自便萧索可怜。"（《与任王谷论文书》）后学韩欧，惨淡经营，较有成就。他批评明复古派，以为"越史汉跨唐宋直趋先秦，是谓无筏而欲问津，无羽毛而思飞举，岂不怪哉？"其文以才气见长，体裁多样，内容广泛，议论如《癸未去金陵日与阮光禄书》、《答田中丞书》等，指斥权贵，义正词严，酣畅淋漓；抒情如《与吴骏公书》、《祭吴次尾文》等，抒写怀抱，怀念友人，声情并茂，感人肺腑；评论如《朋党论》、《王猛论》等，雄辩滔滔，纵横奔放。人物传记如《李姬传》、《马伶传》等，或截取传主生平的某一片段，或描述传主的一生梗概，"以小说为古文辞"，注重人物形象的描绘和故事的奇特。然侯方域学力有限，故文深厚蕴藉不足。

汪琬（1624—1691）字苕文，号钝庵，初号玉遮山樵，晚号尧峰，小字液仙。长洲人。他主张为文不可肆意骋才，应操纵顿挫，避免散乱，所谓"扬之欲其高，敛之欲其深"（《答陈霭公论书二》）。反对"以小说为古文辞"，认为"既非雅驯，则其归也，亦流于俗学而已矣"(《跋王于一遗集》)。这种观点,偏于正统。他的文风,一般论者认为受欧阳修的影响,而近于南宋诸家。计东为作《生圹志》,称"若其文章,溯宋而唐。明理卓绝,似李习之;简洁有气,似柳子厚"。如《陈处士墓表》、《书沈通明事》等,疏畅条达,简练不繁,但议论陈腐。

《清史列传·侯方域传》比较三人风格道:"禧,策士之文;琬,儒者之文,而方,则才人之文。"这是非常准确的概括。

(二) 清中叶以后散文

侯、魏诸人虽在散文写作上效法唐宋,初步转变了当时文风,但没有形成一个文学运动。康乾以后,随着政权日固,复古明道之说有了发展机会,桐城派便应运而生。桐城派倡程朱之道学,主八家之文体,形成了系统的文学理论,其影响之深巨,与适应了当时的学术思潮不无关系,方苞时宋学盛行,其倡导之"义法"之"义"即宋之道学;刘大櫆和姚鼐时朴学又盛行,因此桐城倡考据又得到了学者的支持。

最早提出桐城派之名的是周永年、程晋芳,两人都是姚鼐的好友。曾国藩《欧阳生文集序》云:"桐城姚先生鼐,善为古文辞,盖摹仿其乡先辈方侍郎之所为,而授法于刘先生及其世父编修君范,三人者皆通儒硕望,而姚先生习其术益精,历城周永年书昌为之语曰:'天下文章其在桐城乎',世遂趋向桐城,号为桐城派,犹昔之称江西诗派者是也。"

桐城派先期人物有戴名世、方苞等。戴名世(1653—1713)之文明清简洁,笔墨生动,实为桐城始祖,但因他牵涉到文字狱,时人未敢言。方苞首提桐城义法,刘大櫆加以推衍,姚鼐最后完善,形成体系。但三人所言之义法实有不同,方重在理,刘重在文,姚二者兼之;方趋于唐宋,刘出于诸子。

方苞(1668—1749),字灵皋,一字凤九,晚年号望溪。自称论学以宋儒为主,推衍程朱;论文根源六经,循韩、欧之成轨,而以《左传》、《史记》为准则。提倡义法,务求雅正。其书《货殖传后》云:"义即《易》之所谓'言有物'也,法即《易》之所谓'言有序'也。义以为经而法纬之,然后为成体之文"(《又书货殖传后》),就是说,文章要有内容和条理。他主张道统与文统结合,作文之目的,不是要做文人,而是要通经明道。"道"即孔孟程朱道统,载道先须明道,欲传道须有好文章,要写出好文章,须学习古文法则。但方氏所言道统实际上不过是门面语而已,因为他后来再没有阐发过,而只讲文法。他解释"义法"云:"义即理,求其心之所得;法即辞,求其必自己出。"(《又书货殖传后》)这实际上就是韩愈所说的"惟陈言之务去"。

刘大櫆(1698—1779),字才甫,一字耕南,号海峰,方苞弟子,为桐城派承上启下之人物。刘氏把义理摆在次要地位,说:"义理、书卷(考据)、经济(政治),行文之实。文之能事自是另一事。譬之大匠运斤,若无土木材料,唯有成风去垩手段,何所设施？然有材料，不善施者甚多，世所以不能成为大匠也。文人者，大匠也，神气、音节者，大匠之能者也；义理、书卷、经济者，大匠之材料也。"（《论文偶记》）所谓"神气"、"音节"即韩愈所谓气盛宜言。他认为文章的最高层次是神气，乃文之最精者也；第二层次是音节，乃文之稍粗者也；最低层次是字句，乃文之最粗者也。层次越高越抽象。他又阐述了三个层次之间的关系："音节者，神气之迹也；字句者，音节之矩也。神气不可见，于音节见之；音节无可准，于字句准之。"（《论文偶记》）明代复古派虽认识到字句的重要性，但不知由字句上索音节，由音节上窥神气，因此其末流流于剽窃摹拟；唐宋派知道神气很重要，反对摹拟，但不明白神气与音节、音乐与字句的关系，因此不免眼高手低。

姚鼐（1731—1815）字姬传，一字梦谷，世称惜抱先生，是桐城派集大成者。他继承了刘大櫆的理论，认为"文章之精妙，不出字句声色之间，舍此无可窥寻者矣"（《惜抱轩尺牍·与石甫侄孙》）。他在理论上主要有三大贡献：一是正式提出义理、考证、文章三者兼备："鼐尝谓天下学问之事，有议论、文章、考证三者之分，异趋而同为不可废。……凡执其所能为而呲其所不为者，皆陋也，必兼而收之，乃足为善。"（《复秦小观书》）二是提出文章八要："凡文之体类有十三，而所以为文者八，曰神理气味格律声色。神理气味者，文之精也；格律声色者，文之粗也。然苟舍其粗，则精也胡以寓焉？学者之于古人，必始而遇其粗，中而遇其精，终而御其精者而遗其粗者。"（《古文辞类纂序目》）就是说，神理气味是文章的内容和精神，格律声色属于文章的形式。三是提出阴阳刚柔说："文者，天地之精英，而阴阳刚柔之发也。……其得于阳与刚之美者，则其文如霆如电，如长风之出谷，如崇山峻崖，如决大川，如奔骐骥，其光也，如杲日，如火，如金镠铁；其于人也，如凭高视远，如君而朝万众，如鼓万勇之士而战之。其得于阴与柔之美者，则其文如升初日，如清风，如云，如霞，如烟，如幽林曲涧，如沦，如漾，如珠玉之辉，如鸿鹄之鸣而入寥廓，其于人也，漻乎其如叹，邈乎其如有思，煖乎其如喜，愀乎其如悲。观其文，讽其言，则为文者之性情形状举以殊焉。……糅而偏胜可也，偏胜之极，一有一绝无，与夫刚不足为刚，柔不足为柔者，皆不可以言文。"（《复鲁絜非书》）姚氏授学四十年，始于扬州梅花书院，终于南京钟山书院。他的弟子方东树在《姚姬传墓志铭》中比较桐城三祖说："方深于学，刘优于才，而姚犹以识著称。"又说："方之文静重博厚，象地之德；刘之文风云变态，象天之德；姚之文雅洁精微，象人之德。"经姚氏弟子宣传后，桐城三祖之名始确立。

桐城又有"阳湖"、"湘乡"支派。张惠言与恽敬都是阳湖人，乃姚氏间接弟子，俱长于文，故称阳湖派。恽敬先是泛览百家，后皈依桐城，由博返约。张惠言早年学经籍，由源而及流。二人虽出于桐城，但都对桐城有微言，以为方苞"理虽端有时而岐，言虽醇有时而杂"，刘大櫆"言极洁而意不免于芜"，姚鼐"才低而不敢放言高论"。所以他们对桐城有所修正,以为作文摹仿不应限于一家,一家之中也应取长去短;学习时不应仅取单行之文,还要吸取骈文之优点以入散文,改变桐城单薄之病。"湘乡派"以曾国藩为主,以为桐城文太单薄,厚重典雅不足。

方苞的古文以选材精当,语言凝练、雅洁见长,开桐城派风气。《游雁荡记》、《先母行略》等,叙事详略有致;《汉文帝论》、《辕马说》等,语言简洁;《狱中杂记》条理分明,用词准确;《左忠毅公逸事》以最俭省的文字,把左光斗的形象描绘得栩栩如生:

> 席地倚墙而坐,面额焦烂不可辨,左膝以下筋骨尽脱矣。史前跪抱公膝而呜咽。公辨其声,而目不可开,乃奋臂以指拨眦,目光如炬,怒曰:"庸奴! 此何地也? 而汝前来! 国家之事糜烂至此,老夫已矣,汝复轻身而昧大义,天下事谁可支拄者? 不速去,无俟奸人构陷,吾今即扑杀汝!"因摸地上刑械作投击势。史噤不敢发声,趋而出。后常流涕述其事以语人,曰:"吾师肺肝,皆铁石所铸造也。"

刘大櫆的《书荆轲传后》、《送姚姬传南归序》等,音节和美。姚鼐的古文则兼有方、刘之长,内容充实,语言雅洁,刻画生动,如《登泰山记》:

> 戊申晦,五鼓,与子颍坐日观亭待日出。大风扬积雪击面,亭东自足下皆云漫。稍见云中白若樗蒱数十立者,山也。极天,云一线异色,须臾成五采。日上,正赤如丹,下有红光,动摇承之。或曰:此东海也。回视日观以西峰,或得日,或否,绛皓驳色,而皆若偻。

以阮元和李兆洛为代表的作家则否定桐城派的正统地位,论文重文笔之辨,以用韵对偶者为文、无韵散行者为笔,提倡骈偶。以章学诚、钱大昕为代表的作家则批判义法的合理性。章氏认为义法束缚作者的创造力,"歌笑之有纵收,啼哭之有抑扬,必欲揭而示之,则反使人拘而失歌笑啼哭之至情矣"。钱氏以为方氏之义法,是从世俗之古文选本中提出来的,而非在博览众书之基础上提出来的,"法既不成,义于何有"?

骈文自刘宋时兴起,盛于六朝,唐宋时则呈衰落之势,至清中兴。初期骈文作家有陈维崧,中期有胡天游、洪亮吉、汪中三大家。胡氏之《方竹林赋》文采华美,寄托遥深。洪氏之《七招》灿烂可观,但成就最大者当推汪中。汪中(1745—1794)字容甫,江都(今属江苏扬州)人。自为贡生后,不复出仕。他疾恶如仇,恃才傲物,一生不遇,生活清苦,正如其《吊马员文》中所描绘:"予单家孤子,老弱之命,系于十指。一从操翰,数更府主,俯仰异趣,哀乐由人,如黄祖之腹中,在本初之弦上,静思身世,与斯人其何以异?"《哀盐船文》描写仪征盐船失火,死伤千人的惨剧,用语精当,凄楚动人。杭世骏在该文序中,称之为"惊心动魄,一字千金"。

第二节　清代的诗歌

清代诗人,喜言宗派,康乾间此风尤烈,作手多各立门户,以尊唐宗宋相标榜。纳兰性德说:"十年前之诗人,皆唐之诗人也,必嗤点夫宋;近年之诗人,皆宋之诗人也,必嗤点夫唐。万户同声,千车一辙。"(《原诗》)吴伟业、屈大均大抵学唐,或学汉魏,忽视宋诗;查慎行、厉鹗则倾向于学宋;王士禛初学唐,后宗宋,晚年又复尚唐;顾炎武、黄宗羲反对模仿,主张诗以道性情;袁枚提出诗要自抒性灵。总之,大抵尊唐者言神韵,言法度,言格调,言肌理;宗宋者反流俗,尚奇崛,好发议论,铺排典故。

一、清初诗

明末清初一些抗清志士,发为诗歌,感情真挚,足以扫荡宗唐宗宋者的无病呻吟之气。夏允彝、陈子龙组织几社,与复社呼应,鼓吹现实主义诗风。陈子龙的诗现实感很强,明末的许多重大历史事件在其诗中都有反映,如《小车行》写亲身所历所见,曲折深婉。张煌言的《绝笔诗》苍凉悲壮,感人至深。

明遗民诗人顾炎武、黄宗羲、王夫之则是清诗的开山之祖。顾炎武(1613—1682),本名继坤,改名绛,字忠清;南都败后,改炎武,字宁人,号亭林,自署蒋山佣,学者尊称为亭林先生,昆山人。《射鹰楼诗话》谓其诗"沉着郁厚,深得杜骨。既可为前明诗家之后劲,又可为清代诗家之开山"。如《海上》第二首:

> 满地关河一望哀,彻天烽火照胥台。
>
> 名王白马江东去,故国降幡海上来。
>
> 秦望云空阳鸟散,冶山天远朔风回。
>
> 楼船见说军容盛,左次犹虚授钺才。

王夫之(1619—1692),字而农,号涢斋,别号一壶道人,湖南衡阳人。晚年居衡阳之石船山,世称"船山先生"。论者谓其诗"词旨遥深,气韵沉厚,读之若夏彝商鼎,哀猿唳鹤,令人穆然神肃,悠然意远"。如《补落花诗九首》之一:

> 乘春春去去何方,水曲山隈白昼长。
>
> 绝代风流三峡水,旧家亭榭半斜阳。
>
> 轻阴犹护当时蒂,细雨旋催别树芳。
>
> 唯有幽魂消不得,破寒深醞土膏香。

王夫之在《畺斋诗话》中提出"情景说":"情景名为二,而实为一,神于诗者,密合无垠。""景以情合,情以景生。"对后世影响很大。

清初还有号为江左三大家的钱谦益、吴伟业和龚鼎孳。

钱谦益(1582—1664),字受之,号牧斋,晚号蒙叟、东涧老人。学者称虞山先生,常熟人。先入复社,任礼部侍郎。弘光时又阿附奸党马士英、阮大铖,升为礼部尚书。清入关,率员迎降,复为侍郎、明史总裁。不久又感失望,秘密参加抗清活动。时人以为其有文无行。其书遭到清廷禁毁,死后入"贰臣传"。但黄宗羲却对他表示理解,其作《八哀诗》哀悼八个气节之士,牧斋即为其一:

> 四海宗盟五十年,心期未与后人传。
> 平生知己知谁是,能不为公一泫然。

牧斋天姿高拔,博学多识。他既继承了明代文学理论中的合理见解,又对其谬误进行了尖锐的批评,提出了以真情实感、真知灼见为核心,性情世运学养诸事并重的文学主张。他批评明人"兼并古人之未已也,已而又排斥之而自尊;称量古人之未已也,已而又责教之以从我。榷史则哹寿庐陵,折抑为皂隶;评诗则李杜长吉,鞭挞若群儿"。他主张转益多师,自己由唐及宋之苏轼、陆游,元之元好问。金俊明说他"于历代诸家都不沾沾规拟,而并有其胜,殆所谓别裁众体,转益多师,方风骚而并屈宋者欤?"他还主张写诗要有真性情:"有真好色,真怨诽,而后始有真诗。"对后来袁枚的"性灵说"很有启发。钱谦益的诗歌主张不仅对于纠正明代文风具有积极的针砭意义,而且对于清代诗文发展也有指导作用,所谓开陈后学,归之于正。归庄说:"宗伯(牧斋)披榛莽,堵窦径,而后诗家始知归于正道,还之大雅。"

钱谦益的诗,或倾吐官场失意,如《雪夜次刘敬仲韵》:"冷壁寒灯焰欲收,卅年身计一孤裘。雪花似掌难遮眼,风力如刀不断愁。"《天启乙丑五月奉诏削籍南归,自潞河登舟,两月方达京口,途中衔恩感事,杂然成咏,凡诗十首》之一:

> 破帽青衫出紫城,主恩容易许归耕。
> 趁朝龙尾还如梦,稳卧牛衣得此生。
> 门外天涯归客路,桥边风雪蹇驴情。
> 汉家中叶方全盛,《五噫》何劳叹不平。

怨悱嘲讽之意,曲折不尽,情余言外,历历如画。不仅技巧纯熟,且婉转清新。或抒发故国之思,身世之感,如《丙戌南还赠别故侯家姬人冬哥之一》:"绣岭灰飞金谷残,内人红袖泪阑干。临觞莫恨青娥老,两见仙人泣露盘。"《金坛逢水榭故姬感叹而作之一》:"剩水残山花信稀,琐窗鹦鹉旧笼非。侬家十二竹帘外,可有寻常燕子飞?"《人日示内之一》:"梦华乐事满春城,今日凄凉故国情。"《辛卯春尽,歌者王郎北游告别,戏题之一》:"江南才子杜秋诗,垂老心情故国思。金缕歌残休怅恨,铜人泪下已多时。"这类诗多通过托寓历史故实、歌儿舞女,怀念故国,诗多隐语,念蓄深长。他模仿杜甫《秋兴》诗的《后秋兴》104 首,写得深沉苍劲,慷慨悲愤,情真词切。

如第十三首：

> 海角崖山一线斜，从今也不属中华。
>
> 更无鱼腹葬身地，况有龙涎泛海槎。
>
> 望断关山非汉帜，吹断日月是胡笳。
>
> 嫦娥老大无归去，独倚银轮哭桂花。

吴伟业(1609—1672)，字骏公，号梅村，别署鹿樵生、灌隐主人、大云道人，江苏太仓人，崇祯进士，娄东诗派开创者。因与马士英、阮大铖有矛盾，辞官隐居十年。清初征为祭酒，被迫就道，痛失名节，哀伤欲绝，写有诗多首表达这种心情，如《阻雪》："关山虽好路难堪，才上征鞍又解骖。十里黄尘千里雪，始知皆不似江南。"《自叹》："误尽平生是一官，弃家容易变名难"。如《过淮阴》：

> 登高遥望八云山，琪树珠崖不可攀。
>
> 莫想阴符遇黄石，好将鸿宝驻朱颜。
>
> 浮生所欠只一死，尘世何由识九还。
>
> 我本淮南旧鸡犬，不随仙去落人间。

吴伟业的忏悔是真诚的，所以当时就得到了大家的谅解。他把《梅村家藏稿》以仕清为界分为前后集，"立意截然分明"，表明他敢于正视自己的污点。死时，又遗命家人敛以僧装，题曰"诗人吴梅村之墓"，以表示自己身仕两姓的悔恨。所以，虽然钱谦益和吴梅村都曾失节，但人们对他俩的看法却完全不同。

赵翼在《瓯北诗话》中谓梅村有人不及处，一是"纯为唐音，不落宋以后之腔"；二是"纯用正史不入小说家言"。钱牧斋说他"或夜半而吟，或当餐而叹"，都能成为好诗，非"深于杜韩之深髓"，不能取得如此大的成就。

梅村长于歌行，声韵优美，辞藻华美，形成了自己独特的艺术风格，号为"梅村体"，把古代叙事诗推至高峰，并对后来的叙事诗颇有影响。《四库提要》说他的歌行，"格律本于四杰，而情韵为深；叙事类乎香山，而风华为胜"。但有时藻饰过甚，使人有繁花损骨之感。《圆圆曲》被认为是其最优秀的代表作。此诗以陈圆圆与吴三桂的悲欢离合为线索，展现出一幅明清之际的广阔社会画卷。全诗规模宏大，人物身世与国家民族的命运交织融汇，既塑造出有血有肉的人物形象，又反映了当时的重大历史事件。诗人运用多种结构手法，追叙、插叙、夹叙等交互为用，使情节曲折多变，富有传奇色彩。其他如心理刻画、历史典故与前人诗句的化用、叙事中的议论穿插等，无不恰到好处。而蕴涵于全诗的历史沧桑感，透露出浓厚主观情思，增加了诗歌的艺术感染力。

二、清中叶诗

康乾以后，诗人多以复古为能事，而较少反映现实。这时的代表诗人有南方的施润章和北方的宋琬，号为"南施北宋"。沈德潜说："宋以雄健磊落胜，施以温柔敦厚胜，皆擅一时之场。""宋"即宋琬（1614—1674），字玉叔，号荔裳，莱阳人。曾因事入狱，诗风由先前的秾丽变为后期的沉郁，如《致董氏表弟》：

> 数往家中信，江湖问逐臣。怜予常作客，知汝尚依人。
>
> 刀俎惊前梦，渔蓑老一身。故园风俗薄，尚有葛天民。

又如《狱中对月》：

> 疏星耿耿逼人寒，清漏丁丁画角残。
>
> 客泪久从愁外尽，月明犹许醉中看。
>
> 栖鸟绕树冰霜苦，哀雁横天关寒难。
>
> 料得故园今夜梦，随风应已到长安。

明显可以看出杜诗的影响。

"施"即施闰章（1618—1683），字尚白，号愚山，宣城人。他尊唐抑宋，在唐人中又学韦柳，说"诗家三昧，直让唐人独步，宋人要入议论，著见解，力能拔山，去之弥远"。"一落宋贤，便多笨伯"（《蠖斋诗话》）。其诗以五言最好，五言中又以律诗最佳。王渔洋赞他五言诗"有风人之旨，法度天衣无缝。"钱牧斋称其诗"如玉之温，如金之锵。"如《燕子矶》：

> 绝壁寒云外，孤亭落照间。
>
> 六朝流水急，终古白鸥闲。
>
> 树暗江城雨，天青吴楚山。
>
> 矶头谁把钓，向夕未知还。

又如《闻鹧鸪》："鹧鸪声里夕阳西，陌上行人首尽低。遍地关山行不得，为谁辛苦尽情啼？"含意婉曲，蕴藉有味。

钱谦益之后的诗坛盟主是王士禛（1634—1711），原名士禛，字子真，贻上，号阮亭，又号渔洋山人，人称王渔洋，谥文简。王士禛早期学唐，诗风清丽，中年学宋，晚年又返归唐，较为遒劲。他受唐代王维、孟浩然、韦应物、柳宗元的影响很大，力倡神韵说。他的学生曾将他平日论诗之语编为《师友传习录》，其中解释"神韵"云："格，谓之品格，韵，谓之风神。谓之神韵也可，谓之韵致也可，谓之风神也可，即谓之韵，亦无不可。"所以神韵就是韵味、风调、情致。翁方纲的《神韵论》虽然站在肌理的立场上评价神韵，但也不乏深刻之处，如说神韵是"彻上彻下，无所不该，其所谓羚羊挂角，无迹可求；其所谓镜花水月，空中之音，皆神韵之旨也。"又说："有于格调见神韵者，有于音节见神韵者，有于字句见神韵者，不可执一以论也。有于实处见神韵者，有于虚处见神韵者，有于古朴浑厚见神韵者，有于韵致见神韵者，不可执一以论也。"王士禛本人对神韵有很多说法，他在《香祖笔记》中说："司空表圣论诗有《二十四品》，余最喜其'不着一字，尽得风流'八字。"

王士禛早年创作的《秋柳诗四首》已体现"神韵"风格，如第一首：

> 秋来何处最销魂，残照西风白下门。
>
> 他日差池春燕影，只今憔悴晚烟痕。
>
> 愁生陌上黄骢曲，梦远江南乌夜村。
>
> 莫听临风三弄笛，玉关哀怨总难论

该诗不同于早期的遗民诗，诗中多用典，朦胧隐约，却又含蓄雍容；虽有清愁浅恨，却吞吞吐吐，欲说还休，初步体现了其"神韵"的主旨。据说当时大江南北和者众多，甚至闺秀之中也有和作，24岁的王士禛因此一举成名。诗虽题秋柳，而实非咏柳，而是借咏柳感慨故明之消亡，由此引发对人生、时空盛事难再的联想。顺康之际，清朝统治已成定局，遗民的复辟企图彻底破灭，渔洋此诗抒发的这种感受，正体现出一代遗民的共同心态。又如《秦淮杂诗》；

> 年来肠断秣陵舟，梦绕秦淮水上楼。
>
> 十日雨丝风片里，浓春烟景似残秋。（之一）

该诗风格与《秋柳》接近。"秦淮风月"已成为亡国的象征，作者借此凭吊故国，充满昨日如梦的怅惘。作为一个12岁就入新朝的年轻诗人，王士禛不可能有前朝遗民诗人那样强烈的民族兴亡感，但对于前朝的灭亡，他或多或少还是有一种不自觉的感慨。王士禛此期的诗歌情中有景，诗中有画，体现了他在诗艺上的进一步探索和成熟，有些诗句更是脍炙人口，广为流传，如《真州绝句》：

> 晓上江楼最上层，去帆婀娜意难胜。
>
> 白沙亭下潮千尺，直送离心到秣陵。（之三）
>
> 江岸多是钓人居，柳陌菱塘一带疏。
>
> 好是日斜风定后，半江红树卖鲈鱼。（之四）
>
> 江乡春事最堪怜，寒食清明欲禁烟。
>
> 残月晓风仙掌路，何人为吊柳屯田？（之五）

这些诗，仿佛是一幅幅色彩斑斓，意境优美的江南图象，有动有静，有虚有实，有浓有淡，给人无尽的想象空间与艺术感染力，成为"神韵"诗的典范。

后来在王士禛的倡导下，在扬州举行了"红桥修禊"等多次文社集会活动。康熙二年（1663），他在扬州作的《冶春绝句》20首，不仅使"冶春词"独步一代，而且使红桥（又作"虹桥"）成为扬州一景，诗风流韵300余载。

王士禛和他的"神韵说"大行于世是历史的机遇。康熙初年，天下初显盛世景象,第一代遗民诗人先后谢世,逐渐退出了历史舞台。王士禛的"神韵说"强调艺术上的感染力,重视诗歌的神致韵味,讲究"不著一字,尽得风流",恰好避开了当时敏感的政治禁忌与遗民情绪等题材,没有了顾炎武等人的慷慨悲歌,剩下的只有无可奈何的淡淡哀愁。当时诗坛最厌"王李之肤廓,钟谭之纤仄",因此神韵一出,似给人耳目一新之感,得到了广泛的支持,以为可用之救复古之肤廓和公安之纤仄。王门弟子遍布大江南北,北有吴雯,南有叶燮,且大都有名,因而王士禛的名望超过清代任何一个作家。杨绳武《王公神道碑》云:"公之诗笼盖百家,囊括千载,自汉魏六朝,唐宋元明之学无不入其室,咀其英华,而尤浸淫乎陶孟王韦。不雕饰而工,不锤铸而炼,极沉郁排奡之气,而弥近自然,尽镂刻绚烂之奇,而不由人力。"沈德潜说王士禛少时就得到牧斋器重,后"学殖益丰,声誉日广,宇内诗家无不奉以诗坛圭臬,超过皇初,终其身无异辞"。谭献以为"我朝诗人,自当以王渔洋为第一"。

王士禛提出神韵的目的,是想在雄浑之中含风调,神韵之中有豪健。他说:"自古论诗者,尚雄浑则乏风调,擅神韵则缺豪健,二者相讥。"但实际上他自己并未实现这一目标,尤其是长期的台阁重臣地位,在不知不觉中削弱了他的艺术感受力,限制了他的视野,乃至泯灭了诗歌创作的灵感;再加上他的诗论本来就有纯艺术化倾向,这种特殊的身份愈发使他过分强调"悟",刻意追求"无我",因而使他的不少作品显得空泛无物、无病呻吟,赵执信就批评他的诗"目中无人"。袁枚《论诗绝句》讥刺道:"不相菲薄不相师,公道持论我最知。一代正宗才力薄,望溪文集阮亭诗。"

沈德潜的格调派和翁方纲的肌理派与神韵派一脉相承。过去学界多肯定性灵派而否定格律派和肌理派,实际上从反映现实而言,性灵派远比格律派或肌理派要少。

沈德潜(1673—1769),字确士,号归愚,长洲人。沈德潜论诗倡"格调",主张写诗一要重视诗教,认为"诗道之尊,可以和性情,厚人伦,匡政治,感神明"(《重订〈唐诗别裁集〉序》)。内容上美刺并陈,但要符合儒家诗教的温柔敦厚、含蓄蕴藉,"直语易尽,婉言无穷"(《清诗别裁》)。这是针对神韵的空疏而提出的。二要重视襟怀和学问,认为品格高,襟怀远,学问深,就能做出好诗,"有第一等襟抱,第一等学识,有第一等真诗"(《说诗晬语》)。这是针对性灵派"诗有别材,非关学也;诗有别趣,非关理也"而发。三要重视格调,认为唐诗蕴借,所以有韵致;宋诗发露,所以易说尽。因此格调很重要,格要正大,调要响亮。沈氏古体诗学汉魏,近体诗学唐,多是应制之作,但有时却并不遵守"温柔敦厚"之旨,如《晚秋杂兴》,揭露苛捐杂税给百姓造成的痛苦:

> 蓬户炊常断,朱门廪亦空。
>
> 已判离骨肉,无处鬻儿童。
>
> 井邑诛求里,牛羊涕泣中。
>
> 谁能师郑监,绘图达深宫。

沈德潜的诗有的写得明快流丽,打破了道学家的刻板面孔,如《过许州》:

> 到处陂塘决决流,垂杨万里罨平畴。
>
> 行人便觉须眉绿,一路蝉声过许州。

再如《过金陵路上作》:

> 万里金波照眼明,布帆十幅破空行。
>
> 微茫欲没三山影,浩荡还流六代声。
>
> 水底鱼龙惊近夜,天边牛斗转深更。
>
> 长风瞬息过京口,楚尾吴头无限情。

翁方纲(1733—1818),字正三,一字忠叙,号覃溪,晚号苏斋。直隶大兴人。翁方纲是王士禛再传弟子,其师黄叔琳,乃学者兼诗人。翁方纲在《王文简古诗平仄论序》中说:"理,治玉也,从玉从里声,于人体言肌理也,于乐言则条理也。""《易》曰'君子以言有物',此理之本也;又曰'言有序',此理之经也,岂有舍理而言文者哉?"就是说,写诗要有内容和条理。

翁方纲赞成神韵说和格调论,但又认为两派末流流于空疏,故倡肌理说以针砭其弊。当时人以为神韵即风致情调,翁方纲不同意这种说法,以为神韵只是渔洋诗论之一部分而非全旨:"神韵,非风致情调之谓也,今人以为神韵即风致情调,此大误也。夫神韵力诗自具之本然,古之诗人皆有之,岂独渔洋有之乎?"他从肌理派观点出发,以为神韵之全旨应包括理神。神韵并非是今人超过前人地方,它是"天地之精英,人之性情,经籍之膏腴,日久不得不宣泄之也。……且杜云'读书破万卷,下笔如有神',此神字,即神韵也。杜又云'熟精文选理',韩云'周诗三百篇,丽雅理训诂',杜牧谓'李贺诗使加之以理,如仆命骚事矣',此理字,亦即神韵也。"(《神韵论》)可见他把神韵和肌理联系在一起。他又说:"诗之坏于格调也,李、王坏之也。李王泥于格调,而伪体生焉。非格调之病也,夫诗岂有不具格调者哉?"那么为什么古人诗有格调而却没有谈到格调呢?这是因为格调非"口讲笔授"所能讲清楚的。唐人未尝以汉魏之格调为格调,宋人未尝以唐人之格调为格调,即元明人亦未尝以唐宋人之格调为格调。王世贞、李攀龙辈泥执文选体为汉魏之格调,"以盛唐诸家为唐人格调,于是不问其端,不讯其末,一切惟格调之是泥,而天下古今只一格调,而无递变递承之格调矣"。他认为只有"化格调之论而后词必己出也,化格调之说而后教人自为也,化格调之说而后可以言诗,化格调之说而后可以言格调"(《格调论》上)。这说明翁氏并不反对格调,只是反对因袭摹拟。

王士禛虽不废宋诗,但他对宋诗中的江西诗派非常不满,而翁方纲的肌理说创作论一部分却是继承黄山谷的;王士禛虽不废学向,但不搞考据,而翁方纲于考据、经籍、金石学都是专家。如说神韵偏虚,肌理却偏实。在翁方纲提倡下,出现了学问诗,学者钱大昕、孙星衍、阮元、钱大昭都作诗。神韵既无迹可求,必然流于神秘,因此不能单独立为一格。格调"非一家之所能概,非一朝之所能专",因此也不能立格。这样,只有肌理派能立格,因为肌理派有义理之理,"此正本穷源之诗法也;有义理,条理之理,此穷形尽变之法也"。就是说,"法"古人已有,就要去探究,"先河后海,或原或委";要探究,就要有学问,于是就有了学问诗。穷形尽变即创作论,"细则一字之虚实,单双;一音之低昂,尺黍,以至接笋承接开合正变"(以上见《格调论》)。这些都须到古人作品中去探寻,有学问才能探寻。

　　袁枚等人是肌理说的反对者。袁枚《访元遗山》诗云:"天涯有客叫诊痴,误把抄书当作诗。抄到钟嵘《诗品》日,该他知道性灵时。"宋诗人杨万里曾说,从来天分低拙之人好谈格调,而不解何为风趣。格调是空架子,有腔口易描;风趣专写性灵,非天才不办(《随园诗话》卷一)。袁枚最称赏这句话。有一天,误传翁方纲死了,洪亮吉作一挽联云:"最喜客谈金石例,略嫌公少性灵诗。"其实翁氏诗也并非都是抄书,偶尔也有好诗,如《望罗浮》:

> 只有蒙蒙意,人家与钓矶。
>
> 寺门钟乍起,樵客径犹非。
>
> 四百层泉落,三千丈翠飞。
>
> 与谁论画理,半面尽斜晖。

　　袁枚(1716—1797),字子才,号简斋,晚年自号仓山居士、随园主人、随园老人,钱塘人。袁牧个性率直,不讲理学、佛学、儒学,也不信阴阳书,一再公开声明自己爱财好色。性灵说提出时,格调、肌理派正盛行,性灵乃针对两派弊端而提出。袁枚受到明代公安派和清初李渔启发,但其末流只是要些小摆设小趣味小聪明,浅薄纤巧。袁枚也并未完全贯彻自己的主张,因此,性灵派创作成就不高。

　　袁枚以为诗歌主要是抒发性灵,而不是载道。他说:"三代以后,圣人不作,文道分离久矣。"但有些人非要挟持载道来占据诗坛,究其心理,实是道学家习气。而他们所讲之道,又"非周公孔子之道也",因此他不同意用诗来明道。诗既是抒发性灵的工具,就不应该用来"掉书袋,炫学问"。他说:"今之诗流有三病焉:其一曰填书塞典,满纸死气,自矜淹博;其二全无蕴借,矢口而道,自夸真率;今更有讲声调,圈平点仄,戒蜂腰鹤膝,双声叠韵以为严者,栩栩然自以为独得之秘。"(《随园诗话》)他反对诗成为尊唐宗宋者互相攻击的工具,认为"诗有工拙,而无古今"。有些人以为"凡唐皆好,凡宋皆坏"是片面的。自葛天氏以来,诗就有工拙,《诗经》中就有未工而不宜学者,现代诗中也有"极工而宜学者"。

　　袁枚的"性灵说"与明代公安派一脉相承,认为文学创作主要是抒发性灵,"诗难其真也,有性情而后真",诗中有我才是真诗,诗中无我便是伪诗。如果说

"性"可叫情,"灵"可称才,性灵说理论就是"情"与"才"的结合;如果说,性即韵,那么灵就是趣,性灵说又是"灵"与"趣"的结合;如果说,性是实感,那么灵即想象,性灵说又是实感与想象的结合。所以性灵提倡"真"、"活","诗宁如野马,不如疲驴"(《续诗品》),诗若不能以甘言出之,那就以猛言出之。因为真,所以读来有味,因而诗越痴情越好。袁枚又说:"熊掌豹胎,味之至美者,生吞活剥,不如荒笋矣;牡丹芍药,花之至富丽者也,剪裁为之,不如野蓼闲葵矣。盖味欲鲜而趣欲真也。"因此,诗要求自然浑朴,宜拙不宜巧,但一定要"大巧之拙,拙而不朴";宜淡不宜浓,但一定要"浓后之淡,淡而不枯",如苏轼所言陶诗"似枯而实腴,似淡而实浓"者。

针对性灵派流于纤巧的缺点,袁枚提出了先天与后天、天籁与人籁的关系。他说:"西施蓬头,毕竟不臧,若非华羽,曷别凤凰? 又如射箭,至,尔力;中,非尔力。"(《续诗品》)"至"就好比天分,"中"就好比学历,所以要"以人籁济天籁"。所谓"天籁"就是陆游所说的"文章本天成,妙手偶得之";所谓"人籁"即杜甫所谓"语不惊人死不休"。

性灵诗大都不受传统思想的束缚和正宗格调的限制,信手写来,角度新颖,慧眼独具,如《马嵬坡》:

莫唱当年长恨歌,人间亦自有银河。

石壕村里夫妻别,泪比长生殿上多。

有的诗句法灵活,清新隽永,如《山居绝句》:

山顶楼高暮雨寒,飞云出入小阑干。

浮空白浪西山角,收取长江画里看。

有的诗感情真挚,凄婉动人,如《陇上怀祖母》:

扫墓先为别墓愁,此来又隔几经秋。

每思故国期还赵,忍向重泉说报刘。

华表烟前乌绕树,纸灰烟里客回头。

怀中襁褓今斑白,地下相看也泪流。

这些诗,正如袁枚所言,"只将寻常话作诗",意象朴实,言辞质朴,在内容和形式上都有向近代文学演进的痕迹。

赵翼和蒋士铨与袁枚并称"乾隆三大家",都主张诗歌要描写人的性情,但蒋士铨之性情包含"忠孝节义之心,温柔敦厚之旨",与袁枚有所不同,显示与格调、肌理融合的迹象。此外,黄景仁的诗,有深刻的忧患意识,给人"山雨欲来风满楼"的感觉,预示着社会大变故的即将到来。

第三节　清代的词

词至明而衰敝，在清又呈中兴之象，主要成绩表现在词作、词论、词选三个方面。

清初词家分为三派，陈维崧尊苏辛，风格豪放，人称阳羡派；朱彝尊学姜夔、张炎，以清空为宗，衍为浙西词派；纳兰性德有南唐李煜之风，以小令见长。谭献《箧中词》说："锡鬯、其年出，而本朝词派始成。锡鬯情深，其年笔重，固后人所难到。嘉庆以前，为二家牢笼者十居七八。"嘉庆以后，世变日亟，追求清空之词风渐为世人所厌，张惠言、周济等辈出，倡言寄托，陈义较高，成为常州词派，继起诸家多承其学，遗韵余波，及于清末。文廷式近其年，郑文焯、朱考臧似彝尊。张惠言、周济、谭献等人，立论多出己见，在词论方面作出了一定的贡献。庄棫、谭献、徐珂、陈廷焯、王鹏运等皆为常州词派后起之秀。陈廷焯在《白雨斋词话》中说："国初耆老，多究心于倚声，取材宏富，则朱氏《词综》；持法精严，则万氏《词律》；他如彭氏《辞藻》、《金粟词话》及《西河词话》、《词苑丛谈》等类，或讲声律，或极艳雅，或肆辩难，各有可观。"清人在前人词集之整理、编印方面也作出了很大的贡献。如王鹏运辑之《四印斋所刻词》、朱孝臧之《彊村丛书》、江标之《宋元名家词》、吴昌绶和陶湘辑《双照楼影刊宋金元明词》、张惠言编《词选》等。

一、陈维崧的阳羡派

陈维崧（1625—1682），字其年，号迦陵，江苏宜兴人。他填词"追步苏辛"，但又有所延伸和拓展，形成了自己独特的风格。蒋兆兰在《词说》中指出："陈迦陵纳雄奇万变于令慢之中，而才力雄富，气概卓荦。苏辛派至此，可谓竭尽才人之能事。后人之无可措手，不容作，亦不必作也。"

陈维崧的词题材广泛，无所不入，继承了苏辛以诗为词的传统，气魄绝大，骨力非凡，处处体现出雄霸之气，正如与他同时期的朱彝尊在《迈陂塘·题其年填词图》中所言："擅词场，飞扬跋扈，前身可是青兕。"其年乃明末"四公子"之一陈贞慧之子，幼承家训，早年虽遭际坎坷，但浩气丹心，终生未泯。其词骨力之雄健，远迈他人，如《哨遍·酒后柬丁飞涛，即次其赠施愚山韵》：

> 大叫高歌，脱帽欢呼，头没酒杯里。记昨年，马角未曾生，几唤公为无是。君不见，庄生漆园傲吏，洸洋玩弄人间世；又不见，信陵暮年失路，醇酒妇人而已。为汝拔剑上崦嵫，令虎豹、君门忽然疑。古人有云，虽不得肉，亦且快意。

君言在辽西,大鱼如阜海无际。饥咽冬青子,雪窖人聊复尔。土炕夜偏长,烛花釜涌,琵琶帐外连天起。更万里乡心,五更雁叫,那不愁肠如醉。我劝君,莫负赏花时,幸归矣,长嘘复何为?算人生亦欲豪耳。今宵博饮达旦,酒三巡以后,汝为我舞,我为若语,手作拍张言志。黄须笑将凭红肌,论英雄,如此足矣。

丁飞涛是其年的好友,曾为吏部主事,顺治十四年(1657)主持河南乡试时获罪谪戍。这首词写于丁飞涛被赦归来,表达了故人久别重逢的欢欣之情,并在词中屡屡加以慰藉。其词豪放不羁的特性显露无遗,下笔如行云流水,一贯而下,无丝毫滞涩之感。这首词是以赋和文入词的代表,而且用语形象,起首三句,写久别重逢时的惊喜,接下来用马生角的典故,说明飞涛归来的意外。然后又安慰丁说:你有庄子一般的才情和超逸,不能学信陵君晚年落魄时沉溺声色美酒,应有拔剑上崦嵫的气概。下片先写丁飞涛在北方流放时生活的奇与苦,但笔锋一转,又以豪纵之笔,抒发满怀的愤懑,"汝为我舞,我为若语",那种欢乐与苦闷的矛盾心情跃然纸上。这首词可谓语语堪豪,情辞激荡,不可遏止,读罢令人血脉贲张。

再看他的另一首《念奴娇·西汔舟行遇飓风》:

天吴作剧,鼓洪涛澒洞,雷轰雪沸。怒鼍淫蟒掀宇宙,顷刻半湖纯晦。白浪悬崖,黑云压橹,人命同于蚁。太湖倒拔,喧阗哪许龙睡。   我见天水奔腾,帆樯飞动,骑上霜驴背。醉作擘窠书断岸,字迹淋漓怪伟。乱石将崩,孤城欲没,老树森奇鬼。一群野鸭,带啼触响丛苇。

这首词写的是他在西汔行舟时遇到飓风时的感受,用字奇古,造境大气。写风卷湖岸,连龙都不得安睡,可谓运思奇特。下片是用书法来比喻风樯摇动,乱石将崩的景象,不落俗套。这首词虽是以飓风为题,可蕴含在作者胸中的块垒却也是无法自抑的,是他借眼前之异境泄不平之鸣的写照。

在《迦陵词》中,以这种苍凉豪放之作最多,许多小令,也写得很有骨力,如《好事近》:"别来世事一番新,只吾徒犹昨。话到英雄失路,忽凉风索索。"陈词能在尺幅之中见豪迈之气,这是以前的作者难以做到的,如《点绛唇·夜宿临洺驿》:

晴鬟离离,太行山势如蜿蚪。稗花盈亩,一寸霜皮厚。   赵魏燕韩,历历堪回首。悲风吼,临洺驿口,黄叶中原走。

后世崇尚蕴藉词风的人于陈作或有不满,如陈廷焯《白雨斋词话》批评他"发扬蹈厉而无余蕴",这实不足为迦陵词之病。要说到缺陷,他的词一是追仿辛弃疾的痕迹过重,未免缺乏独创的力量;二是写作过多过速,甚至有时"一日得数十首",这样难免会出产粗率之作。

二、朱彝尊的浙西词派

朱彝尊（1629—1709）字锡鬯，号竹垞，晚号小长芦钓鱼师，又号金风亭长，秀水（今浙江嘉兴市）人。他是明朝宰相朱国祚的曾孙，但到朱彝尊时，家中已清贫不堪。康熙年间中博学鸿词试，为翰林院检讨。朱彝尊学问淹贯经史，出入百家，是浙西词派的开创者。填词以姜、张为圭臬，自述"不师秦七，不师黄九，倚新声玉田差近"（《解佩令·自题词集》）。他提出词的功能"宜于宴嬉逸乐，以歌咏太平"（《紫云词序》）。朱彝尊生于盛世，一方面，统治者需要讴歌太平；另一方面，汉族知识分子的亡国之痛逐渐抚平，磊落不平之气和吊古伤今之情化为歌儿檀板，所以影响巨大。陈廷焯的《白雨斋词话》评他的《静志居琴趣》道："尽扫陈言，独出机杼，艳词有此，匪独晏欧所不能，即李后主，牛松卿亦未尝梦见，真古今绝构也。"

朱彝尊情词隐曲委婉，独具风蕴，为世称颂。据说他爱上自己的小姨子冯寿常，并为之取名"静志"，写了一首长达二百韵的《风怀诗》叙述两人的故事。他晚年编定全集的时候，有朋友劝他将《风怀诗》删去，朱彝尊回答道："宁拼两庑冷猪肉，不删《风怀二百韵》。"（丁绍仪《听秋声馆词话》）即宁可失去死后入祀孔庙的资格，也决不删除此诗，可见他非常珍惜这段感情。《静志居琴趣》实际上是"风怀诗"的注脚，其中有多首词涉及两人关系，如《渔家傲》："一面船窗相并倚，看渌水。当时已露千金意。"《两同心》："洛神赋，小字中央，只有依知。"况周颐称朱彝尊的《捣练子》、《桂殿秋》为清词之冠。

> 思往事，渡江干，青蛾低映越山看。共眠一舸听秋雨，小簟轻衾各自寒。（《桂殿秋》）

是"蛾眉"在欣赏青山，还是青山在欣赏蛾眉，已很难分清。两人共眠一舸听秋雨，不能成眠；小簟轻衾各自寒，不仅是因为竹簟轻凉床衾单薄，而且还有更重要的东西使他（她）们心寒！

> 齐心耦意，下九同嬉戏，两翅蝉云梳未起，一十二三年纪。　　春愁不上眉山，日长慵倚雕栏，走近蔷薇架底，生擒蝴蝶花间。（《清平乐》）

"下九"是女孩子的一个节日，大家同心合意地玩游戏。这个无忧无虑的小女孩，倚栏远望，忽然下楼来，走近蔷薇架底，生擒花间蝴蝶。这就透露出她心中的秘密——对爱情的美好期待！这首词没有一句情词，却把爱情寓在言外。

这些词蕴藉空灵，清醇高雅，没有秾丽软媚的辞藻，也没有轻薄浮艳的腔调，最能代表浙西词派的风格。

三、纳兰性德

纳兰性德（1655—1685），原名成德，避太子保成讳改性德，字容若，号楞伽山人,满洲正黄旗人。文学成就以词为最,尤以小令见长,时人誉为"清代第一词人"。他自幼天资聪颖,18岁中举,22岁中进士,24岁自选词作《侧帽集》(后更名为《饮水词》),31岁患寒疾辞世。后人辑其词作342首,曰《纳兰词》。

纳兰词以情见长,哀感顽艳,多愁苦凄绝之作。王国维谓之"以自然之眼观物,以自然之舌言情,北宋以来,一人而已"(《人间词话》)。陈其年称"《饮水词》哀感顽艳,得南唐二主之遗"。顾梁汾谓"容若词,一种凄婉处,令人不能卒读"。作为少数民族词人,纳兰性德自然天成,没有汉文化虚伪矫饰的恶习;其又是大学士明珠之子,生于富贵之家,少年得志,但他总有一种难以言状的无可奈何的哀愁。可以说,"纳兰词"是清词的象征,亦堪称婉约词的最后绝唱。

> 正是辘轳金井,满砌落花红冷,蓦地一相逢,心事眼波难定。谁省?谁省?从此簟纹灯影。(《如梦令》)

这对青年男女在暮春满砌落花红冷的井边相遇,一见钟情,心里有了对方,但却注定没有结局,今后彼此只能在簟纹孤灯下思念。

因为爱情的不如意,容若词总是令人凄婉断肠。他身世显赫,锦衣玉食,前程远大,但他只是不快乐,心境荒芜,社会道德和家庭责任似一张巨大的网牢笼困摄住他,"惴惴有临履之忧",闲云野鹤式的自由生活与他无缘。他爱读书,爱朋友,爱红粉知己。

> 独客单衾谁念我,晓来凉雨飕飕。缄书欲寄又还休,个侬憔悴,禁得更添愁。 曾记年年三月病,而今病向深秋。庐龙风景白人头,药炉烟里,支枕听河流。(《临江仙·永平道中》)

这首词是容若在客中的卧病之作,意境缠绵而不损萧壮。用词体咏边塞风情,范仲淹之后并不多见。因为工作的关系,容若多次赴塞外,大大开阔了眼界。但容若的边塞词,既不明快响亮,也不雄浑悲壮,而是萧瑟黯沉。读这首词,我们仿佛看见病中的容若,刚写完信,想寄去安慰牵挂自己的爱人,但又担心她知道了自己的状况会愁上添愁,使因思念自己而憔悴的她更无法承受,只得放弃投递。于是支起枕头,侧耳听着隐隐的水声,心思如寒烟漠漠。

容若结婚大约两三年后,妻子卢氏就去世了。他在一首《沁园春》词前《自序》中道:"丁巳重阳前三日,梦亡妇澹妆素服,执手哽咽,语多不复能记。但临别有云:'衔恨愿为天上月,年年犹得向郎圆。'妇素未工诗,不知何以得此也。"他在《卢氏墓志铭》中云:"抗情尘表,则视有浮云;抚操闺中,则志存流水。于其殁也,悼亡之吟不少,知己之恨尤多。"

> 谁念西风独自凉,萧萧黄叶闭疏窗。沉思往事立残阳。 被酒莫惊春睡重,赌书消得泼茶香。当时只道是寻常。(《浣溪沙》)

"当时只道是寻常"隐含着容若多么无限的悔恨和痛苦！那年春日，他醉酒而睡，朦胧中看见她走来，帮他把被子掖合。他记起与她在一起玩赌书的游戏，有时太过高兴，不觉让茶水泼湿衣裳，留得一衣茶香。这些在当时看来是那么平常的闺中往事，今天却显得特别珍贵。

> 欲话心情梦已阑，镜中依约见春山，方悔从前真草草，等闲看。
> 环佩只应归月下，钿钗何意寄人间。多少滴残红腊泪，几时干。（《山花子》）

> 泪咽却无声。只向从前悔薄情，凭诗丹青重省识，盈盈，一片伤心画不成。　别语太分明，午夜鹣鹣梦再醒，卿自早醒侬自梦，更更，泣尽风檐夜雨铃。（《南乡子·为亡妇题照》）

自己以前从没有认真欣赏过妻子的美，今天却是天人永隔，"方悔从前真草草，等闲看"，一句很平常的话，却是多么沉痛！

> 愁痕满地无人省，露湿琅玕影。闲阶小立倍荒凉。还剩旧时月色在潇湘。　薄情转是多情累，曲曲柔肠碎。红笺向壁字模糊，忆共灯前呵手为伊书。（《虞美人·秋夕信步》）

作者抱着满怀的愁绪在竹林中行走，月色下苔痕点点，露湿青竹，站在空无一人的台阶上遥遥看那已经空落的屋子，想起已经离开的人，心中无限凄凉。

纳兰词中每多往事粼光碎影，都是昔日相处小事，读来却欲断人肠。唯其沉湎往事不能忘情才感人至深，达到王国维说的"真切"境界。

> 辛苦最怜天上月，一夕如环，昔昔都成玦。若似月轮终皎洁，不辞冰雪为卿热。　无奈尘缘容易绝，燕子依然，软踏帘钩说。唱罢秋坟愁未歇，春丛认取双栖蝶。（《蝶恋花》）

"最怜"、"不辞"、"认取"、"字字沉响"，力量很大。

早逝的妻子，在他心中永远是一位娇憨情态的少女，他们相恋的时光在他心中是永久的纪念。他感到那时候他自己也很纯洁无邪，而后来他便陷进许多烦恼中去了，所以他对永逝不复返的这段美好时光无限依恋，格外追想。他的"悼亡"篇章很多，其缘由也在此。既是悼念妻子，也是悼念自己失去的美好过去。

> 此恨何时已。滴空阶、寒更雨歇，葬花天气。三载悠悠魂梦杳，是梦久应醒矣。料也觉、人间无味。不及夜台尘土隔，冷清清、一片埋愁地。钗钿约，竟抛弃。　重泉若有双鱼寄。好知他、年来苦乐，与谁相倚。我自终宵成转侧，忍听湘弦重理。待结个、他生知己。还怕两人俱薄命，再缘悭、剩月冷风里。清泪尽，纸灰起。（《金缕曲·亡妇忌日有感》）

谁道飘零不可怜。旧游时节好花天。断肠人去自经年。　　一片晕红才着雨,几丝柔绿乍和烟。倩魂消尽夕阳前。(《浣溪沙》)

总之,纳兰词感情真挚,纯净自然,善用白描,凄清婉转,被誉为"国初第一词人"当之无愧。

四、常州词派

康熙、乾隆时期,词坛主要为浙西词派所左右。但浙西词派一味追求清空醇雅,内容渐趋空虚狭窄。至嘉庆初年,更是专在声律格调上着力,流弊益甚。常州词人张惠言欲挽此颓风,大声疾呼词与《风》、《骚》同科,应该重视比兴寄托,反对琐屑钉饾之习、无病呻吟之作,一时和者颇多,蔚然成风,遂有常州词派的兴起,后经周济的推阐、发展,理论更趋完善,所倡导的主张更加切合当时内忧外患、社会急速变化的历史要求,其影响直至清末不衰。张惠言和周济的词论,中心内容是提高词的历史地位,要求词作能反映现实生活,而不仅仅是个人情思的抒写。常州派词人的创作,态度比较严肃,但思想内涵也并不十分深刻,与其立论尚有距离。

张惠言(1761—1802)原名一鸣,字皋文,武进人。张氏主张词要以比兴为重,缘情造端,感物而发,与风骚一样,反对雕琢靡丽之作。但他的词实际上并无多少现实内容,仍在手法、形式上下工夫,语言精炼。

尽飘零尽了,何人解、当花看。正风避重帘,雨回深幕,云护轻幡。寻他一春伴侣,只断红、相识夕阳间。未忍无声委地,将低重又飞还。
疏狂情性,算凄凉、耐得到春阑。但月地和梅,花天伴雪,合称清寒。收将十分春恨,做一天、愁影绕云山。看取青青池畔,泪痕点点凝斑。(《木兰花慢·杨花》)

这首词名为咏物,实为抒怀,借杨花吟咏身世之感,体物形神兼备,抒情物我合一,通过描摹杨花,寄托个人追求。

常州词派对清词发展影响很大,后劲有近代谭献、王鹏运、朱孝臧、况周颐四大词家。

第四节　清代小说

清代既是古典小说发展的极盛时代,也是古典小说的终结时代。清初延续晚明而又有新的发展,如时事小说《铁冠图》、《海角遗编》,抨击权奸阉宦,书写亡国之痛;才子佳人小说《平山冷燕》、《好逑传》,逞露才学,以小说实现白日梦;续作《水浒后传》、《续金瓶梅》、《西游补》,指桑骂槐,寄托遥深;李渔的话本小说,结构精巧,使话本小说完成了个性化、文人化。清代中叶,小说的创作取得了巨大的成就,既有标志文言小说中兴的集大成之作《聊斋志异》,又有世情小说的巅峰之作《红楼梦》,还有讽刺小说的典范《儒林外史》。另外,还出现了大量炫学逞才的才学小说如《野叟曝言》、《镜花缘》等。清末,旧小说的创作成绩开始滑坡,值得一提的小说只有《儿女英雄传》、《三侠五义》、《海上花列传》及四大谴责小说数部而已。

一、《聊斋志异》

(一)蒲松龄的生平与《聊斋志异》的成书

蒲松龄(1640—1715)字留仙,一字剑臣,别号柳泉居士。少聪慧,19 岁应童子试,以县、府、道三试第一进学,"名籍籍诸生间"(乾隆《缁川县志》卷六《人物志》),受知于山东学政、著名诗人施闰章。但此后科场迭遭坎坷,72 岁时,援例补为岁贡生,数年后逝世。

蒲松龄自分家后,食指日繁,生活困顿。31 岁时,应聘南游做幕僚,一年后辞幕,辗转于本县缙绅之家,或做塾师,或为人代拟文稿,以养家糊口。

(二)聊斋的思想内容

《聊斋志异》总共 500 篇,题材、形式和风格都不统一,思想和艺术成就也参差不齐。就文体而言,有的记述简略,篇幅短小,如同六朝志怪;有的文笔华美,情节曲折,如同唐宋传奇,"一书而兼二体"。就题材来讲,既有当时社会传闻的记录,也有前人篇目的改编,还有完全自己虚构的故事。成就主要体现在那些运用传奇手法写花妖狐怪故事的篇章,鲁迅在《中国小说史略》中称之为"用传奇法,而以志怪"。

《聊斋志异》中有许多花妖狐鬼与书生交往的故事,或许是蒲氏长年在外坐馆生活中产生的幻境。他远离亲人,生活孤独落寞,遂假此类故事以自慰。或写某书生读书山寺,忽有少女来访,给寂寞的书生带来欢乐,数度相会,方知非人,如《绿衣女》、《连琐》、《香玉》等;或写狐鬼花妖不仅给穷书生带来生活的快乐和情感的慰藉,还帮助书生经营发家,读书中举,如《凤仙》写狐仙凤仙将穷秀才刘赤水带到家中,狐翁嫌贫爱富,凤仙以丈夫"不能为床头人吐气"为憾,留下一面镜子激励丈夫。刘赤水朝夕悬之,如对师保,如此二年,一举而捷。这显然是作者编织的理想之梦。

在人与狐鬼花妖之间的爱情故事中,异类"多具人情,和易可亲"。作者借着这类题材,巧妙避开封建礼教的禁忌,笔下的女性来去自由,敢爱敢恨,不图富贵,不慕权势,以性情可善,德才可许取人,爱其所当爱者,虽经历祸患艰险而不渝,甚至有为封建道德所不齿的婚外恋。

蒲松龄受晚明进步思潮的影响,在小说中塑造了众多的"痴人"形象,有书痴、石痴、酒痴、情痴、花痴、琴痴、鸟痴等,由此演绎出不可思议的故事。作者在他们率性而为、烂熳天真的特性中,赋予了深刻的反封建、反礼教的思想意义。如《婴宁》

中生于山村的少女婴宁,天真烂漫,爱笑喜花,娇憨活泼,是个未受世俗和男人气息濡染的女孩,但与王子服成亲后,来到世俗社会,经历县官调戏等事件后,再不复笑,由此揭露了世俗社会的龌龊和奸险。作者还宣扬痴情之爱,认为情之至者,可超越生死、空间、人与鬼神的限制,如《阿宝》中的孙子楚,长有枝指,丧偶,家贫,受人捉弄,去追求美丽、家境富有的阿宝,但孙子楚终以切指、魂魄化为鹦鹉等痴情行为感动了阿宝,两人结为连理。其它如《香玉》中香玉、《小谢》中陶生等皆是如此。

作者还提倡知己之爱,如《连城》写史孝廉以女儿连城绣制的"倦绣图"征诗选婿,乔生的题诗最佳,却因贫而落选。但连城独瞩意乔生,不时助以膏火之资,勉其发愤。后来连城患病,须用男子膺肉和药,方可治愈。史孝廉求之于选中的富家子弟女婿,结果遭到拒绝。乔生闻之,毅然献出膺肉。连城病死后,乔生往吊,叹曰:"卿死,仆何敢生!"一痛而绝。乔生强调,自己之所以殉情,不是为"色",而是为连城是"知己"。又如《瑞云》写贫穷的贺生慕名妓瑞云之名,倾其所有往博一夜之欢。瑞云对他青目有加,临别又嘱咐他以后勿来青楼。后来瑞云容颜变丑,执仆婢之役,门前车马绝迹。贺生却资鸠为她赎身,娶之为妻。瑞云不肯,贺生云:"人生所重者知己,卿盛时犹能知我,我岂以衰故忘卿哉!""心知所好,原不在妍媸也。"

有的爱情故事体现了女性较高的思想境界。《宦娘》中的女鬼宦娘,敬慕琴艺高超的温如春,但阴阳相隔,深知无法得到他,就暗中促成温如春与善弹筝的葛良工结为伉俪,最后在音乐的满足和爱情的缺憾中悄然隐去。《阿绣》中的狐女为赢得刘子固的爱情,幻化为刘子固所爱的阿绣,与他约会。通过一段时间的接触,她终于为刘子固对阿绣的痴情所感动,意识到阿绣之真美,便转而助成刘子固与阿绣的结合,让所爱者爱其所爱。

由此可见,《聊斋志异》中的爱情故事既继承了以往反对封建礼教的传统,又有了新的突破。作者所提倡的知己之爱和爱一个人就是使他幸福的观念,是对男女单纯情爱的超越,具有现代性爱的色彩。

蒲松龄一生醉心举业,不肯放弃。72岁时,长孙立德考中秀才,他作诗勉励道:"天命虽难违,人事贵自励。无似乃祖空白头,一经终老良足羞。"所以,《聊斋志异》虽对科举制度的弊端进行了猛烈的批判,但并不否定科举制度本身,如《考弊司》中的阴司虚肚鬼王,要秀才纳贿,否则割其髀肉。《三生》中写一群考生鬼魂,一起向阎罗请愿,要求将看不出文章好坏的考官,"挖其眼睛,以为不识文之报";"剖其心,以伸不平之气"。《司文郎》中的王生、宋生、余杭生一齐去向善于以鼻嗅出文章优劣的盲僧请教,盲僧认为余杭生的文章最差,结果独余杭生高中,王生、宋生落榜。盲僧叹道:"仆虽盲于目,而不盲于鼻,帘中人并鼻盲矣。"作者将科举的弊端归之于"聋僮署篆",衡文者是"乐正师旷,司库和峤",就是说,因为考官的无知和贪酷,才造成了才高者落榜,不学者反而高中的怪现象;若换上正直无私的张飞巡场,就能主持公正,为考生吐气。蒲松龄还把中榜的几率归之于考生的运气,福厚者即使狗屁不通也能高中,而福薄者就是才高八斗也难免落榜,如《叶生》写叶生生时屡考不中,死后鬼魂为人代考,却高中了,所谓"借福泽为文章吐气"。

《聊斋志异》还揭露了封建统治者的腐朽和对人民的残酷压榨和迫害。如《罗刹海市》写英俊少年马龙媒漂流到罗刹岛,被岛人视为丑八怪而避之惟恐不及,后来马龙媒偶尔戴上张飞面具,岛人立即改变了看法,认为他变漂亮了,纷纷与之结交。通过马龙媒的经历,描写社会是非颠倒,美丑不分的现实,"花面逢迎,世情如鬼"。《梦狼》借助超现实的梦幻世界,隐射衙门官吏都是吃人的豺狼。《促织》揭露因"天子偶用一物",而使升斗小民倾家荡产,甚至断送性命。《席方平》则暴露司法的腐败,等等。但作者把希望寄托在"侠"身上,认为"苟有此人,可以补天阙之漏",显示了认识的局限性。

(三)艺术特色

《聊斋志异》的艺术特色主要表现在以下方面:

其一,《聊斋志异》中塑造了众多的女性形象,而又各具面目。莲香温柔大方,婴宁天真无邪,侠女深沉刚毅,连琐柔弱怯懦,黄英端庄自重,狐女幽默善辩,可谓千姿百态,性格各异,又都通过生动的细节描写表现出来。如《王桂庵》中的榜人女芸娘,其庄重自尊、从容不迫的个性,从她低头绣履时那种漫不经心、泰然自若的神态中表露无遗。面对书生王桂庵的挑逗,她只是略一举首斜瞬之,低头绣履如故;王桂庵继投之以金锭,她拾而弃之,若不知为金者;王桂庵再投之以金钏,她仍操业不顾。这时,她父亲突然来到,王桂庵不胜惊恐,她则"从容以双钩覆蔽之"。这一系列的细节描写,将她的品格、风貌、气质、精神状态等,活灵活现地凸显出来。后来,当王桂庵循着梦境找到她家时,她先是惊起,以扉自障,并加以叱问;继又隔扉审其家世,最后才表达自己积郁已久的感情。婚后,王桂庵有次故意开玩笑说:"实告卿,我家中故有妻在,吴尚书女也。"她顿然色变,"默移时,遽起奔出,纵身入江"。这种刚烈而不容凌辱,自尊而不容作践的美好性格,在这里得到了升华。《黄英》中的马子才,人贫志不穷,出污泥而不染的狷介性格,鲜明地表现在他爱菊成癖的行为中。他一闻有佳种,必购之,千里不惮。陶生怜他贫困,劝他卖菊谋生,他认为"以东篱为市井,有辱黄花矣"。后来他娶了陶生的姐姐黄英后,仍不肯弃陋居而移华第,耻以妻富,家中触类皆陶家物,立派人一一还之,戒勿复取。后来虽富埒王侯,终以三十年清德被破坏而深感遗憾,人皆祝富,他独祝穷。

其二,作者有时还善于通过人物心理的描摹来刻画人物。如《葛巾》中写常大用初次邂逅葛巾,以为是贵家宅眷,仓促避让。暮而复往,又遇葛巾,这次有了思想准备,"从容避去",同时还"微窥之"。但眩迷之中,转念一想:"此必仙人,世上岂有此女子乎?"于是又返身而搜之。葛巾的婢女责他无礼,声称要将他扯送官府,他又慌张起来,手足无措,幸而葛巾微笑曰"去之",他不安的心情才渐渐平静。但回家后,"意女郎归告父兄,必有诟辱而来",既后悔自己行为孟浪,又庆幸能一睹芳容。久之,无问罪之师,心渐宁贴,于是恐惧化为思念,女郎的声容笑貌挥之不去,憔悴欲死。一天,葛巾遣老妪持瓯而来,告诉他说,这是葛巾赐给他的毒药,要他速饮。他闻之先是惊骇,既而又想,与其相思而死,不如饮药而亡,于是心里渐渐平静。作者对常大用的心理变化过程进行了非常细腻的描画,极富层次,生动有趣。

其三,《聊斋志异》景色描写富于诗意。蒲松龄继承唐传奇的笔法,在小说中常通过景色描写来制造诗情画意的氛围,并借以衬托人物的性格,如《王桂庵》中对芸娘居处的描写:"一家柴扉南向,门内疏竹为篱";进入后,"有夜合一株,红丝满树";往前走几步,"苇芭光洁";再走进去,"见北舍三楹,双扉阖焉。南有小舍,红蕉蔽窗"。这些环境描写,图画般地展现出江村人家的动人特色,暗示出女主人公清贫的身世、优雅的个性和高洁的品格。《连琐》中描写的古墓、旷野、荒草、荆棘,声如涛涌的白杨,飒飒倒吹的西风,漂泊难依的流萤,都透露出浓重的凄凉、哀楚气氛,刻画出连琐瘦怯凝寒、纤细单弱、无力自卫的形象。《莲花公主》中对莲花公主居室的描写:"叠阁重楼,万椽相接,曲折而行,觉千门万户,迥非人世。"暗示出莲花公主的原形。《婴宁》中的山村景色描写,则与婴宁洁白无暇的性格贴合无痕。综而总之,《聊斋》中的景色描写既营造了诗意的氛围,又与人物的身份、地位、性格非常和谐地融为一体。

其四,《聊斋志异》的语言雅洁、准确、生动,如《镜听》写兄弟俩科考后回家,时值盛暑,两兄弟之妇在厨下炊饭,"其热正苦,忽有报骑登门,报大郑捷,母入厨唤大妇曰:'大男中式矣!汝可凉凉去。'次妇忿恻,泣且炊。俄又有报二郑捷,次妇掷饼而起,曰:'侬也凉凉去。'"短短的几句对话,深刻揭露了科举对人类亲情的戕害及封建礼教的虚伪,语言含蓄凝炼。又如《云翠仙》中的语言,做到了个性化、口语化和韵律化的珠联璧合。荡子梁有才与友竞赌,竟把妻子卖给别人,翠仙骂道:"豺鼠子,曩日负肩担,面沾尘如鬼。初近我,熏熏作汗腥,肤垢欲倾塌,足手皴一寸厚,使人终夜恶。自我归汝家,安坐餐饭,鬼皮始脱。母在前,我岂诬耶?"再如《骂鸭》以戏谑之语曲解孔孟经书,幽默风趣,庄谐结合,雅俗并用。有时文言中夹杂着白话,如《辛四娘》等篇。早在南宋时,一些理学家的论辩文就喜欢在文言中夹用白话,至晚明,一些小品文的书写也常是文白相间。蒲松龄显然受到他们的影响。

其五,《聊斋志异》继承唐传奇的写作手法,注意经营小说的故事性,情节曲折离奇,极尽腾挪跌宕之能事,如《西湖主》写陈弼教落水后闯入禁苑殿阁,又私窥公主,以红巾题诗,挑逗公主,读者以为其必死无疑,为之悬心,但不意峰回路转,结局出人意外。作者尤其善于结尾,使结尾成为作品之结束,而非审美之结束,意味无穷,诗意盎然,如《绿衣女》中绿衣长裙、婉妙无比的少女(绿蜂)因遭蜘蛛捕捉,几乎丧命,幸被人所救。醒来后"徐徐登砚池,自以身投墨汁,出伏几上,走作'谢'字。

频展双翼,已乃穿窗而去。自此遂绝"。又如《莲花公主》写生梦中醒来,忽闻"耳畔啼声,嘤嘤未绝。审听之,殊非人声,乃蜂子二三头,飞鸣枕上,大叫怪事。友人诘之,乃以梦告。友人亦诧为异。共起视蜂,依依裳袂间,拂之不去"。有些篇目继承了诗与小说结合的传统,如《公孙九娘》以诗代叙,《连琐》中诗成为人与异类交往的媒介,《黄英》、《婴宁》根据前人的诗意结构小说,《绿衣女》、《莲花公主》则采用诗尚含蓄的结尾方式。有些小说不重视故事情节,甚至无故事情节,如《白秋练》写慕生因喜吟诗而赢得白秋练的爱慕,感情受挫后,又借吟诗医治相思病。白秋练临死时,请求慕生吟杜甫诗。全文自始至终以诗构成情节,诗与爱情扭接在一起,赋予了诗神奇的功能,从而使精灵故事的奇异性被诗意化了。这些小说都有诗的蕴藉,超凡脱俗,富于理想化,人物多是意象化的。不仅在小说叙事中运用了诗句、诗意,还表现于许多篇章不同程度地带有诗的品格。总之,《聊斋志异》中有不少小说的情节、人物是意象化的,表现的不是世俗人生面相,而是超世俗的、理想化的、幻化变形的人情事理,个中寄寓着诗一般含蓄朦胧,甚至不易捉摸的内蕴。

二、《儒林外史》

中国古代教育是为政治服务的,学而优则仕是整个封建社会教育的宗旨。尤其是实行科举制后,读书做官成了整个社会读书人的唯一出路,只有通过读书做官才能实现自我的价值,才能得到社会的认同。明清两代的八股取士制更成为桎梏士人的工具,八股文的字数、结构都有严格的限制,考生不能自由发挥自己的思想,只能代圣贤立言。这种教育制度培养出来的人才,或是阳为道学,阴为富贵,被服儒雅,行若狗彘的伪道学,他们出则为贪官污吏,处则为土豪劣绅;或是迂腐无知的可怜虫,他们的灵魂受到科举制度的腐蚀,人格被异化。

明亡后,一些进步的知识分子对八股取士制开始进行检讨和反思。顾炎武指出:"八股之害等于焚书,而败坏人才有甚于咸阳之郊所坑者但四百六十余人也。"(《日知录》)颜元认为:"八股行而天下无学术,无学术则无政事,无政事则无治巧,无治巧则无升平矣。"(《颜习斋言行录下》)八股制的实行造成了"人才日下,世教日衰,鱼烂瓦解,莫可收拾"的严重后果(李塨《与枢天论读书》)。甚至连康熙皇帝也认识到了这一点,他曾下令将制艺永行停止,但遭到了守旧派的激烈反对,又被迫恢复。大学士鄂尔泰道出了个中奥秘:"非不知八股为无用,特以牢笼英才,其术莫善于此。"(《东华录》)

生于雍乾时代的杰出作家吴敬梓以其不朽名著《儒林外史》对明清八股制度作了深刻的揭露和批判。

(一)作者生平

吴敬梓(1710—1754),字敏轩,号粒民,移居南京后又号秦淮寓客,晚年又号文木老人。他生于安徽全椒一个科举世家,其家"五十年中,家门鼎盛",进士辈出,吴敬梓也曾以"科第家声从来美"而自豪,但吴敬梓一支至父辈时开始衰微,他的生父吴雯延只是个秀才,嗣父吴霖起也不过是个拔贡,做过位卑清贫的教官,不久就因为不会奉承上司而去职,过早离开了人世。吴敬梓13岁时丧母,23岁时,嗣父又抑郁而死,开始独担门户,因为他在族中的嗣子身份,又是两代单传,便成了族人欺凌的对象,祖遗也被侵夺。他从中看透了封建礼教的虚伪,人情世态的冷暖,从此过着放荡不羁的浪子生活,"千金一笑买醉醄,酒酣耳热每狂叫",不久"田庐尽卖,乡里传为子弟戒"。23岁那年,他怀着誓将去汝的决绝,永远离开故乡,举家移居南京秦淮水亭。

在南京,为了修复南京先贤祠,他捐卖了祖屋,从此生活更加困顿,后来靠典衣卖文度日,到了无物可卖时,只有断炊挨饿。在严冬与朋友五六人,"乘月出南门,绕城堞行数十里,歌吟啸呼,相与应和。逮明,入水西门,各大笑散去。夜夜如是,谓之'暖足'。"(程晋芳《文木先生传》)但他始终坚持自己的清操,中途退出了博学鸿词征召,以一生"侯门未曳裾"而自豪。1751年,乾隆南巡,来到南京,士人夹道拜迎,他却"企脚高卧"。1754年,在贫病交加中客死扬州。

吴敬梓从小"笙簧六艺,渔猎百家",他曾热衷于科举,中过秀才,但因"文章大好人大怪"而困顿场屋。在南京,他广泛接触了官僚、绅士、名流、清客等社会各阶层人物,认识到科举制度的毒害,从而发出了"如何父师训,专储制举才"的质疑,后来干脆放弃了诸生籍,"独嫉时文士如仇,其尤工者,则尤嫉之"。在他35岁那年,江宁训导唐时琳推荐他参加博学鸿词考试,他却在省试时借病推辞了。他最终选择小说创作作为安身立命之业。

(二)思想内容

闲斋老人写于乾隆六年(1736)的序文指出:"其书以功名富贵为一篇之骨:有心艳功名而媚人下人者;有倚仗功名富贵而骄人傲人者;有假托无意功名富贵自以为高被人看破耻笑者;终乃以辞却功名富贵,品地最上一层,为中流砥柱。"小说尖锐地揭露了那些醉心于功名富贵的无知无耻之辈,热情地褒美了那些讲究文行出处的贤人君子,表现了作者对现实社会的可贵的自省批判精神以及对理想境界的探索和追求。

作者首先描写了一班心羡功名富贵而媚人下人的可怜虫。他们的灵魂被科举制度所毒害,一生痴迷执著地追求功名富贵。周进苦读了几十年书,连秀才也不曾中,他包羞忍耻地受着已进了学但年龄比他小得多的梅玖的污辱。当他看到贡院号板时,心中无限酸楚,"一头撞在号板上,直僵僵不省人事",醒来后还满地打滚,直哭到口吐鲜血。范进也是一个考了二十多次都没考中的老童生,当他梦寐以求的凤愿实现时,竟高兴得发了疯。还有马二先生,他坚信书中自有千钟粟,书中自有颜如玉,成了一台八股机器,面对美丽的西湖和女人,竟无动于衷,麻木呆滞,只顾大嚼。而原本出身贫寒的匡超人、牛浦郎,因受了举业的毒害,由纯朴善良的青年变成了卑劣无耻、灵魂堕落的衣冠禽兽。

作者还描写了倚仗功名富贵而骄人傲人者。这种人猎取了功名富贵后,出则为贪官污吏,处则为土豪劣绅。王惠当了南昌太守后,念念不忘的是三年清知府,十万雪花银,一到任就问:"地方人情,可有什么出产?词讼里可也略有些通融?"衙门里满是戥子声、算盘声、板子声,"合城的人,无一个不知道太守的厉害。睡梦里也是怕的。"这样一个贪官却被保举为江西第一能员而升了官。高安县的汤知县为了表示自己清廉,竟枷死向他行贿 50 斤牛肉的回民师傅,引起回民鸣锣罢市。彭泽县大姑塘附近两只盐船被抢,告到县里,告状的人反而挨了他 20 大板。这些人就凭借科举功名,升官发财,作威作福。即使不做官,也可以通过师生关系,勾结官府,把揽词讼,鱼肉乡民。就象顾炎武在《日知录》中所指出的:士子"一举于乡,即以营求关说为治生之计,于是在州里则无人非势豪,适四方则无地非游客"。严贡生就是这样一个人物,他横行乡里,强圈别人的猪,没有借钱给别人却向人要利息。他还讹诈船家,霸占兄弟产业,是个典型的劣绅。

在讽刺举业人物的同时,作者还用大量的篇幅描写了那些假托无意功名富贵,自以为高者。他们大多是科名蹭蹬的读书人,以风流名士自居。如娄三、娄四公子因功名失意,牢骚满腹,自命为孟尝君,把那些假名士、假高人、假侠客尊为上宾,结果徒落笑柄。无数斗方名士靠胡诌几句诗,沽名钓誉,交结官府,如医生赵雪斋、头巾店老板景兰江、盐务巡商支剑锋等,都假托名士,趋炎附势,过着帮闲文人的寄生生活。作者通过他们所谓的诗酒风流的生活和招摇撞骗的行径,从另一方面揭露了科举制度对知识分子的毒害。

作者在揭露讽刺批判的同时,还塑造了一批无意功名富贵的"中流砥柱",以寄托作者的理想。这些人讲究文行出处,胸怀淡泊,不慕名利。如王冕、虞育德、庄绍光和杜少卿等。特别是小说结尾,在儒林寂寞后,作者把希望寄托在市井奇人身上,贫苦的季遐年擅长书法,不贪钱,不慕势。开茶馆的盖宽,无事就在柜台里看书画画。做裁缝的荆元敢于把自己的贱行提到与读书、识字的平等地位。这些人不图富贵,任情率性,自食其力,在他们身上闪耀着新时代的光芒,在一定程度上表现了作者的民主思想。

作者受到颜李学派经世致用思想的影响,以所谓礼乐兵农反对八股。李塨是吴敬梓曾祖吴国对的学生,曾到南京讲学,吴敬梓很可能听过他的演讲。吴敬梓好友程廷祚也信奉颜李学派。颜元和李塨都反对八股,认为"八股行天下无学术",主张改革教育制度,教养结合,以养为先,教次之,"教士之道,不外六德六行六艺"。从虞育德、萧昊轩等人身上,我们都可看到吴敬梓受颜李学派影响的痕迹。

（三）艺术特色

《儒林外史》取得了杰出的艺术成就，鲁迅先生说："自《儒林外史》出来后，于是说部中乃始有足称讽刺之书。"书中人物众多，"皆现身纸上，声态并作，使彼世相，如在目前。"（《中国小说史略》）不但写了科场、名场、文场，而且写了官场、市场、武场、乡场。不但写了儒林，而且写了禅林、绿林、武林，展示了明清社会广阔繁杂的世相世情，是现实社会的一面镜子，可以"镜人，也可以自镜"。这些人物都来自生活，有原型可考，做到了人物性格共性与个性的统一，性格随故事情节发展而变化，运用素描手法刻画人物，使人物性格丰富而生动，真正已臻"化工"。

首先，作者把褒贬寓于人物的行止谈笑中，"直书其事，不加断语，而是非自见"（卧评），产生了"无一贬词，而情伪毕露"的艺术效果。如张静斋和范进等在酒席上谈论，竟把刘基说成是洪武三年的进士，正如顾炎武在《日知录》中所述，晚明秀才、举人有的"不知史册名目、朝代先后，字书偏旁"。三人侃侃而谈，毫无愧怍，作者不加评论，但他们愚蠢无知的面目暴露无遗。还有范进居丧期间赴宴不肯用象牙筷子，却在燕窝碗里拣了一个大虾仁往嘴里送；马二先生游西湖只知大嚼。作者写来不动声色，绘风绘影，冷峻客观，但是非倾向却跃然纸上。

其二，《儒林外史》重视人物性格的丰富性和真实性，不像有些小说，凡写一可恶之人，则"欲打欲骂，欲杀欲割，惟恐人不恶之，而究竟所纪之事皆在情理之外，并不能行之于当世者"（卧评）。所以，《儒林外史》"佳处即写社会中殆无一完全人物，……视寻常小说写其主人公必若天人者，实有圣凡之别，不仅上下床也"（《觚庵漫笔》）。作者秉持公心，戚而能谐，婉而多讽。遣词委婉而不辛辣，笔触隐藏而不显露。不打诨，不逞才，不呵斥，不谩骂，以大真实揭露，以大悲戚叹惋。对不同人物采取不同程度、不同方式的讽刺方式。对正面人物的嘲笑是善意的，如庄绍光，作者写他前天晚上还与萧昊轩高谈阔论，指责地方官虚应故事，"全不肯讲究一个弥盗安民的良法"，次日清晨上路时遇到响马贼，吓得"坐在车里，半日也说不出话"，嘲笑书生纸上谈兵。又如沈琼枝，杜少卿称赞她把"盐商的富贵奢华"，"视如草芥"，但她逃出盐商宋为富家时，却席卷了房中金银器皿，真珠首饰，又穿了七条裙子。对杜少卿的公子哥儿性格，作者肯定中有调侃；而对王玉辉和马二先生等人，则讽刺中有同情，描绘他们被扭曲的既可笑又可悲、可怜的灵魂；而对王惠、严贡生之流则是无情的揭露和严厉的鞭挞。总之，作者把批判的矛头指向罪恶的科举制度，而不是针对某个人的品性。

其三，作者还善于采用对比的手法塑造人物。有兄弟之间的对比，如严贡生和严监生、杜少卿和杜慎卿、余特与余持、汤镇台与汤知县等。还有言行之间的对比，崇高的谈吐与卑污的行为对比产生浓郁的讽刺效果，如严贡生对人自称"为人率真，在乡里之间从来不晓得占人寸丝半缕的便宜"。刚说完，他家小厮就来报告说：

早上关的那口猪,那人来讨了,在家里吵哩。充分暴露了严贡生虚伪丑恶的面目。还有人物的前后对比,如胡屠户,在范进未中举前,说他"尖嘴猴腮",骂得他狗血喷头;中举后,又说他是天上的星宿,开口"贤婿",闭口"老爷",活画出一个市侩小人的丑恶嘴脸。

其四,《儒林外史》的语言准确、洗炼、形象而富于表现力,作者往往三言两语,就使人物"穷形尽相"。如第二回写夏总甲"两只红眼边,一副锅铁脸,几根黄胡子,歪戴着瓦楞帽,身上青布衣服就如油篓一般,手里拿着一根赶驴的鞭子,走进门来;和众人拱一拱手,一屁股就坐在上席"。一个自高自大的土财主形象跃然纸上。又如范进中秀才时,胡屠户来范家,酒醉饭饱后,"横披了衣服,腆着肚子去了"。范进中举后发了疯,被打醒后,"范举人先走,屠户和邻居跟在后面。屠户见女婿衣裳后襟绉了许多,一路低着头替他扯了几十回"。胡屠户从范家出来后,"千恩万谢,低着头笑眯眯地去了"。作者用俭啬的文字表达了丰富的内容。

其五,《儒林外史》的结构也很独特,誉者谓其"过渡皆鳞次而下",毁者谓其"结构松散,有枝无干"。其实小说没有主干并非就散杂无章,没有结构。它是以一条明确的思想线索贯穿繁富的社会生活内容的。全书由楔子、主体和尾声三部分组成,主体部分又大致可分为儒者、名士、贤豪、恶俗四大段落内容。鲁迅说它"虽云长篇,颇同短制","如集诸碎锦,合为帖子"。(《中国小说史略》)这是一种连环体结构,各个情节之间如锁链一样,一环紧扣一环。

总之,《儒林外史》达到了现实主义讽刺艺术的高峰,奠定了我国古典讽刺小说的基础,为以后的讽刺小说发展开辟了广阔的道路。晚清的谴责小说和鲁迅先生的创作,深受其影响。

三、《红楼梦》

(一)曹雪芹的家世和生平

《红楼梦》的作者曹雪芹,名霑,字梦阮,别号雪芹,又号芹圃、芹溪。他的生年,有雍正二年(1724)、康熙五十四年(1715)之说;卒年有壬午(1763)、癸未(1764)、甲申(1765)年之说。

雪芹的祖上本是汉人,约于明永乐年间迁到辽东。明万历四十七年(1619)七月,雪芹的先祖世选在多尔衮率清兵攻铁岭时被俘,编入满州籍正白旗,成为汉军正白旗包衣人。"包衣"即满语家里人也即奴仆的音译。天命六年(1621),清兵攻占辽阳,并定都于此。曹家也随着清上层统治者定居辽阳。多尔衮病死势败后,顺治帝将正白旗从他的嗣子多尔博手中收为自己的势力,正白旗包衣由此转为内务府人员,曹家也由家奴而变为皇帝的奴仆。

曹世选跟着主子入关,由包衣一跃为"从龙勋旧",他儿子曹振彦,贡生出身,顺治七年(1650)任山西平阳府吉州知州,继任大同知府、两浙都转运盐使司盐法道。他生有二子,长名玺,次名尔正。曹玺又有两子,长子寅,次子宣。曹寅子颙早死,将曹宣子曹頫过继为子。学术界一般认为曹雪芹是曹颙妻马氏的遗腹子。

曹玺的夫人孙氏曾做过顺治帝三子康熙的乳母,曹寅幼年又是玄烨的伴读。所以,曹家与皇家有着特殊的关系,曹玺有次生病,康熙亲自开好药方,命快马将药送到江南。自曹玺开始,曹家三四代人世袭江宁织造达五六十年之久。织造由内务府人充任,官阶不高,负责为皇室采办什物,织造衣料,但却负有考察吏治民情、报告天时岁收、笼络江南遗老、充当皇帝耳目等特殊使命。

曹寅在江南,笼络文士,拉拢明宗室为清廷服务。由于他以"犬马恋主之诚"为康熙"收拾人心","牢笼才智",博得了皇帝的恩宠,康熙南巡六次,独他接驾四次。

曹寅死后,才具平平的曹頫继任江宁织造。雍正上台后,扫荡异己,禁锢皇子胤禩、胤禔、胤禵,对康熙宠臣也进行清洗。曹寅的长女嫁与胤禩的臂膀平郑王纳尔苏为妃,曹頫替胤禵藏过一对铜铸镀金狮子。另外,曹家为接驾,留下了巨额亏空无法弥补。雍正终以贪污罪名将曹頫撤职抄家,曹家于1728年迁回北京居处。乾隆即位之初,平反了一些冤狱,曹頫起用为内务府员外郎,并追封曹振彦为资政大夫,其妻袁氏、阳氏为夫人。曹宣为护军参领兼佐领加一级,曹家又暂时中兴。乾隆四年(1739),曹家可能又牵连进庄亲王允禄与弘晳谋逆案,再次被抄家,从此树倒猢狲散,一蹶不振。

曹寅号楝亭,工骑射,能诗文,善词曲。幼年受学于周亮工,15岁中乡试,与名流韩菼、纳兰性德、王鸿绪同出于蔡启僔、徐乾学之门。与朱赤霞、钱澄之、杜浚、顾赤方、施闰章、陈维松、尤侗、朱彝尊、毛奇龄、赵执信、洪升等名流交往甚密。著有《楝亭诗钞》《文钞》《词钞》,刻有《楝亭藏书》12种,主持刻印《全唐诗》。雪芹幼随曹寅,受其影响很大。

乾隆十年(1745)左右,雪芹在北京右翼宗学做过管文墨的杂差,后搬往西郊旗人聚居山村,最后大概定居于白家疃。晚年贫困,"举家食粥债常赊","日望西山餐暮霞"。但性格傲岸不驯,"步兵白眼向人斜","接罹倒著容君傲","高谈雄辩虱手扪"。《红楼梦》的创作大概始于他30余岁时,历经十年,增删五次以上才完成。

《红楼梦》在写作过程中,就有不少与雪芹关系密切的人借阅他的原稿,并在他的手稿或抄录本上写有评语,后来在流传过程中,还有一些人添加了评语,署名的有脂砚斋、畸笏叟、棠村、梅溪、松斋、立松轩、绮园、鉴堂等,在这些评语中,以脂评最多也最有价值,故又统称脂评。

《红楼梦》后40回的作者说法不一,有人以为乃雪芹原著,有人以为是高鹗所补,还有人认为是雪芹亲友搜集原稿并加以补写。对它的评价,也各不相同,甚至完全对立。

《红楼梦》的版本分为抄本和印本两大系统。抄本因有脂批,故简称脂评本、脂本,主要有甲戌本、庚辰本、己卯本、梦稿本、舒元炜序本、戚蓼生序本等版本;印本有乾隆五十六年(1791)萃文书屋活字排印,是为程甲本,次年重印,较甲本有所增删,是为乙本。

(二)主题思想

雪芹亲身经历了家族由繁华到颓败的转折,对社会、人生有了更深切的感受,在饱经沧桑后,追忆秦淮风月,恍如一梦,于是借创作小说,挥洒自己的辛酸泪。《红楼梦》通过对一个封建大家族衰亡和没落过程的书写,哀悼美的毁灭,深刻地表现了作者的人生体验。

小说集中从经济、教育、人际关系等方面揭示了贾家不可避免的悲剧命运。

贾家从"文"字辈开始,已开始走向衰落。贾家的有识之士如探春及冷眼旁观者外人冷子兴,敏锐地发现了这一危机,看出贾家走向没落的迹象:"外面的架子虽未倒,而内囊却上来了。"但贾家上层却仍要维持过去的排场,"百足之虫,死而不僵","黄柏木作了磬槌子,外头体面里头苦",不知俭省,奢侈糜烂,挥霍无度。小说开头就写了元春省亲和秦可卿之死两宗红白喜事,来表现贾家的奢华和捉襟见肘,正如王熙凤所说:"家里出去的多,进来的少。凡有大小事儿,仍是照老祖宗手里的规矩,……省俭了,外人又笑话,老太太也受委曲,家下也抱怨刻薄。"后来探春等试图兴利除弊,但无补于事,王熙凤甚至与丫环合谋偷盗贾母的金银玩器去典当补贴家用,加上王熙凤等贪污中饱,因此,贾家经济问题日益严重。

封建社会实行科举取仕制,因此,维持家族永久繁荣的唯一办法就是中举做官,但贾家的子孙多不争气,上下都安富尊荣,"运筹谋划的竟无一人"。贾敬一味好道,除烧丹炼汞外,余者一概不管;贾政头脑冬烘,迂腐无能;贾珍、贾琏、贾蓉聚赌嫖娼,堕落下流;宝玉本略可望成,但又不肯留意于孔孟之道,委身于经济之途,最终成了封建社会中"多余的人"。

贾府内部矛盾重重,斗争激烈。探春做了一个很形象的比喻:"一个个象乌眼鸡似的,恨不得你吃了我,我吃了你。"在当权者与下人之间、婆媳之间、兄弟之间、嫡庶之间、母子之间、妻妾之间,都有着种种的利益冲突及不可调和的矛盾。这些斗争加速了贾家的衰亡。

最终,贾家"落了个白茫茫大地真干净"的悲剧结局,而小说中的婚姻悲剧、爱情悲剧、命运悲剧等是家族悲剧的一个个组成音符,贾家悲剧又与当时的政治密不可分,它们互为因果,反映了作者对乾隆盛世的清醒认识,是对乾隆盛极必衰的悲剧性隐喻。

(三)人物形象

程朱理学扼杀人性,把性与情截然分开并对立起来,提出"存天理,灭人欲",要求人们把伦理由一种外在的规范转化为一种内在的自觉要求,使人欲由一种内在的需要变为外在的罪恶。明清两代由于大力倡导程朱理学,造成了一种时代病的人格危机。这个危机可以描述为人与自然日渐疏离,并逐渐丧失自然属性;人的思想与情感分离,人追随理性主义业已达到非理性的地步;人的个性向类型化、机械化、社会化方向发展,甚至萎缩和畸变,迂儒、腐儒、伪儒被大量制造出来。一些进步思想家都从不同角度对程朱理学进行了检讨和批判,为正常的"情"、"欲"辩护。李贽则试图以"童心说"加以矫正,呼唤回归本我,回归自然。《红楼梦》中贾宝玉和薛宝钗的形象显然受到晚明哲学思潮的影响,两人分别是自然人格和社会人格的典型,表现了两种不同价值观的冲突。

宝玉是"情痴情种",感情丰富,看重爱情、友情。宝玉追求一种知己之爱,并始终忠贞不渝,最后甚至为之遁入空门。宝玉的"意淫"人格,体现为对纯真美丽女孩的精神之爱,其中也包含着对没有人身自由和人格尊严的丫环奴婢们的爱护和体恤,所谓"主持巾帼,护法群钗","利女子乎即为,不利女子乎即止"。在宝玉看来,功名富贵远不如友情重要。有次张道士送给他一只金麒麟,他因想到史湘云有一个,就收下了,后不慎丢失,被湘云拾到。湘云笑道:"幸而是这个,明儿倘或把印丢了,难道也就罢了不成?"宝玉却回答道:"倒是丢了印平常,若丢了这个,我就该死了。"当他的好友秦钟病重时,宝玉"虽闻得元春晋封之事,宁荣两府近日如何热闹,众人如何得意,独他一个皆视如无,毫不曾介意"。宝玉还认为情重物轻,有次香菱把新穿的裙子弄脏了,宝玉跌脚道:"若你们家,一日遭蹋这一百件也不值什么。只是头一件既系琴姑娘带来的,你和宝姐姐每人才一件,他的尚好,你的先脏了,岂不辜负他的心!"晴雯"撕扇子作千金一笑",宝玉不但没骂她,还笑着说:"这些东西原不过是借人所用,你爱这样,我爱那样,各自性情。比如那扇子,原是扇的,你要撕着顽儿也可以使得,只是别生气时拿他出气;就如杯盘,原是盛东西的,你欢喜听那一声响,就故意砸了,也是使得的,只别在气头儿上拿他出气。——这就是爱物了。"显然,这是对当时重物轻人的价值的反动。

薛宝钗则是"冷香丸"。她虽对宝玉有爱悦之心,但总是有意压抑并努力消取这种背离封建礼教的情感。宝玉大承鞭笞之后,黛玉去探望是动之以情,她去则是晓之以理。她母亲把她许配给宝玉,征求她的意见,她回答说:"妈妈这话说错了。女孩家的事情,是父母作主的。再不然,问哥哥,怎么问起我来?"宝钗与人保持着"不疏不亲,不远不近。可厌之人,亦未见冷淡之态形诸声色;可喜之人亦未见醴密之情形诸声色"的关系。她有意识地把情感消解在伦理道德观念中。如贾琏夫妇吵架,都拿平儿出气,使宝玉"不觉凄然泪下",她却劝平儿道:"你是个明白人,素日凤丫头何等待你,今日他不过多一口酒,他可不拿你出气,难道倒拿别人出气不成?"金钏儿被逼跳井后,连王夫人尚于心不安,自感"罪过",她竟劝道:"姨娘也不必念念于兹,十分过意不去,不过多赏他几两银子,发送他,也就尽主仆之情了。"奴婢受辱甚至被逼而死,在她看来都是平常不过的事。在对待尤三姐自刎、柳湘莲失踪这件事上,尤其表现了她出身于皇商之家的铜臭气。薛蟠为此事流下泪来,薛姨妈也"心甚叹息",独她"听了并不在意",说这是"前生命定","不必为他们伤感","倒是自哥哥打江南回来了一二十日,贩了来的货物想来也该发完了。那同伴去的伙计们,……也该请一请酬谢酬谢才是"。

宝玉天真烂漫、率性而为,追求自由的生活。他的天性绝少受到世俗社会的浸染,他处处诚实不欺地表现自己,他是生命驱动的,更多地依赖自己的内心世界而不是外部世界,以自己的价值和感情指导生活。他感到什么,就要说什么,做什么,从不隐藏于假面目之后,他忠实于自身。"爱惜东西,连个线头儿都是好的;糟蹋起来,那怕值千值万的都不管。""嘴里一时甜言蜜语,一时有天无日,一时又疯疯傻傻。"他作文吟诗,"随意所之,信笔而去,喜则以文为戏,悲则以言去痛,辞达意尽为止"。对于强加在他身上的种种束缚,他深为不满。他曾激愤地对柳湘莲说:"我只恨我天天圈在家里,一点儿做不得主,行动就有人知道,不是这个拦,就是那个劝,能说不能行。虽然有钱,又不由我使。"父辈们分别采用了劝、骂和打等各种手段,试图改变他的天性,要他"留意于孔孟之间,委身于经济之道",但都以失败告终。他始终保有赤子之心,他喜欢大观园中的女孩儿,就是崇拜童真。他认为:"女孩儿未出嫁,是颗无价之宝珠,出了嫁,不知怎么就变出了许多不好的毛病来,虽是颗珠子,却没有了光彩宝色,是颗死珠子;再老了,更变的不是珠子,竟是鱼眼睛了。"因为女孩子长在深闺,几乎与外面世界隔绝,"道理闻见"不得而入,所以易于保持童心;而出嫁后,自此"染了男人的气味",童心于是开始丧失。

宝钗则是"国贼禄鬼"之流,失去了童心,和贾雨村、王熙凤一样有了"机械心"。她的种种言行都是经过了充分的思考后说出的、做出的。她过生日,贾母问她爱听何戏,爱吃何物,她深知贾母年老之人爱看热闹戏,爱吃甜烂之物,便总依贾母平日所好者说了,使贾母非常喜悦。元春送来自制的灯谜,宝钗近前一看,觉得"并无新奇",为了讨好元春,却"口中少不得称赞,只说难猜,故意寻思,其实一见就猜着了"。她送礼物人人都有一份,从不厚此薄彼。为人处事,秉着"不关己事不开口,一问摇头三不知"的原则,"虽然是个玩意儿,也要瞻前顾后,又要自己便宜,又要不得罪人,然后方大家有趣"。她压抑自己的个人嗜好,以期符合封建淑女、贤妇的标准。她小时候也曾喜欢读"杂书",后来因为大人反对,从此便"不以书字为事,只留心针黹家计等事"。她生活简朴,不事雕饰,清心寡欲。作者用一个"时"字高度概括了宝钗的性格特征。这种"人格的美"是"做人的美",即为了获得别人的好评价去"做"出好的言行举止。而封建社会推崇的正是这种虚假的自我,这种扭曲的人格美。而爱好天然的宝、黛却因"不合外人的式",遭致"百口嘲谤,万目睚眦"。

宝玉更注重自己的日常生活,社会参与意识淡薄。宝玉挨了打,宝钗去看望他,宝玉大受感动,自思道:"我不过挨了几下打,他们一个个就有些怜惜悲感之态露出,令人可玩可观,可怜可敬。假若我一时遭殃横死,他们还不知是何等悲感呢!既是他们这样,我便一时死了,得他们如此,一生事业纵然尽付东流,亦无足叹惜,冥冥之中若不怡然自得,亦可谓湖涂鬼祟矣。"由此可见所谓"一生事业"在宝玉心目中是何等的地位。其实,宝玉压根儿就没有什么"一生事业",在贾氏子孙中,他本是唯一可望造就以挽救贾府颓运的人材,但他不肯读书中举,为官作宰。他没有理想,没有追求,认为治家也是"俗"事。凤姐、宝钗、探春等,都看出了贾府的潜在危机,宝玉却毫不在乎,说她们"多心",劝她们"别听那些俗语,想那俗事,只管安富尊荣才是"。尤氏说:"谁都象你,真是一心无挂碍,只知道和姊妹们玩笑,饿了吃,困了睡,再过几年,不过还是这样,一点后事也不虑。"他笑着回答道:"我能够和姊妹们过一日是一日,死了就完了。什么后事不后事。"他心无挂碍,得过且过,人称"富贵闲人"。

宝钗则有浓厚的功名富贵思想。她去皇宫竞选过妃嫔,元妃说皇宫是"见不得人的地方",宝钗却对她羡慕不已。她渴望借力飞上高枝,"好风凭借力,送我上青云"。她认为男人就应该"读书明理,辅国治民",所以总是劝宝玉攀登仕途,虽屡遭抢白、嘲讽,仍是喋喋不休。在曹雪芹后40回的构想中,她与宝玉结婚后仍"借词含讽谏",从而导致宝玉"悬崖撒手"。

在当时,宝玉的生活方式和价值观念不为世俗社会所理解和容忍。在封建统治者看来,他是"于国于家无望"的废物;在下人们眼里,他"成天疯疯癫癫的,说的话人也不懂,干的事人也不知"。脂砚斋在批点《红楼梦》时,对宝玉这种人大感不解,称他为"今古未见之人","说不得贤,说不得愚,说不得不贤,说不得恶,说不得正大光明,说不得混账恶赖,说不得聪明才俊,说不得庸俗,说不得好色好淫,说不得情痴情种……"所以,宝玉是孤独、寂寞和苦闷的,"看见燕子就和燕子说话,河里看见了鱼,就和鱼说话,见了星星月亮,不是长叹短叹,就是咕咕哝哝的"。他在世人中得不到同情和理解,只得"寄语于自然"。这是他后来皈依佛门的重要原因。

由此可见,宝玉的行为完全背离了儒家修身、齐家、治国平天下的立身原则。不过,他的伤感仅仅是对人生命运的叹息,而不是对家国民生命运的关注;他身上闪烁的进步思想色彩带有先天禀赋的特征,而不是来源于社会实践和理性的思考;他内心的矛盾和苦闷,不是新思想与旧思想斗争的产物,而更多地是生活方式和世俗习惯冲突的结果,这就决定了他在反封建礼教方面的软弱无力,缺乏解构力量,从而使他成了类似俄国文学中的"多余的人",仅仅是贵族阶级中的先进分子,或"不肖子孙",而非资产阶级市民阶层的代表。薛宝钗的人格却因为过于向社会化发展,形成了另一种形式的扭曲和变态,但作者并未把批判的锋芒直指宝钗本人,而是指向封建礼教。宝钗是一枝被封建礼教这把剪刀修剪出来的"病梅",她有人格缺陷并非她个人的过错,她与宝玉一样,都是封建礼教的牺牲品,说明封建礼教已腐朽透顶,不仅扼杀其反对者,也吞噬其合作者。所以,宝钗"任是无情也动人"。

(四)艺术特色

《红楼梦》代表古典小说的最高成就,体现了作者杰出的创新能力。鲁迅说:"自有《红楼梦》出来后,传统的思想和写法都打破了。"(《中国小说的历史的变迁》)

其一,小说打破了中国古代小说大团圆结局的写法,按照作者的设计,贾家最终"落了片白茫茫大地真干净",彻底败落。通过这一悲剧,引发读者对历史、社会、人生进行深入的思考。

其二,小说以四大家族中的贾府为中心而展开描写,组成一个巨大的艺术结构,其中人物众多,事件纷繁,但人物有主次,事件有大小,就像生活中的本来面目一样。人物之交替,情节之变化,犹如波浪起伏,奔流不息。性格各异的人物,曲折多变的情节,都围绕着一个中心展开,向着一个总方向运行。1 至 5 回是全书引子和纲领,6 至 18 回介绍贾府的生活环境和主要人物,展开主线,19 至 80 回沿着宝黛爱情主线发展,贾府日趋没落,81 至 120 回写悲剧结局。1 至 5 回在结构上尤为重要,第 1 回叙述绛珠草神话故事,点明故事由来。甄士隐乃宝玉之影子,甄英莲乃群钗之象征,甄家为贾家之缩影。第 2 回冷子兴演说荣国府,使读者对贾家有个大致的轮廓。冷子兴"冷眼旁观",暗示贾家没落之趋势。第 3 回黛玉宝钗相继投奔贾府,以两人之眼写贾府,使读者进一步走近贾府,熟悉贾府,主要人物开始出场,展开爱情主线。第 5 回宝玉梦游太虚幻境,以判词和仙曲的形式暗示小说中主要人物的命运结局,是全书之大纲。打破了"花开一朵,各表一枝"的传统写法,绛树两歌,一叩双响。故事纷繁而又有序可寻,笙簧并作而又调和音谐。如写秦可卿之死,先写可卿托梦,众人伤心,宝玉吐血;后写众人哭灵,尤氏犯病,阴阳择期,和尚打醮,贾珍买棺,瑞珠触柱,贾蓉捐官,亲友祭灵,凤姐理丧,四王路祭,宝玉路谒,村舍打尖,凤姐弄权,秦钟偷情等。掀起一波带动万波,万波因一波而起,一波又摇曳于万波之中。如繁花生于树,花之婀娜多姿微风摇曳而始现;涟漪出于波,波之仪态万千在涟漪起伏中始呈。情节不以扣人心弦见长,而是淡淡写来,淡淡带出,如生活琐事,潺潺溪水,缓缓而来,不着意渲染山雨欲来风满楼之势,然后又以平常生活现象作结,如潺潺溪水,缓缓而逝。在不知不觉中,拉开生活新场景。淡而有味,诗意盎然。寓浓于淡,淡中见浓,浓淡相宜,似原生态的生活,但又更集中,更凝炼。全书是一个不可分割的整体,草蛇灰线,伏脉千里,以图画、诗文、物件、戏文、谚谣、谜语、酒令等暗示人物命运和情节发展,结构谨严。

其三,小说中人物众多,但各具面目,有血有肉,栩栩如生,具有很高的审美价值。特别是打破了传统的手法,不是从善恶两途去把握人物形象,"美则无一不美,

恶则无往不恶",实现了古代小说人物塑造从类型化到典型化的飞跃。其塑造人物的手法有以下几种:

运用对比手法突出人物性格。有的同中有异,如湘云和宝钗都有浓重的功名富贵思想,但湘云洒脱,像名士,宝钗端庄,像道学家;湘云与黛玉均胸无城府,锋芒毕露,但黛玉锋芒中带有尖酸和讽刺,湘云则锋芒中透出直率爽朗;尤二娘与迎春皆软弱,但尤二娘因地位低,其软弱是容忍,而迎春外号二木头,软弱是无用;黛玉和妙玉都孤高,但黛玉孤高中有热,妙玉孤高中有冷。同是丫环,平儿因主子凤姐利害,只有逆来顺受;鸳鸯深得贾母倚信,胆大自尊;袭人则对主子抱有幻想,温柔媚顺。

通过情节设计、细节描写塑造人物。如凤姐的杰出才干和贪婪狠毒的性格就是通过协理宁国府、毒设相思局、弄权铁槛寺等系列情节表现出来的。有些精彩的细节描写,丰富和深化了人物的个性特征,使人物形象有血有肉,生动自然,如对凤姐出场的描写,未见其人,先闻其声:

> 一语未休,只听得后院中有笑声,说:"我来迟了,不曾迎接远客!"黛玉思忖道:"这些人个个皆敛声屏气如此,这来者是谁?这样放诞无礼!"
> 心下想时,只见一群丫环媳妇,拥着一个丽人,从后房走来……

接着描写凤姐的衣饰,以显示其身份。凤姐拉着黛玉的手笑道:"天下真有这样标致的人物,我今儿才见了!况且这通身的气派,竟不象老祖宗的外孙儿,真是嫡亲的孙女,怨不得老祖宗天天口头心头一时不忘。只可怜我这妹妹这样苦,怎么姑娘偏就去世了。"说着以帕拭泪。贾母劝她休提前话,她又转悲为喜,拉着黛玉问这问那:"在这里不要想家,想要吃什么的,玩什么的,只管告诉我,丫头老婆们不好了,也只管告诉我。"凤姐与众不同的机变、泼辣及权势跃然纸上。又如第40回描写众人的笑:"史湘云撑不住,一口饭都喷了出来;林黛玉笑岔了气,伏在桌子上叫'哎哟';宝玉滚到贾母怀里,贾母笑的搂着宝玉叫'心肝';王夫人笑的用手指着凤姐儿,只说不出话来;薛姨妈也撑不住,口里的茶喷了探春一裙子;探春手里的饭碗都合在迎春身上;惜春离了座位,拉着他奶母叫'揉一揉肠子'。"真是如闻其笑声,如见其场面,各人之笑态皆符合其性格、年龄。

运用景物描写渲染和烘托人物的性格。如黛玉潇湘馆的鹦鹉、秀竹、石头、秋花秋草、秋风秋雨等凄清的景物,衰飒的情调和主人孤高忧郁、寂寞孤独的品格非常协调,达到了情景交融的艺术境界。宝钗蘅芜院室内陈设:"雪洞一般,一色的玩器全无,案上只有一个土空瓶供着数枝菊花,并两部书、茶杯而已;床上吊着青纱帐幔,衾褥也十分朴素。"突出地表现了她清心寡欲,不事雕饰的性格。探春的秋爽斋:"里面陈列着大理石大案,数十方宝砚,各种名人法帖,各色笔筒,笔如树林,斗大一个汝窑花囊,插着满满的一囊水晶球儿的白菊,西墙上挂着一大幅米襄阳烟雨图,案上设着大鼎,左边紫檀架上放着一个大官窑的大盘,盘内盛着数十个娇黄玲珑的大佛手。"这些摆设把探春开朗大方、精明强干的政治家风度映衬出来了。

通过外貌描写表现人物性格。历来才子佳人小说描写人物外貌千人一面,千人一腔,《红楼梦》在这方面取得了重大突破,小说中的人物外貌不再是人物道德评价的符号和标签,贾雨村奸猾,但生得雄壮;王熙凤心狠手辣,但美貌有才;薛宝钗世俗,但知识渊博;宝玉有许多优点,但也不乏公子哥儿脾气。对迎春三姊妹的描写,也是毫不雷同,各具面目。作者尤其擅长描写人物的眼睛,探春是"俊眼修眉,顾盼神飞";王熙凤是"一双丹凤三角眼,两弯柳叶掉梢眉";宝玉是"眼似桃瓣,睛若秋波,虽怒时而若笑,即瞋视而有情";黛玉有"两弯似蹙非蹙笼烟眉,一双似喜非喜含情目"。画龙点睛,十分传神。

其四,小说的叙述语言准确、鲜明、生动,我们以脂本和程高本比较,可见一斑。如脂本第二回写"雨村便相托友力谋了进去",而程高本改为"遂将雨村荐进衙门去"。第八回脂本写黛玉"已摇摇的走了进来",程高本改为"已摇摇摆摆的进来"。虽是数字之差,但艺术高下立判,脂本更能表现人物的性格和身体状况。第五回回目脂本是"葫芦僧乱判葫芦案",而程高本变为"葫芦僧判断葫芦案",第十六回脂本写凤姐弄权铁槛寺后,"自此凤姐胆识愈壮,以后有了这样的事,便恣意的作为起来,也不消多记",程高本改为:"以后所作所为诸如此类,不可胜数"。显然,脂本更具有作者鲜明的感情倾向性。第十六回脂本写刘姥姥看到自鸣钟,心想:"这是什么爱物儿,有甚用呢?"程高本改为"这是什么东西,有煞用处呢?"第六回脂本写刘姥姥进大观园要钱,"那刘姥姥先听见告艰难,只当没有,心里便突突的,后来听见给他二十两,喜得浑身发痒起来"。程高本最后一句改为"喜得眉开眼笑"。无疑,脂本的语言更为生动。另外,小说以北京官话为主体,但滤去了其中的粗俗成分。语言的使用注意到人物身份、性格、场合、情景,方言多用于人物对话,日常生活;书面语则用于朝廷应对,官场应酬。语言明丽而又通俗生动。

第五节　清代戏曲

清代是中国古典戏曲发展的第三个高峰。明末清初的戏剧家大都亲身经历了明代的覆亡,对明季由政治腐败所导致的亡国之因有深切的体验;或者有的年辈稍晚的作家虽未亲历其时,但从明遗民那里接受了由受异族统治带来的不平衡心态,和由于清初统治者残酷镇压而产生的反感与不平。所以揭露明季黑暗、探讨明代覆灭原因,婉曲抒发故国之思,抒写兴亡之感,表现家国飘零的失落和惆怅等,就成了此时期剧作的主流。一批表现重大社会问题、政治问题的戏剧接踵而出,如李玉的《清忠谱》、《万民安》、《一捧雪》等。孔尚任的《桃花扇》和洪升的《长生殿》代表着清代戏曲的最高成就。他们都借描写爱情,表现出对国家兴亡衰乱原因的深切关注与思索。而李渔的剧作更注意编剧技巧,迎合观众的世俗趣味,他的《闲情偶寄》是中国戏曲理论的集大成总结。清代中叶,戏曲创作成就开始下降,一些剧作热中于歌功颂德和劝善惩恶,较为出色的有蒋士铨、唐英和杨潮观等人的创作。清代后期,从文学的角度而言,戏曲的创作成就已不足称。

一、《长生殿》

《长生殿》的作者洪升(1645—1704)字昉思,号稗畦,又号稗村、南屏樵者,钱塘人。生于世宦之家,书香门第。曾师事骈文家陆繁弨、音韵学家毛先舒。少年时即以诗鸣钱塘。24 岁时入国子监肄业,并创作《长生殿》,历经十年,三易其稿。康熙二十八年(1689),因在孝懿皇后忌日演出《长生殿》,被人参奏入狱,革去学籍,以致白衣终身,所谓"可怜一曲长生殿,断送功名到白头"。晚年归钱塘,生活穷困潦倒。康熙四十三年(1704),曹寅在南京排演《长生殿》,邀洪升参加。洪升在回家的路上溺水而死。

洪升的始祖洪皓,在南宋时使金,被扣留 15 年之久,但他始终以苏武自励,誓死不屈,得以还宋。洪升之父洪起鲛人清后,以例授官,不就,"乐与竹林为友,有时莲社同群",后遭诬陷遭戍。洪升的老师陆繁弨、音韵学家毛先舒都不肯仕清。这些因素对洪升民族思想的形成有一定的影响。

洪升生平创作传奇 9 种、杂剧 1 种,现仅存传奇《长生殿》和杂剧《四婵娟》,此外尚有诗集《啸月楼集》、《稗畦集》和《稗畦续集》,诗稿《幽忧草》,词集《啸月词》、《昉思词》已佚。

(一)《长生殿》的思想内容

李杨爱情向来是文学书写的热门题材,但由于与安史之乱交织在一起,很难处理,所以这些作品的主题思想都较复杂,或以歌颂爱情为主,或以揭露讽喻为重。《长生殿》变批判李杨为赞扬,一时轰动全国。徐麟在《序》中说:"一时朱门绮席,酒社歌楼,非此曲不奏,缠头为之增价。"吴舒凫在《序》说:"爱文者喜其词,知音者赏其律,以是传闻益远,蓄家乐者攒笔竟写,转相教习,优伶能是,升价什佰。"

洪升在《传概》中称自己欲"借太真外传谱新词,情而已",可视为《长生殿》的点题,作者借李杨故事,讴歌理想中的生死不渝爱情。全剧长达 50 出,自始至终紧扣一个"情"字。

李杨爱情的发展经历了两个阶段,第一阶段从"定情"到"埋玉",主要写了两个方面的戏剧冲突,第一重矛盾是爱情纠葛,从明皇贪恋梅妃、虢国夫人、玉环几个女性,逐渐趋于专一,情节发展到长生殿密誓定情,达到高潮。第二重矛盾是爱情与政治的矛盾。作为帝王,朝朝暮暮沉溺于爱河之中,势必导致占了情场,弛了朝纲的严重后果。明皇把朝政交给奸相杨国忠、叛将安禄山,杨、安二人争权倾轧;明皇为博杨妃朵颐之欢,飞骑进贡荔枝,马踏青苗,撞死路人,加深了统治者与人民之间的矛盾。二重矛盾交织在一起,终于导致安史之乱,在《埋玉》一出达到高潮。所以,李杨既是安史之乱悲剧的制造者,也是安史之乱悲剧的承受者。后25出为李杨爱情发展的第二个阶段,写杨妃在幽冥之中,明皇在患难之际,"两心邪论生和死",一生一死,而情皆不灭,终于仙世团圆。从钗盒定情到埋玉以钗盒殉葬,再到仙世团圆钗盒成对,全剧始终以钗盒为线索。

在剧中,杨玉环成为主要的歌颂对象,作者不但隐去了她曾是寿王李瑁妃子的史实,而且没有采录她与安禄山之间暧昧关系的传说。至于她与明皇的爱情冲突,作者把责任归之于明皇用情不专,安史之乱的主要责任也由杨国忠和安禄山两人承担。在作者笔下,杨玉环温柔艳丽,才智过人。她梦入月宫,闻得仙乐,醒来后即制成霓裳羽衣曲。她与明皇闹别扭,希恩固宠,排除梅妃,是她作为妃子的处境所决定的,并且这种妒也是情深的表现,所谓"情深妒亦真"。明皇与梅妃重温旧好,作者以"献发"、"夜怨"两出表现了玉环内心的痛苦及对明皇的深情。在七夕之夜,她大胆向明皇倾诉了"只怕日久恩疏,不免白头之叹"的痛苦。"密誓"之后,玉环愈加情深。《埋玉》一出更表现了她对爱情的忠贞:当六军不发,威胁到国家和明皇的生命安全时,她三次请死,情愿"一代红颜为君尽,为国捐躯",临死犹不忘叮嘱高力士小心侍奉明皇。她死后无时无刻不在思念君王,灵魂在幽冥之中,追随圣驾,对天忏悔,乞求上天"只愿还杨玉环旧日的匹聘"。"精诚不散,终成连理",她的痴情终于感动了上天,她的忏悔使情感得到了净化。

作为帝王的唐明皇,开始并不懂得爱情,只因倦于政事,欲及时行乐,"韶华好,行乐何妨,愿此生终老温柔,白云不羡仙乡",并不想钟情于某一人。因此在与杨妃相爱的同时,仍不忘与虢国夫人、梅妃温存。但在杨妃献发之后,身为帝王的他竟第一次尝到了相思的滋味。"密誓"之后,才专情于玉环一人。"埋玉"之后,明皇良心觉醒,深深自责,对贵妃的感情进而深之入骨。当安史之变消息传来时,杨妃正在睡觉,明皇居然吩咐宫娥不要惊醒她。仓皇逃离长安时,他想到的不是江山社稷,而是他的美人,说:"天那,寡人不幸,遭此播迁,累她玉貌花容,驱驰道路,好不痛心也!"在马嵬,禁军哗变,要求处死杨玉环,他说自己若失去玉环,虽有九重之尊、四海之富也没有意义,甚至想为玉环代陨黄沙。他对禁兵将领陈元礼充满仇恨,"恨不诛他肆逆三军",斥其为乱臣贼子,并在梦中斩之。回銮后,他做了太上皇,"闻铃"、"哭像"、"见月"、"雨梦"诸出,描写了他对玉环铭心刻骨的思念,"只为他情儿久,意儿坚,合天人重见",李杨对爱情坚贞不渝的追求和忏悔,是他们最终得以团圆的关键。

当然,作者对李杨爱情注以同情的同时,也批判了他们的淫乐给人民带来的灾难。占了情场,驰了朝纲,认敌为友,重用奸臣叛将,政治上的昏庸导致安史之乱,给国家、人们也给他们自己带来了灾难性的后果。

作者所讴歌的情,不限于男女之情,还包括臣忠子孝。作者借郭子仪、雷海青、李龟年、郭从谨等忠臣义士之口,对朝廷的腐朽、降臣的可耻进行了揭露和讽刺。如乐工雷海青在朝堂怒斥叛贼,以乐器击之,大胆嘲骂那些靦颜事敌的朝臣:"平日价张着口把忠孝谈,到临危翻着脸把那富贵贪。早一齐儿摇尾受新衔,把一个君亲仇敌当作恩人感。咱只问你蒙面可羞惭?"作者还通过宫廷乐师李龟年在安史之乱后,流落江南,沿街卖唱,发出了感人肺腑的兴亡之叹,曲折地表达了作者的民族情感。

对奸相杨国忠和叛将安禄山,作者给予了强烈的谴责。杨国忠先是纳贿为安禄山开脱罪责,并公然卖官给他。后来安禄山得势,两人又争权希宠,互相攻讦。杨国忠在明皇面前屡言安禄山必反,后为证明其言不虚,竟逼迫安禄山叛变。

总之,《长生殿》的思想内容,从李杨爱情主题的深化到对现实社会的揭露,都反映了作者的民主思想,体现了洪升垂戒来世的创作意图。

(二)艺术特色

《长生殿》的艺术特色主要表现在:

其一,《长生殿》结构宏伟,全剧分为上下两卷,上卷基本采取现实主义的创作方法,描写李杨的宫廷生活占了主要的关目,揭示李杨爱情的发生、发展及其造成的严重后果;下卷继承《牡丹亭》的传统,采用浪漫主义的创作方法,写钗盒重合,李杨爱情得到升华。上卷重写实,下卷重抒情,虽然各有侧重,但却是有机的统一,上卷为下卷打下了基础,下卷又是上卷发展的必然结果。

《长生殿》在结构上继承《琵琶记》的传统,非常重视排场,冷热相剂,如《权贿》之后是《春睡》,《进果》之后是《舞盘》,爱情的发展与尖锐的社会矛盾纠结在一起,上下场之间,互相对照,交错发展,收到了良好的舞台视觉效果,而且能使角色之间劳逸更替,避免观众的审美疲劳。

其二,《长生殿》曲词清丽。焦循在《剧说》中指出:《长生殿》"荟萃唐人诸说部事及李杜、元白、温李数家诗句,又剌取古今剧中繁丽色段以润色之,遂为近代曲家第一"。今天舞台上仍有许多《长生殿》中的曲子和单折戏原封不动地在舞台上演出,这在戏曲史上是绝无仅有的,如《北中吕·粉蝶儿》:

> 天淡云闲,列长空数行新雁。御园中秋色斓斑;柳添黄,苹减绿,红莲脱瓣。一抹雕栏,喷清香桂花初绽。

39字写尽秋意,有声有色地创造出优美的意境,音韵清新,易于表达愉快的感情,唱起来十分悦耳。

又如《武陵花》:

渐渐零零,一片凄然心暗惊。遥听隔山隔树,战合风雨,高响低鸣。一点一滴又一声,一点一滴又一声,和愁人血泪交相迸。对这伤情处,转自忆荒茔。白杨萧瑟雨纵横,此际孤魂凄冷,鬼火光寒,草间湿乱萤。只悔仓皇负了卿,负了卿!我独在人间,委实的不愿生。语婷婷,相将早晚伴幽冥。一恸空山寂,铃声相应,阁道峻嶒,似我回肠恨怎平!

情景交融,以铃声、雨声渲染气氛,衬托明皇的怀念之情,颇为动人。

其三,《长生殿》的唱腔宾白符合人物性格。作者根据角色的身份、地位不同而采用不同的唱腔,如唐明皇、杨贵妃之唱腔用南曲,清丽流转,婉约缠绵;李龟年、雷海青之唱腔用北曲,铿锵上口,人人喜爱。李龟年唱腔悲怆伤感,雷海青唱腔粗犷激越,郭子仪唱腔雄浑豪放。杨贵妃之语言柔媚纤巧而语挟风霜,唐明皇之语言或喜或悲皆不失帝王之尊,还有杨国忠与安禄山之对话,皆形神皆肖,入木三分。

二、《桃花扇》

《桃花扇》的作者孔尚任(1648—1718),山东曲阜人,字聘之,又字季重,号东塘,自称云亭山人,别署岸堂主人,孔子 64 代孙。年轻时读书曲阜县北石门山中,用心举业之外,留意礼乐兵农,考订古代乐律,同时博采异闻,准备写一本反映南明王朝兴灭的剧本。他在《桃花扇本末》中写道:"予未仕时,每拟作此传奇,恐闻见未广,有乖信史;痛歌之余,仅画其轮廓,实未饰其藻采也。"因屡困场屋,1618 年捐纳了一个国子监生员衔。

1684 年,康熙南巡,回京时路过山东,到曲阜祭祀孔子,孔尚任被荐在御前讲经,得到康熙的褒奖,被破格任命为国子监博士。孔尚任禁不住"随路感泣,逢人称述",返家后"跪述老母膝前",并撰《出山异数记》,谓"书生遭际,自觉非分,犬马图报,期诸没齿"。

1686 年,孔尚任随刑部侍部孙在丰出使淮扬,参加疏理黄河海口工程,这使他有机会更广泛地接触社会现实,逐渐加深了对社会的认识。回京后,仍任职国子监,对官场开始感到厌倦,日以读书和搜集古玩为事。1694 年购得唐宫乐器小忽雷和大忽雷。小忽雷是唐代画龙名手韩滉自制的胡琴,弹之,声忽忽如雷,故名。后献于唐德宗,文宗时犹在内府,郑中丞特善之,后流入民间。作者以此为关目,演出了一出书生梁厚本和郑盈盈悲欢离合的故事。

1695 年,孔尚任迁户部主事,主管监铸钱币。1699 年 6 月,《桃花扇》脱稿,受到普遍欢迎:"王公荐绅,莫不借钞,时有纸贵之誉。……长安之演《桃花扇》者,岁无虚日……笙歌靡丽之中,或有掩袂独坐者,则故臣遗老也,灯炧酒阑,唏嘘而散。……己卯秋夕,内侍索《桃花扇》甚急;……午夜进之直邸,遂入内府。"当时"翰部台垣,群公咸集",让尚任"独居上座,命诸伶更番进觞,邀予品题。座客啧啧指颐,颇有凌云之气"。真是占断词场,名满京华。

1700 年 3 月,孔尚任升户部广东司员外郎,突以"疑案"罢官。这年冬天,孔尚任离京返乡,"挥泪酬知己,歌骚问上天。直嫌芳草秽,未信美人妍",对朝廷开始感到幻灭。后逝世于故乡。

(一)思想内容

孔尚任在淮扬治河时,拜访和结交了许多明朝遗老,如黄云、许承钦、杜浚、冒襄等。杜浚与杨龙友、柳敬亭皆交谊甚厚。后来孔尚任游南京,又访问了明末画家龚贤、程邃,明大锦衣张怡,明末著名文人万斯同、石涛等,为他们的爱国热情所感染,加深了对南明王朝的认识。《桃花扇》就是借李香君和侯方域的离合之情,抒写对南明弘光王朝覆灭的兴亡之感。他运用戏曲艺术的形式,评价南明的历史,从中总结历史教训,正如其在《桃花扇小引》中所指出的:明王朝"三百年基业,隳于何人,败于何事,消于何年,歇于何地。不独令观者感慨涕零,亦可惩创人心,为末世之一救矣"。

《桃花扇》塑造了众多的艺术形象,直接或间接地写到了当时的许多重要人物和史实,并且鲜明地表明了自己的态度。他全力抨击了以马士英、阮大铖和弘光帝为代表的上层统治者的黑暗政治。从崇祯末年侯朝宗等复社文人对当时因逆案罢职,避居南京而又蠢蠢欲动的阉党余孽阮大铖的斗争开始,通过拥立新君等事件,进一步揭露了阮大铖和马士英的狼狈为奸。马、阮攫取了军国大权之后,荒淫无耻,追求声色享受。对于弘光帝,则以谀媚为能事,"只劝楼台追后主,不愁弓矢下南唐","恨不能腮描粉墨,也情愿怀抱琵琶,……这便是为臣经济,报主功阀",极力排斥史可法等元老重臣,并重兴党狱,打击东林、复社等反对派人物,缇骑四出,捕杀甚重,内政腐败到了极点。左良玉以清君侧为名,挥兵讨伐,马、阮竟无耻地说:"宁可叩北兵之马,不可试南贼之刀",征调黄得功、刘泽清、刘良佐三镇兵马截防左良玉,致使江北空虚,清兵得以长驱直入,攻破南京。至于弘光帝,大敌当前,他念念不忘的竟是阮大铖所献的"中兴一代之乐"的《燕子笺》的"脚色尚未选定,万一误了灯节,岂不可恼?""南朝天子春心动",一句话高度概括了这位"中兴不用亲征战"的虾蟆天子的全部所为。从这些反面形象的描写中,《桃花扇》让观众看到了南明王朝的锦绣江山是如何断送在这班昏君乱臣手中的。

除了马、阮之外,剧本还揭露了那批擅于内争的悍将。被倚为南朝军事主力的江北四镇,不仅战斗力薄弱,彼此之间还存在着不可调和的利害冲突和派系斗争。剧中写了他们为争座次和抢占扬州,不惜同室操戈,窝里相斗。他们的口号竟是"国仇犹可恕,私怨最难消"。对于这班悍将,督师史可法一筹莫展,只能"笑中兴封了一伙小儿曹!"他作为统帅,实际上能指挥的只有三千残兵、一座孤城。他上不能得到朝廷信任,下无雄兵强将,名义上归他节制的四镇,早与马、阮勾结,各怀异心,不听调度。朝中军中,无处不难,独木难支。最后清兵渡江,史可法死守扬州,沉江殉国。

在暴露和谴责南明上层统治集团的同时,孔尚任却以最大的热情塑造了李香君、柳敬亭、苏昆生、卞玉京、丁继之、兰田叔等下层人物的正面形象。这些妓女、艺人、清客,在当时社会地位虽极为低微,却能关心国家安危,耻与奸党为伍,临危不惧。剧中把他(她)们的高尚品德和民族气节与那些身居高位的官僚士大夫的龌龊行为对比描写,爱憎分明。李香君的艺术形象尤具有深刻的思想意义,这个"风标不学世时妆"的歌妓,具有高度的政治眼光。她对侯朝宗的倾慕,主要是由于"东林伯仲,俺青楼皆知敬重",爱的是清流名节,所以当侯朝宗出乎她的意外,同意接受阮大铖赠送的妆奁时,她决然把阮大铖送来的衣服首饰抛了一地,"脱裙衫,穷不妨,布荆人,名自香"。《辞院》一出,当听说阮大铖要派人捉拿侯朝宗时,她劝他赶快逃走。侯朝宗却为"燕尔新婚,如何舍得"而发愁,李香君正色道:"官人素以豪杰自命,为何学儿女子态!"在"拒媒"、"守楼"、"寄扇"、"骂筵"等一连串情节中,她为了抗拒权奸的欺凌,把生死置之度外,表现了她鲜明的政治态度和刚烈的性格。她坚决拒绝再嫁,不管是利诱,还是威逼,都毫不动摇,公开声称"奴是薄福人,不愿入朱门",以至于"碎首淋漓不肯辱于权奸!"在《骂筵》一出中,她冒着生命危险,痛斥马士英和阮大铖:"堂堂列公,半边南朝,望你峥嵘。出身希贵宠,创业选声容,后庭花又添几种","干儿义子从新用,绝不了魏家种"。

柳敬亭、苏昆生原是阮大铖的门客,当他们看到《留都防乱揭》后,才知道阮大铖是阉党,于是拂袖而去。左良玉不顾大局,借言士兵缺粮领兵东下,因左良玉曾是侯朝宗父亲的部下,侯朝宗便模仿父亲的口气写信给左良玉,劝他妥善解决兵粮问题,不要轻易就食南京,但愁信无人投送,柳敬亭便毛遂自荐,担起送信重任。《草檄》一出,袁继咸等人修起参本,痛数马士英、阮大铖之罪,又是柳敬亭挺身而出,置个人生死于度外,前去投送。他说:"这条老命甚么希罕,只要办得元帅事来。"苏昆生是李香君的歌舞教师,对李香君关怀备致,为她不辞辛劳将桃花扇寄给侯朝宗。在寻找侯朝宗的旅途中,毛驴被乱兵夺去,自己被推落水中,险些丧命。当陈贞慧、吴应箕、侯方域被捕之后,苏昆生又去向左良玉求救。明亡后,柳、苏都归隐渔樵,不愿做新朝的顺民。他们爱憎分明、赤胆忠心的坚强性格与马、阮之流军国重臣形成了强烈的反差。

(二) 艺术特色

《桃花扇》借离合之情,写兴亡之感。通过侯朝宗和李香君的爱情故事,用一把扇子,把一部南明兴亡史的庞大内容,有机地贯串到了一起,组成了《桃花扇》宏伟的结构,表现了作者概括生活的卓绝艺术能力。

桃花扇是侯李定情的表记,作者在《桃花扇小识》中说:"所本不足为奇,不值一传","其不奇而奇者,扇面之桃花也;桃花者,美人之血痕也;血痕者,守贞待字,碎首淋漓,不肯辱于权奸也,权奸者,魏阉之余孽也;余孽者,进声色,罗货利,结党复仇,堕三百年之帝基者也"。因为扇子主人的命运和国家的命运紧密联系在一起,记录了主人特殊遭遇的这柄扇子,就有了可传之义。作者围绕扇子展开广阔的历史图景,就显得非常自然和合情合理。从赠扇定情开始,侯、李的爱情就和当时的重大政治事件——复社文人反对阮大铖的斗争纠缠在一起,杨龙友的帮衬和阮大铖的妆奁促成了侯、李的结合,但却奁行为又遭到了阮大铖的忌恨,侯朝宗被诬勾结左良玉,他只得逃奔史可法,造成了两人的分离。从两人分别后各自不同的遭遇,反射出南明政治的方方面面。侯朝宗这条线,关联到史可法、左良玉、高杰等军国重臣,通过他直接反映了南明的军政措施以及阻奸、移防等重大事件,写出了迎立福王,史可法被排挤,四镇内哄等"草创争斗之状";从李香君这条线,通过拒媒、媚座、选优等事件,写出了弘光、马、阮等"偷安宴游之情",反映了南明王朝的苟且偷安,腐化堕落。从侯、李的合和分开始,自然地引出了剧中一系列的人物和事件,"争斗则朝宗分其忧,宴游则香君罹其苦。一生一旦,为全本纲领,而南朝之治乱系焉"。离合之情和兴亡之感就这样巧妙地纠结在一起,而桃花扇就成了这段离合和兴亡的历史见证。当南明王朝开始崩溃时,侯、李得以重合,重见桃花扇,勾起旧情,欲续旧缘。张道士将桃花扇撕破,猛然断喝道:"当此地覆天翻,还恋情根欲种,岂不可笑?""呵,呸!两个痴虫,你看国在那里?家在那里?君在那里?父在那里?偏是这点花月情根,割不断么?"于是侯、李猛烈醒悟,割断情缘,双双入道。侯、李爱情至此结束。《桃花扇》批者指出:"非悟道,亡国之恨也。"

作者在《桃花扇凡例》中说:"剧名《桃花扇》,则桃花扇譬珠也,作《桃花扇》之笔譬则龙也。穿云入雾,或正或侧,而龙睛龙爪,总不离乎珠,观者当用巨眼。"由此可见,桃花扇在剧中有着重要的结构功能。

《桃花扇》用严肃的写史笔调,通过典型丰富的细节描写,揭示出人物形象的复杂性和社会意义,"面目精神,跃然纸上,勃勃欲生"。作者在《桃花扇凡例》中指出:"朝政得失,文人聚散,皆确考时地,全无假借。至于儿女钟情,宾客解嘲,虽稍有点染,亦非乌有子虚之比。"如左良玉,作者既歌颂了他对崇祯帝的忠心,又批评他不顾大局的骄矜跋扈,客观上加速了南明王朝的覆灭。对复社文人,作者肯定了他们力求刷新政治的进步一面,但又批评了他们胸无一策的缺陷,侯朝宗甚至表现过动摇。对杨龙友的批判也有分寸,他周旋于清流与奸党之间,一方面趋炎附势,为虎作伥;一方面又以名士身份,结交复社名流。当马、阮作恶过甚时,心里也不以为然,对侯、李又稍加保护。

剧中人物有着各自不同的面貌,不模糊,不类似。如马士英和阮大铖同为奸臣,但马士英权倾中外,庸鄙贪黩而无智略;阮大铖权势比不上马士英,而为人机敏,猾贼而才藻,填词唱曲,出谋划策都有两手。作者对两人的描写更多地采用了夸张的手法,如"侦戏"一出,阮大铖逃到南京,说:"前局尽翻,旧人皆散,飘零鬓斑,牢骚歌懒,又遭时流欺谩,怎能得高卧加餐。"以独唱的形式发泄牢骚,表现他的可怜相。"可恨身家念重,势利情多;偶投客魏之门,便入儿孙之列"一段独白,似乎也不无悔改之意,但接着又悄语道:"若是天道好还,死灰有复燃之日。我阮胡子啊! 也顾不得名节,素性要倒行逆施了。"终于露出了奸邪阴险的豺狼本性。又如柳敬亭和苏昆生都是艺人,但一个锋芒毕露,一个憨厚含蓄,毫不混同。

《桃花扇》中没有油腔滑调的插科打诨,并以悲剧结尾,这在古代戏曲史是十分罕见的。作者是抱着十分严肃的态度创作本剧的,因而取得了杰出的艺术成就。

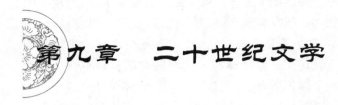

第九章　二十世纪文学

第一节　中华民国与新文学

一、民国与新文学

　　1912 年也被称为民国元年,因为这一年的 1 月 1 日,中华民国临时政府作为一个完全不同于中国历史上任何帝国政府的国家政权诞生了。同年 2 月,仅仅做了 3 年皇帝、年纪也才有 6 岁的宣统皇帝爱新觉罗·溥仪宣告退位。又过了 12 年,仍然保留着帝号、居住在禁城的溥仪终于被驱逐出宫。这件事当时颇为轰动,也给住在北京的诗人徐志摩带来了写诗的冲动,写下了下面这段题为《残诗》的"新诗":

　　　　怨谁? 怨谁? 这不是青天里打雷?
　　　　关着,锁上;赶明儿瓷花砖上堆灰!
　　　　别瞧这白石台阶儿光滑,赶明儿,唉,
　　　　石缝里长草,石板上青青的全是莓!
　　　　那廊下的青玉缸里养着鱼,真凤尾,
　　　　可还有谁给换水,谁给捞草,谁给喂?
　　　　要不了三五天准翻着白肚鼓着眼,
　　　　不浮着死,也就让冰分儿压一个扁!
　　　　顶可怜是那几个红嘴绿毛的鹦哥,
　　　　让娘娘教得顶乖,会跟着洞箫唱歌,
　　　　真娇养惯,喂食一迟,就叫人名儿骂,
　　　　现在,您叫去! 就剩空院子给您答话! ……

　　难得的是,诗人给后人留下了一幅大清王朝颓败之后萧索的"故宫晚秋"图画,"白石台阶儿"、"赶明儿"、"冰分儿"、"娘娘"这些带着皇城味儿的词汇也传达出冷冷的嘲谑。尤其是,对于那些熟悉了在"平平仄仄仄平平,仄仄平平仄仄平"框架中作诗、读诗的人们，《残诗》更是一首完全不同的诗。一方面语言是大白话、口语甚至北京方言，每一行的字数也不均等；另一方面又不讲平仄，诗体似乎也无以名之。中国古诗系统中没有与它对应的品种。即便是现在的读者，也可能会产生误会，以为这就是所谓"自由诗"。

但它实在并不是"自由诗"。第一，它押韵，前六行基本上押同样的韵，后六行则每两行换一个韵；第二，每行的字数虽然不等，但若以口语节奏论，却可以感觉到每行诗句的节奏数大体相等，差不多都是五个节奏单位，比如前两行可以这样读：

> 怨谁？｜怨谁？｜这不是｜青天里｜打雷？—
> 关着，｜锁上；｜赶明儿｜瓷花砖上｜堆灰！—

在英语古典诗歌中，有一种格律形式叫"The heroic couplet"，汉语译为"英雄联韵体"或"英雄双行"，其主要韵律特点包括"抑扬格五音步"和"两行一韵"，抛开英诗中的"格"，将"音步"说成"停顿"或"音组"，就可以发现徐志摩的《残诗》最接近"The heroic couplet"的要求。那么，《残诗》也就可以叫做汉语的"英雄联韵体"，而不是"自由诗"。因为自由诗另有要求。

徐志摩，就是那位先后留学美、英，欲做中国的"汉密尔顿"而终于成为中国的济慈的那位热情诗人，他在民国时期所做的，恰恰就是把英语诗歌格律转换到现代汉语诗歌中的一个实验者。在他留下的诗作中，《再别康桥》也罢，《康桥再会吧》也罢，差不多都是对英诗各类诗体的汉语式转换。和他有着共同留学背景的诗人，闻一多，陆志韦、朱湘、孙大雨、林徽因，莫不如此。这就是民国时期中国诗、中国文学的新风气，在这种新风气鼓荡下写出来的"西化"的文学作品，就是不同于中国传统文学的新文学。

不过，徐志摩的《残诗》已是新文学发生五六年之后比较成熟的作品了，那时候北京、上海、杭州、南京这些大城市的新文学写作渐呈燎原之势，诗如郭沫若的《女神》和《星空》，冰心的《繁星》和《春水》，汪静之的《蕙的风》，小说如鲁迅的《呐喊》，郁达夫的《沉沦》，张资平的《冲击期化石》，都已经成为图书市场上的新文学出版物了。

二、新文学的萌芽

小说，在中国先后经过了笔记、传奇、话本的时代，到清朝末年的"小说界革命"，也已经不全是"东昌卜氏，业牛医者，有女小字胭脂，才姿慧丽"或"话说山东登州府东门外有一座大山"式的开篇了，但读者从《新青年》上看到《狂人日记》那些离奇的句子和更离奇的感觉，才真正意识到民国毕竟已不同于慈禧太后的时代。"今天晚上，很好的月光。我不见他，已是三十多年；今天见了，精神分外爽快。才知道以前的三十多年，全是发昏；然而须十分小心。不然，那赵家的狗，何以看我两眼呢?"这样的文学阅读,新鲜、刺激、震撼,令人奋发,又令人苦恼。

就连一个叫谢婉莹的女孩子,都写出了与李清照完全不同的诗句:

> 我们都是自然的婴儿,
> 卧在宇宙的摇篮里。

中国在变,中国话在变,用中国话写出来的文学也在变。但若以为这一切都是中华民国带来的,则又不对。事实上,在中华民国成立的最初几年乃至《新青年》倡导新文学的时候,中国的文坛还处在一种十分暧昧的状态,一般城市市民读者喜欢的,还是那种旧式男女才子佳人们的哀情故事。

在民国初年,最流行的仍是鸳鸯蝴蝶派小说。1908年,吴沃尧的写情小说《恨海》流行,以及早些年《九尾龟》、《海上花列传》诸小说和翻译小说《巴黎茶花女遗事》、《迦因小传》的流行,实在可谓鸳鸯蝴蝶派小说之"源","可怜一卷茶花女,断尽支那荡子肠",说的就是这种情况。徐枕亚的《玉梨魂》、陈蝶仙的《泪珠缘》、李定夷的《美人福》和吴双热的《兰娘哀史》是这派小说的代表作。它们往往有一个固定模式,"大率开篇之始,以生花笔描写艳情,令读者爱慕,不忍释手;既而转入离恨之天,或忽聚而忽散,或乍和而乍离,抉其要旨,无非为婚姻不自由而发挥文章而已"(蒋箸超《白骨散·弁言》)。鲁迅则把这种小说称为"新的才子+佳人小说",因为"偶见悲剧的结局,不再都成神仙"而"不能不说是一个大进步"(鲁迅《二心集·上海文艺之一瞥》)

上海是鸳鸯蝴蝶派小说的大本营,《小说时报》(1909)、《小说月报》(1910)、《礼拜六》(1814)、《眉语》(1914)等报刊是其主要园地,所以又有"礼拜六"之称。奇怪的是,尽管《新青年》创刊后和文学研究会成立后都对鸳鸯蝴蝶派大加讨伐,这派小说却不断地改头换面,始终伴随着中华民国文学的历史。从1930年代张恨水的《啼笑因缘》等,直到1940年代张爱玲的小说,以及再后来台湾琼瑶的小说,都有着这派小说的血统。

民国初期,中国的电影业出现了。第一部电影故事片《难夫难妻》在1913年上映。它的编剧郑正秋(1888—1935)是一位弃商从文的广东人,长于编导演出新戏,也是中国电影业的开拓者之一。《难夫难妻》虽然诞生在鸳鸯蝴蝶派小说盛行的时代,但主题却是批评封建婚姻制度的不合理,有"教化社会"的正面意义。

中国传统戏剧从杂剧、传奇下来,总称为戏曲,与西洋歌剧、话剧、芭蕾舞剧均不同,故而所谓中国歌剧和中国话剧都具有进口性质。话剧传入最早,1906年成立于日本东京的春柳社,其成员曾存吴(孝谷)、李叔同等"留学扶桑,慨祖国文艺之堕落,亟思有以振之"(丰子恺《回忆李叔同先生》),先后上演了法国名剧《茶花女》和改编自美国斯陀夫人小说《汤姆叔叔的小屋》的《黑奴吁天录》。民国成立前几年,上海已经出现了众多的话剧演出团体,影响较大的有上海演剧联合会(1909)、文艺新剧场(1910)、进化团(1910)等,辛亥革命后又陆续成立了郑正秋的新民社以及民鸣社、启民社、移风社,出现了"甲寅中兴"(1914)的局面。这时候还没有"话剧"一说,而只叫做上海新剧或文明剧,社会对新剧、文明剧的评价也不高。苏曼殊有文章评论说:

> 余羁沪向不观新剧。间尝被校书辈强余赴肇明观《拿破伦》一出,节奏支离,茫无神采;新剧不昌,亦宜然矣。前数年,东京留学者创春柳社,以提倡新剧自命,曾演《黑奴吁天录》、《茶花女遗事》、《新蝶梦》、《血蓑衣》、《生相怜》诸剧,都属幼稚,无甚可观,兼时作粗劣语句,盖多浮躁少年羼入耳。今海上梨园所排新戏,俱漫衍成篇;间有动人之处,亦断章取义而已,于世道人心何补毫末?……

不过这尚不成熟的新剧,倒给了烂熟的京剧以启发。梅兰芳和王凤卿到上海演出时看了以现实生活为内容的文明戏,又结识了新戏剧家欧阳予倩,回到北京就着手京剧改革,创作了《孽海波澜》、《宦海潮》、《一缕麻》、《邓霞姑》这些反对包办婚姻、揭露官场黑暗的时装新戏。

新剧的创作和演出甚至进入了校园。就在所谓"甲寅中兴"的1914年,天津南开学校的新剧团成立了,南开校长张伯苓的弟弟张彭春1916年自美归国,担任南开新剧团的副团长,编导了写实剧《新村正》,而1913年考入南开学校的周恩来,也是新剧演出的活跃分子,举凡《一元钱》、《一念差》、《新村正》、《理想中的女子》诸剧,他都先后参与编、导、演。因为缺少女演员,周恩来常常扮演女主角,"粉墨登场,倾倒全座。原是凡津人士之曾观南开新剧者,无不耳君之名"(1917年南开《毕业同学录》)。北京清华学校的业余演剧也很活跃,1914年级的学生洪深先后编排了《侠盗罗宾汉》、《卖梨人》和《贫民惨剧》,而"话剧"这个新名词,就是洪深引入汉语的。

但是,更新的文学理念正在大洋彼岸酝酿着,"新文学"将要随着《新青年》出场了。

三、五四新文学的发生

> 两个黄蝴蝶,双双飞上天。
>
> 不知为什么,一个忽飞还。
>
> 剩下那一个,孤单又可怜。
>
> 也无心上天,天上太孤单。

胡适这首《蝴蝶》诗,写于1916年8月23日,后收入《尝试集》,初版时题作《朋友》,约莫可以揣测作者的创作动机。事实上,1916年正在美国纽约哥伦比亚大学哲学系师从杜威的胡适,的确正"感触到一种寂寞的难受",《蝴蝶》不过是借景抒情,表达的却是在探讨白话文学过程中得不到同学们理解的寂寞。就诗论诗,《蝴蝶》可谓不新不旧,或者半新半旧,语言算是"白话",诗体依旧五言八句,并不脱古诗窠臼。要说这就是"新诗",有些勉强,因为唐朝王梵志的诗就已经十分"白话"了。"新文学"之"新",应该还有一些其他因素。

不过1916年前后倒真是新文学即将登场的紧要时刻了。《新青年》杂志1915年在上海办起来了,蔡元培1916年底就任北京大学校长,钱玄同、陈独秀、李大钊、刘半农、周作人、沈尹默、胡适陆续来到北大任职,郭沫若、郁达夫正在日本,包括在民国教育部工作的周树人,他们大都有着留学日本或留学英美的知识背景,都已经积蓄了足够多的革新热情。就在写了《蝴蝶》之后的10月份,还在纽约的胡适给上海的陈独秀写信时提出了"文学革命"的八条意见,不久干脆写成一篇《文学改良刍议》,将八个条件调整为"八事":

> 1．须言之有物。2．不摹仿古人。3．须讲求文法。4．不作无病之呻吟。5．务去烂调套语。6．不用典。7．不讲对仗。8．不避俗字俗语。

此文寄给陈独秀,发表在《新青年》二卷五号(1917年1月)上,接着,陈独秀也写了篇《文学革命论》,发表在《新青年》二卷六号上面,张起了"文学革命"的大旗:

> 文学革命之气运,酝酿已非一日,其首举义旗之急先锋,则为吾友胡适。余甘冒全国学究之敌,高张"文学革命军"大旗,以为吾友之声援。旗上大书特书吾革命军三大主义:曰,推倒雕琢的、阿谀的贵族文学,建设平易的、抒情的国民文学;曰,推倒陈腐的、铺张的古典文学,建设新鲜的、立诚的写实文学;曰,推倒迂晦的、艰涩的山林文学,建设明了的、通俗的社会文学。

陈独秀所要"推倒"的"贵族文学"、"古典文学"和"山林文学",往往引起误会,或以为是把中国传统文学全盘否定,这里不妨引述原文看看陈独秀的所指:"贵族文学,藻饰依他,失独立自尊之气象也;古典文学,铺张堆砌,失抒情写实之旨也;山林文学,深晦艰涩,自以为名山著述,于其群之大多数无所裨益也。其形体则陈陈相因,有肉无骨,有形无神,乃装饰品而非实用品;其内容则目光不越帝王权贵,神仙鬼怪,及其个人之穷通利达。所谓宇宙,所谓人生,所谓社会,举非其构思所及,此三种文学公同之缺点也。此种文学,盖与吾阿谀、夸张、虚伪、迂阔之国民性互为因果。今欲革新政治,势不得不革新盘踞于运用此政治者精神界之文学。"

随后,刘半农、钱玄同、鲁迅、周作人、李大钊、沈雁冰,或以论文,或以创作,先后作为文学革命的支持者亮相于《新青年》、《星期日》、《小说月报》等报刊。这其中,周作人的论文《人的文学》和《平民文学》,胡适的论文《建设的文学革命论》和鲁迅的小说《狂人日记》尤为重要。

周作人的《人的文学》被胡适称为"一篇最平实伟大的宣言",就因为"周先生把我们那个时代所要提倡的种种文学内容,都包括在一个中心观念里,这个观念他叫做'人的文学'"。

周作人说:"用这人道主义为本,对于人生诸问题,加以记录研究的文字,便谓之人的文学。""我所说的人道主义,并非世间所谓'悲天悯人'或'博施济众'的慈善主义,乃是一种个人主义的人间本位主义。"而所谓"人性"是同时包含"兽性与神性"两重因素,"我们所信的人类正当生活,便是这灵肉一致的生活。所谓从动物进化的人,也便是指这灵肉一致的人,无非用别一说法罢了"。

周作人之所以要把人道主义引入"新文学",基于如下认识:"中国讲到这类(指欧洲关于这'人'的真理的发见)问题,却须从头做起,人的问题,从来未经解决,女人小儿更不必说了。如今第一步先从人说起,生了四千余年,现在却还讲人的意义,从新要发见'人',去'辟人荒',也是可笑的事。但老了再学,总比不学该胜一筹罢。"

无独有偶,"周氏兄弟"所渴望于新文学的,竟然十分一致。鲁迅(周树人)在小说《狂人日记》中阐发的也正是"吃人"与"救人"的主题。这种着眼于"人道主义"的新文学,对于胡适着眼于"语言"的新文学,当然是十分重要的补充。

说来有趣,那位当年以典雅的文言文译述《块肉余生记》、《巴黎茶花女遗事》等欧洲小说的林纾,此时却不能容忍胡适们的"白话文学"主张,他先后写了《论古文之不当废》、《论古文白话之相消长》,又致信北大校长蔡元培,还虚构了两篇文言文小说《荆生》和《妖梦》,表示他对新文学运动的意见。蔡元培围绕林纾"覆孔孟,铲伦常"和"尽废古书,行用土语为文字"的两点责难,一一予以回答。

林纾之后,又有"学衡派"与"甲寅派"以保守派面目出现,与激进派发生种种争论,此中是非,几十年后犹在持续的争论中。

然而新文学毕竟在中华民国时代破土发芽了。

第二节　民国时期诗歌

一、新诗是广义上的自由诗

汉语诗歌,自《诗经》以来,其形态、诗体、语言、思想以至理论即保持着相对稳定的常态,也始终处在演变和流动之中。一方面,最古老的抒情方式从未消失,另一方面,新的语言形式或节奏形式伴随着新思潮的来临也不断地产生出来。

新诗,就像古典诗歌中的近体诗和长短句一样,应视为产生于民国时代的汉语诗歌体式中的一个新品种。

这个新品种试验到今天,已近百年,却并没有形成如近体诗或词以及元散曲那样一套固定的形式要求。似乎可以认为,除了语言方面的语体化外,新诗最突出的特征恰恰就是形式方面的非定型化。即每首诗都有各自的体式,即使像从英诗引入的商籁(十四行)或素体(无韵体)诗,形式上也不可能完全不走样。

新诗,应是广义上的自由诗。不过,说是自由诗,并不意味着诗可以像散文那样写,或者如发表谈话那样写,诗之不同于小说、散文、戏剧者,就因为它有不同于小说、散文、戏剧的特殊形态、节奏要求。广义的自由诗,应该如朱光潜所说"每一首诗有每一首诗的特殊形式"(朱光潜《给一位写新诗的青年朋友》),而不必有统一模式;另一方面,也如朱自清所说,诗已经"转到意义中心的阶段了"(朱自清《论百读不厌》),固定化的格律已不必外在于诗而独立存在。

诗与歌的关系也是现代诗发展中一个有趣的问题。总的来说,现代诗已经取得了与歌分离的地位,可以独立存在,但不少韵律感较强的诗如《叫我如何不想她》被谱曲演唱和一些流行歌词可以被作为诗来阅读,如田汉之《梅娘曲》的现象,似乎表明诗与歌仍然有很大的合作空间。《现代汉语词典》将"歌曲"解释为"供人歌唱的作品,是诗歌和音乐的结合",也印证了这种判断。

二、新诗的发生

晚清文学改良运动中的黄遵宪(1848—1905),字公度,广东嘉应州(今广东梅县)人。光绪二年(1876)举人。历任驻日、英使馆参赞,驻旧金山、新加坡总领事等职,后官至河南按察使。戊戌政变失败后罢官。著有《人境庐诗草》。他或者应算新诗的先驱。

《人境庐诗草》自序:"欲弃去古人之糟粕,而不为古人所束缚,诚戛戛乎其难。虽然,仆尝以为诗之外有事,诗之中有人,今之世异于古,今之人亦何必与古人同。尝于胸中设一诗境:一曰复古人比兴之体;一曰以单行之神,运排偶之体;一曰取《离骚》乐府之神理而不袭其貌;一曰用古文家伸缩离合之法以入诗。其取材也,自群经三史,逮于周、秦诸子之书,许、郑诸家之注,凡事名物名切于今者,皆采取而假借之。其述事也:举今日之官书会典方言俗语,以及古人未有之物,未辟之境,耳目所历,皆笔而书之。其炼格也:自曹、鲍、陶、谢、李、杜、韩、苏迄于晚近小家,不名一格,不专一体,要不失乎为我之诗"(1891 年,44 岁,时任驻英使馆参赞)。

不过,真正开始"尝试"新诗的,自然还是胡适(1891—1962)。他在留美期间,先是写白话旧体诗,继而"解放诗体",最后因翻译美国诗人 Sara Teasdale 的 Over the Roofs 而觉悟到汉语白话诗的创作。他认定："若要做真正的白话诗,若要充分采用白话的字,白话的文法,和白话的自然音节,非作长短不一的白话诗不可。"他把这种主张概括为"诗体的大解放"(《尝试集》自序)。此外,他主张"具体的做法","凡是好诗,都能使我们脑子里发生一种——或许多种——明显逼人的影像,这便是诗的具体性"(胡适《谈新诗》),这种主张,恰与当时英美意象派诗人的主张相呼应。从"具体性"的角度说,《鸽子》、《老鸦》和《湖上》大约是胡适写的最好的白话诗了。且看《湖上》:

> 水上一个萤火,
> 水里一个萤火,
> 平排着,
> 轻轻地,
> 打我们的船边飞过。
> 他们俩儿越飞越近,
> 渐渐地拼作了一个。

胡适前后写了 200 多首白话诗,1920 年出版了新文学史上第一部个人白话诗集《尝试集》。正如集名所标示的,胡适白话诗的最大意义是其"尝试精神",他自己的诗风则被称之为"适之体"。

差不多与胡适同时,在日本九州帝国大学留学的郭沫若(1892—1978)也在用语体诗表达青春的苦恼与欢乐。《Venus》完全没有了那种东方式的含蓄:

> 我把你这张爱嘴,
> 比成着一个酒杯。
> 喝不尽的葡萄美酒,
> 会使我时常沉醉!
>
> 我把你这对乳头,
> 比成着两座坟墓。
> 我们俩睡在墓中,
> 血液儿化成甘露!

在随后的 1919—1920 年,郭沫若写下了《立在地球边上放号》、《地球,我的母亲》、《凤凰涅槃》、《天狗》、《晨安》、《笔立山头展望》、《炉中煤》这些惠特曼风格的自由诗。1921 年 8 月出版了新诗史上第二部个人诗集《女神》,此后又有《星空》、《瓶》等诗集出版。《女神》所传达出的"个性与自我"、"再生与创造"、"自然之爱与人类之爱"的主题以及浪漫主义和表现主义的艺术精神,还有自惠特曼那里借鉴来的自由体诗歌节奏,都构成新诗的重要思想传统和艺术传统。

三、新诗发展的路径

从世界范围看,20世纪诗歌的主流是现代诗。现代诗发轫于19世纪后期的象征主义,后来又先后出现现代主义、意象派、未来主义、玄学派、超现实主义等诸多流派,形成了"非理性因素"、"异化主题"和"现代诗学"的普遍性特征(飞白《诗海·下卷》)。这是认识、理解中国新诗的一个大背景。

但是由于中国与欧美诸国之间社会、文化发展的差异,中国新文学(包括新诗)的发生发展有其自身的特点,有些时候与欧美文学思潮同步,更多时候则与更早时代的欧洲启蒙主义、浪漫主义、现实主义、唯美主义文学相呼应。也可以说,欧洲自文艺复兴以来几百年间走过的文艺革新路程,20世纪初刚刚建立的中华民国却似乎要一步到位。

譬如新诗,其每一步发展,每一种创作思潮,都有着欧美古典诗歌和现代诗歌或显或隐的影像。约略说来,30多年中大体呈现出以下几条路径。

浪漫主义。初期白话诗时期的一些文学社团和诗人如杭州的湖畔诗社,冰心,郭沫若,新月派的徐志摩、闻一多、朱湘,沉钟社的冯至,一般倾向于浪漫主义。不过,郭沫若、徐志摩、闻一多、冯至比较复杂,或先或后、或多或少地沾染了一些现代派的诗风,比如冯至,其40年代在西南联大出版的《十四行集》,因现代主义的哲学玄思而被称为"沉思的诗"。

象征主义以及其他现代主义。代表人物有20年代的鲁迅、李金发、冯乃超、王独清,30年代的戴望舒、施蛰存、废名、卞之琳、艾青直到40年代的冯至、穆旦、郑敏、陈敬容。同时,不少人也兼受未来主义、意象派、玄学派等现代主义诗歌影响。

现实主义和左翼诗。这主要包括20年代的蒋光慈、30年代的殷夫以及中国诗歌会成员,抗战中出现的《七月》诗人群以及其他一些诗人,40年代延安地区的新民歌派诗人。

从诗体的角度说,在经过了胡适的"诗体大解放"阶段后,新月派诗人积极倡导英美古典诗律,走上了一条建立现代诗歌格律的道路,30年代的卞之琳、林庚,40年代的冯至,在此方面都作出过探索。

而郭沫若和象征派诗人李金发、戴望舒、废名,艾青与《七月》诗人群,以及左翼诗人,则倾向于现代自由诗的探索。

同时也出现了对戏剧诗和散文诗的尝试。前者如郭沫若的《凤凰涅槃》,穆旦的《神魔之争》和《森林之魅》;后者如鲁迅的《野草》,许地山的《空山灵雨》以及刘半农、焦菊隐等人的一些作品,可谓凤毛麟角之作。

40年代的延安地区,一些诗人受毛泽东讲话影响,着力探索汉语诗歌的民族形式,尝试写出了一些民歌体叙事诗,如李季的《王贵与李香香》、阮章竞的《漳河水》等。此外,冯至、艾青等也对叙事诗有过尝试。

四、徐志摩与闻一多

徐志摩(1896—1931)在《猛虎集自序》中说他的心境是"一个曾经有单纯信仰的流入怀疑的颓废",胡适进一步阐释这种"单纯信仰":"这里面只有三个大字:一个是爱,一个是自由,一个是美。"而"他的失败是因为他的信仰太单纯了,而这个现实世界太复杂了,他的单纯的信仰禁不起这个现实世界的摧毁;正如易卜生的诗剧Brand里的那个理想主义者,抱着他的理想,在人间处处碰钉子,碰得焦头烂额,失败而死。"(胡适《追悼志摩》)

徐志摩1921年开始新诗写作,先后出版诗集《志摩的诗》、《翡冷翠的一夜》、《猛虎集》,1931年身亡后由友人出版最后一部诗集《云游》。

徐志摩诗歌的抒情主题主要表现为个人性主题,其中最突出的是对爱情(《雪花的快乐》)和自然(《山》、《泰山》、《渺小》)的讴歌,后期作品流露出某种怀疑和感伤的心绪(《两个月亮》、《黄鹂》、《季候》)。

他也对社会历史表示一份关怀,《先生! 先生!》、《叫化活该》、《庐山石工歌》、《残诗》、《梅雪争春》,以及用他的家乡方言写的《一道金色的光痕》,就是这样的作品。

在抒情艺术上,徐志摩的诗风清灵、超逸,对诗歌的音乐美尤其看重,讲究节奏、诗行的自然灵动、诗节的匀称和韵式的丰富,他对英美传统格律诗体的引介最为热情。

《再别康桥》是徐志摩中后期作品,是他在阔别剑桥大学数年、人生际遇发生种种变故之后重游故地、睹物伤情的"寻梦"之作,也是他诗艺上炉火纯青、实现了所谓"内在的音节"的好诗。首尾"轻轻的"、"悄悄的"两个情态副词给这首伤怀的诗作定了基调,眼前景与往时情遥相呼应,舒缓而错落的音节,慢慢把诗情引到深处:

> 但我不能放歌,
> 悄悄是别离的笙箫;
> 夏虫也为我沉默,
> 沉默是今晚的康桥!

那"波光里的艳影"、"彩虹似的梦"虽令人"才下眉头,却上心头",却毕竟已成往事,诗人也只好有泪自往心里咽,故作潇洒:"我挥一挥衣袖,不带走一片云彩。"殊不知这聊作逍遥游里,有多少挥之不去的生命重荷呵!

闻一多(1899—1946)1923年出版诗集《红烛》,1928年出版诗集《死水》,1931年创作《奇迹》,40年代在西南联大编订过一部《现代诗抄》。

闻一多早期诗作深受唯美主义艺术观影响,长诗《李白之死》和《剑匣》分别表现出对艺术美的迷醉状态。同时,他又是一个"国家主义者",对"故国"的热忱使他先后写出像《太阳吟》、《忆菊》、《洗衣歌》、《死水》、《静夜》、《发现》、《天安门》和《荒村》这类感情强烈的抒情诗,故此被朱自清誉为"几乎可以说是唯一的爱国诗人"(《中国新文学大系·诗集》导言)。几十年之后,根据他的《七子之歌·澳门》谱写的歌曲在澳门回归之际一度传唱于海内外。

不过,作为一个人道主义者和富有情趣的学者,闻一多的诗还有着更为丰富的情怀。比如他早期中、英文的情诗,"为一个苦命的夭折少女而作"的葬歌《也许》,为一个神秘的黄昏而写的《黄昏》,为那些苦命的平民百姓写作的《大鼓师》、《春光》、《荒村》、《罪过》、《天安门》、《飞毛腿》,还有带着一点自嘲口吻而写的《闻一多先生的书桌》以及作为现代知识分子自我剖析的《口供》和《心跳》,其内涵就往往更值得深究,节奏上也更为圆润可读。

比他的诗更有影响的,是他对新诗"三美"的要求。他认为新诗不能"废除格律",这"格律"包括"音乐的美"(音节)、"绘画的美"(辞藻)和"建筑的美"(节的匀称和句的均齐)。不过,他也同时指出了新诗的格式与传统律诗之间的不同,以此说明新诗的格律是创新而不是复古。《死水》一诗往往被视为实践他这种格律主张的典范之作,实际上,《死水》的格律形式只是一种,如果参照《心跳》、《发现》、《天安门》、《飞毛腿》,则可以知道闻一多对新格律的尝试是多方面的。

五、戴望舒与艾青

在 20 世纪 30 年代,仿佛整个世界文学都在流行红色,中国的新文学也概莫能免。诗人们诅咒腐朽的资产阶级,把人类的希望寄托给新兴的无产者,进而赞美斗争,讴歌镰刀斧头和一切劳动机械。青年诗人殷夫(1909—1931)在《一个红的笑》中写道:

> 我们要创造一个红色的狞笑,
> 在这都市的纷嚣之上,
> 牙齿与牙齿之间驾着铜桥,
> 大的眼中射出红色光芒。
> 他的口吞没着全个都市,
> 煤的烟雾熏染着肺腑,
> 每座摘星楼台是他的牙齿,
> 他唱的是机械和汽笛的狂歌!

甚至连戴望舒(1905—1950)也写出了《我们的小母亲》这样的工业赞美诗。只是较之殷夫,戴望舒的诗句要温柔得多,他用絮语式的语气和将来式的憧憬将"机械"描绘为

"可爱的,温柔的,而且仁慈的,我们的小母亲。"构建了一个未来的人类大同世界:

> 于是,我们将劳动着,相爱着,
>
> 在我们的小母亲的怀里,
>
> 在我们的小母亲的怀里,
>
> 我们将互相了解,
>
> 更深切地互相了解……

然而戴望舒更多时候表现出的,却是一种异常敏感而又深沉、内敛的风格。他在《我的素描》中自述:"我是青春和衰老的集合体,我有健康的身体和病的心。"在《乐园鸟》中,他笔下的乐园鸟没有休止地飞着,却不知道这种飞行究竟是"幸福的云游"还是"永恒的苦役"。"忧郁"和"寂寞",可能是戴望舒诗中最常用的词汇,即使是表达希望,他也总是那么温煦、深沉,令人感动。1944 年 11 月某日,他在香港探望过女作家萧红的墓地后"口占"一首小诗,既是悼念身世悲惨的女作家,又仿佛是感伤的自悲自悼,两个不能对话却分明可以相互理解的心灵在"长夜漫漫"和"海涛闲话"的悲凉情境中融为一体。

《雨巷》是戴望舒早期诗作,臆造了一个在江南雨巷邂逅"一个丁香一样地/结着愁怨的姑娘"的幻美情境,其意象、意境营造都有着传统象征诗的血脉,其诗体、节奏却又有着来自法国魏尔仑的影响。到《断指》、《我底记忆》,戴望舒大大反叛自我,放弃了音乐性,转而提倡以散文句法为基础的自由诗和不同于"雅语"的口语。戴望舒最后一本诗集《灾难的岁月》,诗情愈发沉郁蕴藉,对自我、对家庭、对国家均表现出深沉的情愫,特别是《元日祝福》、《狱中题壁》、《我用残损的手掌》诸作,皆应视为戴望舒最好的作品。

戴望舒从法国象征派诗人那里汲取的诸多营养,从对音乐旋律的崇尚发展到对口语节奏的试验,都对同样取法于法语现代诗的艾青产生了启示,艾青甚至提出了"诗的散文美"这一主张。

艾青(1910—1996)的抒情风格与戴望舒有着共同的忧郁色彩,但在对民族苦难的体贴上却较戴望舒更为强烈、自觉。他的名作《大堰河,我的保姆》、《北方》、《雪落在中国的土地上》和《黎明的通知》,是那个时期最好的抒情诗。

艾青早期学画,但在法国留学期间接触了法国、比利时的现代诗,开始写诗,1936 年出版的诗集《大堰河》给他带来了声誉。对于其中的《大堰河——我的保姆》这首长诗,胡风评论说:"在这里有了一个用乳汁用母爱喂养别人的孩子,用劳力用忠诚服侍别人的农妇底形象,乳儿的作者用着素朴的真实的言语对这形象呈诉了切切的爱心。在这里他提出了对于'这不公道的世界'的诅咒,告白了他和被侮辱的兄弟们比以前'更要亲密'"。

艾青的诗表达了他作为土地之子的款款深情,一方面是自己与土地难以割舍的血肉关联(《我爱这土地》),一方面是这土地受难的哀苦(《北方》、《雪落在中国的土地上》),还有一面则是为了这土地的复活而对光明深挚的礼赞与梦想(《太阳》、《向太阳》、《吹号者》、《黎明的通知》)。

> 假如我是一只鸟,
> 我也应该用嘶哑的喉咙歌唱:
> 这被暴风雨所打击着的土地,
> 这永远汹涌着我们的悲愤的河流,
> 这无止息地吹刮着的激怒的风,
> 和那来自林间的无比温柔的黎明……
> ——然后我死了,
> 连羽毛也腐烂在土地里面。
>
> 为什么我的眼里常含泪水?
> 因为我对这土地爱得深沉……
>
> ——艾青《我爱这土地》

这深沉的歌唱者几乎成为诗人艾青的标志性形象。

出身于北京大学的卞之琳、何其芳和李广田,被称为"汉园三诗人",其中的卞之琳(1910—2000)出版过《鱼目集》、《慰劳信集》等新诗集,他的诗突出的特点表现为"非个人化"和"主智"倾向,艺术上取法英美后期象征主义和中国古典诗艺(李商隐)者较多。"你站在桥上看风景,看风景的人在楼上看你。//明月装饰了你的窗子,你装饰了别人的梦。"这首短短的《断章》以富有层次的生活画面讨论主客体关系的相对性,另一首较长的《圆宝盒》曾得到著名评论家刘西渭解读,不料被作者认为"全错",只好自己站出来撰文解释:"我写这首诗到底不过是直觉地展出具体而流动的美感,不应解释得这样'死'。""或者恕我杜撰一个名词,理智之美(beauty of intelligence)。"

六、冯至与穆旦

1937 年到 1949 年的十余年中,新诗历经战火洗礼,在与世界范围内的反法西斯浪潮和现代诗艺保持着直接交流的状态中,出现了新的繁荣局面。

以艾青、田间、胡风为核心的《七月》诗人群,冯至、卞之琳、戴望舒、辛笛这些具有欧美现代诗传统的诗人,被称为"泥土诗人"的臧克家,延安地区的何其芳,西南联大的校园诗人穆旦、杜运燮和郑敏,战后集结在上海《中国新诗》周围的陈敬容、杭约赫、唐祈、唐湜,成为这一时段新诗的中坚力量。

冯至(1905—1993)早在 20 世纪 20 年代就以抒情诗闻名,出版过诗集《昨日之歌》与《北游及其他》,后去德国留学,研究文学之余,也听了不少哲学课如雅斯贝斯的课,对里尔克的诗喜爱有加,这些经历对他在 40 年代初创作《十四行集》、小说《伍子胥》和散文集《山水》是重要的准备。《十四行集》初版于 1942 年,全部 27 首十四行诗均写于前一年,当时作者住在昆明附近的山里,每星期两次步行十五里进城授课,"一个人在山径上、田埂间,总不免要看,要想,看的好像比往日看的格外多,想的也比往日想的格外丰富"。正是这种看与想再次触动了诗人,写出了被评论家称为"沉思的诗"的诗组。

"沉思"是这组诗的特征,似乎也是 40 年代中国诗的新趋向。事实上早就有人预言过新诗将出现一种"以智慧为主脑的诗"倾向(柯可《论中国新诗的新途径》),也已经有人写着这种冷冰冰的哲理诗如卞之琳的《鱼目集》,这种倾向当然也是渊源有自。就欧洲文学传统而言,远有 17 世纪约翰·多恩的"玄学诗",近有以《荒原》震惊西方诗界的 T·S.艾略特,这种诗风其时也正弥漫于西南联大的校园内,逐渐形成了中国新诗的一个新传统,穆旦、杜运燮、王佐良、郑敏作为这一传统的创造者终于浮出水面了。

冯至十四行诗的哲理,是里尔克诗学、雅斯贝斯、尼采哲学与他个人生命体验、思索交汇的产物,是带着他自己体温的有关存在的沉思:

> 我们的身边有多少事物
> 向我们要求新的发现:
> 不要觉得一切都已熟悉,
> 到死时抚摸自己的发肤
> 生了疑问:这是谁的身体?

——《十四行集·26》

穆旦(1918—1977)本名查良铮,抗战中先后经历了从长沙步行至云南昆明和赴缅甸参加中国远征军的壮举,40 年代中后期出版了《探险队》、《穆旦诗集(1939—1945)》和《旗》三部诗集,然而穆旦却并不为当时诗坛注意,只在很小的圈子内拥有诗名。

穆旦提出"新的抒情"观点,并解释这"新的抒情"就是要"有理性地鼓舞人们去争取那个光明的一种东西。"而对于穆旦的诗,王佐良在《一个中国新诗人》中从抒情品质、文字风格和宗教精神三个侧面给以分析,认为穆旦的诗是"用身体思想"所凝结成的"肉体与形而上的玄思混合的作品",这构成了穆旦诗歌的重要特征:"纯粹的抒情"。与之互为表里的,则是同样纯粹的、创新的、"非中国的"、与自己的个性"完全适合"的文字风格。

在《春》这首短诗里,穆旦一反传统诗"伤春咏怀"之千篇一律,以新的思辨、新的形象表现现代人青春的涌动、焦灼和无援,造成极其强烈的感性效果:

绿色的火焰在草上摇曳，
他渴求着拥抱你，花朵。
反抗着土地，花朵伸出来，
当暖风吹来烦恼，或者欢乐。
如果你是醒了，推开窗子，
看这满园的欲望多么美丽。
蓝天下，为永远的谜迷惑着的
是我们二十岁的紧闭的肉体，
一如那泥土做成的鸟的歌，
你们被点燃，却无处归依。
呵，光，影，声，色，都已经赤裸，
痛苦着，等待伸入新的组合。

穆旦的诗，成为 20 世纪 40 年代新诗的压卷之作。除了《春》，为人称道的还有《五月》、《在寒冷的腊月的夜里》、《赞美》、《诗八章》、《森林之魅》等。

第三节　民国时期小说

一、现代小说的先声

在中国现代小说出现之前，已有晚清梁启超等人倡导的"小说界革命"引领了一个小说的繁荣时代。据文学史家阿英说，当时成册的小说就有 1000 种以上。繁荣的原因，阿英的解释是：

> 第一，当然是由于印刷事业的发达，没有前此那样刻书的困难；由于新闻事业的发达，在应用上需要多量产生。第二，是当时知识阶级受了西洋文化影响，从社会意义上，认识了小说的重要性。第三，就是清室屡挫于外敌，政治又极窳败，大家知道不足与有为，遂写作小说，以事抨击，并提倡维新与革命。（阿英《晚清小说史》）

所谓"从社会意义上，认识了小说的重要性"，可以通过梁启超 1902 年发表在《新小说》创刊号上的《论小说与群治之关系》一文看出：

> 欲新一国之民，不可不新一国之小说。故欲新道德，必新小说。欲新宗教，必新小说。欲新政治，必新小说。欲新风俗，必新小说。欲新学艺，必新小说。乃至欲新人心，欲新人格，必新小说。

以此，梁启超认为"小说为文学之最上乘"，"欲改良群治，必自小说界革命始，欲新民必自新小说始"。

晚清小说从 1902 年《新小说》创办始，至民国前夕，又先后有李伯元主编的《绣像小说》(1903)，吴趼人创办的《月月小说》(1906)以及《小说林》(1907)等杂志，产生了吴趼人的《痛史》、《二十年目睹之怪现状》、《九命奇冤》，李伯元的《官场现形记》、《文明小史》，刘鹗的《老残游记》和曾孟朴的《孽海花》等名作。其特征，主要表现在：首先，表现社会政治情况；其次，抨击丑恶社会现象；再者，以小说形式提倡维新爱国，灌输新学新知；最后，描写两性私生活。

对于晚清小说的成就，鲁迅认为"虽命意在于匡世，似与讽刺小说同沦，而辞气浮露，笔无藏锋，甚且过甚其辞，以合时人嗜好"(鲁迅《中国小说史略》)。而阿英则认为："晚清小说诚有此种缺点，然亦自有其发展。如受西洋小说及新闻杂志体例影响而产生新的形式，受科学影响而产生新的描写，强调社会生活以反对才子佳人倾向，意识的用小说作为武器，反清、反官、反帝、反一切社会恶现象，有意无意的为革命起了或多或少的作用，无一不导中国小说走向新的道路，获得更进一步的发展。"(阿英《晚清小说史》)

二、鲁迅的小说

民国时期现代小说的第一位重要作家是鲁迅(1881—1936)，他的短篇小说以其"表现的深切和格式的特别"(鲁迅《中国新文学大系·小说二集序》)而引人注目。

鲁迅与小说的关系说来渊源有自。早在 1902—1909 年留学日本期间，他即耽读梁启超在东京出版的《清议报》、《新小说》、《新民丛报》等，1903 年 6 月又为《浙江潮》撰文，转译雨果《随见录·哀尘》(《芳梯的来历》)及《斯巴达之魂》(梁启超《斯巴达小志》谓斯巴达精神乃是今日中国之第一良药也)。同年 10 月改作凡尔纳科幻小说《月界旅行》、《地底旅行》、《北极探险记》，他还与二弟周作人翻译了一部《域外小说集》。

回国之后，1912 年曾创作文言小说《怀旧》，但真正产生创作自觉，是在到北京以后的新文学运动中。1918—1926 年是其小说创作的高峰期，先后出版了小说集《呐喊》和《彷徨》。1924 年 7 月在西北大学作学术演讲《中国小说的历史的变迁》，出版了小说史讲义《中国小说史略》。30 年代在上海时期，出版了历史小说集《故事新编》。

鲁迅在《南腔北调集·我怎么做起小说来》中谈到："说到为什么做小说罢，我仍抱着十多年前的'启蒙主义'，以为必须是'为人生'，而且要改良这人生。我深恶先前的称小说为'闲书'，而且将'为艺术的艺术'，看作不过是'消闲'的新式的别号。所以我的取材，多采自病态社会的不幸的人们中，意思是在揭出病苦，引起疗救的注意。"又说："当我留心文学的时候，情形和现在很不同：在中国，小说不算文学,做小说的也决不能称为文学家,所以并没有人想在这一条道路上出世。我也并没有要将小说抬进'文苑'里的意思,不过想利用它的力量,来改良社会。"

鲁迅小说的叙事背景可从三个方面观察:其一为历史背景,表现的通常是清末民初——从封建帝国向民国的社会转换时期。其二是地域背景,着重表现中国南方城镇(江南水乡)即绍兴一带的乡土人生,某些作品的故事则发生在北京(《伤逝》、《一件小事》、《鸭的喜剧》)。其三为文化背景,这主要指中国传统的宗族文化、礼教文化和男权文化,同时也有着现代的民主主义文化和个性主义文化。

鲁迅小说的主题也有相互交织的几个方面。

第一是反传统。表现在对传统国民性的反思、对中国家族制度和礼教的批判、对旧教育制度特别是选拔制度的批判以及对儒、道文化的批判。比如《阿 Q 正传》,就涉及爱和同情的缺乏、对权力和权威的迷信、理性精神与科学意识的缺失和自我中心与自我迷失等民族根性的问题。

第二是对个性主义的张扬和"立人"理想的体现。在鲁迅作品中,所有的悲剧都是人被毁灭的悲剧,因此鲁迅通过对人的思考表现他的人学理想。夏瑜、狂人、疯子、子君、大禹、墨子、宴之敖者这些小说人物,无一不是鲁迅所热烈称赞的叛逆者和勇士,而闰土、爱姑这些人物,则又从反面表现出丧失个性的悲剧。同时,鲁迅在小说中表达的理想,最后往往指向"儿童",只有他们是仍然保留着自然天性的人,鲁迅把希望寄托在他们身上。自然,对于个性主义的局限,鲁迅也是很清醒的,通过《伤逝》、《离婚》诸篇,对其作了形象的思考。

鲁迅在小说中对发生在清末的革命作出了描绘和思考,一方面,他对革命是有所期待的,但革命的结果又让他深感失望。《风波》和《阿 Q 正传》是这方面的佳作,最后,他只能把对革命者的尊敬通过一个小小的花圈表达出来(《药》)。

鲁迅小说的人物设置以他们在传统封建文化中所处的位置可以分为同谋、顺民和叛徒三类,第一类是那些居于社会上层的赵太爷、鲁四老爷、七大人、假洋鬼子等,第二类则是作为被统治者的大众、闰土、祥林嫂、华老栓等,第三类是少数先知先觉的革命者和觉醒了的知识分子,比如狂人、子君、魏连殳、吕纬甫。多数人物是写实的,狂人、阿 Q 却是象征性的。

在小说体制或叙事上,鲁迅是现代短篇小说的开创者、奠基者。他打破了传统小说单一的叙述套路,在语言、结构、创作方法、视角、风格等方面借鉴、融汇西方短篇小说的因素,形成了他自己沉郁、凝重、尖锐而又幽默的表现个性。

三、其他小说家与沈从文的小说

鲁迅之外,20 年代在短篇小说方面成就显著的还有叶绍均(圣陶)、许地山和郁达夫。叶绍均的名篇《潘先生在难中》(1925)描写军阀混战中一位小学教师"临虚惊而变色,暂苟安而又喜"的灰色性格,显示了作者冷静写实而又俏皮的风格,他后来还写了一部探求知识分子出路的长篇小说《倪焕之》。宗教学者许地山的《命命鸟》以佛教观念刻画异域青年男女为抗议父母之命和世俗偏见双双赴水"转生极乐国土"的从容,又在《缀网劳珠》、《商人妇》、《女儿心》、《春桃》中塑造出尚洁、惜官、麟趾、春桃这些品行高洁、性格坚忍奇女子形象,表现了一种奇异的笔致。郁达夫的短篇小说集《沉沦》(1921)是新文学最早的短篇小说集,期中《沉沦》一篇因表现留日学生的青春期包括性苦闷在内的心理焦虑而受到非议,其归国后写作的《春风沉醉的晚上》和《薄奠》则流露出对无产者的赞美,1932 年写的《迟桂花》被认为是郁达夫最为圆熟的小说作品,透过女主人公纯洁的感情和健全的人格,透过男主人公的自责与忏悔,透过空气中浓浓的迟桂花的香味,一种"人性返归自然"或返璞归真的人生境界与哲理被传达出来。

在 30 年代,短篇小说的写作者众多。左翼作家柔石的《为奴隶的母亲》,丁玲的《莎菲女士的日记》,张天翼的《包氏父子》,萧红的《小城三月》,艾芜的《南行记》,京派作家废名、沈从文、萧乾、芦焚、林徽因以及海派作家张资平、叶灵凤、穆时英、施蛰存也都各领风骚。

沈从文(1902—1988)或许是那个时代最具个人风格的短篇小说作家,他之被称为"文体作家",即在于独创一种类似于"情绪的体操"的诗化小说体式。在沈从文数量众多的短、中篇小说中,自然、文化、人性三位一体,构成了一个充满魅力的牧歌式乡土境界。同时,与这种牧歌式情调互为表里的是他那种沉静平实、不温不火却又时常跳荡多姿、融汇了现代白话与某些文言成分的叙述语言。

沈从文传记的作者认为:"在沈从文的作品中,湘西是一个想象的王国,正像福克纳笔下的约克纳帕塔法那样。从积极意义上讲,沈从文作品的基础是他对当地情况有深刻理解。他的地区并不大,他跟当地掌权者大都不是亲戚,就是相识。因此,他的地区小说以江河小说的形式提供一部短短的历史。作品在体现中国西南地区人民的政治情况上比福克纳的作品在体现美国南部的政治情况显得更充分。作品并没有因为主观性而丧失了可读性,或降低了它注释历史的力量。沈没有袭用中国古代文学中描写地区性的自我形象和地方色彩的陈旧写法。美国的传统南方作家写了地方风物木兰、模仿鸟、骑士神话,沈的作品中也写了艾草、龙船、巫师、侠客,沈通过这些特点把湘西描绘成古代楚民族的后裔,他写这些风物是为了创造一种新的文学。他可能是写湘西神话的第一位现代小说家。总有一天人们会承认他是第一个用现代散文来创作地方色彩小说的作家。"([美]金介甫:《凤凰之子——沈从文传》,符家钦译,光明日报出版社 2004 年版)

《柏子》、《牛》、《会明》、《萧萧》、《三三》、《丈夫》、《月下小景》和中篇小说《边城》都是沈从文脍炙人口的名篇。

四、张爱玲的小说

《传奇》是张爱玲(1920—1995)1943 年至 1944 年间在"沦陷区"上海创作的中短篇小说集,共有《金锁记》、《倾城之恋》、《茉莉香片》、《沉香屑·第一炉香》、《沉香屑·第二炉香》、《琉璃瓦》、《心经》、《年青的时候》、《花凋》、《封锁》10 篇作品,1946年《传奇》增订本又增收《留情》、《鸿鸾禧》、《红玫瑰与白玫瑰》、《等》、《桂花蒸·阿小悲秋》5 篇。令作者没有想到的是,《传奇》成为当时和此后几十年中备受恩宠和争议的一部现代小说集。

法语小说翻译家傅雷最早给予《传奇》高度评价,且认为其中的《金锁记》"是张女士截至目前的最完满之作,颇有《猎人日记》中某些故事的风味。至少也该列为我们文坛最美的收获之一"。他所赞赏的集中于"心理分析"、"节略法(raccourci)"和"风格"三个方面,心理分析"并不采用冗长的独白,或枯燥繁琐的解剖,她利用暗示,把动作、言语、心理三者打成一片"。节略法是指"电影的手法:空间与时间,模模糊糊淡下去了,又隐隐约约浮上来了"。风格包括"新旧文字的柔和,新旧意境的交错"和"譬喻的巧妙,形象的刻画"以及这一切传达出的"综合的效果"。

这"综合的效果"也许就是在一片苍凉的气氛中突现出一个女人疯狂的情欲和黄金欲如何致她于死地的悲剧。"最初她用黄金锁住了爱情,结果却锁住了自己。爱情磨折了她一世和一家。她战败了,她是弱者。"(傅雷《论张爱玲的小说》)她的名字叫曹七巧。

与鲁迅或沈从文小说的乡土背景不同,张爱玲小说故事依赖的是她所经验的上海、香港两个近代都市的学生生活和市民生活。然而她也不同于叶灵凤、张资平或穆时英这样的海派,她无意渲染那种灯红酒绿、醉生梦死的都市享乐气氛,而似乎只对局促于幽暗角落里两性之间无尽却又徒劳的追逐保持敏感。《红玫瑰与白玫瑰》里佟振保关于两个女人的梦想,《金锁记》里曹七巧时常浮上心头的少女时代的幻境,固然都难免破灭,即使如《沉香屑·第一炉香》里葛薇龙与乔琪说不清是"爱"还是"快乐"的结合,甚至《倾城之恋》里白流苏与范柳原以香港沦陷换来的平凡夫妻的美满结局,也无一不是以绝望做底色。"三十年前的月亮早已沉了下去,三十年前的人也死了,然而三十年前的故事还没完——完不了。"这是《金锁记》。"胡琴咿咿哑哑拉着,在万盏灯的夜晚,拉过来又拉过去,说不尽的苍凉的故事——不问也罢!"这是《倾城之恋》。"火光一亮,在那凛冽的寒夜里,他的嘴上仿佛开了一朵橙红色的花。花立时谢了,又是寒冷与黑暗……"这是《沉香屑·第一炉香》。"振保觉得她完全被打败了,得意之极,立在那里无声地笑着,静静的笑从他眼里流出来,象眼泪似的流了一脸。"这是《红玫瑰与白玫瑰》……

这些类似于电影中的特写镜头,构成了张爱玲特有的富有人生哲学意蕴的小说意象。这又是她与通俗小说家绝然不同的地方。

五、长篇小说与老舍、钱钟书

就小说的规模而言,除了"礼拜六"派的旧小说,新文学运动初期尝试长篇小说的作家有张资平、王统照,但直到 1928 年以后,老舍的《老张的哲学》、《赵子曰》,茅盾的《幻灭》、《动摇》和叶绍均的《倪焕之》问世,长篇小说才逐渐出现柳暗花明之势。

30 年代,长篇小说佳作迭出,茅盾、老舍、巴金各领风骚,李劼人、废名、苏雪林、蒋光慈、张恨水、端木蕻良也都有值得称许的作品。

老舍(1899—1966)的小说,往往被贴上"京味儿"的标签,一方面是言其对老北京口语的自觉,另一方面则是意识到他对新老北京市民心理深处积淀的那种既独特又具普遍性的文化性格的反省。某种意义上,老舍是鲁迅小说主题的承袭者,他早期在英国写的《二马》,将人物置于两种文化对比的背景上凸显国民性格的病态,寓言小说《猫城记》虽是用了象征手法,其激愤的情绪依然溢于言表。

> 张大哥是一切人的大哥。你总以为他的父亲也得管他叫大哥;他的"大哥"味儿就这么足。
> 张大哥一生所要完成的神圣使命:作媒人和反对离婚。

这是《离婚》的开头。接下来写的是北伐之后北平某财政所里的"张大哥"如何帮着同事"老李"把家眷从乡下接来、又如何帮着李太太果断阻止了发乎在老李和邻居马少奶奶之间的一点"诗意",然而张大哥自己却又祸起萧墙,儿子被拘捕,女儿险落虎口,还有各位同事和各自的太太之间说不清的家长里短。最后是张大哥家里的危机解除,老李辞职返乡,留在财政所里的张大哥和他的同事们又开始了凡庸的日常生活。小说中的"张大哥"身上传承着老北京市民(也是国民)特有的那种圆通、中庸、敷衍、自私、妥协、知足的文化性格,但他不知道这一套却早已不能包打天下,他自信左右逢源,实则危机四伏,然而他依旧这么相安无事地敷衍下去,几乎连阿 Q 似的"革命"愿望都丝毫没有。

小说中的老李,眼界也并不开阔多少,但他似乎还有点五四知识分子的个人主义意识,不满于生活的庸常、繁琐,渴望得到一点类似红颜知己式的"诗意"来润泽他灰色的人生,在这点"诗意"闪过之后,他干脆离开北平去乡下过陶渊明式的生活了。在老李身上,寄托着老舍的某种理想,这种理想表现在《骆驼祥子》里头是知识分子曹先生,表现在《四世同堂》里头则是诗人钱默吟和青年学生瑞全。

在抗日战争的 40 年代,沈从文的《长河》,沙汀的《淘金记》,萧红的《呼兰河传》,路翎的《财主底儿女们》,徐訏的《风萧萧》以及无名氏的《野兽·野兽·野兽》,都是为人称道的优秀长篇小说。钱钟书(1910—1998)的《围城》更被后来的评论家称为"中国近代文学中最有趣和最用心经营的小说"(夏志清《中国现代小说史》)。

《围城》并非纯粹的恋爱小说,而是围绕方鸿渐等现代知识者在大时代边缘的教育、爱情、婚姻、事业诸方面的际遇,刻画他们困于人生矛盾却又无力自拔的灰色、焦灼和自欺欺人的多余人心态。照作者在《序》中所言:"在这本书里,我想写现代中国某一部分社会、某一类人物。写这类人,我没忘记他们是人类,只是人类,具有无毛两足动物的基本根性。"似乎他写的这"人类",既可以从其社会属性上认识,亦可以从其动物属性上认识。由社会属性看其苟且、投机、无责任感,就难免会讽刺、挖苦,《围城》就是一部"新儒林外史";由动物属性看其徒劳、虚妄、无意义,就难免会怜悯、嗟叹、反讽,《围城》就处处都是"存在主义"。这部小说,似乎可以和加缪的小说对照着看,把方鸿渐与《局外人》中的莫尔索和《鼠疫》中的里厄医生对照着理解。

钱钟书以学者心性构建小说,敏于洞察,巧于揶揄,善于抓住知识者带有职业特征或个性因素的缺点、弱点给予冷嘲,或寓讽刺于冷静的刻画,或以睿智的议论旁敲侧击。其学识渊博,联想丰富,叙述中常巧妙设喻,抓住事物间相近相同的特点,通过比喻增强表现效果。《围城》中精彩的比喻最为人称道,成为钱氏叙述风格中的标志性修辞技巧。

第四节　民国时期戏剧文学

一、胡适与初期话剧

前几天有几位美国留学的朋友来说,北京的美国大学同学会不久要开一个宴会。中国的会员想在那天晚上演一出短戏。他们限我于一天之内编成一个英文短戏,预备给他们排演。我勉强答应了,明天写成这出独折戏,交于他们。后来他们因为寻不到女角色,不能排演此戏。不料我的朋友卜思先生见了此戏,就拿去给《北京导报》主笔习德仁先生看,刁先生一定要把这戏注销来,我只得由他。后来因为有一个女学堂要排演这戏,所以我又把它翻成中文。这一类的戏,西文教做 Farce,译出来就是游戏的喜剧。

以上这段文字,是胡适唯一的剧本《终身大事》前面的短"序",提供了关于这个最早的新文学剧本写作的背景以及理解此剧的两个关键词。背景已如上述,关键词则为"独折戏"和"farce"。"独折戏"即独幕剧,"farce"一词,胡适称之为"游戏的喜剧",一般词典的解释是"笑剧、滑稽戏、闹剧",与所谓"喜剧"(comedy)还是有所不同。

此剧 1919 年 3 月发表于《新青年》杂志第 6 卷第 3 号,是新文学时期话剧剧本写作的尝试之作,主题上则是对易卜生《娜拉》的仿写,表现一个"半新半旧"家庭中

女儿田亚梅为婚事与父母的"迷信"冲突而"自己决断"离家出走之事。艺术上多少
包含一些浪漫喜剧因素,但总体上尚属稚嫩单薄之作。

其实,对西洋戏剧主要是话剧的引进、表演,早在胡适尝试编剧前十几年就在
留日学生中开始了,并已经过了"新剧"和"文明戏"阶段。只是在这个阶段,尚没有
建立常规化的演出脚本制,演员上台往往是现编现演,随口说,要么就是翻译西洋
剧本。针对这种现象,傅斯年、陈大悲都曾撰文对创作剧本提出要求。就在《终身
大事》发表后一两年,先后有上海民众戏剧社、北京人艺戏剧专门学校、上海戏剧协
社、北京艺专戏剧系等机构出现,陈大悲提出了"爱美剧"的新概念。汪仲贤、陈大
悲、洪深、欧阳予倩、田汉、郭沫若、丁西林、侯曜等人的创作剧本也多起来了。

这些初期剧本深受易卜生主义影响,所以多数是社会问题剧。像《终身大事》
这样以婚姻、女性为主题的更是绝对主流,欧阳予倩的《泼妇》、郭沫若的《卓文君》、
田汉的《咖啡店之一夜》和《获虎之夜》、丁西林的《一只马蜂》和侯曜的《复活的玫
瑰》即在此列。其次是家庭、伦理主题,如陈大悲的《幽兰女士》、汪仲贤的《好儿
子》、熊佛西的《青春的悲哀》和白薇的《打出幽灵塔》。还有一类是社会主题,主要
有陈绵的《人力车夫》、丁西林的《压迫》和洪深的《赵阎王》。此外也还有郭沫若等
人"爱国"主题的作品。

以上剧作,艺术技巧上尚属稚嫩,但体式上却已经比较丰富,独幕剧、多幕剧兼
有,悲剧、喜剧、正剧俱全,现实剧、历史剧兼顾,甚至诗剧、哑剧也都有尝试。

二、丁西林的喜剧

《一只马蜂》与《压迫》是初期话剧文学写作中的独幕喜剧珍品,作者是毕业于
英国伯明翰大学、后任教于北京大学的物理学家丁西林(1893—1974)。

丁西林擅长喜剧创作,除上述两剧外,还有独幕喜剧《亲爱的丈夫》、《酒后》、
《三块钱国币》,多幕喜剧《等太太回来的时候》、《妙峰山》等。

《一只马蜂》是丁西林的处女作和成名作,写的是民国初年北京某医院的看护
妇余小姐与"病人"吉先生相爱,吉先生的母亲吉老太太从南方来北京看望儿子,不
想儿子出院后她也因病住院。出院后回南前特招余小姐到家中,名为"感谢",实则
想为自己的"表侄"甚至儿子做媒牵线。她却不知道儿子和余小姐彼此早已默契,
在她面前正话反说、"谎话"连篇,只让她蒙在鼓里。对话就在吉先生与老太太、老
太太与余小姐、余小姐与吉先生之间展开,戏剧动作紧凑而幽微,心理交锋密集又
含蓄,最后在吉先生强抱余小姐,余小姐于惊慌中机智地以"一只马蜂"的谎话蒙蔽
老太太的戏剧高潮中"戛然而止"。

剧中的精妙台词不少,尤其是吉先生的几段话:"她们都是些白话诗既无品格,
又无风韵。旁人莫名其妙,然而她们的好处,就在这个上边。""困难的不是会做了

饭的女人不会做文章,是会做了文章的女人就不会做饭。""一个人最宝贵的是美神经,一个人一结了婚,他的美神经就迟钝了。"

《压迫》为作者纪念亡友之作,是一个社会生活喜剧。戏剧矛盾围绕旧时北京房屋租赁风俗展开,房东以家中无男人为由,拒绝一个交了定钱而又没有家眷的男客,争执不下时,一个单身女客偶然来到,在种种复杂心理状态下主动提出与男客假冒夫妻,使正在激化的冲突骤然解决。如果考虑到剧中的男客、女客皆为得"五四"风气的知识分子,则二人以这种戏剧性方式"联合作战"的行动是完全可能的。

丁剧洋溢着乐观的生活态度和时代风尚,蕴含着丰富的心理动作,其戏剧冲突总是通过极具个性化的幽默风格和机智得以巧妙的解决,人物不多而常在对比中见出性格差异,对话简练、活泼、隽永,常有智慧的双关语,真可谓婉而多讽。《压迫》就曾被戏剧家洪深誉为"喜剧创作中的唯一杰作"。

三、曹禺的话剧

话剧演员英若诚谈到当年清华大学外文系时说:"当时,中国只有一家戏剧学校,位于南京,但当时清华却是个出戏剧人才的地方。这其中有洪深、曹禺、张骏祥、李健吾等诸位大师,当然还有我们敬爱的大姐杨绛,这些曾在中国现代戏剧史上作出过卓越贡献的人物都出自清华大学的外文系。当然,这是诸多因素起作用的结果,其中一些是起了关键作用的热心人士。清华大学当时聘请了不少的外籍教授,其中有一位美籍华人,名字叫王文显。这位学者对戏剧特别热爱,除了自己写剧本外,还讲授戏剧课,在他的影响下,学生的校园业余戏剧蓬勃地发展起来,这不能不说与王文显教授的热心有关,我本人一心一意想考入清华是与此有关的。"(英若诚《清华大学——戏剧艺术的摇篮》)

可以说,民国时期清华大学的话剧编、导、演因为出了洪深、王文显、曹禺、张骏祥、李健吾、陈铨、杨绛这些著名剧作家,出了《赵阎王》、《委曲求全》、《梦里京华》、《雷雨》、《日出》、《原野》、《这不过是春天》、《梁允达》、《野玫瑰》、《称心如意》这些剧作,而形成一种渊源有自的戏剧传统。

曹禺(1910—1996)的《雷雨》、《日出》、《原野》,完成于抗战前的1933—1936年间,构成了曹禺早期辉煌的戏剧"三部曲",也把民国时期的话剧写作推到了至高点。许多年后,文学史家这样表述曹禺的出现:"但是《雷雨》一经面世,那些剧作便立刻黯然无光了。(欧阳予倩、洪深、熊佛西、田汉)这些老大家不禁都瞠目而视这个年方廿六岁的后进小子。他的第二部作品《日出》,荣获一九三六年天津大公报文艺戏剧奖。从此奠定在戏剧创作首席地位,更到今天,仍无人能够超越"(司马长风《中国新文学史》)。

理解《雷雨》,最好就是阅读曹禺为这部四幕剧写的《序》。比如《雷雨》的主题,固然众说纷纭,却不可忽略曹禺自己这段话:"《雷雨》所显示的,并不是因果,并不是报应,而是我所觉得的天地间的'残忍'。(这种自然的'冷酷',可以用四凤与周萍的遭遇和他们的死亡来解释,因为他们自己并无过咎。)如若读者肯细心体会这番心意,这篇戏虽然有时为几段较紧张的场面或一两个性格吸引了注意,但连绵不断地、若有若无地闪示这一点隐秘,——这种种宇宙里斗争的'残忍'和'冷酷'。在这斗争的背后或有一个主宰来管辖。这主宰,希伯来的先知们赞它为'上帝',希腊的戏剧家们称它为'命运',近代的人撤弃了这些迷离恍惚的观念,直截了当地叫它为'自然的法则'。"

以这"自然的法则"为背景,似乎也才可能对蘩漪、周萍们的怪异行为作出较为切近的理解:"他们怎样盲目地争执著,泥鳅似地在情感的火坑里打着昏迷的滚,用尽心力来拯救自己,而不知千万仞的深渊在眼前张着巨大的口。他们正如一匹跌在泽沼里的羸马,愈挣扎,愈深沉地陷落在死亡的泥沼里。周萍悔改了'以往的罪恶',他抓住了四凤不放手,想由一个新的灵感来洗涤自己。但这样不自知地犯了更可怕的罪恶,这条路引到死亡。蘩漪是个最动人怜悯的女人。她不悔改,她如一匹执拗的马,毫不犹疑地踏着艰难的老道。她抓住了周萍不放手,想重拾起一堆破碎的梦,救出自己,但这条路也引到死亡。在《雷雨》里,宇宙正像一口残酷的井。落在里面,怎样呼号也难逃脱这黑暗的坑。"

在曹禺的剧作里,与蘩漪、陈白露、花金子、愫芳这类或热情、或强悍、或坚忍的女人参差对照着的,是周萍、方达生、焦大星、曾文清这类或凡庸、或怯弱、或颓废的男人。同样在这篇 1936 年撰写的《序》里,曹禺用了"阉鸡似的男子们"这个短语表达他对中国社会一种独特的感受:"受着人的嫉恶,社会的压制,这样抑郁终身,呼吸不着一口自由的空气的女人,在我们这个社会里,不知有多少吧。在遭遇这样的不幸的女人里,蘩漪自然是值得赞美的。她有火炽的热情,一颗强悍的心,她敢冲破一切的桎梏,做一次困兽的斗。虽然依旧落在火坑里,情热烧疯了她的心,然而不是更值得人的怜悯与尊敬么? 这总比阉鸡似的男子们,为着凡庸的生活,怯弱地度着一天一天的日子更值得人佩服吧。"

"周冲是这烦躁多事的夏天里一个春梦。"在他身上,似乎寄托着曹禺对男子的某种期望,可惜这个梦想尚未长成就破灭了。尽管如此,曹禺在他的剧作里仍然执著地追寻"理想",《日出》里那唱着"日出东来,满天的大红,要想吃饭,可得做工"号子的工人们,《原野》里那"黄金子铺的地",《北京人》里那象征着人类希望的"人类的祖先",都在表示着曹禺戏剧对未来的朦胧却又坚定的指向。

四、夏衍等其他剧作家

同样在战前,具有左翼作家身份的夏衍(1900—1995)以两部历史剧《赛金花》

和《自由魂》跻身于剧作家行列,而他写得最好的戏剧作品则是1937年11月出版的三幕剧《上海屋檐下》。

四月间"郁闷得使人不舒服的黄梅时节",上海东区住着五户普通人家的"弄堂房子",家家有本难念的经。住在客堂间的杨彩玉、林志成家里突然归来一位意料之外的"主人",他叫匡复。八年前,匡复是杨彩玉的丈夫,他们的女儿葆珍才只有五六岁,"革命者"匡复被抓入狱,朋友林志成承担起扶助匡复妻女的责任,在不明匡复生死音信的情况下与杨彩玉同居。现在,抱着与妻女团圆梦想的匡复与这个重新组合的家庭一下子陷入巨大的伦理、情感、心理困境之中……那么,在葆珍和孩子们"跌倒了我会自个儿爬"、"大家联合起来救国家"的歌声中,再次受到重创的匡复将何去何从呢?

立体化的多重戏剧空间,蒙太奇式的不断转换的"生活切片",与内在的心理困境呼应而又具有丰富象征意义的江南梅雨天气,在成人们郁闷、焦灼的生活里犹自响亮、清脆的孩子们的歌声,这一切,构成了夏衍戏剧独特的、举重若轻的抒情风格。

在40年代,夏衍还写了《法西斯细菌》和《芳草天涯》两部有影响、有争议的剧作,对战争背景下的知识分子的灵魂进行了不乏深度和幽微的探察。

郭沫若的《屈原》、《虎符》等六部历史话剧,袁俊的《万世师表》,于伶的《长夜行》,宋之的的《祖国在召唤》和《雾重庆》,吴祖光的《风雪夜归人》,陈白尘的《岁寒图》和《升官图》,田汉的《丽人行》,老舍的《归去来兮》也都是战时话剧的优秀之作。

小说家路翎(1923—1994)的四幕剧《云雀》写于战后,作为一部探讨历史转换时期知识分子精神搏斗的心灵戏剧,似乎不该被遗忘。

剧中的"云雀",是女性知识分子陈芝庆爱唱的舒伯特的一首著名歌曲,也象征着她"在温暖中长大,在浪漫的热情中享受着光荣;从不知道严酷的现实和理想,却从西洋艺术得来了丰富的幻想"的人生,在剧中,她最终"被自己的幻想烧死"。

她的丈夫,同样是中学教员的李立人则"负荷着现实人生的斗争,和沉重的旧的精神负担作着惨烈的格斗,渴望着庄严地去实践自己"。他对学生说:"我希望我能像一个真正的人一样地活下去,而不是偷生!"

对另外两个知识分子,路翎在《后记》中的解释是:"王品群是空虚了的知识分子底一种。他是混乱的,且被这种混乱的情况痛苦着的。没有目的,随着一时的风尚叫喊,随着社会潮流底波涛漂浮,虚无而又带着深藏的势利。""周望海是单纯、善良的人,他底行动是感情的,直接的,但已经在迫近着先进的阶级。忠诚和信仰底浑厚的热力,是他底性格的主要特点。"

《云雀》带着路翎特殊的精神气质,痛切、凌厉、强悍而又朴拙,那种对正在形成中的中国现代知识分子"自我斗争"的尖锐干预,在即将到来的更加严酷的历史关头,仿佛是一个神秘的预言。

第五节 民国时期散文

一、现代小品散文

胡适在 1922 年谈到白话散文的进步时这样评价:"长篇议论文的进步,那是显而易见的,可以不论。这几年来,散文方面最可注意的发展,乃是周作人等提倡的'小品散文'。这一类的小品,用平淡的谈话,保藏着深刻的意味,有时很像笨拙,其实却是滑稽。这一类作品的成功,就可彻底打破那'美文不能用白话'的迷信了"(胡适《五十年来中国之文学》)。

胡适所谓"周作人等提倡的'小品散文'",在当时的确有不少人提倡,叫法除了"小品散文",还有"小品文"、"美文"、"絮语散文"、"随笔"等,而实际上指的都是类似于英、法文学传统中的"Essay",法国 16 世纪 Michel de Montaigne 的《Essais》被认为是这种文体的开山鼻祖,英国 19 世纪 Charles Lamb 的《Essays of Elia》则被认为是那时最出色的小品文。

至于这种小品散文或随笔的文体特征,大略可以引述鲁迅翻译的日本文学理论家厨川白村《出了象牙之塔》中的一段话加以了解:

> 如果是冬天,便坐在暖炉旁边的安乐椅子上,倘在夏天,便披浴衣,啜苦茶,随随便便,和好友任心闲话,将这些话照样移在纸上的东西,就是 essay。兴之所至,也说些不至于头痛为度的道理罢,也有冷嘲,也有警句罢,既有 humor(滑稽),也有 pathos(感愤)。所谈的题目,天下国家的大事不待言,还有市井的琐事,书籍的批评,相识者的消息,以及自己的过去的追怀,想到什么就纵谈什么,而托于即兴之笔者,是这一类的文章。

这其中,"比什么都紧要的要件,就是作者将自己的个人底人格的色彩,浓厚地表现出来。"

当然,在汉语中,西洋式的 Essay 与中国传统散文中的小品散文或"美文"还是有所不同的。郁达夫在《清新的小品文字》中就说过:"我总觉得西洋的 essay 里,往往还脱不了讲理的 philosophizing 的倾向,不失之太腻,就失之太幽默,没有东方人的小品那么的清丽。"大致说来,同样是写散文,周作人林语堂也罢,朱自清冰心也罢,多数还是更接近中国的传统散文,真正得英国式随笔真传的散文作家,可能只有梁遇春、钱钟书等少数几个人。

二、梁遇春与周作人的散文

梁遇春(1906—1932)26 岁就英年早逝,留下来的不过《春醪集》和《泪与笑》两部随笔集。另外,因为他喜爱英国式的随笔,也曾译介过包括查尔斯·兰姆在内的多家英国随笔作家的作品,并且在《小品文选》序中说:"大概说起来,小品文是用轻松的文笔,随随便便地来谈人生,并没有俨然地排出冠冕堂皇的神气,所以这些漫话絮语很够分明地将作者的性格烘托出来,小品文的妙处也全在于我们能够从一个具有美好的性格的作者眼睛里去看一看人生。"

梁遇春自己的小品文也正体现出这样的人生意趣和漫话絮语风格,他的《人死观》、《文学与人生》、《谈"流浪汉"》、《途中》、《"春朝"一刻值千金》、《又是一年春草绿》,篇篇都是又随便、又漂亮、又智慧的妙文。人生经他一说,不仅可以与古人处处呼应,更是不断地翻出自己的新意而令人眼睛一亮,比如在《毋忘草》里由老子的《道德经》而发挥出"天下事讲来讲去讲到彻底时正同没有讲一样,只有知道讲出来是没有意义的人才会讲那么多话。又讲得那么好"的一番道理,接下来又说:"天下许多事情都是翻筋斗,未翻之前是这么站着,既翻之后还是这么站着,然而中间却有这么一个筋斗!"

作者生命短暂,然而正因为"筋斗"翻得好,所以至今不为人们忘怀。他自己推崇的却是周作人、鲁迅的"筋斗"。他说:"有了《晨报副刊》,有了《语丝》,才有周作人先生的小品文字,鲁迅先生的杂感。我只希望中国将来的小品文也能有他们那么美妙,在世界小品文里面能够有一种带着中国情调的小品文……"

周作人(1885—1967)曾在《晨报副刊》撰文提倡随笔中那类记述的、艺术性的"美文",他自己则融汇英式随笔和中国古文之风,于所谓"正经文章"之外而写了不少"闲适的小品",仅在战前就先后出版了《自己的园地》、《雨天的书》、《泽泻集》、《谈虎集》、《谈龙集》、《永日集》、《周作人书信集》等 10 余个集子。

同时代人对他的文风多有推崇。章锡琛说:"周岂明先生散文的美妙是有目共赏的;他那只笔婉转曲折,什么意思都能达出,而又一点儿不罗唆不呆板,字字句句恰到好处。最难得的是他那种俊逸的情趣。"曹聚仁说:"他的作风,可用龙井茶来打比,看去全无颜色,喝到口里,一股清香,令人回味无穷。前人评诗,以'羚羊挂角,无迹可求'表说明'神韵',周氏散文,其妙处正在神韵。谈者说这种文体,总说是语丝派,且隐以周氏兄弟为这派首领。实则属于语丝派的,只有他能做到冲淡二字,其他作家只是尖巧刻画,富有讽刺诙谐的意味。"

"和平冲淡"确能概括周氏风格,他自己在 1944 年却有过一点说明:"鄙人执笔为文已阅四十年,文章尚无成就,思想则可云已定。大致由草木虫鱼,窥知人类之事,未敢云嘉孺子而哀妇人,亦尝用心如此,结果但有畏天悯人,虑非世俗之所乐闻,故披中庸之衣,着平淡之装,时作游行,此亦鄙人之消遣法也。本书中诸文颇多闲适题目,能达到此目的,虽亦不免有芒角者,究不甚多。"(《药堂杂文·辩解》)

三、鲁迅等人的散文

郁达夫在《中国新文学大系·散文二集·导言》中认为:"中国现代散文的成绩,以鲁迅周作人两人的为最丰富最伟大",他也比较了两人文章倾向"何等的不同"。"鲁迅的文体简练得像一把匕首,能以寸铁杀人,一刀见血。""周作人的文体,又来得舒徐自在",而对于鲁迅的"语多刻薄,发出来的尽是诛心之论",郁达夫作了分析:"这与其说他的天性使然,还不如说是环境造成的来得恰对,因为他受青年受学者受社会的暗箭,实在受得太多了,伤弓之鸟惊曲木,岂不是当然的事情么? 在鲁迅的刻薄的表皮上,人只见到他的一张冷冰冰的青脸,可是皮下一层,在那里潮涌发酵的,却正是一腔沸血,一股热情;这一种弦外之音,可以在他的小说,尤其是《两地书》里面,看得出来。我在前面说周作人比他冷静,这话由不十分深知鲁迅和周作人的人看来,或者要起疑问。但实际上鲁迅却是一个富于感情的人,只是勉强压住,不使透露出来而已。"

《野草》是鲁迅(1881—1936)深沉情怀的诗性抒发,精短,凝练,以充满冷峻、沉郁的象征性意象和悖论式的精警语句令人印象深刻。《朝花夕拾》则是一部回忆性的散文集,其中的《从百草园到三味书屋》、《藤野先生》和《范爱农》诸篇写人记事最为形象传神。而《热风》、《坟》、《华盖集》、《华盖集续编》、《而已集》、《三闲集》中更多的"杂文",往往被视为鲁迅之所以为鲁迅的标志性作品。假如要真切了解民国时期中国知识分子的思想变迁,鲁迅杂文是绝对不能不读的思想性散文。

冰心(1900—1999)的《往事》与《寄小读者》有着女性作家独具的温婉和体贴,"对父母之爱,对小弟兄小朋友之爱,以及对异国的弱小儿女,同病者之爱,使她的笔底有了像温泉水似的柔情"。故而郁达夫说:"冰心女士散文的清丽,文字的典雅,思想的纯洁,在中国好算是独一无二的作家了。"

朱自清的散文多收入《踪迹》、《背影》、《欧游杂记》、《伦敦杂记》和《你我》之中,其《背影》、《荷塘月色》、《给亡妇》、《冬天》、《择偶记》已成为经典之作。前人述及朱自清散文,或以为"真挚清幽",或以为"平易自然",杨振声则云:"他文如其人,风华是从朴素出来,幽默是从忠厚出来,腴厚是从平淡出来。"十分妥帖。

许地山的《空山灵雨》,叶圣陶的《未厌居习作》,俞平伯的《杂拌儿》,徐志摩的《巴黎的鳞爪》和《自剖文集》,陈西滢的《西滢闲话》,还有女作家苏雪林的《绿天》,也都值得一读。

瞿秋白的《饿乡纪程》与《赤都心史》以通讯形式写苏俄游记,为十月革命后的俄罗斯向苏联转换留下了生动的影像,也开启了中国报告文学的写作。而他1935

年在国民党的死牢里留下的绝笔《多余的话》，真诚地袒露、剖解自己的"二元化的人格"，表达了既是"革命者"和"现代知识分子"、又带着浓重"旧式文人"习性的瞿秋白对自我身份陷入冲突、矛盾状态时的痛苦与焦虑。或以为这是一个"革命家"的悲剧性遗言，岂不知作为一个真实灵魂最坦诚的告白，《多余的话》实在是绝少的佳作。

四、"京派"作家群与南方作家群

在抗战前的北方校园，周作人、俞平伯、废名、凌淑华、沈从文、朱光潜、李健吾、何其芳、李广田、李长之、卞之琳、萧乾、吴伯箫等，因其在思想、艺术倾向上的某些共同处而被称为"京派"作家群，这其中有人长于小说，有人长于理论或诗，也有几位偏爱散文。

何其芳（1912—1977）与李广田（1905—1968）均出身于北京大学，在写诗之外，又都倾心于散文写作。何其芳有《画梦录》、《刻意集》，李广田有《画廊集》、《银狐集》、《雀蓑集》，然而两人的风格略有不同。评论家李健吾引述李广田介绍英国作家玛尔廷《道旁的智慧》的话转评李广田："在他的书里，没有什么戏剧的气氛，却只使人意味到淳朴的人生；他的文章也没有什么雕琢的辞藻，却有着素朴的诗的静美。"

李健吾比较李广田与何其芳："这正是他和何其芳先生不同的地方，素朴和绚丽，何其芳先生要的是颜色，凸凹，深致，隽美。然而有一点，李广田先生却更其抓住读者的心弦：亲切之感。"（《画廊集》）"同样缅怀故乡童年，他和他的伴侣并不相似。李广田先生在叙述，何其芳先生在感味。叙述者把人生照实写出；感味者别有特殊的会意。同在铺展一个故事，何其芳先生多给我们一种哲学的解释。"（《画梦录》）

《画廊集》是素朴的悲悯，《画梦录》则是精致的感悟。

吴伯箫（1906—1982）的《羽书》收入他战前散文20余篇，往往将忆旧与感时交错表现，有时是陶渊明式的逸兴，有时是拔剑而起的豪情，其行文有着强健的力度和繁促的节奏，为一般作家中少见。《马》、《说忙》、《几棵大树》、《我还没见过长城》、《山屋》、《夜谈》、《岛上的季节》是其中的佳构。

沈从文在小说之外，也有《湘行散记》和《湘西》等散文集出版。本来，沈从文的小说也同时是最好的散文，但在这两部集子里，他干脆将在小说中当作背景的湘西风物介绍到前台来，用李健吾的话说："风景不枯燥，人在里面活着，他不隐瞒，好坏全有份，湘西像一个人。"和李广田的散文一样，《湘西》和《湘行散记》的灵魂是"乡土"。

与上述作家不同，郁达夫、林语堂、丰子恺、夏丏尊、施蛰存、钟敬文、缪崇群、陆蠡、丽尼活跃于江浙、上海一带，其散文小品的写作也有不凡的表现。

郁达夫的《屐痕处处》和《达夫游记》是作者 1933 年移居杭州后"奉宪游山"的收获，也是当时游记散文的珍品。除了收在此两集中关于杭州、两浙山水的游记，郁达夫后来还有闽中记游和新加坡记游数篇。阿英说过："郁达夫的小品文，是充分的表现了一个富有才情的知识分子在动乱的社会里的苦闷心怀，即使是记游文吧，如果不是从文字的浮面来了解作者的话，我感到他的愤闷也是透露在字里行间的"（《现代十六家小品》）。

其游记处处流露作者个性，见闻、情怀、议论自然穿插，常常在山水之美、民俗之纯的记叙中突然爆发出激烈的忧愤之情，就如《杭州》、《屯溪夜泊》、《临平登山》诸篇对民族根性、对历史、对现实的检讨和批判那样。而其语言风格，又自有一种疏野清奇之美。

丰子恺的《缘缘堂随笔》和《缘缘堂再笔》，一方面以佛理玄思探究着人生奥义，一方面又歌颂着真实而纯洁的童稚世界，另一方面还通过《车厢社会》表达了他对世态人情的关注和体味。丰氏文笔，似乎与他所推崇的日本作家夏目漱石不无关系。

五、林语堂与梁实秋

有人说过，理想的生活便是住在一所英国的乡间住宅，雇一个中国厨子，娶一个日本妻子，结识一个法国情妇。如果我们都能够这样，我们便会在和平的艺术中进展，那时才能够忘记了战争的艺术。那时我们定会晓得这个计划，这样在生活艺术中的合作，将要形成国际间了解和善意的新纪元，同时使这个现世界更为安全而适于居住。

这是林语堂（1895—1976）《英国人与中国人》的结尾，许多人未必读过这篇散文，却往往知道这段名言。一段名言，一种理想的生活，在热战和冷战的年代，固然只能是一段名言和一种理想，但仍然可以是一粒"和平的艺术"的种子，植入世人的心田。时间过去，种子发芽，"更为安全而适于居住"似乎也不难实现。

明白了林语堂的梦想，再来看林语堂当年在上海创办《论语》、《人间世》和《宇宙风》、提倡"幽默"和"小品文"之不遗余力，当能以一种平和的态度给出较为宽容的评价。

林语堂的《人间世·发刊词》这样写："盖小品文，可以发挥议论，可以畅泄衷情，可以摹绘人情，可以形容世故，可以札记琐屑，可以谈天说地，本无范围，特以自我为中心，以闲适为格调，与各体别，西方文学所谓个人笔调是也。故善冶情感与议论于一炉。而成现代散文之技巧。"仅从文学角度看，并不悖乎古今中外散文随笔的传统，在"阶级斗争"白热化的 30 年代，也的确于时代的夹缝中实现了小品散文的中兴，这应该是民国时期散文发展的重要一笔。

除了提倡小品文，林语堂本人在短短几年中也写了近 300 篇文章，出版了《大荒集》、《我的话》两部文集。有些文章犹有"语丝"时代《翦拂集》那种"任意而谈、无所顾忌"的余风,更多时候则是旁敲侧击、寓庄于谐,政论与时评渐渐少了,以人生、知识、人物、历史、文化为话题的幽默小品文越来越多,类似于《英国人与中国人》、《谈中西文化》、《中国的国民性》这些文化比较性质的文章更是展示了林氏散文独有的风采。"两脚踏东西文化,一心评宇宙文章",后来林语堂远去美国而能以《吾国与吾民》、《生活的艺术》享誉海外,实在不是偶然的。

　　1937年以后的抗战改变了所有中国人的日常生活,也改变了文人和知识分子的写作,"以自我为中心,以闲适为格调"的小品文不得不让位给杂文和报告、通讯。梁实秋在《中央日报》副刊发表"雅舍小品"而受到批评,故而在大后方或沦陷区,还能有梁氏的《雅舍小品》,钱钟书的《写在人生边上》,冯至的《山水》,张爱玲的《流言》,这样几本智慧的、精致的小书,已经十分难得了。

　　《雅舍小品》虽与抗战无关,却于人生有益,其34篇小品文,每篇均在2000字内,围绕生活细事,风俗文化,而能化古融西,生发出令人一笑,而一笑之后又能一思的事理,虽不能寸铁杀敌,却可以娱情致知,何况又富有温和幽默平易朴厚的个性呢!首篇《雅舍》有云:"纵然不能蔽风雨,'雅舍'还是自有它的个性,有个性就可爱。"

　　它并无规定性主题,但娓娓道来却自有一番春温秋肃,也常能窥见时代的影子。但更多则是对国民品性之丑陋面加以幽默的讥嘲,这涉及生活中的伦理道德习惯风俗言谈举止乃至潜抑心理。《音乐》对冒充"音乐"的噪音给予热讽,《谦让》指出了"谦让"背后的虚假,《女人》、《男人》以夸张的笔调批评带有性别特征的弱点。这些弱点的形成或因为修养不足,或因为文化熏染,作者都善意地、轻松地给以剖析和规劝,有时又毫不留情地暴露其丑,《脸谱》一篇分析一种凌下谄上的"帘子脸",读来最是痛快淋漓。

　　这本小书浑然天成,是作者人格与学养"从心所欲不逾矩"的自然流露,其态度亲切幽默,其风格婉而多讽,刻画议论,纵横交错,而最后总能九九归一,表现了梁氏深湛的功力。

第六节　中华人民共和国以来的中国文学

一、共和国文学的开始

　　以周作人在《中国新文学的源流》中表述的说法,中国文学自晚周至民国以来的新文学"始终是两种互相反动的力量起伏着,过去如此,将来也总如此。"这两种

"互相反对的力量"或"潮流"一是"言志",二是"载道"。钱钟书在评论周先生的著作时又解释这种现象为"Diaclectic Monement",另一位评论者则更明说"时下新兴普罗文学为载道思潮之再起"。

这"普罗文学"自 1920 年代末兴起,由上海而延安,经过毛泽东 1942 年《在延安文艺座谈会上的讲话》演变为"工农兵文学",蔚为大观。终于在 1949 年的北平"中华全国文学艺术工作者代表大会"上确定了"新中国"的文学艺术总方向,那就是以毛泽东文艺思想为指针,要求文艺为人民、为工农兵服务。当然也就是为无产阶级革命政治服务。

从中国历史变迁的角度观察,1949 年中华人民共和国的建立结束了民国以来政局不稳、军阀割据、内战频仍、内忧外患的局面,基本实现了国家统一,应该说是一个历史的转折点,对于民族团结、国家建设、世界和平都有划时代的意义。那些亲身经历近代中国积贫积弱状况的诗人们在新中国成立之初发自肺腑的颂歌,是真诚而感人的,就像胡风在《时间开始了》、何其芳在《我们最伟大的节日》中所写的:

> 祖国/伟大的祖国呵/在你忍受灾难的怀抱里/我所分得的微小的屈辱/和微小的悲痛/也是永世难忘的/但终于到了今天/今天/为了你的新生/我奉上这欢喜的泪/为了你的母爱/我奉上这感激的泪(胡风《时间开始了》)

> 毛泽东呵,
> 你的名字就是中国人民的力量和智慧!
> 你的名字就是中国人民的信心和胜利!(何其芳《我们最伟大的节日》)

另一方面,是长期遭受帝国主义侵略和阶级压迫而产生的巨大的仇恨,故而与颂歌互为表里的是另一类战斗文学。这似乎是二战结束后世界进入冷战状态的普遍现象。

然而换一种角度,从纯文学的发展角度看这种大一统的文学规划和颂歌模式,却又可以预料到那种不容乐观的生产结果。一方面,生于忧患、死于安乐揭示了人类的某种心理弱点,对于文艺家也是如此;另一方面,国家统一,国民意志也高度一致,文艺创作一体化,从来都不会产生真正有思想价值和艺术价值的作品。

事实证明,1949—1976 这近 30 年的共和国文学所走的正是一条越来越狭窄的道路。

二、共和国文学的一体化现象

共和国文学的一体化现象,可以从几个方面观察。

一是文学写作的方向、原则、理论定一尊。在毛泽东文艺思想总的指导下,新中国文学先后提出"社会主义现实主义"、"革命的现实主义和革命的浪漫主义相结合"、"百花齐放、百家争鸣"种种具体创作方法和指导方针,但事实上都无法改变文学作为无产阶级政治工具的规定。

二是文学团体、文学报刊和出版机构党政化,作家身份公职化和生活组织化。在各级文联、作协和杂志社以及出版机构,都设有党政两套班子实施行政领导,作家被称为文艺工作者,在文艺部门任职并领取固定工资。

三是在对知识分子进行"思想改造"的大背景下,先后以文艺批评方式和党政手段对文学创作、作家进行粗暴干预。小说《我们夫妇之间》、《洼地上的"战役"》,电影《武训传》,诗歌《吻》、《草木篇》、《川江号子》等,都遭到严厉的批评。"反胡风"运动、通过讨论《红楼梦》而批胡适、俞平伯的运动、1957年更大范围内的"反右派"运动,直至"文化大革命",几乎把民国以来成名的作家艺术家和人文学者甚至伴随新中国一起成长的青年作家全部否定掉了。

四是文学创作成了惊弓之鸟,凡是可以正式发表、出版的各种题材、各种体裁的文学作品,在主题甚至叙事、抒情模式上越来越趋于公式化、概念化,少数越轨之作则被质疑、批判。举凡诗歌、小说、戏剧、散文、电影,"阶级斗争"和"经济建设"或将二者结合为一体成了最普遍的主题。

五是在文学译介、文学交流方面有了越来越严格的限制,西方现代派文学甚至古典文学受到冷遇,苏联及东欧社会主义国家的作品成为可资学习的样板。然而随着中苏关系恶化,苏联变为"苏修",这一扇窗口也被关闭了。

六是出现了长达十年的"文革"文化专制局面。在"文革"中,百花萎落,百家噤声,文学写作以"集体创作"模式运行,完全成为公式化、概念化的产物,在"阶级斗争"主题之外又增加了所谓"路线斗争"主题。被"打倒"的大批中老年知识分子(包括文学艺术家)或被关入"牛棚",或被遣送至"五七干校"接受劳动改造。

直到1976年之后,伴随着政治上的拨乱反正,才逐渐恢复到新中国建国初期的局面。

三、共和国文学的发展阶段

1976年10月,"文革"结束,共和国文学进入"新时期",在1989年之后市场经济的来临,又给共和国时期的中国文学带来巨大影响。

共和国文学六十年,经过了所谓"十七年"、"文革"、"新时期"和"市场经济时代"四个阶段。从整个世界文学的角度看,这四个阶段值得重视的文学成就固然因为诸多原因而不够理想,没有产生一流的、世界公认的文学大师和文学作品。但从中国文学自身的发展看,也有不少值得重视的文学现象和业绩。

在"十七年"时期的某些时段,曾经出现过短暂的、局部的文学自由状态,产生了一些所谓"干预生活"或冲破题材禁区(比如爱情题材)的作品,也产生过一些寓言式的历史题材作品和文学理论作品。特别是胡风、秦兆阳、钱谷融等人的理论勇气尤为难得。

"反右"之后到"文革"后期,被迫退出主流"文坛"的一些老作家、老诗人,以及一部分"知青",独立思考,独立写作,为那个时代留下了不少真正的文学作品。蔡其矫、牛汉、曾卓、穆旦、唐湜的诗,无名氏的小说,"知青"作者郭路生(食指)、黄翔、赵振开(北岛)、姜世伟(芒克)、栗世征(多多)、舒婷的诗和小说,都是这一类作品。

"新时期"十年,共和国文学迅速从世界文学、中国民国时期文学和台湾地区文学寻求资源,迅速得以复兴。因政治原因而被逐出"主流文坛"的"归来者"作家和青年作家各领风骚,构成了这段时期文学写作最重要的两个群体。"归来者"作家中,巴金、杨绛、徐迟、孙犁、邵燕祥等人的散文,蔡其矫、牛汉、郑敏、昌耀等人的诗,汪曾祺、王蒙、邓友梅、陆文夫的小说,都曾经产生巨大反响。青年作家中,举凡"朦胧诗"、"第三代诗人"、"探索戏剧"、"寻根小说"、"先锋小说"的主体,基本上是由"文革"以来的知青作家和80年代以来的大学生作家构成。

1990年以来的"市场经济时代",文学的主要变化表现在开始受到市场因素的影响,电影、戏剧的"票房"问题和诗歌、小说的发行数量问题开始对文学艺术的生产产生不同程度的制约。但这似乎是与世界文学真正"接轨"的过渡期,因此,真正好的作家会逐步适应这个不断变化着的世界,逐步与读者、与市场建立起一种常态供求关系,独立思考,写出一流的作品。

四、台湾与香港地区的文学

1949年共和国的成立,使得中国行政区域版图又一次发生变化。在整个大陆统一为共和国之后,国民党政权携民国旗号困守台湾,香港、澳门地区分别作为英、葡殖民地继续存在,从此构成"两岸三地"的政治格局。

台湾地区的新文学以1945年为界,分为两个大的阶段。之前为日据时代,其新文学是民国以来新文学的有机组成部分,先后出现了赖和(1894—1943)、杨逵(1905—1985)、吴浊流(1900—1976)等著名作家,吴浊流的长篇小说《亚细亚的孤儿》更是一部以探讨知识分子人生道路为主题的重要作品。不过,由于日本侵华战争以来禁止以中文写作,这部作品也是以日文写成。

1945年胜利之后,台湾文学开始恢复中文写作。1950年开始,政治性的反共文学泛滥,怀乡文学如林海音的小说《城南旧事》,乡土文学如钟理和的长篇小说《笠山农场》构成当时台湾文学的另一种面目。

在 1953 年到整个 60 年代,现代派文学成为台湾文学的主流。

诗歌有纪弦、郑愁予、羊令野、方思、辛郁等人以《现代诗》季刊为大本营的"现代派",有覃子豪、余光中、罗门、钟鼎文等人的蓝星诗社和张默、洛夫、痖弦、叶维廉等人的《创世纪》诗社。

小说则以创刊于 1960 年的《现代文学》为中心,白先勇、陈映真、陈若曦、欧阳子等是其创作主力。

在六七十年代,白先勇、聂华苓、陈若曦、於梨华的留学生题材小说也是特色鲜明的文学品种,《芝加哥之死》、《谪仙记》、《又见棕榈,又见棕榈》令人印象深刻。

钟肇政、陈映真、黄春明、王拓、王祯和是台湾乡土文学的优秀作家,他们的作品一反现代派对生活现实的疏离,着力探求文学的现实性和本土化,代表着一种健康的文学力量。同时,积极推动现实主义和乡土文学精神的还有《笠》诗刊周围的众多诗人。

散文作家主要有梁实秋、琦君、王鼎钧、张晓风、简媜等人,另外柏杨和李敖的杂文如《丑陋的中国人》、《千秋评论》,女作家龙应台的杂文《中国人你为什么不愤怒》,其社会影响覆盖两岸三地。

此外,琼瑶、古龙、高阳的通俗小说,李昂的女性小说,黄凡的政治小说和都市小说,新生代作家张大春、朱天文的小说,在八九十年代令人瞩目。

50 年代以后的香港文学,基本上是现代派文学与通俗文学二水分流,尤其是通俗文学更是构成了商业化香港文学的一大特色。梁羽生、金庸的武侠小说自不必说,亦舒、严沁、岑凯伦的言情小说和倪匡(卫斯理)的科幻小说也都各领风骚。

南下作家徐訏的小说,现代派作家刘以鬯、西西在六十年代的创作影响很大。进入七八十年代,梁凤仪、李碧华的创作十分活跃,梁锡华、董桥、黄维樑等人的"学者散文"也构成了香港文坛的一道风景。

第七节　大陆诗歌与散文

一、蔡其矫的诗歌

在当代诗歌的历史上,蔡其矫(1918—2007)是一位特别的诗人。

他因为《雾中汉水》、《川江号子》表达出的与众不同的情绪和色调而被指责为"脱离政治"以及"形式主义",被迫回到故乡福建,而又受到一系列的打击、迫害。

不过,这位健壮的、乐观的诗人从未屈服,对故乡、对女性、对自由的爱成为他诗歌写作的内在动力,也是他最热衷的写作主题,他可能是"反右"以来始终没有中断写作的唯一一位大陆诗人。

蔡其矫的抒情气质也很独特,他倾心于惠特曼、聂鲁达和希腊诗人埃利蒂斯的诗风,并翻译了不少他们的作品,对中国古典诗歌和诗论他也有独到的理解,李白、苏轼是他的最爱。他通过一首《写作》表达他个人的诗歌美学:

> 凭感觉去摸索生命
> 传达理解并表现感情
> 以语言作意象智力的舞蹈
> 将现实引向未知的早晨
>
> 拜伟大为师获得个性
> 对神秘万物悲天悯人
> 空灵的思想在内心出入
> 为自由和美奋斗终生

"他的诗不是用当时流行的那种规范的辞句写的,是一种我多年没有感触到的清新而亲切的境界,完全是另一个新的词语世界。写的那么自在、自然,所有的词语都在流动,是透亮的,似有深远的钟声飘荡着,是从海底升起的波浪。"这是诗人牛汉对蔡其矫诗歌的印象,他用"飘逸"二字形容蔡其矫的风格。

蔡其矫的特别还表现在他作为一个真正诗人的亲和力上。正是他在"文革"后期将远在福建的舒婷介绍给北京的《今天》派诗人,使这南北两路诗人联起手来,以新鲜的诗艺引发了当代诗歌的复兴运动,给当时流行的政治口号诗以致命的颠覆。2007年,蔡其矫以89岁高龄辞世,曾经受惠于蔡氏的北岛撰文说:"他用自己一生穿越近百年中国的苦难,九死而不悔。他对任何形式的权力结构保持警惕,毫不妥协,从而跨越一个个历史陷阱:在金钱万能的印尼,他离家出走;在革命走向胜利时,他弃官从文;在歌舞升平的时代,他书写民众疾苦;在禁欲主义的重围下,他以身试法;在万马齐喑的岁月,他高歌自由;在物质主义的昏梦中,他走遍大地……"(北岛《远行》)

二、"归来者诗人"

在共和国初期留学归来的穆旦,一度为那崭新的"集体主义"生活所迷醉,并带着忏悔之心为自己写了一首沉痛的《葬歌》。但随之而来的一连串不信任和政治迫害使他陷入绝望,也彻底摧毁了他对新生活的憧憬。在"文革"后期,他一边整理大量的译稿,一边奇迹般地开始了又一度抒情诗的写作,到1977年初他死于心脏病,共创作了至少几十首抒情诗甚至长篇叙事诗。

穆旦晚年的诗作,直视生命晚景的荒诞和凄凉,但也不乏温煦的宁静和沉思。《妖女的歌》、《智慧之歌》、《老年的梦呓》、《冬》敏感于生命、爱情、友谊、理想的丧失,《神的变形》则以戏剧性情境表达对社会历史演变中"神、魔、人、权力"诸种因素之间复杂关系的揭示,留下了他对当代社会之荒谬性的严肃思考。也有直接讽刺"文革"帮派文风的讽刺诗如《演出》、《黑笔杆颂》等。总的来说,其诗风与40年代有所不同,但奥登式的反讽与艾略特式的戏剧结构仍然强劲有力,穆旦晚年的诗标志着当代诗歌所能达到的思想深度。

在"归来者诗人"中,艾青、牛汉、曾卓、绿原、吕剑、杜运燮、郑敏、唐湜、昌耀、邵燕祥、孙静轩、公刘等人都先后写出了重要作品,在思想和诗艺上有了各自的突破,并以这种突破使自己汇入八九十年代的新诗潮之中。

艾青在70年代末所写"归来的歌"一度颇受推崇,特别是《光的赞歌》、《古罗马的大斗技场》、《盆景》、《鱼化石》、《虎斑贝》,或长或短,都留下了历经政治劫难之后对社会、历史、人性的思考。不过,对艾青来说,更大的突破却是困难的,他在年青一代的质疑声中进入80年代,很快陷于新的沉寂。

按照一般的说法,牛汉、绿原、曾卓是所谓50年代"胡风集团"的成员,在早些时候则属于文学上的"七月派",更大的背景上看,实际上应该属于"抗战的一代"诗人。因为"胡风集团"问题屡遭政治磨难、打入另册,反而使其在监狱或"五七干校"这样特殊的环境里进入真正的创作状态,提升了当代诗歌的品味。绿原(1922—2009)的诗始终有着一种凝重、沉雄的思辨性格,《最后一名哥伦布》、《重读圣经》、《歌德二三事》、《我们走向海》和《高速夜行车》颇能体现这种特点,在给人灵魂以强烈撞击和创新诗艺的同时,也难免使人产生抽象、滞重之感。牛汉(1923—)的"干校诗"写于70年代"文革"后期,他注重对生命原始力量的挖掘,表现人和自然生命内部强悍的生命力,特别是那些"伤残者"身上所体现出来的不屈意志,为人称道的作品如《半棵树》、《毛竹的根》、《华南虎》、《巨大的根块》、《蚯蚓的血》等,总能在最严酷的环境中发现生命的勃然生机。新时期他又有《汗血马》、《梦游》、《空旷在远方》等大量新作,继续他对生命的凝思。曾卓(1922—2002)也写了不少"干校诗",他的诗作通常较为短小、集中、洗练,情感深沉,富含哲理,其名作《悬岩边的树》只有短短的十二行,干净、凝练,却创造了一个完整的艺术情境:

> 不知道是什么奇异的风
> 将一棵树吹到了那边
> ——平原的尽头
> 临近深谷的悬崖上

它倾听远处森林的喧哗

和深谷中小溪的歌唱

它孤独地站在那里

显得寂寞而又倔强

它的弯曲的身体

留下了风的形状

它似乎即将倾跌进深谷里

却又像是要展翅飞翔……

在去世前两年写的《一个中国诗人在俄罗斯》这篇散文诗里,昌耀(1936—2000)透露他的内心秘密:"简而言之,我一生,倾心于一个为志士仁人认同的大同胜境,富裕、平等、体现社会民族公正、富有人情。这是我看重的'意义',亦是我的文学的理想主义、社会改造的浪漫气质、审美人生之所本。我一生羁勒于此,既不因向往的贬值而自愧怍,也不因俱往矣而懊悔。如谓我无能捍卫这一观点,但我已在默守这一立场……"这段话,似乎可以作为索解昌耀其人其诗的一个着眼点。因为从昌耀几乎所有诗作的各种成分中,都可以感受到一股逼人的浪漫主义、理想主义和英雄主义气息。西部高原,不仅是他力图实现英雄梦想的人生选择,更是构成他抒情诗作的雄浑、苍茫的象征性背景,进而演化为独属于昌耀诗歌的标志性生命意象:"那些占有马背的人,/那些敬畏鱼虫的人,/那些酷爱酒瓶的人,/那些围着篝火群舞的,/那些卵育了草原、耕作牧歌的,/猛兽的征服者,/飞禽的施主,/炊烟的鉴赏家,/大自然宠幸的自由民,/是我追随的偶像。"(《慈航》)

当然,置身于原始、空旷、神秘的自然世界,在磨砺自身生命意志、抒发男性英雄气概的同时,也必然会凭着灵魂的敏锐和空灵谛听到来自宇宙本身的更为幽微、深邃和辽远的启示,从而体察到更深一层的有关存在的悲剧性因素。此种声音,时而可以从昌耀的诗作中隐隐听到,比如《斯人》这首仅有三行的短诗:

静极——谁的叹嘘?

密西西比河此刻风雨,在那边攀援而走。

地球这壁,一人无语独坐。

昌耀自认为是一个"大诗歌观"的主张者与实践者,"不强调诗的分行"而认为"没有诗性的文字即便分行也终难称为诗。相反,某些有意味的文字即便不分行也未尝不配称作诗。诗之与否,我以心性去体味而不以貌取。"他所渴望的,只是"永不衰竭的激情"(《昌耀的诗·后记》)。因此他的诗歌体式通常是充满内在张力的自由体和散文体,其语汇倾向于原始、古奥、鲜活,其诗行或奔泻如川,或兀然中断,常常出人意料,其修辞喜用排比、重复以及蒙太奇式的意象拼贴,又善于在诗行间跳跃、留白。在复出的中年诗人中,昌耀或许是抒情个性最突出的一位。

三、新诗潮与北岛、海子的诗

所谓新诗潮,指的是"文革"结束后由部分"归来者诗人"和"朦胧诗"诗人以及"第三代诗人"引发的持续若干年而又不断自我超越的诗歌艺术变革,也可以说是对民国以来积累起来的新诗传统的回归。因为无论是老诗人还是《今天》派青年诗人所秉持的诗歌美学早在李金发、戴望舒、冯至、卞之琳、穆旦时代就得以实践,这种诗歌美学又与 20 世纪欧美象征主义和中国古典诗学相呼应,之所以被指责为"朦胧",完全是诗歌远离艺术、沦为政治工具的恶果。

北岛、舒婷、顾城、江河、杨炼、梁小斌是朦胧诗重要的成员。北岛的《回答》、《迷途》、《结局或开始——献给遇罗克》既有强烈的思辨性,又有浓重的迷惘色彩,舒婷的《致橡树》、《神女峰》、《惠安女子》、《思念》往往以独特的意象传达出女性的独立与深情,顾城的《一代人》、《远与近》、《弧线》以其精短、含蓄、隽永透露出中国传统诗歌对他的影响。

北岛(1949—)的诗作为数不多,读者容易看到的不过数十首。但他的作品往往以醒目的意象、惊警的语言和冷峻的色调给人留下深刻印象。对于诗人与诗,北岛的理解是:"诗人应该通过作品建立一个自己的世界,这是一个真诚而独特的世界,正直的世界,正义和人性的世界。"而"诗歌面临着形式的危机,许多陈旧的表现手段已经远不够用了,隐喻、象征、通感,改变视角和透视关系、打破时空秩序等手法为我们提供了新的前景。"(《百家诗会—北岛》,《上海文学》1981 年 5 月号)这段话发表于 1981 年,实际上是北岛面临新的艺术转换的告白,并不完全是对其早期创作的总结。在 70 年代的早期作品中,北岛通过简洁、直率的叙述表现出强烈的道德意识和怀疑态度。写于 1976 年天安门诗歌运动时的《回答》在艺术上也并不"朦胧",反而十分直截了当:"卑鄙是卑鄙者的通行证,/高尚是高尚者的墓志铭。/看吧,在那镀金的天空中,/飘满了死者弯曲的倒影。"这种表达社会反思和抗争的主题在北岛早期的作品中是很突出的,献给死于"文革"期间的遇罗克烈士的《宣告》和《结局或开始》是这类作品的代表。此外,北岛早期还创作了不少爱情诗如《无题》、《红帆船》、《习惯》和《枫叶和七颗星星》。但即使是爱情诗,也往往流露出烙印着特定时代背景下形成的特殊的个性特征,诗人的敏感、冷峻和质问、抗争的姿态,令人联想到饱受创伤的困兽相濡以沫、相互依偎的患难之情。"把手伸给我/让我那肩头挡住的世界/不再打扰你"(《无题》),"而我们只求静静地航行/你有飘散的长发/我有手臂,笔直地举起"(《红帆船》),"是的,我习惯了/你敲击的火石灼烫着/我习惯了的黑暗"(《习惯》)。

不过,与其说北岛是充满热情和抗争精神的斗士,不如说他更像一个喜欢冥想的智者。至少,在他的大多数作品中,固然也带着对荒唐时代的挑战性的质问,但给人印象更深的还是诗人痛苦、幽深、有时甚至是绝望的内省。也正因为如此深入内心,北岛的诗才似乎自然而然地契合于隐喻和超现实主义的现代诗艺,往往勾画出使人触目惊心的冥想之境,比如《履历》的结句:"当天地翻转过来/我被倒挂在/一棵墩布似的老树上/眺望",又比如《迷途》中那"深不可测的眼睛",《触电》中的"一声惨叫",《别问我们的年龄》中那"从袖口长出的枯枝"所"绽放了一朵朵/血红的嘴唇"。当然,这种冥想,最后往往指向绝望和迷途,显示出北岛精神世界的某种疲惫状态。

真正有所创新的应属"第三代诗人"中的韩东、于坚等一些大学生诗人。他们走向朦胧诗的反面,拒绝隐喻、意象、象征,而主张"诗到语言为止",主张写出如日常生活一般平易、自然的口语诗。韩东的《大雁塔》、《你见过大海》和《山民》,于坚的《尚义街6号》、《感谢父亲》、《0档案》,都以鲜明的实验性产生影响。

海子(1964—1989)是众多大学生诗人中的一个,1989年死于自杀之后,留下了大量抒情诗,其影响则与日俱增。然而海子的诗并不以先锋著称,他热爱的是古典浪漫派诗人荷尔德林,他自己的诗也具有一种纯净的古典情怀和淳朴的乡村风味,他把自己的乡村生活经验与对人类命运的关怀、理想融为一体,构建了一个想象的、幻美的、高贵而又纯朴的精神世界。他的《诗歌皇帝》只有短短两行:"当众人齐集河畔 高声歌唱生活 / 我定会孤独返回空无一人的山峦"仿佛谶语,预言了这位永远25岁的诗人神秘的归依。他也有不少温暖、明亮的诗作,表达了他在某种特定时刻的人间情怀,比如《面朝大海 春暖花开》、《重建家园》和《幸福一日——致秋天的花楸树》就受到读者喜爱。

四、大陆地区的散文

共和国初期的大陆散文曾经十分热闹,朝鲜战争和国内经济建设都催生出众多轰动性作品,不过这些作品,无论是通讯报告还是所谓抒情散文,都毫无例外地以政治使命为写作动力,以至于形成了为人诟病的"杨朔模式"。相对而言,刘宾雁的特写,徐懋庸、邓拓、吴晗、廖沫沙以及不少老作家的杂文,个性较为鲜明。

有人注意到在轰轰烈烈的政治潮流之下,也始终存在一种"潜在写作"状态,既有诗歌,也有散文小说。诗如蔡其矫、穆旦、牛汉以及知青诗人食指、陈明远,散文则有沈从文等人的日记,顾准、张中晓的读书札记和丰子恺、无名氏的随笔。这些作品,直到80年代以后才逐步发掘出来。

巴金的《随想录》,杨绛的《干校六记》和《将饮茶》,孙犁的《晚华集》等,还有汪曾祺的《蒲桥集》,张中行的《负暄琐话》系列,金克木的学术随笔,是80年代以来受到普遍欢迎的老年散文,此外,黄裳、柯灵、牛汉等老作家也很活跃。

中青年作家中,邵燕祥、蓝翎的杂文,贾平凹、史铁生、张承志、周国平、韩少功、余秋雨、王小波的散文随笔为人瞩目。

巴金(1904—2005)《随想录》的意义在于对"文革"的理性审视和对人文知识分子自身痛切的反省和忏悔。一直以来,巴金都是一个热情和真诚的作家,但是这种热情与真诚也让他吃了苦头,付出了惨痛的代价,因此进入老年之后,他表示:"我们这一代人的毛病就是空话说得太多。写作六十几年,我应当向宽容的读者请罪。我怀着感激的心向你们告别,同时献上我这五本小书,我称它们为'真话的书'。我这一生不知说过多少假话,但我希望在这里你们会看到我的真诚的心。"(《随想录·后记》)《怀念萧珊》、《怀念胡风》和《"文革"博物馆》都是直面"文革"历史悲剧和个人灵魂的动人篇章。

与巴金不同,杨绛、孙犁、张中行更倾向于记录往事和故人的温馨细节,来表达自己对历史、对生命的感受,宁静、睿智而蕴藉。

史铁生(1951—2010)的《我与地坛》和《病隙碎笔》(之一、之二)在对生命的感悟上堪称极致。通过对自我生命厄运的沉思渐渐达到对全体生命的融汇与理解,是躺在病床上的史铁生在似乎最为自由的状态中产生出的"一些无家可归的思绪"。在《病隙碎笔》(之二)中,史铁生写道:"人可以走向天堂,不可以走到天堂。走向,意味着彼岸的成立。走到,岂非彼岸的消失?彼岸的消失即信仰的终结、拯救的放弃。因而天堂不是一处空间,不是一种物质性存在,而是道路,是精神的恒途。"

余秋雨的《文化苦旅》、《山居笔记》等所谓"文化散文"在拓展散文的写作空间方面值得称道,尽管比较起来这些散文也有某种模式化痕迹,笔调略带夸张,给人以不够自然的感觉。

王小波(1952—1997)有《我的精神家园》、《沉默的大多数》等随笔集,他的随笔自由洒脱,语调幽默,常常在对人生趣事的叙述中阐发个人观点,这些观点的主旨不妨借用一下李银河的说法:"他是一位自由思想家。自由人文主义的立场贯穿在他的整个人格和思想之中。读过他文章的人可能会发现,他特别爱引证罗素,这就是他所谓气味相投吧。他特别崇尚宽容、理性和人的良知,反对一切的霸道的、不讲理的、教条主义的东西。"(李银河《浪漫骑士·行吟诗人·自由思想家》)

第八节　大陆小说与戏剧文学

一、"文革"前后的小说与"寻根文学"

在50年代到70年代的30年中,小说承担的政治使命和服务功能使其不堪重负,造成了局部生动可读而主题千篇一律的局面,至"文革"更是沦为政治理念的传声筒,浩然的《金光大道》、《幼苗集》、《百花川》诸作便是如此。

孙犁、路翎、陈翔鹤、王蒙、宗璞等少数作家的小说或以真挚的抒情、或以对生活的沉思为十七年时期的文学留下了珍贵的印迹。在众多以近现代革命史为题材的小说中,孙犁的《山地笔记》、《铁木前传》、《风云初记》等短、中、长篇作品,着意于大时代背景下人性的美丽与变异,细腻幽微,文笔淡雅清新,带着一股诗的抒情气息,十分难得。路翎的《"洼地"上的战役》聚焦于朝鲜战争中一位中国战士在责任与爱情之间的心理波动,异常动人。陈翔鹤的短篇历史小说《广陵散》和《陶渊明写"挽歌"》借历史人物委婉表达当代知识分子的命运与精神选择,王蒙的《组织部来了个年轻人》写了新生政权机构中的官僚主义问题和年轻干部成长的烦恼,宗璞的《红豆》则在人物坚定的政治选择背后流露出刻骨的离愁。

在描写中国农民命运变革的小说中,柳青的《创业史》和周立波的《山乡巨变》的确具有某种史诗色彩,它们均出色地表现了中国农民渴望改变现状的真实心态,只是因为受制于流行的创作观念,不知不觉中将农民的真实诉求作了政治化和简单化的解释,消弱了作品的表现力度。

"文革"后期靳凡的《公开的情书》和赵振开的《波动》以手抄本形式流传于知青当中,《波动》写青年人在"文革"中的精神创伤,其人物独白式的叙述方式具有某种探索性。

在经过了"伤痕"、"反思"、"改革"几个阶段后,伴随着 80 年代的"文化热",小说家们开始把目光转向中国传统文化,或者从中寻求民族复兴的精神资源,或者呼应鲁迅小说的民族根性主题进一步反思民族心理,或者受南北美洲一些作家启发试图通过挖掘中国文化的生命力来提升中国小说在世界文学中的位置。这种"寻根"的努力,无论是对传统儒学、理学文化的质疑,还是对乡野民间、老庄、佛教文化精神的期许,都使这一阶段的小说(包括朦胧诗中的"史诗")产生了某种文化思想史的意义。不过就小说自身而言,汪曾祺、阿城、韩少功、冯骥才、邓友梅、张承志的短、中篇小说在语言风格、叙事模式和象征手法方面或取法于中国传统小说,或借鉴中国现代小说和西方当代小说,其努力的确值得称道。

阿城(1949—)为数不多然而个人风格突出的短篇小说给人留下了深刻的印象。据他自己讲,《树王》写于 70 年代初,《棋王》在后,《孩子王》则是他"自认成熟期的一个短篇"。三篇小说均取材于作者自己的知青生活背景,传达出的观念却完全不同于那个时期的流行思想,无论是《树王》中的肖疙瘩,还是《棋王》中的王一生和《孩子王》中的"老杆儿",都似乎与时代潮流保持着极大的距离甚至是抵抗态度,肖疙瘩的死亡仿佛一个神秘的寓言,王一生对棋道的迷醉象征着一种无法抗拒的精神力量,老杆儿在从教期间超越规范的语文教育实践显示了对生活本质的寻求。阿城的小说叙述节奏舒缓,语言纯净简洁,有古典笔记小说的白描,又有不露声色的幽默气质,算得上小说中的精品。

由对民族文化精神的追溯和寻求而产生了对自我、对历史特别是近现代历史的深度反思,以及对小说叙事创新的自觉,是90年代小说写作的普遍现象。韩少功的《马桥词典》,张承志的《心灵史》,张炜的《九月寓言》和《家族》,李锐的《旧址》,陈忠实的《白鹿原》,王朔的《动物凶猛》,余华的《活着》和《许三观卖血记》,王小波的《黄金时代》三部曲,以及高行健的《灵山》与《一个人的圣经》,都各自从不同角度、以不同方式对刚刚过去的历史进行了个人化的叙述,使这些小说具有了不同于以往"革命历史小说"的史诗性和文体特点。

二、小说的实验与革新

在"寻根"的同时,小说也在不断地寻求着新的理论资源和自身革新的可能性。从韩少功、莫言、残雪、史铁生到刘索拉、徐星,这种自我突破的努力十分明显,但直到马原、洪峰、苏童、格非、孙甘露和余华,小说的"实验性"或"先锋性"才以略显夸张的姿态展示在1987和1989年的文学刊物上。余华的《十八岁出门远行》、《一九八六年》、《现实一种》,刘恒的《白涡》、《伏羲伏羲》,洪峰的《瀚海》,格非的《褐色鸟群》,孙甘露的《信使之函》、《请女人猜谜》,苏童的《1934年的逃亡》、《罂粟之家》、《妻妾成群》,叶兆言的《枣树的故事》和《艳歌》,都集中发表于这两三年中。

与这种刻意以"实验"、"先锋"虚构历史、虚构小说的倾向不太一样的,是对于当下生活、尤其是城市底层市民生存状态的不动声色的冷静呈现,也开始出现于这前后的几年。代表这种倾向的主要是池莉的《烦恼人生》、方方的《风景》和刘震云的《一地鸡毛》,王朔的《顽主》系列在表现北京待业青年生活状况方面也属于这类小说。

《十八岁出门远行》是余华(1960—)的成名作,在这篇有着川端康成《伊豆的舞女》甚至卡夫卡《乡村医生》影子的短篇小说里,余华以奔放的、欢快的风格讲了一个关于成长的寓言故事。对于一个刚刚成年的少年,那不断展开的道路、抛锚之后遭到乡民抢劫而遍体鳞伤的汽车、如期而来的寒冷的黑夜,与其说意味着失败或沮丧,不如说是激动人心的诱惑。假如将这篇小说与张承志的《春天》对照来读,可能会更有意思。

《一九八六年》和《现实一种》,是余华被视为先锋派作家的标志性作品。两篇作品均以"血腥"、"暴力"和叙述的"冷酷"令人震撼,而无论前者所写"文革"背景下知识分子的病理性自残,还是后者所写从兄弟延伸到社会的集体性杀戮,都深蕴着作者对自己所亲身经历的荒诞历史的"愤怒",叙述表层的冷漠与文字背后的激情构成极大的张力,使这些小说与众不同。

进入90年代,从《在细雨中呼喊》开始,余华小说中的"记忆"转向温暖与柔和,

《活着》和《许三观卖血记》都有着差不多同样的现代乡村背景,而突现出来的人物与故事尽管仍然还是中国式的"苦难",但作者的温情也溢于言表。两个中国农民所经历的太多非自然死亡与贫困,似乎都具有强烈的寓言性质而令人深思。

王小波的《黄金时代》也是对"文革"时代的个人记忆,但王小波同时又把他后来更为丰富的生活内容比如"文革"后在研究所工作、到美国留学等都穿插到这种记忆当中,就使得他的叙述摇曳多姿,像电影镜头一样不断转换,加之王小波特有的调侃、反讽、幽默风格,《黄金时代》连同他的其他小说如《白银时代》、《青铜时代》都备受青年读者追捧,出现了众多的"王小波门下走狗"。

三、当代女性小说

1949年以后,男女平等作为社会变革和文化变革的内容之一得到了政治上的保障,"妇女能顶半边天"落实在文艺上,就出现了电影《李双双》这类作品。不过到"文革"时期,男女平等终至于演变为一种奇怪的女性男性化的"男女不分"状态,这种现象在以女性为主角的"样板戏"如《海港》、《龙江颂》、《杜鹃山》中达到极致。以至于直到"文革"结束后的若干年内,很少有真正从女性视角写作的小说家,包括女性作家。

张洁的《方舟》(1982)或许是较早正面涉及职业女性特殊感受与境遇的作品,小说醒目的题记"你将格外地不幸,因为你是女人"显得格外意味深长,小说中的三个或离婚、或分居的女性的人生困境也提出了现实生活中的性别歧视问题。随后另一位女作家张辛欣的《在同一地平线上》(1983)更是尖锐地提出了男女两性之间的对立、女性自身的角色冲突和精神分裂处境,这部小说被认为是中国"真正的第一部女权主义小说"。同时,诗歌界也有了女诗人翟永明、伊蕾的女性主题作品。

另一方面,女性意识的自觉有时也会表现为对男权文化的反思或颠覆,比如张洁的《红蘑菇》和王安忆的《叔叔的故事》,就是站在女性立场对男性世界提出的质疑。有评论家把《叔叔的故事》与张贤亮的男性中心小说《绿化树》置于对立状态,认为"《叔叔的故事》用互文反讽的形式改写《绿化树》中男主人公的故事,把《绿化树》中视为庄严神圣的故事,改写为一个荒谬的故事,把《绿化树》中悲壮的男主人公改写为一个可笑的人物角色。改写的主要策略是改变对于爱情关系的理解,比如男主公认为在爱情中女人是自愿奉献和牺牲,而女人却拒绝给予爱情。这样互文反写的效果,不仅消解了女性写作面临的男权话语压抑,而且为女性话语增加了智力因素。"(荒林《80、90年代大陆女性文学思潮形成和演变》)

王安忆涉及女性问题的小说还包括《逐鹿中街》、《弟兄们》等,而铁凝的长篇小说《玫瑰门》所表现的司绮纹作为女性在社会政治秩序中的自我挣扎及其悲剧更是给人以触目惊心之感。

在 90 年代，几位秉持"个人化写作"或曰"私人写作"立场的女作家引人注目，陈染著有《与往事干杯》、《私人生活》等，后者是一部长篇小说，它以主人公自身的女性经验与隐秘的内心生活为视角，讲述了一个女孩在成长为一个女人的过程中不同寻常的经历和体验。林白的作品包括《同心爱者不能分手》、《子弹穿过苹果》和描写女性性体验与身体感受的长篇小说《一个人的战争》。

卫慧和棉棉是更年轻的 70 后女作家，她们分别以《上海宝贝》、《像卫慧那样疯狂》和《啦啦啦》、《糖》在 90 年代末的文学界内外均引发强烈的争议，由于小说对女性情欲深情而率直的描写，被一些评论家称为"身体写作"，也有女性评论家以其表现商业文化背景下女性的"沉沦"而认为是反映了女性文学思潮内部的分化。

四、老舍与高行健的戏剧写作

老舍早在 40 年代就涉足戏剧文学，写过十几个京剧、话剧剧本，到共和国初期，他对戏剧创作的热情更高，剧本也更多。这其中，《龙须沟》和《茶馆》不单是他本人的杰作，也是当时表面繁荣、实则贫瘠的戏剧舞台少有的精品佳构。

不必说这两个剧本也都是政治主题，但是从戏剧艺术的角度看，老舍毕竟潜心酝酿、独辟蹊径，通过对人物的塑造和精巧的戏剧结构侧面传达了个人的历史感慨与社会理想，乃成为此后北京人艺常演不衰、甚至远播海外的经典剧目。

三幕话剧《茶馆》颇像一幅动态的"清明上河图"，假如那河上的"桥"是画的焦点，则《茶馆》里的"老裕泰茶馆"就是那画中的桥，也就是全剧的聚焦点，因为所谓人间社会的千奇百怪正可以由这聚焦点集中展览出来。选准了这个焦点，老舍就毫不费力地在第一幕里让晚清"戊戌变法"失败大背景下的社会众生逐一亮相了。接下来第二幕、第三幕，时间都有一个大跨越，先是民国后是抗战胜利，不负责任的政治集团乱哄哄你方唱罢我登场，全不顾黎民百姓死活，把个中国折腾得山河破碎、日月无光、民不聊生。最后的场景是三个孤老说着风凉话给自己撒纸钱儿……那位从年轻就抱着实业救国理想的秦二爷困惑着："我从二十多岁起，就主张实业救国。到而今……抢去我的工厂，好，我的势力小，干不过他们！可倒好好地办哪，那是富国裕民的事业呀！结果，拆了，机器都当碎铜烂铁卖了！全世界，全世界找得到这样的政府找不到？我问你！"

《茶馆》延续着老舍特有的"京味儿"，从环境、人物到语言、心理，都氤氲着一股浓郁的古都文化气息，启迪人们：作为舶来品的话剧艺术，并非不能生长出一种中国传统。

"文革"时期，用所谓"根本任务"加"三突出"原则创作出来的"样板戏"取代了所有的戏剧形式，长达十年。"文革"结束后，戏剧界突然变得热闹起来，政治反思剧和社会问题剧一度兴盛，《于无声处》、《丹心谱》、《救救她》、《假如我是真的》、《灰色王国的黎明》社会反响强烈,但戏剧观念、艺术的真正自觉,是进入 1980 年代以后,一方面是对西方现代戏剧的介绍和引进,一方面是对戏剧现代化的积极讨论与探索,具有探索性的话剧表导演出现了。1982 年,北京人艺率先以"小剧场"形式演出了高行健编剧的无场次独幕话剧《绝对信号》,随后,全国其他话剧院团很快跟进,1988—1989 年达到高峰。

高行健(1940—)是探索戏剧的积极尝试者,在整个 80 年代,他先后创作《绝对信号》(与刘会远合作)、《车站》、《野人》、《彼岸》等实验戏剧,持续引发热烈的讨论。《绝对信号》主要还是在技术层面作了创新,除了小剧场的演出形式,还有把人物内心世界外化为舞台场面的表现手法、意识流以及象征性,抒情独白的诗意化和哲理化,等等。"无场次生活抒情喜剧"独幕剧《车站》似乎有更强烈的象征色彩,且很容易令人联想到西方现代派文学中的"荒诞派"戏剧,使这个戏通过荒诞获得象征含义的可能包括:很多人在一个巴士站等车,等了一年才发现该车站早已废弃的离奇情节;一个"沉默的人"悄悄放弃了等车徒步奔赴目的地的非常选择。看了戏,有过类似经验的观众自然会联想到比戏剧更荒唐的社会动乱给人们带来的精神迷失和心理扭曲,以及人自身的种种惰性和弱点。其实,早在民国时期,类似的象征剧就有人尝试了,那应该就是鲁迅的剧诗《过客》。

多声部现代史诗剧《野人》(1985)全剧共分三章,分别是《薅草锣鼓、洪水与旱魃》、《〈黑暗传〉与野人》、《〈陪十姐妹〉与明天》。全剧是以一个生态学家访问一个原始森林区时经历到的许多片段组合而成。但这经历是广义的:除了来自自然、社会以及人民以外,也有他内心触发的、属于思想及情感的经历;更有以这些经历衍展开来,贯穿于历史及民族文化间的人类的经历。这样的内容就基本上决定了这个戏的形式——主题的复调。高行健要表达它们,要把它们都揉在一起。以艺术形式,跨时间、跨空间、整体而史诗般地,重新展现给现代的人们。这在基本上就有别于中国传统的话剧,此外声光处理以及场景也为了配合这样的戏剧内容及形式,不得不打破传统的做法,整个《野人》也就成了中国传统话剧的一个突破。如果说老舍所努力的是使话剧中国化,则高行健要做的恰恰是话剧的现代化,都有突出的实验性。

第九节　台、港地区文学与海外华语文学

一、台湾地区的诗歌

18 岁当兵、19 岁去台湾、25 岁就死于车祸的杨唤,在 20 世纪 50 年代初期几年

所写的抒情诗和儿童诗,以"想象力的动人"和"情感的真挚坦率"得到评论家的称颂。《我是忙碌的》、《二十四岁》、《诗的喷泉》、《蜗牛》都是脍炙人口的好诗,另外一首与余光中同题的《乡愁》,两段八行,写的是记忆中的"从前"和眼前的"如今"之对比:"从前"因"邻家的公主"、"收获高粱的珍珠,玉蜀黍的宝石"和"挂满在老榆树上的金纸"而"快乐而富有","如今"却因为"流行歌曲和霓虹灯使我的思想贫血"而感觉"一贫如洗"。这是一个"站在神经错乱的街头"而"不知道该走向哪里"的"怀乡病者"的乡愁。

在 50 年代至 60 年代,"乡愁"成为当时台湾文学中最显著的主题之一。林海音的小说《城南旧事》自不必说,就是"现代派"诗人纪弦、郑愁予的诗作也是如此。《错误》是郑愁予 1954 年写的诗:

> 我打江南走过
> 那等在季节里的容颜如莲花的开落
> ……
> 我答答的马蹄声是美丽的错误
> 我不是归人,是个过客……

"江南"、"莲花"、"归人"、"过客",甚至"季节里的容颜"和"答答的马蹄声",这些东方传统的文学意象一一呈现,唤起了当时流落在海外多少"游子"、"浪子"的美丽幻觉!故而这首借离人情怀、写思妇盼归的现代诗竟然泛化为超越"闺怨"、寄托孤岛"流浪"意绪的经典文本,也就并不奇怪了。

众多的乡愁诗中,或许余光中的《乡愁》最为人熟知。其实,自称为"艺术上的多妻主义者"的余光中是有着"左右开弓"之余裕的。他右手写诗,主题、技艺富丽多变,《我之固体化》、《春天,遂想起》、《等你,在雨中》、《当我死时》皆为佳构;左手为文,满纸芬芳,《逍遥游》、《登楼赋》、《听听那冷雨》也都写得摇曳多姿。即使同样写乡愁,他也总是往往以不同角度、不同方式写到最令人动容的地步。

比如《白玉苦瓜》一首,写的是台北"故宫博物院所藏"的国宝级玉雕作品,一只栩栩如生的"白玉苦瓜",诗人却可以展开时间、空间、艺术三个维度的想象,将之升华为"古中国"、"整个大陆"和"一个自足的宇宙"的象征。三段诗,用的是他钟爱的汉语无韵体,在自由舒展中另有一种雍容儒雅的气度。余光中的诗,展示了一种融汇古今中外诗艺于一体的现代文人诗的魅力。

洛夫是当时作为三大诗社之一"创世纪"诗社的发起人,也是台湾现代诗最重要的诗人之一。1965 年,他出版了长达 600 余行、引发激烈争议的"超现实主义"诗作《石室之死亡》,对生死进行了复杂的追问与玄思,其主题之玄奥、艺术之超逸、意象之繁复都令普通读者望而却步。至 70 年代,诗人复"从艰涩回到明朗",写出不少既有现代感、又有传统感和现实感的诗篇。与中唐诗人白居易同题的《长恨歌》并非以现代诗艺重现李隆基与杨玉环的爱情悲剧,而是融入了一个现代诗人对生命、爱情、历史、社会的深邃、复杂的体认,同时在语言、意象、技艺诸方面给人以耳目一新之感,古老的七言诗句与现代的自由诗句以及梦幻般的超现实意境极具张力地镶嵌于一体,造成奇异的阅读效果。

以张扬乡土精神和现实精神的"笠"诗社也有不少重要诗人和诗作。

二、台湾地区的小说与白先勇

与诗歌从现代派到现实主义的回归同时,台湾的小说也留下了几乎相同的轨迹。

50 年代后半期,台北的台湾大学先后有夏济安创办的《文学杂志》和外文系学生白先勇、王文兴、欧阳子、陈若曦等人创办的《现代文学》两个纯文学杂志,而以后者影响尤大。至 1973 年《现代文学》停刊,历时 13 年,在介绍西方现代文学、推动小说尤其是现代主义小说创作和培养小说作者方面,都有突出的成绩。这其中,王文兴、欧阳子、七等生、白先勇、聂华苓、於梨华的小说作品最能体现《现代文学》的特点。

白先勇是白崇禧将军之子,15 岁时随家人到台湾,1960 年在台大外文系提议创办《现代文学》,1963 年开始留学美国,获得爱荷华大学创作硕士学位,此后在加州大学圣巴巴拉分校教授中国文学。同时在美国进入小说创作第二期,先后在《现代文学》发表短篇小说《芝加哥之死》、《上摩天楼去》、《香港一九六〇》、《安乐乡的一天》、《永远的尹雪艳》、《谪仙记》、《游园惊梦》,并在台湾出版了《谪仙记》、《游园惊梦》、《台北人》、《寂寞的十七岁》等小说集,1977 年开始写作长篇小说《孽子》。

白氏第二期的短篇小说在题材上有所谓"纽约客"和"台北人"两个系列,从作者角度言,这两个系列的写作缘于"去国日久,对自己国家的文化乡愁日深"(《蓦然回首》),从研究者的角度看,则是由"主观"转向"客观"的结果。因为"在这些小说,和好多篇以纽约市为背景的小说里,作者以客观小说家的身份,刻画些与他本人面目迥异的人物。他交代他们的身世,记载他们到台湾或美国住定后的一些生活片段,同时也让我们看到了二十年来中国人的精神面貌。《台北人》甚至可以说是部民国史,因为《梁父吟》中的主角在辛亥革命时就有一度显赫的历史。"(夏志清《白先勇早期的短篇小说》)

无论是"文化乡愁"还是"中国人的精神面貌",其实都是一个问题的两个侧面。"台北人"系列中的《永远的尹雪艳》、《金大班的最后一夜》、《梁父吟》、《花桥荣记》和《游园惊梦》,人物身份或有高低尊卑,但却都是随国民党败落流落孤岛因而或"失势"、或"失意"的落魄者,只能凭借着以往曾经有过的青春、秩序、成功苟延残喘,一旦幻影破灭,整个人也就崩溃了。欧阳子曾经以"今昔之比"、"灵肉之争"和

"生死之谜"概括《台北人》的主题,而把"昔"、"灵"、"生"归之于"过去","今"、"肉"、"死"归之于"现在",是由小说把握住了作者深层的思想脉络的。

"台北人"是如此,"纽约客"岂非亦是如此?只不过由于漂流得更远,那种"乡愁"、那种"今昔之比"和"灵肉之争"以及"生死之谜"更为刻骨铭心罢了。《谪仙记》、《安乐乡的一日》里那种找不到家的感觉,是多么强烈啊!

长篇小说《孽子》是当代文学中最早聚焦男性同性恋生活的力作,着力挖掘"那一群,在最深最深的黑夜里,独自彷徨街头,无所依归的孩子们"血液里带来的"野劲儿",并给予深深的同情、理解。小说自然涉及传统伦理观念导致的"父子冲突",但最终寄予了"父子和解"的希望。

而另一位现代派小说家王文兴的《家变》(1973)所涉及的"父子冲突"主题,却似乎更为尖锐、激烈。在学者们看来,"《家变》之所以引起轩然大波,是因为所谓的'离经叛道'。……王文兴以儿子寻找父亲的方式表现父子冲突的主题,传统美德'孝'于是受到质疑"(沃尔夫冈·顾彬)。另外,《家变》在小说语言、形式上的实验性也很突出。

三、"留学生文学"、"乡土文学"与"女性文学"

现代派小说以外,"留学生文学"、"乡土文学"和"女性文学"在台湾也各有成就。

20世纪50年代至70年代的留学热所引发的东西文化的差异与冲突是"留学生文学"产生的背景,於梨华则是这一代作家的一个代表。她先后有《梦回青河》、《又见棕榈·又见棕榈》、《考验》、《傅家的儿女们》等作品,白先勇在《流浪的中国人——台湾小说的放逐主题》中有言:"直到《又见棕榈·又见棕榈》出版,於氏才真正成了'无根一代'的代言人,这说法正是在该小说中创新的,一语道破了年轻一代的处境。"

小说主人公牟天磊留美十年,自比孤岛,"岛上都是沙,每颗沙都是寂寞",回到台湾却又怅然若失,仍然找不到立足之地,真是"上穷碧落下黄泉,两处茫茫皆不见"的那种落寞。用他自己的话说,就是"我没有不快乐,也没有快乐。在美国十年,既没有成功,也没有失败。我不喜欢美国,可是我还要回去。并不是我在这里不能生活得很好,而是我在这里也脱了节,在这里,我也没有根。"

赖和、吴浊流是台湾乡土文学的先驱,钟理和的《笠山农场》和《原乡人》是过渡,钟肇政的《浊流三部曲》和《台湾人三部曲》则被视为乡土文学里程碑式的作品。此外,陈映真的《将军族》、黄春明的《莎哟那拉·再见》、王祯和的《嫁妆一牛车》也都在六七十年代名重一时。

李昂是台湾1952年出生、1968年开始发表作品的"新生代"作家,她的小说写作重心是探究两性关系、特别是女性的地位与命运问题。其最知名的作品是1983

年发表的中篇《杀夫》和 1990 年的长篇《迷园》。

《杀夫》取材于旧时上海滩的轶闻《詹周氏杀夫》,写作时把背景转移到台湾鹿港,女主人公改名为林市。林市幼时即目睹母亲为饥饿而忍受兵士凌辱、复遭族人惩戒的恐怖情景,长大后由叔父做主嫁给屠户陈江水,自新婚第一天就遭受丈夫毫无温情和人性的性虐待、性摧残,时刻生活在被凌辱的惊恐中。同时邻舍女人特别是阿罔官的蜚短流长也给林市以无法忍受的伤害。不到一年,林市由初嫁时的瘦骨嶙峋到半年后的渐趋丰满再到重新瘦下来,精神状态也每况愈下,在饲养的小鸭被陈江水砍成肉泥后,神情愈发恍惚,所受凌辱愈发酷烈。终于,在岁末再次受到丈夫的欺凌之后,林市竟然在恍惚状态中将昏昏睡去的陈江水用杀猪刀杀死了……

这篇小说的确令人联想到鲁迅的《祝福》,若从社会政治的层面着眼,也可以看作是对传统"夫权"的抗议。若从女性文学层面看,则可以看作是台湾现代女性意识、女性写作的自觉,其意义是不言而喻的。另外,小说对林市杀夫的心理发展轨迹揭示得十分深刻细腻,确有些精神分析的成分,可以看作是一篇心理小说。此外,小说的语言、语汇多有鹿港方言成分,使其乡土味儿颇重。

至 90 年代,朱天文的长篇小说《荒人手记》从艾滋病泛滥的背景上探讨"同志运动"带来的困惑,触及到了当代性文化中一个敏感问题,耐人深思。作者在三缄其口之后也有感喟:"假如《荒人手记》勉强能攀附上班雅明所谓的寓言,假如荒人的身份——同性恋的角色——是个隐喻,那么它的四十九层意义里的一个意义也许可以是,它暗示着一个文明若已发展到都不要生殖后代了,色情升华到色情本身即目的,于是生殖的驱力全部抛掷在色情的消费上,追逐一切感官的强度,以及精致敏锐的细节,色授魂予,终至大废不起。"(《废墟里的新天使》)

四、台湾地区的散文作家

1963 年 5 月,余光中写出《剪掉散文的辫子》,发表他对"另一种散文——超越实用而进入美感的,可以供独立欣赏的,创造性的散文(creative prose)。"且依次讨论了所谓"(伪)学者散文"、"花花公子散文"、"浣衣妇散文"与"现代散文",具体分析前三类散文的流弊之外,他有意倡言第四种散文,将其定义为"讲究弹性、密度和质料的一种新散文。"不能说他这篇文章对台湾散文写作有何推动,但至少作为余氏本人散文写作欲达到的境地,应无大谬。在这样的期待中,余氏先后编有《左手的缪斯》、《望乡的牧神》、《逍遥游》、《焚鹤人》、《记忆像铁轨一样长》等文集,其文则或抒情、或知性、或小品,风格或雄健、或委婉、或飘逸,不一而足,各具风神。用他自己的话说:"我认为散文可以提升到更崇高、更多元、更强烈的境地,在风格上不妨坚实如油画,如木刻,宏伟如建筑,而不应长久甘于一张素描、一幅水彩、一株盆栽。当时我向往的不是小品珍玩,而是韩潮苏海。我投入散文,是'为了崇拜一枝

男的充血的笔,一种雄厚如斧野犷如碑的分别风格。'"(《满亭星月·自序》)

余光中而外,从 20 世纪 60 年代到 80 年代,知名的散文作家尚有不少。

琦君,浙江永嘉人,其忆旧怀人散文最负盛名。《西湖忆旧》、《髻》、《下雨天,真好》、《三更有梦书当枕》,皆为佳构。

王鼎钧,山东临沂人,《开放的人生》、《人生试金石》和《我们现代人》总称为"人生三书",此外又有乡土散文集《情人眼》、《碎琉璃》、《左心房漩涡》等。

张晓风,江苏徐州人,东吴大学毕业留校任教,擅长各种文体而以散文成绩最高,先后出版《地毯的那一端》、《愁乡石》、《步下红毯之后》、《你还没有爱过》、《再生缘》、《我在》、《从你美丽的流域》、《玉想》等。余光中说她"是台湾第三代散文家里腕挟风雷的淋漓健笔,这支笔扬之有豪气,抑之有秀气,而即使在柔婉的时候也带一点刚劲。"

林清玄的《迷路之云》,林燿德的《一座城市的身世》,简媜的《水问》和《只缘身在此山中》等散文集,则是八九十年代以来的新人新作。

五、香港的几位作家

《酒徒》是刘以鬯到香港后的一个长篇小说,写于 1963 年,通常也被称作意识流小说。在小说中,作者借主人公——一个不合时宜的、痛苦而又不得不妥协的作家之口,不间断地批评商业社会对严肃文学的挤压,同时不间断地发表对文学的观点,一再表达对"乔也斯"及其"《优力栖斯》","普鲁斯特"及其"《往事追迹录》"的敬意,一再表示文学写作要"探求人类的内在真实"(第 12 节)。整部小说就是由主人公醉意中的思想流构成,也可以说是一个南迁人文知识分子在香港这个金元帝国里痛苦的灵魂悸动,是一篇"无韵之离骚"。

金庸则是香港新武侠小说的代表性作家,其《射雕英雄传》、《天龙八部》、《笑傲江湖》和《鹿鼎记》一方面继承传统武侠小说的精神,一方面注入不少新的观念,写法上也有创新,在通俗文学的现代化方面作出了努力。《笑傲江湖》没有具体历史背景,写生性偶傥的令狐冲在目睹了江湖上教派门户对立、争权夺势、人性泯灭等种种黑暗后,产生厌倦而渴望退出江湖、与相爱的人"笑傲江湖"的理想。小说原载于《明报》,1976 年 5 月出版单行本。

董桥是专写随笔的,著有《双城杂笔》、《另外一种心情》、《这一代的事》、《跟中国的梦赛跑》、《辩证法的黄昏》等多部散文随笔集。对散文写作,他有自己的观点:"散文,我认为单单美丽是没有用的,最重要的还是内容,要有 information,有 message 给人,而且是相当清楚的讯息。我对散文有一个最原始的要求:就是不能空洞。"(《不甘心于美丽》)董桥自己的散文,篇篇写得灵动、飘逸,既可读,又有味,往往给人猝不及防的惊喜和会心,实在是香港文学不可错过的一道风景。

# 后　记

　　奉献在读者面前的这本《中国文学简史》，是我们浙江工业大学人文学院古代文学教研团队，根据我校教学工作的需要编撰而成的。

　　多年来，我校人文学院除了为汉语言文学专业学生开设《中国文学史》课程外，还为广播电视新闻学专业、广告学专业以及播音与主持艺术专业的学生开设的《中国文学史课程》。为上述不同专业开设《中国文学史》课程，在课时与教学内容的安排上，均有不同的要求。因此，我们在为汉语言文学专业学生开设该课程时，所采用的教材与其他高校汉语言文学专业相同，选择了袁行霈先生主编的《中国文学史》，以及朱东润先生主编的《中国古代文学作品选》等。而对汉语言文学专业之外的各专业，在开设该课程的过程中，我们一直进行针对性的探索，最终完成了这本《中国文学简史》的编写工作，以适应我校汉语言文学专业以外讲授《中国文学史》课程的实际教学需要。

　　中国文学史的研究工作，开始于19世纪末、20世纪初。期间，出现了无数的中国文学史研究成果，出版了大量的文学史教材。这些成果，对推动中国文学史研究十分有益；同时，也为我们今天编写这本《中国文学简史》提供了许多帮助和借鉴，尤其是以下教材：

　　袁行霈主编：《中国文学史》，高等教育出版社1999年版。

　　游国恩主编：《中国文学史》，人民文学出版社2002年版。

　　章培恒、骆玉明主编：《中国文学史》，复旦大学出版1997年版。

　　孙望、常国武主编：《中国文学史》通史系列，人民文学出版社1996年版。

　　郭预衡主编：《中国古代文学史长编》，首都师范大学出版社1992年版。

林庚主编：《中国文学简史》，北京大学出版社 2005 年版。

黄香山主编：《中国文学简史》，厦门大学出版社 2003 年版。

限于教材的体例，我们未能在正文中一一标明，谨在此特别致谢。

本教材的撰写，分工如下：

前言：肖瑞峰；

第一章：方坚铭；

第二章：方坚铭；

第三章：马晓坤；

第四章：彭万隆（第一至七节）、李剑亮（第八节）；

第五章、李剑亮（第一、四、六节）、刘成国（第二、三、五节）；

第六章：刘成国（第一、二节）、钱国莲（第三节）；

第七章：钱国莲；

第八章：万润保；

第九章：张欣。

由于水平所限，加上时间紧迫，书中舛误、失当之处在所难免，企望各位专家学者和广大读者批评指正。

浙江工业大学人文学院古代文学教研室

2012 年 1 月 7 日

图书在版编目(CIP)数据

中国文学简史/肖瑞峰主编. —杭州：浙江大学出
版社，2012.2(2023.8重印)
ISBN 978-7-308-09613-3

Ⅰ.①中… Ⅱ.①肖… Ⅲ.①中国文学—文学史—高等
学校—教材 Ⅳ.①I209

中国版本图书馆 CIP 数据核字（2012）第 016172 号

中国文学简史

肖瑞峰　主　编
李剑亮　副主编

责任编辑	宋旭华
文字编辑	杨利军
出版发行	浙江大学出版社
	（杭州市天目山路 148 号　邮政编码 310007）
	（网址：http://www.zjupress.com）
排　版	杭州大漠照排印刷有限公司
印　刷	浙江高腾印务有限公司
开　本	710mm×1000mm　1/16
印　张	22
字　数	434 千
版 印 次	2012 年 2 月第 1 版　2023 年 8 月第 8 次印刷
书　号	ISBN 978-7-308-09613-3
定　价	46.00 元
